"你总是讲大道理，我不想听你讲道理。"

"那我不讲道理，讲情理。"

"什么情理？"

"情理之中的我爱你。"

0197

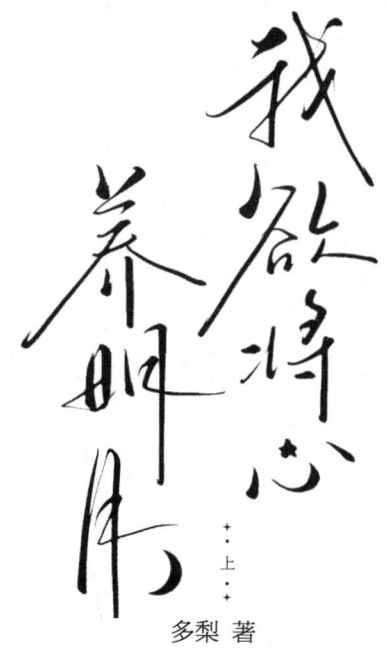

我欲簪情
养明月
上

多梨 著

江苏凤凰文艺出版社
JIANGSU PHOENIX LITERATURE AND
ART PUBLISHING

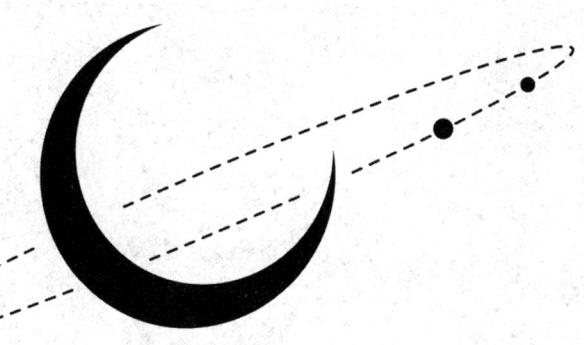

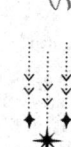

第一章
兔子见了鹰 ……… *001*

第二章
心里危险的东西 ……… *027*

第三章
心动昭然若揭 ……… *047*

第四章
无法穿越的防线 ……… *071*

第五章
心跳佐证 ……… *095*

WO YU JIANG XIN YANG MING YUE

第六章
我爱的人是最爱我的人吗 ············ 119

第七章
我喜欢你 ······························· 157

第八章
距离，忽远又忽近 ················· 185

第九章
危险又理智的神明 ··············· 215

第十章
你要把我逼疯了 ······················ 247

第一章
兔子见了鹰

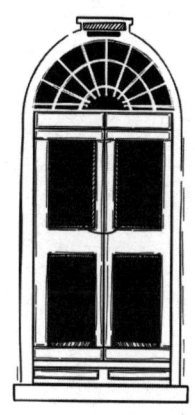

他是矛盾和对立产生的集合体。

林月盈察觉自己喜欢上秦既明。

是在他来接她回家的周末。

但在两周前,她和秦既明的关系还只能用"紧张"两个字来形容。

紧张到犹如兔子见了鹰。

两周前,彼时林月盈刚和秦既明吵完架,一肚子火,心气郁结,不知如何发泄,于是全寄托在吃上。

听见推门声时,她做的第一件事就是放下跷起的二郎腿。

糟了。

她竖起耳朵。

行李箱的声音停留在门口,秦既明不会将沾了外面泥尘的行李箱带回家中,一阵窸窸窣窣的声音,他此刻应当在换鞋,然后脱下外套。

桌子上的东西已经来不及收拾,那些散落的瓜子壳和大力撕开的巧克力的包装纸都糟糕地散落着,林月盈刚将裙子散下遮住一双腿,就听见脚步声沉稳地落在木地板上。

"秦既明。"林月盈叫他,"你终于回来啦。"

她微微急促地喘着气,眼睛不眨地望着眼前高大的男人,看到他的脸后又心虚地移开。

秦既明正将胳膊上的外套悬挂在玄关处的衣架上。林月盈只看到

003

他的侧脸，睫毛黑而长，右边眉里藏了一粒痣，恰好落在她的视线内。

秦既明穿了一件白色的衬衫，普普通通的素白，没任何暗纹或小装饰，剪裁合体，下摆在西装裤中，腰肢劲瘦，是合体又严谨的成熟躯体。

他说："别没大没小的，叫哥。"

"我不。"林月盈说，"我对这个称呼有阴影，而且你又不是我亲哥。"

她的确不是秦既明的亲妹妹。

林月盈本姓就是林，她爷爷曾经是秦爷爷的下属兼莫逆之交。林月盈的父母都不靠谱，是见钱眼开唯利是图的那路人。他们早早地离婚，把林月盈丢给爷爷养。

后来爷爷重病，思来想去也无处寄托，就写了封信给秦爷爷，求他代为照顾林月盈，至少监护到她成年，有了自理能力——爷爷的那些遗产说不上丰厚，也不算少，他狠下心，全部都留给了林月盈；又怕被儿子掠夺，只好请秦爷爷暂先为自己的孙女守着。

只可惜，林月盈还没成年，秦爷爷也过世了。

秦爷爷虽有孩子，却也都不太像话，靠不住，唯独一个孙子颇重情义，处事公允正直，也值得托付。

于是，这照顾林月盈的重任，就又移交到比她大十岁的秦既明的肩膀上。

按规矩，林月盈该叫秦既明一声"哥"，但她很少叫出口，平时秦既明也不计较。

今天，他却纠正她："要叫哥。"

林月盈慢吞吞："……既明哥。"

秦既明抬手，林月盈仍不敢直视他，只盯着他手上的表。

他不是喜欢繁复华丽事物的人，周身上下，唯一的饰物就是手腕上这块表。表不是奢侈品牌，还是手动上链的机械表，林月盈记得它曾在秦爷爷手上，秦爷爷临终前，把哭得一脸鼻涕眼泪的她和这块表都托付给了秦既明。

之后她和这块表就一直跟着秦既明生活,吃穿住行,都由他一手安排。

秦既明把这块表养得极好,定期去清理、润滑、调整机芯、抛光清洁,这么多年了,仍旧光洁如新。

林月盈也养得好,和同在秦爷爷那边住着时别无二致,甚至还长高了三厘米。

但比之前要更怕秦既明。

秦既明说:"你也大了,以后别再这样没规矩,出门别总是叫我名。"

林月盈:"喔。"

大了,她怎么样就算"也大了"?

挂好外套,秦既明看了眼林月盈,淡淡一瞥,视线没停留,越过她肩膀,往后去看她背后玻璃茶几上的一团狼藉。

林月盈挪了两步,企图遮蔽他的视线:"你忽然出差这么久,我刚下飞机就给你打电话,打了三次,你都没接。"

秦既明抽出消毒纸巾细细擦手指,说:"那时候我在开会。"顿了顿,又侧身看她,"不是让一量去接你了吗?"

"一量哥是一量哥,你是你。"林月盈说,"我在机场等了你——呜——"

话没讲完,秦既明一手捏住她的下颌,迫使她张开嘴巴。

他的手掌大,力气也大,一只手就将她的脸颊捏得又痛又酸,林月盈刚才躺在沙发上摸鱼,没承想现在自己成了被拿捏的那个。

她刚吃过巧克力,牛奶榛果口味的,虽然喝了水,但还没有漱口,就这样被他强行捏开口腔检查。

这简直比将胸衣袒露在他面前还要令林月盈羞耻。

反抗也无用,没人能违抗秦既明。

再怎么羞，林月盈也只能巴巴地站着，让他检查自己的口腔，让他一览无余地审视她平时藏得严严实实的地方。

定期去检查牙齿时，医生夸赞林月盈的牙齿整齐，长得好看。林月盈那时不觉得这是恭维，如今被秦既明强行打开嘴巴，她冷不丁地想起，又觉得这的确是自己的一项优点。

林月盈必须通过想这些乱七八糟的东西来转移此时此刻的注意力。

她不想让自己过度关注秦既明，但偏偏又无法移开视线。

她想要闭上眼睛，又怕欲盖弥彰。

她只能这样若无其事地掩饰着自己的尴尬，继续同他对视。

秦既明的手指上还有淡淡的消毒湿巾的味道，他的视力极好，更不要讲这近乎严苛的搜检。他的目光不放过她的一丝一毫，林月盈的心跳愈来愈快，她摆动双手，力图提示他——

口水！她的口水要流出来了。林月盈不想在一个"洁癖"面前暴露自己的丑态。

秦既明终于松开手，看不出喜怒，他说："吃了多少巧克力？"

林月盈的脸被他捏得发酸，此刻正悄悄地背过身，用湿巾擦完脸后才说："……两三块吧。"

秦既明说："别让我从你嘴里掏真话。"

林月盈："……好吧，可能五六块，盒子就在桌子上，不信你自己去数嘛。"

话已至此，带了点儿委屈腔调。

秦既明看了她两眼，语气才缓和些："你有家族遗传的可能性，这些话应该不需要我多讲，月盈，你心里有数。"

林月盈站好，低头："咱俩都好久没见了，一见面你就凶我，我好难过啊。"

她本身就是撒娇卖乖的一把好手，否则也不会被秦爷爷又疼又爱地取绰号叫"机灵鬼"。论可怜兮兮，林月盈的演技若是说排第二，周

第一章　兔子见了鹰

围人无人敢称第一。

果不其然，秦既明不说重话了，只抬手："今天我只当没看见。收拾好你下午搞乱的这些，去洗个澡，明天和你一量哥吃饭。"

林月盈立刻遵命。

在家中，她要念书，秦既明要工作，家务一般都请阿姨上门。不过前几日林月盈和朋友去英国玩，秦既明又在外地工作，阿姨惦念着老家的小孙子，请了一个月的假。算起来，阿姨还要七天才能回来。

林月盈在秦爷爷身边养得一身娇气，十指不沾阳春水。要她去菜市场，莫说分清韭菜苗和小麦苗了，她连韭菜苗和小蒜苗都分不清楚。

读高中时她心血来潮，要给秦既明做午饭，剪了他辛苦栽培却不开花的水仙花苗。她以为是蒜苗，精心炒了一盘滑嫩的鸡蛋。

炒完后她一尝，竟然是苦的。问了一句秦既明，被他紧急带去医院催吐检查。

秦既明不在家的这三天里，林月盈独居，要么打电话订餐，要么就是靠宋一量指派他家的阿姨上门，给林月盈做饭打扫洗衣服。

今天是个例外。林月盈没想到秦既明回来得这样早，她记得他明明是晚上的飞机。

林月盈花了二十分钟才收拾好茶几上的东西，等她把客厅草草弄干净后，秦既明已经离开浴室去洗衣服了。这房子面积不大，有些年头了，原本就秦既明一人住，两个卧室，一个书房，只一个卫生间。

两个人的作息时间不太一致，这样住了几年，倒也没察觉出什么不便。

唯一令林月盈叫苦不迭的，是秦既明那一套好似从军队里训练出来的严苛生活方式，见不得一点儿脏乱。林月盈和秦爷爷一同住在大院时，从没有叠过被子，来秦既明这边的第二天，就抽抽搭搭地擦着眼泪，学会了把被子叠成方方正正的豆腐块儿。

更不要说其他。

秦既明出差归来,不想下厨做饭,订了饺子,是圆白菜猪肉馅儿的。

林月盈下午吃多了巧克力,胃口不好,又有几分心虚,草草扒拉了几个饺子就放下筷子去洗澡了。

月上柳梢头,林月盈在浴缸里泡舒坦了。她穿着睡裙,肩膀上搭着浴巾,懒懒散散地出来,一眼瞧见秦既明要来洗他擦脸的毛巾。

林月盈犯懒,将肩膀上擦头发的浴巾丢到他的胳膊上。

下一刻,那块大毛巾毫不留情面地蒙在她的头上。

秦既明的话也无情:"自己洗。"

"……你洗一块也是洗,洗两块也是洗。"林月盈低头拽头上的毛巾,撒娇,"帮帮我嘛。"

"不行。"秦既明拒绝,"自己的事情自己做。"

林月盈不开心了,她好不容易将毛巾扒拉下来,抱在怀里,急走几步。

秦既明正往盆中放水,林月盈呼啦一下,用力将自己的毛巾重重地丢在他的盆中。毛巾浸着水,盖住他那双漂亮的手,也溅了几滴水,落在他的手臂肌肉上。

秦既明皱眉。

林月盈气鼓鼓地说:"都这么久没见了,你还是一直避着我。"

"为什么避着你,你心里不清楚?"秦既明抽出手,看着盆中的两块毛巾,他说,"好好想想,你都干了些什么蠢事。"

"干吗讲这么难听?"林月盈站着,脚趾在拖鞋里滑了滑,"也不算什么大蠢事吧……不就是进浴室前没敲门。"

她嘀咕:"你见谁进自己家浴室还敲门的呀?"

秦既明平和地说:"你的朋友不会无缘无故不敲门进别人的浴室。"

林月盈说:"说不定也会进呢。"

秦既明说:"那她进的时候,浴缸里一定不会泡着一个全裸的人。"

第一章　兔子见了鹰

他低头，手避开林月盈的毛巾，只捞起自己那块，缓慢地搓："难道你还不允许被看光的我有少许的羞耻心？"

林月盈发誓，两周前的那件事只是一个意外。

夏天到了，处处又热又黏，林月盈平时爱运动，出汗也多，恨不得一天要洗三次澡。平时，秦既明这个工作狂都是早出晚归的，谁知那日白天也在……

林月盈刚和朋友打完网球，热出一身汗，进家门后就开始脱衣服。T恤浸了汗，不好脱，她不耐烦，强行扯下后直接甩在地上，空出来的那只手去推门。

门没有反锁，小小的浴室里满是清爽的木兰花和香皂的气味。门被推开时，水"哗啦"一声，林月盈热昏了头，反应迟钝，懵懵懂懂地去看，瞧见浴缸里半坐着的秦既明。

其实什么都没看清，秦既明的反应很快，他迅速地用毛巾遮住自己。秦既明不曾在外人面前袒露过身体，即使是和林月盈同在一个屋檐下，也永远规规矩矩地穿着衣服，甚至不会穿着睡衣在她面前瞎晃。

彼时林月盈也慌了，俩人都没有说话，好像一开口就会令隐私尴尬地暴露在天日之下。

林月盈什么都没看清。

事后回忆，除了"撞见秦既明洗澡"这件事情本身的尴尬之外，只留下一个秦既明身材很棒皮肤很好的印象。

无法完整地拼凑起他在浴缸里的画面，只记起一滴水顺着他的肩膀往下流，好像露水砸在青年厄洛斯的白羽上。

她平时也没少穿露脐装小吊带，也不觉得在他面前只穿内衣会很羞耻。

秦既明显然不这样想。

"男女有别。"秦既明把她的毛巾捞起，递给她，"之前我就想同你

009

聊这个话题。"

林月盈不接,后退一步作势捂耳朵:"不听不听我不听,你就是不想帮我洗毛巾。"

"是不适合。"秦既明说,"你长大了,现在也不应该再——"

"顽固。"林月盈用力地捂住耳朵,不开心地说,"现在是文明社会了,摒弃封建糟粕的时候没通知你吗?"

秦既明说:"的确没通知,那时我还没有出生。"

林月盈:"……"

"拿走。"秦既明说,"还有,以后睡衣别买布料太透的——在你学校宿舍里可以穿,但别穿成这样在我面前晃来晃去。"

铁石心肠。

林月盈终于慢吞吞地拿走自己的毛巾,在手中转了一圈才握住。

她说:"不懂得欣赏,没有品位。"

秦既明收回手,他继续洗自己的毛巾,不咸不淡地说:"肚子里还藏了什么词来攻击我?"

林月盈说:"才不要告诉你,没有品位的人也没有资格聆听仙女的箴言。"

家里不是没有洗衣机和烘干机,只是这样的小件衣物,秦既明习惯了自己手洗。

耳侧听着林月盈把她的毛巾和换下来的贴身衣物全丢进洗衣机的动静,秦既明低头,将毛巾细细揉干净,晾起。

晚上没什么例行活动,秦既明照例要看《新闻联播》,以及结束后的天气预报。他是被秦爷爷带大的人,观念上并不陈旧,但有一些守旧的习惯。看新闻,订报纸,晨跑,奉行俭朴生活的原则,林月盈庆幸他只律己甚严,而非要求她一同遵守。

在秦既明看电视时,她趴在旁边的沙发上,跷着腿看漫画书,偶尔回答秦既明的问题。

第一章 兔子见了鹰

秦既明问:"这次去伦敦好玩吗?"

林月盈专注给朋友发消息:"好玩。"

"还去了哪儿?"

"曼彻斯特,还有伯明翰、约克……嗯,爱丁堡。"

"遇到特别喜欢吃的东西了吗?"

林月盈皱鼻子:"没有,美食荒漠,名不虚传。"

秦既明说:"信用卡透支了吗?"

林月盈噌地一下坐起,她把手机放在旁侧,楚楚可怜地望着秦既明:"这正是我想要和世界上最亲最爱的你要讲的事情。"

秦既明不看她,端起一个白色的马克瓷杯。水还太烫,他握着杯柄,没有往唇边送。

林月盈跪坐着蹭过去,主动接过他手里的杯子,用力地吹气,吹得热气如绵云散开。

这个杯子还是她三年前送给秦既明的生日礼物,是她去景德镇的一个工作室里亲手做的,杯子的底部是她精心画的图案——明,右边的月被她画成一个漂亮的淡黄色的小月亮。

秦既明用到现在。

林月盈吹了几口气,秦既明看不过去,将杯子从她手里拿回来慢慢喝,说:"有话直说。"

林月盈半倚靠着沙发背,可怜巴巴地看他:"你知道的,我的那张信用卡额度有限。"

秦既明说:"但凡银行的人有点脑子和职业操守,都不会给一个刚成年的人办理高额度信用卡。"

林月盈柔柔地开口:"可是那个包真的好美丽,在看到它的瞬间,我就已经想到该买什么样的裙子和小鞋子搭配它了。"

秦既明又喝了一口水:"所以,有品位的林月盈这次也买了新裙子和小鞋子?"

林月盈说:"要不要看看呀?非常美丽!我发誓,你一定会被我的审美所倾倒。它的优雅会打动这世界上最固执最强硬的心。"

"被林仙女看中是它们的荣幸。"秦既明点头,"现在我需要为这三个幸运儿付多少钱?"

林月盈竖起四根手指。

秦既明问:"四万?"

"错。"林月盈纠正,"其实是四个幸运儿,那个搭配裙子的胸针也好美丽,我不忍心分开它们,让它们天各一方。"

秦既明波澜不惊地道:"总价呢?"

"你等等啊,我给你算一笔账。我已经看过啦,国内也有卖的,在国内的专柜价呢,分别是两万一千五、两万七千五、八千九和三千一,总价要足足六万一耶!而且是新季的服饰,没有任何折扣。可是!在英国,注册 harrods(哈罗斯)可以打九折,还有百分之十二的退税。"林月盈掰着手指数,"算一算,我是不是为你省了好多钱呀?"

秦既明的声音没有情绪起伏,听起来像是在夸她:"真是个勤俭持家的好孩子。"

"谢谢既明哥哥。"林月盈说,"我自己的卡里还有些钱,所以不是什么问题……但这样一来,下周和红红她们一起去玩的话,我就有些捉襟见肘了。"

她看向秦既明:"既明哥哥。"

秦既明已经要喝完那一杯水,他心平气和地说:"下个月的零花钱提前发。"

林月盈开心极了,还未欢呼出口,又听到秦既明说:"但以后,你的贴身衣服,包括毛巾,都必须自己洗。"

林月盈说好,乐滋滋地抱着漫画书回房间了。

这不是什么难事,平时她的衣服也都是自己洗的,不过犯懒的时候,会将它们直接塞进洗衣机里。家里只有一台洗衣机,是她和秦既明在用。平时倒还好,哪想到有一天秦既明看到了,给她拣出来,严肃地和她讲内衣不可以混洗吧啦吧啦……听得林月盈耳朵要生茧。也有几次,林月盈缠着秦既明,让他帮自己洗睡衣。

那些零花钱,也不是秦既明"发"给林月盈的。

秦爷爷病后,只要有时间,林月盈都是照顾他、陪在他身边的。后期秦爷爷下不了床,翻身困难,肌肉萎缩,林月盈向专门的护工学习了按摩手法,给他揉疼痛的腿,陪他说话聊天。

秦爷爷弥留的最后几晚,林月盈就睡在他房间里临时搭的小床上,整天都陪伴着他,她是真的将秦爷爷当自己的亲爷爷。

也正因此,秦爷爷过世前请了律师重新划分遗嘱,留了不少东西给林月盈。

只是她现在还在读书,年龄也小,遗嘱上还新加了条例,秦爷爷希望秦既明能够照顾她到大学毕业,届时将留给林月盈的那些财产全都转到她的名下。

这不是什么难事,虽然已经规定好每月给林月盈多少零花钱,但林月盈要是真没钱了,秦既明也是二话不说就补上的。

他物欲低,也不在意这些钱。

如今,他生活中最奢侈的东西,也就是此刻正躺在卧室里休息的林月盈而已。

秦既明端坐着看完了《新闻联播》,水也喝光了。

他去了一趟卫生间,回来时天气预报也快播完了。间隙中,秦既明打了几个电话,一个打给侄子秦绍礼,祝贺对方和他的女友假期愉快,再询问传闻中的订婚消息是否属实;第二个打给了好友宋一量,询问他温泉酒店之行约在什么时候,等具体时间确定了,他需要同林月盈说一声。

电话打完了,宋一量又发消息告诉他,昨天已经用 iMessage 给林月盈发过酒店的一些图，问林月盈给他看过没有。

林月盈当然没有。

出于职业的原因，秦既明一直都在使用国产手机。家里的几个苹果产品都是林月盈在用，包括现在倒扣在茶几上的平板，也是她为了和朋友玩同一个服的游戏买的。

秦既明顺手拿起来，想看宋一量发来的图片。这些东西，林月盈保存下来的话，应该都在相册里。他滑了几张，冷不丁地，跳出一张意料之外的图。

看背景，大约是在英国的酒吧，或许是夜店，林月盈身旁站着一个比她高十厘米左右的棕卷发蓝眼男。他没有穿上衣，只穿着黑色短裤，坦坦荡荡地露着脱毛后的干净胸膛和饱满肌肉，一手揽着林月盈的肩膀，笑容很阳光。

这是秦既明从未想过的画面。

林月盈到家后的第三个晚上，因秦既明的存在，她第一次在九点之前产生困意。

她是一个不需要通过外界来获取安全感的人，幼时的经历虽坎坷，可无论是爷爷还是秦爷爷，再或是秦既明，在安全感上都给予了她充分的情感满足。可偏偏有些事情就是如此微妙，林月盈还是无法控制地和秦既明建立不一般的依赖感。确认对方在家后，林月盈刚躺在床上，就感受到朦胧的困意，那感觉像被太阳晒暖的水柔软地没过她疲倦的身体。

这房子有些年头了，户型极具年代感，大小相同的两个卧室只隔了一堵墙，两张床"头抵着头"。这样的布局，在林月盈刚搬进来时颇有帮助。彼时她经常噩梦缠身，常常半夜啼哭尖叫，隔壁的秦既明闻声便会立刻赶来，坐在她的床边，轻声叫她的名字，耐心地哄她。

那时候的林月盈不过十五岁，刚读高一的年纪。秦爷爷去世后，在秦既明父亲家暂住的那一星期，给她留下浓厚的心理阴影。更不要讲那闻风而至，想要讨要她监护权的亲生父亲……

人的记忆有限，回顾往日，往往只记得彼时的情绪。林月盈回顾那一段时日，也只有半夜里惊慌无助的噩梦、黑暗里的哭泣、被浸透的枕巾和被褥，以及秦既明轻拍她脊背的一双手。

这样的噩梦持续了一周，才在秦既明的安抚下渐渐退散。

如此差的隔音效果，随着林月盈逐渐长大，开始变得鸡肋。在她的房间，只要竖起耳朵就能听清外面的声音。

夜晚安静，林月盈有时还能听到秦既明下床的声音。今天她躺下后，听见客厅里的声音小了，然后她听见了秦既明关掉电视的声音。

林月盈诧异地看了眼时间，这并不符合秦既明的作息规律，他今天没有看天气预报。

或许是因为他刚出完差，现在也累了。在家里的时候，秦既明很少谈工作上的事情，林月盈只记得他这次是去了某航空物流公司的总部洽谈合作事宜。谈判是极为费脑子的事情，大约他今晚也想早些休息。

脚步声缓缓到林月盈的门口停下，林月盈庆幸自己早早关了卧室的灯。她将被子拉到下巴处，听到秦既明的声音："睡了吗？"

林月盈说："睡啦。"

回答她的，是长久的沉默。

过了一会儿，林月盈又听见他说："睡吧。"

秦既明这样的举动有些反常，林月盈开始回想，自己最近是否又做了什么让秦既明看不下去的事情。

她是惯会揣摩情绪的，秦既明上次有这样的反常，还是给她开家长会。秦既明参加完家长会，回家后就一言不发。他一直闷到次日清晨，终于在早饭时严肃地提起那个在林月盈的书桌抽屉里发现的东西。

林月盈认真地解释，那是朋友搞怪送的整蛊礼物，秦既明的脸色才稍稍好转。

脚步声渐渐远离，林月盈在柔软的被子中轻轻地舒了一口气，琢磨着明天最好暂时地避开秦既明。尚不知对方为何举止反常，林月盈开始细细地思索自己这个暑假以来做的错事——每一件都能让秦既明拎着她的耳朵，严肃地给她上好几堂课。

林月盈近期心情不错，她不想和秦既明吵架，更不想和他怄气。

想到这里，她又拿起手机，噼里啪啦地给好朋友发消息，约好朋友明天早上一起去吃之前想吃的粤式早茶，吃完去游泳，运动后再去按摩放松，中午后再各自分开。

她知道秦既明中午约了宋一量吃饭，他那个性格，肯定不会在外面教训她。就算她有什么错，他都得回家后再收拾她。

艺高人胆大肘子：对了，这次开学谁送你啊？月月。

林月盈侧躺着——虽然这个姿势会促使法令纹和泪沟的产生，还有可能导致圆肩，不过自从仰卧被手机砸过一次鼻子后，林月盈就坚持侧卧玩手机了，还是鼻子更重要。

林月盈从不把衣服和被子放在学校，每次放假的时候全部打包回家，开学后再送到宿舍，一来是放在学校容易受潮，二来是学校的老鼠和虫子太多了。

往常开学都是秦既明请宋一量或者保姆送她。说来也凑巧，好几次开学前后和期末周，秦既明都在出差，没有时间。

林月盈还没听秦既明提过这件事，不能确认他能不能送她。

月是故乡明：不知道，看情况，现在说不好。

艺高人胆大肘子：要是这次既明哥还没空，我就让我爸爸捎着你，反正咱俩学校也不算远。

月是故乡明：好呀，又要麻烦叔叔了。

第一章 兔子见了鹰

月是故乡明：小珠珠你太好了！你简直是天上地下绝无仅有的善良小菩萨！

艺高人胆大肘子：恭维的话先放一放。

艺高人胆大肘子：真想感激我的话，就请我吃个饭。

小珠珠原名叫江宝珠，是林月盈的发小，俩人在秦爷爷那边时就熟悉了。院子里从小玩到大的朋友很多，林月盈和江宝珠的脾气最相投。江宝珠不能随便出入境，前几天林月盈和朋友去英国玩了一圈，回来时给江宝珠带了不少特色的小礼物，刚好明天吃早茶的时候带给她。

解决完烦心事，林月盈才打开床边的小台灯，下床打开自己的衣柜，翻出生理期垫。生理期经常弄脏床单的林月盈感慨万千，这种为生理期设计的一次性用品着实是懒人的福音。

平平整整地铺好垫子后，林月盈将台灯调节到不刺眼的温柔程度，半闭眼睛微微侧躺着，盖着柔软的被子，缓缓进入梦乡。

一墙之隔的秦既明没有休息，他连衣服都没脱，半倚靠着墙壁，微微皱眉看着搜到的东西。

根据潦草的几张照片，秦既明基本能够确定，林月盈去的是一场舞蹈秀——Dream Boys，一场英国本土的时尚秀，以场地小、控制观众人数、高互动感而闻名。他去官网查阅了秀的演出时间，林月盈去英国玩的那几天，刚好在伦敦有一场。

秦既明庆幸该表演禁止在互动时录像和拍摄，否则，在看到更具备冲击性的画面后，他无法确定自己是否还能忍着，等明天早晨再找林月盈谈话。

时间太晚了，林月盈也已经休息。放下平板的时候，秦既明听到隔壁有开灯的声音。

她那盏台灯用了好多年头，开关的声音很大，秦既明想要给她换掉，但林月盈喜欢那盏台灯的独特造型，一直不肯换。她时髦、恋旧，喜欢一些奇特的东西。

秦既明闭上眼睛，按了按太阳穴，感觉气血有些上涌。孩子大了，他能理解林月盈的好奇。

但是……秦既明闭上眼思索了两分钟，还是打算现在去找她聊一聊。

自从多年前的那件事后，秦既明没有在晚上进过她的房间，或是让她进自己的卧室。他下床仔细扣好衬衫的纽扣，一直扣到顶端，又整理了一下衣角，才推开门打开廊灯，平缓地走向林月盈的卧室。

站在门口，秦既明一手拿着平板，另一只手举起来，在屈起的手指关节即将触碰到门板的时刻，隔着一扇木门，秦既明听到细微的声音。

于是他立住，不再前行。

一片寂静中，廊灯有着温柔的光亮。林月盈的房门是她自己选的，是浅胡桃木色的，上面挂着一块桃木牌。桃木牌上写着"月亮宫"三个字，画着一位正在休息的公主；翻转过来，会看到另一半有着"太阳宫"的字样以及一位读书的公主。牌子下还挂着一张毛毡，毛毡上是各种各样的胸针和毛绒玩具，这些都是她在世界各地旅行的时候搜刮来的可爱玩具。她的房间就像一座干净明亮的公主行宫。

林月盈在半梦半醒间，似乎听到沉闷的、属于秦既明的叹息。

林月盈相信那一定是幻听。墙的隔音效果再差，也不至于连叹息声都原原本本地传送过来，一定是她因为对方的问话导致的错觉。

林月盈一夜好梦到清晨，早早轻手轻脚地出门，没有惊醒尚在睡梦中的秦既明。

虾饺和肠粉被端上桌后，林月盈又点了烧卖、凤爪和白灼菜心。她今日的胃口不错，就连江宝珠也为她侧目："昨晚上没吃饱？"

林月盈说："哪里，昨天和红红打了网球，体能消耗大。今天我早上起床的时候,还有点雾蒙蒙的头晕。"

江宝珠的妈妈是广东人,高鼻梁大眼睛白皮肤,这些特点江宝珠都完美遗传了。曾经有选角导演向江宝珠抛出橄榄枝,但江宝珠的家里人坚决不让她进娱乐圈,再加上江宝珠对演戏毫无兴趣,最后还是委婉地拒绝了。

江宝珠目前在读建筑专业,她不爱运动,和林月盈是不同的性格。

江宝珠仔细地看着她:"我看你不止运动量过大,晨起头晕?可能是湿气太重。今晚我让莲姨煲汤给你喝。"

"不要不要不要。"林月盈连连摆手,"今晚我还想让秦既明炖老鸭汤呢,他做得可好喝了。"

江宝珠慢条斯理地夹菜:"你的情哥哥回家了?"

"是秦。"林月盈纠正,"不过我感觉他似乎不太高兴。"

江宝珠想了想:"你上次不是说他去上海出差了吗?可能那边比较湿热,导致他也湿气重。没关系,改天我让家中莲姨煲汤送过去。"

林月盈逗她:"中午我们还约了宋一量一块儿吃饭,听说宋一量近期湿气重,你要不要也煲汤送给他啊?"

江宝珠放下筷子,优雅地用纸巾擦唇角,抬手作势要打她。林月盈笑着,双手托腮:"等会儿中午一起吃饭嘛,就我一个女孩子,害怕怕。"

江宝珠说:"你害怕什么?"

"……前几天秦既明不在家,我出去玩得太过火了。"林月盈说,"你和我一块儿去,有你和宋一量在,秦既明肯定不会教育我。"

江宝珠不以为意:"他为了你,连女朋友也不找,哪里舍得教育你?"

林月盈纠正江宝珠:"他不是为了我,他只是个醉心工作的工作狂。"

江宝珠提醒:"他当初拒绝我大伯和堂姐的时候,可不是用'醉心工作'这个理由。"

林月盈叹气,鼻头皱起:"那是拿我当幌子呢,我亲爱的小珠珠。

你都不知道,他小时候打我打得有多狠。"

林月盈讲的都是实情。

林月盈被送到秦爷爷家中的时候,才六岁,秦既明已经开始读高中了。秦家父母的关系不好,秦既明跟着秦爷爷一起住在大院里。秦爷爷的家总共有三个卧室,林月盈住进来之后,刚好他们三个人一人一个房间。

刚到的时候林月盈夜里害怕,人生地不熟的,再加上卧室的窗外有棵巨大的国槐树,有风的时候,枝叶被刮到窗子上,有种鬼气森森的吓人感。小时候的林月盈哪里懂什么唯物唯心,她只知道自己胆小,晚上不敢一个人睡,抱着被子瑟瑟发抖。

秦爷爷年纪大了,早就戴上了假牙,只是嗓门仍旧不减当年。小时候的林月盈,害怕他摘掉假牙后瘪瘪的嘴巴和骂人时候的模样。她思前想后,感觉隔壁房间的秦既明长得好看,比较容易亲近。林月盈踌躇片刻,还是噙着泪花,拖着小枕头,钻进他的被子里,抽抽噎噎地说要和秦既明一起睡。

秦既明那时候就有洁癖,看到林月盈差点跳起来。又逢青春期,秦既明的脾气不好,林月盈没待几秒钟,秦既明就冷着脸卷起被子,把她丢回房间里。

后半夜,被风声吓醒的林月盈又在他床上瑟瑟发抖,一碰就哭。

秦既明彻底没了主意,之后秦爷爷发话让秦既明多照顾林月盈。她爷爷刚过世不久,秦既明不得已,才让林月盈继续挨着他睡。

这一照顾,就是两年。

两年后,他们终于成功地分了床,秦既明那时也念了大学,不需要天天回家。

但在那两年里,秦既明也不是什么好脾气的人。他有洁癖,不像保姆那样好说话,给林月盈定了很多规矩——不能在卧室吃东西,不能在卧室喝饮料,不能……

第一章 兔子见了鹰

也正是这些规矩，让林月盈渐渐地养成和他一致的习惯，不过性格不像秦既明，她还是那样爱笑，外向。

林月盈天生反骨，打小就有自己的主意，是最不好管教的那种孩子。她七岁那年，忽然消失了一个下午，秦既明和秦爷爷找她快找疯了，担心她被绑架，又担心她被人拐走。他们调动了不少监控，到了傍晚才找到林月盈。秦爷爷急得血压飙升，听说找到她的那刻差点昏过去，躺在床上吊点滴吸氧。秦既明单独去见被警察送来的林月盈，压着火气问她去了哪里。

偏偏林月盈不讲，恼得秦既明在警局里打了她一巴掌。小孩子也有自尊，"哇"的一声哭出声。

秦既明那时候刚读高二，性格尚有易怒的一面在，外加爷爷住院，一巴掌虽然收了劲儿，也是有点没轻没重。林月盈哭了好久，把眼睛哭成了核桃。晚上林月盈泪涟涟地去医院见秦爷爷的时候，眼睛还是肿的。她偷偷地向秦爷爷解释出去的原因——原来是秦爷爷生日快到了，她之前打碎了秦爷爷最爱的紫砂壶盖，这次跑出去，是为了找能搭配那个紫砂壶的盖子。

打碎紫砂壶是她和秦爷爷之间的秘密，那壶是秦既明送给秦爷爷的，她不敢讲，害怕秦既明骂她。

配对的壶盖自然顺利地被买了回来，正严丝合缝地和秦既明送爷爷的那个紫砂壶嵌在一起。晚上，家里请的保姆心疼地给林月盈擦药按摩，秦既明就沉默地在门外徘徊。

等保姆走了之后，他才进来，手上端着林月盈最爱喝的小吊梨汤，坐到林月盈的身边，轻声问她痛不痛。

林月盈啪嗒啪嗒地掉眼泪，一边小声说好痛好痛要痛死了最讨厌秦既明了，一边又委屈巴巴地喝他带来的汤饮。

这是秦既明唯一一次对林月盈动手。

江宝珠说的也是事实。

秦爷爷去世后的第二年，秦既明已经开始工作。那时候他不同于家中的其他兄弟，一心扑在智能机械的研究上。这种非一般子弟的气质吸引了江宝珠的父亲和大伯的注意，他们很中意秦既明不乱玩的性格，也欣赏他的正派，看好他的前程，属意将江宝珠的表姐江咏珊介绍给他，想要让两个年轻人多接触接触。

那时秦既明还未满二十六，刚刚研究生毕业，江咏珊刚大学毕业，准备在秦既明的母校继续深造，这样算起来，江咏珊还是他的直系学妹。

秦既明婉拒了江家的好意，用的理由就是无心恋爱，现下只想好好地照顾林月盈，未来五年他都没有成家的打算，也不想耽误江咏珊的大好年华，感谢抬爱，还请另寻爱婿，他不合适。

这个理由，秦既明用了快五年。林月盈都到了可以自由恋爱的年龄，他仍旧丝毫没有谈恋爱的迹象。

彼时林月盈和江宝珠已经是天天手拉手一起上厕所一起逛街一起吃饭的好姐妹，连晚上睡觉也睡在一起。林月盈也见过江咏珊，知道对方是个闻起来香香的温柔又漂亮的好姐姐。

时光荏苒，此刻和江宝珠头抵头躺在一起做 SPA 的林月盈，再想起这段往事，忽然又庆幸那时秦既明没有选择同江咏珊接触。

这种暗暗的庆幸像一种隐匿的激烈本能，如同吃鱼片时冷不丁地被潜伏的刺扎了一下。

等美容师将贴在她脸上的面膜温柔揭开时，林月盈打了个冷战，感觉刚才好像有了一些糟糕的、不该有的想法。

具体是什么，她也讲不清。

事实上，多年后回头看，那时候秦既明的婉拒对两人都有益：他一直醉心工作，而江咏珊谈了两任男友，正享受着她的青春。

俩人的确并非良配。

林月盈正凝神思考，江宝珠幽幽开口："月盈。"

第一章 兔子见了鹰

林月盈:"怎么啦?"

"我总感觉,"江宝珠慢吞吞地说,"你的秦哥哥现在还没有谈女朋友,或许有些内幕。"

"哪里有内幕?"林月盈不以为意,"高处不胜寒,他是眼光高,所有人都进不了他的眼。"

江宝珠不说话。

美容师温柔的手揉搓着精油,轻轻按在林月盈的太阳穴处,将她的头微微抬起,柔和地打着圈按摩。

林月盈闭着眼睛总结:"还记得我们初中时一起看的《神夏》吗?里面麦考夫对夏洛克说,我们身边的人都像金鱼一样没有脑子。"

If you seem slow to me, Sherlock, can you imagine what real people are like?

(如果对我来说,你也是迟钝的。夏洛克,你能想象真实的人类是什么模样吗?)

I'm living in a world of goldfish.

(我们生活在全是金鱼的世界。)

林月盈说:"你不要看秦既明脾气那么好,对谁都温温柔柔的,他才不可能会喜欢上人呢。"

从小时候到现在,相处整整十三年,林月盈发誓,在这个世界上,不会有人比她更了解秦既明。

他是矛盾和对立产生的集合体。

截至今日,林月盈仍旧无法想象秦既明的那张脸坠入爱河的模样,他应该是站在海岸线边缘行走的人,偶尔侧身,高高在上地看一眼深陷于欲海中的男女。

事实也如此,等林月盈和江宝珠美美地去吃午饭时,秦既明对于忽然到访的江宝珠没有任何的惊讶，只是示意林月盈和她换一个位置，让江宝珠坐在宋一量的身旁，林月盈则是和秦既明坐在一起。

打开窗可以看到，故宫的琉璃瓦在阳光下闪耀着金色的光芒。这次吃饭一是长久未见，二是商谈不久后的温泉之行，几个人都预备好好地放松一下，泡一泡，松松筋骨。

林月盈埋头吃饭。事情和她设想中的一样，秦既明果然没有在他人面前追问她。

她趁机问了开学时谁送她这个问题，秦既明的回答干脆："我。"

林月盈讶异："你有时间吗？"

"最近不忙，请半天假也没问题。"秦既明淡声道，"多吃点。"

林月盈本来挺开心的，听到他淡淡的一句"多吃点"，心中又开始忐忑。不知为何，秦既明那一句"多吃点"，令她无端联想到屠夫与羊，在磨刀霍霍向羔羊之前，屠夫也会这样督促它多吃些吧？

毕竟吃饱了好上路。

胡思乱想里，宋一量又笑着说自己那在外留学的表弟即将回京，到时候带过来和她们一起玩。那个小表弟只比江宝珠大两个月多四天，初中时就去了澳大利亚，宋一量怕他不适应国内的生活，还请她们两个人带着表弟多玩玩……

江宝珠说："饶了我们吧一量哥，我和月盈可不喜欢应付同年龄段的男生。"

"喔？"宋一量讶异挑眉，"怎么不喜欢？"

秦既明给林月盈倒茶，是大麦茶，有干净的粮食香气和淡淡的苦。

江宝珠面色坦然，拉出林月盈做挡箭牌："我和月盈一样，都喜欢大哥哥类型的，最好大五岁起步，温柔成熟有耐心——你说是吧月盈？月盈？"

林月盈在专心吃咕咾肉，江宝珠叫了她两声，她才心不在焉应了声，也没听清好友说什么。

宋一量摇头，不赞同："年纪差距大了也不好，你们还在上学，容易被社会上的人欺骗。年轻的女孩都说喜欢什么大叔大哥哥……可别把大叔大哥哥想太好，这男人啊，上了年纪，和你们差得可不仅仅是时间，还有精力——"

"一量。"秦既明把杯子递给林月盈，对他说，"别在月盈面前说这些。"

宋一量笑了，语重心长地叮嘱："谈恋爱，还是和同龄人在一起有意思。尤其是你，月盈。"

被点到名的林月盈，丈二和尚摸不着头脑，先去看秦既明，又茫然看宋一量："啊？"

"有了心上人记得向你既明哥打个报告。"宋一量指指秦既明，"也好让他给你把把关。"

林月盈打趣："肯定的呀，毕竟既明哥哥如此成熟稳重、铁石心肠、冥顽不化。"

秦既明皱眉："别把我说得这样可怕，我又不是安检门。"

林月盈扑哧一笑。

秦既明着意看了林月盈一眼，欲言又止。

席间，秦既明还接了一个电话。林月盈离他近，听得清清楚楚，电话那端是安装洗衣机的人问他，什么时候上门。

第二章

心里危险的东西

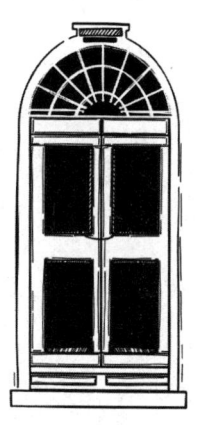

夏末余热尚在,好像不甘心就将悉心照顾的植物拱手让予秋天。

吃过饭,回家的路上,林月盈坐在副驾驶座,问秦既明:"你为什么又买一个洗衣机呀?"

秦既明开车,专心看前方的路况:"因为家里有一位不想手洗贴身衣服的懒孩子。"

林月盈:"……"

"以后那个洗衣机是你专用的。"秦既明提醒,"回去看看,你喜欢放在哪里?你的毛巾、浴巾,还有贴身的衣服,都放进去一块儿洗,我给你挑的是洗烘一体机,也省事。不过还是注意一下,别混用,对身体不好……也别把我的毛巾放进去。"

林月盈有点不开心:"和我干吗分得这么清楚呀?"

"必须分清。"秦既明说,"你也不小了。"

林月盈一下又一下地玩着她套在副驾驶安全带上的小樱桃挂件,可可怜怜地说:"你最近老是讲这句话,我都觉得你要和我生分了。"

秦既明余光能看到她玩弄小樱桃的手指。

林月盈喜欢在他的车和东西上留下痕迹,现在车里放着的小花盆摆件,刻着他们俩名字的熟睡小羊,还有她亲自用红绳编的平安结……包括现在副驾驶的安全带上的毛绒殷红小樱桃,都是她精挑细选弄上去的。

林月盈有一双细长又白皙的手指,很美丽,很适合弹钢琴。她小的时候，秦爷爷的确为她请过钢琴老师，那时秦既明用的钢琴也在，刚好可以上课。但林月盈没耐心，抽抽噎噎地撒娇，哭着说不想练……秦既明和秦爷爷俩人都宠着她，最后也没逼她继续学。

反正弹钢琴本身是为了陶冶情操，不指望她真的靠此安身立命，真的不喜欢，那就不学了。

她没有做美甲，每一根指甲的弧度都是精心修剪出的圆，干干净净地透着血色。吃饭时，秦既明给她递杯子，这干净柔软的指尖擦过他微硬的掌纹，触感好比雪花落在暖玉之上，渐渐融化。

红灯。

禁止通行。

秦既明稳稳地停下车，看着远处鲜红刺目的指示灯，上面的数字正在缓缓地跳动，这个路口的红绿灯长达九十秒。

林月盈满脸忧伤："秦既明，我们之间的情分呢？"

"如果我不念及小时候一起长大的情分，"秦既明说，"刚才吃饭时我就问你了。"

林月盈停了几秒，手指不安地抠小樱桃："问什么？"

秦既明缓声道："你好好想想，自己最近做错了什么？"

林月盈沉默。

半晌，她小心翼翼地问："我和红红打人的事情，你也知道啦？"

很好。

秦既明反问："你还打人？"

林月盈愣："不是这件事啊，那是什么？"

秦既明叹气，无奈道："你打了谁？"

"就是那个孟家忠。"林月盈的声音听起来委屈巴巴的，"我和红红玩得好好的，他非要拦住我们请我们喝酒，还说不喝酒就是不给他面子，就是在打他的脸。我想这人的要求好奇怪呀，还要求人打他的脸……"

秦既明揉太阳穴："你还去了酒吧？"

第二章 心里危险的东西

林月盈安静了。

"算了,打就打了,是他的不对。"秦既明问,"你没吃亏吧?"

林月盈喜滋滋:"没吃亏呢,我的女子格斗课可不是白上的。"

秦既明说:"不愧是我的妹妹,巾帼不让须眉。"

"那可不!"林月盈顺着竿子往上爬,得意道,"就我这样,娴静如花照水、行动似优雅疯狗的人,你打着灯笼也难找。"

"是。"秦既明颔首,"所以,我这打着灯笼也难找、娴静如花照水、行动似可爱小狗的林小妹,能不能告诉我,你去英国伦敦,有没有看不合时宜的,需要向成熟稳重、铁石心肠、冥顽不化的我报备一下的节目?"

林月盈呆住。

绿灯通行。

秦既明专心致志地开车,望向前方,视线平静。

"记不住了也没关系,平板就在你面前,我完全不介意你在这个时候重新温习一下那两张照片,然后给我一个合理的解释。"

林月盈说:"什么合理的解释呀?我温柔善良、英俊潇洒、体贴入微心软软的既明哥?"

秦既明说:"少拍马屁,这招没用。"

林月盈像个认真听课的好学生:"哪里有?你从小教我不要说谎,我说的都是事实呀。"

秦既明不为所动:"说吧,为什么去看那种秀?"

说到这里,他顿了顿,又嘲讽地说:"和你合照的那个男人,看起来是再努努力就能做你父亲的年纪。"

林月盈把"人家才二十三岁还没你年纪大呢"这句话用力地憋回去。她严肃地深呼吸,端正坐姿:"里面不适合我,拍完照我就离开了。"

秦既明冷血地拆台:"你那张照片是看完整场表演后才能拍的。"

林月盈快速反应："……我强忍着不舒服看到最后。"

秦既明指出："你那愉悦的笑容看起来并不像是不舒服。"

林月盈纠正："那是皮笑肉不笑。"

秦既明淡淡道："再贫嘴，你会感受到皮疼肉也疼。"

林月盈一副楚楚可怜的模样："……其实我是为了感受那种纸醉金迷的氛围，内心在对如此靡靡之音进行深深的批判。"

"真是爱学习的好孩子啊。"秦既明平静地夸赞她，"你怎么批判它了？有什么心得和我分享一下？"

"好吧。"林月盈噎住，诚挚地说，"我说实话吧。"

她说："我前几天眼睛不舒服，听人说多看美好的事物能够治疗眼睛痛。"

秦既明冷笑："我看你是想屁股痛。"

在已经做了充分功课的秦既明面前，林月盈没有丝毫可以狡辩的余地。

依照现在的情形，车上不适合再继续谈这个话题。她做的事情和态度，极有可能令秦既明气血翻涌，影响驾驶。

秦既明让林月盈等到家后，再和他深入讨论这个话题。所以在这之前，她还有足够的时间思考，想出令他消气的理由。

林月盈还想用买食材这种事情来拖延时间，可惜秦既明没给她这个机会，他已经打电话去常去的店，委托店主挑了一只鸭。经过店门口时，秦既明只稍稍一停，拿了就走。

终于到家。

秦既明挽起袖子，一直挽到肘关节之上，露出结实的手臂。他的右小臂上有一道伤疤，当时缝合不过几针，但他属于疤痕体质，有点磕碰就容易留下痕迹，即使用再好的防增生药膏，也无太大的用处。

疤痕体质的人，身上每一个无法磨灭的痕迹都有忘不了的来历。不过这条疤痕，林月盈和秦既明同样记忆深刻。小时候，林月盈跟大

第二章　心里危险的东西

院的其他孩子一起学爬树，吊在树上不敢下来，秦既明借了邻居家的梯子，去抱她。

那梯子单薄，扶梯子的小孩没保持好平衡，秦既明落地时摔了一下。但他只顾着抱紧林月盈，导致摔下来的时候手臂在花坛边缘的铁丝上划了一道。

林月盈一肚子的狡猾，在看到这条疤痕时消失得无影无踪。

"秦既明。"林月盈主动卖乖，套上八百年用不了一次的小围裙，要帮忙一起洗菜。她不会做饭，只能清洗蔬菜水果打打下手，"我错了，我不该跑去看那场秀。"

她乖乖巧巧地低着头，老老实实地洗着蔬菜。一整个嫩嫩的球生菜，她一层层地往下剥，一层层地剥掉谎言、欺骗、借口、理由……啪！脆脆的生菜球茎在她指间被折断，只留下坦诚的心。

秦既明在处理那只鸭子，头也不抬。这样的话题，倘若坐下来面对面地谈，未免有些尴尬。秦既明麻利斩鸭，斩骨刀寒光闪闪，剁开残肉碎骨。秦既明的一双手，能弹钢琴能敲键盘，在他的眼中，以上两件事和剁肉也没有区别。这样一双手自然不会娇嫩，薄茧叠硬皮，他自己都觉得粗糙。

而拥有一双柔软的嫩手的人正站在他的旁侧，听话地剥着生菜球。从小照顾到大的人，此刻正抬着头，眼巴巴地看他。

秦既明把斩好的鸭子下了锅，用沸水煮开，预备焯水。等煮掉一层浮油血腥后，才能继续煲汤。

秦既明洗干净手，斟酌再三，才开口："按照常理来说，我不应该和你谈这个。"

林月盈惊讶："你昨晚想和我聊这个？为什么昨天晚上不讲？"

秦既明说："昨天你都睡着了，把你叫醒不太合适。"

"哪里不合适？"林月盈满不在乎地说，"你不会以为深夜只适合谈人性吧？"

秦既明说:"不然呢?"

"秦既明,你总是把简单的问题严重化。"林月盈说,"怎么就上升到丧失人性的阶段啦?你道德感好重喔,不要这么尴尬嘛。"

秦既明看她:"你不觉得尴尬?现在你的红耳朵是怎么回事?别告诉我是热的。"

林月盈镇定地回:"我刚摸了辣椒,是辣的。"

秦既明说:"也算是人性,好奇是人的天性。我承认,一些场所,的确会对你这样刚成年的人有着巨大的吸引力,尤其是那种在国内几乎是不可能上演的表演。我可以理解你,所以你也不必有太重的心理压力。我不想因为这件事影响你的心理。"

林月盈安静地听。

她想,秦既明大概是多虑了,她现在已经成年了,心理也已经健全。

可能他还没有适应"她已经是大人"这件事,才会仍旧将她当孩子一般教育。

她没有打断秦既明。

"这就是我想和你讨论的事情。"秦既明看她,"好奇是人的本能。一个人成年与否,并不只是依靠简单的年龄来区分。并不是说,在十七岁的最后一秒钟,你盯着秒针,看着它越过十二点,你就是一个自由的成年人。不是这样的,它只是法律上的规定。一个真正意义上的成年人,在于会自控。"

林月盈举例自证:"我自控能力就很好呀,我现在还没有抽烟,也只喝少量的酒。"

秦既明淡声道:"但你却在毫无报备、没有保护者的情况下,去异国他乡看一场有一定危险的秀。"

林月盈没忍住,小声辩解:"也不是很危险吧,是正规的表演。"

秦既明说:"怎么不危险?里面的互动环节是你可控的吗?不要妄图骗我说没有互动环节,我看了关于他们的详细介绍。月盈,如果其

第二章 心里危险的东西

中一个人有了坏心思,故意在互动环节……"

他越讲,脸色越差,显然这种设想已经令他开始不悦:"这是犯罪,还不算危险?"

林月盈立刻解释:"我用你的名义发誓,他没有碰,也没有不尊重我。互动环节只是近距离看他们跳舞而已。"

秦既明的语气凉飕飕的:"看他们跳什么舞?"

林月盈扯住他衣角,可怜地晃了晃:"秦既明,你的声音好可怕,让我感觉自己犯了好大好大的罪。"

秦既明无声地叹气。

林月盈双手合十,祈求地望着他:"拜托拜托,我发誓就这一次,我只是好奇嘛。"

秦既明在她的祈求下,稍稍让步:"毕竟不在国内,你们两个女孩这样贸然地进去也有些危险。就算必须要去,也应该提前报备。"

话题又回到关键点。

林月盈解释:"提前报备的话,你肯定不同意。"

秦既明回答:"但凡我还有一口气,就不会同意。"

林月盈真诚:"你不同意我怎么去?难道你会跳给我看吗?"

话音刚落,秦既明屈起手指,重重地敲了两下她的额头。

林月盈叫了一声,仰脸看秦既明沉静的脸。

两人差了19厘米,他看她时必须以这样微微俯视的角度,就这样垂着眼,眉间痣也不甚明显,像菩萨俯视众生。

"胡说八道什么。"秦既明说,"没大没小。"

和他在一起时,林月盈的嘴巴总要快过脑子。她捂着额头,委屈又可怜地说:"我讲的都是实话嘛。"

她抬手,要秦既明看她的手:"你看看,我这次给你带回来的信笺,才不是在英国随便买的呢,都是我一张一张挑出来的。那个纸还把我手指划破了呢……"

秦既明移开视线，不看她的手。

林月盈被秦既明和秦爷爷养得一身娇气，不要说手指破个口子，小时候林月盈趴在国槐树下玩，被大蚂蚁咬了手指，也要哭着让秦既明吹一吹。一吹吹到十八岁，平时有个小伤小碰，无论见不见血，也要他吹一吹。

林月盈举起手，半是玩笑半是撒娇，一定要让秦既明看。没掌握好力度和方向，手指按在他温热的唇上，林月盈愣了一下，同时感到秦既明也僵住了。

秦既明已经尝到一些味道。

她刚刚洗过生菜球，手指挂着未干的凉水，手指和血液是暖的，只有被碾碎的、蔬菜汁液的气味，淡而干净，生机勃勃，是稚嫩的、被剥开、扣碎的生菜心。

就像她将嫩生生的、尚未绽放的生菜雏芽塞进他口中。

秦既明后退一步，在林月盈反应过来之前，绷紧脸将她推出厨房。

"别捣乱。"秦既明沉沉地说，不看她诧异的脸，他单方面地终止了谈话，言简意赅地说，"饭好了我叫你。"

林月盈："咦……"

厨房的门关了。

直到老鸭汤炖好，秦既明才叫她吃饭。

"夏吃公鸭，秋吃母鸭。"

秋季干燥，易燥热波动。每年夏末秋初，秦既明都要炖母鸭汤来喝，汤里加枸杞、菌菇、薏仁米，是林月盈最爱的一道菜。

只是今晚注定不能美滋滋地吃菜饮汤，秦既明在餐桌上告诫林月盈，下不为例，只纵容她最后一回。大错已成，虽不会在经济上惩戒她，但也有其他的惩戒措施。从今日开始，每天晚饭后，林月盈都得贴着墙角罚站二十分钟。

第二章 心里危险的东西

偷懒是不可能的,秦既明就坐在客厅,一边看杂志,一边监督她。

秦既明小的时候是秦爷爷教育的,犯了错事就打手心。女孩子不能这样教育,秦既明只罚林月盈面壁思过。还得是大错,寻常的小错,她撒撒娇,他也就睁一只眼闭一只眼。

这次算大错。

九点多了,林月盈才钻进被窝,大被蒙头,向好友哭诉自己的委屈。江宝珠对此只评价"自作孽不可活"。红红同情她,也劝林月盈想开一些,倘若是红红家人知道她出国不顾危险地玩,绝不可能如秦既明般开明。

林月盈让红红藏好秘密。她不担忧秦既明会泄密,几个小姐妹一致认定,他是一位可靠的成年男性,绝不会将这种事说给第二个人听。

罚站疲惫,费腰也费腿,林月盈一夜都是腰酸背痛的,就连梦中也是。

夏末的夜晚冷凉,梦里却是杏花满枝的阳春日,林月盈在梦里同样被训。窗外是童年的国槐树,枝条婆娑影,灼似火烧身。梦里的熟悉感过于强烈,林月盈终于记起这场景是哪里。梦中她仓皇回头,在春日中看清房间主人的脸。

是秦既明。

林月盈惊醒了,冷汗涔涔。

现在是凌晨三点,夜正沉,梦正浓,她被自己那可怕的梦吓到头脑清醒。口干舌燥,翻身起床,她大脑乱糟糟的,顾不上会不会吵醒秦既明,拖鞋也不穿就光着脚去喝水。

林月盈赤着脚走到客厅,月光凉若水,静静一汪。卫生间有明亮的光和哗哗啦啦的水声,林月盈没走过去,她一手按着桌子,咕咚咕咚地喝了好多水,缓了一会儿,才不确定地问:"秦既明?"

卫生间传来他的声音:"嗯。"

林月盈端着杯子,慢慢靠近。

037

秦既明竟然在手洗床单。

只留给她一个侧面，不看她。

林月盈转身去看表，确认自己没有看错时间，现在的的确确是凌晨三点十六分。

这么晚了。

她不理解，劝道："这么晚了，你早点睡啊，明天再洗吧。"

秦既明说"好"，也不抬头。

大逆不道的梦令林月盈现下也不敢直视他，若是寻常，她肯定会再关切多问几句。但梦的画面仍在，林月盈说了声"晚安"，捧着杯子转身就走。

好像迟一秒，梦里的情景就会再现。

林月盈将自己做如此怪梦的原因，慎重地归结于红红给她讲的那几个亦真亦假的历史故事。

"我不管嘛，我不喜欢这些，真假都不可以。"

温泉酒店。

去女更衣室的路上，林月盈的胳膊上搭着泳衣，一手拿着电话，严肃地和红红聊天："从现在开始，你这个历史爱好者，禁止向林月盈小姐发射你奇怪的萌点——什么毒药公爵，什么齐襄公杀掉鲁桓公是为了……统统不要讲，我很不喜欢。"

手机彼端的红红惊诧："你真的不喜欢啊？怎么说起来头头是道、比我记得还清楚？"

"没听过那句话吗？"林月盈严肃地说，"恨比爱长久，我，林月盈，是天底下最不能接受这些的人，没有之一。"

仅仅隔了一层翠竹墙，石子路尽头，是男更衣室。

宋一量刚和秦既明换好泳裤出来，就听见林月盈义愤填膺的话语。

竹子的隔音效果约等于无，她话语之间，铿锵有力，要比昨晚她

第二章　心里危险的东西

对秦既明发誓保证再不去看秀还要真诚。

秦既明无声叹气。

宋一量凝神听着，失笑摇头："青春期的女孩就是多变，不久前还在餐桌上讲最喜欢大哥哥了，现在就变了——真是天有不测风云，瞬息万变啊。"

秦既明不说话。

宋一量想了想，又说："不过，也可能是我们误会了，有代沟。就像林妹妹和江妹妹，喜欢大哥哥类型，并不是喜欢哥。就像我小侄女，每天念叨着'爹系男友'，也不是真的想找一个爹。"

秦既明说："可能吧。"

"知道你对这些不感兴趣。"宋一量说，"我还有几个感兴趣的问你，刚才你妹妹说的齐什么什么，是什么？历史人物？我记得你高中时历史成绩挺好。"

秦既明说："历史成绩好也没用，高中历史不考这些。"

宋一量："……"

秦既明摇摇头，又耐心和他解释。

宋一量听完评价："好一场凄美扭曲的旷世绝恋啊。"

秦既明说："只有你才会觉得它凄美，一般人都只会感到扭曲。"

宋一量说："你也是吗？"

秦既明颔首："嗯。"

宋一量不赞同，说："别这么早下结论，既明。科学研究表明——"

"好了，一量，"秦既明叹息，"不要讲一些我无法理解的东西。"

宋一量话没说完有点遗憾："一个有趣的情感小知识，你真不听？"

秦既明说："你这么多心得，改天不如去开情感咨询室。"

"情感咨询室就算了。"宋一量耸肩，说，"开一个红娘介绍所还差不多。"

秦既明听出他话中有话，停下脚步。

宋一量说:"就上次吃饭时提到的弟弟,那个留学归来的弟弟,宋观识。"

秦既明听他讲。

"人在土澳长大,特别阳光开朗,没交过女友,不乱搞男女关系,也算知根知底。我用人格保证,他是个不错的人。"宋一量咳了一声,压低声音,"他上次在朋友圈里看了林妹妹的照片,魂不守舍了好几天,天天追着我问东问西,你看这……"

风剪细细竹。隔壁不远处,敏锐的听力能让秦既明听清林月盈和朋友江宝珠的嬉笑打闹声,但因隔得远了些,不太清晰,影影绰绰的像一个绮丽的梦。水中花并不会一触即碎,梦里月也不如现今遥远。

夏末余热尚在,好像不甘心就将悉心照顾的植物拱手让予秋天。

烈日炎炎,四季有四季的伦常。循规守矩,按部就班,偶尔的邪念只是人性底层的恶。

君子论迹不论心,论心世上无完人。

恨比爱长久。

秦既明说:"我知道了。

"下次吃饭,你带他出来吧。"

林月盈刚买的泳衣,红色挂脖上衣是系带的,可以露出整个漂亮的后背,下面是四角深蓝底白边的短泳裤,青春洋溢,她一眼看中,愉快购入。

这还是第一次穿。

她和江宝珠慢吞吞走到池子边。宋一量想吹口哨,没吹出来。秦既明看了他一眼,宋一量耸耸肩,撩把水,扑在脸上,说:"宝珠妹妹看着又长个了,得一米七了吧?"

江宝珠说:"还没到,长倒是长了,月盈天天叫我去打球,活生生把我打得长高了两厘米。"

第二章　心里危险的东西

她和林月盈看起来差不多，只是林月盈占了头和脸小的优势，才显得更高些。林月盈从高二时便不再长个，停留在169这个数字上，对外却总是强调自己身高170。那没能长出来的一厘米是林月盈心中耿耿于怀的痛楚，平时买鞋子，也偏好带些鞋跟的，好让她看起来实打实地超过170。

现在赤着脚，那虚构的一厘米便一览无余。太阳下，林月盈那一双修长均匀的长腿，明晃晃地惹眼。

眼看着秦既明望过来，林月盈迈开步子，快走几步，也不顾什么适应不适应，就进了池子。

水波一圈一圈地荡开，一直推到秦既明的胸口处。

他往后退了退，背抵上池子的石壁，仰着脸，眯着眼，专注地看烈日下浓厚的绿。

为了安静，也是为了干净，四个人订了一处私汤，单独的小院，单独的更衣室和沐浴间，连这一方露天温泉也是私密的。服务员送来酒、果汁、可乐和水果，林月盈坐在汤泉里，一边拆面膜，一边从空隙中看秦既明。

青天白日里看，和那晚的不慎闯入又有不同。林月盈早知秦既明的身材好，却没想到秦既明的身材极具攻击性，看起来……

似乎要比那日看到的表演人员还要好看。

林月盈潜意识里将秦既明和自己那日看到的男人做比较，只对比几秒，她又觉得不对。秦既明虽然是异性，却并不能用看异性的眼光去看。他是不能作为未来对象来看待的异性。

林月盈将冰凉的面膜贴在脸上，轻轻呼出一口气。这地方僻静，隐隐约约能听到鸟鸣。

还有宋一量的聊天声，他又提到他的那个弟弟，边说边问江宝珠，她和林月盈最近都在哪里打网球呢，他弟弟也喜欢……

林月盈在心中默默叹气，她觉得宋一量快要笨死了，简直就是一颗榆木脑袋。

难道他感觉不到江宝珠对他有意思？他怎么还要将那个土澳归来的弟弟介绍给江宝珠呢？

幸好江宝珠直接把话题转移，他们又聊起其他的事。

林月盈泡了一阵，有些头晕——她平时过于注意饮食也有弊端，泡久了容易头晕。同江宝珠说了一声，林月盈从汤泉里出来，简单冲了澡，在躺椅上晒太阳。

红红适时地打来电话，还是问她，开学时打算怎么过去。林月盈回答了，懒洋洋地躺着，有一搭没一搭地和她聊。

红红对这次英国之旅颇为遗憾，她一直懊恼，在酒吧里没有加那个帅气的爱尔兰小哥的联系方式，对方长得的确符合她的胃口。

"无所谓啦。"林月盈劝她，"你不是打算申请英国的硕士吗？等你去留学，帅气的异国小哥多得是。不像我，这辈子怕是都亲不上洋嘴啦。"

红红怂恿："后悔了？那你现在准备也行，开学才大二，到时候咱俩都申请英国，互相也有一个照应。"

林月盈说："还是不要了，总不能让秦既明一个人在家，他都这么大——"

话没说完，一条盖毯落在她修长的腿上。

林月盈一手拿着手机，另一只手撑着自己半坐起来，愕然地看着秦既明。

后者已经穿上浴衣，严谨地系上腰带，遮蔽得严严实实的。此刻他垂眼看着她，说："别着凉。"

林月盈说："三十多度呢，我着什么凉？"

秦既明淡淡道："也是，出息了。"

同红红说了声"以后再聊"，林月盈结束通话，将手机搁在桌上，她隐约察觉到危险已经降临。

第二章　心里危险的东西

秦既明坐在林月盈旁侧的躺椅上，下一刻，林月盈便殷勤地递给他一瓶罐装的海盐苏打水："既明哥，喝水。"

秦既明看了她一眼，一手接过苏打水，一手开拉环，大拇指微微拱起一顶，呲啦——

海盐味道的苏打水有着细微的声音和丰富的泡沫，秦既明仰脸喝水。林月盈倾身靠向他，把手臂和上半身都压在扶手上，眼睛亮晶晶的："不愧是我的秦既明哥哥，就连开易拉罐也能这么帅。"

秦既明说："不愧是林月盈，就连拍马屁也不忘夸自己。"

林月盈靠他更近，近到能看清他的喉结因吞咽而产生的细微波动，近到能嗅到他身上沁入肌肤的木兰花香。她笑眯眯地说："彼此彼此。秦既明，刚才你有没有听到我和红红说的话呀？"

秦既明说："听到某人遗憾地说没有亲到洋嘴算不算？"

林月盈双手捧脸，一副可怜模样："我才没有遗憾呢，刚刚那只是调侃……我只在亲爱的你面前出了洋相。"

"没上洋当就好。"秦既明说，"你啊，从小就容易被骗。"

林月盈："我都成年了。"

秦既明说："但你的脑子告诉我，它还有很大的成长空间。"

林月盈不服气，伸手去捶他。秦既明侧身避了一下，叹："看，说不过就恼羞成怒地打人。林月盈小朋友，你现在和小时候一模一样。"

林月盈说："不许再用这样的语气哄我。"

"好。"秦既明从善如流地抬手，和无数次做过的那样，把林月盈湿漉漉的头发拂到她脑袋后面，继而又轻轻地拍了拍，"你说得很好，等下奖励你一朵小红花。"

林月盈气鼓鼓地盯着他。

秦既明悠闲地小口喝水，他并不渴，只是不疾不徐地饮着。

林月盈发觉自己从未好好地看过秦既明。

江宝珠第一次看到她和秦既明的合照时，就称赞他长得好看。那张合照其实是林月盈最不想回忆的一张照片，拍照时是夏天，她刚满八岁，热得头发都贴着脸，被秦既明抱在怀里的时候，还在因为陌生的环境哭鼻子。

为了说服她乖乖地拍全家福，秦既明买了支甜筒给她吃，巧克力和脆脆的蛋筒里裹着奶油味的冰激凌。林月盈一边吃，冰激凌一边化。融化的巧克力落在她的手臂上，又顺着往下滴，弄脏了秦既明的白衬衫。

江宝珠称赞那张照片好看的时候，年满十岁的林月盈好奇地又翻开看了几遍，仔细地看秦既明高挺的鼻子，硬朗又英气的眼睛，高眉骨投下的浅浅阴影……小孩子对具体的美丑没有太详细的标准，林月盈以秦既明为依据，缓慢地开始培养属于自己对异性的一套审美。

青春期的林月盈不会过度关注秦既明。

他们俩之间那种默契的隔阂，真要追究起来也有源头。那年林月盈十五岁，刚刚搬到秦既明这边住。一个研究生刚毕业，一个刚开始念高中，别别扭扭地组成一个家庭。林月盈夜里想念秦爷爷，又做噩梦，眼泪啪嗒啪嗒地往下掉，要哭湿他一整个衣领。

不知不觉，他们已经不是亲密无间的年纪了。

最无忧无虑的时光、最亲密的时刻永远停留在童年。

他们本就是随着年龄长大而渐渐远离的关系。

无论如何，两个人后知后觉地意识到关系已经不再如往昔，开始和其他异性一样，保持距离。

成熟的太阳是分割线，光明开始褪色，黑暗里，他们绝不会再造访对方的卧室。

在那之后，林月盈还是第一次如此认真地观察秦既明。

他还是那般英俊，只是骨架更强硬了些，同样的白衬衫下，包裹的肌肉更坚实流畅，更成熟性感——之前林月盈不会用"性感"两个

第二章 心里危险的东西

字去形容秦既明,而现在的林月盈会。

尤其是看到他随着喝水上下动的、凸起的喉结。

喉结会是什么样的触感?

林月盈忽然想要伸手去摸一摸他的喉结,但她不敢。她只敢近距离望着他,庆幸自己和秦既明从小一起长大,亲密无间,才能光明正大地离他如此近。

不,也不全是庆幸。

如果可以,她甚至还想光明正大地触碰他。

他们如今的距离,是年少情深,那要是再深一寸呢?林月盈突然不敢往下想。

秦既明抬手,干净的手指轻轻拍她的脸颊:"月盈?"

林月盈看清他手掌的一些掌纹,看到那独属于自己的关切视线。

强烈日光下,一切无所遁形。

"没什么。"林月盈伸懒腰,打哈欠,"我只是被晒困了。"

嗯,只是炎热的夏天,一时疲倦、头脑发热的妄想而已。

她读过弗洛伊德的书,晦涩深奥,半知半解,也知自己有这样的念头算不了什么,属于正常,不过是青春期的小小躁动。

往后,直到开学前,林月盈也没有见到宋一量口中的弟弟。

听说那个弟弟因为某些原因耽误了行程,要晚些才能归京。

林月盈才不在意他呢,她的生活很快又被忙碌填满。好友之间喝茶、吃饭、购物、做 SPA,还有攀岩、冲浪、坐直升机……她热爱运动,也喜爱贴近大自然。

这些东西能让她远离一些不太好的念头。

等林月盈度假结束,清空脑子,开开心心回到家后,迎接她的还是严格的秦既明和一个糟糕的消息。

"对不起。"秦既明说,"这次你开学,我还是不能送你回学校。"

林月盈突然安静。

"我需要再去上海一趟，公事。"秦既明放缓声音，不是商量的语气，而是通知，"我和你一量哥说好了，还是让他送你。"

林月盈失落地说："可是你都答应我了。"

"嗯。"秦既明敛眉，"我很抱歉。"

林月盈"啪"的一下用额头抵着桌子："呜，我都和朋友说好了。"

她难过地说："我还特地提前问了你。其实，如果一开始你不答应送我的话，我也不会这么伤心。我难过的是你答应了我却又没做到，既然不可以，那就不要给我希望呀……"

秦既明叹气，伸手去碰她的额头，但还是不容置喙的语气："今天你把头磕成筋膜枪也没用。"

林月盈说："是不是公事和名声比我更重要呀？"

秦既明说："听话。"

林月盈噌地一下站起来。

她大声地说："秦既明，我最讨厌你了！！！"

第三章
心动昭然若揭

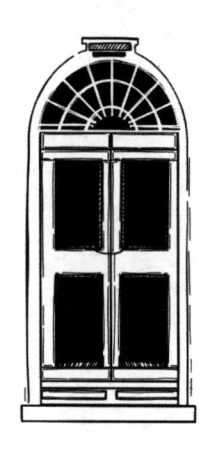

无需究根问底,无需循规蹈矩。
爱本身就不需要这些。

林月盈生气了。

成年后她生气的次数不如青春期那般频繁,就算吵架也不会闹得太大。

和秦既明吵架最厉害的一次,她跑去喝得烂醉,手机里又说得含糊不清,骗秦既明说自己没喝酒,结果夜里醉倒,三个小闺密挤在一张床上睡。次日酒醒后回家,才知秦既明等了她一夜。

秦既明骂了她一顿,林月盈性子也执拗,俩人吵了好大一架,谁也不理谁,冷战了足足二百二十三分钟,最后还是因为林月盈酒后严重的胃痉挛才破冰。

司机开车,俩人坐在后排。秦既明抱着疼到抽搐的林月盈,一路上一边用掌心给她揉疼痛的胃,一边恨铁不成钢地轻轻拍她的脸。半路听她疼得吸冷气,他才低头用下巴蹭一蹭她的额头。

秦既明由着她尝过酒后的痛苦,后来林月盈再没喝醉过。

这次不同。

不是秦既明不慎弄坏了小时候林月盈的风筝,也不是成年后的林月盈因好奇而醉酒。

全是秦既明的错。

怪他白白让她空欢喜一场。

林月盈一边抽抽搭搭地哭,一边用纸巾狠狠地擦着鼻涕。擦到鼻子红了，又凑到镜子前看，只一眼，她便飞快地把纸巾丢出去，伸手捞过柔软的湿巾。

"不行，不能再用力擦了。"林月盈对着镜子哽咽，心疼地揉了揉鼻子，"这么好看的脸，不可以这样糟蹋。"

她不肯让秦既明听到自己在丢人地号啕大哭，只小声地哭了一会儿，越想越委屈，趴在床上蒙头就睡，也不想和朋友诉苦。好丢人的事，好难过的事，讲出来只会加重她的伤心。

秦既明道歉了三次。

第一次在中午的饭点，秦既明做了芥蓝炒牛里脊，一道海米拌芹菜，还额外为林月盈煲了一个美容汤——花胶炖猪蹄。

做好后他才敲门："出来吃饭了。"

隔了五分钟，林月盈红肿着眼睛出来，两只眼睛似核桃，坐在桌前一言不发，拿起筷子就吃。

秦既明说："你上次说芥蓝炒老了，这次炒的时间短，脆。"

林月盈去扒拉芹菜，一小段一小段地往嘴巴里送。

秦既明又说："这次用的是铁杆芹菜，是不是要比西芹更好吃？"

林月盈生生挪了筷子的方向，去夹里脊。

她的腮上还挂着泪，妆已经卸了，褪了粉底的肌肤上泛着一点淡淡的血红色，鼻头也红，红殷殷像搓出来的。

闷声不吭地吃完半碗米饭，喝了一碗汤，林月盈撂下筷子扭头就走，不肯和秦既明多说一句话。

美食示好，失败。

第二次，是林月盈去阳台浇自己心爱的月季时。

秦既明坐在沙发上正看着报纸，叫她："月盈。"

林月盈拎着小喷壶，一边低头看自己精心种的瘦巴巴的小月季，余光瞧见他的身影，默不作声。

第三章　心动昭然若揭

"今年物价上涨,我想了想,女孩子经济宽裕些会更好。"秦既明说,"从这个学期开始,你每周的生活费再加一千块,从我的工资卡里直接打给你,好不好?"

林月盈专注地浇花,不理他。

秦既明声音放缓:"我记得前天晚上你打电话,说看上的包又涨价了,是哪一款?"

林月盈目不斜视。

秦既明自言自语:"是那个0.22?还是1.66?还是3.14?"

林月盈闷声道:"……2.55。"

"好,2.55。"秦既明笑,"明天陪你去买好不好?"

林月盈重重地放下浇水壶,转身看他。

"哼!"她扭头就走。

利益引诱,失败。

一整个晚上,林月盈都憋着气。她后天就要走了,而秦既明是后天上午八点半的机票。

晚上她也憋着不发出一点动静,就像一个身负重任的间谍。头可断血可流,骨气不能丢。林月盈的压抑一直熬到第二天早晨,秦既明敲门,叫她起床吃早饭。

第三次道歉就发生在这个时候。

林月盈站在洗手台的镜子前,对着镜子和自己的头发艰难做斗争。她的头发有些微微的自然卷,又长又浓又密,自然的棕黑色打理好了十分美丽,只是梳理起来有些麻烦。她鼓着气,檀木梳卡在侧面怎么梳都梳不下来,心中又急又恼,一用力——

缠绕在梳子上的头发被她生生往下拽,牵扯到头皮痛得她叫出声来。

声音引来了秦既明。

林月盈背对着他，眼里含着泪，对着镜子和头发做斗争。

秦既明叹了口气。

"泪这么多。"他说，"流一晚上了，还是一委屈一汪水。"

林月盈闷闷不乐道："你不要管我，你去上海吧，你去找你的工作吧。你的工作泪少，工作不委屈，招之即来挥之即去，随时为你敞开怀抱。"

她捏着梳子，还没解开缠在上面的卷发。

秦既明不说话，抬手从她手里拿走梳子，仔细看要怎样才能拯救她可怜的头发。

林月盈说："不许碰我的头发，你这个出尔反尔画大饼的大混蛋。"

秦既明专注地握着梳子，将上面缠紧的发丝一根一根地绕开："来来回回就这么几句，有没有更具创意性的话来骂我？"

林月盈握紧拳头："毫无人性，令人发指，无耻之尤，恬不知耻。"

秦既明赞叹："成语学得不错，还有吗？"

林月盈说："就算有我也不要告诉你，我还在生你的气。"

"嗯。"秦既明将她的檀木梳从缠绕的发丝间慢慢解开，在这个谨慎的过程中，他嗅到她头发上明朗的蔷薇气息，还有绿檀木的淡淡香味，他说，"我在想，我需要做什么才能弥补你的难过。"

林月盈伸手捂着胸口："做什么都不可以了，我已经心痛到下一秒就死翘翘了。"

秦既明已经成功地解下梳子，抚摸着她漂亮的长卷发，重新为她梳理："先忍一忍，等梳完头发再心痛。今天想怎么梳？"

林月盈闷声比画："想要一个蓬松的丸子头。我还没原谅你。"

"嗯。"秦既明说，"我知道。"

小时候也是这样，她没什么耐心，不爱梳头发，如果阿姨不在家，她就主动搬一个小板凳，坐在秦既明面前，指着自己的脑袋，要秦既明给她梳漂漂亮亮的发型。秦既明手巧，特意买了一本教人扎头发的书,无论林月盈想要什么公主头、什么鱼骨辫,他都能扎得漂漂亮亮的。

"我年纪大了。"秦既明忽然说,"再有一年,我就三十岁了。"

林月盈说:"虽然我现在还在生气,但你的年龄真的不大,也不是一年,是一年零两个月单五天。"

秦既明笑:"我知道这个年纪不算大,但你看看我的工作,每天同机械和代码打交道,不然就是去见客户。月盈,我想说的是,我已经工作很久了,无论是思想,还是偏好、眼光,都很难和你还有你的同龄人达成一致。"

林月盈不说话。

秦既明手大,可以一把拢起她那浓密美丽的长发,握在掌中,像握着一匹华美珍贵的绸缎。秦既明垂眼瞧着她的脸,青春年华正盛,无须鲜花华服装点,朝气就是她此刻最珍贵的装饰品。

"我想了一晚该怎么去哄你。"秦既明说,"最后我尝试用你的角度来看待问题,但我遗憾地发现,年龄的鸿沟让我没办法完整地代入你的思维。抱歉,月盈。"

林月盈闷声说:"那你的意思就是不哄我了呗。"

"不是。"秦既明说,"我听你讲——已经跟不上时代的我,想听你的想法。"

林月盈看着镜子,秦既明开始拿桌子上的发圈,将她柔软的头发扎在一起,还是和小时候的优秀手法一样,扎出了一个圆圆满满的丸子头。

她低声说:"我就是觉得被违约的感觉好难受,好像所有的计划都被打乱了。而且自从你说了你会送我后,我就一直在期待着上学那天的到来……啊,反正我也讲不清楚。昨天你讲完之后,我就好难过,那种感觉就像我马上就要洞房花烛娶漂亮老婆啦,结果盖头一掀发现自己娶了一个猴……"

秦既明说:"挺有创意的比喻,我好像已经充分理解你的痛苦和绝望。"

"就是这样。"林月盈说,"还有,我都和朋友说好了,说你会送我,结果你又没有时间……我都感觉不好意思面对红红她们了。明明是你失信,最后变得像我也说了谎……"

越想越伤心,眼看着秦既明已经给她扎好完美的丸子头,她一转脸,习惯性地去抱秦既明。她穿着夏天的睡衣,秦既明穿着T恤,猝不及防被她抱住。

洗得干干净净、已经穿了三年的纯棉家居服和第一次上身、还未沾满体温的真丝裙撞到一起,秦既明身体一僵,不禁紧绷起来,捏住她的肩膀果断地轻轻一推。

林月盈看着秦既明,洗漱台上镜子镶嵌的灯带映照着他干净的脸。

现在的秦既明即将三十,不再是曾经打完篮球,满头大汗把她抱起来的十五岁高中生。

她在他人生中存在的时间即将到达一半,而秦既明存在于她近四分之三的生命中。

好不公平。

"……还有,就是觉得你不那么在乎我了。"林月盈委委屈屈地垂眼,"你说你要去上海,不能送我的时候,都没有一点点愧疚。"

"怎么没有愧疚?"秦既明放缓声音,"愧疚得我昨晚都没睡好,一直在想怎么才能让你原谅我。"

林月盈慢慢地呼吸,说:"那……"

"昨晚说的一切算数。你想今天去买包,还是想等我回来后?"秦既明问,"你认为哪种能让你开心?"

毋庸置疑,林月盈选择了今天。

她不喜欢把所有惊喜都留在最后——吃巧克力甜筒要先吃掉所有最爱的巧克力,喝珍珠奶茶要一口气吃掉所有的焦糖珍珠,生日礼物

第三章　心动昭然若揭

先拆秦既明送的。

她是享乐主义,最爱的诗词,是"今朝有酒今朝醉",是"有花堪折直须折",是"千金散尽还复来"。

她不会将收到的美丽花朵攒在一起,她不想一口气欣赏它们不再新鲜的疲态。

秦既明履行承诺,林月盈喜欢,那就买。

下午秦既明便陪她去逛街,去看她喜欢的那个包,恰好有她想要的尺寸和颜色,当即刷卡签字。在为林月盈的开心付费这件事上,他从未皱过眉。

林月盈这才稍稍开心一些。

她现在情绪波动大,偏偏亲哥哥林风满每周坚持不懈地给她发消息,要她今年的中秋节回家一起吃团圆饭。

……团圆,团圆。

林月盈咀嚼着这两个字,只觉得可笑,心里更是一片悲凉。

林月盈并不是父母期待降生的孩子,她的哥哥林风满在七岁那年诊断出白血病,医生建议父母再生一个,倘若血液配型成功,第二个孩子的脐带血便可以救林风满。

林月盈载着这样的"任务"在这个世界上诞生。

林风满的病如愿治疗成功,襁褓中的小林月盈也顺利完成她的任务。等林风满顺利出院后,抚育林月盈长大的事情,便成了令夫妻俩"痛苦"的导火索。

他们本来就只想要一个孩子,没有多余的爱分给林月盈,更不要说林月盈是个早产儿,在保温箱中住了足足四十五天,这样的先天不足好像昭示着她在未来是个难养活的麻烦。

三岁之前的林月盈孱弱,易生病,一着凉就发烧。

在林风满已经成功地被治愈,并且聪明健康又机灵地叫着爸爸妈妈、满世界乱跑的情况下,不再具有治疗用处的林月盈,显然是一个

"累赘"。

后来父母感情破裂，法院虽判夫妻双方一人一个孩子，但林月盈的生母并不想要这个痛苦的根源，将她抱去林爷爷家后，便独自一人离开，踏上去加拿大的飞机，之后再未回国。

这些事情原本是长辈们心中不光彩的秘密，一个个都守口如瓶。只有林月盈，在不知道哪个团圆的夜晚偷偷听到一句碎语。就连林风满，都不知道他的再生是林月盈给的，他只记得自己小时生了一场大病，而妹妹在这个时候降生，父母不停吵架、争执……

所以他们兄妹之间的关系也不好，林月盈从心里否认对方是自己的哥哥。

秦既明不能送她去上学，只能监督她收拾行李。他叮嘱林月盈把被子和洗干净的床单整洁地叠起。生活用品、喜欢的零食，满满当当装满一个又一个行李箱。

他还提到，明天宋一量的弟弟也会去。

林月盈问："一量哥的弟弟叫什么？宋一桶吗？还是宋三斤？"

秦既明说："宋观识。"

林月盈评价："听起来像古代人的名字。"

有着古代人名字的宋观识，在阳光和袋鼠同样充沛的澳大利亚长大，有着腼腆易害羞的性格。他皮肤很白，太阳一晒就显出红彤彤的一片。刚见到林月盈的时候，宋观识穿着整洁的白衬衫，斯斯文文地系着领带，会用一双澳大利亚野狗般黑黑亮亮的眼睛注视着林月盈，脸红地小声叫她"月盈"。

声音微乎其微，要离很近才能听得到。

林月盈对宋观识很客气，这已经是她现在所能给予的最大礼貌。

她无法忽视身体若有若无的生理不适，小腹有着钝钝的坠感，时常有连绵不断的微弱绞痛。早上秦既明要早起去机场，因睡眠不足而

第三章　心动昭然若揭

导致的疲倦令林月盈错过了闹钟，没能面对面地和他告别、祝他出差愉快。秦既明给她留的早餐是柔软的小笼包和甜糯的八宝粥，林月盈想拌水果沙拉，却在切圣女果的时候不小心划破了手指……

今天是不愉快的一天。

林月盈给林风满连续发了十条骂对方是笨蛋的短信，也没有消除这种不愉快。

左手中指上包着印有蝴蝶结的创可贴，林月盈拉着行李箱，等宋一量和宋观识登记结束，抱着她的行李往楼上送。现在是早上九点钟，秦既明应该已经登上飞机，女生宿舍楼里人不多，空荡荡的。

林月盈是宿舍里第一个抵达的人。

统一的上床下桌，林月盈的床铺在与阳台只隔一扇玻璃窗的右侧。还剩下一个包裹，宋一量和宋观识没让林月盈下去，只让她先坐着休息一会儿，他们下楼搬，上来时顺便带些饮料，问林月盈想喝什么。

林月盈说："矿泉水，谢谢。"

宋观识问："你不喜欢喝有味道的东西吗？"

"啊，不是。"林月盈解释，"我家里好几位长辈都有糖尿病史，不排除家族遗传的可能性，所以我平时会注意一些。"

也不是平时会注意。

只是秦既明会注意。

宋观识默默记下，一笑露出两个可爱的小虎牙："原来是这样呀。"

兄弟俩走了，林月盈在宿舍里站了站。阳光透过玻璃窗洒落，一丝顽固的光透入，落在她桌子摊开的笔记本上。

读大学后，林月盈很少再使用纸质的笔记本，她习惯了无纸化学习，只购买了两个笔记本平时打打草稿，以备不时之需。

一年了，一个笔记本也就用了不到二十页。

放假的时候，林月盈没带走它。

独处是惆怅的酵母菌,林月盈抬手点了点这个被阳光眷顾的笔记本,看清上面是一首没抄完的英文诗。

是 Jorge Luis Borges[①] 的 Two English Poems。

这组诗的第二首颇为出名,常常被用来告白,第一首知名度没那么高,流传度也不够广。

林月盈读不懂,她一开始想抄录下完整的两首,但那时只抄了一首便觉得无聊停笔了。

手机响起,林月盈打开看,是林风满给她发的消息。

> 林风满:爷爷去世这么多年了,你也为他想一想。
> 林风满:老人哪里有希望子孙反目成仇的。
> 林风满:爸爸这几天生病,发烧了也一直叫你名字。
> …………

林月盈不说话,她将手机搁在桌上,没有回林风满的消息,而是点开秦既明的头像,给他发消息。

> 林月盈:秦既明。
> 林月盈:我看到了好多家长送学生。
> 林月盈:忽然间特别特别想你。

林月盈知道对方现在在飞机上,多半看不到这条消息,她只是想要分享自己此刻的心情而已。

低头,林月盈看那组未抄录完的诗。

---

① Jorge Luis Borges:豪尔赫·路易斯·博尔赫斯,阿根廷诗人、小说家、散文家兼翻译家,被誉为作家中的考古学家。著有《虚构集》(1944)。

The useless dawn finds me in a deserted street-corner;
I have outlived the night.

（无用的晨曦在空寂的街角找到我，我比黑夜更长久。）

手机振动了一下。

咦！林月盈直起身体，满怀期待地去看。

啊。不是秦既明，而是中国移动，邀请她升级流量套餐。

林月盈抚摸着手机，失落地删掉这条短信。

Nights are proud waves; dark blue top heavy waves laden with all the hues of deep spoil, laden with things unlikely and desirable.

（黑夜是傲慢的海浪；深蓝色、头重脚轻的波浪满载各种色调的深腐泥土，以及不真实的渴望。）

林月盈侧脸往窗外看，一片碧空万里，白云连绵，秦既明现在应该在高空之上休息。

她按了按太阳穴，好将那些不真实的渴望从脑海中按走。

耳侧听见宋一量和宋观识兄弟俩的交谈声，不知道他们在聊些什么，笑声隔着空寂的长廊传来。这样的热闹和林月盈是无关的，她在今日只是一个不幸运的小倒霉蛋。

学校周围永远不缺好吃的餐厅，未必有国贸那边的好风景好环境，味道却不逊色多少。东西全搬完后，林月盈请他们俩吃午饭，带他们去了附近颇受学生喜欢的一家私房菜馆。

点菜的时候，宋一量电话响了，他开门出去，示意两个人继续聊天。

宋观识将自己的椅子挪到离林月盈很近的地方，礼貌地问，可不可以和她看同一份菜单。

这不是什么过分的要求,只是林月盈不习惯和刚认识的异性离太近。

林月盈四下看了看,没有看到服务员。现在店里的客人只有他们这一桌,大约人手不够,服务员刚才去了后厨。

于是她说了声"好",将菜单推得离他近了些。

宋观识很久没有回国,对每一道菜都充满了兴趣,不停问她,这个菜好吃吗,另一个菜的主要原料是什么呢?

林月盈一一回答。

她感觉气氛有些微妙的不对劲,似乎宋一量是故意出去接电话,故意让她和宋观识单独相处……不对,秦既明也说了,今天宋一量和宋观识一起送她。

秦既明也知道。

想到这里,林月盈有一点焦躁和难以置信,她的精力已经无法再集中到眼前这份菜单上了,也不能再冷静地听宋观识说话。她的脑海像夏末的荒野,有风在其中反复跳跃着刚才看到的诗。

The things my hungry heart has no use for.

(那些我焦渴的心里无用的东西。)

这种情绪的出现让林月盈惊颤,她怔怔地想自己现在为什么焦躁不安,为什么失落。

旷野里有无尽的野草,放肆疯长,酷夏让他们都忽略了……

日夜的相处,撒娇和亲昵,习以为常的触碰……

宋观识说:"……月盈,月盈?"

林月盈压着菜单的手指发白,她回过神看宋观识:"抱歉,什么?我没听清。"

宋观识红着脸笑笑,指着菜单上的那道菜,身体离林月盈更近了,好让她听到自己的声音。

他们此刻的距离犹如情人在亲密地喁喁私语,他说:"这个菜里面——"

叮铃铃——

餐馆门口有风铃声响起,阳光从被推开的玻璃门缝中肆无忌惮地涌入。

林月盈抬头,她的大脑还停留在诗的那一行。

The big wave brought you.

(汹涌的浪将你带来。)

穿着黑色衬衫黑色西装裤的秦既明直直走来,他看着怔怔起身的宋观识,笑着同他握手,另一只手如兄长般拍了拍他的肩膀:"坐下,坐下。你哥呢?"

宋观识还有点蒙:"出去接电话了。"

"喔。"

秦既明笑笑,让他坐下。他看了一眼呆呆的林月盈,冲她眨眨眼,又环顾四周,视线落在那唯一一份、只能两个人挤在一起看的菜单上。

他转身,服务员闻声而至。

"你好,请多给我们一份菜单。"

尊老爱幼是原则。

两份菜单,两个年龄小的人各自选了爱吃的菜,秦既明看了看,又点了一道汤和一份清淡的菜,才把菜单合拢递给服务员。

宋一量推门进来时,看到秦既明,没有丝毫的意外——还是他说的地址。

这本就是一个可供五人坐的圆桌,不需要加椅子,秦既明坐在林月盈的左手边,拿热水烫碗碟。

林月盈抓紧时间问他:"你不是去上海了吗?"

她看着秦既明的手掌,他的虎口处有一小块淡淡的白,是胎记,小小的,并不大。她小时候爱在这块胎记处画画,拿笔在他的手上添几笔画成小兔子或者小猪。

这双有着胎记的大手,将烫干净的碗碟放在她面前。

"上海那边发消息,说今天晚上的饭局挪到明天中午了。"秦既明说,"时间宽裕了,就改成今晚的机票再去。"

林月盈说:"那你怎么不早点告诉我呀?"

"万一再有意外呢?"秦既明说,"你的手怎么回事?怎么贴着创可贴?不要告诉我是现在的新潮流。"

林月盈一缩,想藏起手指上的伤口,不让他瞧见。只不过现下已经落在秦既明的眼里,躲也没有用了,她小声地说:"是早上没睡醒,切圣女果时划了一下。"

秦既明什么都没说,林月盈却觉得逊毙了,默默低头羞愧地藏好中指上贴的这一个蝴蝶结。

宋观识还在同林月盈讲话,和宋一量所说的一样,他真诚,有点害羞,还有些下意识的热情,每一个特质都不令人讨厌,甚至可以用单纯来形容。

不过林月盈此刻的注意力已经完全放在秦既明身上。

在秦既明的注视下,她还是很礼貌地对待了宋一量的弟弟,和宋观识交换了手机号码、微信等联络方式,还答应他,到周末会开车带他逛一逛。

等宋一量带走依依不舍的宋观识后,秦既明才到林月盈的宿舍,帮她整理被子。

铺床叠被这些事,林月盈已经非常擅长,但她喜欢看秦既明照顾她的模样。她一边坐在椅子上喝秦既明给她买的苏打水,一边问秦既明:"你要多久才能回来呀?这次去会不会很累啊?"晚上坐飞

第三章　心动昭然若揭

机容易累,她还有舒舒服服的小眼罩和隔音耳塞,可以给秦既明用……

秦既明走的时候,林月盈的舍友还没返校。宿舍里空荡荡的,他等林月盈锁好宿舍门,脚步轻快地跟她一同下楼。这时候的阳光已经不那么热烈了,林月盈穿着简单的白T恤和蓝色牛仔裤,站在穿着衬衫西装裤的秦既明身旁,一边晃晃悠悠地跟着他的脚步,一边听他叮嘱,在校期间不许喝醉,不许夜不归宿,有特殊情况要打报告……

往常的林月盈一定会推着他,"赶"他走,说"好啦好啦你快点走吧我都知道了"。

今天的林月盈,一双脚慢吞吞地挪动,她手里还拿着那瓶苏打水,天气太热,手指点着塑料瓶,里面承载着不安的海洋。她拧开瓶盖,没喝,又慢慢地拧上。秦既明的背部就在她面前,洁净严谨的白,柔和的木兰香,宽厚的背,浓黑的西装上没有一丝褶皱。他的身材保持得一直很好,去年量身定制的西装裤,如今穿着也很合身。

本应该很自然地将一只手放在他的肩膀上推他走。

林月盈发现自己做不到。

她像被美杜莎凝视过,她的嘴唇开始发干,一双腿开始僵硬,手臂开始沉重,只能反反复复地把玩着手里的苏打水瓶,寄托于里面的水能浇灭她掌心的火焰。

这场火焰的主导者并不知他跨越了燃点。

秦既明说:"开学了,也收收心,好好学习,成绩好了有奖励。继续保持作息,早起的鸟儿有虫吃。"

林月盈说:"你怎么不说早起的鸟儿还能吃普罗米修斯呢?"

秦既明失笑:"想吃神肉,我们家月盈有雄心壮志。"

林月盈想,她现在不想吃盗取火种的普罗米修斯,她想吞下自身的火。

"回去吧。"秦既明说,"有事给我打电话。"

林月盈说:"好。"

"钱不够用了也和我说。"秦既明说,"对了,你的信用卡我帮你还清了。"

林月盈说:"好。"

秦既明抬手腕看了看时间,差不多了,司机等在校门口,他要走了。

林月盈在接下来的一整天里,都陷入懊恼和恐慌的拉扯中。

这样很不正常,非常、非常不正常。

她想碰秦既明,又不敢碰。

舍友们开始陆续返校,除了家在漳州的黎敏慧,剩下的人都是下午四点到的学校。林月盈提前帮舍友们在阳台上晒了她们的被褥,等她们到的时候正好一块儿收好,去食堂吃饭。

返校第一天,食堂里开的窗口不多,仨人都点了瓦罐汤,林月盈吃的莲藕排骨,味道最清淡。舍友说话,她听得微微走神。

舍友苏凤仪打算和男友分手,原因是对未来的规划不一致。俩人是大一军训后确认的恋爱关系,结果交往一年后弊端显露——苏凤仪打算继续考研深造,而男友一年挂四科毫无追求。

只是她还没下定主意,需要朋友帮忙分析。

舍长蔡俪就一个建议,分。

林月盈同意舍长的想法。

开学前,苏凤仪的男友就开始"广撒网",他同时给三个女生发一样的话尝试聊天,送一模一样的礼物。

很不幸的是,林月盈就是那三个目标之一。

她没有讲这么尴尬的事情,尤其是苏凤仪接受对方的追求之后,他们看上去感情不错。现在苏凤仪有了分手的念头,林月盈也没有提,只赞同舍友的选择。

之后就听苏凤仪感慨"道不同不相为谋"这句话放在爱情上也适用，舍长蔡俪为即将到来的计算机二级考试忧心忡忡，而林月盈还在迷茫和困惑。

她距离答案只差一步，中间却仿佛隔着万丈鸿沟。

林月盈不知道自己要不要迈出这一步。

耳侧听苏凤仪说，她接下来要多看几本小说，以弥补现实中经历的不开心。

想了半晌，她低头喝水，不忘对苏凤仪说话。

"你可以给我推荐几本小说吗？"

苏凤仪今天第一次见她接小说的话茬，睁大眼说："啊？"

"……其实是我朋友啦，你们之前见过一次，红红。"林月盈一本正经地说，"红红在写一篇关于中外文学中暗恋现象的论文，她需要我提供一些素材。你平时最喜欢看小说了，可不可以帮忙列一下经典书单呀？"

说到这里，林月盈凑过去："我帮你做一天的宿舍卫生打扫。"

"哎呀，不用不用，咱俩谁跟谁，不用这一套。"苏凤仪大手一挥，"没别的要求吧？只是说暗恋的话，嗯，等我回去想一想，给你列一列清单，保证涵盖古今中外名著及网文……"

林月盈花了近五天时间，废寝忘食，或下载文学网站的 App，或去图书馆借阅书籍。

一开始看的时候格外不适应，都说有了喜欢的人看不得暗恋，林月盈也如此。她看了几行就汗毛直竖，总觉得书中亲昵的情节怪得令人无法适从，每一个细胞都在叫嚣着让她把书放下，脑子里不许想如此罪恶的东西。

林月盈默念。

厌恶，都是自身对极度迷恋的本能防御。

她需要弄清，自己此刻的排斥，究竟是不爱看，还是自我约束下的深度痴迷。

林月盈用了一整个晚自习的时间看完整本书，一发不可收。

之后她接触了《圆舞》《源氏物语》，还有《神雕侠侣》……

压抑的，赞扬的，批判的，勇敢的。

这几日，林月盈没有和秦既明打过一次视频电话，只在微信上和他聊天。发的消息不算多，多说多错，林月盈心中有鬼，每次发送消息前都要斟酌再三，担忧文字背叛她隐秘的心。

图书馆里的实体书看完了，林月盈又开始看网文。

翻了半天，没有她想看的标签。

林月盈心中疑惑，下一秒搜到官方出的限制题材说明。

看到这些，林月盈无意识地咬了咬手指，久违的羞耻之心在此刻忽然萌发，给了她火辣辣的一击。

林月盈遗憾地打开另一个网站。

搜索关键字眼：暗恋、年龄差。

成功。

林月盈又花了一天的时间，来治愈文字给她带来的震撼。

闭上眼，困扰她的不是文字里的主人公，而是秦既明。

五岁时，她要读幼儿园，哪怕进校只是秦爷爷打个招呼的事情，但考虑到可能跟不上学习进程，还是给她请了专门的老师，教她英语，教她入学检测的知识。秦既明也陪着她一起，和她用英语对话，逐字逐句地教她背唐诗宋词，在林月盈还没能完全了解诗词含义的时候，教她背诵"篱落疏疏一径深，树头花落未成阴"。

六岁，秦家就开始张罗给林月盈报特长班。由着她的兴趣报了一项幼儿拉丁舞，一个专业的少儿体能训练课程，还有一个游泳课程。

秦既明有时间就陪着她去上特长班。高中的周末和假期，他不上补习班，就在家长休息区看书做题，等着她下课。

陪伴七岁的她学习英语进阶阅读，鼓励八岁的她报名学校的暑假研学夏令营。

九岁，林月盈和同班同学闹矛盾，对方骂她是有爹妈生没有父母养的野孩子，林月盈哭了一整个晚上。第二天，秦既明就陪她去学校，严肃地要求老师通知对方家长来学校，要求那孩子和父母一起对林月盈道歉。

调皮孩子肯定不干，可恨的是，他的父母也包庇他的言行。但秦既明态度坚决，毫不退让，不接受校方提出的其他补偿方案，只要求他们必须道歉，然后当着班级内所有孩子的面检讨、反思。

僵持一整天，最后对方父母才按着哭到上气不接下气的孩子正式向林月盈赔礼。

从五岁到现在的年月，都是秦既明陪她度过的。

秦既明送她的第一双格斗手套，第一瓶香水，第一件旗袍，都在家里的角落安静地放着。他送给林月盈的也不止这些，还有成年后的第一瓶酒，第一辆汽车……以及，第一份令林月盈不安的情愫。

有什么东西在她的脑海中生长，她想要敲破朦胧的天空，捡一块最锋利的碎片，割掉那些令她迷茫困惑的部分。

不过她做不到。

那些文章中，大部分都在反复描绘男主和女主之间的深深羁绊，写他们之于对方的独特和不可替代。林月盈却无法将秦既明摆在一个合适的位置，他是陪伴她长大的人，也是她的目标。

高考成绩出来后，林月盈选择报考智能制造这项专业，这个决定令所有的好友和长辈都不理解。这项专业分到工科大类，属工程机械学院，专业里的女生少。一些公司来学校招聘时，虽然宣讲会上讲不会对性别设限,实际上大部分的公司更偏好招聘男性而非女性。

好友几乎清一色地劝她慎重,别报考这个专业,不仅学起来痛苦,更多的考验还在后面。

秦既明什么都没说,他只是摸了摸林月盈的脑袋,问她:"真的想学?"

林月盈应声点头。

"那就好好学。"

林月盈没和任何人讲,其实她选这个专业是有原因的。

她想跟上秦既明的脚步。

当时为什么不说呢?为什么那时看着秦既明的眼睛,她就已经不能大大方方地说出"我想和你一样"?为什么从那时候开始她就变得扭捏、羞赧,为什么从那时就开始悄悄播下谎言的种子?

潜意识要比大脑先一步靠近渴望。

林月盈用被子蒙住头,在即将放假的前一天晚上失眠。她安静地数着数字,期许自己快快睡着,又渴望着夜晚早点过去,黎明早点降临。

明天——周五的下午,出差归来的秦既明会来接她回家。

林月盈的课程排得很满,她学习的课程也多,毕竟专业算得上"新兴行业",需要学习的基础知识很多,数学、编程、智能制造技术、交互……

周五更是课程爆满,上午两节大课,下午两节大课,中午只有短暂的午休时间。下午五点钟,林月盈才背着书包往校门口走。

正专注走着,林月盈听到身后有车鸣笛。

她背着书包拎着电脑,没回头,往路侧又让了让,好让出空位。

车子缓缓开到她的身旁,降下车窗。

"月盈。"

第三章　心动昭然若揭

林月盈愣了愣，差点蹦起来："秦既明！"

秦既明将车子停下，笑着示意她上车。

林月盈跳到车上，安全带还没系好，就问他："我们学校不让外来车子进啊，你怎么进来的？"

秦既明等她系好安全带才起步，用手比画着说："做掉了你们学校保安。"

林月盈说："哇，那我们现在是不是要开始亡命天涯啦？"

秦既明忍俊不禁："可惜郑教授没给我这个机会。我今天中午和他吃饭，顺便开车送他来学校，他给了我一张通行证。"

林月盈叹气："好遗憾，不能体验末路狂花的感觉了。"

"想体验？不如等十一去西北自驾游。"秦既明想了想，"不过你要先买好防晒，我可不想听你哭哭啼啼地说，'呜呜呜秦既明我怎么又晒黑了呀'。"

最后一句，他模仿林月盈的语气，惟妙惟肖。

林月盈"哼"了一声："才不会，现在流行小麦色呢，健康。"

"是，健康。"秦既明笑，提起，"对了，明天约了你一量哥出来打网球，宋观识也去。"

林月盈像走在路上忽然被蚂蚁咬了一口："嗯。"

啊，一阵忽然的失落。

校园里学生多，秦既明开得很慢，他没有看林月盈，仔细观察路况，又说："阿姨回家了，我让她今晚炖你最爱的莲藕猪蹄吃，也特意嘱咐了，要她往里面放些切碎的墨鱼干。"

林月盈说："好。"

"你这几天好像心情不太好。"秦既明问，"遇到什么事了？"

林月盈就知道，她再细微的情绪变化都逃脱不过秦既明的眼睛。

她没有正面回答，而是问："一量哥是不是让你帮忙撮合我和宋观识呀？"

069

秦既明沉默了一阵。

他说："也算不上撮合，只是你们年龄相当，宋观识也是个好孩子，介绍你们认识。"

林月盈说："我不太高兴。"

秦既明声音放缓："为什么不高兴？"

林月盈两根中指拨弄着安全带上的小樱桃："因为我——"

她看到秦既明专注的眼睛。

他没有看自己，而是望向前方，他需要看路，看更远的方向。

她只是一个乘客。

林月盈意识到这点。

停下。停下。不可以说。

不用继续再说了，秦既明。

我也不可以再说了，那些险些脱口而出的话。

林月盈用手指捂着胸口，怔怔地感受着心的跳动，这是无论读多少书、抄多少诗都找不到的感觉和体验，不需要任何理由，不需要任何动机，不需要任何起源。

无需究根问底，无需循规蹈矩。

爱本身就不需要这些。

此刻的心情揭露过去一周的迷茫。

一切心动，昭然若揭。

风暖日好绿荫浓，林月盈闭上眼睛，握紧安全带上的樱桃。

秦既明问："月盈，怎么了？"

林月盈说："我完蛋了。"

第四章
无法穿越的防线

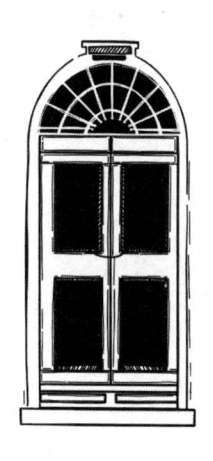

她想要以隐秘爱人的角度来审视这一个拥抱,这是她欲壑难填的谎言。

"什么完蛋?"

"我原本充满阳光的平坦人生大路,忽然向着另一个崎岖颠簸的方向行驶。"

"直白点。"

"……没事,我在想就业的事情。"

"不用愁,好好学。如果你真的有想法,寒假里可以过来申请实习。你写申请,我帮你参谋。"

"呜,我还以为哥哥会偷偷走后门帮我搞定呢。"

"你这成绩难道还需要我走后门?"

林月盈插科打诨,还是没办法将真实原因讲出口。

怎么讲嘛,难道要说:我的人生完蛋了,因为我想要和你——和看着我长大、照顾我长大的你——展开一段恋情?

在确认自己陷入爱河的这个瞬间,林月盈就预知到自己要在怎样一条艰辛的道路上狂奔。

"好可怜啊。"林月盈转脸,手指点了点车窗上的凉雾气,顾影自怜,"明明有那么多路,你偏偏选了最难的那一条。"

秦既明一心开车:"说什么呢?"

林月盈说:"秘密。"

秘密,目前还不可以张扬的秘密。

今夜的晚餐丰盛不少。黄阿姨不属于住家阿姨，平时每天只过来做三餐和打扫卫生。俩人到家的时候，黄阿姨刚准备离开，见到他们亲切地说林月盈又白了，更漂亮了。

林月盈对着镜子看，这么漂亮，秦既明也不动心，真为他感到遗憾。

都说最珍贵的美人贵在"美而不自知"，林月盈没这么珍贵的福气，她早就知道自己漂亮，幼儿园里，和她一块儿玩的小朋友最多。一年级老师选几个人给领导送花，名单上每次都有林月盈。初中时候班级里有几个"混日子"的学生，和林月盈说话时也细声细气的，温柔极了。

她自小就知道自己漂亮。

可漂亮也没用。

林月盈转身，看着秦既明，心里暗暗失落。

他见过她那么多窘迫的时候，说不定在他的眼里，她的长相也没什么吸引力。

Edvard Westermarck[②]在《人类婚姻史》里提出一个观点：如果人们从一出生或者孩童时期就和兄弟姐妹、父母等人生活在一起的话，成年后则不会对其产生吸引力。

这一观点，又被称为"反向性吸引"。

就算是青梅竹马，也遵循这一原理。

林月盈现如今在跨越反向性吸引，而秦既明对此一无所知。

意识到心动之后，她再观察秦既明，就像开了吹着粉红泡泡的八倍镜。

秦既明拿筷子，林月盈盯着他卷起的衬衫袖口，盯他手掌虎口处的小胎记。

---

② Edvard Westermarck：爱德华·亚历山大·韦斯特马克，芬兰哲学家、社会学家。著有《人类婚姻史》等著作。

第四章　无法穿越的防线

秦既明端馒头，林月盈看着他露出的手臂，看他小臂微微凸起的血管。

秦既明盛粥，林月盈望着他系的围裙，望他衬衫领口里露出的一点皮肤。

秦既明俯身，伸手臂，屈手指，眼看一个"暴栗"就要弹到林月盈的脑门上。

林月盈不躲不避，睁大眼睛，和秦既明对视。

秦既明松手。

啪。

"嘶……疼！"林月盈捂着额头，"好疼好疼好疼！"

"你就看着我忙东忙西？"秦既明拍拍手，"坐下吃饭，别站着。怎么，还要我端到你嘴巴边喂给你？林月盈大小姐？"

林月盈揉了揉额头，不出声。

没有听到意料中的反击，秦既明顿了顿，把碗放好，放低声音："真打疼你了？让我看看。"

林月盈躲开，秦既明的手落在空中，又不好收回。

她不敢直视："没。"

秦既明直起身体看她，林月盈做贼般躲着他的视线，端起碗拿着筷子就开吃。

那粥一直放在火上慢炖，盛出来时还是烫的。林月盈的指腹被烫了一下，"哎呀"一声又放下，慢吞吞地吹，一点一点地吃。

她头也不抬，只看到秦既明坐在对面，拉开椅子坐下吃晚饭。

都怪这不听话的心。

林月盈早早洗完澡躺在床上，她想关掉自己的耳朵，这样就不会听到外面的动静。她以前怎么没发现，和成年的秦既明住在一起是如此尴尬的事情？他就睡在隔壁，墙壁薄，稍微有动静就能令她发觉。

水声停了。

林月盈把头埋进被子里,耳朵仍控制不住地捕捉着空气中和他有关的讯息。

阳台上的洗衣机响了,秦既明现在大约是在洗衣服,电视也打开了,又是熟悉的《新闻联播》。

林月盈闭上眼睛,竭力让自己平静。

次日,宋观识兴高采烈地登门。他虽然有澳大利亚的驾照,但还没来得及换成国内的,还是宋一量开车送他过来。

宋一量竭力做好一个兄长兼助攻,聊了没几句,就给宋观识使眼色,大惊失色地说自己东西忘带了,要回去一趟。

忘带的东西是林月盈私人定制的一条裙子。它的原型是好莱坞某经典电影的戏服,林月盈喜欢,秦既明就委托宋一量帮忙找,辗转多国还真买到了原版。遗憾的是那裙子的上任主人没有好好保存,裙身已有多处破损,实在无法上身。

秦既明又找了技术高超的制版师和裁缝,对照着曾经的设计稿和电影等影像资料,将那件裙子全部还原成裁片,一比一打版,重新为林月盈做了一件。

这一件,就用了三个月的时间。

林月盈还沉浸在"天啊我怎么会爱上秦既明"和"秦既明和爱情不可兼得"的拉扯中,对什么都提不起劲儿来,兴趣缺缺。就连这条期待已久的裙子,也无法让她的视线从秦既明身上完全离开。

当宋一量提出让林月盈开车载宋观识去拿裙子的时候,她想都没想就拒绝了:"不要。"

宋一量无奈,求助地望向秦既明。

秦既明说:"月盈。"

林月盈说:"干吗?"

第四章　无法穿越的防线

"我的快递到了。"秦既明说,"下楼帮我拿个快递,短信发你手机上了。"

林月盈"喔"了一声,站起来。

秦既明又说:"东西有点重,观识,你跟着搬一下。"

宋观识说:"好的好的,既明哥。"

林月盈沉默了,离开前非常不开心地瞪了秦既明一眼。

宋一量看在眼里,凑过去低声问:"得罪林妹妹了?"

"不清楚。"秦既明揉眼睛,"她这两天心情不好,我还没问出原因……今天还出去?"

"去啊,怎么不去!"宋一量说,"感情都需要培养,日久生情嘛。"

秦既明说:"月盈对观识没那方面的心思。"

"说不定以后会有嘛。"宋一量说,"这才第二次见面,你能看出点什么?再说了,林妹妹矜持、骄傲,你见她和谁见第一面就亲热的?"

秦既明略微想了想,除了小时候林月盈第一次和他见面就趴在他的背上要骑大马之外,还真没有。

"倒是你啊,"宋一量叹气,"油盐不进。算了,手机充电器在哪儿?我昨晚睡得早,手机忘充电了。"

秦既明拔了正在充电的平板,接过宋一量递过来的手机,连上数据线。

宋一量百无聊赖,顺手拿了平板过来,玩之前不忘问一句:"平时是你用这平板吧?要是林妹妹的,我就不玩了。"

秦既明去给他倒水,头也不抬:"现在是我用。注意点,别碰里面的相册和视频。"

平板和手机还是登陆着同一个 icloud(云存储空间),秦既明记得,相册和视频都会同步,好像还有一个 App,比如自带的 Safari 浏览器。

秦既明平时十分注意,不会去打开这些东西。为了查阅资料方便,他另外下了一个浏览器,就摆在桌面上。

077

宋一量斜斜地靠着沙发，不以为然："知道了，尊重隐私嘛。我就用你手机查查，看看未来一周天气咋样，适不适合出去玩。"

宋一量没找到天气的选项，划了几下，看到熟悉的 Safari 图标，他习惯性地点开，还没在搜索框里输入城市名，网页就自动跳转到历史记录。

虽然宋一量和这些网站素未谋面，但网站整体的设计和画风散发着悸动的"脸红心跳"四个字，还有直白大胆的书名、封面和简介。

宋一量沉默了。

秦既明端着两杯热水过来，把其中一杯放在宋一量的面前，问："想好去哪儿了？"

宋一量放下平板，身体后仰，颓然地坐在沙发上，严肃地看着秦既明。

秦既明说："你又犯蠢病了？"

宋一量摇头，沉痛地说："秦既明，平时真看不出，你口味这么歹毒。"

"说什么梦话？"秦既明说，"你早上洗脸把脑子忘洗手台了？"

宋一量将那平板屏幕按在秦既明面前，恨铁不成钢："你平时就看这个啊？"

清晰的字出现在秦既明眼前。

他皱紧眉，厌恶的表情和看到恶性新闻事件一模一样。

秦既明说："你认为我平时会看这东西？"

宋一量说："这要不是你看的，还能是——"

秦既明一顿，缓慢深呼吸。他打断宋一量："是我。"

秦既明拿过平板，低头扫一眼这惊世骇俗的浏览记录，还有一些触目惊心的标题和目录提要。

闭眼，再次深呼吸，睁眼。

"大惊小怪。"秦既明的声音不夹杂丝毫情绪波澜，"不过是一点解

第四章　无法穿越的防线

压小技巧。"

从家到驿站，包括取快递不到二十分钟的时间内，林月盈已经听宋观识讲了他波澜壮阔的与虫和袋鼠搏斗的十余年。

林月盈建议他可以出本书，叫《我的前半生》。

"和杧果一样大的大蟑螂，"宋观识说，"会飞，黑黢黢的。晚上散步还能发现垃圾桶的旁边有一群蟑螂在开会……

"还有巴掌大的蜘蛛！慢吞吞的，吐出的丝像绳子一样坚硬，需要拽才可以拽开。

"老鼠啊，老鼠更正常了，感觉老鼠个个身强力壮，能把猫打哭。"

"啊，你是不是害怕虫子？"宋观识停下交谈，小心翼翼地问，"我讲这些你会不舒服吗？"

"不会。"林月盈想了想，说，"因为我没有见过，你讲这些的时候，我想象不出具体的感受……可能见到后，我也会害怕。"

宋观识又恢复了快乐："也对！"他兴致勃勃地说，"那我讲讲袋鼠吧。那边的袋鼠比常住人口还要多，而且有一部分不怕人。上次我在朋友院子等他的时候，和一只袋鼠对视了大概十秒，它就冲上来把我踢倒……"

当宋观识讲到自己为了泄愤，选择在特产店中购买袋鼠蛋蛋皮做成的零钱包送国内的朋友后，林月盈终于被他成功逗笑。

俩人说说笑笑，踏入家门，林月盈第一个发觉秦既明的不对劲。

他看起来有些严肃，还有点……不知怎么用语言来形容的复杂。

林月盈没有在意这个，她只不开心地控诉秦既明，说快递明明只是一盒拼装乐高，哪里重了？

秦既明说大概是自己记错了。

林月盈知道，哪里是他记错了，他就是故意的，就是故意要给她和宋观识制造单独的相处机会。

079

哼。

真是不知道珍惜，暴殄天物。

林月盈的任性仅限于和秦既明单独相处的时候，现在还有他的朋友和不太熟悉的人在，她还是要暂且忍下心里的不愉快，等他们走了后，再去找秦既明"对峙"。

去大学报到前的那个暑假，林月盈顺利地拿到了驾照。她开车技术稳妥，这一次出去玩也是她开，副驾驶坐着秦既明，后排坐着宋观识。

宋一量说回去给她取衣服，他自嘲年纪大了，骨质疏松，玩不了刺激的项目，让他们自己先玩着，别管他。

平时喜欢拍照打卡发朋友圈的林月盈，这一次却提不起任何精神。她心不在焉的，再刺激的项目，也不过尔尔。

回家前，秦既明又提一句，说等会儿去挑个平板，给林月盈用。

林月盈有些蒙："家里不是还有个吗？"

秦既明说："那个我用。"

林月盈说："怎么和我分这么清呀？以后是不是房子中间也砌墙，一人住一半啊？"

"不分清不行啊。"宋一量烟瘾上来了，他摸着身上的烟，瞟秦既明一眼，"怎么说呢，正常的成年人都会有自己独特的解压方式，你说是吧既明？"

林月盈又想起上次秦既明看到她平板里同步的照片那件事，有点尴尬，有点认同："也是。"

"是啊。"宋一量说，"也能保护好隐私。"

秦既明说："一量。"

"是啊。"林月盈赞成，说，"每个人都有隐私。电子产品的确不适合混用，不然不小心看到，也蛮尴尬的。"

"可不是吗？"宋一量深有同感，"可把我给尴尬坏了，完全想象不到——"

"一量。"秦既明叫他名字,加重语气,"明天你想送观识去哪儿?直接去网球场?"

他们又约了明天上午去打网球,秦既明和宋一量不去,打网球的就四个人,林月盈、江宝珠、红红和宋观识。

宋观识用狗狗般亮晶晶的眼睛看她:"中午呢?"

已经是分别之际,宋观识上宋一量的车回家,林月盈把车钥匙递给秦既明,开副驾驶的门。

"中午不行。"林月盈答,"我明天要去秦妈妈家。"

宋观识愣愣地问:"秦妈妈?"

宋一量一天没抽烟了,忍不住,看四下无人,刚点了一支烟,被秦既明拿走。秦既明看了眼林月盈,把烟头在垃圾桶的顶部碾灭:"是我妈。"

宋观识说:"啊?月盈不是你亲妹妹吗?继妹吗?"

宋一量皮笑肉不笑地看秦既明:"你看的东西都能让俩辅警转正了,还怕我抽烟熏着林妹妹呢?"

林月盈敏感:"什么?什么东西?"

宋观识迷茫地问她:"既明哥不是你亲哥哥啊?"

"看那东西能说明什么,你经常看动物世界也没见你抢路人的香蕉。"秦既明抬手,示意林月盈先上车,后面这句话也是对她说的,"不关你事,先上去。"

宋观识说:"你俩不是亲兄妹啊?"

林月盈双手合拢:"到底是什么啊?拜托拜托,别勾起我的好奇心好吗?"

宋一量"噗"地笑了一声。

宋观识走几步,真诚地问:"他俩没血缘关系吗?"

秦既明说:"月盈,回家再说。"

宋观识说:"你们怎么没一个人愿意听我说话啊?理一下我好吗?我好着急。"

林月盈决定选择暂时听哥哥的话,上车前,她还听秦既明回答宋观识。

"不是亲兄妹。"

林月盈"啪"地一下关上了门。

一到家,林月盈甩掉鞋子,也不换拖鞋,光着脚往屋里走。秦既明换上鞋,将她脱掉的运动鞋摆正,又拿了拖鞋,叫她:"月盈。"

"不要叫我。"林月盈闷闷地说,"请叫我'被拿出去送人情的小倒霉蛋'。"

秦既明叹道:"什么时候拿你送人情了?"

"今天还不是吗?"林月盈说,"我不喜欢宋观识那个类型的。"

她光着脚坐在沙发上,满眼都是委屈:"都好几次了。再一再二不再三,你再把我往外推,我明天就出去租房子住,不在你眼前晃来晃去,免得让你看不顺眼,眼不见心为净。"

"说什么呢?"秦既明把拖鞋放在她的脚边,"一生气就往我的心口捅刀子,这么多年白疼你了。"

他沉重地说:"你都不知道我为你的成长和尊严付出了什么代价。"

林月盈慢吞吞地磨了磨手指,做了红色猫眼的指甲在暗处有着成熟车厘子的颜色,她的脚趾尖终于点到拖鞋,开口叫:"秦哥哥。"

"别叫我哥。"秦既明说,"请叫我'被误会且伤透心的老倒霉蛋'。"

林月盈伏低身体,软声说:"秦既明,世界上最好的秦既明。"

秦既明坐在她的旁边。沙发就这么大,林月盈顺势趴在他的腿上,闭上眼睛。

"我也看出你的不开心。我答应你,以后一量再提这件事,我就说清楚,好吗?"秦既明抚摸着她的头发,"归根结底,这件事是我不对。

往后,我不干涉你交男朋友。"

林月盈说:"我倒巴不得你干涉我交男朋友。"

秦既明:"嗯?"

林月盈双手撑着沙发起身,跪坐在沙发上,认真地看着秦既明:"你不喜欢我和男生交往,那就告诉我,我一定拒绝他们。"

她看着秦既明:"只要你说一句话,我就不和外面那些男的在一起,永远留在家里。"

说这些话的时候,林月盈放慢语速,手掌心满是汗。她上次这么紧张,还是高考前参加部分学校的特招面试。

她在紧张的时候喜欢舔嘴唇——一个不太好的习惯,幸而今天她涂了唇膏,舌尖刚触到淡淡酒精气息的膏体,林月盈便忍住了,微微张口,安静地看着因为她的话语而微怔的秦既明。

他眉毛里的那粒小痣,随着呼吸在轻轻地动。

抑或是,她的心在动。

"你误会了。"秦既明笑,说,"我没有阻碍你正常恋爱的意思。"

林月盈保持着姿势不动。

她想起小时候穿上爷爷买的漂亮裙子,兴高采烈地跑出去,还未展示给好朋友看,就不小心跌了一跤,摔在雨后泥坑里,染了一身泥。不远处的林风满看着她,放声大笑。

"你已经成年了,也到了可以谈恋爱的年纪。你知道,月盈,我不会强行干涉你的感情。"秦既明说,"上次我们谈过,还记得吗?我能理解你正常的情感需求。"

林月盈直勾勾地看他:"那要是我的情感需求不正常呢?"

秦既明一顿。

平板里的那些言情小说,还有他不太理解的一些故事浮现在脑中。

他后来用自己的电脑浏览了一下那个网站,吃惊地发现自己和现在的流行果真有着严重的脱节。

秦既明说："我也可以理解，但这个应该不适合继续讨论了。"

林月盈低低地回应："嗯。"

"别动不动就说要离家出走、要离开、说我不疼你了。"秦既明说，"这么多年了，我还不够疼你？就差把心都快操碎了。"

林月盈说："我知道。"

林月盈那刚刚有些起色的情绪，又一点点地沉下去。

讨厌死了，难怪都讲坠入爱河、坠入爱河，爱不仅仅是下坠，还有淹死她、憋死她、呛死她的风险。

"拒绝观识的时候，也不用顾及我们的面子，知道吗？"秦既明说，"不喜欢的话就直接说。我和一量是发小，无论你们将来成不成，都不会影响我们的关系。"

林月盈说："好。"

是的，她和观识成不成，都不影响秦既明和宋一量的关系。可她和秦既明成不成，那影响范围可就大了。

林月盈清楚话说出口的后果。开弓没有回头箭，话一旦说出去，再也不能收回。

她甚至能想象得到，现如今对秦既明告白后的模样，他一定会愕然、惊讶、难以置信，冷静下来后和她温和谈心，告诉她这是不可能的，再斟酌着搬走，和她保持好距离，以免这段"孽缘"越陷越深。

到那个时刻，林月盈和他连现阶段的基础关系也无法再维系，也再不能和今天一样，可以坐在他旁边撒娇。

秦既明一定会远离她。

这个认知清晰地出现在林月盈的脑海中，直到翌日同朋友打网球，林月盈还想着，一不留神踢到台阶，隔着运动鞋，把她疼出眼泪。

去医院查看，医生检查没问题，只是脚指甲盖有一小块淤血。万幸指甲盖只裂开一点点，也没有其他伤口，医生表示不需要处理，日常稍稍注意一下，多多休息就好。

第四章 无法穿越的防线

负伤的林月盈不能再打网球了,她叫了代驾,让他按照路线把自己送回家。电梯门刚开,秦既明就已经在家门口等着了。他扶她进门,问她还疼不疼。

林月盈说快要疼死了。

才上午十一点,黄阿姨在厨房里做饭,秦既明让林月盈坐在沙发上,说他还有些工作要处理。看林月盈脚趾受伤自怨自艾的模样,他想了想,又把电脑抱到客厅,一边看着她,一边回邮件。

林月盈向他倾斜,额头轻轻抵着他的肩膀。

"听说你们公司又给我们学校捐钱了。"

"不是捐钱,"秦既明纠正,"是合作互赢。企业向学校注入资金,为的是设立奖学金、选拔优秀人才,学校再向企业输入优秀学子。这是投资,是一笔生意,不是捐钱。"

林月盈嘟囔:"反正都差不多。"

她又说:"又是社团招新的时候了,我大一上半学期贪玩没进,不知道他们现在还收不收。"

秦既明问:"什么社团?"

林月盈说:"就你上学时候创建的那个智能机械社团。"

严格来说,秦既明还是她的学长。

秦既明说:"别想太多,先去做,不试试怎么知道。"

林月盈点点头,她又看自己的脚指甲。

脚上的大脚趾指甲也是圆圆的,在医院里又用应急的卸甲水临时卸掉了甲油,周围的指甲还是漂亮的酒红,更衬托被撞得微微起边的脚指甲不好看。

林月盈想剪掉这一点。但她上午运动过,现在有些犯懒,不想自己动手。

林月盈歪了歪脑袋,看向秦既明。秦既明刚好回完最后一封邮件,合上电脑。

085

林月盈抬起脚，慢悠悠搭在他的腿上。秦既明低头看，拍一拍，挪开她的脚，去找她专用的脚指甲剪。

无须语言沟通。

林月盈半躺在沙发上，看着秦既明的背影。

在家里的时候，他不穿衬衫，一般穿着松松垮垮的T恤和黑色运动裤。再普通不过的衣服在他身上，都只剩下"好看"两个字。秦既明比例好，腿长，这条当家居裤的运动裤裤脚有些短了，他弯腰去拉抽屉的时候，林月盈看到他运动裤下露出的脚踝，藏在黑色下的皮肤雪白、干净、性感。

是的，性感。

林月盈愿意用这个词来形容他。秦既明的腿很长，肩膀是令她安心的宽，背部肌肉很好看，到了腰间又收窄。她不得不感叹，秦既明拥有一具藏在西装革履下的强攻击性身体。在不用力的时候，他胳膊上的肌肉捏上去是软的；而当他用力时，那些充血的肌肉又会是温韧结实的触感。他闻起来是干净的木兰花香，抱起来是有支撑感的暖。

她不知秦既明会怎样对待爱人，在对方受不住时，他是利用体力优势拉住她，还是宽容地任由爱人离开，再亲吻她的额头道歉。

秦既明教她叠被、开车、格斗，看着她长大，是她的学长，是她的人生导师，是她的心上人。

我的舌头像断了，
一团热火立即在我周身流窜；
我的眼睛再看不见，我的耳朵也在轰鸣；
我流汗，我浑身打战。
我比荒野更苍白，
我恹恹，眼看就要死去。

林月盈不动。

她想起选修课上学的诗歌,被柏拉图称为第十位缪斯的萨福,莱斯博斯岛的萨福,古希腊第一位女诗人,被彼时天主教会狂热教徒丑化为老女巫。

守旧者认为她歌唱的爱是亵渎。

萨福知道她咏唱的诗歌被视作禁忌吗?

啪。

暖热的手离开林月盈冰冷的脚,无情的金属质地的指甲刀脱离她有情的心。

秦既明说:"好了。"

林月盈说:"嗯。"

但我现在贫无所有,只好隐忍。

秦既明将剪掉的指甲包在卫生纸巾中丢进垃圾桶,林月盈抬起腿,想要将自己的脚移开。

热源再度靠近,暖热的手掌将她的脚握在掌中。

林月盈僵住。秦既明有薄茧的手压着她敏感的脚心,用力压了压,感受她的体温,又像要暖和她僵硬的身体。

无数毛茸茸的蒲公英从她脚掌心滑过,好像被他用力按住的不是脚心,是她惶惶的一颗心。

秦既明说:"脚这么凉,你该多泡泡脚。"

林月盈有点不能呼吸,她听不清他在说什么,那些语言在她的耳朵里只留下短暂一秒,又散开,没有进入她的大脑获得思考。

她张口,声音很低地喃喃:"我的舌头像断了。"

秦既明没有听清,问:"什么?"

"……我的舌头像断了。"林月盈说,"好渴,我快渴死了,我要喝水。"

> 但我现在贫无所有，只好隐忍。

中午，林月盈一口气喝了很多水，听秦既明给他妈妈打电话。

他的父母现如今处于分居状态，谈不上什么离不离的，名义上的夫妻还在，但见面次数屈指可数。林月盈害怕秦既明的父亲，对秦既明的母亲何涵却没有畏惧。何涵是个客气又疏离的贵妇，对自己的孩子也是隔着距离的亲近。

他们原定在下午两点左右到达，因林月盈的脚伤又往后推了一个小时。秦既明的妈妈喜静，养了一只狗，狗狗声带有问题，不会叫。在林月盈跟在秦既明旁边走进去的时候，这只不会叫的白色贵宾犬会兴奋地用脑袋拱林月盈的腿，在她的裤子上蹭掉好几根细微的毛。

今晚来吃饭的不止秦既明一人，还有江咏珊和她的男友。

何涵是江咏珊上大学时的英语老师，江咏珊叫她一声老师，常常陪她吃饭。

林月盈叫一声咏珊姐，江咏珊微笑着和她打招呼，笑着说刚好秦既明来了，自己最近在为一篇论文的数据发愁……

后面的林月盈没听，她被何涵叫走，要她帮忙选衣服。

何涵下周二约了姐妹喝下午茶，在思考穿什么好。

林月盈的审美是毋庸置疑的，何涵也称赞她选衣服的眼光。林月盈心中一直将她当作亲姨般尊重。在何涵那宽敞明亮的衣帽间中，她认真地提出搭配建议。

"选这件洋红色吧，是今年的流行色，也很衬您现在的肤色。下面呢，就换个白色，平衡洋红色带来的冲击感……"

何涵披着一块真丝围巾，笑吟吟地看着林月盈。

她保养得很好，不过也无法挽留青春，皮肤不再如年轻时般紧致，有着岁月自然的沧桑和韵味。

林月盈穿得很规矩,今天她甚至连裙子也没穿,普通的白T加牛仔短裤,但还是遮不住的青春靓丽。

何涵问:"既明最近交女朋友了吗?你有没有见他和哪个女孩子离得近些?"

林月盈弯腰,正专注地挑选高跟鞋的颜色和样式,摇头说:"没有。"

何涵说:"是真没有,还是既明让你说没有?"

"真没有呀,秦妈妈。"林月盈撒娇,抱住何涵,低头把脸贴在何涵脖子上,蹭啊蹭地说,"我是谁呀?我是您的贴心小棉袄。要是既明哥有什么情况,我肯定第一个告诉您呀。"

"是,是小棉袄。"何涵说,"贴心小棉袄,选好了吗?"

林月盈又去弯腰,一手一双,举着两双鞋给她看:"我知道您喜欢穿高跟鞋,但上个月您的脚崴了一次,我很担心您。从漂亮的角度,我更推荐刚才那双六厘米的,会衬托您的腿更修长;但从关心的角度上,我还是希望您能选择这一双,它的底很软,只有两厘米,而且这个品牌的鞋子都是舒服不累脚的,颜色也会衬得您脚更白……"

何涵抬手,用手指刮刮她的鼻子,柔声道:"说话真好听。既明要是有你一半懂事,我现在也不至于如此劳心。"

林月盈说:"既明哥是您教出来的,我是既明哥教的,说到底,还是您教书育人的成果。既明哥他只是不擅长表达。秦妈妈,您想穿哪一双呀?"

这样说着,她将那双平底鞋举高一些,希冀地望向何涵:"这双?"

"就这双了。"何涵笑,伸手一指,是林月盈捧的那双平底鞋,"不能辜负我们月盈的一片孝心。"

林月盈始终认为,何涵和秦既明的关系客客气气,大约因为他们是同一类人,都是情绪稍内敛的那种。

不单单是他们俩，秦爷爷也是，他们都好像一个模子里刻出来的脾气，瞧着不以物喜不以己悲的，无论什么激烈的感情都能藏在心里面。

包括秦爷爷去世的时候，林月盈暂时住在秦既明父亲家那几日，夜晚口渴，下楼喝水，也能听见对方压抑的悲恸哭声。

而在葬礼上，秦家人都是一滴眼泪也不流，收敛情绪，克制地讲话。

林月盈不一样，她喜欢笑喜欢闹，放得开。无论是同何涵，还是同秦既明，她都能坚持不懈地示好，培养起良好的感情。

所以……让秦既明喜欢她，似乎也不是多么困难的事情吧？

饭点一到，林月盈认真吃着燕窝。这燕窝何涵每日都要喝，今日林月盈来，就让人给她也煮了一份。

饭桌上，都是何涵、林月盈和江咏珊在聊。江咏珊比林月盈大了六岁，但十分健谈，也是大方外向的性格，俩人聊起来挺投缘，从学校建校史聊到院子里的一只青蛙，滔滔不绝。

相比之下，秦既明沉默了不少。他只干两件事——吃饭和往林月盈的杯子里添水。

饭后告别，何涵没留江咏珊和她的男友，嘱托他们路上慢走。

客人离开后，林月盈坐在沙发上喝水，亲密依靠着何涵，和她看同一本画册。

何涵不忘感叹："咏珊多好的孩子，要是你当初和她在一起，现在也没她男朋友什么事了。"

林月盈翻画册的手指一抖，她想，秦妈妈你说得对，也没我什么事了。

秦既明叹气："不是说好不提这个？"

"我不提，有的人想提。"何涵说，"你爸给我打电话说给你介绍了好几个人,你连人家微信申请都不通过,像话吗?"

林月盈愣住:"什么时候的事?"

"看吧。"何涵说,"连月盈都看不下去了。"

秦既明在倒水,不慌不忙地听母亲的谴责。何涵说"连月盈都看不下去"的时候,他才抬头,看一眼林月盈。

林月盈依偎在何涵的心口,乖乖巧巧地给她捶腿。

"他哪是给我介绍女友,他是想给自己找一个可靠的亲家。"秦既明抬手说,"妈,喝水。"

一杯热水递到何涵面前,隔了好长一阵,她才接过。

"你啊。"何涵说,"算了,随你去吧。"

她低头,吹一吹杯子上的热气,又一顿:"这是我的想法,我可做不了你爸的主。"

秦既明微笑:"我知道。"

林月盈心事重重。她知道,秦父一直都在想办法为秦既明介绍女孩子,希望他能够成家。她也知道,以秦既明如今的年龄,大部分男性在这个时候的确已经开始考虑结婚了。

对于林月盈来讲,结婚还是好遥远的事情。

他们本身就在人生的不同阶段。

一个学习,一个工作。

一个还会被调侃"早恋",另一个已经被催促着成婚。

他们之间隔着的,除了闲言碎语,还有十载春秋。

林月盈默默叹了口气。

离开时,她喝了杯红酒,是何涵倒的,还是何涵开美容院的朋友送来的。红酒一共两瓶,何涵给了林月盈一瓶,让她晚上睡觉前喝一小杯,有助于促进血液流动。

林月盈不是不能喝酒,但不知怎么的,喝下这杯酒后,刚到家她就有点胃痛了。

她痛得连卧室都没有进，强撑着洗漱完，穿着睡衣就倒在沙发上，呜咽着说："好疼。"

秦既明看林月盈痛得咬唇，他拨开她脸上没吹干的头发，用手背试她额头的温度："怎么了，月盈？"

"有点胃痛。"林月盈说，"可能因为白天吃了冰激凌，晚上又喝了红酒，刺激到了。"

秦既明说："我送你去医院。"

"不要，不是那种痛。"林月盈摇头，垂着眼睛，一副病恹恹的样子，"我不想去，这么晚了，我休息休息就好。"

秦既明拗不过她，说"好"，又担心手背试温度不准，将她平放在沙发上，去家庭药箱里拿了体温计。

林月盈配合地夹在腋下，眼巴巴地看着他："秦既明。"

秦既明倒热水："嗯？"

"你之前拒绝和咏珊姐相亲，"林月盈说，"真的是为了照顾我吗？"

"做什么？"秦既明走过来，坐在沙发边缘，习惯性地用手背去触她的脸，"怎么忽然热衷打听我的事了？"

林月盈闭上眼睛，侧过脸把秦既明的手压在脸颊和沙发中间蹭了蹭，说："秦妈妈今天说我是贴心的小棉袄。"

秦既明认同道："的确很贴心。"

林月盈睁开眼睛，伸手去握秦既明的手腕。她的手在发抖，说不好是紧张还是胃痛。她牵着秦既明的手，想到他可能会在未来某一天选择去相亲，有种不可言喻的失落。

秦既明不可能永远是她一个人的，除非她做他的妻子。

秦既明问："胃又疼了？"

"嗯。"林月盈舔了舔嘴唇，她的喉咙发干，舌头发苦，像是塞了一团火，"很疼。"

秦既明在全神贯注地看她，眼里透出林月盈不想看懂的关心。

第四章　无法穿越的防线

林月盈摸到他手腕上的脉搏，沉稳、正常、平静，在被她触碰的时候，他的心率和脉搏仍旧保持规律，他对她的关心不夹杂其他。

汗水慢慢地浸湿了贴在她身上的睡衣。

林月盈拉着秦既明的手往下，像去年感情没有过界时那样开口："我的胃好疼，你帮我揉揉好不好？"

因为胃痛，林月盈出了一层薄薄的汗。刚流出来的汗水是热的，贴在她的肌肤上，真丝不贴身，凉凉地和着她的汗水搅在一起，有着夏日雷雨般的躁动热潮。

上次秦既明为她揉疼痛的胃时，他在想什么呢？林月盈只知自己那时毫无杂念，知道对方是秦既明，也只将对方当作秦既明。

这一次，她将对方视作心仪的异性。

"胃好难受。"林月盈重复，请求中夹杂着渴求，"按一按嘛。"

就像把她冰冷的脚捂在怀里，就像多年前抱着喝酒喝到胃痉挛的她。

她想要以隐秘爱人的角度来审视这一个拥抱，这是她欲壑难填的谎言。

秦既明俯身看她，理智和冲动，在不知不觉中成熟。

林月盈皱着眉牵着他的手压在胃部，不知道是谁的手在颤。

秦既明感觉自己的手僵硬地盖在林月盈疼痛的腹部，又看她笨拙地往下压。

她小心翼翼地试探着秦既明，不知他允许自己过界多少。

林月盈叫他："秦既明。"

秦既明说："月盈。"

林月盈仰脸，秦既明并没有看她，而是敛着眉，表情渐渐严肃。

"揉一揉也没有用，止不了痛，也治不了病。"秦既明说，"只是暂时的心理安慰，没有任何实质性的帮助。"就像饮鸩止渴。

林月盈嘴唇发干："我知道，可我想让你揉揉嘛。"

"太晚了。"秦既明说,"你应该去休息。"

林月盈说:"我现在胃痛。"

秦既明将手臂从她的手掌中很轻松地挪走,用不了多少力气,然后他听见自己说:"你需要去医院,或者喝些热水,休息。"

林月盈在沙发上轻轻地呼吸。

"我们虽然没有血缘关系,但我一直照顾你长大,你是我最疼的人,也是我最亲的人。"秦既明说,"我们中间差的年岁,按道理你都可以叫我一声……"

林月盈打住:"你不要趁我不舒服就得寸进尺啊,我们辈分一样。你这辈子都不要想给自己偷偷升辈分,打死我我也不会叫你一声爹。"

"你脑袋不大,想得倒挺多。"秦既明说,"我的意思是——"

"月盈。"秦既明说,"还是那句话,我们要避嫌了。"

避嫌,避嫌,避嫌!这可真是林月盈最最讨厌的一个词了。

什么李下瓜田、瓜李之嫌、瓜田不纳履、李下不整冠,统统都讨厌。

秦既明的态度光明磊落,说我们虽然都相处数十载,但你大了,相处也要有个度。

林月盈想,去你的吧,谁要和你避嫌,我才不想和你避嫌……

林月盈最终还是没有去医院,她喝了热水,身体一暖,疼痛就稍稍减轻。于是她往床上一倒,仰面朝天,直到天明。

第五章
心跳佐证

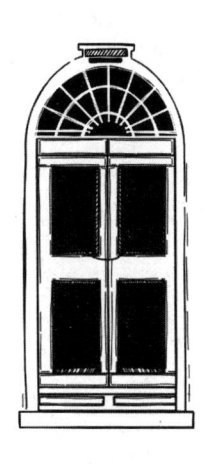

可要她坚定追求他的决心，
只需要和他见一面。

天亮了，避嫌却没有结束。

早餐时，林月盈端着自己的小饭碗，拿着一个包子，又分了一半蔬菜沙拉和炒蛋，倒进自己的白瓷餐碟里，远远地端到茶几上吃饭。

秦既明从厨房端着自己的碗过来，看着这分桌而食的架势，一愣。

他问："你这是在做什么？"

林月盈捧着自己漂亮的小碗，看着他说："避嫌。"

吃完饭，秦既明顺道送林月盈去学校。车库里林月盈却没有上副驾驶，而是抱着书包径直拉开后面的车门，坐在后排，重重关上车门。

秦既明叫她："月盈。"

林月盈抱着书包倒下，躺在后座上瘫成一团："避嫌。"

终于到了学校。

秦既明有通行证，将她直接送到教学楼区域。这么早到教室的学生不多，秦既明将车暂时停在路旁，自己先下车，拉开后面车门，叫醒睡着的林月盈。

林月盈揉揉眼睛，看着秦既明伸出来的手，下意识想要握，又想起昨晚的事情，不开心地收回，哼了一声后盯着他。

秦既明收回手，说："我知道了，避嫌。"

林月盈不理他，抱着书包下车。她睡蒙了没个缓急，头顶差点撞在车门上。

秦既明的手压在车门边缘，包着，她的头撞到他暖韧的掌心。

"避嫌也要讲究安全。"

林月盈看着他说："挺不错的还压上韵了，你去当 rapper 吧。不过记得要避嫌，避嫌才能更安全。让你火遍天下无敌手，一直火到九十九。"

她情绪激动，没留神又被台阶绊一下，跟跄着下车。

秦既明扶了一下她的胳膊："看起来你今天有点不顺，暂停避嫌一天。"

林月盈叫："呸呸呸乌鸦嘴，不要坏我运气——"

她今日的坏运气还真的就从此开启了。

一大早，林月盈听到一个噩耗，她想要加入的那个机械社团的条件极其严格，不要说没有大二学生顺利加入的前例，就连大一时候加入社团的人，也多半选择了放弃——一部分是被淘汰的，还有一部分是扛不住社团内的压力。

现任社长，人送外号"笑里藏刀"。两个副社长，一个诨名"暴躁藏獒"，另一个叫"狂野座山雕"。

林月盈听到这个消息的时候，心凉了半截，不亚于杨子荣孤身上威虎山剿匪的雪里寒冬夜。

她想自己要是入社，充其量也只能是个聪明神勇的无敌枭。

中午吃饭时，林月盈还在饭菜里吃到一个小石子，硌到牙齿痛。她气得连写五页投诉信，洋洋洒洒，一股脑装进信封中，投到食堂的意见箱里。

不幸的是，她把入社申请书也塞进信封投进去了。

林月盈又重新找学弟拿了张入社申请书，重新花了十分钟时间，认真地写了一遍。

下午上课，林月盈丢了最爱的一支笔，沿途找了很久也没找到，只能失落地回到宿舍，躺在床上发呆。细细回顾这几日的表现，林月

第五章 心跳佐证

盈真觉得自己有点不清醒。

换句话来讲，叫"上头"。

林月盈很少有这种"上头"的情绪，她是个拿得起放得下、洒脱、心也大的人。初高中时她也追过明星，可也就是象征性地追一追，后来觉得没什么意思就淡了。

她对秦既明，是真真正正的上头。

明知山有虎，偏向虎山行——林月盈如此对自己现今的状态下定义。

"……不然还是算了。"林月盈躺在床上，小声问自己，"你喜欢他什么呀，林月盈？他照顾你这么久，他小时候还给你擦鼻涕，你疯啦？"

喜欢他和自己避嫌吗？还是迷恋他那种无法追到手的感觉？

就算是挑战极限也没见这样的，简直就是地狱难度的追人嘛。

林月盈掰着手指细数喜欢秦既明这件事的优缺点，缺点能列出一百三十八条，优点空空如也。可是……喜欢就是喜欢嘛，能讲清的喜欢就不算喜欢了。

林月盈苦恼地跪伏在床上，抱着自己的枕头，焦躁不安地滚了滚。

舍友蔡俪叫她："地震啦月盈，你再晃床就要散架了！床好贵的，你三思啊宝。"

嗡嗡嗡，她好像还真的听到下面桌子上传来振动声。

林月盈起身。

苏凤仪坐在下铺学习呢，倾身长手一捞，一手握着奶茶，另一只手把林月盈放在桌子上的手机递上来："等会再震，林月盈，快接电话。"

秦既明说他在她宿舍楼下等着。

林月盈气喘吁吁地跑过去，一眼看到秦既明。他换了衣服，不是衬衫西裤，而是简简单单的卫衣长裤。乍一看，他与本校学长没什么两样。

林月盈叫他:"秦既明。"

秦既明看了眼手表,说:"时间紧迫,先跟我走。"

林月盈:"啊?"

她跟着秦既明往外走。宿舍这边有障碍桩,防止车辆进入,林月盈还有点蒙,问:"你车停哪儿了?"

"我没开车,司机在校外等着。"秦既明说,"还有三个小时就要登机了,我们要加快速度。也不用太快,放轻松,呼吸。"

林月盈:"啊?去哪儿?"

原来是去上海。

林月盈全程都很迷茫,直到空姐温柔地将小毯子递给她,她的脑袋都还如同被摇散的鸡蛋。

所有的疑问在落地后得到解答。

她中学时期喜欢过一位摄影大师,常常在秦既明面前提到这位摄影大师的作品。

现如今这位大师在上海开设展览,会在上海停留两日,后天返回伦敦。

林月盈没想到秦既明知道大师开摄影展的消息,并且有办法让她们见面——私下、单独、可以聊很久的见面。

秦既明已经在酒店里订了两个套房,窗外就是东方明珠,陆家嘴和外滩也尽收眼底。熠熠生辉的夜景中,林月盈忐忑不安地等了五分钟,终于等到在工作人员陪伴下赴约的摄影大师。

淡金色的头发藏着几根银丝,但发型十分考究,黑色的裙子搭配珍珠长项链,她已经老了,但比林月盈想象中更加优雅。

林月盈和她聊了很长时间,拍了照片,还请她在秦既明准备好的作品集扉页上签了名字,写了祝福语。

第五章 心跳佐证

和她握手的时候,林月盈的手都还在抖。大师温柔地对她笑,祝她生活愉快。

大师离开之后,林月盈的腿还在抖,几乎没办法支撑她的重量。她不得已靠在沙发上,把脚僵硬地搁在地毯上,她的心脏还沉浸在不可思议的狂喜之中。

门响了。

秦既明一进门就看到呆坐在地板上的林月盈。

他笑:"怎么?累到腿软?"

"不是。"林月盈缓缓摇头,"不是累的。"

"不是累的也好好休息。"秦既明抬手腕看时间,"已经晚上十一点了,你现在需要立刻洗澡,然后上床休息。你明天下午第一节有课,我们需要在一点前赶到你学校。明天还是要早起,回北京。"

林月盈问:"那你的工作怎么办?"

秦既明说:"随身带着电脑,等会儿加个班。"

林月盈不知道该说什么。

"现在心情有没有好点儿?"秦既明走到她面前,抬手摸摸她的脑袋,"从我回来后,你就一直不太开心,到底怎么了?"

林月盈说不出原因。

"不想说也没事。"秦既明说,"有地毯垫着也凉,好好休息。该玩就玩,别闷着,嗯?"

林月盈说:"好。"

她想通了。

管它呢,上头也好,真爱也好,她不要想那么多了,不要瞻前顾后,犹豫才不是林月盈的作风。

追。

夸父都能追日呢,她追个秦既明有什么大不了的。

林月盈坚定地望向秦既明:"我刚刚做了一个决定。"

秦既明低头掐掐她的脸颊,揶揄道:"什么决定?"

林月盈慎重地说:"秘密。"

亲爱的秦爷爷:

对不起。

我可能要对您最喜爱的孙子下手了。

嗯,我知道,这是一件很不应该的事情,也明白您比较在意家风问题。我向您发誓,就算我变成您的孙媳,我对您的尊敬永远都不会改变。

说起来还有些难为情,可能我没办法再像之前那样,将秦既明视作自己身边的一个普通男性了。

此致

敬礼

您最亲爱最亲爱的未来的孙媳
林月盈

Ps:下次为您扫墓时,我会带两份贡品两份花送给您,希望您老人家在天之灵,不要生我的气。

PPs:您要是生气,我就再多给您烧些东西。

林月盈苦思冥想,用了一百多个理由和缺点,尝试让自己放弃秦既明,让自己脱离这种不切实际的念头。

可要她坚定追求他的决心,只需要和他见一面。

不需要那么多理由,心跳是最好的佐证。

次日清晨,林月盈在酒店吃了早餐。刚开始供应早餐不久,饭厅人也不多,秦既明换了衣服,看起来又要去上班。林月盈猜他今天下午应该要见客户,不然不会穿得这么正式。

第五章　心跳佐证

中间秦既明还接了助理的电话，林月盈坐的位置离他近，听了一耳朵，只听助理叫秦既明总监，问他几点到机场，那边安排人过来接。

"不用，私事用不到公车。"秦既明说，"你和肖总监说一声，我大概会在十二点三十到公司，我现在在看他发来的资料……"

后面秦既明说的全是工作上的事情，她听不下去了，低头用餐刀切班尼迪克蛋，柔软的蛋液缓缓流出，她叉了一小块慢慢地吃。

秦既明又叮嘱了几句助理，结束通话后把手机搁在桌子上，问林月盈要不要喝牛奶。

林月盈说："要，还要给我一杯气泡水，谢谢。"

透明玻璃杯中的气泡水呼呼啦啦地展开。

林月盈喝了一口，认真地望着秦既明，说："秦既明。"

秦既明说："怎么了？"

"你最近有找女朋友的打算吗？"林月盈真诚地问，"或者说，有和异性交往的想法吗？"

秦既明在吃溏心蛋，他头也不抬地回："我妈让你问的？"

"哪里。"林月盈说，"我自己问的。"

秦既明笑了。吃完第三个溏心蛋后，他用纸巾擦擦唇，终于正眼看林月盈："怎么忽然对我的私生活这么感兴趣？"

"因为这关系到我准备做的一件大事。"林月盈说，"非常重要。"

秦既明说："如果我说没有呢？"

"啊。"林月盈说，"真是喜忧参半。"

秦既明疑惑："嗯？"

"好消息和坏消息并存吧。"林月盈说，"好消息是我可以不那么激进地行动了，坏消息是我行动的阻碍会更严重。"

秦既明端起杯子："什么行动？"

林月盈举起自己的气泡水。

秦既明了然，不往唇边递了，往前一送，配合着由林月盈主动撞他的杯。

撞杯的声音清脆，犹如短笛。

林月盈回答他："暂时保密。"

倘若给自己的追求行动取一个代号，林月盈会将其命名为：追日行动。

日月为明，月逐日为明。

完美。

追求完美的林月盈，不打算直接向秦既明告白。告白应该是临门一脚，而不是八字还没一撇的打草惊蛇。

近水楼台先得月。成为秦既明女友的路不好走，女追男隔层纱，林月盈和秦既明之间隔的是通电带火花的金刚纱。

追求第一步，先从秦既明的既往喜好入手。

获取信息的方法：死缠烂打，旁敲侧击，收买人心。

结果：

一、目标人物秦既明没有前女友可作为参考范本。

二、为了从宋一量口中套取有用的信息，林月盈忍痛割爱，将自己珍藏多年的一本绝版琴谱拱手相送。

三、目前被追求人物的发小宋一量表示，秦既明没参与过类似的讨论，也无人知道他的择偶喜好和标准。

总结：没用。

若说高中时期的秦既明和谁走得最近、相处的时间最长，当仁不让的一定是林月盈。

林月盈小时候黏着他和秦爷爷，秦爷爷年纪大了，晚上哪里能看护得住一个天天做噩梦的小孩子。大部分时间，林月盈还是黏着秦既明一块儿睡。

小孩子能懂什么，林月盈只记得秦既明的胳膊捏起来很结实，在

第五章 心跳佐证

她犯错、打她的时候,又有点痛。

那时候流行在房间中张贴海报,各种明星画报和挂历十分畅销,秦既明房间中的墙上却是干干净净清清爽爽的,只挂一幅画——水墨山水,画的是天地苍茫,远山黛一顶落雪,江阔树白,孤舟蓑笠翁。

后来林月盈在幼儿园里拿了奖和小红花,秦既明就专门做了几个相框,把它们裱起来,挂在了他的卧室墙上。

林月盈越想心越慌,天啊,这样的相处模式,这样的爱意,自己怎么才意识到呢?

阳光正好,林月盈坐在理发店的椅子上,头发上抹着营养素,戴着帽子,安静地等待护理结束。

又是周五,林月盈上午上完第一节课,牺牲掉中午吃饭的时间,直接跑到理发店里做美美的造型,等头发做完营养护理,再让理发师给她吹出一个漂亮的、有着俏皮弧度的小卷发。

下午秦既明照例接她回家过周末,在那之前,林月盈决定先给他一个强烈的视觉冲击。

她美美地做好头发,刷卡买了新的小白裙和经典黑白玛丽珍鞋,再加一条项链。林月盈对着镜子左照右照,对自己今天的衣着十分满意。

她抬手点点镜子。

"秦既明,你好大的福气哇。"林月盈说,"有我这么漂亮的人追你,你简直是千里难寻万里挑一的幸运儿呀。"

秦既明好大的福气,可惜林月盈今天没有这么大的福气。

下午最后一节课是选修课——BCC 语料库和技术支持,虽然林月盈的专业是智能机械,但学校为他们安排的专业课中并不包括这个课程。作为一个听起来就很枯燥的理工科选修课程,来选这一门课程的人不是很多,大多是计算机语言学和语言学本体研究方向的学生,也有一部分人工智能方向的学生来听课。

因秦既明的职业关系，林月盈或多或少地接触到一些行业内的东西，所以在选修课的选择上，除了考虑爱好之外，也提前做了职业上的规划。这门课就是她为知识储备而选择的。

授课的教授姓刘，年近五十，头发接近全白，看上去要比实际年龄大一些。计算机专业的授课老师大多没有这么大的年纪，在近五十的年龄时也保持着对新技术新行业的钻研热情的实在少见，这也令林月盈对这位教授多了一丝敬重。

今天是这堂选修课的第一节课，林月盈来得很早，为了占第一排的位置。阳光正好，林月盈正美滋滋地欣赏自己美丽的长指甲，冷不丁听到有人用书敲桌子，书脊重重地砸在课桌上，发出不太愉快的声音。

林月盈抬头，看见一个瘦高个男生。

他说："同学，这个教室等会儿有课。"

林月盈"喔"一声："我知道的呀。"

那个男生看了看她，沉默半晌，和她隔了一个位置坐下，摊开手里拿着的书，从厚厚的标记处开始看。

林月盈欣赏完了自己漂亮的指甲，转脸看到男生的书，"咦"了一声。

"你哪里来的教材呀？"林月盈说，"同学，是选修课老师提前讲的吗？"

男生慢吞吞地回她："你选上这门课后没有看老师列出的建议书籍清单？"

"呀。"林月盈有些吃惊，"可是之前的选修课都没有呀……"

男生瞥她一眼，注意力仍集中在课本上："这个课程不是为混学分的学生开设的。"

林月盈主动攀谈，问他可不可以告诉一下她书名，她现在买书完全来不及了，等会儿上课的话，可不可以暂时和他用同一个课本……"

男生皱着眉答应了。

林月盈松了口气，又问他："同学，你是什么专业的呀？"

男生说："人工智能。"

"哇。"林月盈眼睛一亮，"智能机械社团的社长是你们专业的吧？"

男生说："嗯。"

林月盈说："副社长好像也有一个是你们院的，外号'暴躁藏獒'，你知不知道呀？"

男生硬邦邦地回应："嗯。"

林月盈四下看看，小声问："为什么叫这个外号啊，是不是脾气不好呀？对了同学，你入社了吗？"

"脾气还行吧。"男生说，"我入社了。"

林月盈眼睛亮了："我们可以加个微信吗？我想申请入社，可以找你多了解一下情况吗？你们社团还收大二的学生吗？"

男生没说话，只盯着林月盈看，眼神并不算友好，甚至可以说得上轻蔑。

他说："我不知道社团里还收不收大二的学生，但只知道，我们不收想混学分的学生。"

说完，男生把自己的课本推给发愣的林月盈，自顾自地摊开一本笔记本，不再理她。

其他学生也陆陆续续地进来了，临近上课时间，老师踏入教室门。

林月盈深深吸一口气，告诉自己，这个世界上，每一个人都有着独特的个性和社交方式，莫生气，莫生气，要和气。

可林月盈还是被这位不知姓名的同学猝不及防的冷漠伤了心。

第二件伤心的事，是秦既明告诉她，他生日当天要出差，不能和她一起过。

林月盈小声问:"怎么天天出差呀?"

"迭代升级后的新产品上市,销售那边一个人搞不定,这次招标的是大客户,以防万一。"秦既明说,"东西是我带领团队研发的,自然也要我过去。"

他没有夸奖她的头发,也没有夸奖她的新裙子和鞋子。

林月盈闷声:"这还是第一次没办法陪你过生日。"

"难过什么?"秦既明笑着揉揉她的脑袋,"对了,我买了个蛋糕,庆祝我们月盈成功入社。"

"哪有?"林月盈举起书包,盖住脸上的闷闷不乐,"周末才是面试呢,我还不知道可不可以……"

"按理说没有那么多限制。"秦既明凝神想了想,"别担心,如果原则上的确不允许,我就给留校的同学打个电话,请他们稍稍通融一下,特事特办。"

"才不要走后门。"林月盈说,"虽然你是个好学长,但这种行为不可取,我已经准备好严厉地批评你了。"

不确定能不能成功入社,又被社团中一个人莫名其妙地凶,林月盈心事重重,再想到不能和秦既明庆祝他生日,又有一段时间不能见面……

她的眼睛不禁又要落下泪来。

不可以!眼妆画了这么久呢,不可以掉眼泪,不能弄花。而且这么漂亮的妆,秦既明竟然无动于衷。

林月盈想方设法地把自己的注意力从悲伤委屈中转移走,深呼吸几次后,车停下来了。

等待绿灯的间隙,秦既明伸手轻轻拍了拍林月盈的头发:"今天的头发真漂亮。"秦既明说,"做了很久?"

林月盈说:"还好。"

那些悲伤和委屈,在这一句夸奖下顿时跑得无影无踪。

第五章　心跳佐证

秦既明问："是不是晚上有约会？"

林月盈说："啊？约会……"

她缓慢地说："你是说朋友间的约会，还是异性间的约会？"

秦既明笑："我不知道，所以问你。"

林月盈说："如果是异性间的约会呢？你怎么想？"

秦既明说："不许喝酒，不许夜不归宿。"

林月盈还在等他继续说。

没有了。绿灯亮了，秦既明继续开车。

林月盈问："就这？"

秦既明说："是。"

"你不担心我找男朋友吗？"

秦既明说："我担心这些做什么？你已经到了谈恋爱的——"

"不要继续说了。"林月盈开口，"你现在说的没有一句话是我爱听的。"

"还有后面那个蛋糕。"林月盈说，"我宣布，现在它不是作为我入社的庆祝蛋糕了，我要把它作为你得奖的庆祝蛋糕。"

秦既明哑然："我得什么奖？"

"世界第一无敌好人奖，天下第一感天动地大好人奖。"林月盈说，"还有开天辟地以来最具有道德感和舍己为人大冤种奖。"

秦既明忍俊不禁。

"你真是个好人。"林月盈反复强调，"太好的好人了。"

要是没那么好就好了，不过如果秦既明没那么好，她也不一定会喜欢他。

顿了顿，林月盈又委屈地说："现在蛋糕是你的了，但草莓和巧克力最多的那部分还是归我。"

秦既明逗她："我获得的奖励蛋糕，为什么要把最好吃的部分给你？"

"因为我对你非常重要。"林月盈大声说，"没有我，你也收不到这个奖励。"

那个庆祝蛋糕，其中草莓和巧克力最多的一块，还是进了林月盈的肚子。

夜间风凉，秦既明弯腰把干净的碗碟从洗碗机中取出，按照大小和颜色摆放在橱柜中。做好一切后，他转身，从敞开的门中看到林月盈穿着睡衣，没穿拖鞋坐在沙发上，和朋友叽叽喳喳地打电话，听起来那边似乎在约她周六一块儿出去玩。

秦既明洗了碟葡萄，一粒一粒摘下盛在白瓷盘中。水顺着指尖往下流，他顺手抽了纸巾，一根一根地擦着手指。

这一段时间，林月盈的态度已经很明确，对宋观识没有进一步发展的想法。宋一量看得出来，劝了自家弟弟几句，告诉他秦既明只有一个要求——倘若宋观识不肯放弃，还是想追求林月盈，秦既明不干涉，但要宋观识收敛着点，别搞得大张旗鼓，也不要死缠烂打让她困扰。

林月盈现在还在读书，年纪也不大，她不想恋爱，就别干扰她的正常生活。

秦既明凝神，把纸巾一叠顺手丢掉。被干扰正常生活的，又何止林月盈一个人。

秦既明已经开始考虑，是否把父亲的手机号码拖进黑名单，好让自己暂时冷静一些，不再听父亲苦口婆心的"劝婚"。

他已经习惯了和林月盈的二人生活，并不认为现在的自己适合多发展一段关系，而且，他也不想。

"秦既明，秦既明！"客厅里，林月盈叫他，"《新闻联播》开始啦。"

秦既明端起葡萄："来了。"

俗话讲，知己知彼，百战不殆。

第五章　心跳佐证

林月盈忽然想要深入地了解一下秦既明的喜好。

他喜欢看《新闻联播》，看天气预报，这些习惯像一个年长的人常做的。林月盈根本看不下去，她起初拿定主意要陪秦既明看完，但刚看了不到十分钟，肩膀也垮了腰也塌了，精神劲儿也没了。她庆幸自己没有选择社科类的专业，这就是她几百年也学不会的东西。

整个人松松垮垮的如泄了水，林月盈还没自然地在沙发上瘫成舒服的姿势，一只大手贴在她的腰部用力一推，扶住她试图偷懒的腰。

秦既明提醒："坐直。"

林月盈的心跳漏了一拍，温热的手掌贴着她的腰，那热度在她的腰上烙下深深的、热热烫烫的痕迹。

林月盈转身看，秦既明还在全神贯注地望着电视，端正、专注，柔和的光芒落在他洁净的棉布家居服上，干净得能看出棉线的纹路，没有一点染色痕迹。手已经自然离开了，她的腰还在发烫、发颤。

秦既明和她聊天："一般来说，从新闻上能看到的东西，都是……"

秦既明说什么，林月盈听不清了，她应了一声，悄悄背过手去触碰自己腰上那一块，可手再怎么碰都不是刚才那种感觉。

原来被人触碰和自己碰是不同的，不仅仅是触感，还有心境。

客厅里的灯关掉了，只留了沙发旁柔和的暖黄的落地灯。这盏灯是从佛罗伦萨运来的，某个同秦既明合作的商人将它赠予了林月盈。

这盏朦胧的灯照在林月盈的身上，她侧身看它，不知道在想些什么。

秦既明注意到她的视线，问："那盏灯怎么了？"

林月盈愣了愣，回答："我在想，几百年前它是否也像现在这样照过另一家人。"

"几百年前用的，"秦既明纠正，"应该是油灯。"

林月盈"哼"了一声："油灯不够浪漫。"

秦既明笑了。林月盈把脑袋轻轻地枕在秦既明的肩膀上，闭上眼

111

睛，若无其事地假装自己犯困。

秦既明没推开她，俩人安静地在灯光下看着《新闻联播》，主持人的声音越来越低，越来越低……

林月盈睡着了，不知何时被秦既明送回房间，林月盈醒来已是清晨。

天还没有亮，窗帘外是朦胧微弱的青光。

林月盈知道秦既明会做出这种事。

秦既明纵容着她那些无伤大雅的小习惯——挑食、偷懒、三分钟热度……也严厉地纠正着她的坏习惯——说谎、纵欲和贪甜。他会管束她，也会安抚她。作为爱人，他是否也会如此？周六，秦既明临时加班，林月盈疯玩一天，借着运动狠狠发泄一场，也痛痛快快出了一身汗，只不过打球打得手腕有点疼。

晚上一起吃饭，秦既明看起来有些疲倦，林月盈自告奋勇，说给他按按肩膀。按了没几下，她自己手腕酸痛，捏不动了。她半途而废，丢下被她捏得不上不下的秦既明。秦既明哭笑不得，任由林月盈偷懒，反过来给她捏了捏手腕和手臂。

周日，林月盈认真挑选漂亮且正式的小黑裙和包，踩着漂亮的高跟鞋，开开心心地去参加社团招新面试。

智能机械社团的经费充足，申请下来的活动教室也大，就是位置稍微有些偏，而且那栋楼没有电梯，要一口气上四楼。

林月盈对此早有准备，出门前放弃了会让她显得更加精英的红底鞋，换了一双只有五厘米鞋跟的鞋子。

但她没想到面试的人中，会有周五选修课教室里那位不友好的同学。男生坐在临时拼凑的桌子后面，依旧穿着松松垮垮、领子洗变形的T恤，一脸的不开心和傲慢，看了眼入社申请表，又看了眼林月盈。

面试她的有三个人，这个人坐在最左边。他把那张入社申请表合上，转脸丝毫不客气地问旁边的人："老冯，我记得我们社不招花瓶吧？"

"请等一等。"林月盈打断他，"虽然我不知道现在发言的这个同学是谁，但我首先祝你中午愉快，也谢谢你对我外貌的肯定；另外，你这样故意大声同社长说着不太礼貌的话，是想让我难堪吗？"

男生一顿，手肘放在桌子上，两只手玩着一支钢笔，打开笔盖又合上。

他看着林月盈，态度仍不友好："我叫李雁青，是智能机械社的副社长。"

喔。李雁青啊。传说中的暴躁藏獒。

林月盈真庆幸上帝在给了她美丽脸蛋的同时还送给她厚厚的脸皮，不然她现在肯定会尴尬到脸红说不出话。

她坦然地望向他："所以副社长拥有故意羞辱候选者的权力吗？这是贵社的社风吗？还是你个人的爱好？在面试前随机选一个可怜蛋讽刺？"

被叫老冯的人手托着腮，笑吟吟地看着她。他是智能机械社团的社长，全名冯纪宁，人长得瘦瘦高高的，戴着一副金丝眼镜和一块智能手表。

剩下一个学姐，黑色头发拢成简单的马尾，坐在最右边，低头凝神看林月盈的申请表。

林月盈猜她应该是副社长。

李雁青的视线落在林月盈的指甲上，阳光从窗户里照进来，指甲上贴的水钻有着闪耀的澄澈光芒，微微刺眼，和那日教室里一样，会干扰人的视线，严重分散注意力。

"同学。"李雁青说，"如果你想获得高学分，或者抱有'混个奖'这种念头的话，我劝你趁早放弃，我们社里不养闲人。"

"为什么你认为我是来混奖的呢？"林月盈问，"可以把你这样想

113

的理由告诉我吗？"

"我们社只需要细心、学习和动手能力都强的成员。"李雁青合拢手上的笔，微微后仰，坐在椅子上转动着笔，看着她说，"我不认为一个上选修课不查看课程说明、做这样漂亮且碍事指甲的人会符合我们的要求。"

林月盈举起手："抱歉，请问你在通过我的指甲和装扮对我下定义吗？"

李雁青不言语。

"我确定这样的指甲长度不会影响我的日常学习和工作，也确定它不会妨碍我做一些精细的事情。"林月盈站起来，低头从秦既明送给她的那个新包中取出打印并装订好的三份资料，分发给他们，"这里是我准备的一些面试补充资料——抱歉，你们给的入社申请书只有一张简陋的表格，我认为它不能简略概括我这一年取得的成绩。"

三份一模一样的资料发下去，林月盈站在中间，看着他们："这一份资料里面，前面是我这一年的成绩单，你们会发现我每一科的成绩都保持在 90 以上，四级成绩为 685，口语等级为 A+。这证明我不仅有着丰富的词汇量和优秀的英文文献阅读能力，还有极强的学习能力。"

李雁青翻着那几页纸。

"当然，如果你们认为我只是应试能力强的话，也没关系，最后那一份是我撰写的论文和实用性分析，以及一份获奖证明。"林月盈说，"今年六月份的智能车大赛，我用 STM32 作为主控单片机，并用红外传感器等元件配合做了一个具备避障功能的智能小车，可以寻迹行驶、巡线测距、接受蓝牙控制、曲率控制、惯性导航……并且获得了校级的二等奖。如果你们需要，我现在还可以带你们去实训中心看我的小车。"

冯纪宁推了推他的眼镜，视线落回林月盈递上的那份资料上："你

第五章　心跳佐证

是智能机械制造专业？目前读大二？"

"是的。"林月盈回答，"大一的时候没入社，是因为我始终没有看清努力的方向，那时候我还年轻。"

右边的学姐被她的一本正经给逗笑了。

李雁青一言不发，只翻林月盈的资料。他翻看的速度很快，一目十行。

"当然。"林月盈瞥他一眼，认真地看着冯纪宁，"你们也可以想，'这份设计是不是也是由其他人代工？她看起来不像是爱好机械的样子，是不是她花钱请人造的假？'"

她保持着优雅的站姿："没有关系，我知道人的观念很难改变，尤其是在第一印象并不那么好的前提条件下。我可以理解你们以貌取人，也非常、非常遗憾你们因此而错过我。"

"谁说错过了？"冯纪宁身体后仰，闲散地说，"一般来说，从时间安排和教学进度上考虑，我们更倾向于招募大一的新生，但也没有规定说，不允许大二或者大三，甚至大四的学生加入。只要你确定能安排好自己的时间，我们这里就会向你敞开大门。"

林月盈说："你的意思是你们打算接受我的入社申请？我可不可以理解为，你们很满意我今天的面试表现？"

冯纪宁笑："没错。"

"对不起。"林月盈站起来，将放在他们面前的入社申请表和那些资料拿走，她说，"今天的面试中，我对你们的表现并不是很满意。"

冯纪宁愣了。

李雁青说："什么？"

他的手压在林月盈的那一份资料上，等到林月盈伸手去扯，他顿了顿才松开手，紧皱眉头，似乎她刚才在说天方夜谭。

"我不能接受我将来努力和学习的社团中，存在着会以偏概全、以貌取人的情况。一想到今后会有人不满意我的指甲，甚至会要求我做

115

出没必要的改变，我就感觉到深深的不舒服。"林月盈完整地收走自己带来的东西，向他们鞠躬，礼貌告别，"现在我打算重新审视一下我是否有必要选择贵社，我会在确定后给你们答复，再见。"

林月盈单肩背着自己装满资料的优雅包包，踩着漂亮的高跟鞋，一个台阶一个台阶地往下走，下到二楼时听到有女生叫她："林同学。"

林月盈停下脚步，转身回望。

阳光洒在阶梯上，已经是下午时分，余热正盛。

是刚才面试她的唯一一个女生，她快速走下来，微笑着自我介绍："我叫孟回，智能机械社的副社长。"

林月盈谨慎问："花名是狂野座山雕？"

女生笑了，一对梨涡浅浅："是我。"

"可以加个微信吗？"孟回笑着拿出手机，友好地说，"我特别喜欢你的态度。"

"喜欢你什么态度？"

小区楼下，秦既明拎着一袋子零食，林月盈在吃冰激凌。高温的余热尚在，冰激凌化得很快，她需要抓紧时间。

秦既明说："是喜欢你骄傲狂妄、不可一世的态度，还是喜欢你伶牙俐齿、气死人不偿命的态度？"

林月盈说："也可能是我智慧与美貌并存却依旧谦逊的低调态度呢？"

"你说得很有道理。"秦既明赞扬，"所以你加她微信了吗？"

"当然加了呀。"林月盈说，"她很好，很温柔，不像那个暴躁藏獒。"

秦既明问："如果要你微信的人是暴躁藏獒，你给不给？"

"给吧。"林月盈说，"我微信上有个人算命很准的，我要把那个算命大师推给他，让他去算一算这糟糕的嘴巴什么时候会挨打。"

第五章　心跳佐证

秦既明还没说话,她自己又说:"不行不行,这样太恶毒了。我还是让他算一算自己什么时候会因为说错话而被骂吧。"

秦既明说:"你对他印象还挺深刻。"

他垂眼看林月盈,冰激凌化了一点在她的唇边,糖浆和融化的冰激凌有着介于白和浑浊之间的颜色,就落在林月盈的唇角。她还在认真地吞被晒化的冰激凌,不想黏糊糊的东西滴在手上。

秦既明转过脸。

"还行吧。"林月盈说,"不过不是好的那种深刻印象。"

秦既明问:"好的深刻印象,具体指什么?能让你有想和对方深入交往的想法,算不算?"

"啊,这个不会。"林月盈摇头,"我不相信一见钟情。"

秦既明笑,停下脚步,单手从口袋中拿出一包纸巾,递到林月盈面前:"不能因为目前没有遇到,就去否决之后一见钟情的可能性。"

林月盈一手拿着冰激凌,另一只手去抠秦既明手中的纸巾,取出一片。

"不会有啦。"林月盈说,"告诉你一个秘密,你想不想听?"

秦既明配合地倾身:"洗耳恭听。"

干净的木兰味道,他身上好香。林月盈舔了舔唇尖,尝到自己唇膏的味道,淡淡的,会让人联想起熟透的梅子、酒精和金属。

她说:"秦既明,我有心上人啦。"

第六章
我爱的人是最爱我的人吗

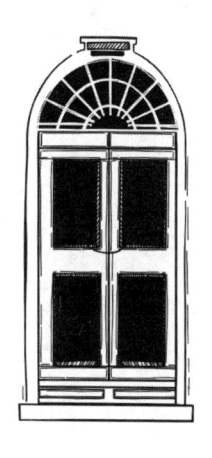

他们是最爱彼此的人。

秦既明知道秦爷爷最初对林月盈好的原因。

秦既明有一个未曾见过面的姑姑,也是秦爷爷最疼爱的一个女儿,叫秦清光。她和林月盈一样是早产的孩子,长到十几岁,患了抑郁症,排解不得,选择自我解脱。

之后秦奶奶的身体也坏了下去,在秦既明幼年时便撒手人寰。

秦爷爷同秦奶奶是少年夫妻,秦奶奶到村中教书,秦爷爷对她一见钟情,疯狂追求,不在乎什么年龄和身份差距。两人夫妻多年,她过世后,秦爷爷便一直守着旧日居住过的房子,不肯搬走。

家里面女孩子少,秦父只有秦既明一个儿子,其余的叔叔伯伯、堂叔堂伯也大多只有一个孩子。或许是巧合,家里兄弟多,姐妹几乎没有。

有人在手续合法的情况下也领养了女儿,就当亲闺女一样养着,等将来孩子大了,或者她自己有出息,再不济还能联姻,百利而无一害。

林月盈的情况比较特殊,她的亲生父母还在世,只是母亲远走,父亲不想养她。她爷爷年轻时是秦爷爷的部下,和他在枪林弹雨里出生入死过,是过命的交情。林爷爷身体尚好的时候,常和秦爷爷一块儿喝茶下棋,也提到过自己家的这个乖孙女。

秦爷爷不缺钱,只缺少陪伴,好友托付,他也有意,便一口应承下来。自此之后，秦既明身边就多了一个林月盈。

人老了之后回忆往昔，秦爷爷望着林月盈，常常想起自己早逝的女儿。有几次，秦既明听到秦爷爷叫错名字，叫林月盈"小光"。

林月盈没有纠正，也没有委屈，只是应答："爷爷，我在这儿呢。"

秦既明知道林月盈什么都知道，他也知道林月盈完全不在乎。

她是个坦荡又真诚的好孩子，会为了让秦爷爷开心，变着法子去弄些稀罕的小玩意儿给他看；会因为一句"守岁是许愿家中长辈长寿"，而在除夕夜一直苦熬着不睡觉到天明；也会花整整一个月的时间，一笔一画地写一万个毛笔"寿"字为秦爷爷庆祝寿诞。

无人不爱林月盈。

秦既明刚工作的第一年，秦爷爷去世。秦爷爷临终的那一天，秦既明请了假，在爷爷病房中陪护。陪护的床就一张，林月盈睡在上面，秦既明就蜷缩着身体睡在单人沙发上。

他清醒地知道人之大限将至，生老病死无可奈何，爷爷临终前，他只想多陪一段时间。

爷爷过世前的那个深夜，秦既明熬不住，一直犯困，林月盈把床和毛毯让给他，让他去歇一歇。等到秦爷爷叫他的时候，秦既明被林月盈推醒。

秦爷爷已经预感到自己的生命走到终点，枯瘦的手一只抓住林月盈，另一只抓住秦既明。那时的老人已经没什么力气，却还是吃力地将林月盈的手压在秦既明手背上，按一按。

秦爷爷说："照顾好月盈。"

秦既明一直遵守着秦爷爷的遗言。

他给林月盈的疼爱只多不少，督促她的学习，陪伴她的生活，看着她一点点褪去稚气直到成年读大学，看着她为同龄男孩子的追求而困扰。她未来会遇到心仪的男性，接受对方的追求，和那位男士在一起，组建新的家庭。

第六章 我爱的人是最爱我的人吗

而秦既明是她的后盾,这是秦爷爷希望秦既明做的事情,也是秦既明从答应秦爷爷那一刻起就清醒地知道的责任。

如今,林月盈说她有心上人了。

石子路被太阳晒得暖融融的,踩上去有热腾腾的质感。冰激凌融化的甜、额头沁出的小小汗珠、发际线边缘几簇细碎的头发、被舔掉一角的口红,这些组成了柔软的、干净的、具体的、美丽的、雀跃的、初入爱河的、他的林月盈。

秦既明问:"心上人?"

林月盈说:"是呀是呀。"

秦既明笑一声:"又来骗我。"

"谁骗你啦?"林月盈说,"我不要脸的嘛?你见谁会拿这个开玩笑呢?"

秦既明仔细看着她的眼睛,笑容渐渐收敛:"真的?"

林月盈要同他拉钩:"真的!不信拉钩。要是我拿这件事骗你,就让我期末考试不及格。"

秦既明盯着她伸出的小手指,默不作声。

他又问:"哪里的?"

林月盈答:"秘密。"

"是你同学?"

"秘密。"

"怎么认识的?"

"秘密。"

一连串的秘密。

秦既明说:"有没有可以向我透露的,不那么秘密的秘密?"

林月盈咬了一口冰激凌,太冷了,冷得她牙齿发颤,她不由得闭上眼睛,缩脖子狠狠打了一个冷战。

她望着秦既明，狠狠咽下那些甜蜜的寒冷，顺着她的温暖的喉管，一路坠入滚烫的胃。

"有啊。"林月盈笑，"他是男的。"

秦既明说："这可真是一个了不得的大秘密，我建议你选择继续保密，林月盈同志。"

他拎着购物袋继续往前走。

林月盈快走几步，追上他："秦既明，秦既明，秦既明，你是不是不开心啊？我有了心上人，你是不是感觉到超级超级失落啊？一想到我马上就要更喜欢其他人了，你是不是立刻心痛万分恨不得从来没有出生过呀？想到未来要亲手送如此优秀的我出嫁，你是不是现在就想回家坐在卧室里默默掉泪啊？"

她必须要用语速来掩饰自己的视线，仔细地看秦既明，观察他的脸。

秦既明看起来挺正常的，没有林月盈想象中的失落，也没有她设想的难过，他表情平和，步伐稳健。

失落像她手中快速融化的冰激凌——他看起来并不在乎她的将要离开。

"我都多大了，"秦既明面色如常地说，"怎么可能会去卧室里躲着哭？"

冰激凌染到手指上，冰凉黏腻的，不太舒服。

林月盈的视线从他波澜不惊的脸移到手上的冰激凌上，她不出声，默默咬了一大口，等吞下去又吃下一口含在嘴巴里，冰得她牙龈痛。

"不过，"秦既明捏着干净的纸巾，擦了擦她手上被冰激凌弄脏的那一块，叹气，"你刚才的假设还是让我有些难过。"

林月盈站定，问："你在难过什么？"

秦既明看着她，忽而一笑："所有哥哥都会因为妹妹出嫁而难过。"

林月盈按住心口，摄入的糖分和热量让她的心跳加快，她说："那我不出嫁，留在家里好不好？"

"你想要男友入赘？一起住在我们家？"秦既明微笑，"他应该不答应吧？"

林月盈看着他："不知道耶，我没有问他。如果是你的话——我是说，假如是你结婚，你会入赘吗？"

秦既明笑："我还没有女朋友，没办法现在回答你。"

林月盈说："那你就假装有女朋友嘛，你假装，假装我是你女朋友。现在我提出了，你要和我结婚，你愿不愿意入赘呀？"

秦既明丢掉纸巾，用干净的那只手轻轻拍她的脸颊，大拇指压在她的下颌处捏了捏："脑袋瓜里怎么天天想着压榨我？嗯？觉得我伺候你一人不行，还想再带一个男友过来啃我？"

林月盈说："我这不是顺着你的话说嘛，都是假设，假设。"

"没有假设。"秦既明笑，"哪里有假设我是你的男朋友，你是我女朋友的，不像话。"

他笑着走了，没有追问林月盈那个"心上人"。除了开始问她那几句话之外，他再没有深度追问，好像无关紧要，好像并不在意，好像只要他不问，林月盈就没有这个"心上人"。

林月盈闷闷不乐了一阵，她从秦既明的态度中推测出一个不那么乐观的现状——他似乎还停留在"她是小孩"的层面上。

好难过，林月盈惆怅地想，难道要逼她更明显、更主动吗？

就像卫兰唱的那首歌。

"曾经想手执一柄枪，想逼供你一趟，我和你无爱谁没有智商。"

好吧，她和秦既明不同，对方真的没把她当作一个可以发展关系的异性。

林月盈关掉淋浴，对着镜子欣赏自己漂亮的身体。她不属于很纤细的瘦美人——林月盈常常打球、运动，小时候学跳舞，高中时开始学女子格斗。无论是跳舞还是格斗，都需要肌肉和强大的核心力量作为支撑，林月盈的肌肉就很匀称，还有马甲线。

林月盈遗憾地摸摸自己的马甲线，这被每一任舍友和好朋友都摸过的漂亮马甲线。她一直很大方，有好东西和朋友一块儿分享。现在她藏着的恋爱秘密，却没办法和任何一个人提及。

林月盈穿上睡衣，客厅里秦既明还在看《新闻联播》。他看起来并不遥远，也并不是那么难以接近，林月盈可以轻松地提出让他背一背，让他抱一抱，却不能提出爱一爱。这可真是造化弄人。

造化弄人的不止恋爱史。

次日，林月盈照常去上专业课。课程分单双周，双周稍微松一些，而单周课程排得极满。

放学铃响，老师收拾东西准备离开。林月盈也合拢笔记本，问旁边的苏凤仪："今天中午吃什么呀？"

不等苏凤仪回答，背后有一支笔戳了戳她的背。林月盈受不了这种痒，一扭头对上熟悉的眼睛。

"林同学。"冯纪宁笑眯眯地打招呼，另一只手捏着李雁青的手腕，"你考虑得怎么样了？"

"先不用急着给我答案。"冯纪宁不顾李雁青的臭脸，强行把他的手拖到桌面上，展示给林月盈看，"我带着我们不懂事的副社长来向你道歉。"

林月盈清楚地看到，李雁青和冯纪宁两个人都做了美甲，款式是基础的猫眼，贴着小钻。

正收拾书包的舍友都愣住了，蔡俪还凑过来，特意看了几眼："哇。"

李雁青被看得浑身不自在，不太情愿："看到我们的诚意了吧？"

"这算什么诚意？"林月盈说，"我要道歉，正式的道歉。"

李雁青说："你别得——"

"雁青。"冯纪宁制止他，看向林月盈，"什么样的道歉？"

"我要听他说'对不起'。"林月盈认真地说,"请不要误会,我没别的意思。"

冯纪宁了然:"我知道,你是觉得那天雁青说的话很不合适,你因此受到了冒犯和歧视。你现在要他道歉,也只是想要一个说法,并不是故意要羞辱他——"

"不。"林月盈诚恳地说,"你想多了,我就是想要羞辱他。"

"可能你不太清楚自己那天释放了多大的恶意。"林月盈说,"没关系,我现在也可以让你感同身受,李雁青同学。"

李雁青双手交叠放在桌子上,他看着林月盈,却是在和身旁的冯纪宁说话:"我早说过了,小回出的这招没用。"

"孟回学姐的建议非常有用。"林月盈说,"如果不是你刚才说的两句话,说不定我现在已经打算原谅你了。"

李雁青冷着一张脸,看起来像放高利贷却收不回本的老板。

"我这个人有点较真,"林月盈说,"比较讲究礼尚往来、睚眦必报。冯学长,你应该可以理解吧?"

冯纪宁笑着点头:"理解理解。"

"所以,请认真地向我道歉。"林月盈重复,"李雁青同学,我想要听到你为昨天的偏见向我道歉。"

安静了许久,李雁青才皱着眉,小声说:"对不起。"

林月盈说:"抱歉,我听不清……你在说话吗?"

她转脸问苏凤仪:"你听到有人在说话吗?"

苏凤仪说:"啊?听不到听不到。"

李雁青不耐烦地"啧"了一声,冯纪宁推了他一下。他终于抬起头,不再吊儿郎当,眼睛直视林月盈说:"对不起。"

他重复:"我为之前的不礼貌向你道歉,不应该说你是花瓶。"

林月盈还在等下一句,李雁青却什么都没说。

显而易见,在道歉这件事情上,李雁青的词汇量和语言表达能力火速下降，就这一句勉强的道歉后，他继续保持了沉默。刚刚的道歉，大约已经让暴躁藏獒用尽了所有的自尊。

冯纪宁单手托腮，笑吟吟地冲林月盈疯狂眨眼睛。

林月盈目不斜视，直视李雁青说："看在你夸我漂亮的份上，我就勉为其难地原谅你吧。"

李雁青气得红了脖子，压低声音，暴躁地质询："谁夸你漂亮了？"

林月盈说："你不是说我是花瓶吗？如果你不认为我漂亮，怎么会试图用这个词语来否决我的能力？"

李雁青："你——"

"社长。"林月盈说，"现在我和贵社副社长的恩怨一笔勾销，至于要不要加入贵社，请再给我一晚的时间考虑，明天上午我会给你答复，谢谢。"

冯纪宁笑着说"好"，摸了一叠打印资料顺手递给她："我今天也复印了一些我们社曾经获得的荣誉，还有一些关于我们社的新闻报道……啊记不清了，都是你孟回学姐整理的，你看看，就当是参考。"

林月盈说"好"。

旁边的苏凤仪已经饿得前胸贴后背了，催促着她快点去吃饭，等晚了就要排好久的队，下午还有课呢。

林月盈和他们告别，拿起小包，脚步轻快地去吃饭。

人都走了，教室内的李雁青低头，烦躁地抠着指甲。做好的指甲坚韧无比，就连贴上的钻也裹了一层光滑的面，怎么抠都抠不动。

冯纪宁拍拍他肩膀，笑着说："忍一忍吧，小回说了，至少在你手上留一周，才帮你卸。做指甲的时候拿灯照过了，上了好几层甲油胶呢，别白费力气了。"

李雁青臭着脸，不甘心地又摸了摸。

"行了，我这不是陪着你吗？"冯纪宁大方地展示着自己的手，"没事，反正你不是上课就是在社团，谁敢说你？食堂那边你也别担心，你打饭的时候不都戴手套吗?"

"以后也改改吧。"冯纪宁说,"离林同学远着点,到时候让小回带她。你脾气暴,别再和她起冲突。"

林月盈也不想再和李雁青起冲突,她是个拿得起放得下的人。李雁青道了歉,她也消了气,两相扯平,那这件事就算过去了。

第二天上午,她给孟回学姐发消息,说自己愿意入社,等会儿会重新交一份入社申请表过去。

毕竟,智能机械社团的第一批成员中就有秦既明,林月盈不会真的因为一个脾气不好的暴躁藏獒而放弃。

学校中有好几个学科类的社团,机械相关的也不少,当时秦既明没有心仪的社团,在大一下半学期时,动了自己创办新社团的念头。

申请创办新的社团需要至少五名成员,且需要向相关老师提出申请;而且,倘若新社团在学期纳新时招募不够维持社团正常运作的人数,也会被要求解散。

彼时学校中已经有一个机器人社、一个智能无人机社和一个智能车竞赛社,从社团的丰富度等多重因素考虑,相关老师认为智能机械社的存在可有可无,也不肯再为这个社团拨太多经费,在秦既明第一次递交申请书时,他直接委婉驳回。

于是秦既明先对照着学校官网出的新闻,找了七个拿过智能机械类国奖、互不相识的同学,分别写信告诉他们,自己打算组建一个新的智能机械社,并参与下半年举办的某个相关国家竞赛,已经有另外五个获奖的同学加入,只差一人就能组成新的团队。他用词巧妙地暗示他们,这是一个稳能拿奖的机会,而且合作的人都是志同道合的精英。

最重要的一点,秦既明在信中提及自己已经拉到足够的赞助,资金的来源是一家智能机械行业内颇为优秀的公司。

秦既明又去寒假中实习过的某智能机械公司，约经理谈了许久。他直言自己现在已经组建了一个智能机械相关的社团，并成功组建起一个可以参加下半年某国家级竞赛的团队。如果经理有意投资这支集齐精英、稳稳拿奖的优秀团队，那么在参赛时，秦既明他们会穿上该公司统一定制的服装，为他们做宣传。

就这样，秦既明成功忽悠来了六个同学，并顺利拿到经理给予的第一笔"经费"。人齐备了，经费也有了，秦既明再去找老师，告诉他和学校合作的某某公司愿意支持社团，并给予一笔不菲的赞助投资。

在秦既明镇定的周旋下，智能机械社就这么顺利开设了。

这种空手套白狼的行为，由秦既明开启，在之后每一任的社长身上都发扬光大。秦既明担任社长时开了个好头，他带领的团队没少拿国奖拉赞助，丰厚的奖金和赞助让智能机械社有足够的经费来购买更多、更先进的仪器，也能引起学校方面的重视，给予更多的补贴和经费。这些仪器设备也令智能机械社在每年度的招新大赛上吸引来更多的同学，吸纳更多的人才。

智能机械社也是不需要交社团活动费的社团之一。

"当然。"孟回双手合上自己的笔记本，微笑着告诉林月盈，"我们社资金充足，还有一个秘密。"

林月盈双手托腮，认真听学姐讲："什么秘密？"

孟回说："第一任社长，也就是秦学长，在工作毕业后一直为我们社提供丰厚的赞助费和市场上流通的、最先进的电子元件和其他设施。"

林月盈愣了愣，倾身，对孟回说："我也告诉你一个秘密。"

孟回问："什么？"

林月盈小声说："其实秦学长是我朋友。"

孟回四下看了看，小声说："这样的话，我还有秘密。"

林月盈凑近，她个子高，微微倾身低头把小耳朵朝向孟回。

孟回说："秦学长是我表舅孩子的二表哥的三外甥女的亲叔叔。"

第六章　我爱的人是最爱我的人吗

对亲戚关系并不擅长的林月盈，开始掰着手指认真算关系。

"好啦。"孟回笑，"你还当真啦？我见你开玩笑，逗你的。"

"新社员都要跟着上理论课，一周两节，周三和周四的晚上八点，信教402。"孟回说，"我看了你的成绩单，基础课都挺扎实，你可以去听听，要是觉得都学过了，以后不听也行。下周开始，你跟我一组，我们一块儿做实践。"

林月盈说"好"。

往后一周，林月盈都在社团和教学楼中穿梭，偶尔去学校健身房锻炼。但也有坏处，学校健身房的器械不够丰富，也容易被搭讪。林月盈决定不再续卡了，等会员卡过期，在校内跑跑步，回家了再去家附近的健身房。

如果她没有爱上秦既明的话，如今的生活足以用充实和满足来形容。可惜她不争气地喜欢上秦既明。哎，秦既明好难搞到手啊。

转眼到十一假期。

今年的十一假期刚好和中秋节重叠，可惜假期不会叠加。

秦既明已经确定自己过生日的那天不会陪她。一半是弥补，一半是放松，他订了去西双版纳的机票，陪着她好好地度假。

无论是跟随专业向导穿越热带雨林，还是可以入住的中科院植物园，这里和北方完全不同的风情令林月盈着迷。林月盈满足地玩了四天，也填了满满一肚子的美食。加上了柠檬汁和芫荽凉拌的空心菜、有着海量小米椒的各色包烧、景洪的小粒咖啡……林月盈最爱的，还是香茅草烤鱼。

新鲜的芭蕉裹着鸡脚和脑花，放在炭火上烤，光看着已经开始流口水了。林月盈穿着细细的白底吊带裙，上面印着栩栩如生的芭蕉花，和她身后不远处卖芭蕉花的摊子交相辉映。此刻她正哼着歌，等待着老板上菜，而秦既明还在看着菜单上的烤猪眼睛沉思。

林月盈刚点了一份烤猪眼睛。

秦既明问："你确定要吃吗？"

林月盈说："这是给你点的，吃什么补什么。"

秦既明失笑："我视力很好。"

"不好。"林月盈双手托腮，两个人坐在小竹凳上，在等餐上来的过程中，她眼巴巴地看着秦既明，"这么漂亮的美女站在你面前，你都不动——"

"请让一让。"

热腾腾的烤鱼打断林月盈的失言。

景色太美，令人陶醉。

店里的服务员端来烤糯米饭，还有两杯泡鲁达，椰香浓郁，缓缓而散。

林月盈一口气把自己那杯吃光喝光，秦既明才问："我不什么？你刚刚想说什么？"

林月盈盯着秦既明面前那杯只动了一点点的泡鲁达，说："你都不夸夸我。"

秦既明笑着说："自恋鬼。"

林月盈反驳："人喜欢自己有什么错？难道你不喜欢你自己吗？"

秦既明点头："你说得很对，做得也很好，人要最爱自己，其次再爱他人。"

林月盈一顿，问："那你的'其次再爱他人'，那个他人是谁？"

秦既明不答，微笑反问："你呢？"

林月盈说："我先问的，你要先回答我的问题。"

秦既明偏脸看她。

在阳光充沛、绿植浓密、花朵肆意的地方，他们的穿着也比平时随意很多。秦既明今天穿了件原色的亚麻衬衫，下身是纯棉的、黑底

第六章　我爱的人是最爱我的人吗

印墨绿色叶子和火红花朵的长裤。现在已是傍晚，晚霞绚丽，他屈起手，指腹摩挲着白瓷碟中的芭蕉花，花瓣火红，被他单手一层一层拨开。

秦既明的花裤子还是林月盈给他买的，买了之后林月盈缠着他换上。她不想看秦既明在度假时也穿他的黑白灰褐，她想要看秦既明的身上有更多绚丽的色彩。

"告诉我嘛，秦既明。"林月盈撒娇，"除了你自己之外，你最爱的人是谁呀？"

喉咙又要发干了，桌子上的烤鱼热气腾腾，林月盈双手捧着脸，身体微微前倾，白色吊带裙上的芭蕉花是火热艳丽的红。

秦既明说："当然是你。"

林月盈微微抬头，尖叫声快要冲出她的胸膛，她想要跳过这张桌子，落在秦既明怀里。她想要一口气吃掉十杯泡鲁达，想要去拥抱看到的每一只孔雀，想要去亲吻路过的每一头大象，想要给秦爷爷烧一卡车的金元宝，谢谢他在天之灵的保佑和宽容。

但林月盈没有动，看起来也没有任何表情，她在内心提醒自己要冷静。

秦既明说："你是我最亲近的人，我不爱你，还能去爱哪个'他人'？"

宽阔碧绿的芭蕉叶，上面摆着一团烤糯米饭，撒着烤香的芝麻还有小米辣，林月盈拿起筷子，夹了一小块儿。糯米饭自身的香气被炭火烤烫溢出，又混合着小米辣和调料的咸香，直冲鼻子。

她不能吃很辣的东西，吸了一口冷气。秦既明姿态放松地坐在一把竹椅上，微微仰脸，垂着眼看着对面的林月盈。

原来不知不觉中，她都长这么大了。

在一起生活的时间太久了，秦既明经常会忽略掉林月盈的变化。这么多年过去，今天猛然回首，才发觉她已经成为一个优秀的成年女性。

"你呢？"秦既明说，"你心里的其次的爱人，是谁？"

　　林月盈低头，挑着糯米饭上小米辣少的地方吃，筷子把完好的一整块卷起："你都这么说了，我肯定要说是你呀。"

　　心不甘情不愿，吃东西也不专心，她挑挑拣拣，像小鸡啄米，速度快、效率低，看情况是要把小米椒一点一点地全都挪走。

　　秦既明拿了筷子，帮着夹走烤糯米饭上的小米椒。林月盈的筷子在空中虚晃，顿了顿，才继续若无其事地吃饭。

　　秦既明平静地问："前几天的那个心上人呢？"

　　他看到林月盈低着头，头发盖不住她雪白的肩膀，露出漂亮的健康手臂，肩膀上有一个小小的白色疤痕，那是小时候打疫苗留下的标识。

　　秦既明还记得带她去接种疫苗时候的场景。林月盈怕疼，又觉得在那么多小朋友面前哭出来丢人，就背过脸搂着他脖子，一边忍着泪不哭出声，一边又因为注射针头扎入胳膊而疼得皱眉咬牙，一脸视死如归的模样。

　　她比他小十岁，又是眼皮子底下照料大的，青春年华，正是大好时光。十岁的差距是一道鸿沟，甚至是她生命的一半。

　　十年时光弹指过，恍然间，人已经不再是少年。

　　秦既明蓦然想起《浮士德》中的呐喊，之前他读到"还我那可贵的，可贵的青春"时，毫无感觉，此刻望着林月盈，却品出些其他的味道……说不出的滋味，像她此刻嘴巴一张一闭间吞下去的烤糯米饭。

　　秦既明手指无意识地抠紧芭蕉花，抠得花瓣经不住地破裂。他转而将视线从她唇上移走，平静地注视她背后来往的人。

　　他没有等到林月盈的回答，她还在闷头吃糯米饭，配着夹了一块罗非鱼。

　　微微的风让燥热浅浅压低，秦既明喉结动了动，手从芭蕉花上移开，屈起的手指关节敲了敲面前的桌子："别在我面前装聋，月盈，说话。"

林月盈捏着筷子晃悠:"说什么呀?"

"前几天忽然一脸紧张地同我讲,说有了心上人,具体的都要保密,不说那个人是谁,也不说怎么认识的,他是哪里人。"秦既明仔细看着林月盈,想从她脸上详细搜索说谎的证据,"是你骗我的?"

"谁骗你?"林月盈嘟囔,"我都用我的成绩发誓了,请你相信一个学霸的名誉,好吗?"

她是肉眼可见的不开心,天气炎热,她此刻的表情也有一点点愁闷。

秦既明亦如此。被拨弄得花苞层层打开的芭蕉花无力地躺在桌上,似在控诉方才人类对它的捉弄。

店主将林月盈点的烤猪眼睛端上来,热气腾腾。

竹椅,香料,小方桌,摊开的新鲜芭蕉叶,被拆散的芭蕉花,渐渐失控的问话和这渐渐潮热的空气。秦既明开口,声音轻缓:"有心上人,怎么还把我排在最前面?是怕我吃醋?"

林月盈说:"我才不怕你吃醋。"

她怕他不吃醋。

林月盈说:"反正,你排在最前面。"

秦既明看不到林月盈的脸,因为她一直低着头,不肯仰脸看他。这是一个保守秘密的姿态,也是不想和秦既明有直接眼神交流的态度,她在躲避。

和林月盈住一起的时候,秦既明做好了"林月盈叛逆期到了该怎么办"的思想准备,但这一棘手的事情始终没有出现。没有所谓的青春叛逆期,没有反叛,没有冷战,没有暴力沟通……

生活中他们依旧亲密无间。

除了现在,秦既明在度假结束的最后一日傍晚意识到了她的疏远。

"毕竟,"林月盈说,"毕竟你是我最爱的人呀。"

秦既明沉默半晌，他的手又压在那芭蕉花上，摩挲着被抠捏的那一块，力道稍重，碾压碎裂。

他微笑："是。"

他们是最爱彼此的人。

从云南回去后，秦既明就去给秦爷爷扫墓。墓园中安静，松柏苍翠，林月盈同秦既明并肩站着，默不作声地跟着他祭拜。

秦爷爷过世的时候，林月盈个子还不到一米六五，现在已经逼近一米七了。她同秦爷爷讲，她没有辜负秦爷爷给她订的那些牛奶。看！她现在已经如秦爷爷所愿，长成大高个啦！

秦既明没有林月盈那么活泼，他在墓碑前只说了一些很正式的话：请爷爷放心，我会把月盈照顾好，就像您老人家一般。

烧纸的时候，秦既明还特意看了看林月盈带来的那两大包："你怎么带这么多？"

林月盈不看他，低头烧纸。火燎着金元宝和带有天地银行标识的钱，林月盈一边往里续，一边说："我这不是怕下面也通货膨胀吗？万一秦爷爷不够花怎么办？多烧点准没错。"

秦既明看着她脚边还剩下的金元宝，说："别怕了，你烧完后，不膨胀的也该膨胀了。"

林月盈不理他。

烧完了纸，俩人走出一段距离，林月盈又拍了拍脑袋，慌慌张张地和秦既明说自己的钥匙落在爷爷墓碑前了。她没让秦既明跟着，自己快速跑过去，双手合拢，虔诚许愿。

"秦爷爷求您了。"林月盈虔诚许愿，"刚才秦既明一定是口是心非，您可千万别真的把我嫁出去呀。希望您在天之灵，多多保佑我和秦既明早成眷属、浓情蜜意。"

许完愿后，她又俯身，像小时候秦爷爷摸她脑袋那样，伸手摸了

第六章 我爱的人是最爱我的人吗

摸秦爷爷的墓碑。

照片上,秦爷爷还是那副笑呵呵的模样。

"秦爷爷。"林月盈轻声说,"我一定会得到秦既明。"

开学的前一天,秦父打电话告知林月盈和秦既明,必须要去他家吃一顿团圆饭,并强调今天要是不来,以后也不用来了。

倘若是自己父亲这么说的话,林月盈肯定不会去,反而还乐得清静。不过这是秦既明的父亲,说一不二,林月盈从小就怕他。

秦自忠今年已经五十五岁了,头发仍旧浓黑,但他不喜欢自己这一头浓密的黑发,觉得它显得自己资历不够深。于是他特意去理发店,把头发漂染成夹杂着银丝,看起来历经风雨的模样。这是一项极大的工程,也是极为细致的工作,白发的占比要恰到好处才行:倘若太少,那种威慑性的资深元老形象不够;太多,又会令他瞧着不够威严、过于苍老孱弱。

如何把这一头头发弄得既持重老成、老当益壮又不失精力充沛,是一件极考验人的事。当然,只要钱够多,效果自然是好的。

距离在秦自忠家暂住的日子已经过去四年多了,再见到秦自忠,林月盈仍旧是胆怯的,不敢抬头看他的眼睛,只站在秦既明右手侧,低着头,叫了一声"伯伯好"。

秦自忠没看她。也是,他一向对林月盈态度淡淡的。少顷,他问秦既明,语气里透出责备:"不是叫你换一身新衣服来?就穿这个?"

他严厉的语气吓了林月盈一跳。秦既明穿着宽松的运动套装,安抚地拍一拍林月盈的背。

"来自己家吃饭,难道还要我穿得西装革履?"秦既明说,"又不是谈生意。"

秦自忠压低声音:"你现在开车出门,找一家最近的西装店,换掉这一身,收拾好自己再来。"

秦既明说:"你今晚还请了别人?"

林月盈已经嗅到空气中微妙的味道,她在一旁不出声。父子俩对峙,她就是一个可有可无的隐形人——秦自忠的确也这样看待她。

"你想想自己今年多大。"秦自忠说,"我像你这样大的时候,你都会开口叫我爸了!"

"是。"秦既明说,"你也和我妈分居了。"

秦自忠说:"我不管你怎么想,今天晚上来的,是你爷爷老上司家唯一的亲孙女,她和她爸一块儿过来。你应该也听说过,姓姜,姜丹华。"

林月盈用力抠着自己的手掌。

秦既明沉默半天,又问:"他们几点到?"

秦自忠说:"七点。"

"好,七点。"秦既明抬手看时间,"现在六点,我去试衣服、买衣服,时间有点紧张。"

"时间紧张没关系。"秦自忠说,"你去试,回来时带一束花,要是他们到得早,我也好有个借口。"

秦既明说"好",转身示意林月盈跟自己走。林月盈还有些呆呆的,跟着他出了门才问:"你认识姜丹华吗?"

"不认识。"秦既明说,"怎么了?"

"那你……"

"先走再说。"秦既明皱眉开车,沉声道,"我早就知道他心里有鬼,果然是故意诓我过去,好安排相亲。"

林月盈不出声扣紧安全带,她明白了,三十六计,走为上计。

秦既明厌恶秦自忠的安排,更不要讲对方还企图骗他。

"先别回家,找个饭店吃饭。"秦既明说,"今晚就不回家住了……你想吃什么?"

林月盈又恢复了活力,说:"吃什么都行。"

第六章 我爱的人是最爱我的人吗

明摆着要一起放秦自忠的鸽子,她还有点不安,隔着玻璃回头看,只看到秦自忠背着手站着。隔得太远林月盈看不清他的表情,只觉得灯下的人影有种可怕的压抑感。

林月盈十分害怕秦自忠,大概和曾经被他打过有关系。

这是一段她不愿回想的记忆,林月盈没有对任何人提起过,包括秦既明。时间久了,连她自己也快要忘掉秦自忠一脚踢在她腿上的模样。

在秦爷爷身边,林月盈从秦家人身上感受到的,不只是善意,还有……深刻的恶意,毕竟她是没有血缘关系的"外人"。

他们不能回家。等秦自忠知道上当,一定会去秦既明和林月盈家里闹个天翻地覆。林月盈在车里看附近可订的酒店,有几家位置好、条件好的已经满房了。

这难不倒秦既明,他打电话给宋一量,去了他名下暂时闲置的一套房子借住一晚。那个地方位置好,不耽误回家拿书包行李,第二天送林月盈去上课。这套房子带地下室,到的时候林月盈注意到院子里的蔷薇花开得好,想来是不缺人浇水照料。晚饭后,请来的阿姨打扫完卫生离开,秦既明和林月盈坐在院里小茶几旁,吃着水果赏月亮。

加了贡菊的水已经煮开,秦既明让林月盈将手机关机,把它放回房间内。他一到这里就这么干了,断绝一切外界联系,只和林月盈悠闲地喝水。

林月盈在圆满的月亮下开启了第一次进攻,她抬头望月:"秦既明。"

秦既明说:"嗯。"

林月盈说:"今天晚上的月亮真好啊。"

秦既明说:"当然,十五的月亮十六圆。"

林月盈顿了顿,她想自己或许不应该太隐晦,毕竟是秦既明……

如果宋一量忽然对她说今晚月亮真好啊，她可能也会说你是傻吗，十六的月亮当然好。

她需要更明显一点。

思及至此，林月盈大大伸了个懒腰，双手抱着肩膀说："好冷呀。"

她自言自语："要是现在有个人能抱抱我就好了。"

今天出门前，她往耳侧和手腕处喷了少许香水，气味很隐秘，若有似无，普通社交距离完全嗅不到。但如果秦既明抱她的话，就可以嗅到这不同平日的成熟香气。

回应她的是夜晚的静谧，林月盈不由得转眼看秦既明。

秦既明凝视她良久，最后终于伸手轻轻揉了揉林月盈的脑袋。

"是想爷爷了，还是想妈妈了？"秦既明张开双手，"如果你心里特别难受，可以把我当爷爷抱一抱。"

林月盈呆呆看他，片刻后，她低头痛苦地抱着脑袋。

"老天爷啊。"林月盈喃喃低语，"无论我上辈子做了什么不可饶恕的事，遇到这么个木头，我的罪也该还清了吧？"

秦既明问："什么？"

"没什么。"林月盈说，"才不要你抱，不给你占便宜的机会。"

秦既明说："占便宜？"

"我说的是占辈分便宜。"林月盈说，"你想到哪里去了？该不会想到不好的东西了吧？"

秦既明端起桌上的杯子，喝了一口水说："我想的也是——难道还有别的？"

林月盈大声说："没有了。"

……哼。

秦既明一定是上辈子、上上辈子、上上上辈子都救过她的命！不然怎么会让她——一个如此貌美如花的姑娘，在他身上屡战屡败，屡败屡战。

第六章　我爱的人是最爱我的人吗

"我欠你的。"林月盈咬牙，笔尖用力划在纸张上，"呲啦"一下，划出一道重重的伤口，她重复，"木头。"

灯火通明的教室，老师刚刚讲完课程内容，给学生留足了提问的时间。林月盈仍旧坐在第一排最中间、最靠近老师和讲台的位置。

"……别浪费纸。"旁侧传来李雁青的声音，他说，"别以为社里拿到的奖学金多就能可劲儿造，一张纸一个本子都是社里的公用财产，你要是觉得这纸材料差配不上你，你就别用。"

林月盈转脸，看了看自己的笔记本，这是社团里发的，每个听课的社员都有一个。虽然现在提倡无纸化学习，但社长仍旧会给他们配备一个笔记本一支笔，以应对特殊时期的需要。

林月盈说："对不起。"

李雁青一愣。

"不好意思呀。"林月盈说，"我刚刚发呆了。谢谢副社长提醒，我以后不会了。"

就像一拳捶在棉花上，轻飘飘地没有任何力度。将道歉说得如此自然的林月盈出乎李雁青的想象，他草草说了句"下次注意"，就埋头继续研究面前的图纸，手里的笔悬了许久，才迟迟下手，在设计图草稿上画了一个问号。

课已经讲完了，这些东西林月盈都学过了，她也没有其他问题要问，于是她沉默地收拾好背包，背在肩膀上往外走。

李雁青下意识抬头看，只看到林月盈的腿。她今天穿了牛仔百褶短裙，下面两条漂亮又健康的长腿，坐在椅子上久了，膝盖窝稍稍向上的地方有一片压出来的红。

李雁青控制自己不去看，他拿起杯子，拧开喝了几口水，低头打算重新思考这份设计图的可行性。

明天开始李雁青又要去食堂兼职，平时休息的时间少，要争分夺秒地确定好设计图的雏形。李雁青属于功能派，对机械的美观不太在

141

意,而这恰恰是冯纪宁几次找他谈话的重点。

设计图不仅要注重功能,还要注重美观。李雁青烦躁地搁下笔,坐下来放空大脑。

美观,美观。他冷不丁想起上次队伍关于这件事的争论,林月盈是竭力支持美观的,她觉得为了美,甚至可以舍弃一部分小功能……

李雁青并不赞同她的观点,毕竟他和一个用四万块双肩包当作日常书包的人没什么话可说。

林月盈和每天臭着一张脸的李雁青也没什么话可讲。

她有更重要的事情要做,要学习、要思考怎么搞到秦既明,还要忧愁搞到手后怎么向朋友和闺密们交代。

以后见了宋一量怎么叫呢?各论各的?我叫你一量哥,你叫我月盈嫂?

……好怪。

除此之外,还有非常非常重要的事。

秦既明要出差了。这是他出差时间最长的一次。

上次放了秦自忠的鸽子,林月盈还担心了一段时间。意外的是他们回到家后,风平浪静,没有任何事情发生。当然,也可能是秦自忠的火都冲着秦既明去了。

林月盈清楚,在秦自忠眼里她大约只是个无关紧要的小丫头片子。秦自忠向来不喜欢她,大约也和她见识过对方极力想隐藏的暴力倾向有关。

生日注定不能一同度过,秦既明不在乎这个,他从甜点店订了一个小蛋糕,打算和林月盈一块儿提前庆祝。

而林月盈打算趁机搞个大的。

出差这日,秦既明醒得早,但林月盈比他起得更早,这倒是有点

第六章　我爱的人是最爱我的人吗

出乎意料。

他已经隐约听到林月盈在和人讲电话，用的是粤语。林月盈在语言这件事上很有天分，她爷爷是无锡人，所以她打小就会说无锡话。等到了幼儿园，班上有个山东的小朋友，不到一个月，林月盈就已经会熟练地说山东话。后来有个辽宁籍的战友来秦爷爷家住了一周，他走的时候，林月盈已经会用东北话表达自己的需求，并成功让三个玩伴也学会了东北话。

至于现在，不用想就知道，一定是和她的好朋友江宝珠在聊天。

"……发噩梦……"

他听到林月盈长叹一口气，说："好。"

秦既明抬眼看时间，还不到七点钟。今天是周日，他以为林月盈会睡到八点钟。

不过也差不多了。秦既明掀开被子下床。手机很安静，确定秦自忠不会打给林月盈后，秦既明就将他的联络方式拖进黑名单。

秦自忠不喜爱林月盈这点，秦既明还是后来才知道的。那时候他刚找到工作，爷爷去世，林月盈又读高一，秦既明分身乏术，只能同意秦自忠提出的方法，让林月盈暂时住在他那边一段时间。也只有一周，林月盈不在他身边的一个深夜，哭着给秦既明打电话，哽咽地问他："我可不可以回来和你一块儿住？"

秦既明连夜把人接到自己身边，等两人见面，秦既明关心地问她为什么哭，林月盈只说想秦既明了，半句不提秦自忠的不是。不过秦既明后来思及到此，猜测是秦自忠不满意老头子的遗产分割，在那一周对林月盈不算太好。

无论如何，自那之后秦既明和林月盈同住到今天，中间除了秦既明出差、林月盈上学，两人再未分开。听到厨房里锅铲和锅碰撞声的时候，秦既明终于见到早起的林月盈。

林月盈几乎没下过厨，大小火调节也不算熟练，手忙脚乱的。秦

143

既明接走她手里不算听话的锅铲，叫她歇着。她就站在秦既明身边问："你去上海住哪里呀？"

秦既明说："就上次我们住的那个酒店。"

林月盈说："你生日偏巧是11月1日，三个数字1，光棍节是11月11日。"

秦既明翻炒锅里切碎的包菜丝："嗯？我感觉你似乎在暗示我。"

"哪里有嘛？"林月盈说，"说不定，你今年就不用度过双十一啦。"

"我不过双十一，我的钱包要过。"秦既明放下锅铲，顺手拍一拍她的肩膀，"总要支援某人的购物事业。"

"好了。"秦既明微笑，"洗手去，吃饭。"

上海的工作和秦既明意料中一样顺利。秦既明所带领的团队有着诱人的核心技术，这是一项巨大的优势，足以让秦既明无须去和其他几家打价格战。

技术就是他们最亮眼的底牌。

顺利签署合同后，例行有一场庆功会。今天是秦既明的生日，明天休息一天，后天回北京。行程表安排得满满当当，秦既明不怎么喝酒，但酒桌之上盛情难却，滴酒不沾实属难事，所以他还是稍微喝了些。

酒精在血管中沸腾，秦既明皱着眉乘电梯回到住处。他喝得不算多，但酒精度数高。负责酒水这项的多半是个生手，寻常酒局没有安排如此高浓度烈酒的。

幸而他装醉及时，才有了离开的机会。这次谈判里有几个女同事，秦既明嘱托过了，让几个男同事挡酒，再找借口让她们都离开。

酒最能激发人的劣根性，秦既明不想看到任何恶劣事件发生。

回到酒店刷房卡，秦既明打开门，房间内灯光明亮，电视开着，沙发上坐着熟悉的人。

说坐也不太对,她俨然已经困了,东倒西歪的,坐不正,头一点一点的像小鸡啄米。

意料之外,情理之中,是执拗又热忱的林月盈能干出的事情。

秦既明叫她:"月盈。"

林月盈茫然抬起头,一看是他,眼前一亮,惊喜道:"秦既明,你终于来啦。"

林月盈跳起来,连鞋也不穿,举着一个蛋糕跑过来:"铛铛铛!祝你生日快乐,祝你生日快乐……"

秦既明下意识反手关上门,皱眉问:"今天不是还有课?"

"我请假了嘛。"林月盈眨眨眼,"我和导员说,家里有人生病了,好严重的病,急切需要我照顾。"

秦既明喝多了酒,后退一步,怕自己等会儿打翻她的蛋糕,叹气说:"真是孝心满满,感天动地。你说我得了什么病?"

林月盈骄傲:"得了'见不到我会疯狂想'的相思病。"

秦既明忍俊不禁,伸手扶墙,把重量放在上面微微支撑。

林月盈看出他的异常,有点惊讶地放下蛋糕,扶他去沙发上靠着:"秦既明,你喝多了?"

秦既明"嗯"一声,提醒她:"先扶我过去。"

他的确喝多了,走路轻飘飘的,好似踩着云朵。林月盈小心翼翼地搀扶他。秦既明不能完全依靠她,她虽然经常锻炼,但支撑力有限,撑不住他一个成年男性的重量。林月盈扶着他一路到沙发上,又低头细心地帮他解开领带、纽扣。人喝多了会发热,林月盈想让他的身体散散汗。

秦既明半躺在沙发上,看着她跑来跑去,笑:"月盈也会照顾人了。"

"我本来就会。"林月盈说,"士别三日,当刮目相看。"

士别三日,秦既明微醺地想,喔,原来他们已经分开了可以刮目

145

相看两次的时间。林月盈倒了水,但是没有糖,秦既明让她给自己切块蛋糕。糖分可以加速解酒,他现在需要摄入一些糖。

似醉非醉期间,人也慵懒一些,若是没有林月盈,他也打算打电话叫人送糖水上来。林月盈打电话给酒店,又让他们送了些水果,提子、草莓、樱桃,都是含糖量高的。她吃两颗,就喂给秦既明一颗。

秦既明有些头痛,他闭上眼睛,自己按了按,但是作用不大。林月盈在一旁主动请缨,站在秦既明对面,俯身用四根微凉的手指贴着他的头,两只大拇指协作,温柔地揉着他头痛的地方。

气氛是从秦既明嗅到林月盈身上的香气开始不对的,淡淡的香味被温热的肌肤催发,有着氤氲的柔软。林月盈的手指还在按着他的太阳穴,轻柔,力道适中。

秦既明睁开眼,看到她漂亮的锁骨,还有挂在上面的一滴细细汗珠,像烟雨江南檐下白瓷上落的一滴雨。

他抬手,轻轻将林月盈的手移开,示意她不要再按。

林月盈叫了一声"秦既明"。

"时间不早了,你赶过来也累了,今天晚上早点睡。"秦既明闭着眼睛,缓慢地说,"我去前台,给你重新开间房。"

说话间,他松开握住林月盈的手。下一刻,林月盈却反手握住他:"不用。"

秦既明睁开眼和林月盈对视,房间空调温度开得太低,他注意到她的脸颊都泛着淡淡血色。林月盈用力抓住他的手腕,垂眼看着秦既明。呼吸里面有提子、草莓、樱桃这些暧昧的水果味道,今晚他们都吃了很多。

秦既明的骨肉和肌肉一样结实,性别和体型的差异如此明显,他知道自己只要稍稍用力,就能推开她。

秦既明说:"你该去睡了。"

他冷静地看着林月盈。视线之下,他看着林月盈细嫩的双手缓缓

第六章 我爱的人是最爱我的人吗

握住自己的小臂,又咬着牙拉着他的手,毫无阻碍地贴在自己泛红的脸颊上。手掌是温热的柔软、毫不设防的温度,她微微侧脸,依恋地将脸贴在他手掌心,歪着脑袋看他。

秦既明听到她开口:"我想和你一起。"

直球,打直球。林月盈想,人的眼睛不会骗人,脉搏更不会。她的试探有着意料之内的回应,他并不是毫无感觉。

秦既明在纵容着她的越界。

林月盈仰脸:"我不想一个人住酒店。"

秦既明没有惊讶,大约不会有任何事情能令他惊讶。他是一个做事滴水不漏的人,认识的大多数人都称赞他温和、有礼貌。这种温和也保持着适当的距离感,尽管秦既明的一些下属或雇佣的人,会说他很好、平易近人,在为他做事时也都兢兢业业,绝不会有半点放松。温和与强势本身就不冲突。

就像如今,秦既明没有推开她,也没有拒绝她,而是微微垂眼看着林月盈。那表情和看她突然做什么古怪但也是人能做出的事情一样,有些疑惑却又没有过度的震惊。

换句话来讲,如果林月盈现在倒立着吃香蕉,秦既明或许也会露出这样的神态。

林月盈不喜欢他这样,一副好像控制着一切,即便发生任何预想不到的事情都不会让他惊慌的模样。她想令他失态,她也不知道他现在是伪装,还是别的什么。

"月盈。"秦既明说,"你的意思是,今晚想睡在这里?"

"是。"林月盈快速地说,"我很想你。"

话不能讲太直白,也不可以太过遮掩,她悄悄伸出自己安静的、胆怯的触角。

秦既明低头看着沙发,好像真的在思考沙发上是否能睡下一个人。

"我不要在沙发上睡,你也不要。"林月盈说,"我要你像小时候那样,抱着我睡。"

秦既明忽然笑了,他没有斥责林月盈的"胆大妄为",也没有试图用"童言无忌"这样的话语把她的请求视作一种玩笑,他以正式的态度对待了林月盈的这一请求。

"好。"秦既明点头,他的手腕还被林月盈握着,他的手掌心还贴着林月盈的脸,在她稍稍抬头的时候,秦既明轻轻拍一拍她的脸颊,"那你留下吧。"

这是意料之外的答案。

林月盈看着秦既明,她紧张了,盯着他眉毛中间藏着的那一粒痣。

她忽然感觉自己和其他人也并无不同,她对秦既明的了解也仅仅只有他想展露给她的那面而已。

林月盈不知道秦既明在想什么,他究竟怎么看待她说出的话。她像在做梦,秦既明是她抓不住的梦核。

手机响了,秦既明示意她松开手,等电话接通,他的语气仍旧很温和:"你好。"

是他的同事打来的,林月盈听他们叫秦既明"总监",说什么合同什么这个总那个总,什么醉酒什么住宿……林月盈统统听不清,她看着秦既明,他没什么表情地说知道了,嘱托他们要安排好,又让他们早些休息,大家今天都辛苦了。

他的声音听起来像是含着笑的,实际上没有笑。秦既明应当还在头痛,自己抬手放在太阳穴,一圈又一圈地轻轻按着。只是听语气,完全想象不到他在头痛,手机那端的人只会感觉上司现在心情应该很好,并且对他很亲切,半夜的打扰电话接起来都如此有耐心。

他们看到的东西,都是秦既明想要让他们看到的,林月盈也一样。

打完电话,秦既明顿了顿。大约是酒精令他此刻思维迟缓,他稍微反应一刻钟,才侧脸看林月盈。

秦既明问:"洗过澡了?"

第六章　我爱的人是最爱我的人吗

当然。不仅洗过澡，还擦了一遍身体乳喷了淡香水的林月盈半躺在床上，抱着膝盖坐着，听哗哗啦啦的水声。

水声停了，灯光还是酒店侍应生调节好的，柔和、不刺眼。林月盈低头看自己的脚指甲，这次不是成熟车厘子的颜色，而是淡淡的、柔和的裸色，贴着小小的、精巧的钻，在灯光下显得很温柔。

秦既明躺到床上，他就躺在林月盈身侧，穿着自带的长袖睡衣。林月盈知道他一直有这样的习惯，行李箱中永远装着自己的长袖睡衣。

林月盈紧张到快要发疯了。床很大，宽两米五，秦既明往自己腰下垫了一个枕头，坐在她旁边。林月盈看到秦既明交叠的双手，它随意地被放在大腿上，而它的主人正侧脸看她。

"我都快想不起来上次你和我睡一起是什么时候了。"秦既明说，"那时候你才八岁。"

林月盈说："怎么忽然提这个？"

"睡前故事。"秦既明微笑，"还记得吗？你之前最喜欢听睡前故事，每晚睡觉前，都缠着我，要我给你讲。每天一个不重样，愁得我啊，路上看到点儿什么都要记得，免得晚上讲不出故事令你失望。"

林月盈说："我现在已经是不需要睡前故事的年龄了。"

"是，但我总觉得你还这么大。"秦既明闭着眼，手在空中虚虚一比画，大约是在思考她那时候的模样，"还会缠着我讲睡前故事。"

林月盈说："我现在也想，想往后几十年，你每天晚上都给我讲睡前故事。"

秦既明失笑："别说蠢话。"

林月盈说："你知道我想说什么。"她已经不再躲避秦既明的视线，她执拗、认真地看着他。太紧张了，紧张到她不得不屈起腿，脸贴住膝盖，侧着望他。

"月盈。"秦既明平平淡淡地开口，"我已经三十岁了。"

林月盈说："你这话说得很奇怪，哪条法律规定差十岁不可以谈恋爱？"

秦既明说："但我和你不行。"

林月盈说："我们没有血缘关系，就算我们谈了，旁人顶多也只是背后说说闲话。"

"你也知道。"秦既明说，"何况你今年多大？大学还没毕业。我承认，你已经有着属于自己的思想和一套行事理论，但对于现在的我来说，你今晚说的事情，我更愿意相信是你受某些影视或者文学作品而起的好奇心。你看了某些虚构的东西，错信了小说家为了娱乐化而极力夸大的快感，就像我们相处了这么久的时间，你错把这些年的安全感和依赖当作是爱恋。"

他微笑着说，言语里却带着隐刺："月盈，我不是你好奇探索的玩具。"

林月盈否认："才不是。"

秦既明说："但你的表现是这样，我能感觉到你的冲动。月盈，你今晚就很冲动。"

林月盈不说话，她还是保持着抱膝侧望他的姿态，只不过眼睛中渐渐积蓄出一点泪水。她不说话，眼泪不听话地慢慢涌上睫毛。

秦既明抽了纸巾，倾身温柔地替她擦拭泪水。

"我今晚喝多了。"秦既明低声说，"月盈，我喝得很多，我不记得你刚才和我讲了什么，也记不得我们刚刚在聊什么，现在我们都需要休息。"

秦既明把纸巾丢掉，但她的泪又涌出，越来越多，擦不尽似的。

秦既明又抽一张，继续压在她眼下。

"现在你只是怀念童年，才想要和我睡一起，对吗？"

"对个屁。"林月盈哽咽，她一把推开秦既明，伸手去摸他的脉搏，眼睛含泪，"你肯定也有感觉，不然为什么现在脉搏跳得这么快？刚才在沙发上，在那边，我抱住你手腕的时候，你的脉搏就乱了，你……"

她讨厌自己泪失禁的体质,怎么连句话都说不完,就因为掉眼泪而难受到喉咙痛,像吞了致命的金属物。

"我的确很乱。"秦既明说,"你要是我也会乱。"

林月盈松手。

秦既明将自己的手从林月盈头上移开,他说:"睡吧,月盈,我已经全忘了。一觉醒来,你也会忘得干干净净。"

他重新躺下,关掉灯。

"晚安。"

林月盈安不了。她在夜里默默又掉了几滴泪,难过到不想出声被秦既明听到,呜咽声下是不可置信的、难言的委屈。

林月盈觉得秦既明肯定是圣人转世,不然怎么能和她躺在一张床上理智地讲这些。

浴衣不适合穿着睡觉,林月盈哭了一小会儿就累了。她不想第二天顶着浮肿的眼睛见人,于是用力压制住哭泣,在黑暗中脱掉外套,只穿着单薄的一件小吊带,安静地钻进被窝。

这一晚,安静躺了两小时,林月盈还能听到秦既明醒着的呼吸。

他们都不可能忘掉。

林月盈的直球行动,完全大失败。

目标人物秦既明如今防御心 +999,避嫌 +999,警惕 +999。

林月盈则是伤心 +999,勇气 -999,脸皮 -999。

秦既明说到做到,往后一个月,他表现得的确像什么都没发生过,仍旧和之前一样,和林月盈一起吃饭、一起住、接她放学、给她指导功课、假期里一起玩。

若是说有什么不同,那就是他送给林月盈两套长袖睡衣,很合身。

林月盈愁闷无比,无处倾诉,于是把精力全用在社团活动和运动上。

她挥断了一个网球拍。

社团里，她几乎和所有人相处得都很好。

副社长李雁青和她现在虽不至于剑拔弩张，但也是井水不犯河水的状态。这也很正常，毕竟一个是实用派，一个是颜值派，俩人现在又在同一个组里，预备参加明年初春的比赛。如今产品设计还在雏形，林月盈和李雁青一对上就会爆发激烈争吵。

但这都不重要。

重要的是，秦既明不爱她。

林月盈低头，看着眼前的草图，放松呼吸。她想，没什么大不了，不过是在感情上不小心摔了一跤。

"月盈从楼梯上跌倒，这么屁大点事，就成了你拒绝相亲的理由？"

红木餐桌前，秦自忠暴躁如雷，打电话给秦既明，骂他："秦既明，你好好想清楚，林月盈都多大了？她是断不了奶还是怎么？她没有你就活不了？你这个理由让我觉得很可笑。你想清楚，你现在不结婚，还想等到什么时候？"

耳侧传来秦既明的声音："顺其自然。"

秦自忠冷笑两声："自然？什么自然？"秦自忠说，"你要顺什么自然我不管，我只有一个要求。"

他说："林月盈年纪也大了，她又不缺钱，早就该自己住。我和你爷爷不一样，我不希望两家能有什么关系。你照顾她这么多年，也够仁至义尽了。我现在不管你答应了你爷爷什么，也不管你怎么想。"

"让她搬走。"秦自忠说，"我已经重新为她找好房子，也已经付好租金，让她走。"

林月盈确认自己目前已经开启"无差别战斗模式"。

傍晚的小组讨论开始之后，林月盈首当其冲，和坚持完全舍弃美观度,最大限度实现所有有用甚至无用功能的李雁青进行了一场关于"美观在设计上是否重要"的辩论赛。

冯纪宁正在读大四,还专心学习准备考研,来社里的次数不是很多;再加上他下半学期就会出去实习,虽然不说是退社,但和退社也没什么分别了。按照传统,在每年下半学期刚开始时就会进行新社长的更迭,选拔形式为社内几个骨干成员之间的内部商议结合社内成员的不记名公开投票,总的来说,社长的接班人一般是从副社长中选出。

现任的副社长有两个。孟回,正读大三,心细、沉稳、绰号"疯狂野座山雕",在编程上极其具有天分。程序员一般不喜欢帮忙调试其他人的代码,毕竟这种东西,宁可自己写一套新程序跑出来这些功能,也比大海捞针屎里淘金修正 bug 要容易些。孟回不一样,她极其擅长处理那些有着奇奇怪怪问题的扭曲代码,自言能在数字和字母中寻找到平静的真谛,这也是她"狂野座山雕"绰号的来源。

疯狂改代码,一坐一整天,风雨不动安如山——雕(褒义)。

相较之下,另一位副社长"暴躁藏獒"李雁青就比较符合昵称。他技术好、细心、有创造力,但脾气差到人神共愤。他原本带了六个新社员埋头干,不出一周就跑得只剩下三个社员,又过一周,只有一个人还坚持着。

一心扑在研究状态上的李雁青属于六亲不认,社员评价他就是一个炮仗,谁点就炸谁,公认的脾气差,无奈技术高。

所谓一物降一物,现如今社里唯一一个不怕李雁青、敢和他对着呛的人就是林月盈。

"这些大家都玩烂的无用功能你加上去做什么?知道的夸你一句万无一失,不知道的人还以为你肚子里没东西了,天天搞这些已经司空见惯、引不起评委兴趣的玩意。

"告诉我,李雁青同学,高中毕业前你的美术老师是不是鼻涕一把泪一把地告诉你,今后若是出了什么事,千万别把老师的名字说出来？我很好奇，原来毫无审美能力也是一种天分啊，你是怎么做到的？"

"不要和我讲美观不重要，也不要和我讲科技不需要外表，现在我给你买张机票，你飞去美国去加州，去 Alta Mesa 纪念公园，你去草地上烧几炷香问一问乔布斯，让他老人家托梦和你说科技需不需要审美？"

"外观当然重要，我的天啊，李雁青，李同学，李副社长！"林月盈慷慨陈词，"如果外观不重要，你怎么解释科技公司高薪聘请设计人员？"

李雁青沉默不语。

片刻后，他抬手："暂停，明天再议。"

林月盈站起来，双手撑着桌子："今日事今日毕，不要想着逃避现实。李雁青同学，请你坐下。"

"我不逃避。"李雁青站起来，沉着脸，"我去个厕所还不成吗？"

这个厕所一去就是半小时。

李雁青跑了。

能令暴躁藏獒尿遁的，林月盈还是第一人。

也不用第二天，当天晚上九点，李雁青就给林月盈发了条短信，很简单，就仨字，他妥协。

李雁青放弃一开始的实用性为主，勉为其难地采纳林月盈的建议，尽可能地做好产品的外观设计。

林月盈却并不觉得开心，也没有辩论胜利的愉悦。都说情场不顺事业顺，看来果真如此，就像她，那晚大失败之后，她完全是一门心思全部都扑在学习和社团中。

至于秦既明……算了。

林月盈决定不去想他，却又无法不想他。

江宝珠和红红都看出林月盈的心情不好，林月盈不讲，她们也不

第六章 我爱的人是最爱我的人吗

追问,只是推掉了能推的活动,陪林月盈的次数多了很多,没事的时候就约她一块儿吃吃饭,打打球,散散心,分享一下最近的乐子。

就连宋观识,也在打完球后小心翼翼地给她发短信,问是不是他的追求让她感觉到困扰。

如果是的话,请不要自己难受,一定要告诉他,他一定会改掉。

林月盈冷静下来,认真地回应了每一个朋友的关心。

然后她慢慢松口气,重新抬起头。林月盈想,小学学的什么来着?

只要功夫深,铁杵磨成针。

烦闷中,秦自忠那边又让人过来给林月盈送东西吃。

天知道林月盈有多害怕他。秦自忠派来的人是他的助理,让这样的人才来给她送枣花酥实在是令林月盈不安,更不安的还有助理临走前透露出的话语。

"秦先生已经给您找好了新的房子,距离您现在住的学校很近,车也配齐了,就是你们学校的通行证有点难办……先生的意思是,开车进学校可能有点高调,您考不考虑配备一个司机?放心,工资呢,由秦先生出。"助理问,"林小姐认为合适吗?"

林月盈说:"我需要和秦既明商量一下。"

她懂秦自忠的意思。

林月盈礼貌地和助理告别,她没把这件事讲给秦既明听。虽然他们现在关系有点僵,可这种不好的事情还是不要去烦秦既明了。

如今俩人还是以前那样,衣服分开洗,东西一起吃;秦既明还是会帮她剪指甲,也会在她的要求下为她梳头发,但秦既明开始尽力避免更多的肢体接触。

林月盈还有一点点骄傲的小侥幸,被秦自忠通知搬走这种事情的确有点伤害她的自尊。坦白来说,就算当初秦爷爷没有留遗嘱、分钱给她,单单是林爷爷留给她的东西,也能让林月盈舒舒服服地生活。

她不缺住处，林爷爷给她留了房子，也留了钱。

林月盈只是想和秦既明在一块儿。

她需要陪伴。

第七章

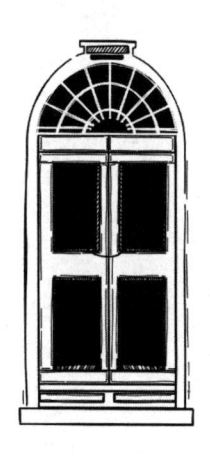

我喜欢你

我真为你不能拥有我而感到遗憾。

初雪降临。

要看大雪，还是要往北方去。

宋一量早就约林月盈他们一块儿去长白山滑雪、看雾凇。他一开始和林月盈、红红还有宋观识说好了一起过去，但宋一量临时有事去不了，宋观识又有着一种无知的天真，看起来一头野猪都能把他骗到窝里。

宋一量放不下心，秦既明刚好有时间，从安全性和各种角度出发，他最终订了一张机票，陪着这几个孩子一块儿去长白山。

北方的雪花的确很大，刚去酒店的第一天就下了大雪，严重影响能见度。这样的天气没法开车，有防滑链和雪地胎也不行。抵达长白山的第一日，几个人不得已在酒店中度过。林月盈顶多好奇出去晃悠两圈，不过没走多远又给冻回房间了。

秦既明在吃晚饭时发现林月盈不见了。

晚餐时间，林月盈没有去餐厅。秦既明点了菜，都是挑她爱吃的，让人给她送过去。

侍应生很快回来，告诉秦既明，说林月盈不在房间中。

秦既明打电话，关机没人接。

他拿着外套就出去找人，也没和红红、宋观识说出去的原因，只让他们好好吃晚饭。这俩孩子光长岁数，指不定心理年龄还不如他的月盈呢。

　　和他们说了也没用，免得他俩再冲动地跑出去找人。秦既明就两只眼，看顾不了这么多人，找到这个跑了那个，他还要不要喘气了？

　　出了餐厅，秦既明立刻找酒店负责人，要求他们调监控。

　　监控显示，林月盈在半小时前独自出门，去了酒店后面的白桦林。

　　找到人的时候，秦既明冷着脸，把在雪地上艰难堆雪人的林月盈抱起来掂了掂，才训斥她："出来这么久为什么不和我说一声？"

　　林月盈性格刚烈，反呛他："你是我什么人啊，我为什么要告诉你？"

　　冷风吹得呼吸道开始痛，她咳了一声："你反应干吗这么激烈？"

　　"手机关机。"秦既明说，"想让我担心？"

　　"不要给自己脸上贴金了秦既明，这么冷的天，应该是被冻关机了。"林月盈大声解释，又反驳，"虽然我在生你的气，但故意制造危险让你担心这种事情太幼稚了，从十七岁后我就不做这种蠢事了。"

　　秦既明语气终于缓和，他说："我怕你做傻事。"

　　"做什么傻事？"林月盈一脚踩中深深的雪，闷声，"还有比喜欢你更傻的事吗？"

　　秦既明不说话。

　　林月盈扭头，她只戴了围巾，脸颊被风吹得微微泛红。

　　"不要试图假装什么都没听到。"林月盈说，"我的喜欢不是见不得人的事。"

　　两人并肩走着，雪地上脚印深深浅浅，一大一小。秦既明扶着林月盈，漫天的雪花落满衣。

　　隔着厚厚的衣服，他们的体温都被封闭在自我的世界里，得不到流通。

　　人类学会用衣服遮蔽隐私，也阻挡了温度的交换。

　　"我那天晚上的表现可能有点冒进了，但我苦思冥想都没有更合适的、暗示你的方法。"林月盈坦诚地说，"我不知道你是装不懂，还是真的不懂，之前的多次试探，让我觉得无从下手。所以，我那时候想，不如再明显一些，明显到能让你懂，也让你找不到装不懂的理由。"

一路上除了林月盈的声音就是他们踩碎积雪的沉闷破碎声，忽然，林月盈的脚踩进深深的雪窝子里，大约是地上有个坑，一时不好提上来。秦既明抬手，将她整个人抱出来。

林月盈只感受到他衣服上有着凉凉气息的雪。

林月盈说："其实我那天想说的意思是我喜欢你。你真的好幸运啊，秦既明，我这样好，还这样喜欢你。"

她觉得说这话的时候好委屈，被他忽视的表白，再怎么若无其事地隐藏情绪、强装镇定，可在说出口的时候，还是会忍不住想要落泪。

秦既明微微地叹气。他在雪地中微微俯身，拍打她腿上的雪，把那些有着流言般锋利边角的雪花从她身上拍干净。

仔细拍完雪，他才看向林月盈。

林月盈的鼻尖冻得发红，围巾拉到下巴处："我喜欢你。"

秦既明微笑："我知道了。"

啊。

不需要其他回答了。

林月盈知道秦既明不会说不喜欢她，她也知道他对她的感情和以前一样，所以无法祈求他喜欢她。

多么矛盾，他喜欢她，却不喜欢吻她。

林月盈吸了吸鼻子："嗯，现在我也知道了。"

她松开攥住秦既明袖子的手，低头想了想，又叫他的名字。

"秦既明，你等一下。"

秦既明站稳，他身后是渐渐融入夜色的树林，夏季里枝繁叶茂的树，现在早就落光了叶子，只剩下光秃秃的树枝和沉默的树干，直指天空。天地之间一片大雪，铺天盖地的白，没有别的颜色。

林月盈踩着这层雪走过来。北方的冬天来得很早，太阳准备下山，黯淡的光也遮不住她光彩照人的脸，即使被拒绝，她也不会黯然。

就算他刚刚拒绝了她人生中第一次真心的告白。

林月盈身姿仍旧挺拔，无论他接受与否，她都不会塌下骄傲的身体。

"秦既明。"林月盈昂着脖子，注视着自己的心上人，"你好没有眼光，错过我。"

她的泪哗啦哗啦掉，但她还在认真地同他讲话。

"我现在还能给你一次机会。"林月盈说，"秦既明。"

秦既明沉默了许久，最后只叫了她的名字"月盈"。

"好吧，那我收回刚才的话，我不夸你了，你一点儿也不幸运。"林月盈点头，挺直身体哽咽，"你拒绝了我，这将会成为你人生中最后悔的事，没有之一。

"我真为你不能拥有我而感到遗憾。"

红红，全名宁阳红，一颗红心向太阳的阳红。她是有哥哥的，龙凤胎，哥哥叫宁晨青。

哥哥的名字没什么含义，家长想不出更好的寓意，刻意和妹妹搞对仗。

作为一个从小和宁晨青打到大的妹妹，宁阳红无比羡慕自己的好友林月盈，羡慕她和秦既明同住一个屋檐下的融洽关系，以及秦既明对她的溺爱。

试问，谁能做到秦既明这样？供吃供穿，还会给林月盈扎小辫。

每每和宁晨青为一块蛋糕大打出手，因自行车谁先选而冷战四五天的时候，宁阳红对林月盈的羡慕就再多一分。

尤其林月盈无意间提到，秦既明还会帮她晒被子、晒床褥，会帮她定期打扫、整理她的那一排毛茸茸的玩偶。

回到家中，宁阳红看着只知道打游戏和"妹我没钱了"的宁晨青，

第七章 我喜欢你

这种悬殊的对比会令她无数次感叹为什么都是住在同一个屋檐下，待遇差距会这么大。

但宁阳红没有想到林月盈还会和秦既明吵架。

她和林月盈的房间在同一层。等到林月盈瑟瑟发抖裹着羽绒服回到房间的时候，红红才知道她刚刚"失踪了"。

"吓死我了。"宁阳红双手合拢，作势拜一拜，又心疼地去抱她，"宋观识跑过来问我好几次呢，我都不敢说你跑了。不然，就他那脑子，说不定头脑一发热就窜出去了。我快紧张死了……哎，是不是吓着了？是不是被吓到了？我的乖乖小盈盈，我的宝贝月月，你怎么还哭了呢？看这小脸，都被冻红了……啊，这小手，冰冰凉……"

林月盈哽咽着，扑到宁阳红怀里，抱着她哭："红红。"

秦既明就站在她身后。

下雪的时候倒不是最冷的，只是他没有戴口罩和围巾，出去的时候心中着急，连防风帽也没戴，被吹得脸颊和耳朵都是红，一片鲜红。

这个宁阳红心目中对林月盈最好的人，在今天却没有做应该做的事情。

"她没事。"秦既明说，"红红，麻烦你照顾她了。"

他有种说不出的气场，宁阳红不知道该怎么形容他。

明明很温和的一个人，无论是宁阳红还是江宝珠，在他面前都不敢太造次。这点和年龄无关，宋一量就能和她们打成一团，而秦既明……

秦既明表现得就不太像她们的同辈，也可能因为他之前把林月盈带大，才显得格外稳重。他说话做事，大多也是从长辈的角度出发。总而言之，宁阳红不能也不敢同秦既明开玩笑，只讷讷地说"好，请哥哥放心"。

到了晚上，宁阳红是和林月盈一起睡的。她担心好友被吓到，只想陪着她。

林月盈不哭了，就是抱着宁阳红，哽咽着说自己和秦既明吵架了，闹了小脾气，现在她很茫然，也有点难过，感觉以后再也不能像之前那样相处了。

　　"呀，我以为什么呢。"宁阳红和林月盈面对面，短发微微遮脸，她抬手，亲昵地摸了摸林月盈的脸，说，"好了好了，不哭了。我和我哥天天吵架天天打，第二天就和好了，还是和没事人一样。"

　　林月盈说："真的吗？"

　　"肯定是真的呀。"宁阳红说，"你都不知道，像我们这样的兄妹，不打架完全不可能，更别说吵架了。"

　　她凑过去，额头对林月盈的额头，蹭一蹭："像秦既明那样的还是少数，你就知足吧。"

　　林月盈怔怔想了半晌，说"好"。

　　"好了，睡觉！"宁阳红说，"睡个美容觉，什么都不要想，明天就好了。"

　　明天就会好。

　　雪停了。天空放晴。

　　无论长白山水上漂流有多火，几个不那么抗冻的人还是毅然决然地拒绝了这项运动。令人惊喜的是看到了难以用语言描绘的美丽雾凇。天空澄明，雪原辽阔，冰天雪地，林月盈玩了雪地项目，出了一身的汗，好在里面穿的是运动速干衣，不至于被汗水浸透的衣服捂得难受。宁阳红叫她去堆雪人，林月盈跑过去，和宋观识一块儿研究怎么推出又大又圆的球球做雪人的脑袋。

　　偶尔抬头，秦既明就站在后面，他不参与堆雪人的运动，臂弯里挂着林月盈的保温杯和滑雪手套，视线相触，会对着林月盈微笑——是那种属于一切都在按照他掌控的方向发展的笑。

　　他能控制住所有的事态。

第七章　我喜欢你

林月盈顺手团起一个雪球，重重地向秦既明砸去。她力气不小，但距离远，只砸到秦既明脚前方，把冻了一半的雪砸出一个小窝。

她笑弯了眼睛："秦既明，过来一起堆啊。"

秦既明摇头："我不擅长做这个，只会给你们添麻烦。"

林月盈不听，她跑过来，隔着手套，自然地拉住他的手："我们想堆个大雪人嘛，就我们仨不行，过来搭把手……"

秦既明顺从着被她牵着走。

最后堆了两个雪人，眼睛是宋观识从酒店自助早餐里拿出来的一小袋干红枣，嘴巴是小树枝，宁阳红把它弯一弯，填进雪人的脸上。

林月盈从口袋里摸出带着的小花花发夹，插在其中一个雪人的头上。

秦既明站在她身后，静静地看着林月盈的动作。

红红指着完工的俩雪人，煞有介事："雪人哥哥和雪人妹妹。"

宋观识提出异议："为啥是兄妹？一般不是雪人爸爸和雪人妈妈吗？"

红红说："可能因为我有哥哥吧。"

"不对。"宋观识说，"我也有哥哥啊，你也有爸爸妈妈，这个理由不合适。"

林月盈诚恳地说："不好意思呀，宋观识，我爸爸妈妈离婚了，我从小就不和他们一块儿住。"

宋观识愣住。片刻，他说："对不起啊，月盈。"

"没事没事。"林月盈笑，"不怪你，你这不是也不知道嘛。"

她走到雪人面前，拍了拍那个没戴花的男雪人的额头。

"那就别这么纠结了嘛，就叫他们亚当和夏娃。"林月盈的手贴着雪人脑袋，亲密地蹭了蹭，她转脸对着他们几个粲然一笑，"或者女娲和伏羲。"

上帝创造出亚当，又用亚当的肋骨制造夏娃，他们在伊甸园中合二为一。

女娲和伏羲为了生灵的繁衍,孕育生息。

"无论是哪个民族、哪个国家,都有这么多美好的神话传说。"林月盈说,"他们是神,也是彼此的爱人。"

秦既明只沉静地站着,看林月盈和她的同龄人亲密地凑在一起,兴高采烈地讨论着该怎么装扮这俩雪人,他们已经决定给它们取名女娲和伏羲,并打算把这对雪人修饰得更漂亮些……

秦既明忽然想到,小时候的林月盈也是如此。她的情绪变化很快,上一秒可能还在开开心心、蹦蹦跳跳,下一秒就会因为忧伤的故事情节或目睹一朵花被折断而伤春感秋,难过流泪;和朋友吵了架,不到半天就又能和好,毫无芥蒂。

她的爱和恨太过分明,都不长久。

秦既明早知林月盈如此,他握着林月盈的保温杯,感受里面沉甸甸的水微微摇晃。

白雪漫野,白桦林寂静无声,风卷起一层簌簌的雪,如一份怅然若失的庆幸。

长白山之旅结束,回程的贵宾候车室中,睡眠不足的林月盈躺在沙发上睡觉。沙发不够大,也没有合适的枕头,他们提供的那个不好,林月盈嫌弃太软,不能提供更好的支撑,最后还是枕着秦既明的大腿。

其余两个人也好不到哪里去,红红瘫在沙发上,眼神放空,不知道是不是在研究贵宾室的墙纸花纹;宋观识还在吃,以迅猛的速度快速消灭面前摆着的一盘红提子。

林月盈的电话就是在这个时候响起的。

她睡觉前还在玩着手机,睡着后手机从手掌中自然滑落在腹部。

铃声雀跃,刚响一声,就被秦既明眼疾手快拿起。他关了音量键,看了眼来电人后才接通。

第七章　我喜欢你

是秦自忠，不等秦既明出声，他就问"林月盈"："考虑好了没有？给你的时间够久了。"

秦既明说："考虑什么？"

秦自忠说："你让她接电话。"

秦既明不能走，他一动，她就要醒了。

半晌，他开口："是不是搬走的事？"

秦自忠不意外："她说要和你商量一下，商量得怎么样了？什么时候搬？"

"我说过，有什么事情，你找我。"秦既明说，"她就一孩子，大学还没毕业，你找她做什么？"

秦自忠说："大学没毕业，不是幼儿园没毕业，该懂的她都懂，这些东西也不需要你教。"

"我答应过爷爷。"秦既明说，"对了，爸，我听说你最近准备竞选。"

秦自忠沉了声音："既明，你问这个做什么？"

"只是感慨。"秦既明说，"如果这个节骨眼上不出什么岔子，你再上一级是板上钉钉的事。也想着提前庆祝你，将来退休后也能享受高级别的待遇。"

秦自忠说："你这是自掘坟墓。"

他先结束了通话。

秦既明握着林月盈的手机，低头看到她抖了一下的睫毛。他不言不语，握着手机，不轻不重地拍了两下她的脸。

喜欢说谎的坏孩子。

眨眼间一年又要结束，马上就是元旦。学校里落了几场雪，温度一降再降，出门要全副武装，否则冷风会割得腿痛。

林月盈比之前更忙了，一是考试周，二是一年一度的元旦晚会。

学校里面的元旦晚会，一般会在12月30日或31日晚上举行，第二天就放元旦的假。等假期结束，就是一些专业课的考试，考完就能放寒假。

林月盈的学习方法不是临时抱佛脚，平常她学习就很认真，几乎不用怎么用功复习功课。但她很乐意将自己平时记的一些笔记、老师上课讲的重点题型全都详细整理好，免费扫描了电子版传到班级群（没有老师在的一个）中，供其他有需要的同学学习。

在其他同学都忙着力求不挂科或者稳拿高分申请奖学金的时候，林月盈还要和朋友一块儿去排练入选校级元旦晚会的节目——一个可可爱爱的语言类节目，林月盈在里面扮演男主角的女儿，登场时间很短，只有三句台词。

等排练结束，她还要赶到社团，和李雁青一块儿给几个新生答疑。

中间，林月盈的同班同学过来，拿着笔记找她问了几道题，还有老师平时上课的重点，中间几次小测验时候的例题……

学校严令禁止老师给同学们画重点，因而，每逢考试周，好脾气又乐于助人的林月盈都会忙碌异常。

等人走了之后，李雁青头也不抬，只淡淡地说："你这是在害他们。"

林月盈纠正："我只是在力所能及的范围内帮我的同学避免挂科。"

"让他们挂一次科就知道教训了。"李雁青瞥她，"你这样帮他们，他们只会养成考前临时抱佛脚的坏习惯。往后几年，他们还是会这样。有捷径了，谁还费力走大路。到时候，他们平时都不学，临近期末再找你恶补，你信不信？"

"你不要把我想得这么厉害。"林月盈说，"大家都成年了，该有的习惯已经有了。别想着把所有大帽子都扣我一人头上，李雁青同学。"

李雁青未置可否。

时间已经很晚了，他起身收拾东西离开，林月盈坐在他的旁边，也一块儿起身。李雁青不想和她撞上，往左一避，手掌不慎带翻桌上未盖拢的墨水瓶。他眼疾手快，飞快地将桌上的资料和纸都整理好，

第七章 我喜欢你

林月盈放在桌子上的羊绒大衣却惨遭墨水浸透脏了一块。

李雁青把资料转移好后才注意到她的衣服，后知后觉捧起来一看，已经染色了。她那件大衣是浅浅的米色，又轻又暖，染上如此深的一块儿，触目惊心。

他抿抿唇，下意识去翻衣服的领标。

Loro Piana（诺悠翩雅）。

林月盈也终于注意到自己的外套，她"呀"了一声，有些心疼地接过衣服，看那一块被染色的地方。

李雁青出声："多少钱？我赔给你。"

林月盈抱着自己刚买没多久的新衣服，确认那块应该无法补救后，才看李雁青。

她记得李雁青一直在穿同一件羽绒服，入冬后就没换过，是黑色的、普通的基础款，又轻又薄，薄到看起来里面都没有多少羽绒了。

"没事啦。"林月盈说，"这东西我让家里的阿姨洗洗就好了，能洗掉。"

"不能洗掉的话，就告诉我价格。"李雁青说，"我赔你一件新的。"

"没多少钱。"林月盈语调轻松，四下看了看，见没有人，才低声说，"其实这个是假的，我买的假货。平时我都不讲的，这不是不想讹你嘛。放心，假货不值几个钱。我不找你要钱，你也别和别人说我买假货喔。"

李雁青默然。

"好啦。"林月盈已经穿上被墨水染色的外套，拢一拢头发，拿起自己的小包，"我要走了，晚安。"

李雁青说："晚安。"

他重新坐下，打开手机淘宝，搜索着刚才看到的那个品牌，点进去，没有搜到官方的店铺，只有一些或真或假的代购店，标着触目惊心的价格。

李雁青又搜。

喔。

原来有些品牌不会在网购平台上开设店铺。

林月盈把衣服送去专门的护理店,工作人员说,这样大面积的污渍,他也不确定是否真的能完全修复如初。

林月盈很喜欢那件大衣,等秦既明接她回家的时候,重新去店里又买了件新的。刚好店里又到了一些新季的衣服和鞋子,林月盈很喜欢,慢慢悠悠一件又一件地试。

秦既明打电话给阿姨,请她将饭多温一温,今天回去的时间会迟些。

通话结束后,林月盈已经穿了新的羊绒衫,走到秦既明面前,左转右转展示给他看,问:"我穿这件好看吗?"

秦既明坐在沙发上,店员端了水,放在他面前的小桌子上。秦既明顺手打开喝了一口,称赞她:"你穿什么都好看。"

林月盈哼了一声,对着镜子仔细看。她是个很挑剔、精益求精的人,只要有一点不满意,她就决计不会付费买下它。她打算再去换一件。

秦既明问:"你刚才拿的那件大衣,和上周买的那件一模一样?"

"是啊。"林月盈说,"原来的那件坏了,不能穿了。"

她对着镜子摆着姿势,不看秦既明:"没想到你这么关注我的衣服。"

秦既明仍坐着,他能看到林月盈留给他的背影,以及镜中映照的脸,笑着说:"你这话说的很没有良心,你身上哪里是我不关心的?"

"哼。"林月盈转了个圈,欣赏着镜子里的自己,"不过以后你可以省心了。"

她平静地说:"等到寒假,我就搬走了。"

第七章　我喜欢你

秦既明拧好瓶盖。

玻璃瓶中的气泡水有着澄净的光和不安稳的气泡，秦既明口中还有一些淡淡的、独属于气泡水的味道，像快速吸了一大口纯净的氧气。

人无法在纯度过高的氧气中生存。

秦既明问："你能搬到哪里去？"

"爷爷不是给我留下一套房子吗？我上周二没课，就和宝珠一块儿过去看了下。"林月盈说，"房子在老小区里，三楼，虽然不是很大，但很干净，请人过来做一下卫生就可以住。"

秦既明问："为什么想搬走？"

"我总要自己一个人住的嘛。"林月盈坦诚地说，她转身看镜中自己的侧面，"现在我已经完全适应了大学生活，而且也没有什么压力，时间充裕，能有更多时间学习独自生活。现在搬走，总比从学校毕业后又找工作又要适应独居好很多。"

"人也不一定必须要适应独居。"秦既明说，"是不是我爸说了什么？你不用理他。"

"我不可能和你住一辈子的吧？"林月盈已经照完了镜子，她谨慎地对身上这件衣服下了决定，不是很适合她，她决定不买了，"秦既明，我马上就十九岁了。"

秦既明看着她："还有五个月十二天。"

马上就十九岁了。

"我已经成年啦。"林月盈说，"你不是总说我们住在一起要避嫌吗？"

她语调轻松："等我搬出去，就不用这么麻烦了。"

林月盈能看到秦既明微微皱眉。因为她的话，秦既明的脸上有着明显的不赞同。

"有时也不一定非要严格避嫌。"秦既明说，"你再考虑考虑，月盈，你没有一个人住过，我很担心你。"

171

他并不打算在店里继续和她讨论这个问题，站起来请店员帮忙拿另外一件衣服给林月盈试。

另一件的颜色更适合她。

林月盈的确没有一个人住过。

四年前，秦既明将十五岁的林月盈从秦自忠那边接回。

那天晚上下着蒙蒙的雨，路况不好，一直在堵车。细细的雨水落在玻璃车窗上，秦既明隔着一层水雾看，无论是红绿灯还是道路两侧的霓虹灯都在水中晕开。林月盈坐在副驾驶上，抱着书包，一直在低声地哭泣，哭得难受了，和秦既明说一声"对不起我忍不住"，然后擦眼睛继续哭。

她只说自己是委屈难过，是想念他。

回到家中，秦既明房子里的东西准备得还不够充分，林月盈也不介意。她只带了一个随身的双肩包，洗完澡，换了睡衣。秦既明才看到，她小腿上一大块分明的淤血乌青，触目惊心。

她解释说自己不小心滑倒，已经没感觉了，要他别担心。

嘴巴上讲不痛了，秦既明拿活血化瘀的药油给她揉淤血时，她还是痛到手指抓紧身下的抱枕，眼里含着疼出的泪花看着他，可怜极了。

于是秦既明放缓了力道："疼就叫出来，别忍着。"

"我不疼。"林月盈擦眼泪，"是你，就不疼了。"

那个时候，林月盈半夜里打电话，哭着说想和他一块儿住，不想和秦自忠住一起了。现在又主动提出，她想要搬走，去住爷爷留下的房子。

独立自主，有自理能力，能够照顾好自己，是林月盈现在的说辞，这也是秦既明和秦爷爷希望她能做到的。

挺好的。

秦既明还是有很多不赞同的理由，拒绝林月盈和他"分居"。

第七章 我喜欢你

譬如林月盈没有任何独自生活经验,她连水费、电费、燃气费都没有缴纳过。

林月盈举手:"可是这个不难的呀,你不要把我当小学生。我都已经查过了,支付宝就可以交。而且在学校里,我也会和宿舍长一块儿交电费,不会太难。"

秦既明说:"你不会做饭。"

林月盈说:"还有外卖软件呀,而且我一般吃学校食堂,需要自己做饭的时候不多……而且,我还可以来你这里蹭饭呀。"

她说:"我只是搬走,又不是和你断绝来往。"

秦既明又说:"女生独居,容易被坏人盯上。"

"我已经从网上学到了,在阳台上挂几件男生的衣服,然后在门口的鞋柜里也摆上几双男生的鞋子,把外卖软件上的昵称改成'AAA修车厂王师傅',姓名填王大贵。"林月盈分享着自己搜到的女生独居小技巧,"而且,我已经看过啦,那个小区旁边就是公安局,离得好近。我觉得不会有小偷或者坏蛋敢在公安局旁边的小区干坏事吧?"

秦既明说:"或许会有邻里矛盾。"

"这个就更不用担心啦。"林月盈说,"楼上楼下都是和善的老人,我上次去还给他们送了好吃的饼干呢。他们很欢迎我搬过去做他们的邻居,还叫我没事的时候多陪他们说说话。"

秦既明不言语。

"况且,"林月盈说,"宝珠和红红、一量哥、观识他们也说了,如果我星期六一个人住着害怕的话,他们可以过去陪我玩。"

秦既明说:"你已经先同宋观识说了?"

"对啊。"林月盈不解,"有什么问题吗?"

秦既明摇头:"没有。"

聊这些的时候,他们刚刚吃过晚饭,阿姨已经走了,厨房中的洗碗机还在工作。秦既明和林月盈已经"同居"了四年之久,将近五年,时间长到秦既明尚未想过她真的要独立。

电视正在播《新闻联播》，林月盈哼着歌拆今天买的衣服，打算把它们一件一件地挂在衣帽间中。茶几上的壶正煮着玫瑰花蕾和桑葚。秦既明这几日有些眼睛痛，这些花茶还是林月盈搜来的护眼方子，也是她去中药店抓来的药材。

"对啦。"林月盈抱着衣服，探出一个脑袋看秦既明，"我们学校今年的元旦晚会，你会来吗？"

秦既明说："那天我有应酬，已经推掉了学校的邀请。"

林月盈说："喔，那等到我上台表演的时候，我就让舍友帮我录制视频喔。到时候发给你，你绝对想不到我演什么。"

秦既明笑了，说"好"。

她搬走已经俨然是板上钉钉的事情了。

林月盈就是如此，一旦她下定了决心，莫说是十头牛，二十头牛也拉不回。

元旦晚会很快到了，林月盈和班上同学彩排的节目效果很棒，林月盈还在后台的时候，就已经听到前面观众的笑声一波又一波地传来。她不算特别紧张，等上台后还悄悄地提醒另一个差点忘词的男同学，齐心协力把整个节目都圆了回去。

秦既明没来，蔡俪、苏凤仪和黎敏慧都录了视频，林月盈选了一个最清晰的发给秦既明。

秦既明在半小时后回复她："很可爱。"

林月盈："那当然，也不看看我是谁。"

紧接着就是考试周。

大部分专业课都安排在元旦之前考完了，元旦后的考试基本都是专业课程，还有一些因意外而延期的选修课考试，比如林月盈选修的那节 BCC 语料库。选修课的考试不会太难，负责监考的，也是这一门

第七章　我喜欢你

课程的老师。

林月盈很轻松地完成考试，提前交卷离开教室的时候，外面天色正黄昏，薄薄一层雪。冬日的傍晚总有种静谧又沉静的氛围，好像下一秒就能踩破道路跌入记忆里同样的黄昏。

林月盈走了没几步，就听见身后人叫她："林月盈。"

林月盈转身："怎么啦？"

李雁青交卷也很快，在她意料之中。他的坏脾气程度和学习能力成不可思议的正相关。

李雁青走到她面前，说："上次那件衣服……"

"喏，你看，已经洗干净啦。"林月盈将自己身上的新大衣展示给他看，自己还转了一圈，笑眯眯地说，"你看，是不是干干净净？我好佩服清洗店的人员，完全不留痕迹，太厉害了。"

她能感觉到李雁青松了一口气。

"还是要说声对不起。"李雁青明显不擅长道歉，他说，"抱歉。干洗费多少？"

"不用在意啦，我有清洗店的包年会员，不用白不用。"林月盈信口胡诌，"你要是真觉得愧疚，那就听我的，适当提高我们的制造成本，给产品升级一个好看的炫酷外观。"

李雁青的唇动了动，他说："社里的经费不能随便花，我们——"

林月盈叹气："好啦好啦，知道你会这样讲。没事，别放在心上。还有别的事吗？"

李雁青低头，在自己的黑色书包里摸了摸，掏出一支钢笔。

"那天弄脏你的衣服，我心里还是不舒服。"李雁青硬邦邦地说，"我没什么可以赔给你的，这里有一支钢笔，不是什么值钱的东西，90年代国产的，新的，外观还可以，挺好看，送给你。"

林月盈拒绝："不不不，我——"

"库存老钢笔不值钱，我爸之前开小卖部，家里囤了一些。"李雁青又递给她,"给你你就收着。"

他说:"你拿着它,我心里还能好受点儿。"

林月盈无法再推辞了,她对金钱没有太多概念,怕这东西太过昂贵。林月盈不是不收昂贵的礼物,但如果是李雁青的话,她不想收他的贵重物品。

她小心地收着,说:"谢谢。"

李雁青不说话,大约的确不习惯这样和她温和的沟通,顿了顿,他扶了一下肩上的黑色旧书包。

"对了。"李雁青说,"你下学期还想选修刘教授课程的话,记得看清课程要求,提前列好书单。"

林月盈说"好"。

李雁青又说:"刘教授下学期开设的课程是 GPF 结构分析框架,对我们挺有用的,还是建议你继续选修。"

林月盈又说"好"。

"好了。"李雁青背着书包,闷头就走,"我走了。"

这场选修课的延期考,是林月盈的倒数第二场考试。

第二天中午,林月盈考完最后一科。她没有立刻走,下午和舍友去吃了这学期最后一顿聚餐,回宿舍畅聊到凌晨两点钟,才一个个地爬到床上去休息。

次日清晨,林月盈又帮舍友压缩了打算寄回家的被子,打扫了卫生。做好一切后,林月盈检查完门窗,和大家告别。

等人都离开,林月盈才等到了来接她回家的秦既明。

她的行李不往秦既明和她的那个"家"中搬了,而是直接送到新家。

在几个好朋友的帮助下,林月盈的新家已经像模像样了,冰箱里面也塞了蔬菜、鸡蛋和奶,窗台上也有红红送来的花。

家具虽然都是十多年前的,但都是实木原色,就连木地板也是,可以讲它是怀旧复古老干部,但绝不是土。林月盈还挺喜欢这样的装

第七章　我喜欢你

修风格。这次搬进来，她也没有做大的改动，只是换了新的窗帘，重新铺了地毯，其余的全都未动。

秦既明站在这个房间中看未来林月盈要住的地方。

他摸了摸暖气管道："用的还是暖气片。"

"你再摸摸，它烫手哇。"林月盈说，"我拿室内温度计试过了，平均温度 20 摄氏度，挺好的。"

秦既明环顾四周："你一个人住不会怕？"

林月盈说："不怕呀。我已经长大了，总要一个人生活的。"

他们的确是，总有一天要分开。

纵使秦既明的确找不到心上人，纵使他的确不会选择结婚，林月盈迟早有一天也会和另外一个男人坠入爱河。

"好啦，我知道你担心我，但没问题。"林月盈开始叫他的名字，笑眯眯地推着他，"放心。"

秦既明的确无法放心。这么大了，林月盈还没有离开他独自生活过。房间里的燃气灶，她会用吗？她知道有些碟子是不能放进洗碗机的吗？她知道微波炉中不可以放鸡蛋吗？

秦既明既希望她能独当一面，又为她的独立而担忧。

秦既明心知肚明她离开的真正原因，拒绝大约是一个推手、一个助动力，促使她快速成长，最后离开自己的身边。

不过，若是重来一次，秦既明仍旧选择拒绝——他不为这件事后悔。

夜里同宋一量吃饭，宋一量已经得知林月盈搬走的事情，不是很意外，反倒是劝秦既明，别那么担心，儿孙自有儿孙福。

秦既明说："你这话不合适，我听着怎么这么别扭？"

"都一样嘛。"宋一量举杯，"难不成，你还想养她一辈子？"

秦既明说："也不是不行。"

"得了吧，你不结婚，月盈妹妹还要恋爱结婚呢。"宋一量笑，"你呀，还是多花些心思在自己身上吧。"

177

秦既明与他碰杯，笑："你不也一样。"

"我不一样。"宋一量笑，"说不定我下半年就脱单了。"

秦既明说："那我先提前恭喜你。"他仰脸喝下杯中的水。

晚上这场朋友小聚，没有喝酒，秦既明却总觉得自己醉了。归家后，他和往常一样看《新闻联播》和天气预报，然后洗澡睡觉。

早晨，秦既明照例早起，煮小米粥，做林月盈爱吃的蔬果沙拉，还有清淡的青菜虾仁。

等饭做好，秦既明走到她卧室前，抬手，不轻不重敲了三下门。林月盈有起床气，还有些心悸的老毛病，早晨敲门声过重对她心脏不好。

"月盈。"秦既明习惯性叫她，"吃饭了。"

没有得到想要的回应，秦既明准备再次敲门的手停在空中。他停顿了几秒，转身去厨房。

他想起，现在只需要盛一碗粥了。

林月盈始终认定，中文中的"幸福"，和英文中的"happiness"或"well-being"不可以画等号。

Happiness 或 well-being，在中文中能找到许多可以概括它们的词语，快乐、愉悦、当下很不错的状态，或者字面意义上的"幸福"，代表当下的欢愉、一时的快乐。

但中文中的"幸福"，不仅仅是简单的快乐或者高兴的情绪，它是更内敛的。和朋友的快乐是幸福，和家人的团聚是幸福，追逐喜爱的过程也是幸福，它是广义的厚重情感，丰富绵长又饱满立体。

幸福是一种信仰。对于追求当下欢愉的林月盈来讲，她如今正走在追逐喜爱的"幸福"中。

不过，的确也不太"well-being"。

独居时候遇到的困扰比林月盈想象中要多很多，甚至——

"我怎么会想到马桶也会堵，好像是楼下的下水道堵了，我现在正在联系物业和负责修理的工人。

"原来土豆削皮这么麻烦呀。那个刮皮刀是我随手买的,好难用,完全对不起它的价格,我还是在货架上买最贵的呢,把我手指擦出一个小伤口,还好不深,只流了一点点血。

"我还在研究洗碗机的用法,等我再多看一会儿说明书,我可能需要重新把碗碟分类。好多镀金边的碟子竟然都不可以用洗碗机哎,必须手洗。可刷盘子真的好麻烦,我总感觉自己冲不干净那些洗涤剂。

"我今天花了一下午时间来清理微波炉。我跟你讲,宝珠,鸡蛋在微波炉里爆炸了,嘭!吓我一跳,我还以为是微波炉炸了。

"天啊,我从没有想到我会见到蟑螂——和我的小拇指一样大!"林月盈尖叫,"太可怕了太可怕了,我现在能体会到当时宋观识和我说杧果一样大的蟑螂有多可怕了!"

"冷静,请不要拿杧果这么美味的食物和蟑螂相提并论。"江宝珠镇定自若,"蟑螂算什么,北京好歹也是首都,人流量大,南北往来的人那么多,虫子的种类肯定也多……"

"可那是那么大的蟑螂。"林月盈说,"你可以帮我问问,有没有靠谱的除虫公司呀?一想到我和一只蟑螂同居了,我就感觉到不安……"

"安心啦。"江宝珠宽慰朋友,"听过一句话吗?当你在家里发现一只蟑螂时,证明你家中的蟑螂可能已经超过一百只了。"

林月盈哽咽:"求求你,我听不了这么可怕的东西。"

"那就放心好啦,蟑螂也没有毒,而且北方的蟑螂一般飞不动。"江宝珠出谋划策,"实在不行,我给你买张机票,咱们一块儿去广州,接受一下脱敏训练。哎,对了,你见过白云国际机场吗?你去搜搜机场的鸟瞰图或者航拍图,可能也能帮助你脱敏……"

林月盈:"谢谢你呀,小珠珠,推荐的都是实用又可怕的小技巧。"

"不用谢。"江宝珠说,"为朋友两肋插刀是我的宿命。"

林月盈婉拒了江宝珠的"蟑螂脱敏训练大法"。

她找了专业的杀虫公司上门，不仅除了蟑螂，还消灭了一些林月盈还没看到的其他小虫子。年龄大又久无人住的房子都会面临这样的困扰。搬进这个房子的第二天，林月盈鼻子红红地点了一份外卖，一边吃着烤肉和蔬菜，一边决定给自己这两天的表现画上一个圆满的句号。

看，独立其实也没有那么难嘛。秦既明总觉得她还是小孩，总担心她生活不能自理，总把她当作弱者，林月盈才不要。

给手上贴一个创可贴，林月盈独自坐在餐厅的桌子前，一边吸气，一边低头，给自己今晚的晚饭拍了一张漂亮的照片，花了二十分钟修图后，才发了一条朋友圈：今日份晚餐。

发完后，林月盈才开始吃东西。

呀！有点凉了。

手机在桌子上放了一个多小时，林月盈花了十分钟快速收拾好垃圾，又用了三十分钟洗澡，这次她记得热水器要一直插着水才不会冷。再花三十分钟美美护肤，做好一切的林月盈终于拿起手机，不出意料地看到好友都在或担心或夸奖地给她点赞、留评。

林月盈坐在沙发上，头上还戴着护发帽，发尾的精油有着浓郁的椰子香，她就在这温柔的椰子香中抱着膝盖，认认真真地回朋友圈的评论。

她还看到了秦既明的点赞，他的头像就在宋观识和李雁青的头像之间。

林月盈看了眼时间感叹：啊，都这个点儿了，他应该在看《新闻联播》。

平时晚上都会听到的新闻播报，今天听不到，林月盈感觉有点微妙的不适应。她动了动手指，看到了秦既明发来的消息："别告诉我，你精心修完图才开始吃凉饭。"

林月盈："……"

她回复了一个配字"弱小无辜又可怜"的猫猫表情包。

秦既明："点的外卖？"

林月盈："对呀对呀。"

秦既明："这么开心做什么？难道要我为你起立鼓掌，恭喜你在人生独居生涯中顺利地点了第一份外卖？"

林月盈："嗯呢。可是你不能要求我一夜之间就成为神厨吧，我的爷爷又不是神厨小福贵。"

她咬着唇，慢吞吞地敲字："其实外卖味道还不错啦。"

秦既明："知道饿了就回家，虽然我手艺不好，但还是可以满足一个小馋猫的嘴巴。"

林月盈回："下次再议吧，同学约了我明天出去玩呢。"

秦既明没有继续回，他直接打视频电话过来，林月盈被他吓一跳，捧着震颤的手机，定了定心神，才接通："喂。"

林月盈隐隐能听到那熟悉的《新闻联播》主持人的播报声，客厅的灯开着，秦既明一个人坐在两个人一同挑选的沙发上。

他的生活和林月盈离开之前一样规律。

秦既明微笑着问她："哪个同学？"

林月盈有技巧地选择回答部分真话："社团里认识的同学。"

秦既明问："你的副社长？那个叫孟回的女同学？"

林月盈说："啊，不是。"

……不行。

虽然林月盈心底的小恶魔想疯狂地让她说出真相来"刺激"秦既明，但这样惹人误会的说法未免对李雁青不公平。

林月盈认真解释："就是普通同学。"

"那很好。"秦既明点头，平静地说，"晚上早点睡，别熬夜，有事情给我打电话。"

林月盈说"好"。

两个人就像平常那样告别。结束这场通话，林月盈把手机放在桌子上，发了一会儿呆，又看到微信上，秦既明发来一个电话号码。

秦既明："下次不想做饭，也没有特别想吃的东西，就提前四十分钟打这个电话。"

秦既明:"这是上次你说很好吃的那个粤菜店,店主是我朋友,你说自己名字就好。"

秦既明:"我和他说过了,每月底我去结账,你放心吃。"

林月盈回:"谢谢秦哥哥!"

说来也奇怪。

告白失败前,她永远都是叫他"秦既明",撒娇卖乖或者有求于人时才会叫"秦既明哥哥""既明哥哥"。

现在,越是想提醒秦既明,越是习惯性地叫他"秦哥哥",好像叫名字会暴露一些持之以恒的小心思。

至于秦既明,还是叫她——

"月盈"。

"林月盈!"

属于他们的社团活动教室里,李雁青脸色发黑地斥责她:"你能不能想清楚了再去接线?不要浪费,你知道这些电子元件有多贵吗?"

林月盈说:"冷静,冷静,你看!我已经连接成功啦。"

这样说着,她顺手插上电源插口。

啪。小灯亮了。

林月盈抬头,笑着说:"别这么暴躁嘛,李雁青。"

李雁青的神色依旧没有好转,他说:"我希望你下次别这么突然就动手。有什么想法,先和我讲,我们确立大概的雏形后,你再去做。任何电子元件和连接线都有它的使用寿命,我不希望我们在一次次的试验中无用地浪费。"

林月盈提出异议:"可是,做事情没有办法追求十全十美啊。实践出真知,有些时候,你不动手怎么知道合不合适呢?在我看来,就算是失败的调试也是丰富的经验,完全不能用浪费来形容……你的容错率太低了。"

"可能吧。"李雁青说，"我不像你，有无忧无虑的试错资本。"

林月盈不理解："可是有些试错成本是避不开的。"

成功就建立在反复的试验上，难道要因为一次的成功，而否决前面所有的失败，认为之前做的所有事情都是无用的吗？

"因为你不会面临像我一样的顾虑。"李雁青说，"继续吧，下次别再这样了。"

林月盈一愣，她没来由地想起那日在雪山中，秦既明站在风里看她的情景。那时候秦既明的话很少，一直是她在讲，滔滔不绝。因为她有好多好多的话要说，好多好多的东西要倾诉，她不怕自己哪一句说错，也不在乎说错、做错什么。

秦既明不同，他就像今日的李雁青，寡言少语。

林月盈低头，看着台子上连接的小灯泡发呆。

现如今还留校的人不多了，李雁青算一个。放寒假之前，李雁青一直在学校食堂里兼职窗口打饭的工作，或者收拾同学们吃剩下的碗筷。林月盈不是会关注同学家事的人，只记得李雁青家庭条件似乎不太好，还有一次撞见他在填写特困生奖学金的申请书。

现在放了寒假，李雁青似乎接了多份兼职。他上次同林月盈讲，说他周一和周五都要去公司实习上班，周六和周日的晚上还有一对一的家教辅导。

林月盈很难体会到李雁青的处境，但自从目睹了李雁青中午只吃食堂最便宜的素菜、馒头和免费的玉米粥后，林月盈买了许多牛肉干，在社团活动的时候若无其事地分给所有的同学，笑着说是哥哥公司发的节日礼物，哥哥不吃，她牙齿不好咬不了太硬的，而且害怕变胖，所以分给大家吃一吃。

林月盈的善意也不仅仅只对李雁青。

小学时候的春游，有同学带的食物只有炸馒头片和咸菜，林月盈凑过去说哇好想吃香喷喷的炸馒头片，可不可以分给她一口，她可以用自己的鸡腿和五花肉来换，最后她和同学开开心心地一起吃了两人的午餐。

中学，林月盈是班长，班上有一个家庭条件不太好的同学，网面运动鞋破了还在穿，冬天也穿着这双鞋。林月盈跑去专门买了一双新的、加绒的运动鞋，在晚自习后单独同那个女孩子悄悄讲，说哥哥粗心大意买大一码的鞋子，因为是特价款，不可以退掉了；上次量校服数据时记得她俩鞋码很接近，请她试一试，如果合适的话不如穿着让这双鞋子发挥它原本的价值。

林月盈对每个人都这样好。

偏偏……

林月盈叹气，吃着牛肉干，偷偷注册QQ小号，给校园表白墙投稿。

"墙墙你好，请问喜欢的人拒绝了自己的表白，应该怎么办呢？"

可能因为这条普通的投稿，既不像拍照寻友、大海捞针的帖子——不具备是否尊重人物肖像权和隐私权、是否算人肉、是否符合道德等争议性问题，不像"辱骂偷外卖的人这辈子毕不了业"具备共情感染力，也不像其他人投稿的"我爱上了学校门口保安""我爱上了食堂阿姨"这样极具轰动性的文字，更不像有些长篇大论小作文，隔空喊话，你来我往在墙上撕一周都不休停……总而言之，林月盈给校园表白墙的投稿石沉大海，并没有上墙的机会。

校园表白墙的皮下只真诚地给她建议。

"勇敢追求。"

林月盈想：我已经够勇敢了，再勇敢，难不成还能直接推倒秦既明？

这肯定不行。

第八章
距离，忽远又忽近

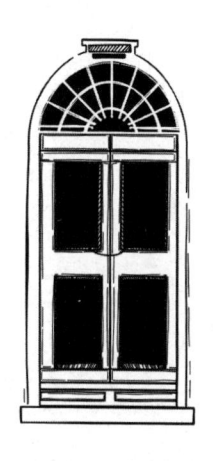

众口铄金，积毁销骨。

向秦既明所在公司投简历的事情，林月盈没有和他讲。不出所料，林月盈顺利接到面试通知，并在和 HR 及项目经理长达一小时的快乐畅谈后，成功得到了对方的肯定。

第二天，她就收到了入职 offer，邀请她成为一名实习生。

正式入职之前，林月盈还美美地做了护理和新发型。实际上，她应聘的是一个实习助理的职位，头衔还蛮不错，其实工作的主要内容是打打下手。一些工程师不愿意做的、极其耗费时间又简单的重复性工作，一股脑儿全推给她。调试机器、测试、记录，还有绘图、做 ppt、写报告……都是她的工作。

林月盈踩着六厘米高跟鞋走来走去，不出两天就磨出水泡。她先悄悄为自己心疼了一下，然后去医院含泪请医生挑破，并告诉自己："钱难挣，屎难吃。"

"话糙理不糙。"江宝珠说，"但这话从你口中说出来，怎么就这么奇怪呢？"

林月盈眼含热泪地看着她。

"你那一个月工资还不够买你脚上这双鞋。"江宝珠提醒，"你真不该自己投简历。说真的，月盈，你这事该去找秦既明，让他给你安排个更能发挥你作用、帮助你积攒学习经验的平台。"

"不要。"林月盈说，"我是一个靠谱的成年人了。"

说完，她又抬头，眼里的泪唰地一下流出："漂亮的护士姐姐，再靠谱的成年人也经不住你用力挤呀，可不可以轻点呀？"

等脚上的小水泡缓慢变硬，最终变成一层可以抠掉的干皮后，林月盈终于又见到了秦既明。

他们已经有半个月不曾见面。半个月里，他们也只通过几次电话和视频。也是这半个月，林月盈一次都没有打秦既明留给她的订餐电话，她学会了简单的煮面，还有一些其他简单的菜式。

林月盈也没有想到秦既明会过来。

彼时她刚刚下班，拎着从小区超市里买的一兜西红柿和新鲜的鸡蛋，在小区外面撞见自己那许久未见的父亲——林山雄。

林山雄没有门禁卡，进不了小区，只能站在外面等。

当林月盈刷卡进来的时候，他强硬地快走几步，掰着智能门跟在她身后，叫她名字："林月盈。"

林月盈用像死了亲爹的声音叫他一声："爸。"

林山雄来是为了劝说她回家过年，中秋节不团圆也就算了，这可是春节啊，多么重要的一个节日！他晓之以理动之以情，说他现在年纪大了，就盼着一家人团圆，没有别的想法；一会儿又说林风满现在也懂事了，知道小时候那样打骂妹妹很不好，现在林风满特羡慕其他人家都有妹妹……

"你是盼着一家人团圆，还是想着女儿大了可以工作赚钱了，不仅不用为女儿的教育、生活付钱，还能把当初女儿分到的那部分钱全都拿来还你的债？"林月盈刷卡进楼，不回头地说，"你真是打得一手好算盘。爸，你当初不该学土木，你该去学会计。"

林山雄叹气："你说这话，我的心里好难受，天底下没有一个父亲能接受女儿这样说自己。"

"别在我面前示弱。"林月盈按电梯，"天底下也没有一个女儿能接受父亲遗弃自己。"

第八章　距离，忽远又忽近

"不是我遗弃你，是你妈。"林山雄跟着迈入一只脚，阻止电梯闭合，他说，"那时候我打心眼里疼你，想养着你。你是我唯一一个女儿啊，孩子。法院把你判给你妈，我也没办法争……"

"你是没办法，还是不想争？"林月盈静静地看着他，"我妈把我放到爷爷家，一个月，你一次也没来看我。"

"可你是我亲女儿啊，我是你亲爸。"林山雄苦口婆心，"血浓于水，你没办法否认这点。小盈啊，还是亲人最重要。你看那个秦既明，嘴上说着要照顾你，现在你刚成年不久，还没毕业呢，他不还是让你搬出来了？他到底不是你的家人，不如风满……"

林月盈盯着他："你再说这种话，我就报警了。我警告你，不许随便说秦既明。"

林山雄已经挤进电梯。他身体微微伛偻，头发花白，在灯光下一照，老态横生。

"风满才是你哥，你看，这么多年，你哥天天给你发消息。"

林月盈看着电梯显示屏上的数字："是吗？给我发借钱消息也算是兄妹情的体现吗？"

林山雄噎了一下，又问："你搬出来之后，秦既明来看过你没有？"

林月盈说："你说的就像林风满天天跑来看我一样？"

林山雄叹气："小盈，你还是不肯原谅我，你还是在怪我。"

"不然呢？"林月盈费解，"你以为我们在拍苦情剧吗？拜托哎，爸，你清醒一点，我可是间接性被你遗弃的。难道你看多了杂志上的心灵鸡汤，觉得现在只要说一句父爱如山，就能抵消你曾经十几年的忽视吗？你这是父爱如什么山？富士火山啊？十几年不鸣，一鸣招人嫌？"

林山雄低头："你怨我也是应该。"

叮！到了。林月盈大拇指按住智能门锁，指纹识别成功，她推开门，林山雄还跟在身后。

他说:"我本来是不想管你的,可听你哥说,你在学校里和一个穷学生走得很近,我觉得这样很不好。月盈,你现在还年轻,肯定想有情饮水饱,但爸爸告诉你,你看上的那个男生,家庭条件太差了,他父母都是残疾……"

门彻底地开了。

林山雄所有的话,在看清旧房子沙发上的人时哽在喉间。

林月盈也愣了。

她说:"秦既明?"

秦既明看起来应该是刚从公司过来,羊绒大衣顺手挂在林月盈的那个可爱树枝形状的挂衣架上。他穿着米白色的圆领上衣,他肤色极白,这样干净浅色的衣服很衬他的肤色,灯光下,更有君子如玉的质感。

林月盈没瞒着他,一开始以防万一,也录了秦既明的指纹。

秦既明走近,微笑着捏了捏林月盈的脸:"锅上还煲着老鸭汤,等一会儿才能吃。你要是饿,先去吃点炸春卷垫垫肚子,是阿姨做的春卷,不是半成品。快去洗手。"

不动声色地将林月盈支开后,秦既明才和林山雄握手,态度和煦亲切:"叔叔今天怎么有空过来?"

林山雄比秦既明大十六岁,如果不是林爷爷和秦爷爷的交情,他们未必能有机会认识。

对着这样一个前途无量又有坚实后盾的晚辈,林山雄不自觉矮了一头,人也短了几尺:"……好长时间不见月盈了,想她,来看一看。"

秦既明恍然大悟,说:"原来是这样。刚刚听您的语气,我还以为您是听了什么风言风语,不分青红皂白来骂月盈。"

林山雄干笑。

"不是就好。"秦既明松了口气,"我就知道,林叔叔和那些倚老卖老、仗着有点血缘关系就横行霸道的人不一样,您也绝对不是那种不想养女儿还想要女儿听话的东西。"

林山雄尴尬地笑："对，你说得可真对。"

"月盈这孩子，一直念着自己住，想要体验独居的感觉。"秦既明微笑，"我劝不动她，想着她很有追求，也是好事。等休假了，我才有时间拎着东西来看看她。林叔叔，您也是这么想的吧？嗯？"

秦既明后退一步，笑："林叔叔，您是不是把给月盈带的礼物忘后备厢了？"

林山雄尴尬地摘下眼镜，从口袋里掏出一张纸巾，不安地擦拭，动作来回间也不看他："这个……"

"我明白。"秦既明露出了然的笑，拍一拍林山雄的胳膊，"您是觉得月盈年纪大了，怕选的礼物不合她心意，所以打算转账给她对不对？"

林山雄："啊哈哈，哈哈。"

秦既明说："真是可怜天下父母心啊。"

林山雄迈入林月盈的房子。

林山雄离开林月盈的房子。

林山雄账户余额扣减 10000 元。

林月盈账户余额增加 10000 元。

餐桌上白瓷锅里的老鸭汤炖得可口，秦既明处理得好，大部分油脂都被撇去，清淡又养生。

林月盈捏着白瓷勺喝汤，闷声："我才不稀罕他的钱。"

"你稀罕不稀罕是一回事，他让你心烦了，你也要让他出出血。"秦既明淡淡道，"他来烦你多久了？"

林月盈低头："今天还是头一回。"

秦既明不喝汤了，看她："别骗我。"

"我什么时候能骗得过你？"林月盈嘟囔，"我是你教出来的。"

此话不假。

秦既明说:"十八天前,晚上七点十五分,你刚骗过我。"

林月盈努力回想,时间点很具体,可惜她不是超忆症,完全记不得那日发生了什么。

"你说普通同学约你出去玩,"秦既明提示,"没说是和男同学单独在教室中玩了一天。"

林月盈恍然大悟:"啊,你说那天啊。"

她强调:"我们那不是玩,是社团活动,社团活动!"

秦既明开口:"你同我讲,是约你出去玩。"

"玩"一字,咬的重音。

林月盈辩解:"那也是出家门了!只要离开家,我都会把它称作出去玩。"

"强词夺理。"秦既明看她认真解释的模样,抬手用大拇指仔细抹去林月盈脸颊上沾的一小粒花椒壳,那是她刚刚夹细丝豆条时不小心溅到脸上的。把它抹干净,秦既明抽纸巾擦了擦手,宽容地笑了,"你啊,我就知道,三分钟热度。"

林月盈小口喝汤。

"你爸刚才提到的男同学也是他吧?"秦既明说,"我好像有点印象,你之前是不是提到过?叫什么?好像姓李——"

"才没有。"林月盈澄清,"我爸不知道从哪里听到的,捕风捉影。"

"也是。"秦既明颔首,凝视林月盈,忽而笑了,柔声说,"慢慢喝,别着急,锅里还有。"

三分钟热度,的确也不足为惧。

况且,家庭不富裕的优等生,也会更理智。

秦既明不留宿,只问林月盈,今年过年要不要和他一块儿去何涵那里过,并表示何涵很想林月盈。

第八章 距离，忽远又忽近

在林月盈搬走之后，秦既明也去看了母亲几次，都是略微坐了坐，聊聊天，有次饭也没吃就走了。多么尴尬，亲生骨肉，怎么努力也找不出可以完整沟通的话题，倘若林月盈还在，有她打趣逗乐，还会好一些，大家还能说说笑笑。

有她在的时候，所有场合都是愉悦的。林月盈不在，秦既明同母亲的沟通交流也带了点疏离的味道。性格太过相像的人未必能聊得上天，就像秦既明与何涵。秦既明说不勉强，如果林月盈想一起过年，他就来接她；如果林月盈不喜欢，那他来陪她。

都一样。

秦既明骨子里还是有些传统，换一种说法，叫古板。譬如春节这样的节日，他还是更希望能和家人在一起。这个家人，指的是他所认可的家人，而非血缘上传统意义的那个家人。

林月盈自然是一口答应。她和何涵的关系很好，又美滋滋去挑选了送给何涵的礼物，传统的阿胶、近期发掘的好用的面膜、某品牌口红的新色号、某品牌出的很难抢的丝巾——后者还是林月盈拜托熟悉的店员预留的，为此她还配了不少东西……都是她精心挑选，认为何涵会喜欢的实用性的东西。

秦既明把自己的副卡给了林月盈，林月盈用得谨慎，基本上只会为自己花钱。这些送何涵的礼物，还是从她小金库里拿出来的。

秦既明说："怎么不刷我的卡？你辛苦工作不容易，第一个月的工资意义更高，应该留着。"

林月盈说："你不懂，送礼要真心。哼，怎么你们一个个的，都要拿我的工资说事吗？我现在是实习生耶，工资低怎么啦？钱不是我最主要的追求，学习经验才是……"

秦既明敏锐："谁还讲你的工资了？"

林月盈对着车上的小镜子将自己额头烫弯的一小簇卷发小心翼翼地推一推，又卷一卷。

"小珠珠啦。"林月盈随口说,"不然还能有谁?"

她开门下车。

"秦妈妈——"

何涵对林月盈挑选的礼物赞不绝口,尤其是她带来的那条丝巾。她拆开包装盒,眼前一亮,立刻让林月盈给她系在脖子上。

"刚好,我前几天刚买了一个丝巾扣,正想过段时间去买条丝巾搭配呢,月盈就带过来了。"何涵捏捏林月盈的脸,笑,"真是我的贴心小棉袄。"

林月盈认真帮她调整着丝巾扣:"是秦老师教得好。"

"你可别说他了。"何涵摇头,抬手刮了刮林月盈的鼻子,亲切地问她,"月盈,和我讲讲,怎么突然搬走了?"

因为我胆大包天向他告白,惨遭拒绝。

这种话肯定说不出口,林月盈半真半假地试探着,只说自己现在想要提前适应独居,毕竟不能让秦既明养她一辈子。

何涵只是点头。

"也是。"何涵说,"你毕竟不是从我肚子里出来的,你秦哥哥又一直不结婚……唉,有些话其实不应该和你说的,但就是有人乱编话,什么难听的东西都说出来了,现在报纸杂志也不可信,也是天天乱写……搬出去也好。反正,无论如何,你们俩的生活你们自己把控。"

林月盈不笑了,依赖地抱着何涵,脸贴在她脖颈处,蹭了蹭,轻声问:"有人说很难听的话吗?"

何涵笑了,摸着她的头发:"好孩子,身正不怕影子斜。我知道你是个好孩子,咱们不理那些风言风语,啊?"

林月盈没有听过什么难听的话。她性格好,交的朋友多,从小到大,没有一个朋友、一个同学、一个老师或者长辈说她不好。大约是因身世坎坷,许许多多的长辈在面对她时,不免都带了几分怜爱。

林月盈为了拯救哥哥才出生,父母生她天生就不是为了爱她,只

第八章　距离，忽远又忽近

是想要她的脐带血来救真正爱的那个孩子。父母离婚后，她一个"不能传递香火"的女孩子，不被父亲接纳，想要远走的母亲也认为她是拖油瓶。但无论是爷爷，还是秦爷爷、秦既明，都在竭尽所能地照顾她，在家庭成员构成不够传统的情况下，仍旧尽可能地好好照顾她、疼爱她。

林月盈认为自己是在爱里长大的，所以她要会爱其他人，和其他人做朋友。

也正因为这个特质，她很少会听到一些……负面的话语。

譬如秦既明单身至今，没有女友，屡次拒绝相亲，而林月盈青春正茂，年轻漂亮。

美丽本身并不是罪，但在男人眼里，口中的美丽是带着罪的，好像如果这种美丽不能为他们所采撷，那就要编出无数肮脏的流言来抹黑。

好像只要往一朵怒放的昂贵玫瑰泼脏水，他们就能以低廉的成本得到她。

年夜饭刚结束，看春晚的时候，林月盈"逼问"红红，才得知了一些不堪的话。

"……我也是听人说的，有人在家庭聚会上，开玩笑似的，提了一句。"宁阳红慢吞吞地，她不想伤害到朋友，斟酌着语言，"嗯，反正，就是有人说，你和秦既明有不好的关系，说他不结婚也是因为这个……你放心，我已经把他骂回去了。"

何止是骂。

宁阳红叫了宁晨青，兄妹齐心协力，把那个喝了酒乱讲话的堂兄摁着一顿爆捶，兄妹混合双打。现在，春晚在一旁播着，宁阳红还在罚抄呢。

"不要管。"宁阳红言辞恳切，"我相信你们是清白的。"

林月盈犹豫："对不起啊，红红，我可能要辜负你的信任了。"

宁阳红一边龇牙咧嘴，一边惊讶地啊出声："什么？什么？你和我讲清楚，大半夜的不要说这种语焉不详的话吓我啊啊啊。"

林月盈放低声音："是秘密，那个，其实是我想对秦既明不清白。"

宁阳红说："打住哈！才刚为你出头的人听不了这话——你让我先冷静一晚，明天，明天我去找你！这事太大了月盈，咱们必须当面谈！"

林月盈放下手机，转身看到秦既明正用大瓷盘端着十来个层层叠叠码在一起的佛手，往客厅中桌子上摆。

她不知道流言蜚语已经开始了，但能猜得到，恐怕那些人说的，要比红红讲的更恶劣。

事实也果真如此。

林月盈越长越好，秦既明又是风度翩翩、血气方刚的年龄，日日夜夜和一个青春如花的女孩子住在一起，他还婉拒所有示好和相亲。这是让人浮想联翩的根源。

其实起初这样讲的人不多，今年九月份才渐渐地多起来。

众口铄金，积毁销骨。就连阮玲玉，也在遗书中写"人言可畏"。

不过这些话也就那些不务正业、天天泡吧的人提，但凡正经点儿的，没有在公共场合说这事。大家都知道秦既明行事正派，不会做这种下三滥的恶心事。

宁阳红需要冷静，林月盈也睡不着。她坐在客厅的沙发上，身上披着一张何涵送她的盖毯，看着电视上播放的电影守岁。

何涵早就去睡了，请来的阿姨也回家过年了，林月盈安安静静地坐了没一会儿，秦既明过来了。说来也奇怪，那么多佛手就放在林月盈不远处的茶几上，她却什么都嗅不到。秦既明走来，林月盈顿觉鼻翼间都是淡雅自然的佛手香。

秦既明坐在她身旁："怎么还不睡？"

林月盈老老实实地说:"我想守岁,祈求何妈妈身体健康,青春永驻。"

秦既明知她这不是场面话,坐在她旁边,顺着她的视线看,电视上播着一部电影,《乱世佳人》,是林月盈自己翻出来的一部十分经典的爱情电影。

电影很长,正播放到斯嘉丽守寡,在舞会上闷着,想要跳舞却不能跳舞的场景。

一身规矩的黑约束着她,斯嘉丽焦躁不安地在悄悄地用脚起舞。

秦既明陪她一起看。他鲜少看电影,无论是爱情或者史诗叙事,他很少会通过视听娱乐来放松。

这部旧电影也并不难懂,他们一起看,看白瑞德花大价钱来购买和斯嘉丽跳舞的机会,看众人对他们的举止议论纷纷、交头接耳,看两人无惧流言地热烈跳舞。

林月盈喃喃:"人言可畏。"

秦既明笑,抬手习惯性地捏了捏她脸颊,煞有介事:"月盈开始思考人生哲理了?"

"其实不是人生哲理。"林月盈发呆,"就是觉得斯嘉丽好可怜啊,周围人觉得她无论做什么都是错的。"

"错不在她,"秦既明说,"是当时的社会容忍度低,对女性的要求高,容不得她们犯一点错,甚至不用说犯错,是容不得她们做出任何和主流相悖的事情。"

林月盈有些出神,说:"啊,容忍度低,容错率低……你的话让我想到一个同学,他也是这么和我讲,说他不允许出现会浪费资源的错误。"

秦既明不动声色:"哦?"他原本在亲昵地揉拍她的脸颊,伴随着这一句话,手下力道不自觉加大,拍得林月盈感觉脸颊有点痛,像一颗不安分的烟花炸开,麻麻的,好像在受责罚。

林月盈说:"秦既明,你弄痛我了。"

秦既明放开手,歉意满满:"对不起。"

他从茶几上捏了几个葡萄,作为赔礼喂给懒洋洋半躺在沙发上的林月盈,问:"什么同学?"

林月盈说谎:"就是普通的同学呀……啊,对了。"

她转移注意力,问:"你有没有听到一些很可怕的流言啊?"

秦既明专心投喂葡萄:"什么流言?"

林月盈说:"你和我的流言。"

她微微往后躺,用漂亮的、诚挚的眼睛望秦既明:"流言说,你这么久了还不结婚,是因为我。"

秦既明失笑:"很离谱。"

"还有更离谱的,你要不要听?"

林月盈倾身,主动咬上秦既明喂她葡萄的手指。

她感觉到秦既明的手僵住了。

这双刚刚轻轻拍打她脸颊的手,此刻被林月盈若无其事地舔了一下,卷走甜甜的葡萄,好像这只是一个意外,只是吃葡萄的时候不小心舔了一下他的手。

没有眼神挑逗,没有视线交流,她只是太爱吃葡萄了,能有什么错误呢。

林月盈重新躺回去,裹着毛毯陷入软绵绵的沙发。

她用轻松的语气说:"他们还讲,说你和我早就在一起了。"

白瓷盆中注满清水,用黑灰素石头子儿拢着一株袅袅亭亭的水仙,水面上开着淡淡的花。电视侧的花架上,错落摆着两株兰花,在紫砂花盆中抽着淡绿色、带花蕾的嫩芽。这是家中在冬天习惯性摆的花朵,是传统的自然植物香。

他的手指带了一点温热的潮气,说:"不许说这些。"

"为什么?"林月盈说,"我只是完整地复述他们的流言。"

她又讲:"而且你好严苛啊,秦既明,你不讲这些,也不许我讲。讲讲又能怎么样?"

秦既明叹气,捏住她的脸颊,要她看向自己:"你当然可以讲,但发泄情绪有很多种方式,不一定要用这种自毁的方式。"

林月盈伸手把他捏住自己的手腕硬生生拉下去,反驳道:"你也知道是发泄情绪,又不是真的。"

秦既明重重地弹了一下她的脑袋,弹得她发痛:"没大没小,谁教你这样和我说话?"

林月盈捂住额头:"外面对你这样说话的人也不少吧?"

她后知后觉:"你不要转移我的注意力,我们明明在讨论那个流言。秦既明,我不信你没听过。"

秦既明简短概括:"身正不怕影子斜。"

林月盈想,我可不正,我的影子都要扭曲得不可名状了。

电影还在播着,残酷的南北战争、混乱的人群、庄园化作焦土、什么名誉什么尊严什么礼仪要求……都没了。

已经是凌晨一点钟,隐约能听到人偷偷放烟花鞭炮的声音,这是新年的伊始。

秦既明说:"你和我都是清清白白的,不用怕外面人怎么说。"

林月盈点头,说:"你说得很对。"

他们默契地不去提之前那场错误的告白,好像他们走后那些痕迹都被洁白的鹅毛大雪完全覆盖,只留下一片空寂干净的白。

林月盈一定要守岁,看完电影她还不困,只记得斯嘉丽眼睛含着泪,怀有希望地说:

Tomorrow is another day.

(明天是新的一天。)

秦既明在一旁打盹。他和林月盈不同,白天开车之余还有一些惯常的往来,靠在沙发上熬不住,等林月盈再看他的时候他已经昏昏沉沉地睡过去了。林月盈在他的旁边抱着抱枕,握着遥控器又打开下一部电影。

一晚上,她看完了《海蒂和爷爷》和《普罗旺斯的夏天》。电影放完的时候,秦既明还在睡觉,林月盈凑到他耳侧小声叫他:"秦既明,秦既明。"

秦既明醒了。

"五点啦。"林月盈指指时间提醒,"刚才我听到楼上有声音,你妈妈快醒啦,不要让她知道你在守岁时偷偷睡觉喔。"

秦既明无奈地笑了:"好。"

半梦半醒,他仍旧有些困,还有点梦的余韵,不能近距离看林月盈,于是轻轻一拉盖在腿上的毛毯,往上提了一下。

清晨的第一顿饭要吃饺子,也就是俗话中说的"五更饺子"。阿姨昨晚就包好了素饺,一个一个地放在冰箱里。秦既明缓了缓,起身去厨房中煮饺子。

林月盈还在叽叽喳喳。她是不进厨房的主儿,如今在秦既明家中,有了他做饭,她更是不会动手。

按理说,守岁守一夜的人都要犯困,但林月盈不会。她格外地清醒,不仅不困,还喋喋不休地同秦既明讲电影中的故事。秦既明睡得早,没有陪她看完整部电影,林月盈便为他讲后续的剧情,讲白瑞德多么迷人、斯嘉丽多么坚强勇敢……

"不要告诉我,你现在迫切地想要找一个历尽千帆的人谈轰轰烈烈的恋爱。"秦既明煮开热水,"你啊。"

后面那一句是叹息。

林月盈端着冻饺子,站在他身侧,眨眼:"我表现得有这么明显吗?"

第八章　距离，忽远又忽近

"三岁看到老。"秦既明将火调小一些，从她手里端走饺子，冷静地看她一眼，"你什么脾气，我还不知道？十二岁时看《霸王别姬》，看完后恍惚了好几天告诉我，你如果是男的就好了；十五岁时看《游园惊梦》，半夜里敲我门，问我一些莫名其妙的问题。"

林月盈吃惊："有这事？"

秦既明转身，哗哗啦啦把冻饺子下锅。他想起那日在 iPad 上不慎看到的浏览记录，那些隐晦的小说。

他说："有，你一直这样。"

沸腾的热水滚着冻饺子。

林月盈却不记得这些，她是个兴趣广泛的人，兴趣广泛意味着她乐于尝试很多很多种新事物，但每一种都钻研不深。

除了现在的学习。

她并不认为这是一件坏事。人生嘛，总要多多尝试，很多东西你不试试，怎么知道合不合适呢？如李雁青评价的那样，她是一个高容错率的人，有大把的、丰富的试错资本。

早上吃了新年饺子，何涵大方地给林月盈压岁钱，笑着说："希望月盈明年可以早点带男友回家。我如今已经不指望能看到准儿媳了，倒是很乐意能看到你带回一个'准女婿'。"

林月盈撒娇卖乖，揭过此事，回到卧室倒头就睡，睡到十一点钟才起床。她草草地穿上衣服，开车去见宁阳红和江宝珠。

其实玩伴组中不止她们俩，还有一个周芝华，但周芝华在大一下半年时通过测验，应征入伍，成为一名女兵，等服完两年兵役后还打算继续考军校，所以平常基本见不着她。

和她们的规划不同，且周芝华无新年假期，小姐妹们只在除夕夜视频了一会儿。

林月盈也没打算把这件事告诉周芝华，免得她在外为此担忧。

"所以你觉得我们就不会担心啦？"宁阳红焦躁地走来走去，"你疯啦？你疯啦？你真的……林月盈，拜托你想想清楚啊，那可是秦既明！"

林月盈一身白，缩在角落里，眼下有一层淡淡黑眼圈，看起来瑟瑟发抖，可怜兮兮，任宁阳红疯狂讲话，大气都不敢喘一个。

江宝珠成熟稳重，规劝道："遇事要冷静，千祈唔好发茅啊。"

宁阳红狠狠瞪她："我听不懂，讲普通话。"

"遇事要冷静，不要惊慌啦。"江宝珠宽慰，"饮杯凉茶先啦。"

宁阳红坐下，大声地说："林月盈，老实交代，什么时候开始的？"

林月盈往江宝珠怀中一倒，委屈地说："喜欢就是喜欢嘛，我也没办法。"

宁阳红双手敲桌："我问你什么时候？"

她们订的是一家粤菜店的包厢，很安静，没有其他人。

林月盈吞吞吐吐："就刚开学那阵嘛，我觉得自己喜欢上秦既明了……不过他拒绝了我的表白。"

宁阳红又气又痛心："你真是在作死啊林月盈。"

"唔使惊，我会保护你葛。"江宝珠抱着林月盈，轻轻拍拍她的肩膀哄她，"我可以挨闹，但系我嘅BB一定要开开心心返屋企。"

宁阳红呵斥："宝珠，不许纵容她，你应该和我站在同一战线。"

江宝珠沉着冷静："不要。作为过来人，我深刻理解林月盈此刻的心情。"

宁阳红说："……物以类聚，一蠢蠢一窝。"

她说："月盈，说真的，你知道你这个决定意味着什么吗？你知道你很可能会因此饱受非议，就算以后你和秦既明在一起了——大家只会觉得那些肮脏的传闻都是真的，你可是秦既明一手带大的。"

宁阳红又气又心疼，眼泪在眼眶里打转："难怪上次在长白山，你一直在哭，原来……"

她没有问更详细的。

第八章　距离，忽远又忽近

林月盈依靠着江宝珠，伸手讨好地去摸她："红红，好红红。"

宁阳红无声叹气，还是握住了林月盈的手。

作为同样单恋上年长者的同龄女孩子，江宝珠完全支持林月盈继续将追求进行到底——前提是秦既明能接受林月盈。

宁阳红对林月盈的单恋持严格的反对意见，无论是年龄还是身份，她都无法接受这种喜欢。

但她也做不了什么。她总不能为了保护好友，啪嗒一枪打死秦既明；她也不能去向孟婆讨一碗汤，给林月盈灌下去。

只有一点，是所有人都达成一致的：在秦既明接受林月盈的喜欢之前，务必、一定要严格保密，不能让任何人知道林月盈的心意。这也就意味着，林月盈不可以光明正大、大张旗鼓地追求秦既明。

"肯定的啦。"林月盈叹气，"现在他都开始和我避嫌了，一旦我真的闹到很大……以秦既明的性格，说不定我俩连见面次数都要少到可怜了。"

"啊……"

宁阳红叹了口气，片刻，她又抬头："对了，有件事我忘和你讲了，关于你和秦既明，那些乱七八糟的流言……嗯，我是听我堂哥说的，他和我讲……"

四下看，没有人，宁阳红才低声："是孟家忠喝多了讲的。"

"孟家忠？"

雪后的庭院中。

"嗯，好，谢谢你。"秦既明站在廊下，"麻烦你了，改天请你喝茶。"

"好，再见。"

通话结束，秦既明看着林月盈从外面跑过来。

过年林月盈穿着雪白的裤子和鞋子，上身套了一件正红色的羊绒

203

斗篷，看着特别喜庆。外面冷，她有点受不住，跑得很快。

林月盈脚下一个趔趄。雪化了又冻，这一块被冰封过的路比寻常更滑。秦既明眼疾手快，伸手扶住她，才避免了跌倒的惨剧。

"谢谢。"林月盈一头撞进秦既明的怀抱里，庆幸着开口，"幸好有你，不然我这脸要破相了。"

她刚吃过冰糖葫芦，唇上还沾了些糖浆，表面看不出来，只是一张一合间，能清晰地看到她的唇有被糖微微粘过的痕迹。

秦既明看她脚上的鞋："现在又化雪又上冻的，少穿这种运动鞋，滑。"

"嗯呢。"林月盈笑眯眯，"对啦，秦既明，你以后在外人面前睡觉也注意一下，做梦要小心，别做不合适的梦。"

秦既明微怔，林月盈一猫腰，从他胳膊下钻过去，如一朵柔软的云，轻盈地跑掉了。

秦既明是个很护短的人，或者说，有些过度纵容。

小时候林月盈迷上手工，会剪掉秦既明衬衫上的扣子，美滋滋地收集起来，给她的洋娃娃和毛绒玩具们做漂亮的项链和手链。

自从发现她的小爱好后，秦既明在选择衬衫时会留意下那些纽扣，选那些可能会被她剪掉的、她会喜欢的精致纽扣。

后来她学音乐、打篮球、踢足球，哪一种爱好都坚持不长久。秦既明精心为她选择了老师，购买了装备，花费巨多，但林月盈学一段时间就失去兴趣，苦着脸可怜兮兮地问秦既明，可不可以不学了。

当然可以，她做什么都行。

林月盈不需要靠技能来谋生，这些不过是能令她精神世界丰盈、现实生活充足的东西，既然已经对她造成负担和心理不适，再坚持下去，岂不是本末倒置。

秦既明一直这样想，一直如此溺爱她。

第八章 距离，忽远又忽近

爷爷结交的朋友多，秦既明也常听爷爷同那些老朋友谈天说地。其中有一个研究心理的教授，在育儿这件事上颇有心得，提到过一个观点，说不能将严厉的责罚和辱骂包装成对孩子的爱，否则，当孩子择偶时遇到同样以暴力对待他（她）的人，也会误认为这是一种爱。

这个观点给秦既明留下了极为深刻的印象。

秦既明牢牢记住这些，又和爷爷一同细心地照顾着林月盈，照顾着这个家里唯一的小女孩，宽容她的错误，给她尽可能多的爱和照顾，教她如何分辨是非对错，教她如何正确表达自己的善意，如何勇敢去爱别人。

秦既明没想到，他教过她的东西，有朝一日会被她拿来用在自己身上。

幸好她头脑清醒得快。

秦既明还需要抽出时间来处理这些流言的根源——孟家忠。

找到孟家忠的时候，他正在酒吧的内场喝得很开心。秦既明是一个人去的，穿着黑衬衫黑裤子，戴了一双柔软的黑色小羊皮手套——林月盈买的两副其中一副，同样的黑色，同样的男女款式，是她为了能买到心仪小包包的配货。

秦既明平时戴这双手套的次数不算太多，毕竟平时工作用不着动手。孟家忠和他的狐朋狗友已经喝了一瓶了，正在开第二瓶。音乐声开得很大，七个装扮成兔女郎的女孩子举着灯牌，正在跳舞，庆祝他又点了一份酒。酒瓶放进透明玻璃柜的冰块中冰镇着，冰块和空气接触产生了冷凝珠，孟家忠扯着身边的女孩要她陪着喝酒。

"家忠。"

孟家忠听到这个动静，愣了愣，哆嗦着转身看到秦既明，嘴唇突然变得煞白："既明叔。"

孟家忠虽然和林月盈相差几个月，但在辈分上却矮了一级。他和林月盈还好，同年出生，虽然名义上该叫一声姑姑，平时也都是直接称呼名字。

对秦既明不行，他还是要老老实实地叫一声叔。

孟家忠的狐朋狗友里有两人是发小，也认识秦既明，恭恭敬敬地叫一声叔叔好。秦既明点头，示意孟家忠跟自己过来，表示自己有事要对他说。

孟家忠不想走，也不敢不走。比起在大庭广众之下丢脸，明显还是听秦既明的话更好，至少他还会保留一点不值钱的颜面。

酒吧在十三楼，乘电梯往下到十一楼，有一个餐厅，孟家忠跟着秦既明进了包间。

秦既明说："关门。"

孟家忠听话地关门，一转身，被一巴掌重重打在脸上，抽得他后退两步，后脑勺重重地撞在门上。

孟家忠瞬间被打蒙，他捂着脸直挺挺跪下，哭着说："既明叔，既明叔，我错了。"

房间里的窗户是开着的，窗玻璃隐约反射出警车顶部的光，一蓝一红，一红一蓝，闪闪烁烁。为了防止出意外，也是为了加大安全巡逻，在一些较大的娱乐场所门口，都会停着几辆警车。

秦既明坐在孟家忠跪伏方向的椅子上，心平气和地问："你知道我来找你做什么？"

孟家忠一路跪着，磨蹭过去，懊恼不已："对不起，既明叔，小江都和我说了。八月份，我不是和月盈姑姑闹了点小别扭吗？那时候我心里面憋着气，也没处撒。吴见春那个王八羔子哄着我喝多了酒，我嘴上没个把门的，就……就……"

他神色讷讷，不敢继续往下说，期期艾艾地抬头还没看清秦既明的脸，又是一巴掌重重抽在他脸上，抽得他整个脸都偏过去，鼻下湿热，伸手一触，一手的血。

第八章 距离，忽远又忽近

"原原本本地说。"秦既明平静地说，"别让我一句句地问。"

孟家忠捂着脸，艰难开口："是我心里面生气，就说了些不好听的话，我说月盈姑姑神气什么，再神气不也是你养的……我还说你这么久没有女朋友，肯定早就和她勾搭到一块儿了。"

秦既明抬手，拽着他头发往后重重一压，在孟家忠叫出声的时候，抽了他四个耳光。

孟家忠疼哭了："叔，叔，我都老实说了。"

秦既明说："你说的话太难听了。"

孟家忠痛得龇牙咧嘴，也不敢大声号。等秦既明一松手，他自个儿狠狠地抽自己，一边抽一边骂，抽得两手都酸了，秦既明才抬腿，用鞋尖顶着他的下巴，脚腕用力往上一抬，冷静地看一脸鼻血和着眼泪的孟家忠。

"看在你叫我一声叔的份上，"秦既明说，"给你两个选择：一、继续造谣，等着我的律师上门亲自拜访你的父母，问问他们更喜欢在哪个区的法院旁听；二……"

"我选二。"孟家忠捂着脸，忙不迭点头，"叔，叔，我选第二种。"

秦既明放下腿，顺手拆了桌子上的一包纸巾。

"二、从现在开始，你听到谁还在传月盈的谣言，说她的不是，"秦既明抽了纸巾，仔仔细细地擦拭着孟家忠脸上的鼻血和眼泪，温和地说，"就像今天我对你这样。知道该怎么做了吗？"

孟家忠点头："知道，知道。"

"早知道该多好。"秦既明叹气，摘下手套，重重用手套抽了两下他的脸，"非得长点教训，不听话。"

孟家忠还在跪着，又狠狠抽自己的脸："怪我，都怪我喝酒后这一张破嘴，都怪我……"

他打自己时的声音更响亮，秦既明站起来，头也不回地往外走。

羊皮手套没弄脏。

初一和初二这两天，还是住在何涵家中。

何涵昨晚的旁敲侧击，秦既明听得明白，也只装不明白。跨入家门的时候，客厅里欢声笑语，林月盈脱了鞋子光着脚踩在沙发上，依偎在何涵怀里。大屏幕上放送的电影不过是俩人聊天时候的背景音，林月盈还在聊自己学校社团里面的趣事。秦既明知道林月盈的那张嘴有多么神奇，一些无聊的东西，经过她的口，都会变得跌宕起伏。

何涵笑着叹息，说这么好的姑娘，不知道以后要便宜了谁家小子，一扭头看到刚进屋的秦既明。

"既明，你去哪儿了？"

缩在她怀里的林月盈也探出脑袋。

"出去见老同学了。"秦既明说，"喝了些酒。"

林月盈问："男同学还是女同学呀？"

秦既明站在原地："男的。"

何涵露出失望的神色："你也该多和之前的女同学联系联系，上学时期的同学情谊是最珍贵的，如果能发展出爱情，也是最纯洁……"

"妈，我累了。"秦既明说，"我先回去休息。"

何涵摆摆手："去吧。"

怀抱里，林月盈主动贴着何涵，劝她，说别着急呀，秦既明有自己的主意呢。

"我知道您担心他的感情生活，但这种事急不来。"林月盈说，"说不定秦既明的女朋友远在天边、近在眼前，忽然有一天就落您怀里了。"

何涵捏着林月盈的手，愁容满面："你说的也是。唉，这孩子，让他谈个恋爱，又不是要他的命。况且，我也没有别的要求，只要是个女孩子，他想要什么样的都行，我绝对不说一句反对的话。"

林月盈僵了僵，仍旧顺从地贴靠着何涵，闭上眼。

第八章　距离，忽远又忽近

林月盈本想着找孟家忠算账，但不知怎么回事，怎么都找不到孟家忠的人影。红红拜托了自己的哥哥去问，到最后也只说，孟家忠好像是去上海玩了。人不在这里，林月盈准备好的教训也没地方使，转眼春节假期结束，林月盈又要继续去上班了。

节后返工的第一天，林月盈在公司里加班作图。学校里教授的知识的确跟不上软件的最新迭代，一张图让她不得不加班，晚餐也是在公司里吃的。林月盈点了汉堡套餐的外卖，匆匆吃完，又接着作图，一直到晚上八点半才做完。

秦既明打电话，说他的车就停在公司楼下，让她加完班后过去，他开车送她回住处。

林月盈纠正他："是回我家。"

秦既明说："没有我，也算是你的家？"

谈话间，林月盈等到电梯，她若无其事地说："怎么不算呢？等我成家立业，找到男朋友结婚，不就是我家了吗？"

不等秦既明回答，她又说："我进电梯了喔，信号不好，先挂了。"

林月盈拎着自己的漂亮宝贝小包，踩着高跟鞋出了公司旋转门。

黑色的车闪了闪灯。林月盈脚步轻快地上了副驾驶，低头检查，她两天前偷偷缠在副驾驶安全带小樱桃上的头发还在。

秦既明说："送你回住处。"

林月盈纠正："送我回家。"

秦既明淡淡："你现在还没成家。"

林月盈说："说不定很快了呀，爱情这种东西，总是很突然。现在追我的男生能站满一整个篮球场，或许我明天就和其中一个对上眼。"

秦既明说："又不是挑选宠物，林小公主，请你慎重对待你那丰沛的感情。"

"怎么？"林月盈不系安全带了，双手撑着往秦既明方向倾身，她睁大眼睛，嘴唇离他脸颊不足两厘米，微微仰脸，"你忽然对我的感情

209

生活如此在意，该不会是发现你其实完全舍不得我吧？还是——"

秦既明眯着眼睛，抬手捏住她的脸，阻止她继续说下去："别胡说。"

林月盈笑了，拍开秦既明的手："我和你开玩笑呢，你看你，耳朵尖尖都红了。"

她泰然自若地坐回副驾驶，若无其事地系安全带："就算你舍不得我也没办法了——前段时间，我头脑发热说了好多怪话，你别放在心上呀。"

秦既明问："什么怪话？"

林月盈皱着鼻子，一副头好痛完全不想再提的模样："啊啊啊不要作弄我，不要逼我再重复一遍，我脸皮薄。"

秦既明说："我是真不记得了。"

林月盈歪着脑袋，看他。

"可能是年纪大了，"秦既明静静地说，"很多话我都不记得了。你对我说什么怪话也不要紧，我都不记得。"

林月盈还穿着厚外套，没脱有点热，她的身体在悄悄地发汗。

秦既明将车内温度略微调低一些。

林月盈松了口气，说："真好，我的心理负担也没那么重啦。"

秦既明略颔首，微笑："这样最好。"

停顿几秒，他又说："工作累不累？"

林月盈舒舒服服地靠在椅背上，暖烘烘的热风吹在她脸上，她开始打哈欠，局限性地伸了个不太舒坦的懒腰："还好啦，很充实。"

秦既明说："不喜欢现在这个职位，就和我讲一声。"

林月盈说："我还记得有人教育我，不可以假公济私。"

秦既明纠正："这叫物尽其用。我带的那几个人，刚好也缺助理，昨天就挂了招聘公告。"

"不要。"林月盈果断拒绝，"我现在已经改主意了，我不要扒着你

第八章 距离，忽远又忽近

生活一辈子，我想要靠自己的成绩说话。"

"有志气，你的实习还剩下不到半个月的时间。"秦既明说，"也行。"

有志气的林月盈还是困，加班后的她真的太累太累太累了。还没出象牙塔的大学生，平时在学校中，为了热爱而熬夜也就算了，为了工作熬夜，这种痛苦难以言表。

人人都想把热爱变成工作，可一旦变成工作后，人们都会在压迫、不自由的机制下逐渐丧失热爱。林月盈懵懵懂懂，这是她踏入社会的第一步，甚至只是第一根脚趾。

她在秦既明车上倒头就睡，等秦既明将车子开到她小区车库的时候还没醒。

秦既明在安静的车库中耐心等了一阵。

毕竟是有些年头的小区了，设施不够完善，住在这里的年轻人不多。这个时间点，车库里没有一个人，安安静静的。秦既明叫了两声"月盈"，无人回应。

她睡得很沉。

秦既明凝神想了一阵，将车又从车位上倒走，往家中赶。

到了下车时，林月盈还是困的，叫了一声秦既明的名字，很听话，就是不动。

秦既明解开安全带，将她拦腰抱起，往电梯的方向走。秦既明有些感慨，已经想不起上次这么抱她是什么时候了。

秦既明意外地发觉林月盈其实还是那么轻，或者说，比他想象中更轻。她已经长这么大了，抱起来和小时候似乎没什么区别；习惯也是和小时候一样，半梦半醒的时候会叫他。

"秦既明，我想喝黏黏的八宝粥。"

"好，明天早上喝粥。"

"……我还想要那条漂亮的绿裙子。"

"哪条？周末带你去看看。"

"……秦既明，我想要个男朋友。"

秦既明说："我是人，不是菩萨。"

林月盈伸手搂着他脖颈，她其实有点醒了，但还是懒洋洋地不想多动，也不肯自己下来走："嗯嗯嗯，知道啦知道啦。"

秦既明抱着人在门口站定，他其实能一只手抱着她另一只手开门，可惜林月盈不信，她害怕自己跌下去，于是自己勉强伸手去开门。俩人配合尚算默契，开门进门关门一气呵成。

到了卧室门口，秦既明才把林月盈放下。他还未直起身体，林月盈踉跄往前一步，伸手环住他的背，脸贴在他胸口蹭了蹭。

秦既明一顿。

"谢谢你秦既明。"林月盈说，"果然，男人还是需要锻炼才能保持漂亮的肌肉和足够的力气。没事的话你可以把你保持锻炼且身体好的朋友推荐给我，我现在非常喜欢这样的男人。"

秦既明说："我看你是皮痒了，回去睡觉。"

林月盈松开手，后退一步："你该不会是吃醋了吧？"

"我能吃自己未来妹夫的醋？你的想象力越来越幽默了。"秦既明淡淡，"你现在睡迷糊了，要不要我现在录音，等明天你自己听听？"

林月盈小小地"呀"了一声。

"去睡吧。"秦既明抬手，四指深深插入她发间，大拇指摩挲着她的脸颊，"把脑袋里的东西倒一倒。"

林月盈偏脸蹭了一下他的手："现在摸我的这只手干净吗？"

"不干净。"秦既明说，"很脏。"

林月盈低头，鼻尖摩挲着他掌心，用力嗅了嗅，半晌才抬头，目光还是如往昔一般的真诚："那你……"

秦既明抽回手，说："你该睡了，晚安。"

林月盈嘟囔着说"晚安"，脱了自己的羽绒服塞给他，自己困倦地

第八章 距离，忽远又忽近

推开浴室门，打着哈欠去洗澡。

秦既明在房间里站了许久，又转身，把林月盈的羽绒服挂好。林月盈现在实习，她嫌找车位麻烦不肯自己开车，更不愿去挤地铁，上下班开始打车。

为了避免在等待的寒风中受冻，她也终于开始穿上羽绒服，厚厚大大的一件，口袋中鼓鼓囊囊。秦既明发现她竟然把什么东西都往口袋中塞，有点哭笑不得。保温杯、笔记本、钢笔，还有……疑似情书的信封，秦既明眯起眼睛。

疑似情书的东西不止一封，好几件，还有些看起来属于男生的东西——秦既明相信，以林月盈的审美，绝不会买这种深色的、男性化的蓝牙耳机，还有笔记本上夹着的、看起来很旧很老的一支国产钢笔。

尤其是这支钢笔，银白色的金属壳，很重，有着粗糙的雕花，隐约能看出雕的是祥云大雁，向月南飞，做工廉价，像是90年代的产物。这东西完全不符合林月盈的审美，她喜欢精细的、美丽的东西，即使是收老物件，也迷恋那些浮夸又精致的小玩意儿。

秦既明默不作声，将东西全都放回去，顿了顿，又着重看那情书信封上的字迹——致林月盈。

看起来并不像男生的字迹，刻意描绘也遮不住的秀气、俏丽。

半晌，秦既明想到什么，无奈地摇头叹气。

小机灵鬼。

213

第九章
危险又理智的神明

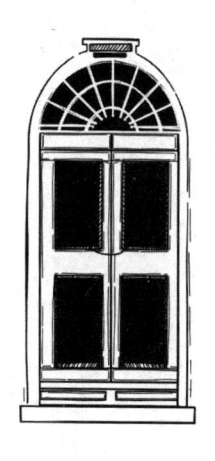

他已经走过了她尚未开始的十年青春。

"啊啊啊啊啊,我可真是个小机灵鬼,呜呜呜。"

一个小时后的卧室,换上干净睡衣的林月盈开心地在床上打滚,反复地摇晃,又怕秦既明听到,蒙上被子低声地和江宝珠打电话。

"我竖起耳朵听啦,秦既明帮我挂衣服的时候,我听到他翻了一下纸,肯定是看到了我口袋里的东西。"

"但愿能有用处。"江宝珠说,"也不枉我疯狂地练习男生的字体给你写情书,我的手都要断了。"

"好珠珠好珠珠。"林月盈十分仗义,"大恩不言谢,涌泉之恩……"

"说好了帮我约宋一量出来。"江宝珠说,"别忘了。"

林月盈郑重:"明白。"

她又打电话给宁阳红,感谢红红把她哥哥的耳机拿来给她。作为道谢,林月盈会把自己之前珍藏很久的一本绝版画册送给宁阳红。

谢完所有朋友后,林月盈才将脑袋缩进被窝里。她忽然想起,记着日记的笔记本和钢笔好像也被放在羽绒服口袋中了……啊,算了算了,秦既明不会翻她的工作笔记的。

林月盈感受着被子的柔软和舒服的熟悉温度,满足地叹口气。

其实原本也不需如此大费周折。

林月盈说的话也不全是假的,追求她的男生一直有,而且都还不错。也正因为他们人很好,林月盈珍惜他们的心意,才不愿意拿他们做"工具"去和秦既明较劲儿。

设身处地地想一想,林月盈也知道主动追求需要很多勇气和诚恳,她不想糟践其他男生的心意,也不想不尊重他们。每一段追求,林月盈都会认真又礼貌地拒绝。

所以在江宝珠出主意后,几个小姐妹花了好长时间,来伪造一些不存在的男生追求她的证据。

至于有没有用……还是慢慢来吧。

林月盈认为还是有的。

次日清晨,秦既明照例做早餐。林月盈起了一个大早,去厨房守着他,一边偷吃秦既明刚切好的雪梨块,一边说:"你果然还是舍不得我吧?昨天晚上怎么把我带到这里来了呀?"

秦既明在炒上海青,头也不抬:"是你舍不得我吧?是谁一直睡在我车上,怎么叫都不醒?"

林月盈又消灭一颗圣女果,不妙,这颗圣女果不甜。

她皱着眉吞下,又说:"我的被子好松软,是不是你天天都在晒呀?"

"这个要谢谢阿姨。"秦既明说,"你走后,她每天都帮你晒被褥。"

这个和林月盈想的不太一样。

她走到秦既明身后,嗅到他身上熟悉的木兰香。

秦既明回头,用手肘敲一敲她额头:"洗手,准备吃饭。"

林月盈安静而快速地扒完饭,她的眼睛一直在瞄羽绒服。羽绒服的口袋还是鼓鼓囊囊的,这并不符合秦既明的习惯,他是那种会帮她把外套口袋里乱七八糟的东西都掏出、细致分类后放在玄关小碟子上的人。

难道他昨晚没有整理?还是说,他看到了那些东西,没有细想?再或者……秦既明看到了,没当回事?

综合昨晚车上的表现,林月盈谨慎地认定,可能是第一种。

正愣着神,她又听秦既明不紧不慢地开口:"等会儿我开车和你一块儿去公司。"

林月盈小口啜勺子上黏糊糊的八宝粥:"会不会不太好呀?小小实习生竟然有总监做背景,或者什么办公室不明绯闻八卦……"

"追你的男生能站满一整个篮球场。"秦既明说,"清者自清,你难道还怕这一点点小小绯闻?"

林月盈:"咦?"

"吃吧。"秦既明笑着看她,"再说话,粥就凉了。就给你盛了一小碗,别数着米粒吃了。放心,我先把车停公司楼下,你下车,我再去车库放车。咱俩不一块儿走,不会有人八卦。"

林月盈闷头吃粥:"喔。"

紧急情况——

珠珠——

红红——

秦既明似乎一夜之间防御进化啦!

秦既明耐撩性:+100。

林月盈新战术:-50。

总结:急需调整最新作战战略!

林月盈和小姐妹们密切商议之刻,秦既明的心情意外地不错。时隔多日,他重新刷林月盈的粥碗时,意外地发现她挑选的碗格外地漂亮精致。相比之下,她那四处搜刮来的黑色蓝牙耳机和老旧钢笔,恐怕很颠覆她的审美吧。

不得不说有种可爱的小聪明,她一定会对着那支不知从何而来的钢笔道具皱眉叹气吧?

一整个上午,一想到林月盈如何下定决心将那两件丑东西放进羽绒服口袋,秦既明就忍不住地想笑。就连下属做工作报告时,秦既明也难得地没有毒舌,更温和地指出下属犯的几个不那么严重的小错误,提醒他们下次不要再犯,只此一次,下不为例。

转眼到中午。

秦既明他没有在办公室午休的习惯,在公司食堂吃过午饭,顺便去了销售部门找经理谈了谈,又去研发部和测试部等看了看。他准备回办公室的时候,路过小会议室,隔着透明玻璃能瞧见里面只开了一盏灯,投影仪幕布还没来得及收。桌子前只坐了一个男大学生,看起来年龄不大,衣着很简单,利落的短发,一瞧就知道穿了许久的黑色薄羽绒服,单肩背着一个旧旧的双肩包,瘦瘦高高的,背影沉默而简朴,像倔强的柏树。

秦既明问旁边的助理:"那是新招的实习生?"

"啊,是。"助理说,"我上午听王经理说了,说是理大的大学生,来做一个月的实习助理。"

秦既明点头走过,没放在心上。公司每年寒暑假都会接纳几所优秀大学的学生来做实习生,一般不会太久,做一个月、两个月的都是常事。

对于学校来说,学生能够得到一个很好的实习锻炼平台;而对于公司来说,就是一批性价比高的临时员工,还能从中择优,提前下手定人才。

秦既明往前走,经过那会议室时,忽然停下脚步,沉着脸转身去看。他不是看那个男生的脸,而是看那个男生的手。

隔着一层干净无尘的玻璃,秦既明的视线落在那男生手中的钢笔上——银白色的金属壳,瞧着很重,有着粗糙的雕花,隐约能看出雕的是祥云大雁,向月南飞,做工廉价,像是上世纪90年代的产物。

这绝不会入林月盈眼睛的廉价钢笔,和她笔记本里夹着的那支,一模一样。

李雁青。

秦既明看着实习生的简历及理大老师写的推荐信。

照片上,是沉默寡言的一张脸,模样清秀,头发很短,没什么发型,朴素简单。

李雁青是个履历优秀的好孩子,字如其人,瘦而有力,笔锋凌厉。简历上的实践经历很好,成绩也优秀,不比林月盈逊色。

老师给他的推荐信写得很长,提到该生家境并不富裕,但品学兼优,勤奋上进,努力好学……几乎将所有的赞美词都用上了,也能看得出对方的诚恳。

秦既明对自己下属招来的几个助理都没有异议,例行公事地看完简历后,签下名字,予以通过。下午工作不算忙碌,新的实习生当天就上班了。秦既明有单独的办公室,墙壁是透明的玻璃。李雁青进来过一次,是送报告。他的声音低,并不是卑微或者胆小,是那种天然的、和他性格相符的低沉。

秦既明翻看着报告,微笑着合拢,说:"现在还用钢笔写字的人不多了。"

李雁青愣了一下,大约没想到他会忽然讲工作之外的事情,谨慎地说:"习惯了。"

秦既明"嗯"一声,抬手示意他离开。秦既明没有去看林月盈,他四点左右给她发了短信。林月盈回复说自己现在好忙好忙好忙,非必要千万别打扰她,她现在两耳不闻窗外事,一心扑在工作上。

宋一量倒是来找过秦既明一次,带着同事来的,询问关于公司一批智能运输车的采购意向。这种事情本该由销售部和负责那个产品的技术人员对接,但毕竟是朋友,秦既明去会客室略坐了坐,和他喝了几杯茶。

临走前,宋一量还问秦既明:"是不是昨晚没睡好?你看起来脸色不太好。"

"没事。"秦既明顿了顿,起身送他走时自然地问,"最近观识和月盈还联系吗?"

"联系倒是联系,就是……嗯,已经完全当普通朋友了。"宋一量说,"林妹妹和观识说,'你很好,但不是我喜欢的类型'。看,拒绝得这么彻底,观识也总不能一直死缠烂打吧?"

"喔?"秦既明不动声色,"月盈有没有说她现在喜欢什么类型?"

"这个你该去问她啊,那是你朝夕相处的人,不是我的。"宋一量笑眯眯的,忽然又想起什么,笑着低声说,"不过告诉你也没事,观识那天晚上找我喝酒,问我,'沉默的爱'是什么意思,还问我难道他不算聪明?……我猜,林妹妹的意思,大概是喜欢话少的聪明人?"

秦既明说:"或许吧。"

送走宋一量,回办公室的电梯上,秦既明遇到几个下属。快下班了,几个人心情也好了许多,放松了心情在闲谈,讨论今天到的实习生。

负责带李雁青的那个人,姿态放松,语气颇为满意,说自己带的这个不错,聪明伶俐,一点就透,最大的优点呢,是埋头苦干话不多。

电梯到了。

秦既明迈出电梯,给林月盈发了条短信。

"今晚什么时候下班?"

一直到七点三十,正在努力加班的林月盈才看到秦既明的消息,距离秦既明发这条信息已经过去一小时五十三分钟。林月盈终于从繁忙的工作中抬起头,她本想拿手机看看现在的温度,却瞧见来自秦既明的短信。

已经下班了,但电脑上的测试程序还在进行中。

人工智能和机械的自动化依靠代码,但代码不是凭空生成的,还需要人工的测试和监督。人才是一切智能化的造物者。

第九章 危险又理智的神明

这东西一跑就好几个小时,今天跑得格外慢,林月盈不想明天重新来一遍,太浪费时间,太耽误工作进程了,于是到现在都没下班。

她可不想把宝贵的实习时间都浪费在这种东西上面。

办公室里的人已经走得差不多,眼看着程序快跑完,林月盈不想点外卖在办公室吃,说不定外卖还没送到就完成了,更不能下去买饭,程序报错离不开人。想了想,林月盈先给秦既明回复说自己今天可能要加班,又从包里掏出减脂饼干和高蛋白能量棒,垫一垫肚子。

同组最后一个男同事走的时候,在林月盈电脑前停留了一下,顺便指点她一些问题。

临走前,话题不经意地转移到林月盈的包上,男同事拿起来赞叹不已:"做得和真的一样。"

林月盈说:"啊,是的,材质好像就是真羊皮。"

男同事问:"有购买的渠道吗?我打算买个。"

林月盈呆了呆:"啊,可是这个是女包,男生用这个会不会有点太……嗯,太过于温柔了?"

不仅是女包,还是嫩嫩的小鸡黄。并不是说男生不可以用女包,但这位男同事的气场和这个精致漂亮的小鸡黄包包完全不符。

"没事,我送人。"男同事问,"有微信吗?"

"有的呀。"林月盈有点犯难,"可是她只加消费过的客人,我推给你的话,她也不一定加,而且这个包的颜色适配度不是很高,也不算百搭单品。这是春夏系列的新品,也不是很火,不热门,你想买的话,也不用加店员的微信,直接去店里就好,不难买的。"

男同事问:"有实体店?"

林月盈报了地址。

男同事愣了一下,看看她,又低头看看手里的包,半晌,默默放下,点头说了一句"好"。

男同事走了后,林月盈又趴在电脑前认真守着程序进程。

223

肚子已经饿得开始咕噜噜叫了,她带来做下午茶的小饼干已经完全被消灭,这点分量不能填满胃部,仍旧有着隐隐约约的饥饿感,她还在思考要不要去外面的自动售卖机上买包小饼干垫一垫。

"林月盈。"熟悉的声音打断她的思考。

林月盈惊讶:"李雁青!"

李雁青仍旧穿着那件黑色羽绒服,瘦瘦高高的个子,站在办公室门口,光洁雪白的地板上落着他的影子。走廊上的灯还开着,李雁青单肩背着包,环顾四周问:"怎么就你一个人?"

林月盈想他可真会问,这不是明摆的事嘛?

她说:"因为就我的工作还没做完啊。"

"什么工作?"

"测试。"

办公室和走廊上已经基本没人了,只有他们两人的声音,回音缥缈空荡。

李雁青走过来,看着林月盈的电脑屏幕:"快了。"

说到这里,林月盈的手机响了,她低头看,是秦既明发了消息过来,问她还有多久做完。

林月盈回复:"大概还需要二十分钟。"

秦既明回得很快:"刚好,我去开个小会,等会儿送你回去。"

咦?原来他今晚也在加班呀,她之前还觉得秦既明加班好少,以为他的位置不需要再加班呢。林月盈收起手机,双手托腮,问李雁青:"你怎么过来了呀?"

李雁青说:"老师推荐的实习机会,工资比之前那个公司高。"

林月盈点了点头,其实她对工资没什么概念,反正实习生的工资再高也高不到哪里去,再高也买不了她的两条发带。

李雁青低头看,林月盈的工作笔记写得很满,字迹工整漂亮,条理清晰。他的视力不太好,看不清林月盈打问号的那几段,征得同意后，拿起来看，这才意外地发现，她笔记本壳子也是黑色牛皮的，饱满有光泽的菱形格，右下角有着漂亮精致的小小 logo。相比之下，笔记本上夹着的那支钢笔如此单薄廉价。

李雁青对林月盈说："这里，记的这个 error 原因一般只有一个……"

他解释了报错的原因，将笔记本归还回去时，说："你的笔记本很漂亮。"

"是吧？"林月盈笑，宝贝地摸了摸，有些骄傲，"是我上高中时候家里人送的考试第一的礼物，我哥眼光可好了。"

李雁青垂眼："真羡慕你。"

是羡慕她有好哥哥，还是羡慕她的优渥家境？

读高中时候的李雁青连买普通的笔记本都要去批发市场买，选最廉价的那种，一元好几本。劣质的纸张有着令人不悦的味道，是有一点点和坏掉鸡蛋炒熟后很接近的臭味，很刺鼻，用起来又薄又洇墨。

认识林月盈后，他才知道还有这么多昂贵的品牌。她日用品中任意一样的价格都贵到令他沉默。

林月盈守着电脑屏幕，眼看着进程在 99% 处停留了好久，代表缓冲的小圆圈慢吞吞地转了近两分钟，林月盈屏住呼吸，终于等到它顺利变成 100%。被拉取的数据开始自动备份，林月盈把文件压缩打包。

林月盈顾不得和李雁青聊天了，她认真地检查完数据，点了提交后，才给项目经理发微信。确定一切完成后，她长吁一口气，准备关掉自己的电脑，再去检查几台虚拟机的情况。

李雁青在这个时候开口，邀请她吃饭。

"老师说，这次招聘信息是你最先看到、分享到群里的。"李雁青说，"谢谢你，我请你吃晚饭吧。"

林月盈愣了愣，笑："好呀。"

请吃饭的地方是林月盈选的，她想了好久，最终选择了公司楼下

225

的一家面馆。在林月盈印象中,这家面馆一份面还不到四十块,应该是李雁青可以付得起的价格。

其实她对金钱的确没有太大的概念,无论是购物还是吃东西都不会刻意去记具体的价格。点餐时也一样,林月盈说自己不太饿,只点了最普通的青菜卤蛋面。

李雁青点的东西和她一模一样。他还点了一份油炸的小串,有荤有素,味道还可以。

正在吃面的时候,林月盈接到秦既明的电话,她不好意思讲自己正在和李雁青吃饭。毕竟李雁青刚上班呢,她不想让自己和秦既明之间的"篝火"烧到这个无辜的、家境不富裕的男生,只捂着手机告诉秦既明,若无其事地说自己已经坐上回家的出租车啦,不用他送了。

隔着窗玻璃,秦既明站在面馆的对面,看着面馆里坐在同一张桌子上的人。

他平静地说"好"。

"晚上回去后给我打个电话。"秦既明说,"让我放心。"

耳侧听到林月盈含糊不清地嗯嗯两声,她又说:"再见。"

秦既明说:"嗯。"

通话结束。

秦既明握着手机,看着玻璃房间中,林月盈低头,拿了一串努力地吃。不知道对面的李雁青说了什么,她笑得肩膀一抖一抖的,被对方逗得很开心。

同龄的少男少女,似乎更有话题。

"虽然你说的都是事实,但感觉还是好可怜啊。"林月盈挑了一筷子热腾腾的面,低头看一看,遗憾地说,"廉价劳动力。"

李雁青说:"你在可怜我?"

"啊?不是!也是……我可怜我们俩呀。"林月盈真挚地说,"我也是廉价劳动力呀。嗯……也不是觉得我们可怜,只是觉得被归类到廉价劳动力好可怜。"

李雁青声音没什么情绪："我以为你不会说我和你是'我们'。"

林月盈不理解,她微微皱鼻子："为什么？我们同样是实习生呀,同样是打工人。"

李雁青终于笑了。

林月盈猜他应该不常笑,这样本该简单的笑容,在他脸上透出来,也有一种暮气沉沉的颓然。

"是。"李雁青说,"我们都是打工人。"

林月盈叹气："家里人和我说刚开始工作肯定都是不容易的嘛,让我做好心理准备。实习生,意味着是行业的新手,经验不够丰富,有点像……嗯,学徒？不同的是,旧社会的学徒会被拼命地压榨压榨再压榨,而新社会的实习生至少还有选择的尊严,然后就像能量满满的电池,不停地工作,被公司看中,再拼命榨取电量……"

李雁青提醒："炸串要凉了。"

林月盈缓过神,坐正身体："呀。"

她已经饿了很久,一碗面完全不够填满她的肚子。但一想到是李雁青请客,她不好意思多吃,不想给他造成可能存在的困扰。林月盈低头吃炸串,东西上得太久,的确有些凉了,肉也不够新鲜,有一点点老了。如果是在家里,林月盈肯定向秦既明提出,并拒绝吃这道菜了,但这是李雁青请客,是他很不容易赚到的钱。

她不作声,认真吃掉一串炸蘑菇。

林月盈没想到自己还能有和李雁青相谈甚欢的一天。离开的时候天空飘了小雨,李雁青目送她上了出租车,才淋着雨步行去地铁口,挤拥挤的地铁回学校。

还没到家,林月盈就先给秦既明发消息,说自己其实早就已经到家啦,因为刚才太累了忘记回,现在躺在床上才记起,请他不要担心。

有些莫名的心虚,林月盈给秦既明回复时也满是忐忑。幸好秦既明没有任何追问，只回她："回家就好。"

林月盈有些摸不清楚秦既明的想法，其实仔细想想，倒也没必要真的去摸清楚。

人不可能完全懂另一个人，和一个一眼望到底的人生活在一起，似乎连未来的生活也是一眼望到底。林月盈搬走，也是不想让秦既明对她过于熟悉。

可若是完全分开也不可能，她和秦既明一起生活好多年了，他们相处的时间太久太久。从林月盈什么都不懂到此时的情窦初开，秦既明见证着她每一个时间段的变化。

包括林月盈以前被学校里游手好闲的一帮人看上，打头的是当地某富商的私生子，仗着自己父亲偏爱，平时没少做混账事。等林月盈晚上放学时，他故意堵她。

同样地，林月盈再害怕也告诉了秦既明。

第二天，秦既明往林月盈身上放了录音笔，又请了假，和爷爷一块儿，就在放学路上等着，等到这帮不学习的混账羔子拦林月盈时，当场抓捕。

也不给他们父母打电话，直接打电话到警局，中间对方怎么说都没用，声势极大。最后校长和老师出面当众道歉，承认学校在管理上的漏洞，承认没有及时发现错误，没能及时教育学生等等，说的都是一些官方的场面话，不过最后还是按校规处罚，给予那几个人或重或轻的处分。其中带头拦她的几人，直接被开除学籍，之后林月盈就没有见过他们了。

等林月盈出落成大姑娘，秦既明也没错过她的成长。这样的长久相伴，林月盈苦恼地想，或许在他眼中，她可能的确没有什么神秘感。许多人都在讲，人不会对和自己一起长大的人产生恋慕的心意。

可她会呀。

管他呢。

第九章　危险又理智的神明

林月盈对着镜子美美地敷面膜，给自己鼓气。

"你喜欢的东西，一定会得到。"林月盈说，"拿下秦既明！"

可惜还没拿下秦既明，林月盈差点被工作拿下了。

那天和李雁青的抱怨完全不假，公司的的确确是把实习生当作是一种性价比高的资源来使用，有利有弊，利在于实习生的确能迅速成长，弊在于工作节奏非常快，导致压力也很大。林月盈中间陆续又加了几次班，压力大到嘴角都起了小痘痘，好在最后还是坚强地挺过来了。

在这段时间里，她只和秦既明见过一次面，是一块儿吃晚饭。一段时间未见，林月盈惊异地发现果然有那么点效果。晚餐仍旧在粤菜馆，滋补的汤饮养着林月盈的胃，她埋头喝，听秦既明漫不经心地询问她近况如何。

一开始的问题，还都是关于工作和开学后的打算，不知不觉，又挪到同事关系上。

秦既明问："你们项目组昨天闹得沸反盈天的，是怎么了？"

林月盈想了想，记起来了："啊，你是说昨天下午的争吵吗？"

秦既明颔首。

"说起来有点怪怪的。"林月盈暂时放下筷子，和他讲，"我们的一个男同事，前段时间不是去广州出差了吗？公费出差，回来后没两天，他的妻子来了公司要和他离婚，说他刷了一大笔钱买了真包送给情人，送妻子的却是假货。他妻子核对收据单，发现编码对不上。"

秦既明凝神想了想："我听说，还有个实习生受伤了？"

"啊，是的。"林月盈说，"受伤的实习生还是我同学。男同事和他妻子吵架时候，情绪激动，比画了两下，差点碰倒架子上新到的主机。我同学惦记着公司的财物安全，着急地伸手去扶，被砸了一下胳膊。"

不是很重的伤，但林月盈怕痛，想象力也丰富，一想到李雁青手

229

臂上被砸出的红，仍旧下意识地皱眉："好痛的。"

秦既明沉静地看着皱着眉的林月盈，她的表情好像那疼痛是落在了她的身上。

林月盈总是会为一些无关紧要的人而共情，这是她的优点，也是缺点。

秦既明问："后来呢？"

"后来啊，项目经理就过来了，把同事和他妻子都请到会客室去喝茶，让他们自己解决，不许破坏公物，否则要原价赔偿。"林月盈摇头，"我想不通，人为什么会出轨，为什么要背叛承诺？"

"我也想不通。"秦既明端着茶，垂着眼慢慢喝了一口，"为什么某些人的感情就能如此收放自如？"

林月盈歪着脑袋："什么？"

"没什么。"秦既明微笑，"你的同学呢？"

林月盈的同学——李雁青啊。

林月盈顿了顿，意识到一点点微妙。

"给他放了半天假，让他去看医生，毕竟对于我们这个专业的来说，手还是蛮重要的。"林月盈说，"咦？他不是在你手下干活吗？你怎么问我呀？"

秦既明却念着她刚才说的话："我们，你和他什么时候成了'我们'？"

林月盈在这个时候理清楚了那种不对劲的由来。

她不想将李雁青拖下水，但今天秦既明似乎有些过度关注李雁青。这是她的错觉，还是巧合？

为了尊重李雁青的隐私和名声，也是为了良心能安宁，林月盈不回答这个问题，反倒是托着脸，反客为主地问："秦既明，你今天晚上话好多哎。"

"是吗？"秦既明笑着看她，那眼神好像在看一个闯祸而不自知的小孩,"看来我以后要少说了,免得你烦。"

林月盈还以为秦既明只是开玩笑,没想到之后的几天里,秦既明给她发的消息的的确确变少了。

林月盈还没来得及琢磨透是什么原因,她的实习期正式结束了。

最后一天上班的晚上,她和几个同来公司的实习生聚餐吃了晚饭,就当是一场告别。大家找的是个普通消费水平的家常菜馆,点了几个菜,AA制。林月盈弄错了杯子,把啤酒杯当成了饮料,喝了一大口才意识到。不知道是这一大口喝得过急,还是今天的菜过于辛辣,聚餐结束,刚到家,林月盈的胃就开始翻箱倒柜地痛。起初还好,后面一阵又一阵的胃绞痛,她眼泪都快下来了,颤抖着给秦既明打电话。

晚上十一点二十分,秦既明和宋一量赶上门。秦既明身上也带着酒气,他饮了酒,不能开车,开车的人是宋一量。两人今晚一块儿吃饭,刚好接到林月盈打来的电话。

秦既明把林月盈抱起来的时候,林月盈的脸都疼得苍白了。她的胃还是之前唯一一次喝酒过量留下的老毛病,说不好是胃炎还是什么,几乎每年都会犯上一次,诱因一般是辛辣刺激或酒精,每次犯病,都会像第一次饮酒过量时那样痛。

夜色中,宋一量开车,秦既明坐后面,抱着林月盈,抚摸着她的脸,安慰她。因为疼痛,林月盈发出一点难耐的声音,痛到实在受不住了,也会抱着秦既明的手臂默默掉泪。

"之前怎么和你说的?你的胃不好,吃东西得注意些。"秦既明托着她的脸,大拇指指腹反复摩挲着嘴唇旁边的肉,无奈地说,"平时你跟着我吃饭,什么不是给你最好的?什么不是给你最新鲜的?就连肉量也是,小了怕你不够吃、不满足,大了又怕你吃不下、消化不动、胀得胃痛。"

林月盈埋脸拱他,呜咽着忏悔,希望他不要再往下讲了:"秦既明,我好疼呀。"

撒娇无用，她现在身体遭罪，秦既明也恼，气恼她随随便便和人吃饭，随随便便和人喝酒，今天还叫着秦既明的名字说想吃这个，明天又要对其他人讲我要吃那个，最重要的是毫无防备地和别人一起喝酒。

他多爱惜她，几乎是把她捧在手掌心里喂大，无一不精细，无一不干净，没有半点污浊。知道她吃不了辣，秦既明也戒掉了辣，家里偶尔的辣椒也只是调味，沾一沾辣味就挑出去，就怕她不小心吃下去难受。为了她秦既明的饮食习惯可以改，也可以忍。

一如重欲之人开始清心寡欲，林月盈身体受不了，那就什么都依照着她，半点刺激粗暴都没有，就怕她吃坏了胃，痛得难受。

可现在呢？她和其他人吃廉价的、刺激性的食物，尝试在晚上喝啤酒，吃到胃痛得掉泪。她就不知道多爱惜自己？

"你不知道自己的胃有多娇气？"秦既明说，"真吃伤了怎么办？我都不做辣椒给你吃，怕你痛。外面别人一带，你就跟着吃？"

林月盈在胃痛的时候也能清晰地感觉到秦既明的态度，他在生气，就连此刻触碰她的手都在发抖。

他大约是气她承诺了要照顾好自己，却没有做到这一点。林月盈这样想。

她不是叛逆的性格，不会有"身体是我的我想怎样就怎样"这样的想法，反倒喜欢秦既明的关心。她能清晰地分辨出，他的不悦是出于恨铁不成钢还是单纯的发泄。

林月盈主动将柔软的脸送到秦既明掌心，又蹭一蹭，尝试撒娇："秦既明。"

她能嗅到他身上的酒气，不禁诧异，多难得秦既明今天竟然也喝了酒。还不是应酬，是和朋友一块儿喝酒。他是单纯的小酌，还是为工作上的事情心烦？

秦既明注重干净，平时喝酒少，坚持锻炼，现在沾了一点点酒精味道的身体也好闻,融着一些淡淡的木兰花香,柔软又动人。

林月盈喜欢他身上温柔干净的味道。

但秦既明的语调并不温柔,抚摸她脸颊的手略微一顿,在她的包里精准无误地翻出她的小圆镜,两根手指捏着,直接递到林月盈脸颊旁。秦既明一手捏着小圆镜,一手捏着她下巴,皱眉:"好好照照镜子,看看你现在是什么样子!把自己折腾成这个模样,叫我多少次也没用。"

林月盈转脸,她不想看,自己现在表情肯定不够好看。她刚侧脸,又被他用力捏着下巴扳正,被迫看镜子里似哭非哭的自己。

"看清楚点,以后就记得了。"秦既明说,"别躲。让你躲了吗?"

林月盈可怜:"干吗呀?"

"精挑细选给你做的菜你不吃,"秦既明淡淡说,"偏偏要出去找刺激。外面的菜好吃吗?"

林月盈小声说:"下次我保证不吃辣了,也不喝酒了。"

聚餐肯定是以大众口味为主的,况且今天的菜其实也不辣,只是她碰巧吃不了而已……

林月盈现在没办法解释。

秦既明看她一脸不情愿,终于挪走镜子:"喜欢吃廉价的快餐?还是觉得那些乱七八糟的调料做出的刺激性味道更能满足你?嗯?你知道你吃的那些炸串有多脏吗?知道炸它们的油有多不健康吗?"

林月盈迷茫:"可是我今天没吃炸串呀。"

最后一次吃炸串……好像还是上次,和李雁青在一块儿。

她今年还没有胃痛过,过年后的饮食都很注意。

"我说的不是炸串。"秦既明平静地说,"我只是举个例子。"

林月盈感觉自己可能是痛得迟钝了,她竟然听不懂秦既明在讲什么,似懂非懂的。

耳侧只听秦既明叹口气。他重新抱起林月盈,抚摸着她的头发:

"想吃口味重的东西,也别偷偷跑出去找那些便宜的小店,和我讲,我又不是不能做给你吃。"

林月盈噙着疼出的泪说"好"。

安静不到两秒,红灯,宋一量停下车,借着后视镜看一眼后面的俩人,慢悠悠地开口。

他说:"你们俩要闹脾气,回家关上门再闹,我还在车里呢,注意下影响。听你俩吵架,搞得我浑身不舒服。"

秦既明不出声。

林月盈说:"好的,一量哥。"

她趴在秦既明胸口,怕他还在生气,又依赖地蹭了蹭。

半晌,林月盈不太舒服,调整姿势。

她说:"秦既明,你今天的腰带硌到我了。"

秦既明换了姿势,抱着她往上提一提,让她枕在自己被体温暖热的西装裤上。

宋一量出声后,秦既明饶是有气,也没有再教育林月盈。坦白来讲,宋一量说得很正确,就算是教育,也不应该在外面,而是回家。

总要给林月盈留些尊严。

气上头,看她这样病恹恹的,秦既明也舍不得再讲重话。她去医院也是秦既明抱着的,去急诊看医生,最后开了处方,需要挂两瓶水。秦既明选的是一家有单人病房的私立医院,在如今明摆着要过夜的情况下,明显还是私立医院的单人病房更具优势。

秦既明没继续麻烦宋一量,让他先回去了,自己在这里陪林月盈挂点滴。点滴中有含镇痛作用的成分,林月盈侧躺在床上,慢慢地睡过去,秦既明坐在床边。他晚上只喝了些许的酒,现在还是清醒的,刚才的愤怒情绪也渐渐被化解。

他不能睡,换吊瓶、拔针、按血管,都是他的事儿。秦既明看着病床上躺着的林月盈,冷不丁又想起喝酒时宋一量说的话。

第九章　危险又理智的神明

宋一量问："你自己不结婚，也不是很想让林妹妹搬走——秦既明，你也要有个度。"

"只是普通关心而已。"

"是吗？那如果现在林妹妹领了个男朋友回家，你怎么办？"

"那我要看那个男的是不是配得上她。"

"噗，秦既明，你眼高于顶，真要这么说，天底下能有几个符合你条件的？要我说，你如果真的不舍得林妹妹和其他人在一起，干脆别管什么流言蜚语，也别管什么长辈，你干脆娶了她算了。"

"不行。"

秦既明不行。

他们两个人在一起不行。

人本质都有劣根性。一个已经快要脱离青年范畴的男人，在面对青春正好的林月盈示好时，唯一正确的做法就是拒绝。

他不能因一时的贪欲去采撷初春的花蕾。谁能说清这是荷尔蒙的催化，还只是分泌的激素作祟？

秦既明也分不清，他只知自己疼她，爱她。

就像人和兽都会被美好吸引，兽会将美好摧毁或占为己有，但人会克制。

秦既明安静地等。他无法完全反驳宋一量的说法，他混淆了爱的界限，分不清对空穴来风的"林月盈男友"的排斥是为什么。

"秦既明。"病床上的林月盈说，"我好渴。"

秦既明起身去接温水，自己先尝一口，试试温度，觉得差不多了倒进另一个杯子中，将新杯子递给她。林月盈半坐起，捧着杯子小口小口地喝水。她的嘴唇有些干燥，脸色也不太好，睡了一觉，身上出了很多汗，黏在身上不舒服。

秦既明无法再苛责她了。

"睡吧。"秦既明说，"明天不上班了，你好好休息。早晨我抱你回

235

我那边,别想其他,好好休息。"

林月盈重新躺下,说:"我好像睡不着了。秦既明,你给我讲个睡前故事吧。"

小时候的林月盈也是这样,缠着他讲睡前故事,每天一定要听完后才睡。

秦既明起身换点滴,只剩下最后一瓶了,大约再有半小时就可以滴完。

医院里的夜晚很安静,灯光是不刺眼的柔和,到处都是洁白,衬着林月盈也像躺在柔软的云朵上。

秦既明重新坐在她旁侧,凝神思考。多年不讲睡前故事,他已经不能再像高中时期那样信手拈来。十五岁的秦既明拥有着高超的讲故事技巧和丰厚的想象力,哪怕是随处可见的花瓶,他也能给坐在床上抱着洋娃娃的林月盈讲出一个宏伟的花瓶王国复仇记。

秦既明摸了摸林月盈的手,冰冷的液体输入她的身体,她的胳膊也凉了。他抬手,避开针管,用自己的手掌去温暖她的手,问:"我有没有讲过阿波罗和西比尔的故事?"

林月盈想了想:"是那个不停追求,害达芙妮变成月桂树的那个阿波罗?"

秦既明说:"是。"

光彩照人的太阳神,把太阳光辉均匀撒落的时候,也均匀地分散着他的爱。

林月盈叹气:"啊,滥情的神明。"

秦既明也叹气:"准确的形容。"

他捏着林月盈的手掌,缓缓地说:"在希腊神话中,阿波罗曾经爱上过无数人,很多人都因此招致灾祸。"

林月盈安静地听。

秦既明继续讲:"有一日,阿波罗被美丽的少女西比尔吸引,并承诺愿意实现她一个愿望。"

林月盈提出:"她是不是许愿要很多的爱?"

秦既明失笑:"不是,西比尔许愿永生。"

林月盈想了想:"也是喔,我怎么没有想到。"

"但,西比尔忘记许愿青春永驻。"秦既明说,"于是她在保持永生的时候,也一天一天地衰老,没有办法挽留青春。她有着无穷的生命,却只有一具羸弱的身体。"

林月盈说:"听起来很可怕。"

"是的。"秦既明看着她,"当依旧光辉灿烂、拥有青春的阿波罗再见到已经衰老的'西比尔奶奶'时,倘若还能给西比尔一个愿望,你猜她会许什么愿?"

林月盈喃喃:"如果青春不能再来,她应该会许愿结束生命。"

秦既明抬手,抚摸着她的脸颊。

她光辉灿烂的、未来十年十五年甚至二十年还会如此光彩照人的脸,秦既明需要更正对她的形容,她不是风华正茂,不是青春正好——她的青春刚开了一个头,往后十年都是光明大好。

他已经走过了她尚未开始的十年青春。

"我想也是。"秦既明微笑,"所以歌德写下了《浮士德》。"

林月盈在疗愈期间看完了整本《浮士德》。

> 请整个地还我那冲动的本能,
> 那深湛多恨的喜幸,
> 那憎的力量,爱的权衡,
> 还我那可贵的,可贵的青春!

林月盈合拢书,怔怔出神,若有所思。

距离上次胃痛已经过去三天了,出院时,医生嘱托她未来一周都要清淡饮食。

理所当然地,秦既明将她带回家严格监督。

林月盈也不想再经历一次胃痛,那种痉挛和痛苦她不愿意回想。她一直都是敏感怕痛的人,小时候自己跌倒摔破皮,不一定会找大人哭闹,但一定会默默地抱着伤口啪嗒啪嗒掉眼泪。

这点大概和她的童年经历有关——林风满生过大病,治愈后身体恢复得慢,林月盈和他有冲突的时候,不用想林月盈肯定是被父母训斥的那个。

她这么健康,应该让着哥哥。

时间久了,没人哄,林月盈就自己哄自己。哪里痛了难受了,不要紧,掉几滴眼泪也没事,她自己缩起来,小声安慰自己说没事没事,不痛不痛。

就像父母温柔地哄林风满那样,林月盈也握着拳头,小声说林月盈不痛,林月盈最厉害了,林月盈很勇敢。

后来,夸耀她的人多了一个秦既明。

林月盈才渐渐地倾向他。他给了林月盈幼时缺少的偏爱,也给了她初中时需要的指引与关照,更给足了她成年后的幻想。

所以林月盈并不觉得爱他是罪,她的爱很大声,大声到想让所有人都听到。

秦既明不接受她,是因为他们的年龄差距吗?

林月盈谨慎地推理。她看着手上的《浮士德》,这是从秦既明书房中找到的,唯独这一页,折了一个小小的角。说不出是有意还是无意,秦既明没有在书上做笔记的习惯,整本书都如此干净整洁。

在休息的这段时间里,林月盈还往学校社团里跑了几次,每次都是趁指导老师在的时候,认真提问、学习、记录。这次寒假的实习令林月盈忽然有了严重的危机感,她的成绩在学校中的确算得上优秀,

第九章 危险又理智的神明

但在实践过程中仍旧存在许许多多的不足。

林月盈想要站到秦既明现在,不,她甚至想要站到比他更高的位置上。

不要做他的依附,不要做被他收在麾下照顾的人,她也想与他并肩而行,也想成为雄鹰。

她一连苦学多天,为了一个新功能的实现,反复地实验,失败,再实验,再失败……

反反复复,越调试错误越多,越着急越是警告频出。

林月盈感觉自己在钻牛角尖。她和 bug 杠上了,不停地修,不停地报错,不停地继续。

最后还是秦既明看不下去她这样的刻苦状态,拉她出去散散心。

"刻苦学习很好,但也要讲究劳逸结合,我不希望你因为一时的勤奋搞垮自己身体。"秦既明说,"学海无涯,月盈,你要知道,世界上的知识是学不完的。"

林月盈已经成功被转移了注意力,她站在店里精神抖擞地试着新季的衣服。秦既明就在一旁欣赏,提出一些建议。

当林月盈穿着一条黑色的连衣裙出来时,秦既明的喉结不自觉动了动。他移开视线去看她的脸,用不像建议而是命令的口吻说:"换掉它。"

林月盈很满意这条裙子。她的身材锻炼得很好,并不是纤细无骨的那种。相反,因为经常锻炼,核心力量强的她有着如芭蕾演员般漂亮的肌肉线条,是健康而有力量的瘦,肢体丰腴有度,该有肉的地方一点儿也不少。这条合体的裙子将她身材的这种健康又美丽的肉感完美衬托出来。

她转身,问秦既明:"为什么?"

秦既明与她对视:"因为注视你的人会容易产生不该有的念头。"

林月盈转身大声问店员:"你好,这个尺码的这条裙子还有多少?"

我全买了。"

店中只有两件,都被林月盈买了。林月盈潇洒地在账单上签名,秦既明接过包装好的裙子,微笑着对店员说了声谢谢。

出店的时候,林月盈的步伐也轻快,骄傲地欣赏着自己在阳光下闪闪发光的新鞋子:"不让买,我就偏要买。"

秦既明评价她的行为:"姗姗来迟的叛逆期。"

"才不是。"林月盈骄傲地说,"因为我有穿衣的自由,而且穿着它很漂亮。选择穿不穿漂亮的衣服,那都是我的事情;别人有不好的念头,那是他们自己的问题。"

秦既明和她一同往电梯方向走。今天商场中人不多,中庭有人在弹钢琴,是最经典的《卡农》。彼此追逐的音符,好似分离又好似缠绵,如伴生植物,又像同一个湖泊的浮游生物。

秦既明说:"是。"

林月盈在此刻忽然停下脚步,在他面前站定,仰脸望他,好像下一刻就会忽然踮脚去吻他的唇。

秦既明尚未习惯在公共场合与她如此亲密,下意识后退一步。林月盈的唇贴靠过来,微微张开,眼神中有数不清的好奇,好像要剥开他的壳子看他的真实反应。

秦既明提醒她:"月盈。"太近了,不合适。

"嗯。"林月盈说,"不过呢,我想,像你这样的人,肯定会心无杂念吧。"

秦既明垂眼看她:"你认为呢?"

"肯定的啦。"林月盈伸手,用指腹轻轻点一点秦既明的胸口,毫无芥蒂地笑,"我猜得对不对?"

秦既明从容:"很正确。"

不确定是不是购物令林月盈暂且排遣掉了焦虑,夜间,林月盈在家中舒舒服服地睡上一整个大觉。次日再去学校时,林月盈的心情也

第九章 危险又理智的神明

平静了许多。

还没有正式开学,学生少,学校食堂仍旧只开了几个窗口。林月盈如今还处于忌口养胃期,秦既明在附近的一家餐厅中订了病号营养餐,按时给她送过去。

虽说病号餐干干净净没有问题,但可能是压力过重,也或许是这几天有些懈怠,林月盈悲伤地发现,自己的马甲线没有那么明显了。

马甲线这东西看体质,有的人天生就明显,而有些人需要付出加倍的努力才能获得浅浅的一个痕迹。林月盈属于条件稍微好一些的普通人,也必须保持适当的锻炼才能拥有漂漂亮亮的线条。因而,当睡觉前发觉自己的马甲线不那么清晰时,她在卧室里爆发出一声可怕的尖叫:"啊!!!"

彼时秦既明正在喝水,隔着一堵墙听见她的声音,都盖过了电视上的新闻播报声,惊得秦既明将杯子里的水洒了自己一身。他来不及擦,就这么湿着上衣和裤子去看林月盈:"月盈?"

卧室门没关,林月盈只穿了运动衣,下身是瑜伽裤,正懊恼地对着镜子左照右照,听到动静,她抬起头同秦既明对视。

秦既明立刻退出,关门。

林月盈却开门追出来,一脸委屈,要他看自己现在面临的困扰:"呜呜呜秦既明,你看看我,我那漂亮的、美丽的、好不容易锻炼出来的马甲线,马上就要消失了……"

犹如被火星燎了手,秦既明严肃着一张脸,安慰道:"没事,之后坚持锻炼就会恢复了。"

夜间,秦既明觉得大约真是天气转暖了,就连房间中的地暖也令人燥热。

他起身,去卫生间洗脸。

林月盈房间的灯已经关了,这时候乖乖的,一点儿动静也没有。

哗啦啦,凉凉的水浇到秦既明的脸上,试图淹没那从心脏延伸上来的滚烫温度。

房间中的林月盈只在乎自己那岌岌可危的马甲线,她是个对身材和健康要求很高的女孩子。在马甲线危机后的第二日,林月盈就果断地将所有补充能量的小饼干都换成了低脂无糖的,饮料更是只喝纯净水,其他的一律不碰。

更重要的还是锻炼。

为了方便,也为了随时能过去接受训练,林月盈在学校旁边的健身房重新办了卡,每天跑步过去锻炼上三十分钟,再慢跑回学校。

李雁青对她这种办健身卡的行为嗤之以鼻。

他说:"那家健身房,我去打过工,里面健身器材太少了……对了,那个泳池不干净,说是二十四小时循环换水,一个月一次大清理。我在那边打工了半年,没见过他们大清理过一次。"

林月盈吃惊地"啊"了一声。

"啊什么啊?"李雁青已经见怪不怪了,"这种地方的健身房,和你那种高档健身房不能比,我以为你应该知道。"

林月盈说:"我以为区别只是器材少。"

李雁青用那种有些怜悯又有点羡慕的眼神注视她:"所以我说,咱俩不能用'我们'这个词。林月盈,我们生活在同一个土地上的不同层次,就连呼吸也是分层的。"

林月盈叫道:"李雁青,讽刺我矮也不需要这么恶毒吧?况且咱俩身高应该差不了十厘米吧?就这十厘米,你还搞什么空气分层?"

李雁青不说话,低头继续在电脑上翻参考文献。

林月盈已经习惯了对方这种忽然开始又忽然结束的对话。她不可能去理解每一个人,只觉得李雁青真的无愧于"暴躁藏獒"这个外号,他的脾气已经暴躁到无差别攻击了。

第九章　危险又理智的神明

如今距离开学还剩下两三天，一些同学和社员已经陆续返校。

他们的参赛团队有六个人，林月盈、李雁青、孟回，还有两个学长和一个与林月盈同时进社的学妹。社团入社有一定的门槛，能选入参赛团队的也基本都是精挑细选出来的学霸。

饶是如此，李雁青仍旧暴躁如雷，在一次社团活动中骂哭了那个学妹。

学妹的姓名很独特，姓雷，单名一个荣字。她的名字起得响当当，极为大气，实际上性格温柔又胆怯。被李雁青骂完后，学妹跑出去哭了好久，最后还是林月盈和孟回出面把她劝回。

这不是李雁青第一次骂哭人了。他骂人时声音不大，但话语十分刻薄，具有很强的攻击性。其实他倒不是真的针对某个人，而是实打实地认为那些失败的操作完全是不可理喻的错误。就算是社长冯纪宁做错了事，也逃不了李雁青的责骂。

林月盈也和李雁青起了一次冲突，狠狠地大吵一架。中午在食堂见了面，两个人也一言不发，只当没见到。在不知情的人眼里，他们俨然是陌路人，非必要不说话，连眼神也不交流，全当对方不存在。

不过林月盈还在用李雁青赔偿给她的那支钢笔，虽然做工不好，质感不行，但意外地能写出漂亮的笔锋。

可能是因为用起来顺手，也可能是新鲜感还没过，林月盈经常用这支钢笔写工作日志，写便笺，给朋友写贺卡和祝贺信，也给秦既明写过一次留言帖，提醒他记得给自己的瘦月季浇浇水。

秦既明捏着那留言帖，仔细看了一阵。

林月盈平时几乎不用钢笔，他知道她的性格，不喜欢麻烦，每次给钢笔吸墨水都要用尽她的耐心，更何况，这种东西会弄脏她漂亮的衣服。

秦既明忽然冷不丁地记起，林月盈放在衣柜里的一件被墨水严重染色的羊绒外套。

他走过去,清清淡淡地叫她:"月盈。"

林月盈还在洗手间,对着镜子做例行的美容护肤,听见秦既明的声音,她顶着一脸的精华液出来:"嗯?"

"钢笔字写得不错。"秦既明说,"不过,看这笔锋,笔尖磨损有点严重。要真喜欢用钢笔,就把它扔了,挑个新的。"

他说:"刚好我下午有空。"

"不用麻烦啦。"林月盈没当回事,她重新回到卫生间,认认真真地往脸上继续涂抹精华液,用指腹按着脸蛋,打着圈儿按摩、揉搓,将那处搓得微微发红,顺便回答秦既明的问题,"挺顺手的,我也没看出来磨损呀。我用着顺手,现在都有感情了。"

现在都有感情了。

秦既明沉默,只看着她脸上那好似羞怯的红晕。

林月盈没回头,轻轻松松开口:"啊,对了,下午有时间吗?送我回家呗。我现在胃也好了,该回家啦。"

很久,都没有听到秦既明的声音。

林月盈以为秦既明走了,结果一转身就看到他站在门口,距离自己不足半米远的位置,无声无息地,把她吓了一跳。

"你吓死我了秦既明。"林月盈把手按在心窝,缓缓出了一口气,"一点儿动静也没有。"

秦既明靠在门框上。不上班的时间,他穿着宽松的家居服,浅灰色的上衣、深灰的家居裤。林月盈几乎要记不清楚,从什么时候开始,秦既明就不穿浅灰的运动裤和家居裤了。

洗手间空间有限,高个子的人在这种环境下压迫感更重,尽管林月盈有着和一米七就差一点点的优秀身高,但在面对不笑的秦既明时,仍旧控制不住自己的心跳。

"为什么要回去?"秦既明问她,"在这里住得不开心?"

"不是呀。"林月盈指指自己,真挚开口,"我本来就已经搬走了呀。"

她说:"这里当然还是我的家,你也是我最最亲爱的秦既明。"

秦既明说:"都'最最亲爱'了,你怎么不留下?"

"因为我们没有血缘关系呀。"林月盈说,"除了情侣,天底下没有永远住在一起的异性,你以后也会成家立业,我也会。"

似曾相识的话语,如今从林月盈口中讲出,有着夜半敲击寒山寺古钟的沉重感。

秦既明点头:"好。"

"放心啦。"林月盈洗干净手,抱着他的腰撒娇,"就算以后我真找了男友,心里面最爱的还是你,你永远是我最喜欢的人。"

秦既明捏着她的下巴,良久,叹气:"注意点儿,多大的人了,还像小孩一样。别把你脸上黏黏糊糊的东西蹭到我身上。"

林月盈眼睛发亮,强调:"这可是精华哎,精华!"

精华。

秦既明遮盖好情绪,抽了纸巾,仔细擦干净她下巴处多余的面膜精华。

秦既明说:"如果真想交男朋友,一定要告诉我。"

林月盈笑:"好的呀。"

……才怪。

第十章

你要把我逼疯了

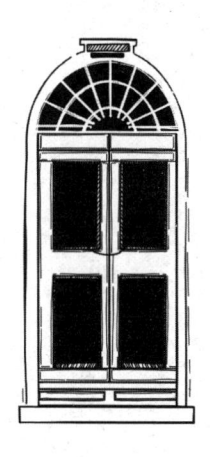

她对秦既明的爱也是一座不夜城。

现在的林月盈,已经忙到连重新追求秦既明的时间也没有了。

如今已是三月,距离智能机械产品的区域赛不到三个月的时间。

比赛分两个阶段,最开始是区域赛,以省市划分,各选拔24%的优秀队伍晋级下一轮比赛;晋级之后是全国赛,举行地点在北京,比完赛划分名次,最后公示获奖名单。

当然,和大部分的比赛形式一样,区域赛的形式为现场展示和答辩。参与现场答辩的名额只有两个,每个团队选两名主要发言人,一个替补。

林月盈参赛小组的发言人已经定下了一个名额,就是副社长孟回。另一个尚未确定,不过在林月盈入社前,这个名额毫无疑问地归属于李雁青。在临场发挥和知识量的储备上,李雁青无疑是最优秀的。而综合考虑仪表、谈吐、礼貌及气势这几个方面,林月盈则更胜一筹。

指导老师至今没有确定让哪个人上。

四月,秦既明带林月盈去医院做体检,重点检查她那个可怜兮兮的胃。这一次咨询医生后,林月盈果断选择做无痛胃镜。

无痛胃镜需要做麻醉,林月盈做完没有用医院的轮椅,被秦既明抱去了休息的地方。路上撞见林风满,后者眼神躲闪,讷讷地叫秦既明一声"叔",看到他怀里的林月盈,又醒过神,叫他"哥"。

249

林月盈还不太清醒，没从麻醉的劲儿里缓过来，探出脑袋看林风满，喃喃道："秦既明我好像做噩梦了。"

秦既明抱着她，简单地向林风满点了下头，也不多说，抱着林月盈就走。

林风满身边还跟了个女孩子，个子不高，看起来很瘦弱，眼神有点怯怯的。林风满叫秦既明的时候，她惊慌又小心地看着他们，不一会儿又低下头，像是怕被看到脸。

林月盈的麻醉劲儿过了一小时才缓过来，但还是有点晕，大脑勉强清醒，和微醺的状态很像。她靠着秦既明的肩膀，歪着脑袋听医生分析检查报告。总结就是没有大问题，之前的胃炎是急性的，大约是当时的饮食不够干净，胃被刺激到了，之后生活中还是需要饮食清淡，注意休息，不要有压力。

林月盈能走，但她犯懒，脚也软，可怜兮兮地让秦既明背她去停车场。

秦既明顿住。

"我都搬走了嘛。"林月盈难过，"是不是我不和你一块儿住了，你就不疼我了？"

秦既明环顾四周，无声叹气，微微俯身示意她上来。

"上来吧。"

去停车场的路上，林月盈摸摸他的耳朵："秦既明，你都好久没有这样背我了。"

秦既明："嗯。"

"上周去何妈妈家，何妈妈让我劝你找女朋友。"林月盈低声，"她说，你现在还没有伴侣，她很担心，也好着急。"

秦既明说："嗯。"

"但我想了想，还是不希望你找女朋友。"林月盈凑在他耳边，说，"可能因为我去年还喜欢过你。"

去年,"还"喜欢"过"你。

还喜欢你,和还喜欢过你,是不同的,一个是持续的状态,另一个是过去式。

秦既明说:"嗯。"

林月盈离他好近好近,她可以看清秦既明衬衫衣领下的紧致皮肤。他天生好皮肤,细腻,不要说脸上,就连脖子这样近距离地看,都几乎看不到毛孔。

有些人就是命好,遗传到的都是父母的优点,皮肤状态是多少人拼命护肤也达不到的优秀效果。

林月盈忽而声音轻快了:"虽然站在我的角度,希望你能找到属于你的幸福……不过,想想去年的话,还是觉得,你刚拒绝了这么好的我,却忽然在这时候找女朋友,我肯定会非常不开心,而且很可能会嫉妒对方。不!十分、非常嫉妒。"

她的唇靠近秦既明的脖颈,呼出的颤抖热气落在他的肌肤上,好像要将身体里所有的蝴蝶都呼呼啦啦地释放出去,然后试图去淹没他。

"你知道,"林月盈说,"你有一个非常自私的前追求者,所以我决定,不听何妈妈的话,不要催你快些找女友。"

秦既明极轻地笑了一声:"好。"

"不过,"林月盈说,"我也不可以做太自私的人,我还是这天底下最好最善解人意的林月盈。所以,如果你真的遇到了喜欢的女孩,你……"

她不说了,心里有点闷闷的,哪怕知道是套路,但还是好闷喔。

林月盈沮丧地想,自己还是太善良心软了。可恶啊,秦既明何德何能,能得到她这样的喜欢。

她很快调整好情绪,歪歪脸,悄悄观察秦既明的表情,若无其事地说:"我也会祝福你,不过这祝福肯定没那么诚心诚意了。"

秦既明没接她的话,提醒说:"刚才看到你哥哥带着一小姑娘,我也没问他来医院做什么。"

"管他呢，我才不想承认他是我哥，他的事情和我没有半毛钱关系。"林月盈嘟囔着，一伸手用力搂住秦既明的脖颈，说，"我只有你一个。"

林月盈想，也不知道，秦既明还能坚持多久。

四月中旬，林月盈和社团的队友们，经过长时间的奋战和努力，终于把那个智能的实用性机械——智能模块化机器（人）做好。

其实不能完全用机器人来命名它，它完全不具备人类的形态，更像是由圆盘和圆柱体拼装而成的机械风机器。极简风，一切以实用性为主，所以每一个模块都是众人的精心选择，耗能低且造价最优——这是李雁青的理念。

而这样的外观还是林月盈极力保下来的，自然也多花了不少的经费。这笔经费的来源一部分是社团，另一部分则是秦既明所赞助的。

赞助费自然是林月盈厚着脸皮向秦既明讨来的。

她晚上主动去家里等秦既明，还精心做了一份菜糊肉也老的青菜炒肉。这份味道彻底翻车的菜肴令秦既明笑了一个晚上，也顺利地答应会帮她解决这部分赞助经费。也是这一笔经费，让机器人的传感器模块换了更加优秀的模组，成功升了一级。

林月盈和李雁青那岌岌可危的友谊，也在这个四月渐渐缓和。林月盈不理解为什么李雁青说话总是这样直白伤人，她虽然也是有话直说的真性情，但也知道"有话直说"并不代表那些直白伤人的话能随便说。

良言一句三冬暖，恶语伤人六月寒。这样最简单的道理，林月盈还是懂的。

就像一个社员迷迷糊糊害得虚拟机崩溃，林月盈会耐心地告诉他，错误在哪里，这次他耽误了进程，但也不是不可原谅，也不需要有很重的心理负担。这次算作试错，但今后一定要小心，千万不可以再犯。

而李雁青只会直截了当地训斥:"你脸上长那俩眼珠子是干什么的?别以为只是做错了一件小事,你的粗心大意严重影响了大家的进度。"他似乎并不会委婉地讲话。

孟回私下里悄悄找过林月盈,温和地提醒她说不要同李雁青置气,李雁青就这样,他并不是针对某人,也未必是脾气不好。

只是李雁青这个人说什么话都这么直白,不懂得迂回委婉。

他只会这样的沟通方式。

大约也因为这样,社内重新进行社长和副社长的投票时,下一任社长理所当然地落在孟回头上。而副社长的例行无记名投票选举中,李雁青的得票数也并不多,甚至和林月盈只差一票。

林月盈比他还多一票。

但林月盈入社还不足一年,并不符合当选副社长的规定,尚不能坐副社长的位置。顺延下去的那位学长也提出,他下年就大四了。不打算考研的人,在大四就要准备实习和毕业论文。综合考虑,他决定放弃当副社长的机会,不如让这个位置再空一空,再等几个月,等林月盈入社时间满一年后,就可以让她名正言顺地做副社长。

这个提议没有任何人有异议,大家一致通过。

投票在4月29日晚上进行,明天就是五一假期,社团里的人在食堂一块儿吃了夜宵后各自分开。林月盈不回宿舍了,她打算直接出校。江宝珠、红红和她约好了明天一块儿去做头发护理,今天开车来学校接她,晚上三个小姐妹就手拉着手睡同一张床。

离开食堂的时候已经九点,这时候一日的温度变幻如四季更替,中午热得要穿裙子,早晚冷到必须要加一件外套。林月盈穿少了,幸而孟回把她多带的一件衣服给了林月盈——一件有一层薄绒的黑色的男式外套。

林月盈担心这外套是孟回男友或追求者的,自己穿上不合适。

她犹豫着说:"学姐。"

孟回笑着拍她的肩膀:"放心,是我的。现在不是流行什么'男友风'?我干脆买男装算了,打折下来后比女装还便宜。我是不是特聪明?曲线救国?"

林月盈重重点头。

孟回开玩笑:"别怕,再说,万一真是我男友的,我也不舍得给你哇。"

林月盈被她逗笑。

和孟回告别之后,林月盈一个人往前走,没走几步又听到身后李雁青的声音,沉沉的。

李雁青问:"大晚上的,不在学校,你往学校外跑什么?"

林月盈没回头,说:"闺密来接我去她家玩。"

李雁青个子高,步伐快,几步就追上林月盈,也不是并排,靠近她时慢了一步,沉默地跟在她身后,放缓步伐,保持着跟随的距离。

今晚的月光很好,光滑皎洁若流水。

林月盈埋头走着,仔细抬脚去踩铺设的带花纹的地板砖。林月盈问李雁青,模仿着他刚才的语气:"你呢?你大晚上的,不在学校,往外面跑做什么?"

李雁青说:"我打工。"

林月盈惊讶:"大晚上的打什么工?"

"临时工。"李雁青不想多谈,"日结的,明后两天,今晚集合。"

林月盈慢慢地喔了一声,这是她的知识盲区,也超过了她的理解能力。出校门的路还有一段距离,她还是很乐意和同学交谈的,于是问李雁青:"你说话一直这么直接吗?"

李雁青答非所问:"这是最有效率的沟通方式。"

"效率啊。"林月盈唉声叹气,苦恼地皱鼻子,"好吧,你说得也有道理,但是,李雁青,副社长,你要知道,这个社会所追求的不仅仅是高效,人情往来同样很重要。"

李雁青说:"和我有什么关系?"

"当然有关系呀。如果你能适当改变一下语气——就是,稍微委婉一点的话,"林月盈认真地说,"今天晚上你的支持率会远远超过我。"

"就算超过你又有什么用?"李雁青说,"副社长这俩位子就是你和我,没什么好争议的。"

林月盈说:"那未来竞争社长呢?"

李雁青说:"我相信我们大部分社员还是保持冷静的。"

林月盈想了想:"也是,今晚副社长的票,我就投给了你。"

"巧了。"李雁青说,"我投的也是你。"

林月盈睁大眼睛,停下脚步,不可思议地说:"哇,真的?你这么好的吗?李雁青,我现在要稍微向你道个小歉,我真的不该以君子之心去度暴躁的君子之腹,我以为你会投给你自己呢。天啊,你完全颠覆了我对你的认知,你比我想象中要好好多好多倍——"

突兀的笑声打断林月盈对李雁青的夸赞。

"林妹妹,等会儿再夸行吗?"

林月盈循声望去,路旁停了一辆黑色轿车,车窗缓缓落下,露出江咏珊美丽精致的一张脸。她趴在车窗上,笑眯眯冲她挥手:"先上车。宝珠临时有事,让我们接你回家。"

林月盈又惊又喜,跳过去:"咏珊姐姐,你怎么这么巧在附近呀?"她不忘回头和静静站立的李雁青挥手说"开学后见"。

"刚好有约会,就在你们学校旁边。"江咏珊笑着看林月盈身后,一眼看到李雁青,路灯暗,看不清脸,只能瞧见是个清瘦的男大学生,打趣道:"是你的小男友?"

林月盈不习惯坐除秦既明的车之外的副驾驶,三步并作两步,自然地去拉后面的车门,笑着回应江咏珊的打趣:"才——"

"不是"两个字,被林月盈硬生生吞进肚子里。林月盈保持着打开车门的姿势,和车后排端坐着的秦既明对视。他的脸上有淡淡的笑,

255

微微抬手示意:"上来。"

车内很安静。

光线暗淡,林月盈的眼睛像积了一层水,泛着一点微微的亮。她坐在秦既明身旁一言不发,手指压在裤子上,用力地收紧按下去,好像如此就能按下心中强烈的不愉快。

秦既明也沉默,除了上车时提醒她小心碰头后,没有再说一个字。

江咏珊先开口,笑着解释:"你哥刚才喝了酒,不能开车。"

林月盈轻轻回了一声"喔"。如果现在在场的只有一个人,那么她一定会毫不犹豫地问出口,为什么你们俩现在会在一起呢?为什么秦既明又喝酒了呀?咏珊姐说刚才在约会,该不会是和秦既明吧?

好多好多想问的话,可林月盈也知道自己现在的情绪不够好。她不够冷静,不可以在这个时候问东问西,出口的语言可能会不礼貌,人在情绪化的时候会容易给别人造成困扰。

如果这只是一场误会的话,那对江咏珊太不尊重了。

江咏珊专心开车,笑着解释:"本来不是说好宝珠和小宁来接你吗?结果小宁的信用卡落在店里了,宝珠开车陪她去拿。她知道我就在附近,就让我先接你过去。"

林月盈说:"谢谢咏珊姐姐。你是不是在这里等好久了呀?"

"还行,没等多久。"江咏珊说,"能这么快找到你,还是多亏了秦既明。他说你经常走这条路,和门卫说了一声,就开进来了。"

看来秦既明晚上的确和江咏珊在一块儿吃的饭,不过江咏珊有男朋友耶……

林月盈问:"萧哥呢?"

秦既明出声:"哪个萧哥?"

"喔,你说我前男友啊。"江咏珊笑,说,"已经分手了。"

"啊?"林月盈感觉警报在耳侧响起,她想要控制自己不要乱想那些毫无根据的事情,这种情绪很不应该,无论如何,她的下一句话充满了真情实意的可惜,"怎么会分手呀?"

"三观不同。"江咏珊想得很开,也不介意,微笑着说,"我和他的消费观还有人生价值观差距太大了,容易产生矛盾。也没办法,长痛不如短痛,与其之后一起痛苦,不如现在就分开,好歹还体面点儿。"

很合理的一个理由。

林月盈为他们感到惋惜,也感觉自己更难过了。她知道江咏珊的消费观和自己很契合,而自己和秦既明的消费观也十分契合……四舍五入,岂不是等于江咏珊和秦既明的消费观也契合?

林月盈认为自己现在有点过于紧张了,但事实似乎的确摆在眼前。

呜。上天保佑,不要让事情发展成她最不想看到的那个样子。

林月盈不想让表情出卖她丰富的情绪,余光瞧见秦既明的鞋子。他坐得很安稳,大约因为饮了酒,也很安静,林月盈却想要狠狠地在他脚背上踩几脚。

虽然已经吃过晚饭,但到达江宝珠的家中时,仍旧受到了热烈的欢迎。

江宝珠的爸妈知道女儿的朋友要来,早就准备好许多小甜点、水果和饮料,好让几个女孩玩得快乐。等年轻人聚齐后,他们就体贴地表示要回房间睡觉了。长辈进房后女孩子们不用压低声音交谈,他们有极好的隔音耳塞,只是不要用音响大声放歌,免得打扰楼上楼下的邻居。

江宝珠一眼看出林月盈的心不在焉,趁着去卫生间的空档,低声告诉她一个"小秘密",说自己刚才听父母闲聊,提到江咏珊这几天一直在相亲。家长们的通病,在孩子毕业后都开始催促他们交往、结婚。至于秦既明是怎么回事,怎么和她一块儿吃晚饭,就不知道了。

林月盈洗了两遍手,还是很难过。

"好吧,我承认。"林月盈丧气,"咏珊姐姐的确是风情万种的大美人,性格也好,成熟稳重,优雅大方。"

江宝珠拍了一下她的背:"泄气什么?现在还不知道怎么回事呢,你可别露出马脚。林月盈,我告诉你,打起精神,别难过,想难过的话,就照照镜子。"

林月盈照了照镜子:"心情好像的确好些了哎。"

"这样就对了。"江宝珠努努嘴,"你身上不也穿着男生的外套?是你社团里的人,还是哪个男同学的?"

林月盈解释:"没有,这衣服是我们副社长的,一个女孩子,她说这叫男友风。"

——而且,秦既明根本不在乎她身上的外套。她把外套脱下挂起来的时候,秦既明都没有看一眼。

"当局者迷,旁观者清。"头号军师江宝珠严肃地问,"秦既明问没问你,穿着谁的衣服?"

林月盈摇头。

"所以啊,就和你一样,他也在意这件衣服,如果完全不在意的话,他就直接问你了。"江宝珠想了想,忽而眼前一亮,伸手把经过的宁阳红也拉进来,关上门问,"红红,我问你,假如有一天,你看到你哥哥身上穿着一件非常不合体的女士外套,你会怎么做?"

宁阳红简短:"骂他死变态。"

"……"

江宝珠深呼吸:"好吧,这个例子不对,换一个。如果你哥哥看到你的身上穿着一件男士外套,他会怎么做?"

宁阳红沉思片刻,模仿着宁晨青的语气:"哟,这是去哪里浪了?"

江宝珠摊手,对林月盈说:"看吧,这才是正常的兄妹相处模式。"

宁阳红补充:"是正常兄妹的阴阳怪气模式。"

林月盈谨慎发问:"那,所以,你的意思是——"

第十章　你要把我逼疯了

江宝珠看她，笑："你觉得呢？"

你觉得呢？

林月盈觉得……好像是有点喔。

就像宁阳红，完全没办法理解，他们俩都这么大了，秦既明还会给她剪指甲，给她梳头发，会抱她、背她。按照宁阳红的说法，一起长大的异性，拿东西的时候不小心碰一下对方的手，都要恶心到起一身鸡皮疙瘩。当然，他们身边朝夕相处、一同长大的异性样本过少，目前这一两个例子，也不具备太多参考性。

"总而言之，可能我和我哥比较特殊。"宁阳红语重心长地下结论，"但你俩更特殊。"

会是吗？

林月盈也不确定了。

约好明日要和江宝珠、宁阳红一块儿玩，今天本应该是闺密之间的开心派对，因为秦既明的造访，导致三个小姐妹都不敢太放肆。

江咏珊要早早地睡美容觉，也不会和她们一起熬。临走前，她提出要送喝酒的秦既明回去，被秦既明拒绝了。

秦既明说已经打电话给司机了，马上就到，谢谢她的好意，就不麻烦她了。

江咏珊走后不到十分钟，秦既明的手机响了。

他站起来问林月盈："今晚跟我回家睡吗？"

林月盈无精打采，心想如果去掉"回家"这俩字就好了。

"不了。"林月盈说，"说好今晚和宝珠还有红红睡，明天我们要一块儿出去玩呢。"

秦既明颔首："好。"

林月盈说："路上注意安全。"

秦既明没动，仍旧站在原地，看着林月盈："不打算送送我？"

旁边的江宝珠推了一把林月盈，林月盈才醒过神，"啊"了一声站起来。

她刚才乱七八糟的东西想得太多了,填满了脑子,思考该怎么问秦既明怎么会和江咏珊在一块儿,想问他是不是真的接受了相亲,想问问……

想问的东西太多太多,可江宝珠也说了,别问得太直白,要自然,若无其事,不要表现出太在意。秦既明拒绝了她的表白,现在要是表现得过于在意,假设秦既明铁了心要推开她,这种在意只会适得其反。林月盈搞不明白,她只想叹气,忧伤地想男女之间的感情果然是令人脑壳痛的一门学问。

她还有点紧张,顺手扒开一块糖,含在嘴巴里,起身送秦既明回去。出了门下电梯走到一楼,门卫不让进来,司机只能在大院外面等着。

林月盈跟在秦既明身后。今晚的月光不好,她的心情也糟糕。国槐树安安静静的,林月盈恍惚间想起童年时住过的房子,卧室一推窗就能闻到清新的植物香。

"不要随便穿男性同学的衣服。"秦既明说,"脏。"

林月盈脑子没能立刻转过弯。

秦既明现在说的,是出于关心,还是出于什么其他的想法呢?

圆圆的、硬硬的橘子味糖果在她舌尖爆起麻麻的酸,林月盈灵活地用舌头转了一下糖果,说:"好。"

她说:"你也不要随便和女生单独喝酒,容易被误会。"

秦既明说:"谁会误会?"

林月盈反问他:"那你觉得是衣服脏还是人脏?"

秦既明站定,两人刚好走到一个坏掉的路灯下。路灯是三个圆球组成的,其中有两个已经不亮了,仅剩的那一个,也只有黯淡无力的光,好似拼命挣脱却又被束缚的人。

秦既明说:"今天晚上我和供应商吃饭,刚好遇到江咏珊。"

林月盈不知道他是什么意思,她仰起脸,口腔中还含着酸甜的糖果，把舌根都要酸麻了。她看不清秦既明的脸，他个子高，微微垂眼，只有白衬衫上的白蝶贝纽扣，在灯下泛着温润的光。

身高差距让秦既明能看清她的脸。秦既明说："她被相亲对象纠缠，我过去帮她赶走了那个男人。不凑巧，供应商的车轮胎坏了，我让司机先送他回家。江咏珊又说今晚你和宝珠在一起玩，问我要不要一同去接你。"

林月盈很安静，没有接话。

"你上次说，如果我交女友或者相亲，一定要告诉你。"秦既明平静地说，"我既然答应了你，就不会骗你。"

林月盈感觉自己已经完全适应了糖果的酸，如今嘴巴里全是愉悦的甜。她用力点头，说出口的语言也是甜蜜的："我就知道，你最好了——"

"林月盈。"秦既明叫她的名字，"我答应你的事情，已经全部做到，你呢？"

秦既明抬手捏住林月盈的下巴，稍稍用力，迫使她张开口，用右手略粗糙的中指和食指微曲着去抠她含的那一粒糖果。他手指长，让林月盈生出想要呕吐的感觉。

夜晚安静，四下无人，他们周围只有坏掉的路灯和努力发光的黯淡灯泡。

林月盈看不清秦既明的脸。

秦既明声音沉沉："我平时怎么和你说的？你全当耳旁风。"

糖果最外层是酸酸的橘子香，像浓缩了一整株橘子，里面是林月盈终于含化的甜。过量的酸会麻痹人的味蕾，以至于林月盈反应了一会儿，才真切地感受到手指的存在。

秦既明的手指很干净，他的动作并不算温柔，微屈的手指精准无误地夹住那颗已经被含化了一半的糖果，抽离的时候磕碰到牙齿，秦既明一声不吭，林月盈倒是闷闷地"呀"了一声。

路灯昏暗，秦既明将糖果捏住，包在纸巾里，精准无误地丢进几步远的垃圾桶中。他沉着脸，用干净的纸巾边擦拭着手指，边看林月盈。

林月盈的下巴还有点酸，比刚才的橘子糖还酸。

"……秦既明。"林月盈快速地说，"我也没有谈男朋友呀。衣服是我们副社长的，女孩子，她喜欢穿男生的外套，而且衣服很干净——"

秦既明说："我又没问你男朋友的事。"

林月盈茫然了，微微侧脸，不知道秦既明如今在生什么气。

秦既明说："虽然医生说你有糖尿病易感基因的可能性只有10%左右，但是不良的饮食习惯能让你多几分患病的几率，你不清楚吗？我之前给你看糖尿病患者病后有多么的不便，你全都忘记了？"

林月盈说："我今天只吃了一颗糖呀。"

秦既明的手指存在感太强，以至于抽离之后，她的口腔仍有被撑开的感觉，好像他手指粗粝的、屈起的指节还强硬地顶着上颚。

猝不及防地被撑开嘴巴，她还是有些惊魂未定的。

秦既明已经擦干净从她口中带出的东西，将纸巾折一折，捏在掌心。

"是吗？"秦既明说，"你好像每天都在吃糖，不然怎么能随时随地对着任何人都能说出甜言蜜语。"

林月盈怔怔的。

"我早就知道你招人喜欢，知道你嘴巴甜。"秦既明平静地说，"的确这样，你对每个人都这样。你吃糖也只沾一沾嘴唇，和人说的好听话也是这样，上嘴唇碰下嘴唇，轻飘飘一阵，说过就忘在脑后。"

林月盈叫他："秦既明。"

存在感太强烈了，她说话时舌头上好像还有手指的触感。

"林月盈。"秦既明语气还是很平静，"我都不知什么时候才能为你少操些心。"

林月盈小声："我也没让你替我操心。"

"是。"秦既明说，"是我担心，担心你会忽然被某个恶劣的男同学骗走，担心你会信了同龄人的话。大部分校园恋爱都无疾而终，我当然愿意看你生活得更好，但我也担心你会伤心。"

林月盈说："秦既明，你该不会是吃醋了吧？"

秦既明说："我吃什么醋？"

顿了顿，他说："不许转移话题。"

林月盈离秦既明更近了，近到快要贴上他的身体。她的嘴唇又开始发干了，干到好像刚才所有的水分都被他抠走，她就用如此干巴巴的唇，说着谨慎的话："那你刚刚为什么因为我讲甜言蜜语而生气？为什么呢？"

秦既明后退一步，微微抬脸，不再直视她。

林月盈终于看清楚秦既明的脸庞，那是一张表面平静的脸。

可他不看她，他脸颊的肌肉微微动了下，她猜测，他应当是吸了一口空气。

于是林月盈还是用无辜的、探究的、天真的语气问他。

"为什么呢？"林月盈问，"秦既明，我不知道你刚才为什么忽然不开心，我很茫然。"

秦既明说："我是因为你过多吃糖。"

停隔几秒，他又问："你呢？你刚才又是为什么难过？"

"为你和咏珊姐吃饭，我以为你们俩在约会。"林月盈坦然，"因为你去年拒绝我了呀，我肯定是不服气的，所以难过有什么问题吗？"

没有问题，合情合理。

秦既明说："我知道了。"

"那你呢？"林月盈说，"拒绝我的人是你，那你又是为什么难过呢？"

她说："秦既明，你该不会，也喜欢我吧？"

秦既明说："我当然喜欢你。我养大你，为什么不喜欢你？"

林月盈生气了，伸手用力推了一下秦既明的胸膛。

秦既明没有动，反倒是她被震得身体晃了晃，手腕微酸。秦既明伸手扶住她，而在站稳的时刻，林月盈也迅速冷静了。

冷静，冷静。要做一个成熟稳重理智的成年人。

林月盈望着秦既明，说：“所以你是不舍得我和其他男生在一起？还是不想让我和其他男生接吻拥抱？”

秦既明眉头紧皱，制止道：“不许说这种话。”

“秦既明你都成年好久啦，别装纯情了。”

林月盈笑眯眯地，她感觉已经掌握到如何不动声色地刺激顽固的秦既明的方法，后退一步，又伸手拍了拍秦既明的胸口。

隔着棉质衬衫，刚才那种没来得及感受的温热肌肉触感，此刻完整地展现在她的手下。

林月盈若无其事地说：“放心啦，秦既明，我知道谈恋爱最重要的是什么，而且交男友的话一定会给你报备。”

秦既明眯着眼叫她：“林月盈。”

林月盈却轻巧地跳开了：“就送你到这里啦，这么晚了，早点回去吧！路上注意安全喔。”

没有来得及欣赏秦既明的表情，林月盈跑得很快，跑出很远才回头看，那幽暗的路灯下，秦既明仍旧站在那边，一动不动，宛如一尊雕像。

风泛着春天微微的躁意，夏天已经开始不知不觉地侵入。

"就是得这么干啊，男人啊，都是一个样子的。"

卧室里，闺密三个人睡在同一张大床上，盖着同一个被子。林月盈躺得板板正正，两个小姐妹都侧着身体看她，替她出谋划策。

"你们俩肯定得有一个人先捅破这层窗户纸。"江宝珠认真分析，"主要是，月盈，事实证明，你之前那种打直球的告白简直和自杀差

第十章　你要把我逼疯了

不多。"

林月盈"呜"了一声，扯过被子盖住头，可怜巴巴地说："呜呜呜，既然知道我和自杀差不多，那就不要再鞭尸了吧？"

"噗，你说什么糊涂话，这词是这么用的吗？"江宝珠忍俊不禁，抬手将盖在林月盈头上的被子硬生生扯下，"听我讲，人性就是这样，越是躲，越是不要强迫。你得让他体会到患得患失，体会到抓耳挠腮，体会到那种想要又得不到、无法拥入怀抱却又不肯放手的感觉。"

宁阳红说："你形容的是孙悟空和蟠桃吧？"

江宝珠说："红红你再打断我和月盈，我就告诉你哥哥，他的车是上个月你刮的。"

宁阳红："尊敬的江女士，我立刻闭嘴。"

林月盈仰面朝天看天花板，信心满满："好。"

关于秦既明和爱情的话题到此结束，闺密间的睡前闲聊也不是完全谈男人，尤其是她们仨。美食、运动、阅读……娱乐的事情应有尽有，男人又不是必需品，更不是生活的全部，顶多算个调味剂。

闺密团聊到午夜三点，才满足地你挨着我、我挨着你，睡了过去。

唯一不妙的是宁阳红睡觉的姿势太过活泼，一晚上差点压死林月盈。

次日，三人在外美美地玩了好久，上午做头发护理和皮肤保养，下午去打球，一场下来挥汗如雨。碰巧遇到宋观识，他也加入姐妹团，跟着打了好久。

下午四点半，洗澡换衣服，享受按摩。

晚上七点，准时去看演唱会。

是的，宁阳红追星。

看演唱会这东西需要气氛，江宝珠和林月盈虽然不追星，但也喜欢这位歌手的歌曲。因而，在刚开票的时候，三人就都买了最前排的VIP票，打算一块儿去看。

265

检票口还有许多临时安保维持秩序,林月盈排队进去的时候,不经意间瞥了一眼,惊讶地发现安保里还有自己的熟人。

是李雁青。

安保制服都是统一的,估计是那种专门招日结工公司接的活,制服都是循环利用。他穿在身上的这件极其不合身,松松垮垮的,腰部很大,空荡荡的,显得他格外瘦削。

林月盈惊喜地朝他挥手,心想不能叫他的名字,怕暴露他的隐私,只憋着一口气叫他:"副社长!"

她前面的宁阳红头也不回:"你搁这儿演韩剧呢,还副社长,啥副社长啊?"

李雁青听力敏锐,抬头向林月盈的方向看。

林月盈没能和他对上视线,身后的江宝珠是急性子,她着急进场,抬起手轻轻一推,把林月盈推进去了。

演唱会的效果很不错。不愧是宁阳红喜欢多年的歌星,无论是演唱功底还是敬业程度都没得说,甚至还多唱了三首歌,延长了表演时间。

她们买的座位有着专门的离场通道,两名安保人员负责引导着她们从另一条路走。这条通道虽然人少,避免了可能的踩踏和拥挤,但相对应的也需要绕一个弯,穿过一个空旷的大厅,再从大门离开。

林月盈在经过这个空旷大厅时,又看到了李雁青。

他和其他轮流休息的安保人员一样,坐在地上。那地板并不干净,隐隐约约能瞧见灰尘,李雁青也不在意,就这么低着头,狼吞虎咽地吃着廉价的盒饭。

这一次林月盈没有叫他,她忽然感觉,可能他不愿意被认识的人看到这副模样。

不知怎地,李雁青忽然放下碗,伸手拿出手机,大约是有人和他打视频电话。他做了一个怪异的举动——四下看了看,找到一个陈旧的、放箱子的架子,把手机放在架子上,他笑着,对着手机摄像头,熟练而快速地做手势。

"月盈?你看什么呢?"

江宝珠捏了捏林月盈的手,林月盈好似大梦初醒,她问:"那个人,是不是在做直播啊?"

江宝珠朝她指的地方看了看,叹了口气:"什么直播啊,不知人间疾苦的月盈盈,我的大宝贝。他应该是个聋哑人,不会说话,做手语和朋友打视频吧。"

宁阳红学过一段时间的手语,她跟着李雁青的动作翻译。

"爸爸妈妈,我很好。"

林月盈连忙阻止:"啊,不可以念出来,也不要看了,保护隐私。"

宁阳红耸耸肩:"估计是给家里的爸爸妈妈报平安。挺不容易的,这种日结工也不知道能拿到多少钱,还得熬通宵。"

林月盈低头看,已经十二点多了。她忽然想起,社长和她说,李雁青的父母都是残障人士。

江宝珠感叹:"前段时间刚看了新闻,说聋哑人对'语气'没有基本的认知,换句话来说,就是他们完全不理解语气这种东西,无论是发短信还是网上交流,都会很直白,而且看起来没有礼貌。"

宁阳红点头:"的确是这样,毕竟他们听不到,手语交流和我们说话完全不同,也就没有……"

林月盈怔怔地想,那聋哑人家庭生长的健康孩子,从小学习手语的话……是不是也会这样?对语气没有贴切的概念?那次孟回学姐隐晦地劝她和李雁青,是不是也是知道李雁青的家庭?

林月盈感觉很抱歉,她不能再看对家人做手语、穿着安保制服的李雁青了,于是匆匆转过脸,轻轻呼出一口气。

她们走出门口没几步,瞧见一辆熟悉的车停在路旁,等她们伫经过时,车门开了。

秦既明下车,笑着对她们说:"我送你们回家。"

确切地讲,是分别送江宝珠和宁阳红回家。

送完两人后,副驾驶上的林月盈已经是半睡半醒的状态。车上睡觉不舒服,在等红灯的时候,林月盈就醒了。她睁开眼睛揉了揉,茫然地扒着车窗往外看。

林月盈问:"这是去哪儿?"

秦既明说:"回家。"

林月盈又问:"哪个家?"

秦既明说:"我们的家。"

林月盈松了口气,重新躺好,找了个舒服的姿势:"吓死我了,我还以为你要变成人贩子把我卖掉呢。"

秦既明也学着她叹气:"无价之宝,谁能养得起?"

林月盈说:"你可能没听说过,'有情饮水饱'。如果我谈恋爱的话,就算没太多钱,也能养得起我啦。"

秦既明安静片刻:"你最近似乎一直在提谈恋爱这个话题。"

"嗯?有吗?"林月盈继续把玩安全带上的小樱桃,"我都没注意到哎,你好仔细。"

指甲尖尖轻轻地掐一掐樱桃梗,林月盈笑着说:"不过你也不用担心,谈恋爱也不是什么可怕的事情,我知道保护自己。"

秦既明冷静地问:"怎么保护?"

她语调轻松,冲秦既明轻巧地眨眼:"不论做什么,我都会做好保护措施的。"

秦既明说:"林月盈啊林月盈,你是不是觉得,气死我才够爽?"

林月盈茫然:"不啊,我只是正常交流呀。"

秦既明说:"你真是……"

他停顿。

林月盈开开心心地提建议:"聪明伶俐?"

"不是。"秦既明说,"不可思议。"

林月盈:"……"

她舒舒服服地躺在副驾驶上,眼睛一眨不眨地看着车窗外的夜色,车水马龙,灯红酒绿,哪怕是这个时间点,这座不夜城仍旧有着川流不息的景象。

她对秦既明的爱也是一座不夜城。

林月盈自在地讲:"可是这种话题不是很正常的吗?我们只是聊,又不是要做。"

秦既明说:"你越讲越离谱了,林月盈。"

"不是吗?"林月盈侧脸看他,车子缓缓启动,她安稳地乘坐着他的车,而她说出的话是等待他登上的船,"现在社会都在努力地做好两性相关知识科普,社交平台上众人也呼吁着不要对它羞耻,要正确面对。"

秦既明说:"那社交平台上也绝对没有呼吁你和我谈这些。"

林月盈安静两秒后炸开,像冬天太阳下一身静电的长毛猫:"秦既明,我可没有这么讲!"

秦既明沉静开车。

林月盈冷静两秒,又福来心至:"不对,秦既明,这是你自己的想法吧?我只是讲不要羞耻,要坦然面对。"

秦既明说:"可能是我听错了。"

"绝对,绝对是听错了。"林月盈大声道,"没有其他可能。"

秦既明说:"是"。

林月盈气势不足,全靠声音大,说完后缩回副驾驶,心中忐忑。她害怕自己真的会不小心讲出心里话,毕竟刚才她半梦半醒,的确不算头脑清楚……

苦恼着,她闭上眼,决定一睡解千愁,忘掉这个小意外。

五一假期的第二天,林月盈上午补觉,下午和秦既明一块儿同宋一量吃晚饭。

昨天的体力消耗的确太大了,又是打球又是熬夜看演唱会,林月盈现在急切需要一个美容觉和吃喝休息日,来美美地放松一下。

吃饭时接到了李雁青的电话,他问林月盈,现在学校社团的实验室有没有人。

"好像有。"林月盈揉着脑袋,说,"我记得张琰今天说要去学习。"

李雁青说:"有人就好。我才知道学校那边搞了个什么少儿科技展……我忘记什么玩意的活动,等会儿我给张琰打电话,提醒他明天看好实验室——"

他忽然止住:"算了,和你讲也没用,你好好玩吧,再见。"

林月盈说:"再见。"

宋一量无聊地转着筷子,问:"谁的电话?"

秦既明不在这里,去洗手间了。

林月盈耐心同宋一量解释:"社团同学,问我学校实验室的事。"

宋一量"喔"一声,没有继续追问。

今天晚上吃饭的也不止他们仨,还有两个退役归来的发小。林月盈小时候被他们带着玩过,等人到了乖巧地叫哥哥,说好久不见好想你们喔。

秦既明还有一句话没说,她的确嘴巴甜,从小到大,没有人不喜欢她。

其中一个还摸了摸林月盈的头,有些吃惊,还有些感慨:"都长这么大了。"

他们俩分去了边境地区,情况特殊,已经许久没有归家。

另一个笑眯眯地打趣:"有男朋友了吗?没有的话,过几天我给你介绍一个,保准和林妹妹郎才女貌天生一对。"

回头又埋怨秦既明:"老秦你也是,咋不让月盈找男友?你自己单身到底就算了，月盈也单着啊？你这是要干啥？培养单身人士之家啊？"

秦既明说："她还小。"

"你看你这话说的，现在是青春大好年华，你说什么……"

林月盈只看到秦既明一杯一杯地喝酒。

他喝多了。

回去的事情不必担心，叫了代驾，秦既明也不用搀扶，步态看起来甚至算得上沉稳。到家后，秦既明才重重地一倒躺在沙发上。

林月盈开了电视，正是放《新闻联播》的时间点。她坐在秦既明的身旁，和往常一样抱着抱枕。

忽然想起什么，她跑到房间内，拿出一包昨天买的水果糖，哗啦一下撕开，倒在茶几上。糖果五彩缤纷的，什么口味的都有，裹在透明的、微微闪着紫色偏光的包装袋中，好像有甜蜜馨香从里面蹦蹦跳跳地散发出来。

秦既明淡淡地说："某个人真是记吃不记打。"

林月盈说："你都喝酒了，我吃颗糖怎么啦？"

说完她剥开糖果，丢到嘴巴里含住，味道甜甜的。

秦既明闭眼："真不知道你把我当什么。"

林月盈说："好朋友呀。"

"你还有很多好朋友，一量、观识……"秦既明细数，"都是你朋友，都是你的好朋友。"

林月盈含着糖，说话含糊不清："是吗？"

秦既明探手，将手掌心放在她下巴处，是一个承接的姿态："吐出来。"

林月盈断然拒绝："不要。"

秦既明伸手去抠，但林月盈强硬地和他对视，直接吞下去。

吞下去后，她还得意洋洋的，一副打了胜仗的模样："哼哼哼，你有本事就把它们弄出来呀。"

秦既明一言不发,起身去收拾被她倒了一桌子的彩色糖果。

林月盈挑衅失败,未免有些沮丧,但她还是从背后抱住秦既明的腰,脸贴在他的背上:"秦既明。"

秦既明:"嗯。"

"你要真打算单身,也行。"林月盈说,"带我一个呗。"

秦既明弯腰,身上带着一个林月盈。他收敛着眉眼,耐心地去挑那些藏在杯子和茶壶中间的糖果:"你昨夜还同我讲,说谈男友会和我汇报。"

"少女的心,四月的天嘛。"林月盈叹气,"云有瞬息万变。"

秦既明不言语。

"到时候你我都单身,都不交男女朋友。"林月盈说,"如果有合适的人,也就在外面解决,绝不把外人带回家。"

"林月盈。"秦既明不悦,"你越说越离谱。"

林月盈的手还搂在秦既明腰间,她想自己今晚肯定也喝醉了,不然怎么会挑着一些已经被 pass 掉的激烈话来刺激他。

她只是忽然从这种语言刺激上找到一种近乎扭曲的满足和欣悦。糟糕,她现在变得越来越坏了,她喜欢看秦既明失控,想要看他不那么镇定。

林月盈已经从前面和秦既明的交流中试探出他的内心也不是那么纯正。

她也隐约察觉到说什么话能令秦既明失态。

"不可以吗?"林月盈的手触碰着秦既明的柔软衬衫,下面是他结实的腹肌,因为他此刻的情绪而紧绷着,她面露苦恼,语气又很天真,"那,如果我是那个合适的……"

秦既明打住她的话,说:"你该去睡觉了。"

林月盈已经完整地见证了秦既明的变化。

她的潜意识比她的认知更先接受来自爱的讯号。

林月盈说:"我话还没说完呢,秦既明,我想要你回答我。"

"那你想从我这里得到什么回答?"秦既明沉静地说,"你想要我说好?让我赞同你的想法,称赞它真是无与伦比的绝妙,还是要我夸奖你真是百年一遇的天才?你想听到什么?嗯?月盈。"

秦既明一点点掰开林月盈抱着他腰部的手,他承认自己喝醉了,这些话不合时宜。

但她已经说了更多不合时宜的话。

"月盈。"秦既明转过身,低头捧起林月盈的脸,安静又沉痛地看着她年轻的面容,低声说,"你今天很过分。"

林月盈叫:"秦既明。"

她歪脸,依赖地触碰着他的手,目不转睛地看着他:"那我们呢?我们俩——"

"不可能。"秦既明说,"完全不可能。"

啊。他这样的回答要把林月盈伤透了。

秦既明说:"我答应过爷爷,我在他坟前发过誓,说要照顾好你,我……你干什么?"

林月盈飞快地撕开糖的外包装,将里面的糖果塞进嘴里,一颗、两颗……她抓了一大把,狠狠地塞进口中,一言不发,只气鼓鼓地看着秦既明。

秦既明沉下脸,抬手去抠,林月盈不肯,他抠出一个,她就再塞一个,塞得太多,又掉出来。她两边的腮都鼓了,就像要用囊袋储存瓜子的小仓鼠,只不过林月盈的腮帮子里囤积着和他赌的气。

秦既明不得不把她先控制住,阻止她踢踹挣扎,又不顾她的拍打,强行捏着她的腮,一定要让她把那些赌气的糖都吐出来,免得她再吞下。

一颗又一颗,她拼命塞进去的,又被秦既明强硬地一颗颗弄出来。

林月盈"哇"的一声，委屈地哭了出来。

她的情绪已经控制不住，非要问出个所以然："那你是什么意思啊？你想要和我住在一起，舍不得我搬走，又不让我找男朋友，还不让我找你。怎么？咱们俩要一起修仙吗？住一个屋子，隔一堵墙，一边是师太，另一边是方丈？"

秦既明哭笑不得："多大了，怎么还吃糖赌气？听话，没有拿自己身体开玩笑的。万一你吃多了，血糖真高了怎么办？"

他擦着林月盈脸上因为憋气而自然流下的泪。

林月盈的脸颊都被他捏得发红，眼睛里满是委屈。

她哽咽："那你现在是什么意思？"

秦既明说："你会有相伴一生的良配。"

"是。"林月盈点头，"我会找一个又高又帅的男朋友，还会和他相伴一生，睁眼第一个见到的就是他……"

"别说。"秦既明低声，"现在别说，我喝酒了，听不了这些。"

林月盈置若罔闻，仍旧倔强地讲下去："喝酒了不起吗？我现在也喝了，我什么都可以听，还什么都可以说。我和你讲，我交男友后会做什么……"

秦既明沉下脸："林月盈。"

林月盈说："我会带他回到这个家里……"

"闭嘴。"秦既明提高声音，"我让你闭嘴。"

秦既明忍无可忍，他的手按住她的后脑勺，另一只手仍旧捧着她的脸颊，尝试阻止她说出更恼人的话。他压抑着俯身，整个成熟的躯体都在发抖，在懵懂的、青春洋溢的林月盈面前不可抑制地颤抖。

林月盈流着泪看他，但秦既明迟迟没有像她期待的那样吻她。

他停留在距离她的唇不足七厘米远的位置，胸口因为呼吸急促而明显起伏，脖子上绷出青筋，汗水就贴在那凸起的血管上，又爱又恨，又疼又怒，又急又痛。

那些压抑的、痛苦的、正确的、错误的、急促的、应该的、不应该的、矛盾的、混乱无序的情绪，在这一瞬间炸开。

秦既明说："你要把我逼疯了。"

他缓缓松开按住林月盈的手，起身："以后这些话不许再——"

林月盈伸手，拉住秦既明的领带，缠在手掌上狠狠一扯，迫使秦既明低头。

她仰起脖子和脸，让这个有着纷杂糖果的吻坚定而急促地落在他的唇角。

晒过丰富日光的新橘子，躺在地上积攒了一肚子昼夜悬殊温差的甜西瓜，爆裂开丰沛汁水的黑樱桃，火红到耀眼的火龙果，泡在盐水里炸开的鲜菠萝，无数种水果在他们相触的唇角炸开。

酷威文化

图书 影视

我欲敛憨养明月
下
多梨 著

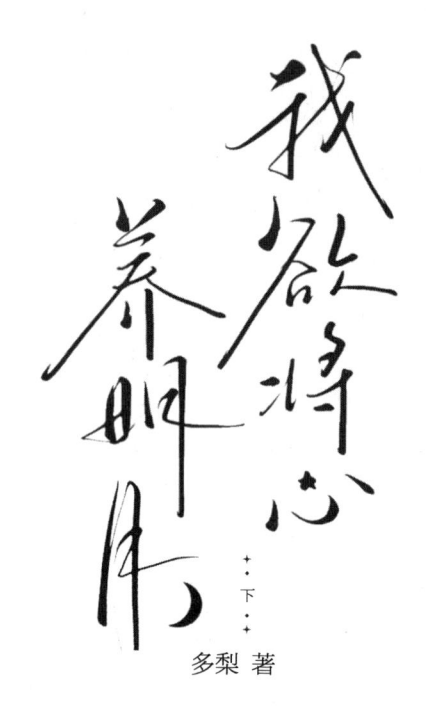

江苏凤凰文艺出版社

目录 contents

第十一章
内心被压抑的焦渴 ……… *277*

第十二章
入侵 ……… *303*

第十三章
爱意难忍 ……… *323*

第十四章
恋爱前的冷静期 ……… *347*

第十五章
露水情人 ……… *377*

WO YU JIANG XIN YANG MING YUE

第十六章
两难 ……………………… *403*

第十七章
情侣不都这样 ……………………… *427*

第十八章
情理之中的我爱你 ……………………… *455*

番外一
林月盈，我不能爱你 ……………………… *479*

番外二
心跳过速 ……………………… *505*

番外三
味觉记忆 ……………………… *549*

番外四
致爱人 ……………………… *561*

第十一章
内心被压抑的焦渴

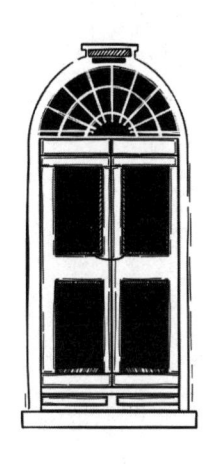

一场两败俱伤的对抗，
没有输赢，也没有结局。

林月盈吻过很多人。

和江宝珠、宁阳红，还有出去玩时与陌生人热情的"贴面吻"，但那都是出于友谊或者礼貌，和秦既明接吻，这还是第一次。

她的口腔中是甜蜜的、融化的糖，那些愤怒之下塞入的糖果表层被温暖融化后混合在一起，分不清各自原本的味道，这些酸甜味道都在激烈且馥郁地碰撞。嘴巴是糖果融合热恋的宇宙，她是含着泪不肯落下的造物者。

林月盈的手指牢牢拽着秦既明的领带，灵活地在手掌上缠一圈，像给不驯的狼套上项圈。这一团浓浆果色的真丝被她粗暴地捏成一团，而她所渴望的人却不曾回吻。他毫无反应，一动不动，像被美杜莎注视后的石像，对她的歇斯底里没有任何回馈。

林月盈要落下眼泪了。

真丝领带将她的手掌勒出鲜明的红痕，林月盈急急地喘一口气，热气落在他的脸颊上。

她和秦既明都在不可控制地发抖，就在他们的家里。熟悉的家居陈设，成长的一岁一年，闷热的房间，躁动的空气，这里的一切他们都一起见证。阳台上的窗户没关，依稀能听到外面的声音。邻居家住着一对和蔼可亲的老夫妻，楼上住着一位单身的大学教授，楼下是刚搬来的生完孩子的夫妻……林月盈尝到自己眼泪的味道，可好像无论流多少眼泪，都无法铺成抵达他心底的小石桥。

她有些痛苦地吸了一口气，发抖的、生涩的唇仍旧贴在秦既明的嘴角周围。秦既明很干净，每天早上都要用老式样的手推剃须刀刮胡子，但那些火热的、无穷的精力和激素催发着生长，仍旧有小胡茬提醒着她，她吻着的是一个人，而不是一尊僵硬的雕像。

于是林月盈闭上眼，加深这个吻，犹如一场献祭，又像是一场只此一次的坠崖，一场义无反顾的飞蛾扑火。

她对吻这件事还算不上熟练，甚至可以说有些狼狈。

林月盈能有什么？她有一往直前的勇气，有孤注一掷的决心。她还不到二十岁，她什么都不怕，什么都不惧，就算是撞到头破血流也绝不回头。

秦既明只有沉默。

该怎么讲？

林月盈已经用尽浑身解数，可秦既明仍纹丝不动。

扯住秦既明领带的手慢慢垂下，林月盈一脸湿漉漉的泪，嘴唇上带着血，打算结束。

秦既明就在此刻按住她的后脑勺，捧着她的脸深深吻下去。

林月盈睁大流泪的眼睛。甜的糖浆、腥的血液，融到分不清彼此，她全身都在战栗，手，胳膊，腿，都如脱离神经般抖动。

秦既明吻得发狠，手指深深地按住她的下巴，按得这一块发痛。林月盈喘不过气，不能正常地呼吸，只能流着泪承受他的汹涌。她无法用准确的词语形容自己现在的感觉，就像加了柠檬和小苏打水的金巴利，理智和情感边缘的淡淡酒精，他衣服上醇厚而微苦的草药气息混上强势的不容置疑的糖果的甜。

林月盈精神亢奋，每一寸皮肤都雀跃舞蹈。她现在是一日看尽长安花的孟郊，是成功得到金苹果的赫拉克勒斯。

在眼前彻底发黑时，秦既明终于放开林月盈，氧气重新回到体内。

第十一章　内心被压抑的焦渴

林月盈已经瘫坐在沙发上，窒息感尚没有缓解，眼前仍旧是看不清他面容的模糊，她只感觉到秦既明俯下身。

沉默，空气里只有他们急促的呼吸，还有刚才慌乱的吻轰炸出的一地废墟。

林月盈颤抖着开口："秦既明。"

"嗯。"秦既明说，"我不能。"

林月盈用力地拽他的领带，声音因激动而微微沙哑："那你刚才为什么要亲我？"

"别试图刺激我。"秦既明抚摸着她的头发，沉沉地说，"你知道。"

林月盈说："我不知道。"

难过让她的手无法再用力拉紧秦既明的领带，那团被她揉到皱皱巴巴的真丝缓慢地从她的手掌心脱离。

秦既明双手撑着沙发两侧，林月盈终于看清他的脸。

他没有笑，没有哭泣，没有懊恼。

他看上去很冷静。

"月盈。"秦既明叫她的名字，"你今年才多大，想过没有？"

林月盈说："你别妄想用年龄说事。莫欺少年穷，有志不在年高。"

她哽咽："刚才算什么？承认吧，秦既明，你也不是圣人，你对我也不是毫无心动，你也有感觉。"

"因为你年轻漂亮，"秦既明沉声，缓慢地说，"任何人都会为你心动。"

"但你不会对其他年轻漂亮的人做这些！"林月盈大声吼，她的口腔里还是铁锈味，那是他血液的味道，她能看到秦既明被她咬破的唇，她还能从秦既明眼中看到同样嘴唇含血的自己，她说，"你只对我这样，难道你还没有发现问题？"

秦既明说："今晚我们都越了界。"

"难道这就算越界？"林月盈问他，语气里的质疑像是要戳穿了他。

"林月盈！"秦既明闭上眼睛，"你越来越过分了。"

"到底是谁过分？"林月盈大声道，"你说的话对得住你的良心吗？秦既明。"

秦既明太阳穴突突地跳，脖子上的青筋因为情绪的巨大波动而鼓胀，上面挂着圆滚的汗珠。

秦既明无声叹气，低着头，脸上有着颓然的神态："还要我为你操多少心？"

林月盈哽咽："我不要你为我操心，我要你爱我。"

秦既明说："你大学还没毕业，我也正在工作。你知道你想要的未来会是什么？亲朋好友，他们会怎么看待你我？你的朋友，你的长辈，还有你的同学，你未来的同事……从小到大，月盈，没人说过你不好，你不知道被人议论会多难过。"

林月盈说："我不在乎。"

"但我在乎。"秦既明沉静地说，"我非常在乎。"

林月盈说："那我们可以保密，家中只有我们两个人，没有人会知道我们在做什么。在这个房间里，我们成为爱人，可以吗？"

"房间里的爱人？"秦既明的手触碰着林月盈的脸，沉沉地问，"月盈，你怎么看待我对你的感情？你觉得我就是你的工具，不想用了就丢掉？"

林月盈说："你又是怎么看待我对你的感情？你就觉得我肯定对这段感情不认真对吗？你觉得我是一时兴起，是觉得这样很好玩是吗？"

急促的电话铃声打断他们俩的剑拔弩张——是林月盈的电话。

她一把拿过手机放在耳边，接听电话的语气并不算礼貌："做什么？"

打电话的是李雁青，对方一怔："你现在在忙吗？"

林月盈说："是。"

不能再多讲，她现在不能在外人面前暴露情绪。

"那我明天再打给你。"李雁青说，"做好心理准备。"

第十一章　内心被压抑的焦渴

林月盈一声不吭地结束通话,用力将手机丢在沙发上。她仰起脸,倔强、不肯服输地和秦既明对视。

"继续啊。"林月盈说,"让我听听你还能说出什么话。"

"这是事实。"秦既明说,"只是你不爱听。"

秦既明可以预见那个未来,风言风语不停歇,流言蜚语将困扰着她的一生。林月盈也是自尊心极强的人,是在爱和赞美里长大的孩子,她能受得了一时,难道还能甘心受一辈子?

他们的结束并不是简单的情侣分手,他不会是一个简单的前男友,不是她一场无伤大雅、年少青春的失败爱恋,他是日后每一天、每一个人都能恶毒攻击她的武器。

秦既明知道舆论环境对待不同性别的不公。

于秦既明来说,他孑然一人,又是单身男性,就算真有风言风语,也伤不了他太多,顶多就是谴责他一两句。

到了林月盈身上呢?就是一块好不了的伤疤,每一个听到流言的人都有可能狠狠去撕开她结痂的伤口。哪怕过上十几年、几十年,这桩与秦既明的爱恋,仍旧是令她耻辱的阴影。难道他要为了一时痛快,成为她痛苦根源的始作俑者,自此余生,看她为此遭受多嘴多舌之人的审判?她光辉灿烂的未来不应当有这样浓厚的阴霾,骄傲幸福的花朵不能为这种事而枯萎,她不能余生都望着这一块年少冲动的疮疤而懊恼,她是他最疼爱的人。

他不能成为捅出这道无法愈合的伤口的利剑。

于是秦既明克制地收回想为她擦眼泪的手,死死攥握成拳,抵着沙发压出痛苦不甘的痕迹。

"月盈,一切都是我的错,是我没有把握好照顾你的尺度。"秦既明说,"我保证,从明天开始,我会和你划清距离,不再干涉你所有的感情生活。"

林月盈躺在沙发上,不说话。秦既明离开前俯身摸了摸她的头发,有不妙的预感告诉她，或许这是他们两人最后一次亲密的接触。

然后秦既明沉默地回卧室。他喝醉了酒，还是不清醒的状态，走路都有点歪歪扭扭。

林月盈蜷缩着身体躺在沙发上，捂着脸，哭得肩膀一抖一抖的。

该怎么办才好？她茫然了。

林月盈一直百战百胜，没有人会不爱她，也不会有人害她伤心地哭这么久，而且还哭了两次。

她能感觉到秦既明不是不爱她，明明他也会捧着她的脸吻她，可最后他还是推开了她。

如果他不爱他，林月盈应该也不会这么难过。她如此笃信，她想要的人一定会被她吸引，秦既明也不例外。她现在难过的是，秦既明不允许这种爱滋长，不允许这种感情的存在，他说一不二。

次日中午，林月盈吃过午饭后，秦既明送她回住所。

全程两个人一言不发。他们俩相处的时间太久了，久到甚至不需要用语言来沟通，一个眼神，一个动作，甚至不需要看对方的表情，他们做出一件事的时候，就知道接下来对方会做出什么样的反应。所以昨晚两人都在试图用最在乎的话去逼疯对方，他们清楚什么是对方的痛点，他们知道怎么讲会令对方更伤心。

一场两败俱伤的对抗，没有输赢，也没有结局。

可爱本身就不理智，林月盈才不要一板一眼的爱，她就要爱秦既明。

可秦既明理智到不能爱她。

剩下的五一假期，林月盈都没有出门。她把手机和电脑关掉，不和外界接触。她现在太难过了，难过到不知道该怎么去面对其他的人类。她蜷缩在自己的房间里，依靠着冰箱里的食物，颓唐又隐秘地维持着人类基本的生命体征，睡觉，醒来就上厕所、吃饭、看书、发呆……

第十一章　内心被压抑的焦渴

她一遍又一遍地抄着 Jorge Luis Borges① 的诗。

The shattering dawn finds me in a deserted street of my city.
（黎明降临，落在我所在城市的孤寂街道。）
Your profile turned away, the sounds that go to make your name, the lilt of your laughter:
These are the illustrious toys you have left me.
（你转过身的侧影，组成你名字的发音，你有韵律的笑声：你残余的美丽令我意犹未尽。）
I turn them over in the dawn, I lose them, I find them……
（我在黎明倾倒它们，我失去了它们，我找到它们……）

林月盈放下笔，安静地注视那铺了一地、用旧钢笔写完的纸张，忽然将脸埋在膝间，不发出任何声音地哭。

假期的最后一天，江宝珠拎着订好的饭来看林月盈。彼时林月盈刚刚洗过澡，清清爽爽地吹干头发，换上前段时间买的漂亮小裙子，涂上口红，在门口笑着和江宝珠打招呼。

江宝珠没有问她那明显哭肿的眼睛是怎么回事，也没有问她的嘴唇旁边看起来像是被吸吮、被咬出的淡淡痕迹是怎么来的，只热情地同她聊天，问她开学后的第一个周末有没有时间，要不要一块儿出去玩？最近她打算换一个新的网球拍，还打算买新的网球鞋和衣服，审美一流的林月盈有没有好的推荐呢？

林月盈一口气吃完了江宝珠带来的虾饺。

她平静地说："我第二次向秦既明认真告白，也被拒绝了，被很严

---

① 豪尔赫·路易斯·博尔赫斯：阿根廷诗人、小说家、散文家兼翻译家，被誉为作家中的考古学家，著有《虚构集》等。

苛、完全不留余地地拒绝了。"

江宝珠发了发呆："喔。"

"我现在心情有点点糟糕。"林月盈侧着脸想，"不过还好，这么多天了，我也消化完了。"

江宝珠放下碗筷，跑过去抱林月盈。

"啊啊啊小珠珠，注意手上的油，不要蹭到我身上，呜呜。"林月盈笑着躲开，"我刚买的新裙子呢，宝珠。"

江宝珠立刻站起来去洗手，左三遍右三遍，指甲缝里也仔仔细细地洗干净，用洗手液冲得香喷喷的，才飞奔过来，结结实实地抱住林月盈。

林月盈说："我想通了。宝珠，还记得我们小学时候学的歌吗？"

江宝珠想："哪一首？Trouble is a friend？"

"不是。"林月盈轻声哼，"The future's not ours to see, Que Sera Sera, What will be will be……"

江宝珠斟酌着问："你打算放手啦？"

"不是。"林月盈说，"我现在说我不喜欢秦既明了，你会相信吗？"

江宝珠摇头。

"所以，顺其自然。"林月盈说，"我没办法控制自己不去喜欢他，也不想再去追他，他现在让我好难过。宝珠，我决定顺其自然。"

"等一段时间吧。"林月盈侧过脸想了想，说，"或许我还会继续深爱他，也可能会慢慢放下，就网络上的那句宣传语嘛，'把一切交给时间'。"

顺其自然吧，林月盈已经如此决定。

临走前，她还问江宝珠，怎么知道她在这里？

江宝珠说："给你打电话打不通，猜你可能和秦既明吵架了，所以就直接过来看你，果然。"

林月盈笑着和她拥抱，心想，秦既明肯定不会给自己打电话。

第十一章 内心被压抑的焦渴

事实也的确如此，等林月盈把手机开机后，密密麻麻的未接来电都来源于李雁青。

林月盈的眼皮跳了一下，直觉提醒她可能发生了一些不那么妙的事情。她顾不得其他，先拨了回去。

果然出事了。

学校举办少儿科技展的场地和他们社团活动室的楼紧密连接，中间有连廊联通。不知道是哪个学校的熊孩子，都五六年级了，还嘻嘻哈哈地跑到他们社团活动室嬉笑打闹，甚至还对机器和一些模型动手动脚，拿桌子上的图纸折纸飞机……

听到这里，林月盈的血压都要上来了。

她问："社团里的门一直开着吗？张琰不是在吗？"

"他去吃饭了。"李雁青按着太阳穴，"这两天一直联系不到你。学校那边的意思是，那些小学生都走了，也没有太大的损失，不好追责；更何况也不好真的去找人，找到那些小学生也做不了什么，总不能报警。"

林月盈说："照价赔偿啊！"

"倒是没有拿东西出去，就是今天我们收拾了一天。"李雁青的声音也充满了疲倦，"还有，你刚写完准备送去参赛的报告没了。"

"我以为多大的事呢。"林月盈松了口气，"我放社团里的那个笔记本电脑上有备份，重新打印不就好了？"

"……就是想和你说这个。"李雁青说，"你的笔记本电脑坏了。"

社团教室内没有监控录像，据张琰口述，他吃饭回来时看到那俩小孩，小孩跑得很快，被抓到的时候还嘻嘻哈哈的，完全不知道犯了什么错。

笔记本电脑的情况还是今天下午进行统一检查的时候发现的，它落在地上摔成了两半。

在重新写一份报告和花一些钱去做数据恢复之间，林月盈毫不犹豫地选择了后者，更何况那电脑上还有一些其他非常重要的资料。为了不影响第二天的工作，她连夜去社团和李雁青汇合，拿着坏掉的电脑直奔专营店。

数据恢复需要一段时间，林月盈已经买了新电脑，连上店里的网，有条不紊地下载需要的软件和各种工具。李雁青能看到她屏幕上显示的一切，有一些售价或高或低的软件，林月盈眼睛都不眨一下，直接付费购买。

电脑屏幕的光淡而柔和，李雁青的视线移到林月盈的唇上，他终于注意到同学的不对劲，迟疑地问："你的嘴怎么了？被虫子咬了？"

医院中，一片雪白，秦既明的嘴唇破了一个伤口，上面结了一层薄薄的痂。

"被猫挠了一下。"

他平静地回答父亲。

"朋友家养的猫，怪我，一直逗它。"

秦自忠闭着眼睛躺在病床上，右手打着石膏，他沉闷地说："你都多大了？还逗猫，下次猫抓了你的眼，有你哭的。"

秦既明说："以后不逗了。"

"看你脸色不太好，昨天晚上没睡好吧？"秦自忠说，"你也不小了，别总是加班，该休息就休息。"

这可真是两人之间难得像父子的对话了。

秦既明说"好"。

"还有，"秦自忠看着儿子说，"外面乱说话的人很多，你也听到了，越来越难听。我知道你性格端正，但也注意别真上了人的套，这么大年纪了，还被一个小姑娘骗。"

秦既明说："你对谁不满意？直接说名字，别兜弯子。"

秦自忠直截了当地开口:"林月盈。"

秦既明不言语,低头看手机,是江宝珠发来的短信。

"我早就知道她那个爷爷送她过来的时候就没安好心,她那个爹也是,动不动就要过来攀交情……他算个什么东西,还过来说亲戚,我们两家八竿子打不着。"秦自忠说,"我看她大了,也不知道避嫌,估计……"

"避什么嫌?"秦既明看着病床上的秦自忠,重复他的话,"我问你,要避什么嫌?"

秦自忠叫他:"既明。"

"月盈是我照顾大的,她是什么人,我心里清楚,用不着你在这里添油加醋地诋毁她。"秦既明站起来,"你自己在外面听了风言风语,不觉得月盈可怜,反倒和其他人一样,信了这种毫无根据的脏话。"

"是不是毫无根据,你心里也清楚。"秦自忠说,"你坐下,刚来就打算走?有你这样做儿子的吗?"

秦既明说:"问出这句话之前,你也摸一摸自己胸膛,问问自己,有没有你这样的哥哥?"

他说:"爸,你不要忘了姑姑是怎么患抑郁症的。"

这是一段并不光彩的往事。

故事起源于一段令人感动的爱情。

一位年轻有为的士官,主动提出去贫困地区发光发热,在这个地方,他爱上了一个因家庭原因去乡下教书的富家小姐。

为了能和对方结婚,年轻的士官不惜接受处罚,就算面临着调查、撤职,士官都没有改变过态度,一心一意地爱着自己的妻子。

他们有一个儿子,是他们爱情的结晶,他天生聪明伶俐、可爱。因种种原因,士官悄悄将儿子送到好友家中,请好友帮忙照顾。

后来,等一切稳定下来,他们才接回这个儿子。

在那之前,这对夫妻又生了一个小女孩。

小女儿是早产儿，妻子怀她的时候就已经很吃力，身体也不好，她生来虚弱，又患有严重的先天性疾病，需要做手术开刀。

当时国内的医疗条件不算好，无法给这样幼小的孩子做如此精细的手术，刚好妻子那远渡重洋的姐姐回来探亲，经过一番商议后，她决定将孩子带到国外去医治。

手术很成功，术后又观察了许久，等病情彻底稳定，小女儿还需要做定期的复查。

等小女儿彻底治愈、和常人无异后，她们才开始商议回国的程序。

这个孱弱的小女儿重新回到父母身边时，已经是懵懂的少女了。

父母和兄长几乎都认不出她，但视她如珍宝，在生活中百般呵护，细心照拂，百依百顺，万般宠爱。

那时候谁都不知道，小女儿远渡重洋归来的不只有健康的躯体，还有被影响的性格和观念。秦自忠在妹妹被接回来后便被教育要好好地照顾妹妹，爱惜她的身体，在生活上要对她无微不至。

秦自忠一直践行着父母的教诲，在日复一日的管教中，他渐渐变得自私冷漠，对秦清光的选择和要求不闻不问，强迫秦清光做他认为对的事情。

曾经自由的少女哪能忍受长辈的禁锢，她在成熟的年龄开始报复秦自忠对她的管教。没想到掌权人的手段是如此的密不透风，无影无形中就斩断了少女的第一份爱情。秦清光在这种压抑的环境里失了心智，等家里人反应过来才发现她早就患上了抑郁症。

秦自忠最后一次和秦清光起争执是在一个下雨天，漫天的雨凝起薄薄一层雾，他们的争吵终止于一场车祸，终止于父母绝望和懊恼的眼泪。

而故事中的另一位，在此后几十年中，对此闭口不谈。

只有老父亲知道，秦清光出丧那天，儿子跪着爬到父亲的身边，哭着说：

"都是你们的错。

"我都是为了她好。

"都是她的错,她不该听信流言,逼迫自己走上绝路……"

她不该不听哥哥的管教,用爱上一个不优秀的男人来报复秦自忠对她的关心。

这段不光彩的往事的结局,成为一个几十年不断编织的谎言,编织到连唯一存活至今的当事人也坚定不移地认为,是流言和秦清光的错,和秦自忠本人没有任何关系。

所以他要不遗余力地在流言刚开始发酵时,利落地将秦既明拯救出来。

秦既明走出医院,他并不相信父母的性格会"遗传"这种话。他厌恶可能性的"遗传",厌恶自己身上的血脉,但无法剔骨还父,秦自忠这辈子都是他的父亲,这是不争的事实。

秦既明身上流着他厌恶的血。他站在医院的连廊上,燥热沉闷的风扑了他一身,嘴唇上被林月盈咬伤的痕迹还在。她那时候用了那么大的力气,就算眼里流着眼泪,也要报复他,让他流血。

秦既明默默伫立良久,在这间隙不忘给江宝珠回复道谢的短信。

一句"她吃的东西多吗?",在即将发送之前,又被他逐字删除。

"你带过去的东西,她喜欢吃吗?"

删掉。

"她的精神状态怎么样?"

删掉。

"她笑过吗?"

删掉。

……

最后,他只给江宝珠发了一句:"谢谢,今天麻烦你了。"

秦既明把手机放回口袋，安静地凝望天边那一抹月亮，它被阴沉沉的云遮住，月色都变得朦胧。

已经是深夜，她大约已经休息了，他想。

林月盈真庆幸自己白天睡了很久，现在不休息也精神百倍。数据的恢复需要一段时间，她趴在桌子上，盯着自己正在下载的数据发呆，手机忽然一阵响动，她被吓得差点跳起来。

李雁青已经快要睡着了，被她的动作一惊，立即坐正问她："怎么了？"

林月盈来不及解释，她打开手机，点开朋友发来的照片，放大，再放大。

李雁青倾身看了一眼，愣住："你哪里来的监控视频？"

保卫科的人前几天和他说，没有老师的手续，不给看监控。

"哎呀，这个你就不用管了。"林月盈仔细看那几张照片，告诉李雁青，"反正手段不合理。"

李雁青说："那你还能这么理直气壮？"

"为什么不能理直气壮？"林月盈奇怪地看着他，"拜托！李雁青，副社长，是这俩熊孩子差点毁了我们的设备哎。尤其是我，最严重的一个受害者，我电脑都被摔坏了，现在想看看是哪个小崽子破坏的，是怎么被破坏的，难道不行吗？"

李雁青哑口无言。

林月盈已经看清楚那俩孩子的照片，称他们为孩子都有些不合适了，他们的身高看起来比林月盈还要高，体型壮得和树墩子一样。林月盈猜他们应该是五六年级的学生，脖子上还系着违和的红领巾呢。

林月盈继续放大照片，看他们校服上的校徽图案。

校徽虽然很小、很模糊，但这逃不过聪明的林月盈的法眼，她大一的寒假无聊，跟着江宝珠去各个学校跑，无意间记下了大大小小几

第十一章　内心被压抑的焦渴

十个学校的校徽。

目标学校很快被锁定，林月盈拿起笔，唰唰唰几下写上那学校的名字，松了口气。

"我记得小学是后天开学，对吧？"林月盈侧脸看向李雁青，"副社长，我能带几个社员陪我去讨回公道吗？"

李雁青面无表情："会不会有欺负小学生的嫌疑？"

"谁说我要去堵小学生了？"林月盈说，"我要去见他们父母，这笔钱，必须赔，一分都不能少。"

等数据终于恢复并上传到新电脑后，已经凌晨两点了。

林月盈不仅付了加急的费用，还给店里辛苦加班的技术员点了丰厚的晚餐和奶茶。离开专业店的时候，周围街道寂静一片。这边路窄，不方便停车，车子在三百米外的露天停车场，他们走过去开车的时候，林月盈忽而一顿。

她看到一辆黑色的车，很像秦既明的那辆，但她很快就看清，车牌并不一致。

林月盈说不出心中什么感觉，好像她第一次玩滑翔伞，安稳落地的那一刻。

她喃喃道："秦既明啊秦既明。"

李雁青走在她身旁，夜深了，风也冷，他打了个喷嚏，问："什么？"

"The shattering dawn finds me in a deserted street of my city."林月盈轻松地说，"是博尔赫斯的诗，翻译成中文呢，就是'无力的黎明穿过荒芜的街角落在了我的身旁'。"

李雁青无动于衷："没想到你还是个文艺青年。"

"不是。"林月盈想了想，"就是觉得，他写得真好。"

真好啊，就像她现在的心情一样。

她说："你住哪儿？我送你回去。"

李雁青本应该回学校宿舍，可是现在太晚了，学校宿舍肯定已经关门了。即使是假期，考虑到学生的安全问题，宿舍楼也有和上学时一样的门禁。

当李雁青提出让林月盈送他回学校，他在社团活动室拼拼桌子对付一宿时，林月盈直接拒绝。

"不然你来我家吧。"林月盈说，"我家还有个次卧，你要是不嫌弃被褥一星期没晒的话，就过去睡一觉。"

李雁青拒绝："太晚了，容易打扰叔叔阿姨。"

"啊没事。"林月盈专注看路况，她说，"我没和他们一起住。小时候，爸妈都不想养我，现在我也不认他们是我爸妈。"

李雁青一顿："对不起。"

他又问："那你是和谁住？"

"没有。"林月盈平静地说，"家里人都不管我，我一个人住。"

李雁青沉默了。

下车的时候，林月盈还奇怪："你怎么不说话了？"

李雁青说："我一句踩一个雷，还是闭嘴吧。"

李雁青还是住进了林月盈的家。这个年代久远的小区有一种从容的安静，林月盈已经很困了，但还是翻出一次性的牙膏牙刷漱口杯，并告诉李雁青，如果他渴的话，饮水机在客厅，食物在冰箱。

洗漱后，林月盈趴在床上倒头就睡，明天她还要去见何涵。

尽管和秦既明吵架了，但何涵还是要见的。

林月盈和李雁青在小区门口的早餐摊子上吃了饭，一块儿去学校。上完课，林月盈打车去选礼物后，直奔何涵家中。

何涵笑眯眯地问林月盈："今年生日想在哪里过呀？是在我这边呢，还是去秦既明那里呢？"

林月盈毫不犹豫地说："当然是和您在一块儿啦，秦既明工作好忙，就不麻烦他了。"

第十一章 内心被压抑的焦渴

她们俩正笑作一团，秦既明推开门走进来。

他摘下手套，解释来迟的原因："路上堵车。"

何涵笑眯眯地招呼着他坐下，林月盈乖巧地叫了他一声。

秦既明颔首："你来得挺快。"

两个人的眼神交流到此为止，克制又疏离地移开彼此视线，好像前两天她没有伸手去摸他的脸，好像秦既明没有和她接吻。

就算林月盈的唇角有着淡淡的印，秦既明的嘴唇还有着结薄痂的伤口。

所有的恩怨纠葛都被埋在那个寂静的夜晚，现在是阳光灿烂的光明时刻。

林月盈枕着何涵的腿，笑着给她看手机上某品牌的新品。秦既明坐在对面，给妈妈和林月盈倒满温热的水。

他们都在应该在的位置上。

何涵对林月盈的购物审美给予了极高的评价。

"如果月盈不是受你的影响，选这么个专业，"何涵说，"她去读艺术，在时尚行业肯定能有一席之地，就像你米叔叔家的孩子，就是那个米笛，他学的美术。"

秦既明说："您少给我脸上贴金，妈，我没有那么大的能力，影响不了月盈。她选现在这个专业是因为她的理工科基础优秀。"

谈这话的时候，林月盈正在用手机给何涵分享几个熟悉品牌发来的新品资讯，作为 VIC（超级会员），她有提前预订的特权。

临近生日，也有人热情地询问她的地址，想要在生日当天给她送上蛋糕和庆祝的鲜花，祝她生日快乐。

林月盈说："我呀，只会花钱，不会搞艺术，顶多开个买手店。"

"开买手店也比现在的工作轻松。"何涵心疼地摸摸林月盈的脸，怜爱极了，"看这黑眼圈，这几天没睡好吧？"

林月盈笑着说没事没事，等何涵选好了想要的东西，林月盈给 SA

（高级经理 Senior Associate）发过去，确认预订，等到货之后他们会通知林月盈到店取。

何涵要林月盈在她这里过生日，往年林月盈都是和秦既明一起度过的，这次算特例。也不会请很多人，她打算请林月盈平时的一些好朋友和同学，一块儿吃吃饭，热热闹闹地玩上一下午。

林月盈笑着说"好"。

她一直很听何涵的话，秦既明也没有意见。他唇上的伤口还没有愈合，不碰注意不到，只有喝水的时候，杯子的边缘会用力压这一道伤口，好似重复之前被咬伤的痛。

他看着何涵，余光里是林月盈因为开心高举的手，她的手指细细的，翘起的小拇指上有一粒耀眼、闪亮的钻。前两天她用这根小拇指安抚他的脖颈，触碰着他脖颈后的热汗，现在一切都结束了。

秦既明安静地坐了一会儿，他看了眼手表，站起来："妈，我还有事，就先不陪您吃饭了。"

何涵愕然。

她皱眉："秦既明，怎么了？"

"没什么。"秦既明说，"工作上的事，这几天比较忙。我本来想打电话和您说一声不来了，又觉得的确好久没来，还是要过来看看您。见您现在身体一切都好，我也就放心了。"

何涵不悦道："就算事情再要紧，也没有你这样的。你想想看，你都多久没有和父母一块儿吃饭了，你又有多久没有去给你爷爷扫墓了？"

秦既明说："这周末我就去。"

"去看看吧，你爷爷最疼的人就是你，你也别忘了当初你爷爷过世的时候，你都在他面前发了什么誓。"何涵说，"对了，上周朋友送给我了一盒新茶，你知道我不爱喝这东西，我给你包好了，你等下带走吧。"

林月盈穿着拖鞋跳起来，啪嗒啪嗒一路跑到隔壁取了何涵说的那盒茶,笑眯眯地捧着递到秦既明面前:"给。"

秦既明接过,说:"谢谢月盈,谢谢妈。"

他们交接得很规矩,很小心,不碰对方的手指,不看对方的眼睛,不约而同地屏住呼吸,好像如此就能蒙蔽自己的心跳。

"去吧。"何涵看他,"我知道你心里面有主意。"

秦既明应了声"好",微微躬身,仍旧拿着那双黑手套,另一只手拎着林月盈递过来的茶叶,茶盒是丝质的手柄,没有留下她半点的温度。

林月盈说:"路上注意安全。"

秦既明说:"谢谢。"

到了车里,他没有开车,而是先安静地坐了一阵儿,等戴上手套,才拿起手机拨电话。

"周叔叔,您好。"秦既明微笑着说道,"我爸说,今天下午约了你们一起吃饭,但不凑巧的是,今天医生说他的情况不太好,需要再留院观察一下。"

"嗯,对。"秦既明抬手看了看时间,"我爸让我替他喝酒,我现在就过去。"

打完电话后,他微微低头,手按了按太阳穴,无声地叹了口气。

秦自忠是典型的被溺爱长大的人。

小时候秦既明一直不明白,为什么父亲和爷爷的关系这么差,也不明白爷爷看起来并不喜欢父亲,却有许多人提到,之前爷爷是如何疼爱秦自忠,如何将他当眼珠子般呵护的。

如果不是——如果不是在爷爷身故后,何涵私下里同他讲出这一段往事,秦既明还不清楚,原来秦自忠还是导致姑姑秦清光去世的罪魁祸首。

在姑姑亡故后,奶奶的身体也每况愈下,最终病恹恹地撒手人寰,

297

很难不说和秦自忠无关。

但爷爷骨子里还是守旧的,他再痛恨,秦自忠也是他的亲生儿子,也是奶奶当年冒死分娩出的血肉。分割遗产时,爷爷留了不少东西给秦自忠。

秦自忠生性不贪财,依靠着爷爷留下的这些钱,也把日子过得舒舒服服。尤其他现在临近退休,甚至也能在年轻人面前"倚老卖老",仗着资历深无形中博得不少好处。

秦既明今晚要见的,就是秦自忠结交的两位朋友。

秦既明到达餐厅的时候,周全和毕元磊已经开始吃饭了。秦既明推门进来落座,周全还笑着说"不好意思"。

"没关系。"秦既明笑着说,"您二位是长辈,不用等我。说起来,也是我来迟了,这一杯先敬二位。"

他仍旧戴着那副黑色的手套,含笑一饮而尽。

周全注意到这突兀的手套,摇着头说:"小明啊,你怎么回事啊?吃饭还戴手套?"

秦既明说:"看我,做事忘记摘了。"

周全饶有兴趣,问:"做什么事?"

"没什么。"秦既明微笑,"一点儿小事而已。"

毕元磊一声喊:"你看你,我这个做叔叔的,连问句话都不行了?"

"您是长辈,问我,我当然要说。"秦既明说,"是上午练习骑马,习惯戴着的。"

周全听得直摇头:"是哪里的马术俱乐部?唉,这个生意不好做,我去年投资你毕叔叔开的俱乐部,赔了个精光。"

秦既明点头附和:"的确不好做。"

他站起来说去趟洗手间,等出来时,在走廊上被毕元磊截住。毕元磊神情不安,直截了当地问出口:"你想说什么?"

"毕叔叔,我一个晚辈,没有什么可说的。"秦既明说,"就是听人

第十一章　内心被压抑的焦渴

讲，毕叔叔您去年说服好几个人投资你的马术俱乐部，结果亏损严重，尤其是周叔叔，他一人就足足亏了八千万进去，真是损失惨重啊。"

毕元磊不说话，舔了舔嘴唇，一副焦躁不安的模样。

"幸好毕叔叔您的妻子眼光好。"秦既明微笑，"没想到单单收集现代画家的画作也能拍出这样好的价格。听说去年，最贵的几幅就给她的银行账户带来了八千万的收入。真巧，和周叔叔亏损的钱一分不差啊。"

毕元磊终于目露惊恐："秦既明。"

"毕叔叔。"秦既明取出手套，不紧不慢地戴上，"我知道您和我父亲，和周叔叔关系都很好，放在以前，那就是过命的交情。"

毕元磊巡视四周，确认周围没有其他人后才开口："你想要什么？"

秦既明已经戴好手套，从背后抓住毕元磊的头发，狠狠向下一拽。

他说："我请您以后别再乱说话。"

毕元磊被他扯得一声闷哼，连忙答应："好，好。"

"我父亲年纪大了，人也老了，该退休了。"秦既明说，"他这个年纪的人，不适合再听些风言风语，尤其是我和林月盈的。毕叔叔，听说您很喜欢在我爸耳旁嚼舌根啊。"

"没有没有。"毕元磊向小辈低头，气焰顿时矮了一截，"都是酒桌上的其他人打趣，说你一直还单着……"

他立刻又说："我没有讲你半点坏话啊大侄子！"

秦既明问："月盈的呢？"

毕元磊沉默了。

秦既明抬手拍了拍毕元磊的脸，侮辱性很强。

"我敬您年龄大，叫您一声叔。"秦既明说，"以后别再做这些丢脸的事，学会闭上嘴，否则，我很乐意帮您的舌头做个小手术，省得它到处惹祸。"

秦既明重新回到餐桌上时，周全看向他的身后，问道："哎，元磊呢？"

秦既明微笑着说："他有急事，先走了。"

"这个家伙……"周全放下心喝汤，半晌，抬头看秦既明，"有话要说？"

"毕叔叔走了也好。"秦既明温和地说，"我倒是真的有几件微不足道的小事想和您聊一聊。"

周全说："什么小事？"

"先从最小的说起吧。"秦既明说，"听说令郎年少有为，今年刚从藤校毕业回国，前途无量啊。"

周全笑着摆手："还行还行。"

秦既明又继续："我还听说，下个月令郎将和九莳药业的小千金结婚，真是郎才女貌、天造地设的一对。"

周全说："到时候你可一定要来，我让他给你手写请帖。"

"令郎风华正茂，青春大好，躁动些也不是什么坏事。"秦既明含笑，"不过，令郎的地下恋情……周叔叔知道吗？"

周全脸色大变。

秦既明不紧不慢地抽出一沓照片，丢在周全面前，说："我知道周叔叔投资了几家杂志。如今纸媒行业不景气，难道这是令郎打算舍身取义，挽救下周娱乐杂志的销量？"

周全不吃了，放下筷子，不停地拿纸巾擦汗。

他一边擦，一边心惊胆战地看秦既明丢下的那些照片，一张又一张，内容不算特别的私密，但不难看出，照片中的男人和一个不是他未婚妻的女人关系亲密……

"既明，既明啊。"周全看着那照片，嘴唇颤抖，"咱们有事好商量，还有，这事我也是刚刚知道，你看，这事闹得……"

"您别紧张。"秦既明说，"我没有别的意思，就是有点小忙需要您帮。"

周全宛如抓到救命稻草,问他:"什么?"

"去年十二月,你们杂志上有一篇完全扭曲事实、恶意揣测的八卦报道,伤害了我和林月盈的声誉。"秦既明说,"这篇报道让我的母亲很伤心,所以我需要知道,到底是谁,写了这么一篇诽谤的文章。"

周全点头:"好说,好说。"

"还有一件事。"秦既明说,"周叔叔您偷偷养在外面的那个私生子,听说上小学五年级了?"

周全不安地说"是"。

"这么大的孩子,也不是什么事都不懂了。"秦既明说,"他摔坏了林月盈的电脑,还给我母校的实验室带来了不小的麻烦,这事得有个说法。

"我今天只是来替林月盈要个公道。"

第十二章
入 侵

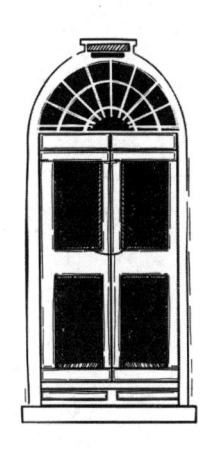

秦既明是她的后盾，也是她最放心的保险箱和 Plan B。

天色彻底昏暗的时候,林月盈才从何涵那里离开。

不停地交谈、聊天、做一些打发时间的事情,都能令她暂且从接近失恋的情绪中抽离。

她忽然明白,为什么世界上会有工作狂的存在,或许他们是真的热爱自己的工作,也或许不停地做事只是为了能够令他们的大脑不去想其他烦人的事。

无论如何,林月盈现在需要把自己的时间表排得满满当当的,她需要忙起来,才能不去想一些会令情绪更加糟糕的东西。

情场失意,职场得意,原来也并不是毫无道理。

她和张琰、李雁青一块儿去锁定的小学门口找那两个五年级的学生,果不其然揪到两个正在买零食吃的小家伙。

林月盈客客气气地让小学生们带着他们去见家长,在去之前,她已经做好了充分说服对方的准备。她已经打印了监控录像,还有社团内统计的预计损失金额——数额最大的,自然还是林月盈的电脑。

两个小学生的家就住在同一个单元楼,还是楼上楼下的关系,林月盈没想到其中一个孩子的家长会是单亲妈妈。

对方客客气气地请林月盈和她的同学进来,又端了水果和饮料给他们吃,然后板着脸叫小孩的名字:"周意!你给我过来!"

妈妈按住周意的脑袋,要他规规矩矩地给林月盈他们道歉。林月

305

盈猜测对方应该已经教育过小孩，小孩现在也表现得规规矩矩，只认真听着，绝不说其他。

第二家也是，小孩道了歉，家长不怎么说话，最后还是这个单亲妈妈痛快地拿了赔偿金给林月盈。林月盈没多要，只要了属于学校社团的那一份，这事就算是过去了。

但林月盈觉得不太对劲，事情解决得太顺利了，顺利到就像已经有人提前为他们铺好路，明明三个人在来的路上已经做好说服对方以及据理力争的准备，结果完全不需要多讲，对方就已经自觉地道歉赔钱一条龙。

很不对劲。

回程的车摇摇晃晃的，张琰先开口了："没想到是单亲家庭，我们现在拿走这些赔偿金，会不会对他们影响很大啊？"

"你不拿钱，不让他知道自己做错事，那才是影响大。"李雁青说，"这么大的孩子了，还不懂不能随便碰他人东西，再长大些，是不是要开始偷东西，开始打人抢劫了？"

张琰说："现在是法治社会，不至于吧……而且，他们家是单亲家庭啊，这笔钱对他们来说也是很大的支出吧？"

李雁青说："他们家富也好，穷也好，和我们都没有关系。难道小偷偷了东西，因为家里穷就可以原谅了吗？"

他说："穷人也是人，不用同情。"

张琰说了声"好"。他心肠很软，沉甸甸的现金就在他捏着的信封里，一想到自己刚从一个单亲妈妈那里拿到这笔钱，他就觉得难受。他越想越受不住，忙不迭地把信封丢给李雁青。

李雁青说："你抽风啊？"

"烫手。"张琰闷声，脸朝着玻璃，"心里不舒服。"

李雁青还没出声，林月盈先开口了："张琰，你的心理负担其实也没必要这么重。"

张琰:"啊?"

"还记得那个阿姨给我们盛水果的盘子吗?"林月盈慢慢地说,"那是爱马仕和一个艺术家合作的餐盘,限量发售。"

张琰:"啊?!"

"还有给你装水的马克杯。"林月盈说,"2500块一对。"

终于有概念的张琰:"啊!"

李雁青补充:"不用怀疑真假,林月盈家里有一整个柜子的爱马仕。"

张琰:"啊……"

"所以不用同情,他们家庭如何和我们没有关系。"林月盈说,"有时候同情也是一种冒犯,我们只是在保护我们应得的权益。"

张琰已经呆住了,喃喃地说"好"。

到了学校,林月盈和李雁青一块儿去把这笔钱交给社团负责管账的孟回学姐,再将其中应该赔偿给林月盈的那笔钱抽出,归还给她。

离开的时候,阳光正好,两人并肩下楼。

李雁青问林月盈:"那真是和艺术家合作的限量款餐盘?"

"当然不是。"林月盈说,"我瞎编出来,骗张琰的。"

"我就说,"李雁青整个人开始舒展,"怎么和我家用的公鸡盘一模一样。"

林月盈一下笑出声来,问他:"啊,对了,你怎么知道我有一柜子的爱马仕?"

"我也不知道。"李雁青说,"我瞎猜的,感觉你会有。"

阳光落满她一身,林月盈脚步轻快。在正常的社交距离之下,李雁青能嗅到她头发上的淡淡玉兰香气。

"那你还真的猜错了。"林月盈笑,"我也没那么有钱啦。"

舍友蔡俪、苏凤仪和黎敏慧就站在树荫下等着她,林月盈跑过去,不忘回头和李雁青说再见。

三天后，指导老师给出名单，他决定让孟回和李雁青负责面对评委老师的演讲和后续的问答事宜。林月盈一点儿也不觉得可惜，她倒是觉得这个结果更合理，毕竟李雁青和孟回都比她的资历深，而且一开始的产品雏形，包括初始机器的灵感、一代和二代的模型，都是由孟回、李雁青和冯纪宁参与的。

她只是能说会道了些。

这一段时间，林月盈没有回家住，她已经习惯了住宿舍，毕竟人都还是爱热闹的。

她原本已经快要适应独居生活，偏偏这一次又被打回原形。与其孤独地在房间里一个人吃饭，还不如在宿舍里和舍友一块儿吃食堂或者结伴去商业街改善生活。

林月盈和秦既明的联系已经很少，连日常的嘘寒问暖和聊天谈心都没有了。

中间秦既明有给林月盈发消息，问她什么时候在家，他和朋友一块儿去海钓，钓了几尾海鲈鱼，加工好了打算送给她吃。

林月盈回复说："谢谢你，不过我现在不在家里，你把鲈鱼给其他人吃吧。"

还有一次是何涵订的新品到了，刚好林月盈那几天满课，何涵住的地方远，林月盈不方便送过去。于是林月盈去了秦既明的公司，将东西交给前台，说这是给技术研发部秦既明秦总监的，然后又发短信给秦既明，告诉他一声。

秦既明回了"谢谢"。

不见面的这段时间，还发生了些其他的事情，林月盈的马甲线又重新练出来了。李雁青说得没错，这个健身房的器材有限，以至于林月盈不得不每次都随身带着消毒湿巾和喷雾。而且这个健身房也容易有一些奇怪的男性过来搭讪，林月盈开始考虑是否有必要弃掉这张卡。

林月盈的头发长长了许多，她舍不得剪，就一直留着。她频繁地

第十二章 入 侵

做营养护理,以及规律自己的睡眠,再加上健康饮食,头发一直透露着漂亮的光泽。林月盈对着镜子左照右照,完全看不出自己刚刚经历过一场失恋。

她的状态好到现在就可以跑去秦既明面前,让他眼前一亮。

不过林月盈暂时不想这么做了。

眨眼间,林月盈的生日到了。

何涵订购了大量的鲜花,把整个房子都装扮起来。拟邀的名单是林月盈定的,她请了好多的同学,包括舍友,以及社里的几个朋友。冯纪宁因为要去见导师讨论论文的事,只用手机发了祝福,没办法过来,孟回和李雁青都是一口就答应了。

唯独秦既明,迟迟没有来。

何涵有些不悦,亲自给他打了两次电话,得到的答复都是秦既明正在忙,等会儿就回家。林月盈过生日呢,何涵也不好在这个好日子里发脾气,只躲起来低声地谴责秦既明。

林月盈不介意,她没有等到秦既明来,朋友到齐了之后就开始张罗着切生日蛋糕。何涵站在她旁边,握着她的手,微笑着和她一块儿落下刀。

锋利的刀割开甜甜的奶油和面包胚。

林月盈吃到了水果和巧克力最多的一大块蛋糕,甜蜜溢满她的口腔。在座这么多人,不会有任何一个人在意她有可能有糖尿病易感基因,也没有一个人会关心她要少吃糖。

今天是她的 19 岁生日,她离成熟更近了一步。

林月盈的生日派对上没有任何酒精饮料,他们一块儿吃饭、玩游戏、唱歌、跳舞……直到晚上九点半,舍友和同学算着再不回去就赶不上学校宿舍的门禁了,才一一向林月盈告别。

林月盈今晚留宿,和何涵一起睡。

头上的公主皇冠还没摘掉,林月盈哼着歌,坐在地毯上,开始认真地拆朋友送的礼物。旁边是个大大的行李箱,方便她将朋友送的贺卡和礼物分门别类地装起来,带回家珍藏。

发夹、头饰、鞋子、丝巾、水晶球、音乐盒……应有尽有。

孟回送给她的是一本精致的、由金属外壳拼接起来的笔记本,而李雁青则是送了她一个自己做的小车模型,小车没有任何功能,只是一个最简朴、以实用性为主的小车外壳,做得很仔细,每一块都打磨得很圆滑,是非常用心的手工礼物了。

林月盈小心地将这些东西都放好。

整理完毕后,她听到外面有人敲门,很有规律的三下,可能是有同学忘记带东西了吧。

林月盈提着裙子跑过去,打开门:"是不是——"

她说不出话了。

秦既明站在门口,穿得很正式,西装、领带,一样也不少。他一直这样,会穿着正装来庆祝她的生日,她是他唯一的宝贝。

秦既明递过来一个深蓝色的袋子,笑着说:"生日快乐,月盈。"

林月盈伸手去接:"谢谢。"

她无意间碰到他的手指,凉凉的,泛着淡淡的寒气,接触到的冷让她都打了个寒战,就好像他已经独自在室外站了好几个小时。

过于安静的夜晚并不令人喜欢,只因它总会暴露许多本该沉默的心事。

林月盈问:"不进来吗?"

"不了。"秦既明说,"公司还有事。"

林月盈说:"之前我在那边实习时,也没见你加班这么频繁。"

"多事之秋。"秦既明说,"就这段时间。"

林月盈语调轻松:"那好吧。"

她低头打开包装袋,看到里面漂亮的、沉甸甸的藏蓝色盒子。

第十二章 入 侵

她喃喃道:"好大。"

秦既明没听清:"什么?"

林月盈说:"盒子好大,看起来不是戒指。"

秦既明笑:"当然不是。难道要我送你一个象征单身的尾戒?不合适。"

林月盈用手指戳了戳盒盖:"那这个是哪个系列的?"

"我不懂。"秦既明说,"你知道,我不了解这些东西。我只进了店里,告诉他们,我想给我最爱的你送一个美丽的、能看一眼就叫出声的生日礼物,他们为我推荐了这个。"

林月盈已经把这如海洋般深蓝的盒子从袋中取出,袋子挂在手上,她单只手操作有点困难,但还是如愿打开了。礼物是一条光华璀璨的钻石项链,优雅的白金和钻石镶嵌成美丽又轻盈的姿态,下面悬挂的钻石好似一滴泪。

林月盈说:"啊!"

她仰脸:"店员肯定骗你了,这个不适合送给我。"

秦既明叹气:"看来店员欺骗了我。"

"但我也很喜欢。"林月盈把盒子紧紧抱在怀里,对他笑,"谢谢你,秦既明。"

秦既明说:"喜欢就好。"

他脸上又流露出那种看到她后自然而然散发的微笑。秦既明下意识地伸出手,像之前无数次抚摸她的头发那样,但这只手迟迟没有落下,只克制地触碰她跳出皇冠边缘的一根发丝,温柔地贴了贴,不一会儿又若无其事地收回。

秦既明说:"回去吧,我也该走了。"

林月盈目送着秦既明离开。

人走之后,她才抱着盒子,返回行李箱处慢慢地跪下来。林月盈重新打开盒子,伸手抚摸着漂亮却冰冷的钻石。她认得这经典的饰品,是"为爱加冕"系列的鹭羽·冠冕——一组适合在婚礼上佩戴的珠宝,最出名的还是这个系列的戒指。

秦既明可以送给她这个系列的所有作品,除了戒指。

林月盈慢慢地呼出一口气,她低头将这漂亮而昂贵的盒子放在李雁青送给她的手工小车旁边。

顺其自然吧,林月盈。

既然看不清未来,那就直接走吧。

谁知道未来会怎样,谁知道秦既明是否能忍得住一生。

她只需做好自己的事情。

那些漂亮的生日礼物都被林月盈细心地放在旧房子中,但她暂时没有心情去打理。区域赛将近,她又报了三门感兴趣的选修课,几乎要将自己忙成陀螺,每天都在不停地转啊转。

可林月盈很喜欢现在的生活,周末如果好友没有时间,她就和舍友一块儿去逛街,在商业街二楼的个人服装店里挑衣服。林月盈口才最好嘴巴最甜,能把一件连衣裙从278元顺顺利利地砍到159元。她还和朋友一块儿去逛夜市,坐在路边小摊的简易木桌上,安静地等老板上烤好的串。她还要喝酒,要去看日落,要去……

林月盈有好多好多的事情要做。

她一直住在学校里。周六周日,舍友们休息不出去玩的时候,她要么就泡在图书馆或者社团活动室,要么就是骑着单车在学校中一圈又一圈慢悠悠地转。太阳从树叶枝条的缝隙中落下,洒了一地的漂亮光辉。

然后是区域赛。

虽然都在同一个城市,但为了防止意外,校方还是决定统一住在比赛场地附近的酒店,仍旧由老师统一带队,包了辆车,送他们过去。

林月盈不是主要的发言者,她很镇定,只低头玩手机,还是开心

第十二章 入 侵

消消乐，她从念高中一直玩到现在，没事的时候就玩几把。

李雁青的位子在她旁边。

他昨天没睡好，从上车后就一直在睡，很安静，很规矩，睡着后也不乱动，头往后枕着椅背，没有粗重的呼吸声，也不磨牙。

在林月盈又一次尝试失败的时候，李雁青醒了，他出声："你现在是一个人住吗？"

林月盈顺口说："怎么可能呢？我们学校宿舍不都是四人间吗？"

李雁青有点无奈："我是说，你回家后，还是一个人住吗？"

林月盈捧着手机沉思："这可说不好，我已经有段时间没回去了，说不定会有老鼠呀蟑螂呀什么的……啊，想想就觉得好可怕。"

她身上起了一小层鸡皮疙瘩。

"不行。"林月盈说，"我要打电话告诉阿姨，请她帮我打扫一下家里的卫生，晒晒被子什么的，千万别引来老鼠。"

"注意安全。"李雁青说，"你要注意安全。"

林月盈有点茫然："啊？"

"那天，离开你妈妈家的时候，"李雁青直接说，"我和孟回看到有个奇怪的男人一直站在外面，个子很高，挺吓人。"

林月盈不放在心上："可能是出门散步的邻居。放心好了，我妈住的地方安保很强。"一般人也进不来。

"应该是。"李雁青说，"那也要小心。"

林月盈无所谓地说"好"。她常年练习女子格斗术这件事，还真的没和几个人讲过，毕竟平时她也没有施展身手的机会，更不可能天天挂在嘴边。这东西是保护自己用的，不是拿来当作谈资的。

又堵车了，大巴车停了下来。林月盈的位置靠窗，她拨开挡光帘往外看，路上车水马龙，人来人往。

这城市有那么多人。

林月盈和孟回分到同一个房间，标准的双床房，隔音效果不太好，能够听到隔壁房间的聊天声。

　　林月盈庆幸这一层楼住的基本都是同学，不然万一遇到兴致盎然的小情侣，怕是一晚上都要睡不好。

　　这种酒店不提供开夜床服务，林月盈自己动手，将被子折成舒服的状态，调节灯光，而孟回一直坐在床上，安静地捧着手机发呆。

　　等洗完澡出来，林月盈才发现孟回在默默流泪。

　　她吓了一跳："学姐。"

　　"没事。"孟回躺下了，说，"我只是失恋了。不用管我，哭一晚上就好。"

　　"不可以！不可以！"林月盈叫出声，"你明天要参加比赛的，不可以哭，你的眼睛不可以肿。"

　　她翻箱倒柜，终于翻出合适的冰敷眼罩，扑过去认真地给孟回敷在眼睛上。

　　林月盈说："快用这个敷一敷，深呼吸，有用的。只要你不哭，戴着这东西睡一觉，明天起来眼睛也不会肿得很厉害。"

　　孟回握住她的手，低声说"谢谢你"。

　　"失恋没什么大不了的。"林月盈说，"我前段时间还告白失败了呢，现在不还是好端端的？男人，只是我们生活的调剂品。"

　　孟回笑了："你说得对。"

　　她又喃喃："没想到你告白也会被拒绝，对方一定很没有眼光。"

　　"没错。"林月盈说，"和你分开的那个人也很没有眼光。"

　　孟回笑了笑，又说："可能因为现实吧，总要考虑很多。"

　　一句话让林月盈也有点惆怅，她叹气："也是，文艺作品中也有好多求而不得。"

　　就像阿波罗，最终也得不到达芙妮。

　　遗憾才是常态。

第十二章 入　侵

"你和周全走得这么近，到底是想要什么？"宋一量百思不得其解，说，"掌握媒体就是掌握舆论方向，你们公司最近有什么大动作？"

"吃你的。"秦既明说，"这么多东西都堵不住你的嘴。"

宋一量摇头，不想了，烟瘾犯了，他在手上碾了碾，是一个虚空捻烟的动作。没过一会儿宋一量又忍下泛起来的瘾，东张西望地找话题："林妹妹多久没回来了？"

秦既明说："三十二天。"

宋一量问："你俩吵架了？"

秦既明说："你就不能安安静静地吃完一顿饭？"

"要是知道就你一人在家，我可不会来吃这顿饭。"宋一量说，"我想让林妹妹帮我选个礼物呢，结果你说她今天去参加比赛了……啧。"

谈话间，家里请的阿姨过来了，笑着问，还想吃点什么，她去做。

宋一量说："给我来盘生菜吧，洗干净，什么都别加，我吃点新鲜的润润。"

阿姨不好意思地解释："是这样的，中午的时候，月盈给我打电话，让我去帮她打扫那边的房间，晒晒被子。我回来得晚了，看那边卖的生菜不新鲜，就没买。"

宋一量"哦"了一声，又问："有西红柿吗？给我整俩干净的西红柿也行。"

阿姨说："也没了，刚刚全做了这道柿子酸汤。"

宋一量说："那还有其他的新鲜水果蔬菜吗？什么都行，能生吃就行。"

阿姨说："还有黄瓜，新鲜的，卖菜的说中午刚摘的，现在还挂着花呢。"

秦既明敲敲桌子："有手有脚，就这么几步路，想吃什么自己去厨房看。"

宋一量笑着说"好好好"，自己起身去厨房找了。

秦既明问阿姨:"从刚才就一直对我使眼色,是不是有什么不方便说的?"

"唉,这个……"阿姨犹犹豫豫的,耳侧听着宋一量打开冰箱的声音,她有些不安,下意识地看了看厨房的方向,确认宋一量没有走过来之后,才压低声音说,"其实这是月盈的隐私,本来吧,也是不应该说的,但我在家里做了这么多年了,也把她当自己的姑娘一样……"

秦既明问:"我知道,你说,我不怪你,我会替你保密,还会谢谢你。你在月盈住的地方发现了什么?"

"头发。"阿姨快速地说,"床上有男人的头发。"

厨房中,宋一量还在翻找可以令他的胃"清新"一些的可生食食物。不知碰到了什么东西,哗啦一声响,没有人问,宋一量自己先说了:"没事,我能收拾。"

秦既明并不在意他是否能收拾。

他只望着阿姨,问:"哪张床?"

阿姨终于意识到这句话还有两种严重程度,她自然要掂量着轻的那个讲。

"次卧。"阿姨说,"是在次卧的床上。"

秦既明的表情并没有因为这句话而好转。

阿姨倒是找补了许多,观察着秦既明的神色,她一边努力地想,一边又主动说:"我想了想,也有可能是月盈的朋友。卫生间里,我还看到了新的牙刷和漱口杯……看起来不像是月盈会用的,或许是男朋友?"

月盈现在的年龄,开始交男朋友也是很正常的事情,阿姨想。

"不可能。"秦既明说,"不会这么快。"

阿姨说:"啊?"

"还有什么?"秦既明问她,"在月盈家里,你还发现了什么?"

阿姨诚恳地回答:"还有一条被丢掉的毛巾,嗯……次卧的被子被我拿去晒了。"

"主卧呢？"秦既明追问，"月盈的床呢？"

"月盈一直都自己整理被褥。"阿姨说得很谨慎，"很干净，我什么都没有发现。"

林月盈这个习惯还是在秦既明的教育下保持下来的，她会将自己的卧室整理得干干净净。秦既明重复："很干净？"

"是的，很干净。"阿姨说，"床单也没有铺，把被子也叠好收进柜子里了，可能月盈比较爱干净，不想蒙上灰尘。"

秦既明安静两秒，颔首说道："谢谢你，我知道了。"

脚步声渐渐靠近，宋一量端了一盘洗干净的水果出来，大剌剌地坐下，笑着问："说什么呢？老秦，看你这一脸沉重，发生什么事了？"

"没什么。"秦既明说，"吃吧。"

宋一量晚上十点钟才离开，他走的时候，外面飘了些小雨，朦朦胧胧的，符合教科书中描绘的"润物无声"之感。阿姨早就走了，就剩秦既明一人在家。

秦既明打开月盈的房门，床上铺着干净的床单，房间更换了新的地毯，地板上一尘不染。昨天天气好，秦既明还给她晒了被褥。她若是回来，随时就可以休息。这里的被子一直都是柔软的，还裹着阳光的味道。

房间寂静无声，夜深了，周围的邻居也睡下了。秦既明看了许久，最后还是轻轻关上门。他一言不发地走去阳台上，给月盈养的那几盆花浇水，还顺便摘掉了几片枯叶子。

整理近两个月订阅的期刊报纸，整理月盈的低糖零食"小仓库"，把临期的零食拿出来吃掉，再记下需要补充多少东西，等这些做完了，秦既明又去整理林月盈的衣帽间，检查所有衣服的状态，确认都得到了最妥帖的安置，并且将她的包包拿出来擦了一遍，弄完又重新放回去，确定包包没有任何挤压或碰撞。

秦既明还记得和月盈一块儿做这些事情时她的碎碎念：漆皮容易吸色，必须放进防尘袋后单独放置；小羊皮最娇贵，所以要注意不要被任何东西压住，肩带放平，有的包中要放支撑物……

一切都打扫干净后，秦既明抬手腕看了眼时间，还不到十一点。

今天是月盈离开的第三十二天。月盈现在在做什么？应该已经在酒店中睡下了，明天的比赛还挺重要的，她之前提到过，如果能拿奖的话，简历上就能多写一行相关的荣誉。

前一天的晚上，她在做什么？在学校宿舍，还是……和那个陌生的男性一起在家里？

秦既明不能理智地思考这个问题。

月盈将一个男人带到家中住，她知不知道这样会很危险？

还是说，他们——

秦既明不能再想下去，脑海中无法浮现那样的画面。仅仅是意识到对方会触碰和抚摸月盈这件事，就令他痛苦地跌坐在沙发上。

他闭眼沉默良久，拿起车钥匙，一路开到林月盈的房子下。

她的车就停在车库中，秦既明用备用车钥匙打开车门。林月盈一直有丢三落四的毛病，备用钥匙也在秦既明手上，以防万一。

林月盈的备份都在他这里，车子的钥匙、智能门锁的密码、重要证书的原版……

秦既明是她的后盾，也是她最放心的保险箱和"Plan B"。

秦既明曾因她依赖自己而喜悦，也因成为永远的"Plan B"而难以排解。

车门打开，降温了，车内的温度也低，秦既明打开灯，沉默地坐在车上查看行车记录仪。

林月盈开车的技术不错，但因为平时上学，也不怎么开这辆车。最后这几次，都是她开车去接宁阳红或者江宝珠一块儿去玩。林月盈

第十二章　入　侵

这几天去的都是熟悉的地点，网球场、健身房，还有美容保养馆……她的生活和他在一起时一模一样，没有任何改变。

没有一个女孩来这里留宿，也没有一个人的头发短到会被阿姨认定是"男性的头发"。

再往前。

再往前。

秦既明终于打开了那晚的视频。林月盈开车到学校，接了一个又高又瘦的男大学生——是李雁青，秦既明认出他是那个家庭并不富裕的贫困生。

他沉着脸看时间，是他们刚争吵不久。也是那晚，秦自忠跌伤了，去医院治疗。

再往下看，车子停在停车场，两个人并肩往前走，林月盈一直在仰脸同他说话。

暂停。

往后。

隔了六七个小时，天色已然黑透，视频上的两个人终于回来了，林月盈的表情要轻松许多，李雁青一直在看她，不知道说了什么，林月盈也开始笑。

没有声音，林月盈没有开录音功能，或许这个功能暂时坏掉了。全程秦既明都听不到他们在说什么，只看到车一路往林月盈的住处开，最后停在这个车库里。

两个人下车，一前一后地往电梯的方向走。

秦既明缓慢地按着太阳穴，的确有男人在月盈的家中留宿了一晚，还是李雁青。

给了林月盈一支廉价老旧钢笔、带林月盈去吃廉价快餐、害林月盈胃痛的李雁青。

不可遏制的怒意缓缓升起，秦既明并不认可李雁青成为林月盈的男友。

　　凭什么？他有什么？林月盈是在悉心照顾下长大的，而李雁青目前辛苦一个月的工资都不够给她买双鞋子。秦既明对李雁青本人并无恶意，他只是认为，一身稚气未脱、还不具备良好经济条件的李雁青，和林月盈，从头发丝到脚，没有任何一点相配的地方。

　　李雁青唯一的优势也就是年轻了些。

　　不，这也不是优势，年轻的男孩子一抓一大把，条条框框对比之下，李雁青着实没有任何出众的地方：容貌只能算好，称不上顶级，比不上月盈；身高勉强合格，但身材过于瘦弱；学识算和月盈匹配，可家境……

　　偏偏月盈邀请他住进自己的房子，秦既明都没有在这里住过。

　　秦既明在车中坐了一阵，行车记录仪上的视频令他不适，但他还是完整地看了三遍。

　　然后关掉。

　　秦既明在一片昏暗中上楼，打开林月盈的家门。这是月盈离开他后一直住的地方，厨房中干干净净的，她离开前应当是带走了所有的食物，以免在空房子中坏掉，招来虫子。

　　打开次卧的门，这里已经被阿姨收拾干净了，被褥也一并折叠收好，瞧不出住人的痕迹。

　　月盈的卧室也是，秦既明打开橱柜，看着那些干干净净的、叠起来的床单。她在离开前将所有的床单洗干净、叠放好收起来。

　　她为什么要洗？

　　秦既明察觉到自己的情绪不对，那些无根据的揣测令他不适，令他陷入一种近乎执着的痛楚。

　　他打算去卫生间洗把脸。

　　卫生间的架子上放着两个漱口杯，玻璃描金、绘制着月亮的漱口杯是月盈的，旁边还有个透明的玻璃漱口杯，没有任何图案，只放着

第十二章 入 侵

一支白色的、明显用过的牙刷。它的存在看起来就像它的主人会再次住进来，再次用这个漱口杯和牙刷，再次用月盈的浴室，再次睡她香喷喷的蓬松的被子。

原本和月盈并排放一起的漱口杯是他的，秦既明一言不发地拿起杯子，重重地丢进垃圾桶。

垃圾桶是塑料的，只有薄薄的一层，下面是洁净坚实的瓷砖。咔嚓一声，脆弱的玻璃漱口杯在垃圾桶中跌碎，四分五裂。

"李雁青。"秦既明面无表情地叫着冒犯者的名字。

这里没有多余的毛巾，只有林月盈漂亮柔软的樱桃手巾。

秦既明记得阿姨提到过，有一条毛巾被丢进垃圾桶。秦既明现在不愿意想那块毛巾擦过什么，被什么人用过。他顿了顿，扯下林月盈的洗脸巾，拧开水龙头，洗干净脸后，走出卫生间，坐在客厅的沙发上。

万籁俱寂，没有她的房子到处都是寂静。

背后是林月盈最喜欢的柔软抱枕，这种软和的东西能令秦既明回忆起她趴在自己背上的触感。秦既明倒了一杯桌子上冷透的水，慢慢喝下去。冰冷的水浸着他的咽喉，他放下杯子，看了眼腕上手表的时间。

已经是凌晨三点十五分。

这是月盈离开他的第三十三天。

三十多天前的这个时间，林月盈带了李雁青回家。

行车记录仪显示他们相谈甚欢。

他们做了什么？

秦既明沉默半晌，低下头将双手并拢，抹了一下脸，低声道：

"林月盈。"

第十三章

爱意难忍

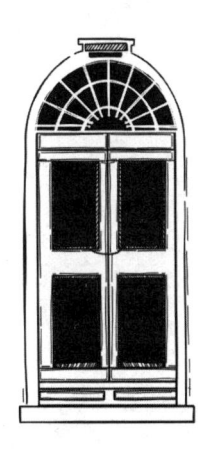

她是易燃的干柴,他是火星,一燎就燃,
轰轰烈烈。

晨曦早早到。

林月盈七点钟已经起床,穿上轻便舒适的衣服,在酒店周围跑了五公里。等她满头大汗地回房间,孟回已经醒了。

林月盈笑眯眯地打招呼:"学姐好。"

敷了一晚林月盈给的眼贴,孟回的眼睛看不出异样,不肿也不红,没有丝毫哭泣过的痕迹。所有糟糕的事仿佛都随着太阳升起而消弭,包括昨晚的伤心。

孟回微笑着和林月盈打招呼,又忍不住打了个哈欠,问:"这么早去跑步啊?"

林月盈说:"今天醒得早,闲着也是闲着,而且也好几天没运动了。"

她用毛巾擦着脸,问:"你现在用卫生间吗?"

"啊,不用不用。"孟回拿着装着洗护用品的化妆包,放在洗手台上,拉开拉链找洗面奶,"我先洗脸化妆。"

林月盈说了声"好",她现在有一身的汗急切需要清理。林月盈刚翻出自己的睡衣,又听孟回叫她:"月盈。"

林月盈脱了上半身的衣服,丢进酒店准备的脏衣篓里,探头问:"怎么了?"

"注意保暖。"孟回往手上挤洗面奶,说,"昨天晚上,听你打了好几个喷嚏。"

林月盈打趣："肯定是哪个人彻夜未眠在想我。"

孟回大笑："大胆点，说不定是好几个。"

林月盈也这么认为。她从不怀疑自己受欢迎的程度，她美而自知，但不会因此不可一世。

伴随哗哗啦啦的水冲下来，林月盈打上自己带的洗发水，顺带着戳了戳自己的腹肌，这个时候林月盈想，她的完美身材又要回来了。

毕竟参加的是竞赛而不是选美比赛，林月盈带的衣服都是极为简洁大方的，她穿上简单的小裙子，把头发扎起来，脸上不化浓妆，甚至连口红都没涂，嘴上只涂了一层淡淡的唇蜜。

她和孟回两人都不提昨晚的事情，心照不宣地保存着秘密。吃过自助早餐后，孟回已经全副身心地投入到今日的比赛中了。开赛前她把心思放在之前记的资料上，还有针对提问的预演问答中。中途，林月盈有点想吃水果，转头又去了自助餐厅。李雁青刚好在餐厅吃饭，远远地看着她走过来，和她打招呼。

他今天穿着极不合身的西装，最下面的两粒纽扣全系上，显得整体更不好看了。

西装这种东西，即使不是定制的，也一定要选择合身的尺码才好看。肩膀、袖子、腰身、长度……每一项的尺寸都很重要，偏偏李雁青这件看起来尺码和他的整个人都对不上号。他个子又高又瘦，而这件西装明显有些肥大，显得他有些过于单薄。里面衬衫的袖子又过长，露出的部分太多，裤子也不合体，腰围太大，不得不借助腰带来收紧。

林月盈微笑着和李雁青打招呼，提醒他整理一下领带。

李雁青抿了抿唇，说自己不会打。

这句话是真的，李雁青几乎不穿西装，他是理工科的学生，而且也没有上过什么商务礼仪之类的课，不会打领带也不是怪事。

"这个是卖西装的人送的，免费的。"李雁青解释现在领带造型的来源，"她提前帮我打好，说用的时候只要这样——"

第十三章 爱意难忍

他做手势:"一推一拉就好。我穿了大概四五次,扯松了。"

"我教你。"林月盈看不下去这歪歪扭扭的领带,主动说,"这东西其实不难,你这么聪明,肯定一学就会。"

李雁青于是将这个有点歪了的领带取下。领带材质不好,是聚酯纤维的,摸起来又薄又糙。林月盈把它捏在手中,略微想了想,仍旧耐心地将领带打了平结——这是最简单、最百搭的一个打法了,无论什么材质、厚度的领带,都可以打出妥帖的形状。

李雁青学得很快,模仿着重新打好后,对她说了声"谢谢"。

"不用谢啦。"林月盈笑,"我也刚学会不久,真巧,今天就能派上用场。"

服务员从他们的身旁经过,林月盈找他要了条干净的热毛巾,擦了擦手又放回去,微笑着说"谢谢",然后低头继续吃早餐。

林月盈提醒李雁青:"西装最下面的扣子可以解开喔,会更帅一些。"

李雁青低头看了看,说"好"。

等晚上时,他真的解开了那一粒纽扣。

孟回和李雁青不是第一次参加这种活动,配合也是非常的默契。不知道是不是孟回的紧急培训起到了作用,还是因为指导老师的耳提面命,今天的李雁青终于放下平日的那副臭脸,平和且僵硬地回答了老师们的提问。

区域赛的名次是当场评出的,他们的组排在第三位,顺利晋级到下一轮全国赛。

结束后指导老师们还在复盘,到了这个排名上,做的东西基本水平都差不多,更需要注意的应该是评委老师的那几个提问。尽管学生一个比一个亢奋,但还是不能放松。回程的路上,几个人还在讨论,是不是有更好的回答技巧和方法,倘若在全国赛中的排名能更进一步,自然更好。不同的奖项,含金量也不同,大家都希望自己能获得更好的名次。

林月盈没有参与到讨论中去，她很困，因为比赛提起来的精神骤然放松，这种精神反扑加剧了她晨起的疲倦。枕着大巴车的靠背，她慢慢悠悠地睡了过去。

　　秦既明一直没有给她打电话，也没有发消息。林月盈也没有机会告诉他，自己比赛结束，拿到了不错的名次。

　　他们俩都沉默着保持距离。

　　中间还发生了不那么愉快的小插曲。林月盈睡得太沉了，一直到下车时才被孟回叫醒。她迷迷糊糊地下车，不慎一脚踩空，尽管孟回及时扶住了她，她的脚还是不幸地崴了。

　　刚开始林月盈还不觉得痛，只有一些微微的酸胀，走路一瘸一拐的。晚上社团聚餐结束后，林月盈才发觉脚腕痛得厉害，不动的时候也有酸胀感，一动更是痛得龇牙咧嘴。她将裙子掀开看，发现崴了的地方肿了一圈。

　　聚餐结束后已经十点了，林月盈打算打车回家。看她这一瘸一拐的模样，孟回哪里能放心，主动提出送她回去。

　　林月盈说"不用"。

　　"还是我来吧。"李雁青出声，"我是男的，晚点回去也不要紧，我送林月盈回去也更安全。"

　　大家对这个决定没有异议。

　　倒是林月盈不好意思，李雁青送她回去，自然是她付出租车的车费，但回学校的话，李雁青肯定是要坐地铁的。一想到这点，林月盈就觉得有点对不住他，可也找不出更好的理由拒绝，毕竟孟回对她崴脚这件事十分自责，总觉得如果不是自己没提醒，她也不会受伤。

　　李雁青再来到林月盈的小区，仍旧是寂静的夜晚。他没有扶林月盈，掌心出了汗，热乎乎的，似乎会弄脏她漂亮的真丝裙子。林月盈也没有到需要人扶的地步，她的脚腕痛，可也不至于痛到无法走路，只是走路要当心一些，脚不能抬太高。

"谢谢你的提醒。"李雁青忽然说,"原来穿西装时,外面最后一粒扣子一定要解开。"

"我也只是凑巧知道一点点而已。"林月盈解释,"也不是提醒,我是真觉得你解开那粒扣子穿更好看。"

李雁青说:"其实你和我想象中完全不同,林月盈。"

林月盈:"啊?"

"刚开始认识你的时候,我对你有很深的偏见和误解。"李雁青说,"刘教授这么大年龄了还在坚持授课,完全是出于对这个专业的热爱,但有很多人觉得他年纪大、好说话,所以过来选他的课来混学分……"

"抱歉。"李雁青说,"刚开始我以为你也是那种人。我因先入为主的印象对你有着很不恰当的偏见,包括后来的社团招新面试里,我也对你说了很恶劣的话。"

"你已经道过歉了呀。"林月盈完全不放在心上,笑着说,"而且我一开始也觉得你这个人情商低不会讲话,我对你的印象也有着先入为主的偏见。这么说,我们扯平啦。"

李雁青沉默半晌,问:"那你现在对我是什么印象?也是情商低不会讲话吗?"

林月盈愣了一下,她没有想好怎么回答这个问题。耳侧听到李雁青提醒的一句"小心",她站定,看到昏暗的路灯下有几粒石子,看起来是调皮的小孩子丢在这里的。

林月盈说:"我现在觉得你是个很坦率的好人。"

李雁青说:"谢谢你。"

今天的风有些大,乌云蔽月,道路旁的蔷薇花丛被吹得摇摇晃晃的。李雁青和林月盈绕过一个转角,冷不丁地看到一个男人静静地站在单元楼前,把两个人齐齐吓了一跳。

男人从阴影中慢慢走出,路灯的光从上方倾洒他一身,映照出他温和端正的一张脸。他穿着合体的黑色衬衫，包裹着修长双腿的西装裤，李雁青注意到他的西装和鞋都有着漂亮优雅的弧度。

此时的他尚不知这叫琴底工艺，单是制作鞋底的牛皮就比他一身的行头还要昂贵。

李雁青看到身旁的林月盈愣了愣，叫了一声"秦既明"。

李雁青也看清男人的脸，他长得极为英俊，俊俏到令李雁青言语匮乏、大脑空白的地步。总有一些人，美貌令人过目不忘，铭记于心。

林月盈是这样，这个男人也是如此。

李雁青下意识地开口叫他："秦总监。"

秦既明微笑着向他伸手，温柔又和善，和李雁青对这位总监的固有印象一模一样。

他亲切地说："你就是月盈常提起的李雁青吧？久仰大名，终于见到本人了。"

李雁青有些紧张。他还年轻，没有想到林月盈口中"不要她了"的那个人，和他尊敬的秦既明秦总监会是同一个人。

这样的惊讶让他愣了两秒，才伸手回握秦既明。李雁青能明显感受到对方那温热又厚重的手，是和二十岁的自己完全不同的感觉。

李雁青对一切技术优秀的前辈都报以深深的敬意，不仅有现任社长冯纪宁，自然还包括当年空手套白狼创立社团、并将其发扬光大的第一任社长秦既明。

李雁青用了敬称："我曾在您的项目里做过实习助理，不过我们平时很少见面。"

秦既明看着他，大约三秒，露出一副恍然大悟的表情。他微笑着说："是你啊，我之前还在想，有没有可能是重名。我对你有印象，你的组长在我面前夸过你好多次，说你工作勤奋，非常优秀。"

李雁青不习惯被如此夸赞，只能僵硬着谦虚说："您太夸奖我了。"

林月盈看着秦既明，不解："我什么时候常常和你提李雁青了？"

第十三章 爱意难忍

秦既明微笑不减:"忘记了?进社团之前你和我说社团里有一个朋友很严格,严格到你在我车上说的时候就哭了。后来面试完,你还和我讲,社团有个学姐很喜欢你的态度。"

啊,林月盈想起来了。

秦既明说的是两件事,一件是选修课上李雁青凶她的那件事,另一件是面试时,李雁青批评她是花瓶的事。林月盈不记得自己有没有说过他的名字,或许有?那时候她每天都要同秦既明讲许许多多的话,以至于现在对这件事毫无印象。

李雁青急切地解释:"抱歉,秦总监,那时候我的确有些偏见……"

秦既明打断他,温柔地说:"不用叫我秦总监,算起来我也是你的学长,你叫我学长就好。"

李雁青叫:"秦学长。"

"我知道你是好孩子。"秦既明温柔地说,"你离职交接的时候,我为你写了推荐语,你的工作能力毋庸置疑。月盈很聪明,我相信她和你成为好朋友,一定也是认可你的品行。"

李雁青说了声"谢谢"。

寒暄完毕,秦既明终于开始关心林月盈。

"腿怎么了?"秦既明低头看向林月盈,"摔倒了?"

林月盈说:"没什么。"

"没什么?走路一瘸一拐的。"秦既明说,"别忍着,骨头是大事。记得方姐姐的爸爸吗?他就是年轻时被砸伤了腿,结果落下一辈子的病根。"

林月盈"哼"了一声:"我落不落病根,和你也没有什么关系。"

秦既明已经弯腰去看她的腿了,他正仔细地检查伤肿处,闻言抬头:"什么?"

"没什么。"林月盈知道自己要镇定,可她现在就是忍不住,"你不是说以后不管我了吗?"

秦既明沉默两秒，叹气："你在这时候说这种话，的确让我下不来台。"

林月盈沉默了。

她转身看向旁边站着的李雁青。李雁青一直站在风里，犹豫片刻，主动开口："我认识一个中医，很会治疗跌打损伤。他的店离这里也不远，不如送月盈过去看看？"

秦既明一顿："太晚了，不好意思麻烦他。"

他已经看清楚林月盈脚腕上的红肿，比预想的更严重，一圈的浮肿泛着红，触目惊心。

"不晚不晚。"李雁青解释，"他的店一直开到深夜十点的。"

秦既明笑："中医不是最讲究养生吗？怎么开到十点才休息？"

"因为他就住在医馆的楼上。"李雁青认真地说，"老人觉少，所以每天开店的时间都很长。"

林月盈没有缩回自己的脚。好奇怪，明明一整天都感觉还可以，现在看到秦既明，她却觉得脚腕痛到受不了，到了必须去看医生的地步了。

可她不想就这么听秦既明的话。怎么能事事都顺他心意，他要如何就如何？

她保持沉默。

秦既明又客气地说："谢谢你，雁青。不过我有个朋友在附近的骨科医院上班……"

"我才不要看骨科。"林月盈一点儿也听不得秦既明说，她固执地开口，"必须看的话……那就直接去看中医吧。"

李雁青顿了顿，想了一下，真诚地建议："如果秦总监……秦学长有医院的朋友，肯定是现在去医院拍个片子，做个完整的检查更好一些。"

"不要。"林月盈闷声说，"我就要去看中医，我不想去医院，去医院的话又要挂号又要跑这里跑那里的，流程太长了。我今晚想早点睡，我很累。"

她现在脚痛了，不想坐在轮椅上被人在医院里推来推去，尤其是秦既明。

李雁青说："不要拿自己的身体开玩笑。"

秦既明瞥了他一眼。

林月盈还是坚持："不去看骨科。"

秦既明点头："好，那就听你的，去中医馆。"

"脚是大事。"秦既明正色道，"你平时喜欢运动，更应该知道健康的腿脚多么宝贵。要珍惜爱护自己的身体，不要随随便便地糟践它。"

这话让人找不到反驳的点，林月盈只能说"好"。她在心中还是觉得秦既明这话说得有点重了，她哪里是不爱惜自己身体嘛？仅仅是脚崴了一下没有及时去医院而已，从他的口中说出来，竟然严肃得像是她犯了什么严重的大错。

林月盈也不知道这种奇怪的心理，究竟是不是因为现在自己还在生秦既明的气。

秦既明开了自己的车送她过去，林月盈不肯坐副驾驶，理由很充分："我脚痛，后排可以横着放。"

已经坐在后排的李雁青自觉地往旁边挪了挪，给她留出大面积的空间。

秦既明说："胡闹，你踢到雁青怎么办？"

李雁青低头看，看到自己不合身的西装裤和衬衫，以及旁边林月盈翘起来的漂亮的羊皮底小鞋子。尽管鞋底已经被划出多处痕迹，但依旧是肉眼可见的精致，就像秦既明的鞋子一样。

这一对在爱与财富中长大的人，有着如出一辙的优雅和美丽。

林月盈没有想到这里，呆了呆，刚想把脚放下，又听到李雁青主动提出："我坐副驾驶吧，刚好也能给学长指一下路。那边小店多，中医馆的门头小，可能一不留神就错过了。"

秦既明仅剩一丝微笑："麻烦你了。"

李雁青说着不麻烦，打开车门下车，低头吸了一口气，又面色如常地打开副驾驶座的门坐上去。

扯安全带的时候，李雁青还是猝不及防地被安全带上的小樱桃装饰和车上的小玩偶惊了一下。意识到自己大概率坐了林月盈的专属位置后，李雁青迟疑片刻，觉得骑虎难下，但后排的林月盈和旁侧的秦既明都没有表现出任何异议，于是他顿了顿，用力地扯出安全带扣上。

到中医馆的时候，上了年纪的中医还没有休息，他看了下林月盈的脚腕，说不要紧，没伤到骨头，就是筋拧到了，需要按摩理疗。治疗室的空间有限，帘子是拉开的，秦既明和李雁青就站在外面等待理疗结束。

李雁青看林月盈没事之后提出回学校，要不然时间太晚了，马上就是宿舍门禁的时间，再晚就进不去了。

秦既明点点头，送他出去："那我就不留你了。"

两人走出贴着"中医理疗"四个字的玻璃门，这里街道狭窄，寻常少有车过来，最近的地铁站要步行很久才能到。

秦既明打电话叫了出租车，等待的间隙和李雁青若无其事地闲聊。

"学校宿舍还有门禁？"秦既明说，"我当年上学的时候，这条规定形同虚设。"

"现在不行了。"李雁青摇头，"特别严格，到了时间就落锁，就算是写检讨也进不去。"

秦既明不动声色地问："那进不去的学生怎么办？"

李雁青愣了愣，好像意识到了什么。

"一般是住附近的酒店，或者去其他的教学楼休息一晚。"李雁青斟酌着开口，他终于学会委婉地讲话，只是还不算特别熟练，"学长，上个月我错过了门禁，麻烦月盈收留我一晚，住在您家里。我还一直想对您说声谢谢，但一直没见过您……"

秦既明笑了。

李雁青愕然地看到，秦学长露出一副愉悦放松的表情。这和想象中完全不同的反应令李雁青愣了一下，秦既明则是温和地拍了拍他的肩膀。

"不客气。月盈是个好孩子，你也是。"秦既明说，"我相信你们之间真挚的同学友谊。"

李雁青丈二和尚摸不着头脑，只能讷讷地说了声"是"。

"月盈这孩子从小就娇气，我就她一个宝贝，也是她要什么给什么，要星星不给月亮。"秦既明笑着说，"平时宠她宠得太过了，还请你在学习上多多帮助她啊。"

李雁青已经蒙了，晕头转向地说"好"。

谈话间，出租车终于到了。李雁青坐在后排，秦既明也跟上。

秦既明俯身，将远高于车费的现金递给出租车师傅，友好地说："师傅，这是我弟弟，请送他回学校。钱你拿好，不用找了，多的就当是今天的加班费。"

李雁青推辞："不用。"

"雁青。"秦既明的手搭在车顶上，正色看着李雁青，"你是月盈的好朋友，又是我的学弟，那就和我的弟弟没什么区别。你今晚送月盈回来已经很麻烦了，不能再让你出钱了。"

李雁青说："好，谢谢学长。"

秦既明的视线落在他的领带上，离开前顺口夸奖了一句："领带打得很不错。"

下一刻，李雁青垂眼看了看。他身材单薄，捏着自己那廉价的领带，漾出点笑意："啊，这个是月盈教我打的。"

李雁青看到秦既明的笑容微微停滞，不过只有一瞬，短暂得像是

335

李雁青的错觉。

下一刻，秦既明就微笑："月盈从小就心灵手巧，也喜欢帮助别人。从我教她打领带后，她就喜欢教其他人打。"

李雁青几乎立刻反应过来，原来之前林月盈在说谎——她明明对他讲，自己刚学会打领带没多久。

"月盈是我看着长大的，心肠好，"秦既明说，"嘴巴也甜，家里的长辈、我的朋友没有一个不喜欢她的，她对谁都一样。"

李雁青喃喃道："是。"

她对谁都一样。

"这样的性格有好有坏吧。"秦既明的语气有些纵容，又有些无奈，"好处是朋友很多，缺点是许多男人会将她单纯的善意误解成另一种感情。"

李雁青不说话。

"有时候能听到她叹气，为要怎么拒绝才能不伤那些人的自尊而苦恼。"秦既明说，"不好意思，提到月盈，我多说了些。"

李雁青摇头："我能感觉到您很爱月盈。"

"回去吧。"秦既明微笑，"路上注意安全，雁青。"

李雁青同他说再见。

秦既明缓缓直起身，站定的瞬间，他的微笑也消失得一干二净。他站在路旁面无表情地看着出租车远去，手机有电话打过来，是写诽谤文章的那个人——男的，中年人，结结巴巴地解释，说自己是一时糊涂，在酒吧里喝酒的时候听人说了段故事，觉得挺抓人眼球的，所以就迫不及待地写了下来，完全没有意识到这种做法是侵权的，现在还请秦既明高抬贵手……

秦既明重复："高抬贵手？"

中年男人仓皇地说："那篇文章其实也没有给我带来多少收益，您现在要侵权费我实在赔不起啊，秦先生。我现在上有老下有小，为了

第十三章 爱意难忍

养家糊口才这么……"

"你上有老下有小和我有什么关系?"秦既明说,"手长在你自己的身上。"

中年男人还在讲话,秦既明啪嗒挂断。他按了按太阳穴,给助理打电话,问她为什么把自己的手机号给那个男人。

助理支支吾吾地说那人太可怜了,态度又很诚恳。

"你只需做好自己的职责。"秦既明说,"你的任务就是帮我挡住这些胡搅蛮缠的家伙。都工作三年了,怎么还犯这种低级错误?"

助理大气不敢喘。

"告诉他,一切走法律程序。"秦既明说,"他要为他杜撰的新闻负责任。今后也别让他再打给我,否则我会多加一笔精神损失费。"

助理连忙说"好"。秦既明收起手机,抬头看明月。半晌,他转身的时候一不留神险些被路边的台阶绊了一下,踉跄一步,心绪纷乱。

他知道自己心乱的源头在哪里。源头还在中医治疗馆中,乖巧地接受脚腕护理。

李雁青没有说错,这位经验丰富的老中医在治疗跌打损伤上颇有一套,按摩推拿的过程中,痛得林月盈眼泪都要下来了,但等结束后,脚腕处只剩一股说不上来的酸胀感,没有了一开始那种要死要活的痛。

中医上了年纪,做事说话都慢吞吞的,叮嘱她:"至少得避免剧烈运动两周,平时走路不要着急,慢慢地走,注意不要再跌倒,饮食上清淡些,可以适当吃鸽子肉……"

话音未落,外面传来响声,听起来像是谁不慎踢到什么东西。中医回头看,林月盈揉着脚腕,也眼巴巴地往外瞧,不一会儿就看到秦既明走进来。

秦既明面色如常地向中医道谢,付钱后又听中医讲了一遍注意事项。

离开时,秦既明伸手去扶林月盈,但林月盈只是看了一眼他的手,随即沉默着避开,自己一个人固执地往外走。

林月盈走路还是一瘸一拐的,姿势算不上正常。中医看了心里担心,不住地提醒:"慢点,慢点。"

……慢不了。

林月盈不想和秦既明近距离接触。她一声不吭地上车在后排躺着,等到了家楼下,也不理秦既明,自己一瘸一拐地艰难下车。

"你回去吧。"林月盈说,"大晚上的,你住在我这里,又有人讲闲话了。"

秦既明沉静地看着她:"没有人会知道。"

夜晚安静,林月盈低头,轻声地说:"总不能你说什么就是什么,天底下也没有这样的。"

"如果不是我说出去,的确是没人讲,没人知道。"秦既明说,"上次你带了李雁青回来,不就没人说?他能住,我就不能住?"

林月盈脱口而出:"你怎么知道?"

她差点把"李雁青家庭条件不好,住酒店太贵了"这种话说出口,又想到自己凭什么要解释,只能把话硬生生地吞回腹中,愕然地看着他。

林月盈想不明白,这里是她的家,怎么秦既明知道得一清二楚?

秦既明下了车,轻轻关上车门。

"李雁青和我说的。"秦既明说,"刚才送他上车时,他主动告诉我,上次宿舍门禁到了,他没地儿去,幸好你收留他一晚,他很感激你……没想到你们俩之间还有这样仗义的同学情义。"

林月盈说:"喔。"

秦既明耐心地等了两秒,只是林月盈没有任何动静,他主动问:"没有什么想对我说的?"

"没有。"林月盈摇头,说,"反正我们没有任何关系,没必要什么

第十三章 爱意难忍

都和你说。"

秦既明说:"你和我没有关系?没必要?"

"顶多就是纯洁的关系。"林月盈说,"我记得清清楚楚,有人讲'是我没有把握好照顾的尺度',也记得那个人说'从明天开始,我会和你划清距离,不再干涉你的所有感情生活'。"

秦既明不由得想鼓掌:"很不错。需要我重新帮你录一下吗?"

林月盈拒绝:"不要。"

她转身往家的方向走,好奇怪,现在看到秦既明,她没有那么伤心难过了,心里只有生气的情绪。她的脾气越来越不稳定了,他们再说下去,自己说不定会和他打一架。

或者说,在秦既明面前,她的情绪越来越不稳定了。

她是易燃的干柴,他是火星,一燎就燃,轰轰烈烈。

"我不是在干涉你的感情生活。"秦既明站在她的身后说,"我也不是针对李雁青,我只是在担心你的安危。"

林月盈低头刷门禁卡,吃力且倔强地挪着受伤的腿进楼道。

夜色浓暗,秦既明的声音也蒙上一层暗色。

他说:"让一个血气方刚的陌生男性和你住在一起,这是很危险的事情。"

林月盈说:"你这话说的,我还不是和一个血气方刚的男人住了这么多年?怎么就不危险了?是我在危险中不自知?还是和我住在一起的男人不够血气方刚?"

"激将法对我没用。"秦既明说,"别在这偷换概念。"

电梯到了,下来一对新婚不久的夫妻,友好地和他们打招呼。林月盈等他们离开后,才上电梯。上去之后,她快速地按关门键,但在电梯门关闭的那一瞬,秦既明伸手挡住了。

他进来了。

林月盈没说话,她侧过脸看电梯上的镜像,里面是虽然伤了脚但还是很漂亮的自己，即使瘸了一只脚，也如单足立着的丹顶鹤一般优雅。

以及很没有福气和她在一起的秦既明。他很帅也很令人气恼。

"李雁青的领带很漂亮。"秦既明淡淡出声，"是你教他打的？"

林月盈双手抱胸，仰着脖颈："是啊。有问题吗？"

秦既明说："当初我教你，不是让你去给别的男人打领带。"

林月盈学着他平时的姿态，淡淡"哦"了一声。

她说："没关系，慢慢地你就习惯了。"

秦既明皱眉："习惯什么？"

"习惯很多东西啊，我又不是只教李雁青打领带——对了，我的意思是，我教的人又不止他一个，就像你想的那样，他就是个普通男同学。"林月盈似是而非地说，又不忘帮李雁青澄清，她不想拿他做幌子，"你别针对人家。"

秦既明声音沉沉："你能这样讲，已经证明他在你的心中不普通。"

林月盈瞥了他一眼，开口："随你怎么想。"

叮。

电梯到了。

秦既明在林月盈旁侧出了电梯，他笑了一声："如果你将来找的男人需要你帮他打领带，那才是我这么多年对你教育的失败。"

林月盈按上指纹，语气轻松："为什么不能帮？这代表不了什么。"

身后一片安静。

林月盈推开门，房间内一片昏暗。

她说："你用一句话去否定你的教育，你也挺失败的。"

"林月盈。"

林月盈置若罔闻，踏入漆黑的房间，她伸手摸索墙上的开关："好可惜，本来你有机会和我这么漂亮的人谈恋爱，我也可以只给你打领带，但是你……啊！"

门被大力关上，发出沉闷痛苦的声响。

第十三章　爱意难忍

在即将摸到电灯开关的瞬间，林月盈被重重地扣住手压到墙上，冲击力让她的手指顺着光滑的开关偏移，指尖按到墙体时，有一点被反弹的钝感。

伸手不见五指的黑暗中，林月盈被秦既明紧紧扣住手，秦既明用了很大的力气，她挣脱不开。

她仰脸，感受他并不平缓的呼吸。

林月盈先开口："我猜你不敢动我。"

林月盈在玩牌上极有天分，从小跟着秦既明学习记牌、算牌，更不要说她把虚张声势、隐藏实力这种技巧都学熟了，再烂的一手牌，在她手里，也能打出顺风局。

唯一能和她对峙的人，只有秦既明。

只有现在在黑暗中，紧紧握着她双手的秦既明。

暗色遮盖了许多，包括彼此的面容、表情，他们不必再在面对对方时做出虚假的、若无其事的表情，不必再扮演表面的和睦。但真切的接触也暴露了许多问题，她狂乱的心跳和脉搏，他炙热的体温及呼吸，都无处掩藏。

林月盈不能讲自己现在恼他说走就走说来就来的模样，秦既明也不能说那些流言和醋意扰得他彻夜未眠。

承认吧，秦既明，你就是卑劣的。

你嫉妒每一个能光明正大向她表达心意的男人。

你嫉妒每一个能够和她牵手走在阳光下的人类。

你嫉妒吹过她头发的风，你嫉妒描她嘴唇的雨。

你以为自己能做到，能平静地看着她过普通人的生活。

但你做不到。

你的嫉妒令你面目可怖。

秦既明没有松开她的手腕,他说:"有时候我在想,是不是因为从小到大,我一直对你百依百顺。"

林月盈站在黑暗中,她的腿不能保持太长时间的直立,有点发酸。她悄悄地踮一踮脚,缓解那种不适,下一刻,秦既明把她抱起。

林月盈听到秦既明问:"李雁青没和你表白吗?"

她没有挣扎,医生说了她需要静养,而且就算脚不沾地,林月盈也有气疯他的自信。

就像现在,林月盈说:"用你管?"

秦既明坐在沙发上,林月盈能明显感觉到他的怒气,西装都绷出肌肉的形状。

管他呢。

林月盈的手还被他箍着,她使劲往后抽,抽不动。秦既明的力气太大,让她无法脱离。

"卫生间里准备了给他的漱口杯和牙刷。"秦既明慢慢地说,"他是打算天天过来借宿吗?"

林月盈说:"别拉无关人员下水,秦既明,这和你有关系吗?"

秦既明说:"没关系?"

林月盈知道说什么话能令他愤怒,秦既明内里早就气血翻涌。

秦既明用大拇指指腹反复触碰林月盈脖颈上的一块肌肤,好似握住了她呼吸的阀门,缓慢地说:"我刚见你的时候,你还很小。

"我早知道爷爷要接你回来。爷爷同我讲,说曾经下属的孙女,今年才五岁,很可爱,问我想不想照顾你。

"我其实并不想,我没有照顾一个孩子的耐心。尤其在看到你后,你那时站在国槐树下,正在剥糖吃,衣服穿得歪歪扭扭,颜色也不配套,口水都快流到身上。旁人叫你的名字,叫了好几遍,你才有反应,呆呆地说你在。

"你刚见到我,还有些怕,没过多久,就主动跑过来抱我。

"我那时候就在想,你该不会是傻子吧?"

秦既明缓缓收紧手掌,在黑暗中感受着林月盈吸收氧气的轮廓。

"不知不觉,你已经长大了。"秦既明说,"知道交男友了,也知道很多事了。"

林月盈急促地回应:"秦既明,我不信你对我没感觉。"

"是。"秦既明说,"我对你有感觉。我怎么会对你没感觉呢?"

不需要他声明,林月盈已经感受到了。

林月盈是要强的,她就要秦既明为自己生气。

她就是这么坏。

"有感觉又怎么样?"林月盈说,"秦既明,你是最自私的胆小鬼。"

按住她咽喉的大拇指松开,秦既明抚摸她脖颈侧面的血管,另一只手惩罚性地拍了拍,教训的意味阻止她继续往下说。

林月盈叫:"你恼羞成怒也不至于动用小学时候的家法!你以为现在我还是几岁小孩?犯了错还要被打?"

"继续说。"秦既明说,"让我听听,你还能编排到哪里去?"

"我哪里编排你了!而且你不是都知道了吗?现在又来做什么?"林月盈问,"是接受不了我这么短时间就'移情别恋'?"

秦既明说:"你不是一直都三分钟热度,转头就能'移情别恋'吗?"

"是。"林月盈点头,"所以你现在在介意什么呢?"

"我介意你不珍惜自己的身体,我介意你这样浪费自己的感情。"秦既明说,"李雁青不适合你,虽然你爸不算什么聪明人,但这一句,他没讲错。"

窗户没有关紧,晚风吹拂,窗帘被吹开一个角,轻轻摇动。凄凄月光终于投射入内,半明半寐的光。秦既明半躺在沙发上,半阖着眼。林月盈的半边身子在光下,如梦似幻。

林月盈说:"他和我,是你情我愿。"

"胡闹。"秦既明借着幽幽的月光看她,"你是真的喜欢他吗?你就不能爱惜自己？少拿那个李雁青来气我。"

"秦既明。"林月盈叫他的名字，拽住秦既明的领带一拉，另一只手往下按，咬牙发狠，"你少拿上位者的姿态来教训我，我最讨厌你事事都高高在上。"

"你说得很好。"秦既明抬眼，"只是现在高高在上的人是谁？"

"在我面前装什么呢？秦既明，"林月盈放软声音，低低出声，在秦既明耳中是动人的诱哄，"嫉妒吗？"

秦既明说："我只是在想你难道不懂得拒绝吗？"

"那你怀疑我对别人产生感情的时候，"林月盈靠近，唇贴近他的耳朵，"你在想什么？"

秦既明说："我不怀疑。"

"骗子。"林月盈说，"你的谎言还不如真心坚硬。"

已经步入初夏了。

空气中是淡淡的暑热，暖热温厚得好似秦既明年少时的梦境。

秦既明的梦和他的人一般，忍耐又控制。

此刻林月盈在他耳侧低声："瞧我，我猜对了，秦既明。"

她想，此时此刻，秦既明眼中的她一定是个海妖。

她希望自己是最美的那个海妖，用柔软的长发、温柔的手、引诱的话语来艰难圈住那正在航行的庞大的、载满宝藏的船只。

贪婪的海妖迫切地需要航行者所有的珠宝。

她需要他的爱。

"你拒绝了我我就知道，你守着道德的底线，两次。"林月盈说，"可是怎么办呢？秦既明，你那些尖锐的话语我并不在乎。"

她靠近秦既明，近到能感受到秦既明紧皱的眉，还有他的呼吸。

"我也知道你品行最端正。"林月盈低声，"毕竟我求了好几次的东西，你都没有给我，所以我不想在你这求了。"

第十三章 爱意难忍

秦既明皱眉:"谁教你这么做的?"

"我自己想的。"林月盈答,"秦既明。"

他们一直在僵持,两个几乎是同一环境下长大的人,朝夕相处数十载,此刻就这样你看着我,我看着你,谁也不服输。

秦既明一手带大的人,有着完全不输于他的倔强和耐心。

他们两个是能互相撕咬,谁也不肯认输的狼。

这场角逐在林月盈主动泄气后进入白热化,她昨天刚参加比赛,今天又伤了脚,累得不行。秦既明见她有离开的趋势,按住她的脖颈,要她低头同仰面躺在沙发上的他接吻。

宛若草原上的一粒火种,呼呼啦啦地点燃了一片正在盛开的、随风飘荡的蒲公英。

这是一场双向的战斗,一场互相的侵略。

林月盈不能讲,不能讲自己两次告白后的失落,不能讲第一次鼓起勇气告白时的青涩,也不能讲第二次豁出一切的大胆。

秦既明也不能讲,他不能讲自己肮脏又凶险的心思,不能讲两人之间岌岌可危的关系,不能讲那些流言蜚语。

可爱意难忍。

秦既明拍了林月盈几下,低声斥责:"你还想和谁谈恋爱?"

林月盈推开秦既明,大口呼吸。

秦既明伸手,要她不许乱动。他将林月盈抱起,把她放到沙发上。

他声音沉沉:"你猜错了。"

林月盈克制地说:"那你说你爱我。"

她重复:"秦既明,你说你爱我,你说出来。"

她已经走到临界点。

秦既明借着朦胧的月光望着她,这个时刻,他仍保持着冷静:"我现在不能爱你。"

风吹散窗帘,令他们看清眼前人的相貌,极致的月光和灿烂明辉

345

同时抵达。

林月盈亲了亲秦既明的脸颊,笑:"那我看你还能忍多久?"

秦既明双手撑在沙发上,望着林月盈。良久,他的脸上露出一个极清淡的笑。

"好。"秦既明说,"不过以后也别用那些不知从哪里看来的话骗我。"

他们之间,终于不再是林月盈一个人的独奏。

"我想我仍旧爱秦既明,也确认了他不会再爱别人。"

晨光熹微,林月盈想了想,低头继续写。

"但我感觉到这将会是一场很艰辛、很困难的持久战,所以我打算将爱情的占比从我生命中再降低一点点。是的,我仍旧爱他,但我的生活并不只是爱他。"

第十四章
恋爱前的冷静期

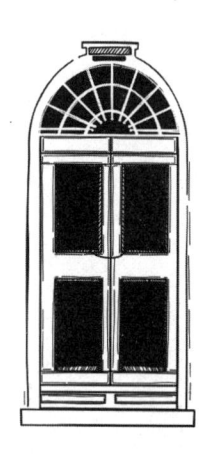

是你和我之前都不敢想的关系。

次日清晨,秦既明订了早餐后,敲响林月盈的房门。

只是并没有人回应。

"月盈。"秦既明叫她,"起床,吃饭了。"

无人应答。

秦既明握住门把手,向下一按——

门开了,房间中林月盈的被子叠得整整齐齐,是他当初严格教她学习叠出的豆腐块儿,干净整洁,好似在展示他的教育成果。

房间里什么都在,唯独不见林月盈的身影。

秦既明给林月盈打电话,提示关机。他顿了顿,又给她最好的朋友江宝珠和红红,轮流打了几个电话,都没人接。

一小时后。

"林同学去参加学校对外的一个交流研习活动了,活动地点在美国,时间是两个月。"老师迷茫地开口,对秦既明的这个问题感到格外不可思议,"一个月前就已经确定名额了,她没有和家里沟通吗?"

秦既明握着手机,他看着林月盈脱下来的小黑裙,没有洗,还有她穿过的痕迹,就这么大刺刺地、毫无忌惮地摆在床上,没有任何告别信,也没有任何便笺。

"没有。"秦既明说,"谢谢老师。"

今天是林月盈来到美国的第五十二天。

学校对外交流研习活动的名额是林月盈自己争取来的。负责带她们团队的指导老师之一，有一个需要来美国四所高校学习交流的项目，为期两个月。学校批下来的经费有限，老师带了自己的一个学生，而林月盈表示自己可以自费，只为了跟在老师身后学习访问，老师最后也将她的名字放在了名单上。

大学的课程只能暂时请假，林月盈向每一个老师都发了邮件，认真解释自己请假的原因，并表示绝对不会耽误学习。老师们都宽容，有两个老师还提醒她，记得及时看课程群中上传的课件。

行程的安排是紧张的，虽然经费有限，但住宿不需要林月盈付费。老师带的学生也是林月盈认识的学姐，性格腼腆温柔，叫乔木安。晚上睡觉前，她还会和林月盈一起检查酒店的房门有没有关紧，有没有拉上防盗链。

"有你陪我更好。"乔木安温柔地说，"我一个人睡觉还有些害怕呢。"

林月盈大方地将自己的面膜也分给她一块儿用。休息的时候，林月盈就上网搜索附近好评多的店，打电话点一些招牌菜过来，请老师和乔木安一块儿吃。

毕竟是"额外的名额"，林月盈还是很感谢老师愿意带她出来，给她一个学习访问的机会。一些琐碎的杂事，她也抢着做。乔木安不忍心看她走路还不便就做这么多事，有时候会陪她一起干活。

最后访问的城市是纽约，入住的酒店启用了多个智能机器人和机械臂来帮住客收拾行李，像极了机场航站楼，就连酒店的员工也穿着和机组人员差不多的制服，有条不紊地引导着几人入住。

乔木安为这里酒店的价格咋舌，但林月盈觉得还好，北京中档价位的酒店也是这个价格。

酒店还有一个科技感满满的酒吧，十分酷炫，不过不是喝啤酒的清吧，晚上十点才开始营业。

第十四章　恋爱前的冷静期

晚上的乔木安掐着时间点，到了八点，立刻和男友通视频电话。林月盈不好意思多留，找了个借口，拿起包悄悄溜出门。

关上门的时候，她还听到乔木安同男友讲："你在吃早饭吗？我也好想吃包子喝粥，我吃不惯西餐……"

林月盈站在走廊上，负责送餐的机器人路过，用英文和她打招呼。

林月盈微笑着向机器人挥挥手，同样用英文回应，说"祝你工作愉快"。

在异国他乡，过了晚上八点，着实不适合出门活动。他们的酒店位于中城区——一个最符合大众心中的纽约形象的地区，有着拔地而起的高耸大厦，繁多忙碌的上班族，入夜后，从高层落地窗往外看，也是灯火璀璨，道路上的车辆川流不息，来来往往。

林月盈感觉有些危险，她权衡利弊，就算有些饿了，也不打算去离这家酒店两条街区的餐厅吃东西，尽管那家餐厅的评价极高。

林月盈最终选择在酒店的餐厅中解决晚餐，顺带思考一些问题。她缓慢地吃着一份牛排，还有一份杂烩汤，汤的味道有些奇怪，做的是海鲜杂烩奶油汤，却加了许多蚌肉。她猜测做这份汤的应该是个泰国厨师。

在她进食时，有位肤色稍深的男性邀请她喝酒。林月盈摆手，刻意用蹩脚的泰式英语结结巴巴地讲"I don't speak English"。

就这一句，来来回回。

反复几遍后，那个男人大约觉得她真的不会英语，也读懂了她的拒绝，遗憾地摇头离开。

林月盈得以继续享受自己的晚餐。

她在思考，自己是不是可以重新去前台开一间房？

人的精力都是有限的，前一个月林月盈四处跟着老师做事，这些工作消耗了林月盈积攒的大部分能量，以至于现在，她才骤然觉得自己似乎需要休息休息补补精力了。

她将牛排切成小块儿，一点一点地吃。

这一个月，秦既明在她飞机落地时就给她打了个电话，确认她的安危，然后他又往林月盈带走的那张卡中转了一些钱，以免她在外窘迫。

隔着时差，俩人只通过几次电话，林月盈抵达一个新城市就报一次平安，好让他放心。

就像刚在这家酒店办理入住的时候，林月盈也给秦既明发了位置，说自己已经到了。不过不知道怎么回事，秦既明一直没有回复。

林月盈不得不承认，秦既明带给她的是发自内心的快乐，尤其是想到那天，秦既明是怎样黑着脸给她、她的朋友、老师们打电话，林月盈就忍不住笑出声。

林月盈想，不然自己先在隔壁买些生活用品，回来后在酒店前台另开一间房，这样既不打扰学姐和男友通话，自己也能舒服地先睡一觉。

完美。

林月盈执行能力超强，敲定好之后，她果断拎着包，去酒店旁边的超市买了一些消毒湿巾等必备物品。在酒店中住是真的不方便，她好不容易才购置完必需物品，结账时却遇到意外。

一个看起来脏兮兮的青年从她身边快速跑过，他手里抱着东西，还抢走了林月盈的钱包。

林月盈只来得及发出一声"啊"。

她第一次遭遇如此明目张胆的抢劫，大脑没能及时反应，完全处于震惊的状态。

但她又想着，不能追出去。现在她只是损失一笔钱，面对那些亡命之徒，谁知道他们还能做出什么事？

超市的收银员见怪不怪，只问林月盈，这些东西还要吗？

第十四章 恋爱前的冷静期

林月盈反复呼吸,提醒自己冷静,不要害怕。她还没回答,只听见外面有人惨叫。她侧身往外看,超市的自动玻璃门打开,穿着黑衬衫,正在摘手套的秦既明大步走过来。

秦既明看起来和分别时没什么区别,他还是那样,一丝不苟地穿着西装裤和黑色的鞋子。

秦既明如今出现在这里,好不真实,林月盈只记得看他,都忘记如何说话了。

秦既明不需问什么,只观察当下的状态,就什么都明白了。他拿着林月盈的钱包,垂眼看了看结账台上的东西,问收银员,这些一共多少钱。

收银员报出价格,他低头取卡刷卡。

林月盈终于回神,问:"……你怎么在这里?"

秦既明说:"凑巧出差,刚好也住你那个酒店。"

结完账,他一手拎着收银员打包好的东西,另一只手接过林月盈胳膊上的包——刚才那个青年差点把它也带走,幸好它一直牢牢地挂在林月盈的手臂上。

林月盈轻飘飘地跟在他身后出门。大街上依旧车水马龙,不过再看不到那个青年横冲直撞的身影。她低头翻钱包,不出意外地看到里面少了几张纸钞。

秦既明问她:"你包里还有什么东西?其他东西都还在吗?"

林月盈还在哀悼那早夭的几张纸钞,她现在没办法集中精力回答秦既明的问题,沉浸在自己的悲伤中,告诉他:"你自己看。"

秦既明打开她的包,仔细检查:"一本书、一个笔记本……喔,还有一支很丑的钢笔,你还留着。"

他停顿几秒,又继续检查:"一个没装电池的相机,两个未拆封的口罩……等等,这是什么?"

秦既明拿起丝绒袋裹着的东西,不解地微微皱眉:"里面是你的美容仪？"

"是。"林月盈简短地说，"美容仪。"

纽约夜晚的街道并不适合安静地并肩行走。

从这家超市到居住的酒店，不到一百米的路程，两个人都走得很慢，脚步缓缓地像在散步。林月盈谨慎地避开地上的垃圾，忽然说："你怎么知道那钱包是我的？"

"你18岁生日那一天，"秦既明说，"我妈妈送你这个钱包，祝贺你长大成人，希望你能从此掌握自己的人生，合理规划自己的金钱。"

林月盈背诵："靠山山会倒，靠人人会跑。只有靠自己，才能站稳脚。"

这还是何涵给她的祝贺词。

林月盈骄傲："我现在还记得呢。"

秦既明说："你很喜欢我妈。"

"肯定呀！"林月盈又问，"你还没讲，难道你是靠那个钱包认出的吗？"

"是。"秦既明说，"月盈。"

林月盈："啊？"

"我妈，她到了一定的年龄，很多事情都想不开，容易钻牛角尖。"秦既明缓缓地说，"有些话，你不必信。"

林月盈听不懂他的意思，皱眉："你在讲什么呀？"

"她现在希望一切事情按照她的意愿发展。"秦既明说，"但世界本身就不是以某人为中心的。月盈，我只是想说，我妈同样也爱你，但她更爱她自己。可以明白吗？如果未来你们有什么冲突，请你坚持你自己的原则，你不需要为任何人妥协。"

林月盈呆了呆，别过脸："你像是来调节婆媳矛盾的民警。"

秦既明笑了一下，煞有介事："可惜我现在已经过了那个年龄，很难去做警察。"

第十四章 恋爱前的冷静期

"你才不适合做警察。"林月盈看一眼他手中握着的黑色小羊皮手套,"滥用暴力。"

林月盈知道秦既明有一个习惯:他每次和人打架前,都会戴上手套。

林月盈考上大学的庆功宴,大院里的孩子一块儿玩,有个人喝多了开林月盈的玩笑,说了些不干净的话。秦既明放下了杯子,客气地让服务员给他拿一副手套。

秦既明慢条斯理地戴好后,重重扇了那个口出秽言的人一巴掌:"闭嘴。"

除此之外,林月盈再没见过秦既明戴手套。

就算她平时惹怒了秦既明,两人吵架拌嘴,秦既明没有下一次重手。

从小到大,林月盈受过最重的一次伤,还是在秦自忠家暂住的时候。林月盈一直觉得秦自忠好像有病,他时常盯着林月盈看,叫她"小光",有时候还会问她奇怪的话,比如"你为什么要跑出去?知不知道外面很危险?"这样的话。

打她的那次,也是秦自忠喝多了,踉跄着看她站在那里。林月盈自己没反应,他倒是惨叫一声,一脚狠狠踢中林月盈的腿。

这件事,只有他们两个人知道。林月盈不告诉秦既明,不想让他在自己和亲生父亲之间为难。

她知道秦既明疼她,从小到大都疼。

但现在她想要不一样的疼法。

秦既明并没有纠正林月盈的不当措辞,他只拎着林月盈的包,提醒她夜晚出门的时候不要背奢侈品包包。

亚裔、漂亮的衣服、昂贵的包包,她的全身上下都在写着"我很有钱,我是个外地人,请来抢我吧"。

林月盈委屈:"可这是我带来的包里最便宜的一个了。"

秦既明按了按太阳穴:"我在想,前面的五十二天,你究竟是怎么安然无恙的?"

林月盈说:"可能凭借我惊人的美貌吧。"

秦既明颔首:"是,所以刚才那个人肯定眼睛瞎了,竟然连你的包也敢抢。"

林月盈说:"所以他得到了教训。"

说到这里,她的眉峰也有淡淡愁云:"但我的现金和卡都没了,肯定是被他的同伙拿走了,钱倒是算了,我卡里还有钱……"

林月盈第一次遭遇抢劫,现在回忆起来也是后怕。

"别着急,冷静。"秦既明停下脚步,略微思考了一下,问道,"是哪个银行的卡?"

林月盈说了银行的名字。

"不用担心。"秦既明说,"先打电话挂失,小偷不会短时间内就取走钱。就一张对吗?"

林月盈点头。

"那就更不用着急了。"秦既明伸手,"手机给我。"

林月盈将手机给他。秦既明打电话给国内银行,很快有人接通,他说明情况,请对方先挂失,又问清楚补卡的手续和步骤。

用不了两周,林月盈就要回国内,可以直接去补办——当然,也可以让人拿着她的身份证去银行说明情况,申请特事特办,在纽约这边的分行补卡。

不过这倒是没什么太大的必要。

秦既明顺手抽了自己的一张信用卡副卡递给她:"回国之前,先用这张。"

林月盈不肯接:"你已经给过我一张了。"

秦既明塞给她:"拿着,以免不够用。"

林月盈说不出话了。

多奇妙,所有的问题在秦既明面前都不是什么困难,被抢走银行卡也只像丢了一美元。

酒店到了。

林月盈重新开了一间房,找秦既明拿回自己的包。她没说自己要做什么,但秦既明明白。他静静地看林月盈离开,然后转身往楼上的餐厅走去。

林月盈很快在一片柔软中睡着了。

说不好是这里的床太软还是方才秦既明的眼神令她的大脑过于兴奋,以至于沾上床的时候,她的神经都开始松弛。

等一觉醒来,她仰面躺在床上,呆呆注视着天花板,脑海里浮现秦既明今天出现在她眼前的那一刻,那种心动比梦境更迷幻,让她不禁陷入自己的想象中。

林月盈花了好长时间才有力气从刚醒过来的虚脱中醒过神。

她软绵绵地起身,洗了个澡,整理好个人物品,背上包,打算去找学姐一块儿睡觉。

今晚注定会做一个舒服的美梦——倘若不是打开门后看到秦既明的话。

林月盈有片刻的凝滞。

"我刚到。"秦既明若无其事地说,"忽然想起一件事要问你。"

林月盈不看他:"什么事?"

"你什么时候回家?"

林月盈说了时间。

秦既明颔首跟着林月盈又走了一段路,等待电梯抵达。路过的机器人礼貌地祝他们有一个愉快的夜晚。

林月盈沉默两秒,问:"你没有什么其他想说的吗?"

"既然你都诚心地问了,那就有。"秦既明西装革履,平视前方说,

"梦到我了吗?"

林月盈在秦既明视线之内,整个人如冬天晒饱了太阳的长毛猫——她炸了:"你说你刚到!"

秦既明说:"如果你喜欢,我也可以说是现在才到。"

电梯门开了。林月盈用尽全力,将秦既明推进去,她叫:"混蛋!"

秦既明伸手挡在电梯门旁边,阻止电梯门关上。这里的设施都有些年头了,电梯也是,上升和下降时能感觉到明显的晃动,他看着林月盈上了电梯,才松开遮蔽感应线的手。

林月盈面对电梯门,沉默半响,出声:"换个话题!"

被林月盈严厉批评,秦既明没有任何的羞耻,他站在林月盈的身后说:"那就换个话题。你最近一次和我妈联系,是什么时候?"

林月盈说:"是上个月的最后一个周末。"

秦既明应了一声,又问:"还有其他国内的人给你打电话吗?"

林月盈奇怪地问:"干吗?你要查户口吗?"

"不是。"秦既明顿了顿,"我只是想知道你和他们联系的频率,等我回国后,他们问起,我也知道该怎么告诉他们你的近况。"

这是个很恰当的理由。

林月盈掰着手指数:"你妈妈上个月和我打了三次电话,江宝珠打了二十次,红红十八次,一量哥两次,林山雄一次——我骂他是猪,他就不理我了。林风满……喔,林风满被拉黑了,所以一次也没有。孟回学姐十次,李雁青九次……"

"为什么是九次?"秦既明说,"有什么特殊含义吗?"

林月盈面无表情:"因为他催我交报告催了九次。"

秦既明颔首:"年轻小孩,的确容易急脾气。"

林月盈一一数完,说:"我总觉得你今天怪怪的。"

电梯到了。

秦既明说:"或许因为我们长时间未见。"

第十四章 恋爱前的冷静期

林月盈不说话,看起来像是在等他说第二句。

但秦既明保持了缄默。

他没有讲出林月盈期待的那一句"我很想你"。

"回去早点睡。"秦既明说,"晚安。"

林月盈说:"晚安,混蛋秦既明。"

两个人的房间并不在同一侧,林月盈的房间是走廊尽头的倒数第二间——秦既明的在走廊反方向的倒数第三间。

秦既明一直目送林月盈进了房间,才低头看手机。

手机已经振动许久,打开是十多个来自何涵的未接来电。

秦既明一边走,一边低头看上面的信息。

何涵:你疯了!

何涵:给我回来!

何涵:你还要不要脸了?你今年多大了秦既明?你当自己还是十五六岁的毛头小子?

何涵:你知道你自己现在在做什么吗?你知道林月盈是什么人吗?你丢不丢人?

何涵:外面人都怎么说,你又不是没听到。你以为告一两个造谣者就能完事?你以为你有钱就能堵住所有人的嘴?我告诉你,没门!

何涵:我给你一周时间考虑。

作为在得知当年真相后选择立刻和秦自忠分居的女性,何涵有着不输于任何人的傲骨和冷静。长年分居,这么多年的婚姻已经名存实亡,不过是一张薄薄的纸和法律赋予的微薄约束力。事实上,秦既明知道,母亲私下里也一直在交往各种各样的人。

秦既明说不上能不能理解母亲的举动,倘若母亲能够立刻同父亲离婚,哪怕和比月盈还小的男生交往,秦既明都不会说什么。他尊重他们择偶的喜好和自由,也尊重他们彼此的选择。

秦既明认为婚姻应当是两个人深思熟虑后的坚定选择,而不是如今的废纸一张。

他就陷在这样的矛盾中,正如三个月前,他也身处要不要承认对林月盈的爱的矛盾中。

但不要紧,现在的秦既明已经做出选择。

他清晰地认识到,那次说开之后,他们的关系回不到原点,自己压抑又灼热的嫉妒心总有一天会吞没林月盈。

秦既明没有休息,只在飞机上睡了一小会儿。前天和何涵的矛盾激化后,他就立刻订了最早来纽约的一趟航班。下了飞机后,看到林月盈的短信,秦既明几乎没有丝毫犹豫,便来了这家酒店。

长时间的飞行,秦既明却并不觉得疲惫。

他需要争分夺秒,在何涵之前抵达。

临睡觉前,何涵又打来电话,语气一如既往地倨傲,她冷冰冰地告诉秦既明,要他回来。

"你别想'生米煮成熟饭',对我,这招没用。"何涵说,"你也别想着把事情闹大来逼我就范,我知道,你不能闹大,你也不会闹大。"

"都什么年代了。"秦既明说,"您当我疯了?"

秦既明都觉得好笑,为什么何涵会讲出这种话。

且不说林月盈还在读书,她大好的青春年华怎么能过早孕育生命;更不要讲,秦既明骨子里守旧,他之前甚至保持着婚后双方商议后再考虑孕育后代的想法。

尽管前面的那个念头已经基本守不住,但后面的是毋庸置疑的。

秦既明不能接受非婚生子,古板的人认为那样是对伴侣和孩子的不尊重。

"我看你就是疯了。"何涵冷静,"从一开始起谣言的时候,我就提醒你,离林月盈远一点。我当然知道她好,她哪里都好,但别忘了,秦既明,你们从小到大都没有分开过,怎么就认定彼此了呢?万一在一起之后她又喜欢上别的男人……"

秦既明说:"您讲话真的很难听。"

"不是难听,是阐述事实。"何涵说,"我也不想让你们的事情闹得过于难看。秦既明,现在事情还有转圜的余地,月盈也搬走了,你回来,你别做冲动的事。"

秦既明站在落地窗前,看着外面璀璨的灯光,如无数流星垂下。

秦既明极轻地笑了一下:"我能做什么冲动的事?妈,我已经快三十了。"

他从小到大,都没冲动过,也没有做过什么后悔的事情。

何涵发狠,厉声叫他的名字:"秦既明!"

"我现在不做,之后只会后悔。"秦既明说,"您知道,您劝不了我,就别白费口舌了。"

何涵喘气:"你究竟还认不认我是你妈?"

"我认。"秦既明说,"还有其他问题吗,妈?"

何涵结束通话。

秦既明安静地站在窗前,他伸手,隔着玻璃,触了触正遥遥挂在天边的那轮小月亮。

月光明辉,福泽万物,寂静无声。

月光恩惠,被照耀的另一个房间中,林月盈拉上窗帘,在一片昏暗中趿拉着拖鞋摸到床边。她对隔壁的学姐乔木安说:"晚安。"

乔木安拉被子,盖住脖颈:"晚安。"

这家酒店的被褥是林月盈要闯的另一道难关,她在睡前就感觉有些微妙的、糟糕的沉重。

林月盈次日清晨醒来,感觉胳膊和腿发痒。

早晨洗澡时一看,她被吓了一跳,手臂和大腿上有好几道明显的红痕，看起来像是被某种小虫子咬出来的，也像是过敏的症状。等整个人清醒，林月盈的身体无端地开始发痒，但是却不能碰，指甲碰一下，抑或挠一下，皮肤马上产生鲜明的一块疙瘩。

林月盈直接去酒店前台投诉。前台是个印度人，口音很重，林月盈和他沟通，简直是对牛弹琴。就算她努力去听，还是没能听懂对方在表达什么。

好痛苦。

林月盈已经将自己全部的语言天赋都发挥出来了，无可奈何，她只能换一种表达方式，拿起一旁的纸和笔，告诉对方——

我因为你们酒店的被褥过敏了，我要投诉。

前台唰唰唰地写下几行字，然后潇洒地扯下来递给林月盈。

林月盈屏住呼吸，在对方致命的香水味中吃力地辨认着字条上的英文——

女士，我能听懂您说的话。

我想说的是，您可以投诉我们，但我们需要您开具相关的证明，要医生证明您是因为我们的被褥而过敏。

……

……

"就是这样。"林月盈说，"完全就是狡辩——不，钻漏洞，狡猾。"

她和老师、学姐坐在一块儿吃早餐。林月盈在美国的早餐雷打不动，面前的碗盘里放了燕麦片和加了少量葡萄干的牛奶，班尼迪克蛋，一份蔬菜沙拉，还有一小把蓝莓。

她一边吃沙拉，一边回忆："我想，过敏可能是因为被褥没有经过充分晾晒。我知道这里都是用烘干机，但感觉他们似乎也没有完整地对被褥进行烘干消毒。"

老师提出建议："不然这样，我们换一家酒店？"

"算了。"林月盈摇头，"现在过敏的只有我一个人，有可能是我的个人问题。您和学姐没事,可能是我误判了,过敏源不是被子。不要因为我耽误行程,等会儿我去附近的私人诊所开一些过敏药,坚持这一周就好了。"

这也是善意的谎言,林月盈最挑剔吃穿用住了,也对这些最敏感。她昨天睡觉的时候就感觉到自己的被褥不够蓬松,也不够柔软。

老师摇头:"药也不能当饭吃。"

乔木安连连点头:"重要的是身体,月盈,抗过敏药治标不治本。"

林月盈还没说话,肩膀被人轻轻拍了一下。

她抬头,看到秦既明。

秦既明微笑着同老师打招呼:"钱老师,好久不见。"

钱老师立刻认出他,又惊又喜:"秦既明。"

秦既明拦住路过的服务员,请他在林月盈的旁边多加一把椅子。在这个过程中,他就站在林月盈身侧,微笑着和钱老师寒暄:"多年不见,您还是这么年轻。"

"你也是,这么多年一点也没变。"钱老师笑了,感慨,"没想到能在这里遇见你。"

秦既明把手自然地搭在林月盈的肩膀上,微笑着说:"我来找月盈。"

"喔。"钱老师说,"你是月盈的——"

"老师。"林月盈终于憋不住,认真介绍,"我们从小就认识了,是好朋友。"

秦既明说:"是这样。"

林月盈小声吐槽:"这又承认了。"

秦既明捏了一把她的肩,轻声咳嗽,好似警告,林月盈马上噤声。

椅子来了,秦既明从容地坐下。钱老师给秦既明介绍桌上的另一位学生,乔木安有些怯怯的,规规矩矩地叫了一声"秦学长"。

秦既明吃西式早餐,必不可少的是牛肉和牛奶,另外点了份和林月盈一样的蔬菜沙拉。

363

林月盈想，明明有其他选择，干吗选择和她一模一样的？

不是要保持距离吗？干吗又要跑到美国来找她？

她才不信他的借口。

哪里有这么多的巧合，刚好在同一个城市，又刚好时间点吻合？

秦既明自若地和老师攀谈，表示自己这次是受人邀约，来看某智能制造公司的自研机器人——不是那种智能家居小机器人，也不是用来做运输、送餐等固定指令的服务业机器人，而是外壳和动作接近于科幻片中所展示的、能够依照指令灵活运动、做出各种复杂动作的机器人，有着灵活的躯体和接近人类认知的四肢。

钱老师对这种类型的机器人兴趣不算太高，她目前主攻的还是人工智能和算法方向——短期内，现有的算力尚不能达到让机器产生意识的水准，市面上广泛的智能产品至今停留在基于统计的大模型阶段，不足以产生"自主意识"和"思考逻辑"，产出的互动也多是收集海量大数据后给出的拼接产物，而同样是实用派的钱老师更青睐那些有着简洁躯体、多功能的模块机器人。

林月盈听秦既明这么讲，倒是疯狂心动，连菜都吃得很慢，一片叶子恨不得咀嚼二十下才咽进肚里。

她自小就爱看科幻类的电影、书籍。秦既明的书房有一个很大的玻璃书架，里面装着《科幻世界》自1979年创刊以来到现在的所有刊物。秦既明和她当时为了收齐这些，花了不少心思和财力在上面。

秦既明终于将话绕到正题上，询问钱老师有没有兴趣一块儿前往。

林月盈仍旧垂着眼睛，思维倒是疯狂地运转。

钱老师问："在哪儿啊？"

秦既明说了地址，又补充："也不算太远，不过晚上要住在那边，他们准备好了餐厅和酒店。"

林月盈还在磨磨蹭蹭地吃。

钱老师点了点头，说："我们今天下午需要去大学访问。"

秦既明颔首："所以我想来问问老师，今天下午的行程可以取消吗？"

钱老师顿了一下，顺着他的视线去看在和沾了沙拉酱的圣女果做斗争的林月盈，顿时了然。

钱老师叫她："月盈。"

林月盈的银叉子顺着圣女果光滑的躯体滑落，直直戳在瓷餐盘上，发出清脆的响声。

她坐正身体，一副严肃听教的姿态："老师。"

钱老师温和地问："我记得你之前说过，对这样具备灵活四肢和运动能力的机器人很感兴趣。"

林月盈不能对老师说谎，她说是的，她非常感兴趣。

哪怕她目前的知识水平并不足以让她去看出些并学到什么东西，但对科技的向往不是假的。

"这也是个机会。"钱老师说，"既明带你去看的，绝不是寻常展览馆上能看到的那些机器。我放你两天假，如果你想去，我支持你。"

林月盈怎能好意思讲自己不去，她眼里的渴望都快溢出来了。钱老师已经如此善解人意，她还是遵从内心答应了。

对前沿科技及未正式公开的新机器人的渴望，足以让林月盈暂且放下和秦既明的恩怨纠葛。

秦既明让林月盈上去收拾她的行李箱，今晚不在这里住，东西一并带走，比较方便。

林月盈的手臂还在痒，她忍不住挠了两下。秦既明注意到她的动作，低头瞧见她手臂上的红痕。

秦既明："嗯？"

"这是过敏啦，过敏。"林月盈将自己的胳膊举给他看，抱怨，"我感觉这家酒店的被子有点不干净，但前台告诉我，想要过敏的赔偿必须要医生写的证明……"

"过敏？"秦既明皱眉，他没有碰林月盈，只俯身仔细看她手臂上的痕迹，果断地做决定，"时间还早，我们先去医院。"

林月盈："啊？"

公立医院的预约要等到猴年马月，秦既明打电话给当地的朋友，咨询到一家可靠的私立医院，果断带林月盈去做检查。

检查结果出来得很快，医生推断，林月盈身上的过敏症状极大可能源自酒店那没有得到充分消毒和烘干的被子。

不过不是什么严重的问题，过敏反应不是很严重，不用口服抗敏药。医生建议她不要用过热的水洗澡，晚上洗过澡后在红肿处涂上药膏即可。

以及，禁止抓挠。

秦既明站在外面，安静地等待林月盈出来。

两地的时差并没有成为何涵发消息的阻碍，她甚至连"我会告诉你父亲"这种话都说得出口。

秦既明依稀记得，上次父母见面，还是两年前的中秋节。那场并不愉快的会晤，最终也以何涵单方面地讽刺秦自忠导致秦自忠被气到去医院吸氧而结束。

秦既明没办法让母亲冷静。

她只对秦既明反复地讲，她很失望。

前方多歧路，秦既明想，幸好他还能先去走一走，砍一砍这路两侧的杂枝刺棘。

医院里的护理人员帮林月盈涂了一次药膏，那些早上困扰她的红痕渐渐淡下去。为了避免意外，最终他们还是购买了口服的抗过敏药物，以防万一。

林月盈不喜欢这个药膏的味道，它嗅起来像是放了很久的薄荷油，还有无法忽视的酒精味。

等坐上车，秦既明看到林月盈皱着鼻子仔细地闻自己的胳膊。

"好难闻。"林月盈低声抱怨,"闻起来比林风满还要让人讨厌。"

秦既明忍俊不禁:"我不知道你这句话侮辱的是药膏,还是你的哥哥。"

"他算什么哥哥?"林月盈说,"就是一个只会下笨蛋的笨公鸡。"

秦既明说:"公鸡不会下蛋。"

"不要反驳我,我现在脾气超级不好。"林月盈嫌弃地将胳膊往前伸,叹气,"又痒,又难闻……你再惹我,我就咬你。"

秦既明噙着笑,保持沉默。

林月盈不理他了,她只是单纯讨厌胳膊上药膏的味道,它唤醒了她一些不美好的记忆。

恍惚间她想到秦爷爷刚过世的那段时间,秦自忠听了秦爷爷的遗嘱后,脸色就不好了。

将林月盈送到秦自忠那边,其实也不是秦自忠心甘情愿的。她那时候还没成年,需要人照顾,但秦既明刚参加工作,实在忙不过来,便有了将她送出去的想法。

从小被秦爷爷和秦既明宠大的林月盈,也是在那个时候忽然意识到,原来她本质上还是那个被推来推去的孤女。

这种认知让她难过了一段时间,思考着怎么样才能搬走,才能不住在秦自忠的家中。

机会来了。

秦自忠喝多了酒,喃喃地叫她清光。他又哭又笑地,时而俯在地上磕头求林月盈的原谅,说自己当时有苦衷,时而又狰狞地笑着说是她的意志不坚定,难道亲哥对她的照顾也能成为她患抑郁症的理由?真是活该啊。

他发完疯,站在那里叫着秦清光的名字,祈求她的原谅。林月盈被他的姿态吓到了,拔腿就跑,没想到反过来被秦自忠踹了一脚。

就是这一脚,让林月盈不想回忆那天嗅到的味道。

清凉油刺鼻的酒精味,让林月盈的脚隐隐作痛,好似虚空中又被人踹了一下。

林月盈忍了好久,终于受不了这个药膏的气息,一下车就催促着秦既明去酒店办理入住。她受不了了,要洗掉自己身上的所有药膏,她现在就是珍贵的豌豆公主,忍受不了一点不舒服。秦既明无奈地看着她如此着急,摇了摇头,一手拉一个行李箱,将它们交给迎上来的侍应生。

办理入住的时候,还出现了一个小小的意外。订单显示,对方只给他们订了一个房间。不幸的是,今天的酒店已经满员,没有多余的空房间。

"可能是酒店方弄错了,也可能是他们误会了我们的关系……"秦既明皱眉,无奈叹气,"他们只给我们准备了一间房间。"

林月盈不甚理解:"误会我们是什么关系?"

秦既明和她保持着恰当的距离,伸手指了指:"情侣关系。"

林月盈"哼"了一声:"谁和你是情侣关系?"

"也是。"秦既明叹气,"他大约不知道,我是保守派。"

林月盈呆了呆,说:"你保不保守,和我有什么关系?"

秦既明笑着看她:"你怎么会觉得和你有关系?"

不行。林月盈感觉可能是在英语环境中生活的时间过长,以至于她竟然开始吵不过秦既明了。

输人不输阵,气势不能丢。

林月盈仍旧嘴硬,昂首挺胸,说着一些不着边际的话:"大约是聪明人的精准的第六感。"

这话一说出口,林月盈已经开始思考该如何回击秦既明的下一句辩驳。

他会说"是笨蛋小孩的失灵第六感",还是说"今天聪明人的第六感有些意识过剩"?

林月盈沉着地等。

但秦既明却笑了一声。

他说:"聪明人的精准的第六感果然很精准。"

林月盈一肚子反驳的话未能释放,她愕然地看着秦既明。

秦既明说:"的确和你有关系。"

林月盈说:"什么关系?"

秦既明说:"应该是你和我之前都不敢想的关系。"

林月盈问:"你是不是被什么东西上身了?"

秦既明问:"你认为呢?"

"我认为是。"林月盈伸手推他的肩膀,语气坚定,"秦既明,我才不是你招之即来挥之即去的家伙。"

秦既明抓住她的手腕,不笑了,颇有深意地侧身看她:"我也不是。"

谈话至此结束,秦既明的朋友热情地叫着他的名字,打断了他们之间那微妙的气氛。

林月盈转身看,只见一位亚洲男性笑着走过来,头发是精心打理过的微卷,穿着白T恤和黑裤子,向秦既明展开双手。

秦既明礼貌地和他抱了一下,他用熟练的英语解释自己迟到的原因,看到林月盈,又用结结巴巴的中文,不太流利地问她:"你号,你似临月迎吧?"

秦既明一改方才的严肃,笑着给他俩做介绍。

詹姆斯·邓,中文名字是邓耀宗,华裔,第四代移民,能听懂中文,也能讲,但发音不标准,也不能流利地表达出自己的意思。

他曾经和秦既明有过深度的合作,那时秦既明还没有做到这个位置,但那种据理力争的姿态,给詹姆斯留下了极深的印象。

"你都想不到,秦既明有多么可怕。"詹姆斯夸张地说,"天啊,我第一次见在谈判桌上这样凶的男人,简直无法用语言来形容……他提出的要求那么苛刻,但我们竟然也答应了……"

林月盈还忍着手臂和腿上的气味，努力维持着面上的微笑。

她恨不得现在就把身体洗得干干净净。

秦既明不动声色地请詹姆斯先去酒店的咖啡厅坐一坐——他需要先照顾一下林月盈，等会儿再过来。

詹姆斯同意了。

林月盈几乎是立刻进房间冲凉沐浴，她打出厚厚的泡沫往身上擦洗，好不容易抹掉那些气味，清清爽爽换上新衣服时，才有时间来看这房间的格局。

……完蛋，只有一张大床。

秦既明背对着林月盈，正在打酒店的内线电话，他要求酒店里的服务人员重新送饮料过来，可乐全部换成无糖的，不要任何含酒精的饮料，也不需要任何含坚果、海鲜的零食，这间房住着一个正在遭受过敏困扰、不能摄入过多糖分的年轻女士。

林月盈双手抱胸，说："你的形容就像我得了什么绝症。"

"不肯涂药，也不肯忌口。"秦既明无奈摊手，"只能尽人事，听月盈命了。"

林月盈说："哼。"

他们没有时间聊太多，楼下咖啡厅还有一个等待的詹姆斯。林月盈决定将争论暂停，等秦既明会过老友后再单独讨论。

她很在意秦既明的那句话，什么叫"你和我之前都不敢想的关系"。

如果这句话背后的含义和她想的不一样，那么林月盈会立刻离开这家酒店，重新找一个住处，并在离开前告诉秦既明，以后再也不会理他这个总是钓着人的、狡猾奸诈的大鱼钩。

林月盈用深呼吸调整心态，简单地吹干头发扎起来，穿上自己最爱的那双红色高跟鞋，把整理好的笔记本、钢笔和相机放进包中。

午餐是在酒店吃的，颇为丰盛，鹅肝很嫩，炙烤小羊肩的味道也不错。林月盈更感兴趣的，还是听詹姆斯聊这次机器人迭代的一些新功能和一部分已经对外公开的技术。

林月盈的基础水平有限，纵使她再怎么努力，也不可能在如此短的时间内抵得过别人工作多年的丰富经验，聊天又涉及许多的专业名词，林月盈只能默默地听，用钢笔在纸上进行简单的速记。她不求能立刻听懂，只希望尽力记下有用的东西，以便日后回学校针对性地学习。

她写字的速度缓慢，秦既明看不下去，明面上微笑着和詹姆斯聊天，桌布下他伸出手指，在林月盈腿上轻轻划拉了一长串单词。

林月盈顿住，凝神辨认。

OHIP Elman.

Output-hidder-input-feedback Elman.（输出 - 隐藏 - 输入 - 反馈）

这个专业名词林月盈知道，但刚才詹姆斯说话的语速太快，她没听清楚，在笔记上画了一个问号。

现在秦既明在腿上用指腹轻轻划着，隐秘地提醒她的遗漏。林月盈说不出内心什么感受，低头继续记，只觉得不安宁。

自从秦既明来到美国后，林月盈生活中的一切好像都脱离了预先的轨道，向着没有想过的方向飞驰。她不知这是好还是坏，心底一片茫然，又忧心一旦回国，她和秦既明仍旧是原来不相交的轨道。

好奇怪，她本来是"今朝有酒今朝醉"的性格，现在秦既明迈出示好的一步，林月盈却又胆怯了。

她第一次尚未在一起就开始为分别而担忧。

一整个下午，詹姆斯都和他们在一起。他家境优渥，在上东区有两套房子，还有一位美丽温柔的太太，以及四个孩子。

林月盈吃惊地张大嘴巴："四个？"

"是啊。"詹姆斯微笑，他解释，"我的父母只有我一个孩子，但我一直很渴望大家庭的温暖，希望能够有很多小孩子……"

詹姆斯开始愉快地聊自己那可爱的四个子女,林月盈的手机响了。她说了声抱歉,走出一段距离,去安静的长廊上接听电话。

是何涵打来的。

林月盈缠着她撒娇,和她讲:"我上次在 Tiffany(蒂芙尼)看到一条钻石项链,好适合您喔,优雅漂亮。我已经买下来啦,就等着回国后给您送过去。"

今天的何涵却没有往日的愉快,只轻声问她:"秦既明在吗?"

"在的呀。"林月盈下意识回头看,秦既明就站在詹姆斯旁边,说来也奇怪,他俩站在一起,竟然一眼就能辨认出谁是华裔,谁是中国人。若是用画来比喻,秦既明就是古朴端正的青山水墨画,而詹姆斯则是色彩艳丽的油画。林月盈侧身,边为推着车的清洁工让路,边问何涵:"要不要我现在让秦既明接电话呀?"

"不用。"何涵匆匆开口,"不用。"

林月盈从何涵的沉默中意识到一丝不对劲。

"你现在在纽约,对吧?"何涵说,"乖孩子,过几天我去看你,你不要告诉既明,好吗?"

林月盈叫了一声"何妈妈"。

"我没有女儿,做梦都想你是从我肚子里爬出来的。"何涵语气哀伤,"就看在我这么多年对你的疼爱上……替我保密,好吗?"

林月盈小声问:"是出什么事了吗?"

"电话中讲不清楚,但不是坏事。"何涵说,"等订下机票后,我会告诉你。乖孩子,我一直知道你是好孩子。"

林月盈说"好"。

她重新走回秦既明的身边时,秦既明侧身看她,问:"谁的电话?"

林月盈面色自若:"宝珠的,她想让我给她带一些纪念品。"

詹姆斯笑了:"我已经准备好了,我们公司之前做了一批具备纪念意义的芯片装饰模型……"

第十四章　恋爱前的冷静期

林月盈在这里站了一下午，听了一下午，收获颇丰。

她亲眼看到了那个即将发布的机器人，它的身体由电线和金属元件构成，动起来是不可思议的灵活——詹姆斯让它做了几个展示动作，灵活到令人怀疑它的身体内部是否真的藏着一个人。

当然，许多人类所不能完成的动作，对于它来讲都是小事一桩，它甚至能将自己折叠成狭窄、不占空间的长方体。

林月盈想到自己在《科幻世界》译文版上读到的 *Good Hunting*，里面金属做躯壳的女主角，转化为金属狐狸的时候，带给她的震撼和眼前看到的机器人一模一样。

多么不可思议的机械，多么不可思议的人类。

人类是机械世界的造物者。

回程的路上，林月盈和秦既明都很安静。

林月盈还陷在刚才的视觉冲击中。她没有留下影像资料，詹姆斯为难地告诉她，目前还不可以拍摄，明天将会有专业的团队来这里拍摄视频，然后发布到社交媒体上。

到那个时候，詹姆斯会要一份完整的视频发给林月盈。

林月盈怔怔地想了许久，转脸看秦既明。

她问："秦既明，你在想什么？"

秦既明说："我在想，再优化一下这种技术，是否可以制造出可穿戴的智能机械设备。"

林月盈："啊？"

"投入日常生活的使用。"秦既明微微侧脸，望着虚空中的某一点，这种姿态代表他在沉思，"比如，可以令一些残缺的人重新拥有灵活的肢体。"

酒店到了。

林月盈拎着包，跳下车："我以为你眼中只会有商机。"

"怎么会？"秦既明说，"我记得自己是一名工程师。"

林月盈说："你真不够浪漫啊秦既明，刚刚那句话的最好答案，不应该是，你的眼中只有优雅大方美丽可爱的林月盈吗？"

秦既明忍俊不禁："那好，你重新说一遍，我们重新开始讨论这个话题。"

"不要。"林月盈拒绝，说，"上赶着的不是买卖，你现在说出来的也不是真心实意的，不要。"

她穿着高跟鞋健步如飞，秦既明大步靠近，站在她的身后。

"所以，"林月盈说，"你还没回答我上午的问题。"

秦既明说："喔，什么问题？"

他说："我会让他们多送一床被子，你睡床，我睡外间的沙发。"

电梯到了。

林月盈说："你知道我说的不是这个。"

秦既明凝神："哪一个？"

"招之即来，挥之即去。"林月盈说，"你究竟怎么想的？"

她的手臂和腿又开始发痒，大约是那些药膏全都被冲洗干净，下午被压制下去的感觉卷土重来。林月盈抿着唇，直截了当地问："秦既明，你说过你要和我保持距离，为什么现在又来这里找我？"

秦既明反问："林月盈，那你为什么让我爱你后一声不吭就跟着老师跑到美国？你们的名单一个月前就已经定下，你有无数次机会告诉我，却选了不告而别。"

林月盈抿唇，低声："因为我那时候在生气。"

秦既明说："真巧。"

电梯门开的瞬间，林月盈说："所以你这么做，是因为也在生气？"

秦既明说："是因为我不会生你的气。"

林月盈听不懂他的话。

秦既明看起来很冷静："还记得上次你开学的时候吗？你哭着和我

说，做不到的事情就不要答应你，不要给了你希望，又令你失望。"

林月盈记得。

那时候秦既明答应要送她去上学，却又因为临时出差而失约。

那时候林月盈还不知道自己的伤心不仅仅来源于对秦既明的失望。

"所以，"秦既明说，"我现在还没有到那一步，月盈，我没有办法告诉你。"

林月盈捂着胸口，她在确认自己刚才听到了什么。内心的喜悦完全控制不住，林月盈跳到他面前："秦既明！"

她惊喜地叫出声，眼睛亮得像星星，说："那你小声告诉我，你是不是准备好和我在一起啦？"

"暂时不要讲。"秦既明伸手捂住林月盈的唇，说，"别用这样的眼睛看我，我会有负罪感。"

他们之间，有些话不需要讲太清楚。

林月盈的唇贴在他的掌心，烙下一个湿漉漉的吻。

第十五章

露水情人

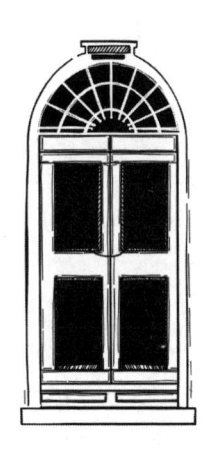

在陌生的国度中，
没有人知道他们的关系和纠葛。

她不知道怎么形容现在的心情,像是一口气吃掉了十个秦既明亲手包好的香喷喷的饺子,像是在炎热的夏天跑完三公里后喝到了一瓶凉爽的苏打水,像已经一个月没有吃到罐头的猫猫看到眼前摆着十个香喷喷的鱼肉罐头!!!

　　她的心在狂跳,她的血在燃烧,她的脉搏在狂舞,她的汗水不住地冒出,她像初升的太阳,像刚刚淬过火的一把崭新宝剑。

　　秦既明取出房卡,去开门。

　　柔软自背后拥抱着他,扑过来,紧密压着他。

　　林月盈的脸颊贴靠着秦既明温厚的后背。

　　"可是,"林月盈大声说,"秦既明,现在只有我们,你不需要有任何负罪感。"

　　林月盈是被秦既明背回房间的。

　　在秦既明开门的时候,她始终赖在他的背上,把自己这么多天的委屈全都吐出来。

　　"我前段时间好生你的气,而且很委屈——超级委屈,我觉得我好惨啊,竟然喜欢上你。后来又觉得你好像也惨,你对我有意思却还得拒绝我。"林月盈说,"拒绝这么好的我,你肯定也做了好多的心理斗争吧?"

　　"你都不知道你让我多难过。"林月盈说,她一只手摸着秦既明的耳朵，另一只手紧紧压在他的胸口，这个位置可以更好地感受他的呼吸和心跳，她需要摸着这些来确认，"秦既明，我第一次向同一个男人告白两次，但两次都被拒绝了，两次。"

林月盈反复强调："你知道这样会给一个美女带来多大的心理伤害吗？"

秦既明说："对不起。"

他又问："那你还向谁告白过？"

林月盈说："多着呢，你等我慢慢数……"

她松开摸着秦既明耳垂的手指，改成点，数一个数，就点一下他颈侧凸起的血管。

林月盈喜欢他身上青筋的触感，韧，迅速回弹，有一种说不出的精妙，她触碰这一点时，好像可以短暂控制他的心跳。

"我告白过的人，除了秦既明之外，还有我五岁时搬进秦爷爷家后遇到的秦既明，晚上我做噩梦就陪我睡觉的秦既明。"林月盈说，"从五岁一直陪我到高考毕业的秦既明，我所崇拜的、大学的学长，我加入社团中的第一任社长兼创始人，和我住在同一个屋檐下的男人，我实习公司中的项目的上司的上司的上司，还有——"

林月盈捏了捏他的脸。

"现在正背着我的男人。"林月盈说，"我都表白过。"

秦既明忍俊不禁，所有的情绪最终归为轻轻的一声叹息。

"月盈。"秦既明说，"你最知道怎么哄人开心。"

林月盈"嘭"的一下跳到地上。

秦既明摸了摸她的额头，让她去洗澡。

"无名无分。"秦既明说，"再等等我。"

林月盈无力地倒在沙发上。

秦既明看着她，笑："我就在这里，哪里都不去。"

一切都是时间问题。

第十五章　露水情人

他们的问题需要时间。

秦既明没有三头六臂,他也不是手眼通天,浪潮的到来他无法躲避,但至少要想办法减少浪潮的影响,想办法及时铸一道防护的铁门。

林月盈躺在沙发上,片刻,开始用力打滚,从沙发这边滚到另一边。

"说不定这是你的缓兵之计。"林月盈大声,"你该不会什么都不做,然后想稳住我吧?我刚才是不是不该那么快表明心意,那么快就接受你的道歉啊?其实你只是看不下去我交男朋友,所以故意钓着我吧?男人!我已经看穿你的把戏——"

最后一句话没说完,她滚得过于激动,差点从沙发边缘摔下去,幸好秦既明及时伸手,才避免了她落在地毯上。

林月盈借势用双手搂住他的脖颈,用他教的方法狠狠地亲吻他。

林月盈已经不再如初始那般笨拙青涩,也不会无所适从,她一直是个聪明好学、举一反三的姑娘,她知道怎样才能点燃他,知道怎么才能令克制偏又纵容她的秦既明破例。

秦既明为她破的例还少吗?

林月盈哽咽地搂住他,她的小裙子还贴着身体,小声问秦既明:"为什么呢?"

为什么呢?既然已经准备在一起,为什么还在犹豫呢?他在顾虑什么吗?

林月盈在秦既明怀中浅浅得到安抚,秦既明偏脸亲吻她汗涔涔的额头。

"我妈知道我们的事。"秦既明说,"她不同意。"

林月盈早有预料,毕竟之前已经有流言传出,何涵大约知道这些。

"她是一个有完全民事能力的成年人。"秦既明说,"我不能将她强行和你分开。"

她们都是有思想的成年人,秦既明无法保证她们永远不见面。

所以,他只能尽可能地赶在母亲之前,来见林月盈,把内心的想法提前说清楚。

林月盈脸上挂着泪:"你妈妈会找我说什么吗?说让我离开你?"

秦既明说:"我猜应该会。"

一定会。

他们都不想在彼此面前,将糟糕的消息说得那样绝对。

"可能""我猜""应该"。他们默契地使用不那么难过的词语,哪怕知道结局,也一定要在未发生前给对方留有一丝希望。

林月盈将脸埋在他的怀中:"所以你不确定。"

秦既明又说:"相信我,那一天就在不久的将来。"

在一起都困难重重,前路漫漫,但秦既明下定决心,只要林月盈愿意等,他们的未来仍旧清晰可见。

林月盈不说话了,她的眼睫毛都哭得粘在一起,像被雨淋过,她说:"秦既明,你不要让我失望。"

大清晨就和酒店前台吵架,又因为皮肤过敏去看医生,下午还一直在记东西……无论是大脑还是其他,林月盈已经很疲倦了。

"月盈。"

林月盈半梦半醒,她身上过敏而起的红肿已经全部消下去了,不再被困扰的她伸手,搂住秦既明的脖子,蹭了蹭,就像抱她的安抚熊那般。

"怎么啦?"林月盈打哈欠,她眼睛都睁不开了,但还是关心地问,"秦既明?"

秦既明低声:"后天我就要走了,想和你说说话。"

林月盈困得眼泪都要流出来,不理解地"呜"了一声:"可是我很快就要回国了呀。等我回去,我就搬家,到时候你可以天天晚上来陪我说话……现在先睡觉好不好呀?我好困了,秦既明。"

秦既明抚摸着她的头发,倾身吻她:"好。"

"月盈。"秦既明说,"你要记得,我一直是你的。只要你坚持,不放弃。"

在陌生的国度中,没有人知道他们的关系和纠葛。

归期将至,钱老师体贴地给林月盈多放了一天假,允许她在保证安全的前提下和秦既明一起参观那些不对外开放的项目。

林月盈不是第一次跟秦既明出国旅行,但围绕项目的出游还是第一次。他们不以景点和主要建筑物为目的,而是以形形色色的智能工业机器人、智能传感与控制装备为中心。

林月盈暂且还无法去了解那些高灵敏度、高精度和高环境适应度的传感技术是如何达成的,但她仍旧为眼前所看到的一切东西而欣悦。

"上次你来公司,做的都是一些基础的工作。"秦既明说,"这个暑假你还想不想继续实习?"

林月盈紧张地说:"你要我去应聘你的助理吗?"

她没说完,秦既明叉了一块烤好的小兔肉塞进她的口中。秦既明说:"你那漂亮的小脑袋里都在想什么?"

用苹果木炭和小火炉炙烤的兔肉十分紧致,细腻的肉感带着淡淡的木香,林月盈将整块兔肉认真地吃下,等兔肉滑进肚里她才说:"我可什么都没说。"

"你来我这做助理是大材小用。"秦既明解释,"我现在的确在招助理,不过是文职助理,对你的专业学习没有什么帮助。"

林月盈专注地喝着蘑菇汤。

"我会选择一些适合你的岗位。"秦既明说,"上次那个实习岗不要做了,虽然有用,但过于琐碎,不能帮你进行系统的学习,体验一下就好。"

林月盈说:"这难道就是传说中的萝卜岗?是不是任人唯亲?"

"我不是一手遮天,但作为公司的总监,手上总有几个内推名额吧?"秦既明含笑,"好好学习,我这是为公司提前选拔人才。"

林月盈说:"你这是把你自己和我都贡献给了工作,算不算工作狂?"

秦既明失笑。

他说:"最聪明的林月盈,能不能请你换一个词?我这叫为社会做贡献。"

温馨的意大利餐厅有本色的橡木餐桌和井然有序的开放式厨房。

林月盈伸手,勾了勾小指头。

秦既明顺从她的心意,微微倾身靠近。

林月盈凑过去,亲了亲他的脸颊。

"完蛋了,秦既明。"林月盈缩回去说,"现在我满脑子都是想亲你。"

她捧着脸:"天啊,我该不会是个恋爱脑吧?"

秦既明含笑,问她:"优先数的 R10 系列有哪些?"

好简单的基础题,林月盈张口就答。

"看。"秦既明说,"你不是恋爱脑,你还是爱学习的聪明脑。"

林月盈当然聪明,当然也不可能是恋爱脑。

她认识秦既明的时候,已经五岁了,晚上是家里的阿姨照顾她,睡前会给她讲很多有趣的故事。

秦爷爷过世后,阿姨也辞职回老家,说是年纪大了,不做了,要准备休息了。

秦既明尚不习惯直视她,林月盈倒是坦坦荡荡,不觉得被他注视是什么值得羞耻的事情,换句话说,她认为自己的每一个部分都好美,她愿意将宝贵的欣赏机会给自己喜欢的秦既明,这是她给予对方的权利。

白天的林月盈还是准时七点半醒,她搂着秦既明,好像搂着一场不真实的、令她难以相信的美梦。

林月盈将和秦既明说开后的这十几个小时称为有史以来最轻松、最满足、最愉悦的美好时光。

她固执地不想将其称之为一场梦,她认定两人绝不会醒。

第十五章 露水情人

秦既明的眉毛很漂亮、标准,不需要过多地修理。他不是会为自己这张好看的脸投入太多的人,大约因为人往往都不会多么在意拥有的东西。林月盈还喜欢他眉毛中间的那颗小痣,忍不住凑过去亲一亲,又被秦既明按住后脑勺。

他忍着笑:"闹什么呢?"

林月盈用手摸他的痣:"这个位置好好看,我也想要一颗一模一样的,我要问问医生可不可以给我也点一颗……"

"胡闹。"秦既明说,"万一把你眉毛燎了,怎么办?"

"你不了解点美人痣的行业,又不是用火。"

"我以为。"秦既明说,"和你比起来,我的思想落后了许多。"

林月盈:"嗯?"

她想了想:"没有吧,我们虽然差了一段年龄……但是你也不是什么都不看什么都不听的呀。"

秦既明微笑着说"也是",不与她继续辩论。

秦既明已经三十岁了,不比十几岁时的热血冲撞,不会乱吃醋。他只是有些担忧因为自己的年龄,年轻又活泼的月盈会认为他古板无趣。

当然,他也不是毫无嫉妒心,不是大度宽容到什么都能原谅。

和李雁青相关的就不行。

尚未到最炎热的时候,又逢"Restaur Week"(餐馆周),许许多多的高档餐厅推出折扣活动。正处于减脂期且只能使用酒店健身房的林月盈对这个活动的兴致不太高,只在一家露天美食酒吧中浅浅尝试了新奇的啤酒,就宣布今日活动暂停,她要回酒店睡觉。

林月盈搂着秦既明的手臂,出租车车窗开着,她靠近往外看这逐渐炎热起来的都市——有着错落的高楼,诸多民族移居、建立、创造,但未必能令人真正自由的城市。

对于林月盈和秦既明来讲,只要离开北京,在任意一个陌生城市中，他们都是自由的。

他们不再忍耐对彼此的吸引，即使前方仍有阻挠，他们在这里做露水情人。

林月盈哼着歌，她的包里放着从旧货商店里淘来的物品——戴着金属项圈的埃及猫小摆件，一本希腊语的《神谱》，还有一个漂亮的、黄铜材质的手镯。

林月盈甚至都没有来得及整理这些物品，一想到即将到来的别离，她的眼泪就要忍不住流下来了。秦既明大约也知道她伤心，所以几乎包容了她所有的要求。

两人睡了午觉，醒来坐在外间的沙发上一起看电影，是一部老电影，叫《魂断蓝桥》。费雯丽美丽的眼睛令林月盈心神荡漾，她被电影感染到哭泣，秦既明问："上一次那部电影的结局是什么？"

林月盈想了想："白瑞德失望地离开了她，但斯嘉丽认为自己还能将他重新追回来。"

秦既明赞赏："很勇敢。"

"小时候看着你和宝珠吵架，"秦既明扶着她的腰，"我就想，这样很好，不要将你培养成那些'乖巧懂事'的人。你要有自己的个性，自己的脾气，懂事的小孩容易吃亏。"

她微微咬着唇，问秦既明："懂事的小孩容易吃亏，我在你面前是不是太懂事了，所以你老是让我吃亏？"

电影还在放着，林月盈的感情丰富，看到稍有煽情或者悲伤的情节就哭得死去活来，这也是何涵说她适合学艺术的原因之一。她是一个很感性的人，但又有着冷静的理性，在理工科的课程上也极有天赋。

"别闹。"秦既明说，"是你的，终究是你的。"

林月盈抗议："你就是找借口，三天了，你给我了三种理由。"

"听话。"秦既明叹气，"我不想你肚子痛的时候连给你揉揉都做不到，不想在你疲倦劳累的时候连倒杯水都不行。"

第十五章 露水情人

林月盈点头。

她问:"那你想好拒绝我的第四种理由是什么呀?"

秦既明含笑:"一哭二闹三上吊?"

林月盈伸手捶他的肩膀:"去你的。"

纵使不愿,太阳仍旧按时升起。

秦既明不愿意让林月盈送自己去机场,毕竟她前几天刚遭遇了一场抢劫。秦既明将她送回一开始住的酒店,那边有她的老师和同学。

刚到酒店,林月盈的电话响了,她到几步之外的地方接听。

"何妈妈。"林月盈对着电话亲密地讲,"你订了什么时候的机票呀?嗯?三天后吗?"

打电话的间隙,林月盈看着秦既明的身影,他和之前那个狡猾的前台不知道说了什么,过了一会儿,一位穿得很像经理的人走过来。

林月盈抿着唇,她听不到,但能感觉到秦既明在说什么。

她回应何涵:"好快呀。"

何涵说她订了三日后的机票,届时会在这里住上几天,然后和林月盈一块儿回国。

林月盈想了想,不知道要不要和秦既明说这件事。

她需要遵守和何涵的约定。

但何涵来得这么突然,不知道会不会发生不好的事情。秦既明这两天开始反复给林月盈打预防针,林月盈不是不明白,她不是什么傻乎乎的天真懵懂少女,她能听懂秦既明的暗示。

至于其他的东西,何涵没怎么讲。她不问秦既明在没在,只嘱托林月盈,在外注意安全。

通话结束。

林月盈握着手机回到前台,秦既明正拿着她的那份病历,同经理交涉向林月盈道歉的事宜。

经理的英语没有太重的口音，他一直重复着说抱歉，又说现在已经清理好了房间，也开除了前几天打扫卫生不认真的员工，如果不相信的话，现在他可以带他们去后面参观，并且保证今后不会再出现被褥使客人过敏的事情。

秦既明说："I don't care.（我不在乎）"

他不想听经理重复他们的规章制度，对他们怎样处理那些员工也并不感兴趣。

秦既明只要求他们向林月盈道歉，一个正式的道歉。

秦既明把林月盈的行李箱送到她的房间，等关上门，低头亲了亲她的脸颊。

林月盈的学姐和老师现在都不在，这里很安静。

"别怪我凶。"秦既明抚摸她的脸，"我希望他们能严肃对待你的房间。"

他的拇指反复摩挲林月盈耳侧的一块软肉："你现在跟着老师和学姐，订房间也是用的学校经费，不方便搞特殊。"

林月盈点头："我知道。"

如果她为老师重新订其他高档酒店的话，钱老师肯定要将这个差价补给她。

考虑到安全和方便的问题，她们又不可能分开单独订酒店。

林月盈也相信，她的被褥只是那天出了问题。

"再过敏就和我说。"秦既明说，"我打电话联系私人医生过来照顾你。"

林月盈说"好"。

秦既明又摸了摸她的脸。昨天他们又重新买了新的、没有严重气味的药膏，秦既明仔细给她涂了药，以防再次发生过敏反应。

林月盈舍不得秦既明，两人在餐厅简单吃了些东西。眼看时间到了，秦既明拉着行李箱快走到玻璃门的时候，林月盈还站在原地，她目不转睛地看着秦既明的背影,一副可怜巴巴的样子,让秦既明想起自己第一天送她去小学时的场景。

秦既明折返走到林月盈的身边,俯身抱了抱她,安慰地拍着她的肩膀。

"我在家等你回来。"秦既明说,"回家后,我先帮你晒被子,洗床单。对了,你有没有最想吃的菜?"

林月盈哽咽:"老鸭汤。"

"好,那就老鸭汤。"秦既明摸她的后脑勺,"别哭,多大了。"

林月盈还是依依不舍,低头吸了口气,用力地回抱他。

来来往往的人从他们身边经过,他们此刻并不惧怕被人看到,拥抱和牵手都坦坦荡荡。

等回到熟悉的故乡,就不能在公众场合这样亲密了。

至少……很长一段时间不能如此。

林月盈知道回去后会面对什么,她做好了心理准备。

秦既明在走之前,给林月盈留下了很多东西——一些可靠的朋友的联系方式,一个可以来酒店里出诊的私人医生的手机号码,一张额度很大的信用卡,一些现金,还有一个其貌不扬、没有任何 logo 的斜挎帆布包。

"这下它是你最便宜的包了。"秦既明笑着说,"记得放在前面,小心飞车党。你还记得哪几个街区有潜在的风险吗?"

林月盈说:"哈莱姆区、曼哈顿中城、法拉盛,嗯……还有布朗克斯南……"

她缓慢地重复秦既明之前的叮嘱。

"对。"秦既明说,"跟着老师,别在晚上一个人出门。"

林月盈点头,有些教训只要尝一次就够了。就算秦既明不说,她也不打算之后再在晚上出行。

她又想到，等回国后，还需要补办一张新卡。尽管秦既明留了大额度的信用卡，但林月盈没有任何购物的兴致。她终于品尝出什么叫做"一日不见，如隔三秋"，晚上睡觉的时候总觉得秦既明就在自己身边，只是稍一翻身，手指触碰到被褥，上面只剩她自己的体温。

寂静的夜，两人之间的距离和时差，将这种思念拖得愈发绵长。

林月盈深深地叹了口气，抱着被子闭上眼睛，催眠自己快快睡觉。

等过了这几天，就可以回去啦。

江宝珠和红红在一块儿，从清晨就给林月盈打电话，一定要通过视频确认她的安全才放心。

"你好几天没和我们聊天了。"江宝珠谴责，"我还以为出什么事了。"

红红："吓死我了，你这几天怎么了？心情不好？怎么连朋友圈都不发了？"

林月盈捧着脸颊，克制住自己的心情，告诉她们："我可能要和秦既明在一起啦！"

红红："啊？"

江宝珠忧心忡忡："月盈，纽约看心理医生贵不贵？要不我想想办法——"

林月盈："……"

她用了好长时间让朋友意识到这不是她自己的臆想，而是秦既明给她的暗示，隐晦地表明他们会有以后。

宁阳红捂住耳朵，一脸的不可思议："天啊啊啊啊啊——"

江宝珠沉稳："你真是个恋爱脑，月盈。"

林月盈："嘤嘤嘤。"

她伸手捂眼睛，作委屈状。

江宝珠叹气："你怎么这么不争气呢？月盈。说说看，你表白被拒绝了，然后秦既明一示好，你就这么快原谅他？你不生他的气吗？"

林月盈松开手："嗯……生气还是有点生气的嘛。"

第十五章 露水情人

"可是呀,可是。"林月盈说,"可我就是喜欢他嘛。如果我确认自己的目的就是要和他在一起,那么我为什么还要故意拒绝他呢?好像没有什么太大的意义哎。"

江宝珠:"……"

林月盈的脸颊红润,眼睛很亮:"珠珠,红红,偷偷和你们讲。"

江宝珠警惕:"什么?"

红红松开捂住耳朵的手,也凑到镜头前。江宝珠觉得她靠得太近了,双手握住她的肩,将好友往后扳了扳。

林月盈伸手:"秦既明好像也蛮适合做男友的喔。"

江宝珠说:"——不要在你还没哄好的闺密面前肆无忌惮地秀恩爱!!!"

宁阳红说:"——我听不了这个啊啊啊啊啊啊!!!"

林月盈不是没有思考过,为什么他们一起长大,还能产生如此深厚的感情,毕竟很多人长大后会两看相厌。

她能想到的表面答案是真爱能突破一切障碍,她和秦既明是双向奔赴,这就是古往今来无数文学著作所歌颂的、能够超越一切的爱啊。

江宝珠给的标准答案是"林月盈你就是个恋爱脑"!

红红点头同意。

林月盈不想去探究爱出现的原因,也不会在这个时候就开始忧心忡忡今后该如何收场。她珍惜眼前的一切,正如珍惜和秦既明在一起的日子。她能感觉到何涵的到来势必会带来重重阻碍,但在秦既明的提醒和安抚下,她已经做好了充足的心理准备。

林月盈还跑到隔壁,拍了一张照片发给秦既明。彼时秦既明正在吃早饭,看到照片后立刻打电话给她。

林月盈偷偷开房间的事情没有惊动老师和学姐。钱老师年纪大了,消化不太好,学姐乔木安要减肥,吃不惯西餐,因而从未有人怀疑,林月盈会在晚上吃夜宵的时间,和秦既明通话、聊天、视频。

秦既明离开的第三天，林月盈的过敏反应已经完全好了。

他讲得没错，这几天还有服务员给她打电话，询问她被褥是否令她满意，她的身体是否又有什么不适。

这也是秦既明教给她的，对于某些事情的态度一定要坚决，不要因为怕麻烦就做"好好先生"。有时候就是这样奇怪，你越是提多一些的要求，越是麻烦，他们反倒能为你提供更好的服务。

秦既明离开的第四天，何涵的航班准时抵达。

林月盈和老师请了假，开心地去机场接人。当看着何涵优雅地拉着小行李箱走过来的时候，林月盈叫着何妈妈，奔跑过去，亲密地去接她手里的行李箱："累不累呀？您已经订好酒店了吗？您想不想和我一起睡呀？如果您还没定的话，我帮您选一个好不好？"

何涵微笑着一一回答，淡淡地说："选上次既明来住的房间就好。"

林月盈说："何妈妈，您怎么不早点来呀？您早几天能来的话，我、您、既明哥，咱们仨还能好好玩一玩。"

"傻孩子。"何涵笑了，伸手抚摸林月盈的头发，看向她的眼睛满是疼惜，"我当然是躲着秦既明过来看你的。"

林月盈问："为什么呀？"

何涵微笑："因为我想让你和他分手呀。"

在林月盈的记忆中，何涵一直都不是传统意义上的温柔母亲。她喜欢何涵的性格，喜欢她对待生活的方式。如果说秦爷爷是一位传统的、会无限度疼爱小辈的爷爷，秦既明是完美符合理想、无微不至的好恋人，那么何涵，则是一位新潮的、不属于大众认知范畴的母亲。

秦既明告诉林月盈，何涵爱她，但何涵更爱自己。

林月盈想，这完全符合她对何涵的认知。

就像林月盈在懵懂的小时候，跟何涵在电影院中看的第一部电影《夜宴》里的婉后，她在电影里用近乎妖的气音问："谁不只爱自己？"

何涵就是如此。

第十五章 露水情人

谁不是更爱自己?

林月盈不知道何涵与秦自忠分居多年的原因,在她的记忆中,这么多年何涵几乎从未和秦自忠有什么沟通与交流。俩人虽然尚有婚姻的约束,但这段关系基本名存实亡。

何涵的父母做实业起家,后来两个老人退休,公司也交给专业的经理人打理。在何涵的人生履历中,从小到大,就没有规规矩矩地上过一天班,她喜欢做清闲的、不问公司琐事的、养尊处优的大小姐。她没什么将公司做大做强的野心,反倒清醒地知道不如让专门的人员运营,她只负责签字决策,这样公司的寿命或许会更长。

在抚养秦既明这件事上,也是如此。秦既明从小跟着秦爷爷一起生活,何涵固定地每周去看他一次,陪他吃饭。除了这些,她不会给予儿子更多的爱。

就算成为了"妻子""母亲""老总",何涵从始至终选择的都是保持本心,她只是何涵,她只做自己想做的事。

林月盈并不认为何涵的选择很糟糕,她没尝过真真切切的母爱,但从秦爷爷和秦既明的身上就已经获得足够充裕的关爱。

何涵摘了丝巾,温和地开口:"我是来阻止你们的。"

话说得明明白白,不绕任何弯子,也不兜圈子。

何涵如此直白地表达自己的来意,低头看着林月盈说:"之前我说的都是真心的,直到现在,我也这么想。"

林月盈说:"可是,我和秦既明还没有正式确立关系。"

她不擅长在何涵面前撒谎。

"这样更好。"何涵颔首,她今天涂的口红颜色介于桃子色和豆沙色之间——很温和、没有丝毫攻击力的颜色。

她向来如此,不屑于用强烈的颜色给自己增加一份攻击力:"月盈,订酒店吧,我现在很累,需要休息一下。等睡一觉后,我们再慢慢谈,好吗?"

林月盈点头说"好"。

她当然不会带何涵去她和秦既明住过的那家酒店,不过秦既明离开的时候给她留了几个酒店的预订电话,以防她再度过敏没有地方住。

林月盈预订了和自己住的酒店相距不远的一家。打完电话,林月盈听到何涵问她翻找名片时,旧帆布包里露出的那本彩色旧书是什么。

林月盈回答:"是《神谱》。"

何涵看了看自己修长又美丽的指甲:"我不喜欢这些神话故事。"

林月盈保持沉默。

何涵说:"好困,我等会儿要先休息一下。"

何涵的确很疲倦,她如今的精力自然不能和年轻时相较,坐在去酒店的车上时她就闭上眼睛,沉沉地睡去。

林月盈看手机上的时间,现在国内的时间应该是晚上八点四十五分,她想,秦既明这个时候应该关掉了电视,坐在沙发上看杂志。

林月盈舔了舔嘴唇,阻止自己再去多想,也遵守对何涵的承诺,不去给秦既明发短信。况且他走时提到,接下来的一段时间会比较忙。林月盈不想给他增加困扰,更不想影响他的正常睡眠。

酒店的入住办理是林月盈办理的,就像秦既明照顾她,她也认真地照顾着何涵。

等把行李箱放到房间,林月盈提出,自己去楼下咖啡厅休息一会儿,等何涵睡醒了,再打电话给她。

"留下。"何涵说,"过来。"

林月盈解释:"我怕打扰您睡觉。"

"你和我一块儿睡吧,床够大。"何涵说,"过来陪陪我,我好久没见你了。"

林月盈听话地走过去。

何涵从不用酒店里提供的洗漱用品,她对自己使用的任何东西都

第十五章 露水情人

有着极高的标准。如果是国内,在入住前她就会提前几天写邮件告知酒店方,她喜欢哪一个品牌的洗护用品,毛巾必须要什么样子的,她甚至会写上浴巾和地垫的材质,希望酒店能提前准备好。

但这次出行是临时起意,也不是熟悉的酒店,何涵自己带了一套产品。

林月盈洗过澡躺在何涵的身边,何涵身上是馥郁的、美丽的玫瑰香。就像以前搂着她睡觉一样,何涵抱着林月盈,下巴搁在她的头顶上,拍拍她的背说:"睡吧。"

林月盈忐忑不安地闭上眼。她不知道何涵要做什么,于是做的梦也不安分。

梦里她和秦既明在一个孤岛上玩,忽然瞧见浅滩上有一只小木船,她很感兴趣。秦既明让她不要靠近,但林月盈还是蹦跳着上了船。忽然海风一吹,木船被吹得摇摇晃晃。林月盈惊惶失措地回头,只看到秦既明在海水中正奋力地朝她走来。

汹涌的海水没过他的胸膛,木船却越飘越远。

林月盈被吓醒了,睁眼发现何涵正侧躺着,专注地看着她。

林月盈不太清醒,叫了何涵一声,声音颤抖,带有梦的余韵。

何涵伸手抚摸着林月盈的肩膀。林月盈穿的是吊带睡裙,睡得太沉的时候往下落了一截,何涵伸手触碰的那一块,是秦既明在她肩膀上留下的痕迹。

何涵触碰着这个痕迹,令林月盈的心骤然紧缩。

"他前两天找你,"何涵说,"和你说什么了?"

林月盈摇头。

她说不了谎,秦既明只提醒她要坚定,其余的并没有多说。

何涵松了口气。

"我一直在想,我是不是来迟了?"何涵说,"我前几天也想,要不要干脆直接过来,阻止你们,但我又想到吊桥效应。月盈,我不想你们本来没有太过深厚的感情,却因为我的横插一脚,反而更加紧密地贴合在一起。"

林月盈说:"其实我和秦既明感情已经很深厚了。"

何涵沉默了。

"为什么不同意我们在一起呢?"林月盈说,"我和秦既明在一起后,不会有任何的改变。"

何涵摇头:"不一样。"

林月盈问:"哪里不一样呢?"

她不明白,侧躺着,小声地对着何涵说着自己的心意:"我好喜欢秦既明。"

"你那不算是喜欢,是雏鸟情结。"何涵温柔地说,"你现在还太小,月盈,你还不到二十岁。我像你这个年纪的时候,也曾经对我父亲的一个下属心动过,但后来我发现,他和我谈恋爱,一半是因为我足够年轻,另一半则是因为我的父亲。上司的千金喜欢他,对他那个年龄段的人来说,是多么值得夸耀的一件事。"

林月盈说:"我……"

"听我说完。"何涵捂住林月盈的嘴,"我讲这些只是想阐明,你对秦既明或许只是一种少女情怀,就像当年的我。在知道那个人对我的爱并不单纯后,我就将他引诱我的证据故意透露给父亲看。我的父亲会解决好这些,我再没见过那个人。"

林月盈微微喘气。

何涵抬手,抚摸着林月盈的脸颊:"既明虽然是我儿子,但我几乎没有参与他的成长过程。平心而论,我和他的相处时间,未必有和你的长。月盈,我是真的疼爱你。"

林月盈点头。

"我和他父亲之间有一些……不可调和的矛盾。"何涵说,"不怕你笑话,当初和秦自忠结婚时,我也是高兴的,毕竟他长得好看,周围

第十五章 露水情人

人也和我说,他的脾气不错。那时候我刚刚失恋不久,正处于对自由恋爱失望透顶的地步,父亲叫我去相亲,我就去了。"

林月盈安静地听她讲。

"那时候的我想,有这样的丈夫,未来的孩子肯定也会有优秀的脸蛋和身高,即便当时的我对孩子没有什么太大的渴望,但我知道,父母都需要一个后代,所以我必须要选择优秀的基因来培育下一代。"何涵叹气,"婚后不到一年,我就怀孕了,然后得知了秦自忠之前做过的一件事,一件我无法原谅的事情。"

林月盈问:"是什么?"

何涵却不说了,看着林月盈:"等会儿再说好不好?我饿了,想要吃饭。"

何涵不想吃西餐,林月盈便带她去了一家中餐馆,这里有炒菜、布拉肠粉、砂锅粥,等等。等待菜肴端上桌的这段时间,林月盈给秦既明发了一条短信,若无其事地告诉他,自己正在跟着老师出游。

其实她在陪伴着他的母亲。

秦既明这个时间段还在熟睡,林月盈了解他的作息,她知道秦既明会在早晨六点半起床,如果是没有安排的周末,那么他会睡到七点。

肩膀上,秦既明留下的吻痕还没有消失。

何涵优雅地喝着砂锅粥。林月盈说:"既明哥和我讲,在美国,对一个中餐厅的厨师最大的赞美,就是'您做的饭和我妈妈做的味道一模一样'。"

何涵叹息:"既明一定是在说谎,我没有为他做过饭。"

林月盈点头,说:"其实我也一直在说谎,我也没有吃过我妈妈做的饭。"

林月盈都快要不记得妈妈长什么模样了,只听说她后来又嫁给一个富有的商人,有着自己的幸福家庭。

家里的相册中也有妈妈的照片,但林月盈不想去看了。

以后妈妈如果回国,林月盈想自己也会和她拥抱,和她牵手,但应该不会讲很多私密的话,也很难成为亲密的母女。

何涵微笑:"只要你愿意,我们也可以做一家人。"

"我不知道该怎么说。"林月盈说,"我没有想过,我会这么喜欢一个人。"

她眼睛亮闪闪的:"您可能会觉得我现在很冲动,不够成熟稳重,不够理智,但爱上一个人本身就是不受控的,不是吗?"

最后一道菜也被端上桌,闻起来很香,但林月盈没有任何的食欲,她只看着何涵:"我想说,我爱他。"

"你爱他并不能解决任何问题。"何涵摇头,"月盈,还记得我刚才说的事情吗?"

林月盈问:"什么?"

"秦自忠在婚前,曾经做过一件不能被饶恕的事情。"何涵望林月盈,"他害死了自己的妹妹。"

林月盈的脑袋"轰"的一声。

"秦爷爷讲过,那是你的小姑姑,清光——'东南地秀绝,山水澄清光',好名字。"何涵说,"她从小被送到国外做手术、养病,快成年的时候才被接回家里。"

林月盈吃不下东西了。

她拼命地回忆秦爷爷临终前在病床上的嘱托:他枯瘦的手握住林月盈和秦既明,让秦既明一定要照顾好林月盈,要尊重林月盈的选择,不论她做什么都要支持她。

林月盈知道自己的眼睛和清光小姑姑有点相像,这点相似让后期病重的秦爷爷常常看着她流泪,当时的林月盈只以为秦爷爷是在愧疚没能照顾好抑郁症的清光小姑姑。

"那时候秦自忠已经很大了。"何涵说,"他对清光的掌控欲太强,什么事都要管着她,等清光到了自由恋爱的年纪,他都时刻散发着自己的掌控欲,秦清光是被他逼疯的。"

"等清光确诊抑郁症,秦自忠将所有的过错都推到清光身上。"何涵皱眉,"事情已经过去很久了,我后来才知道你秦爷爷的兄弟和长辈们,因为这件事私下里找清光聊了很多次。那个朋友喝了酒,又把这事讲出来,闹得沸沸扬扬的。清光受不了被议论,情绪越来越低落……后来的事情,你也知道了。"

"那时候我们不在北京,也不知道这件事,一直到我怀孕,才有人告诉我。"何涵说,"她以为这样就能令我心梗,但没想到我那时候对秦自忠也没什么感情了。只不过我想要秦自忠的钱和权,所以迟迟没有离婚。"

林月盈说:"我是真的喜欢秦既明,上一代的事情和他没关系,他没有错。"

"一个比你大十岁的男人,不懂得合理引导情窦初开的你。"何涵说,"这就是错。"

林月盈说:"可是,谈恋爱也是我先提出来的。"

她竭力想要为秦既明分辩,哪怕她还沉浸在上一代那不堪的往事中。

"那他应该拒绝你。"何涵说,"现在我看到的是,他非但没有拒绝,还这样享受你的年轻。来这里之前,他甚至还恬不知耻地和我说,希望我能祝福你们两个。"

何涵隐隐有些失望:"我也没想到,自己生下的孩子会做这种事。"

林月盈快要哭出来了,她只是觉得委屈,替秦既明觉得委屈,她觉得秦既明什么都好,不想听何涵这样说他。

她对何涵说:"何妈妈,我和秦既明没有血缘关系。"

"可是你们一起长大,"何涵说,"不是更不应该产生爱情吗?"

何涵叹了口气,伸手为林月盈擦拭泪水。

"乖宝宝，别哭。"何涵捧着林月盈的脸，"你还不懂我想说什么吗？月盈，我是劝你离开秦既明，不是怀疑你对他的爱。"

林月盈的眼泪啪嗒一下掉在何涵的手上。

"你刚刚说的那些，包括你现在流的泪，都让我明白了，明白你是真的爱他。"何涵柔声细语，"但我想说的也是这一点，你爱秦既明，更应该选择和他分开。"

林月盈摇头："我不明白您的意思。"

"我刚刚讲的那些话是不是很难听？你是不是觉得替秦既明委屈？"何涵放低声音，"那些也都是我知道你俩在一起后的真实反应。我是既明的亲生母亲，也都会用这样的恶意念头去揣度他，更何况那些不认识他的人呢？他们想的难道会比我更好吗？不见得吧？会有多少人说恶毒的话，多少人用多么肮脏的语言提到你们？"

林月盈说："我不在乎。"

她什么都不怕，不在乎流言蜚语。

"那既明呢？"何涵笑了笑，"你有没有为他想过？"

林月盈瞬间怔愣。

"不瞒你说，既明找过我。"何涵敛眉，"你知道他怎么说吗？他告诉我，如果我不祝福你们，他愿意放弃继承权——不只是我这里的，还有他父亲那边的。他知道我和秦自忠都不会同意你们俩的事，所以早早地告诉我，等和你在一起之后，他将签署一份自愿放弃继承权的条款。"

林月盈不说话。

"我问他，难道放弃继承权就能阻止风言风语？难道这样就能阻止其他人散播谣言？纸是包不住火的，总不能你们一直不结婚，不生孩子，就这样住在一起，也不能牵手上街，不能在公众场合拥抱。出门在外也会有人骂他变态，对他指指点点，私下里议论纷纷。"何涵笑，"既明和我说，他已经在考虑辞职，换个城市生活。"

第十五章　露水情人

林月盈的手指放在桌子上，微微发抖。

"你知道他目前的前程有多好，也知道他走的路有多宽广。如果不是这个小插曲，他的人生可以说是无可挑剔，没有半分污点的完美干净。"何涵说，"月盈，我不怀疑你们的爱，我也知道你们深爱着彼此。正是因为知道你爱他，我才愿意和你说这些。"

林月盈的嘴唇在发颤。

秦既明没有提过这些，他在她面前一直是一个保护者的姿态，不会轻易将这些事情告诉她。

"你爱他，就应该为他好。"何涵说，"你舍得让他下半生都受人指指点点、抬不起头？你想以后别人提起秦既明，是用崇拜的语气说他聪慧有能力，还是说他就是一个潜在的败类？"

林月盈摇头："您不要用这么难听的话来说他。"

"你看，我只是说这些，你就受不了了。"何涵微笑道，"可这只是个开始，我也没有讲更侮辱性的话。你还没和他在一起呢，月盈，你们还有好几十年的日子要熬。"

"既明愿意用前程和继承权交换和你在一起的机会。"何涵微微倾身，"你呢，月盈？你愿意为他牺牲什么？"

第十六章
两 难

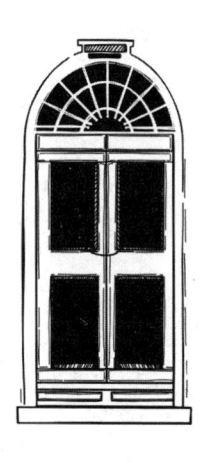

我当然喜欢，我也想看你，我很想你。

秦既明向来少梦。

他的噩梦不多，寻常的梦也少，梦境大多是灰白的色彩，像喷发后又熄灭的火山，沉寂、默然，单薄到好似一封烧干净的信笺。

这不是什么坏事，他旺盛的精力有极大一部分来源于优质的睡眠。

从纽约回到家中没多久，他连梦都没法做了，时常在漫长的夜里起身，去林月盈的房间里，坐在她的床上，抚摸她用过的枕头。

一想到她即将归来，重新躺在这张小床上，秦既明便觉得时间过得格外缓慢，但秒针缓慢走动的每一次，在他心里都有着雀跃的震颤。

秦既明躺在林月盈的床上，枕着她的枕头，盖着她的被子。他惊诧于自己此刻的举动，可或许只有在这里躺一躺，那些等待的焦灼才会得到柔软的安抚。

林月盈之前住在这里的时候，秦既明和她约定，平时她需要做自己房间的卫生——虽然请了阿姨，但考虑到隐私的问题，阿姨一般不会来整理他们的房间。只有勤劳的小机器人哼哧哼哧地打扫。偶尔天气晴，秦既明征得林月盈的同意后，会用吸尘器和洗地机仔仔细细地为她房间做一次大扫除。

简而言之，林月盈住在这里的时候，秦既明基本不踏入她的房间。

但在林月盈离开后，秦既明会时不时进来做做卫生。

至于躺在她的床上休息……这还是第一次。

也或许是因为在林月盈的床上，次日清晨，当收到林月盈发来的照片时，秦既明有种难言的情绪。

"我只是想和你分享一下嘛……"林月盈不解地隔着屏幕撒娇，"秦既明，你不喜欢吗？"

不。

秦既明想，我当然喜欢，我也想看你，我很想你。

秦既明给林月盈回了两个字："喜欢。"

日子又悄悄越过一天。

宋一量约了秦既明几次，说一起出去打球，秦既明都拒绝了。

"打球你不去，骑马也不来，做什么？"宋一量说，"你是不是嫌弃观识技术不好啊？放心，这次来和我打，我不带他，他跑去成都看大熊猫了。"

秦既明一手拿着手机，另一只手拿着吸尘器，仔细清理林月盈房间货架上的宝贝。这些都是她从小到大收集过来的东西，秦既明细心地清理着，避免碰倒。

他回应宋一量："没时间。"

宋一量惊讶："这个时候了还要加班？不是吧？我知道你有技术股，但也不至于为公司这么拼命吧？"

秦既明说："月盈快回来了，我要给她打扫房间。"

宋一量"哦"了一声。

吸尘器还是有一定的噪音，秦既明暂时把它关掉，对宋一量说："没事的话，就先这样。"

"别……别啊。"宋一量叫住他，沉沉地问，"秦既明，你有没有事情瞒着我？"

秦既明淡淡地回："我能有什么事情瞒着你？"

"你能瞒住我的事情可多了。"宋一量说，"既明，说真的，你和

第十六章　两　难

月盈……"

他话中暗有所指："是不是……有点……嗯……那种……暧昧的，朦胧的，可能有点不可思议但又有点激动的，对于某些人来说振奋人心的……"

"直接点。"秦既明说，"少绕弯子，说人话。"

宋一量清了清嗓子，压低声音："告诉我，秦既明，你是不是真的喜欢咱们林妹妹呢？"

秦既明不说话。

宋一量又说："难怪，当初观识追林妹妹时，你老不乐意了。"

秦既明斥责他："这话是能乱说的？月盈才多大？少胡说，万一被别人听到，你让别人怎么想？"

宋一量笑："好好好，知道你心疼林妹妹，我不说了，开个玩笑嘛。"

他不死心，还是问："那，老秦，我猜的有道理吗？"

秦既明说："有没有道理，等过段时间再告诉你。"

宋一量："啊？"

秦既明重复："过段时间就有答案了……我继续打扫卫生，你先忙。"

秦既明没继续往下聊，结束通话后他打开吸尘器，专心打扫。

喜欢林月盈这件事，秦既明没有打算告诉身边的任何一个人，包括好友宋一量。

有关林月盈的事，秦既明处处谨慎。在她回来、明确表达心意之前，在和她商议好是否公开之前，秦既明不会透露丝毫。

除了何涵。

这件事情瞒不过她，何涵早就大发雷霆。秦既明表明了自己的决心，他来和母亲谈之前，已经猜到她大约不会同意。

所以这不是商议，而是一个通知。

他会放弃何涵原本打算留给他的所有财产，不做她的继承人，作为交换也请她不要干涉他和林月盈的感情。

407

秦自忠那边，秦既明还没去说。等月盈回来，确保她的安全后，秦既明也会如此同秦自忠讲。他若是也不同意，秦既明可以离开，可以放弃继承权，但不会放弃林月盈。

距离林月盈回国的日期不足三日。

秦既明已经从母亲聘请的人口中得知她去了纽约多日。

这几天，林月盈保持着和秦既明的正常联络，告诉他自己今天吃了什么，去了哪里玩，和老师、学姐一起看了什么……

但她没有提何涵过去了。

秦既明能理解林月盈，她是个信守承诺的好孩子，答应的事情就一定会做到，绝不会做出欺瞒的事情。

林月盈的情况有些特殊，她的童年很少有女性的参与，唯一能令她寄托母亲这一感情需求的，也只有何涵。林月盈与何涵的感情很好，她愿意为了两人之间的承诺而选择瞒下她们的见面，这没什么，秦既明可以理解，他不会因为一点点小事就开始怀疑林月盈。

退一万步来讲，即使林月盈在他们两个的争执中选择了倾向何涵、维护何涵，秦既明也不会责备她，只会耐心地等待时机成熟，问她，是不是她平时从他这里得到的情感需求不够多，还是其他原因？为什么会在他和其他人之间选择另一个？

和林月盈的"我是最完美的"念头不同，秦既明已经开始思考是不是因为两人思想差距过大，还是因为他平时表现出对她的爱和关心不足，才会令她有安全感不够的想法。

在坦然又善良的林月盈面前，秦既明习惯性地先从自己身上找原因。

秦既明一直如此想。

他需要做的只有耐心地等林月盈从纽约回来，无论她的最终选择是什么。

距离林月盈回国还有两天的中午，秦既明被手机的铃声惊醒。

他在公司里有一间单独的午休室，不大，但很整洁。房间里有一

第十六章 两 难

张单人床,秦既明中午会过去睡一小会儿。

午睡前秦既明忘记将手机的音量调小,以至于铃声有些刺耳。秦既明按着太阳穴,虽然头有些痛,但看到来电显示后,他不自觉地笑了下。看了一眼时间,秦既明想到那边此刻正是深夜,又下意识地皱眉。

一般情况下,林月盈不会牺牲自己的美容觉时间和他打电话。

秦既明接通了,叫她:"月盈。"

林月盈没有立刻回应他,她穿着衣服坐在马桶上,头发散落。

她很难过。

这里是单独的房间,何涵在隔壁的套房,这几天她一直都与何涵在一起。

不过只有在何涵刚落地的那天她们谈论了秦既明的事,结论就是希望林月盈放弃这段恋情。

林月盈明白何涵的意思,秦既明为了和她在一起,不受父母的阻拦,直接放弃了继承权。

也是为了让林月盈避免来自亲戚、朋友、社交圈的流言蜚语,秦既明也愿意换个城市再开始。

离开这里,林月盈没想过,但为了和林月盈在一起,秦既明做了这样的打算。

何涵那天只问林月盈,愿不愿意牺牲掉这一段不理智的、年轻人的感情,换回秦既明的大好前途和生活。

林月盈还年轻,年轻的爱最不长久,最易改变,即使伤心,也不过是一段时间的事情,好好疗伤,好好放松,很快就走出来了。

这是何涵的建议,她不希望年轻人因为一时失去理智,就轻易改变既定的美好人生规划。

林月盈没有立刻给何涵答案,她说自己需要认真地想一想。相爱是两个人的事情,她没有资格妄下决定。

林月盈坐在马桶上,越想越委屈。她甚至不知道自己现在的眼泪到底是为谁而流,是为秦既明,还是为她自己,还是为何涵?

林月盈不清楚,什么流言蜚语,什么名声,什么……她都不在乎,她只在乎秦既明。

可道阻且长。

林月盈啪嗒啪嗒地流眼泪,对着手机叫了一声秦既明。

敏锐的秦既明立刻听出她的不对劲。这个时间点、哭泣的声音,还有她的沉默,这些东西给秦既明一种深刻的预感,他大约能猜到原因,但他不能给林月盈压力,他不想逼问她,不想害她更伤心。

于是秦既明放缓声音:"怎么了?"

林月盈抽泣的声音像握住他心脏的手。

"月盈。"秦既明说,"遇到什么事了吗?"

"秦既明。"林月盈哽咽地说,"我好想你呀。"

手机里传来林月盈因为哭泣而产生的用力吸气声,秦既明在沉寂的黑暗里,和林月盈隔着遥远的距离和时差,他什么都看不到,但能想象到那种画面。

她必定是眼下还挂着泪,秦既明最了解林月盈,她从小就爱美,连哭的时候也很注意形象,一般会用纸巾小心翼翼地擦眼睛。小时候她自己委屈哭了,别人给她擦眼泪,她也会一边哭一边让那个人轻点擦。

当然,特别难过的时候除外。

比如现在。

秦既明听到林月盈大声说:"秦既明,但是我还是好想和你在晴朗的博物馆天台上接吻啊!"

距离之前定好的回国时间已经过了一天,林月盈在鸭绒垫上醒来。

林月盈本来要和老师、学姐一起乘坐昨天的航班回去,但尊贵的何涵女士,这辈子都没有坐过商务舱。飞机要飞十三个小时,何涵女

第十六章 两 难

士想都没想直接拒绝了。

她甚至没办法想象林月盈是怎样飞过来的。

在何涵女士心中,林月盈是一个漂亮的、珍贵的、比她还易碎的瓷娃娃,她完全不知道林月盈也曾因为长时间的行走在脚底磨出过水泡,也想象不出林月盈会为了那不足一条丝巾的工资熬夜加班。

何涵女士养尊处优太久了,久到已经和平凡人的生活脱轨。

所以她直接命令林月盈退掉她的机票,自己订了两张头等舱的票,并且要求林月盈和她一块儿回去。

"这段时间开始,你就先住在我那边。"何涵告诉林月盈,细细地叮嘱她,"你的房间还是原来那间,我一直没让人动,好好地给你留着。别担心秦既明来找你,有我在,他不敢把你怎么样。"

林月盈点头说"好"。

"回去之后呢,你就好好想一想。"何涵慈爱地揉着她的头发,"无论最后你的选择是什么,我都不会责怪你。但我知道,你是最懂事的好孩子,一定会选择最正确的路,对吗?"

林月盈还是说"好"。

回国的那天,林月盈在酒店的粗花呢沙发上睡了一个午觉,太阳照在她身上,是暖融融的舒适。她在这样的温暖中醒来,眼睛微眯,看到何涵坐在沙发旁,半是怜爱半是心疼地摸着她脸颊上被沙发纹理印出的痕迹。

"傻孩子。"何涵柔声问,"怎么在这里睡呢?"

林月盈迟疑着起身,还是困,她眨了眨眼,清醒一点后向何涵笑了笑:"太困了。"

何涵捏着她的手,亲她的额头:"走吧。"

何涵调侃林月盈背着的那个黑色帆布包:"怎么?咱们家小月盈要返璞归真了吗?怎么用这么质朴的包?"

她不知道那是秦既明留给林月盈的,林月盈笑着解释说:"怕

411

被抢。"

这一句话又令何涵心生怜爱，低头捏了捏她的脸。

"以后就跟着我。"何涵说，"有我在，没有人再敢欺负你。"

林月盈没有回答何涵，她只看着那个被随意放在地上的帆布袋——里面装着她和秦既明一起挑选的《神谱》，还有那个漂亮的埃及猫猫摆件。这些旧货商店里淘来的小玩意儿，在何涵眼中不值一提，甚至连触碰都要戴手套。如果林月盈说出它们的来历，只怕何涵现在就会劝她丢掉，不要让这些可能携带细菌的东西弄脏家里的空气。

林月盈知道何涵的性格，于是她选择隐瞒。

归程的飞机上，林月盈盖着柔软的毯子睡了一觉。何涵不用空姐送来的毯子，她有自己专用的飞机毯——材质是柔软细腻的羊绒，毯子的末尾绣着她的名字。

高空上做不了什么美梦，林月盈的耳朵有着轻微的不适。面对何涵此刻的问话，在极长的一段时间中，林月盈处于反应迟缓的状态。

何涵问林月盈的同学，那个家境贫寒但长得很不错的帅小子……

林月盈思考："哪一个呀？"

"姓李。"何涵说，"之前似乎也在秦既明的公司里实习。"

林月盈恍然大悟："李雁青？"

"是这个。"何涵颔首，"他追过你？"

"啊，没有。"林月盈惊诧，摇头说，"您怎么会这样想？"

何涵说："没追过你也好，他不适合你。月盈，我的几个闺密也有儿子，到时候请他们和你一块儿吃个饭，你看看，喜欢哪个就和我说。"

她说这些的时候，林月盈的耳鸣又开始了，大概和压强的变化有关。林月盈没有听清楚何涵在说什么，只乖乖地跟着点头，然后安静地看着窗外。

第十六章 两 难

何涵将她耳朵不适导致的迟缓误解为伤心。

她愈发心软,温声软语,问她:"乖乖,回家后想吃些什么呢?"

林月盈听话地说:"吃什么都行,您喜欢吃什么,我就吃什么。"

何涵和秦既明还是不同的,林月盈想。

他们是不一样的,尽管流着同样的血脉,有着同样的基因……但秦既明不会这样。

此时此刻的秦既明,正在常去的店里挑鸭子。家中请的阿姨喜欢在这家店里购置蔬菜,价格比其他几家略高了,但质量绝对是最好的,也省下许多时间。

林月盈回家的第一顿饭,自然要由秦既明亲自下厨。

今日天气晴好,秦既明一边挑选着店里刚送来的鸭子,一边同店主聊天。

店主极力推荐秦既明刚刚看过的那只。

"这个好,这个好。"他说,"我记得你家月盈是在读大学对吧?这个年纪的女孩都爱美,要保持身材。你看这只鸭子,肥油少,肉结实,最适合做着吃。"

秦既明摸了摸鸭子的喉咙和骨头,摇头说:"我要煲汤,不要肉食鸭,这只不够。"

店主又拿了一只过来:"煲汤呀,那就这只。"

这只鸭子可以,鸭掌粗糙,喉咙和骨头偏硬,肉质也好,不会太柴,不会包着一团油脂,介于肉食鸭和蛋食鸭之间。

秦既明很满意,让店主帮忙处理一下,他好打包带走。

店主手脚麻利地用笨重的大刀将鸭子处理干净,不忘乐呵呵地问秦既明,是不是月盈考试成绩好,还是有什么喜事,要奖励她?

秦既明一怔,笑:"她出去玩了,刚回家。"

店主明白:"出远门回来呀,那可真是……孩子出去一趟,确实挺让人操心啊。"

秦既明付了钱,说"是"。

秦既明在日光下拎着处理好的鸭子回家,做之前还要细细分一分,把那些大块的肉再斩细一些。月盈爱啃小骨头,她不喜欢大的,觉得啃大骨头的姿态不够美丽。

今日为了款待林月盈,准备好的何止她最钟爱的老鸭汤,还有柔软干净的床,晒到蓬松的被子。秦既明事先询问过林月盈的航班,得知她将于几点和老师、学姐一同降落机场。尽管机票费用是自费项目,但林月盈不好意思自己偷偷跑去升舱。

秦既明和她讲没事,如果很累,等回家后再好好睡一觉。她想怎样做都可以,秦既明认定她的每一个选择都有道理。

他将鸭肉块斩小,细细挑去剁碎的骨头茬,防止在喝汤时被这些东西划伤口腔。把所有材料下锅的时候,秦既明才收到林月盈的短信。

她说她退了机票,大约要明天才能到。

秦既明洗干净双手,微微皱眉。

锅里的老鸭汤咕噜咕噜地冒着泡,这是秦既明为她归来精心炖的汤。

秦既明打电话过去,那一端的林月盈小声和他沟通。

秦既明温声问她:"什么时候回来?"

林月盈委委屈屈:"我不知道呀。"

"那就确定后再给我打电话,好吗?"秦既明看着小炖锅中的鸭子,"我提前准备好鸭子。"

林月盈乖巧地说"好"。

秦既明说:"有什么难处也告诉我,好不好?"

林月盈又说"好"。

通话结束后,秦既明可惜这一锅鸭子汤,打电话给宋一量,要他过来吃饭。哪里想到宋一量战战兢兢的,一边喝,一边小心翼翼地问

第十六章 两 难

秦既明,这汤里面没放毒吧?怎么他今天忽然心血来潮下厨?难道是想毒死好友,给自己送一碗美味的断头饭?

秦既明建议宋一量没事的时候向影视行业投投稿,他的脑袋里应该藏有许多观众喜欢看的八点档剧情。

期待落空的感觉固然有些遗憾,但对于秦既明而言,他不会因此生林月盈的气,只是希望她早日安全归来。

但秦既明没想到,在他等待林月盈回家的这段时间里,林月盈早已踏上故乡的土地。

消息还是宋观识说的,他从成都回来,眉飞色舞地和宋一量、秦既明描绘那几只大熊猫的可爱之处,讲它们漂亮的身躯、迷人的毛发,还有笨拙又有趣的动作……

"如果不是何阿姨说,今晚要安排月盈和人相亲,我还不会回来呢。"宋观识不好意思地看着秦既明,眼巴巴地说,"对不起呀,既明哥。我已经保证了不会再让月盈困扰……但我真的很好奇,月盈能看上的男人长什么样?"

秦既明彼时正喝水。

他平静地喝完杯中的水,问宋观识:"相亲?相什么亲?月盈和谁相亲?我怎么不知道?"

宋观识结结巴巴地描述了自己所知道的信息。

昨天宋观识发了朋友圈,好友史恩祎给他点赞,又问他现在正在哪儿玩呢。

宋观识和他分享自己在成都的趣闻,两人聊了好久,史恩祎无意间提到,他弟弟要相亲了,相亲对象宋观识也认识,就是他之前一直在追的林月盈。

说是相亲,也不太恰当,根据史恩炜所说,这次饭局更像是介绍年轻人见一面,看看有没有继续发展感情的可能。

宋观识听完很吃惊,抓紧机会多问了几句,原来这相亲是何涵一手安排的,说是林月盈到了交男朋友的年龄,但何涵不想林月盈远嫁,想找个知根知底的孩子。

这种事情听起来有些奇怪,秦既明的反应也印证了宋观识的猜想。

宋观识谨慎地问:"秦哥,何阿姨没有和你说吗?"

秦既明放下杯子,他给林月盈打电话,无人接听,语音提示对方已经关机,请稍后再拨。

他想了想,侧过脸问宋观识:"史恩炜有没有说过,他们在哪里见面?"

刚刚晚上七点,何涵的家里就有客人上门了。

到访的人是何涵闺密的小儿子,叫史恩琮,比林月盈大三岁,目前正在读研,个子很高,长相斯斯文文的,说话声音不大,喜欢脸红,不喝酒,戴着一副看起来十分理工男的黑色眼镜。

林月盈被何涵推进书房。她刚刚坐了好久的飞机,现在脑袋还昏昏沉沉的,一团乱麻。看到史恩琮对她温和地笑,她也只是小心地坐在对方面前,礼貌地回应。

史恩琮先开口:"我们小时候见过,你记得吗?"

林月盈摇头。

"大概是你五岁的时候。"史恩琮说,"你和既明哥一块儿去白阿姨家做客,厨房中有刚做好的花生瓜子麦芽糖,你去拿糖,结果不小心把糖打翻,弄了自己一身,哭得很厉害。"

林月盈依稀有些印象。

"那些糖有的还热,又黏又烫,既明哥用湿巾帮你擦脸上的糖痕,我就在旁边笑话你。"史恩琮推了推眼镜,"我一笑你哭得更厉害了,然后……"

"然后既明哥站起来,把你从厨房中赶走了。"林月盈眼前一亮,"是你呀,小胖子!"

史恩琮笑:"是我,那糖还是我想吃,怂恿你去拿的,记起来了?"

第十六章 两 难

"啊,是呀。"林月盈点头,"我那时候可委屈了,我和人讲,我不是自己贪吃,我是给你拿糖,结果没人信,还说我贪吃鬼……"

只有秦既明信了,一边小心翼翼地擦着林月盈头发上的糖痕,一边说勾她去拿糖的人很坏,以后不要和他往来。

"那时候我还小,不懂事。"史恩琮不好意思地说,"说实话,这件事其实一直也是我心里的一块疙瘩。但我爸妈后来移民,我也跟着走了,就没能和你好好道个歉。"

"没事。"林月盈笑,"都什么时候的事了,我早忘了。"

史恩琮目不转睛地看着她:"你现在和小时候还是一模一样。"

林月盈不知道该怎么把这句话接下去,她现在很不安,思考着该怎样拿到自己的手机。

她还没想清楚,只听被掩好的门被人象征性地敲了三下。

不等林月盈问是谁,门外的人已经径直把门推开了。

穿着白色衬衫灰色西装裤的秦既明迈入房间,他的视线从史恩琮身上一扫而过,转瞬就落在了林月盈身上。

秦既明大步走近,温和地问她:"什么时候到的?怎么不和我说一声?"

史恩琮与秦既明也许久未见,他对既明哥的印象始终停留在十五岁之前的光景。

那时候住在大院里的兄弟姐妹们很多,秦既明算是大哥,无论是多大的孩子,都喜欢跟在他的后面,听他的话。他们小时候皮,闹起来打群架,往往也是秦既明出面调停。谁家的孩子要是不听话,家长说服不了,打又舍不得,骂了也无用,便会让秦既明和他谈一谈。

这种介乎于长辈和朋友之间的关系,令秦既明在这些小孩子中拥有一种微妙的领导力。

但那毕竟是之前,如今的史恩琮和秦既明完全不熟悉,他生疏而努力地辨认着十几年未见的大哥哥,站起来和他握手:"既明哥。"

秦既明微笑着拍拍他的肩膀，示意他坐下，语气温和："什么时候来的？"

"上个星期刚到。"史恩琮解释，"本来是回姥爷家祭祖，一想到很久没来了，所以也回这边看看。"

他感慨："没想到变化这么大。"

当初他们草草卖掉的房产已经涨到一个不可思议的价格，如今再想买回来，要多花好几十倍的钱。

史恩琮和林月盈本来坐在两个相邻的沙发转角上，秦既明好像不知道这是一场由何涵主导的会面，自然而然地坐在林月盈的左侧，横插一脚似的挡在两人之间。

存在感强到令人无法忽视。

史恩琮欲言又止，来之前他隐约听到点风声。这场约会准备得很仓促，仓促到史恩琮看到林月盈照片时不禁疑惑，她这样的脸蛋竟然也要"相亲"？

林月盈很漂亮，是很艳丽、大方的长相，像她这样的女生看起来并不缺追求者。

史恩琮没有立刻答应何涵，他听朋友提到，外面有一些与林月盈相关的风言风语。

史恩琮一直接受着开放式教育，他随父母移居德国多年，并不认为秦既明和林月盈相爱算是什么不可告人的事，他们俩没血缘关系，只是从小一块儿长大而已。

但年轻漂亮、成绩优秀的林月盈十分符合史恩琮的择偶标准，即使她和秦既明谈过恋爱，史恩琮也并不介意。

他今天来到这里，在何涵的授意下，和林月盈单独聊天喝茶。

秦既明的到来打破了这种和谐，史恩琮很快意识到情况的微妙，他记得何涵向他保证过，秦既明不会知道这场见面，秦既明也不会干扰他们。何涵那语焉不详的回答，让史恩琮还以为秦既明和林月盈是

第十六章 两 难

自然分手。

可惜眼前看到的显然不是如此。

秦既明进了这个房间后,林月盈便不说话了,她坐在秦既明的旁边,低着头一言不发,轻轻咬着唇,好似在为什么发愁。

史恩琮想,或许这场分手是林月盈提出来的,秦既明的出现才会这样令她痛苦。

史恩琮久居国外,读中学时班级里虽然也有华裔,但不会化林月盈这样的妆容。她看起来就像中国传统的工笔牡丹,隐晦而绚丽,让怀念故乡的史恩琮怦然心动。

她的哀愁,也如史恩琮读到的中国古诗一般,淡淡中有丝缕温柔。

秦既明长指轻敲,温和地询问史恩琮:"史伯伯近期怎么样?还是和以前一样喜欢钓鱼吗?"

"是。"史恩琮点头,"拦不住,现在他退休了,天天念叨着要回来,说还是家里的朋友多,钓鱼也有伴。"

"钓鱼的地点未必有那么多。"秦既明说,"前几年很多人偷偷跑到水库钓鱼,被管理人员逮了几次后,现在过去钓的人也少了。"

史恩琮说:"也是,毕竟水库要注意用水安全。"

他余光只看到林月盈的头更向下了,她好像委屈地哭了,鼻子和脸颊都是红的,张开口微微呼吸。

史恩琮考虑,是否要叫何涵过来,他很担心林月盈。

林月盈也很担心自己,她睁开眼,看到一双深邃的眼睛。秦既明微微垂着眼看她,表情谈不上喜悦,只是在仔细地望,好像要看看她和分别时有什么不同。

门外传来急促的脚步声,何涵走进来看到秦既明,没什么意外,只敲了两下门,微笑着叫他们出去吃饭

何涵在床上只睡了一小会儿便醒来,她只洗了脸,把头发简单地

梳一梳，就匆匆赶过来，她怕不速之客秦既明说出什么不该说的话。

还好，来得及时，没有出现那样的情况。

饭菜早已准备好，秦既明坐在了何涵原本给史恩琮准备的位置，气定神闲，微笑着和史恩琮说话。史恩琮看不透也猜不准他们之间的关系，秦既明问一句他就回答一句，偶尔还要停下来想一想，怎样用中文表达自己的意思。

"你还要回去？"秦既明问，"下个月就走？"

"是。"史恩琮点头，"我只有一个月的假期。"

何涵说："我和你妈妈已经好久没见了，让她多留几天，陪陪我说话。"

史恩琮解释："妈妈容易低血糖，我不放心让她一个人坐飞机……"

"不让她一个人坐。"何涵笑着说，指了指林月盈，"月盈快放暑假了，到时候让她去送你。"

林月盈"啊"了一声，忙说："下周我有好几场考试。"

秦既明也说："月盈有自己的学习和生活，去什么德国？"

何涵温柔道："既明，这是对妈妈说话的语气吗？"

秦既明回应："不是吗？"

史恩琮开始打圆场："阿姨，如果您舍不得我妈妈，那我可以多陪着妈妈来这里。"

何涵瞥了秦既明一眼，笑："也是，以后我们走动的日子还长着呢。"

林月盈低头咬牙切齿地啃完一根豆角，她在心中默默祈求，求何涵不要继续往下说了。

秦既明快要把她的大腿捏肿了。

何涵又转移话题，问史恩琮，家里的饭菜吃得还习惯吗？他们现在住的地方有些偏僻了，幸好当初离开的时候没有把房子全卖了，现在回来还有住的地方……

第十六章 两 难

本以为事情会随着史恩琮的离开结束,谁知道何涵又出声,说史恩琮不熟悉现在的路,晚上一个人开车回去很危险,留他在这里住一晚,明天早上再走。

史恩琮认为她说得很有道理。

"月盈也留下吧。"何涵说,"你现在不是一个人住吗?不是说明天要回学校报到?我送你。"

秦既明一顿,说:"妈,我也不熟悉路况,今晚也留下住。"

何涵笑:"住什么?既明,你来来回回十几年了还不熟悉路况?你摸摸自己的脸上是什么,别和我开这种玩笑。回去睡,这么大了,别耍小性子。"

秦既明点头:"好。"

林月盈眼睁睁地看着秦既明将手中的车钥匙放回去,象征性地摸了摸口袋,若无其事地牵起林月盈的手,在何涵阻止之前,拉着她往楼上走,严肃正经地说:"月盈,我的车钥匙好像掉在你房间了,上来,和我一起找找。"

何涵是极其要颜面的一个人,秦既明在赌,母亲绝不会在此刻拦下他——在客人面前,和自己的儿子争执,显然是一件极为跌颜面的事。

何涵从不在大庭广众下数落儿女的不是,即使有错,也会回到家中再教育。这和秦既明如出一辙的教育方式,未必是护短,更多的是在意自己和儿女的尊严。

秦既明牵着林月盈的手,脚步沉沉地一路上楼。

他们的卧室都在二楼,但并不相连,一个在东,一个在西,中间要穿过一段长长的走廊以及何涵的卧室。起初,秦既明还以为母亲为了他们的睡眠考虑,才这样安排,现在才明白,原来何涵一直都在防着他们。

内心百折千回,秦既明不知道该说什么。

林月盈上楼的时候往下看，楼下何涵和史恩琮站得很近，不知道在说些什么。秦既明大约是不喜她走得慢，直接将人整个抱起，往房间的方向走。

林月盈低声叫他："秦既明。"

"现在知道叫我了？"秦既明问，"前几天去哪儿了？"

林月盈在思考该怎么简明扼要地表达自己这几天的想法，她陷入两难的境地。从小的教育让她必须信守承诺，不能欺骗何涵，不能违背和她的约定。在国外她只想着先稳住何涵，毕竟不是熟悉的地方，陌生人多。

不过她没想回国后也瞒着秦既明，那是秦既明的妈妈呀，又不是她的妈妈，何涵与她没有任何的血缘关系。

秦既明单手抱着她进房间，把门关上后，才稳稳地放下林月盈。

他还未站直，林月盈就捧着他的脸，大约是知道他生气，特意讨好地亲亲他的脸颊，软声叫他的名字。

"你还知道我生气。"秦既明拍拍她的脸颊，"回来后怎么不想办法联系我？"

林月盈委屈："是……"

"何涵重要还是我重要？"秦既明问，"你只考虑你何妈妈的心情，不考虑我的了，是吗？"

林月盈顺势握住秦既明的手，可怜兮兮地看着他，眼睛水汪汪的，像浮了一层水雾。

秦既明冷着心肠："林月盈，我在生你的气。"

林月盈还没说话，外面传来敲门声，声音不大，隔三次敲三下，持续不停，大有门不开就如此规律敲下去的架势。

若是秦既明，还真就铁了心地不去开门，但林月盈也在，她是这天底下心肠最软的人。

林月盈不停往门的方向瞟，秦既明无声地叹气，他说："你知道开

第十六章 两　难

门后会怎样？"

"何妈妈会让我出去吧，大概。"林月盈低声道，"可是这是她的家里，不是我们的家。"

吃人嘴软，拿人手短。

秦既明无言，伸手摸林月盈的脸颊："我说过要尊重你的选择。"

林月盈仰脸："秦既明，你在生气吗？"

她看着秦既明，他一般不生气，生气的时候鲜少情绪外露，不会苛责她。

秦既明说："嗯，现在感觉更生你的气了，你还要开门？"

林月盈直言自己的困扰："但如果不开门的话，我的良心会不安的。"

秦既明抬手握拳，在林月盈的锁骨窝象征性地捶了一下。

他说："没良心，也不心疼我。"

说完秦既明眼神复杂地揉了揉她的脑袋，转身去开门。

何涵在门外招手，示意林月盈出来。

"别把事情闹得太僵，月盈听话，你先回去睡觉。"何涵说，"让我和你既明哥聊一会儿。"

林月盈期期艾艾地迈出步子，她知道何涵爱面子，也知道现在家中有客人。她陷入一种两难的境地，最后想还是先听何涵的话，晚点再和秦既明聊。

留得青山在，不怕没柴烧。

何涵让林月盈回她的房间，并嘱托她把卧室门关上，从里面反锁。

嘱托好一切后，何涵才冷着脸，要秦既明跟自己去一楼好好谈一谈。

没有什么好谈的，秦既明态度明确，问何涵："妈，你现在想要阻止我，已经晚了。"

何涵回头给了秦既明一巴掌，她今天没穿高跟鞋，手抬得不够，一巴掌打在秦既明的脖子上。

秦既明没动。

"你说的都是些什么？"何涵直截了当地问，"一肚子的混蛋话，秦既明，你犯傻也有个度。"

"是谁要有度？"秦既明不躲避，刚才巴掌印过的地方泛起红，他不在意，而是问自己的母亲，"你口口声声说是为了我和月盈考虑，那好，你告诉我，现在这样也是为我们考虑？史恩琮定居德国，月盈还在读书，你安的是什么心？"

"如果我给月盈找一个家在附近的男友，你会死心？"何涵说，"我已经问过了，到了大三，月盈就有申请公费出国深造的机会……"

"你在打断她正常的学习计划。"秦既明一字一顿，"妈，不要以为所有人都像你一样，只想着过不劳而获的生活。月盈有自己的追求，她有自己的理想。"

"谁年轻的时候没有理想？我年轻的时候还想做环游世界的大提琴手。"何涵说，"你看我现在是什么样子？"

秦既明不说话。

"你生下来后就和秦自忠不亲近，你不知道他有多……"何涵闭眼，再睁开时，面露憎恶，"你们都被他蒙蔽了，你以为你爸这么多年不和我离婚，也是为了利益吗？"

秦既明冷静："关我什么事。"

何涵昂首挺胸："我受够了你爸，为什么连你都不听我的话？"

秦既明说："不可理喻。"

他转身要走，却被何涵扯住手臂。

"你会毁了月盈的一辈子。"何涵说，"她还这么小，你有没有想过，她这个年纪的爱，本来就不坚定。别说什么外人的介入，就算我没有插手，你们过一段时间分手，别人会怎么评价你们俩？以后你们重新找了男、女朋友，你们又怎么向对方解释这一段关系？你能保证你们未来的伴侣、未来的孩子，在知道这些事情的时候不会反感？"

第十六章 两 难

秦既明说:"我不会。"

"那月盈呢?"何涵松开手,她已经恢复冷静,"既明,你要想清楚,月盈现在还不到二十岁,二十岁的她会爱上三十岁的你,但三十岁美丽依旧的她还会爱着四十岁的你吗?她现在爱你,也可能只是爱你的三十岁。既明,女人是很现实的,只会爱年轻帅气的人,不会爱年老色衰的男人。"

秦既明说:"所以你为什么会选择四十岁的男人谈恋爱?"

"也只有那一个。"何涵笑道。

秦既明说:"那恭喜你,妈,你已经和某些公司同步了。"

何涵气定神闲,问:"想想看,现在你和月盈的同龄人没有什么差距,或许是因为金钱的加持,在月盈眼中,你甚至会更有魅力。但等到再过二十年、三十年,你会很明显地和她拉开差距,到时你怎么做?可到时月盈的同龄人,同样有着财富,还有着比你多十年的青春。当月盈不再爱你,逐渐意识到选择和你恋爱只是青春期的冲动时,你怎么办?到时候你连照顾她的位置也没有,你只是一个每天都想着怎样将爱人留在身边陪你的可怜老人。"

秦既明说:"你与其在这里劝我,不如好好想想,你该付出多少钱才能保证你以后交往的每一个男友都不超过三十五岁。"

何涵笑:"但我知道他们贪图我的钱,我也只想享受他们的青春,没有任何问题。我不需要他们爱我,我只需要他们为了我的钱装作,爱我。"

"但你不一样,秦既明,你要月盈爱你。"何涵说,"你在欺骗一个天真的女孩子爱你。你看,月盈这么乖这么容易受骗,我让她陪我回家,她就过来了,你怎么知道她现在接受你追求不是上了你的当?如果不是你用了什么方法,我不信林月盈会爱你。"

秦既明头也不回地上楼。

"别想着晚上偷偷去找月盈。"何涵温柔地说,"我今天一晚上都不会睡,我就听着外面的动静。你不可能从我房间门口安然无恙地经过。我劝你早点休息,明天好好吃饭。听我的,你让月盈自己选,看看她到底想怎么做。"

秦既明不理她,他走进空荡荡的房间,窗户开着,空气中有梧桐树和其他植物混在一起的味道。

秦既明沉默地坐在床边,他没有脱衣服,也没有开灯,窗帘没有遮掩,幽幽的月光洒落进来。他往窗外瞧,那里有影影绰绰的景,凄凄冷冷的光,葱葱郁郁的叶。

秦既明闭上眼睛,察觉到一丝异常。他即刻转身,看着床上平整的被子,伸手往下面一摸,摸到一截熟悉的、软软的手腕。

下一刻,只穿了睡衣的林月盈头顶着被子,手中扯住被子的两个角,笑着跳过来,像小时候顶着被子到处跑一样,结结实实地扑向他,用带着她体温和木兰花香的被子将沉默的秦既明罩住。

林月盈在黑暗的、密不透风的羽绒被下拥抱住秦既明。在被子里闷得太久了,她的呼吸都有些不畅,现在大口地喘气,热气落在秦既明的身上,要把他也烧起来。

林月盈压抑着自己的声音,音调带着小小的雀跃:"Surprise!"

第十七章
情侣不都这样

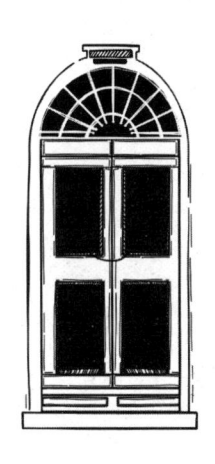

他们终于能在无人阻拦的空间里，分享自己爱的秘密。

黑暗中，秦既明的背被林月盈的重量压得微微往下塌。

秦既明一动不动，林月盈更热情地拥抱住他，明显的讨好行为令秦既明叹了口气，他不得不提醒她："我依旧在生你的气。"

仅仅是这点示好，也解决不了已存在的问题，林月盈在被子里看不到，最后只依依不舍地在他脸庞上落下一个轻轻的吻。

"秦既明呀。"林月盈说，"因为我一直在听何妈妈的话，没有告诉你吗？"

"不然呢？"秦既明说，"难道你还有别的没和我说？"

沉闷的被子里氧气寥寥，两个人低声说着话，有一股隐秘的感觉。

林月盈感叹："我们这样好像一对冲破艰难险阻，终于走到一起，勇敢正直、一往无前、天造地设的完美爱侣喔。"

她的呼吸是热的，薄荷的气息是凉的，这种矛盾又暧昧的味道落在秦既明脸颊上，他说："勇敢正直？一往无前？"

"……手机和行李都被你妈妈拿走了。"林月盈委屈，"刚落地，她就让人过来拿行李，我连给你报平安的时间都没有。行李全被送到这边来，她说让我来吃个晚饭，我一直在想怎么给你打电话。"

她还是有些缺氧，呼吸声不自觉地加重。还没等她解释那个"不速之客"，秦既明陡然翻身，局势一转，被子成了垫在身下的东西。

秦既明握住林月盈的两只手腕，按在头顶，借着那缕幽幽的月光垂眼看她。

"你和史恩琮单独说话的时候，怎么不想着借一下手机给我打电话？"秦既明说，"来的路上我就在想，她现在这样逼你，你不知道该有多无助多可怜。我甚至还在担心，担心你因为反抗她被欺负。"

"我聪明吧？"林月盈眼睛亮晶晶的，骄傲极了，"我没受到任何欺负，而且她也没有责备我。"

"是。"秦既明说，"受欺负的人是我。猜猜看，当我看到你和史恩琮有说有笑的时候，我心里面在想什么？你当时的那种行为叫什么？"

林月盈回答："虚与委蛇？"

秦既明叹气。

林月盈提："明修栈道，暗度陈仓？"

"她是你的妈妈呀。"林月盈小声道，"你知道的，在纽约我没法和她起争执，也不能和她吵架……太危险了，我在不熟悉的地方很不安。"

秦既明不言语，只握着林月盈的手。他的掌纹随着年龄的增长而愈发明显，林月盈天生没有他这样粗糙的掌纹，她的手掌抚摸上去是一团绵软。就是拥有这样一双手的人，有着一些胆大包天的想法。

依稀听到外面的动静，好像有什么人在急促地走动。卧室里秦既明和林月盈默契地保持缄默，直到那声音归于安静。

林月盈抬手攀扯住秦既明的脖子，仰脸去亲他，含糊不清地说："想死我了。秦既明你不要生气了好不好呀？我本来就是想等回国后就去找你的……"

一通撒娇，秦既明拿她也毫无办法，他捏着林月盈企图乱蹭的下巴，问她："知道我在想什么吗？"

"我在想，如果现在你受不了妈妈的压力，选择结束，"秦既明说，"我一定要把你狠狠地骂一顿。"

第十七章　情侣不都这样

林月盈："啊？"

她没能立刻理解秦既明的想法，大约是没想到他要用这件事来做试探？不，这个词有些过于严重了，不是试探，像是一场考验？一场下定决心的、交给她的试炼。

林月盈敏锐地抓住他的手："所以，秦既明，这才是你在纽约时说什么都不肯和我确定关系的原因吗？"

"嗯。"秦既明说，"这不是开始，也不是个例。"

何涵并不是个例。

会用异样眼光看待他们这段感情的，不会只有何涵，也不会止于何涵。

秦既明已经不能控制爱意的萌发，那林月盈呢？她甚至还没有真正地工作过，她能承受得起社会上的、可能存在的且会伤害她的声音吗？

林月盈用力踢秦既明的腿，有些恼怒："那你为什么不直接告诉我呀？秦既明，你早告诉我，我从下飞机就开始给你表演一哭二闹三上吊……"

秦既明伸手捂住她的嘴巴："不吉利的话少说。"

林月盈看着他，没忍住，哽着咽喉，"哇"的一声哭出来："秦既明你好过分，你都不知道我一个人在美国的时候多难过。我夹在你和你妈妈之间，深刻地感受到什么叫'婆媳矛盾'，结果你现在告诉我你其实是在考验我。你好混蛋啊秦既明。"

秦既明低声说："那我怎么办？如果我真昧着良心和你讲，向你保证，我们的未来一片坦途，不会有任何风言风语，但你又切切实实地受到伤害了，我怎么办？"

林月盈压着声音和他吵："我能扛得住！"

"但我不能冒这个风险。"秦既明说，"我不能就这样欺骗着你，和你在一起，之后等你后悔了，受不了别人的指点，要和我分手，我是应该把你捆起来不许你走,还是就这样放手?"

林月盈上一次听他说这种话,还是在争吵期间。

林月盈说:"我都说过了呀,我爱你,我不在乎那些。"

"因为你还小。"秦既明说,"但我不能冒这个险。你还没毕业,你可能现在会认为和我谈恋爱很新鲜,认为我作为你的爱人也很有趣。但你很快会失望地发现,我,秦既明,只是一个普通人,一个古板、无趣的普通男人。"

林月盈说:"不对不对,你怎么还觉得我只是三分钟热度呀?我对你表白的次数还不够多吗?不要说三分钟了,快一年了,我都快追你一年啦。"

"我得承担照顾你的责任。"秦既明说,"有些事,我不能像你期望的那样做,我需要想一想。"

林月盈说:"那你向我道歉吧秦既明,你说一句'对不起,好月盈,我不应该怀疑你对我的爱,不应该怀疑你爱我的决心'。你向我道歉,我就原谅你。"

秦既明松开她的手腕,抬手捏她的脸颊:"你转移话题的技巧越来越高明了,现在不应该是你想办法让我消气?"

林月盈瞪大眼睛,据理力争:"可是我也在生你的气呀。"

最后一声没说完,外面脚步声又响起来,秦既明及时捂住林月盈的唇,两个人蜷缩在同一张床上,谁都没有说话。

片刻,秦既明才低声问:"手机拿到了吗?"

林月盈点头。

"其他东西先不拿了。"秦既明说,"走,跟我回家。"

林月盈愣了愣,她现在只穿着睡衣,不过不要紧,秦既明的房间里有其他的衣服,长风衣盖在她身上,能完整地遮住小腿。现在是夏天,穿拖鞋出门也没关系。秦既明拿着车钥匙,牵着林月盈的手,打开卧室门就往外跑。

何涵就站在她的卧室门口。

看到林月盈和秦既明手牵手从卧室中跑出来的时候，她整个人都好似被泼了石膏，一动不动，眼神里全是不可置信。

方才的声音让何涵起疑，在确定林月盈的房间仍是一片安静后，何涵又认定是幻听。她确定在她回房之后，两个孩子都在他们各自的房间中，没有互相来往，也没有互相走动。

但是——

谁能告诉她，为什么林月盈一直都藏在秦既明的房间里？

秦既明和林月盈头也不回，他们俩手牵着手往楼下急奔。秦既明不能跑太快，他担心林月盈会不小心跌下楼梯，但林月盈的平衡能力完全超过了秦既明的想象，她没有任何的停顿，毫不迟疑地提着宽大的风衣就往下跑。

何涵不能惊醒史恩琮，她不想让外人看自家的笑话。她惊骇万分，跟着他俩往外跑，企图追上眼里的错误。

她已经很久没有这样跑过了，她的速度无法和正值盛年的二人相比较。等何涵追出去的时候，秦既明和林月盈已经上了车。

何涵伸手捂住胸口，心里满是难过、悲愤、焦急万分的情绪："月盈！！！"

"何妈妈！"车窗落下，林月盈大声向她喊道，"不是每一个年轻人的恋爱都是冲动没结果的！"

"如果您觉得我现在是冲动的话，"林月盈说，"那我会冲动一辈子！"

何涵踉跄地走下台阶。车子在夜幕中启动，载着他们彻底走向无法回头的道路。

何涵站在夜色下看着他们远去，她仍旧走到方才车子停放的地方，空寂一片。她大口喘着气，低头双手掩面，绝望无助地恸哭出声。

"啊！！！"

车子在夜幕下疾驰，不消半小时，车子就驶入林月盈熟悉的车位。

他们牵着手回家，和天底下的情侣没什么两样。

上一次这样抱着林月盈是什么时候？秦既明已经记不清了。

从他念大学后，就很少再这样面对面地抱着林月盈。

小时候还比较多，林月盈晚上做噩梦，或是想念秦爷爷，不太清醒的时候常常痛哭流泪，喃喃叫着要爷爷，秦既明就算困得不行，也会抱她起来，哼爷爷常哼的歌给她听。

"乖乖睡觉觉，妖怪找不到。"

那时候会有家长编一些话吓晚上不睡觉的小孩子，说什么"再不睡觉就会有坏人抓走你喽！再继续哭，妖怪就出来吃小孩啦！"。

秦既明从来不会这样骗林月盈，他一直都是抱着怀里的林月盈，耐心地和她沟通，问她："小月盈是想家了吗？想去哪里？想爷爷了吗？不哭不哭，想要什么我都给你。"

现在秦既明在林月盈哭的时候不用再问她是不是想家了，她要哭就哭，左右不是因为难过或辛苦才哭。

秦既明想到小时候的她，没忍住亲亲她的发间。

他们终于能在无人阻拦的空间里，分享自己爱的秘密。

学校实验室中，机器人按照程序弹出它的机械手臂，将小球成功推进了收纳球的"球门"。

李雁青和孟回眼睛一下也不眨，死死地盯着，直到看着小球顺利入门，才对视一眼，不约而同地松了口气。

"这个难题也解决了。"孟回推了推眼镜，怅然道，"没想到，当初社长在的时候，我们熬了几天也没能完善的功能……终于通过测试了。"

李雁青埋首在笔记本上谨慎地写下试验结果，他拿直尺去量距离，忙忙碌碌地把所有数据记载完毕归档，才合拢钢笔。

"还是林月盈给我的灵感。"李雁青说,"等会儿要谢谢她。"

孟回恍然大悟。

她说:"那你怎么不给她打电话,告诉她这个好消息?"

李雁青低头:"昨天给她发短信了,没人回。"

"啊?"孟回想了想,"会不会是没看到啊?等等,我给她打个电话问问。"

李雁青不说话。

孟回打电话,她记得林月盈还要回学校,明天就是考试了。

现在是上午九点四十二分,林月盈一直上进勤奋,现在一定起床吃过早饭了。

李雁青站在孟回身边,他听不到手机的动静,只盯着自己的笔记本封面。

第一次没人接。

第二次等了很久,才接通。

孟回只说了两句话:

"月盈?"

"啊,那你先跑,等会儿再给我打。"

通话结束,孟回放下手机,和李雁青说:"月盈说她在健身房跑步呢,等会儿再回电话。"

林月盈下午一点才睡醒,思维清醒后的第一件事,就是给孟回打电话。

太阳晒得房间暖烘烘的,被子柔软,人也懒散不想动,只想睡到天荒地老。但生物钟提醒她必须醒过来,林月盈伸手摸了好几下,才摸到自己的手机。

本来它被秦既明丢到床尾了,他起床的时候又拿了过来,稳稳妥妥地放在枕边,免得她醒了找不到。

林月盈睡眼惺忪地给孟回打回去,解释说自己在倒时差。孟回也没有怀疑，只是提醒她，别忘了给李雁青回短信。

林月盈扑腾一下坐起，茫然又不知所措："短信？什么短信？"

那条短信，在通话结束后才被翻出来，林月盈快要困坏了，打着哈欠睁大眼睛看。

李雁青询问林月盈，什么时候回国，以及提醒她合理安排时间，不要忘记明天的考试。

林月盈当然不会忘记，她不属于临时抱佛脚的类型，哪怕是跟随老师外出的这段时间，也一直在看授课老师发到班级群里面的学习资料。

林月盈想，这次大不了不争第一名了，有个第二第三也行。她平时参加的活动多，拿奖也多，学分加一加，怎么着也能替她捞个排名靠前的奖学金。

当然，这笔奖学金的归宿，她还是会捐给某个公益机构，给一些贫困地区的小学生捐赠午餐。

秦既明在厨房里炖老鸭汤。

林月盈揉了揉脑袋，给李雁青发消息说谢谢。

她还是第一次在这个卧室中醒来，秦既明的床和她的床一样大，但床垫要稍微硬一些。

……好吧，倒也不是很难接受的事情。

林月盈打了个哈欠。卧室门关着，窗帘只拉了那一层薄纱，白白的，像一层挂在窗玻璃上的霜，不遮光但能有效地阻挡外面的视线。

她在床上趴了许久，直到闻到熟悉的老鸭汤香味，才双手撑着起来，穿鞋下床，溜达到厨房去觅食。

秦既明背对着她，系着围裙，正在往锅中放枸杞和红枣。

林月盈几步站到他身后，张开手臂自背后搂住他，发出舒服的喟叹："秦既明。"

"叫一万遍秦既明，这鸭子也不能立刻变成你碗里的汤。"秦既明说,"饿了?"

林月盈说:"还行。"

早上不是什么都没得吃,秦既明罕见地点了早餐外送,香菇猪肉馅的包子、八宝粥、四个鸡蛋饼,还有一碗小番茄补充维生素。

"早上刚到的鸭子。"秦既明说,"老板让人给送来了,我没去挑,他选的这只也不错,肉香。"

林月盈认真地喝鸭子汤。

其实她醒来并不觉得饿,过了一阵才能感受到那种由内到外的饥饿感。

秦既明放的盐少,油脂也洗得很干净,鸭子皮全剥完,一点儿也没往里加。

林月盈一口气干掉了一整碗,秦既明递了一小块松软的麦子粉方饼过来,林月盈小口地吃着,看秦既明又去给她盛了一碗汤。

"今天晚上,从学校出来后给我打电话。"秦既明叮嘱,"我接你去之前住的地方,把东西搬过来。看你在外面住了几个月,人瘦了一大圈,饭也没好好吃。"

林月盈捏着筷子,问:"那以后……我算是你的女朋友吗?"

秦既明给她剥水煮蛋,没听清:"嗯?"

"就是,在你和我的朋友面前,"林月盈说,"怎么介绍你和我呀?我们的关系……要地下吗?还是公开?"

秦既明把剥好的蛋放在林月盈专属的饭碗里,里面还盛着一对煮好的鸭翅,她喜欢吃的这些部分,一开始就被秦既明挑出来单独放在她的碗里。

"顺其自然。"秦既明说,"不用刻意解释,如果有人问,你就承认。"

林月盈:"啊?"

她呆呆地问:"可以吗?"

"可以。"秦既明说,"如果你不喜欢,想隐瞒的话,暂时隐瞒也行。月盈,我尊重你的意见。"

林月盈低头扒饭,没吃几口,她又说:"那你呢,你怎么想?"

秦既明说:"我想暂时隐瞒。"

他解释:"我还没有完全准备好。月盈,你打算读研吗?"

林月盈摇头。

"如果你想读研,且不想换学校的话,那我们至少还要在这里生活五年。"秦既明耐心地说,"我想,如果那些流言蜚语让你感觉到困扰,我们可以换一个城市生活。"

林月盈脱口而出:"那你的工作怎么办?听何妈妈说你要辞职。而且我记得,你这种一般都会签竞业协议,那你是不是有好几年都不能工作了?"

林月盈握紧筷子,她的手在微微颤抖。

她知道秦既明的理想,秦爷爷是建议秦既明将来从商的,他的家庭在这方面本身就有助力,也有足够的资金和股份。但秦既明拒绝了,他一心爱数学,爱代码,爱那些机械和背后美妙的公式和程序。

林月盈不想耽误秦既明的前程。

这也是她在听了何涵的劝说后,有片刻动摇的原因。

秦既明说:"谁说换城市就要换工作了?"

林月盈呆呆地问:"不是吗?"

秦既明眉头舒展:"是不是我妈说了什么?"

林月盈点头。

"她喜欢夸大一些说法,什么事情都考虑最糟糕的结果。"秦既明耐心地说,"其实不用担心,月盈,公司本身就有意扩大市场和规模,总部虽然不会这么快就搬迁,但下面几个分部所在的城市已经打算重新部署,我可以申请去分公司。"

林月盈说:"何妈妈还说你放弃了继承权。"

秦既明笑:"我想,不需要那些东西,我还是能养得起漂亮又优秀的你。"

林月盈用力吸气,片刻后,仰脸点头:"那我也要努力,好好学习,我也要争取能养得起帅气又聪明的你!"

下午三点,秦既明才将林月盈送去学校。

林月盈精神不算太好,这几天的遭遇让她有些疲累。

秦既明目送林月盈进了教学楼,他本想去探望恩师,等她忙完一起回家。可惜恩师今日不在,秦既明又不想看那一群朝气蓬勃、青春洋溢的男大学生。

于是他先开车回了何涵家,去取林月盈落在那里的东西。

今天是周末,路况有些堵。等红绿灯的间隙中,秦既明听到旁边的车子在按喇叭,他转身看,看到史恩琮的哥哥史恩祎。

史恩祎落下车窗,大约是为自己弟弟出气,只笑着问秦既明。

"秦哥,抢来的女朋友咋样?够年轻吧?"

秦既明眯起眼睛。

红灯倒计时。

二。

一。

绿灯。

史恩祎没停,开车就往前走。他是左转道,知道秦既明还得在后面堵一阵,他也不着急,哼着歌安抚副驾驶上的史恩琮。

"别想那么多啦,弟弟,是你的就是你的,不是你的,强求也求不来啊。"史恩祎感叹,"没想到你还是喜欢咱们的中国姑娘啊,你这条件,还不跟羊进了狼窝似的?听哥一句劝,林月盈不喜欢你,那就算了。"

史恩琮揉了揉太阳穴,答非所问:"她挺漂亮,性格也好,可惜了。"

439

史恩祎笑："有啥可惜的？你要是真不介意，也好办。她和秦既明以后还不一定怎么着呢，等以后他俩分了，你再乘虚而入。我和你说，有这层关系，林月盈那姑娘指定对你感激涕零。"

史恩琮又说："哥，你这思想……一直都这么……老古板吗？"

史恩祎说："啊？"

他们兄弟俩相约去打球，一路上扯东扯西，到了后，各自拿了球杆。

刚开始没多久，又谈到林月盈，史恩祎评价："过于漂亮了，也难怪秦既明惦记。虽然说兔子不吃窝边草，但秦既明——啊！！！"

背后传来剧痛，史恩祎踉跄几步，差点跌倒。他又怒又恼，回头看，下手的是握着高尔夫球杆的秦既明。

史恩祎大惊。

秦既明掂了掂球杆，笑着问："不好意思，你在车上说什么？我没听清。"

"能再重复一遍吗？"

史恩祎皱眉："秦既明，你疯了？"

他的背很痛，秦既明这一下抽得并不轻。史恩祎完全想不到秦既明是怎么追过来的，那一句头脑发热说出的挑衅，遭到该有的报复的时候，才让史恩祎开始懊恼。

他本身和秦既明不太对付，两个人的年龄差得不是太多，小时候在一起玩的男生，对于"谁是老大"的这件事总是很在意。

简单来说，史恩祎也想被一群弟弟叫"史哥"或者"祎哥"，偏偏天不遂人愿，他的号召力的确有些不够。直到秦既明专心念了初中，他才捡漏当上了这个"哥"。

史恩祎站起来，一把推开尝试过来劝架的史恩琮，指着秦既明骂："你有什么能耐，这样指着我？秦既明，你不就是仗着你爷爷你爹有点人脉，不就是仗着你妈有两个臭钱吗？你敢动我一下试试？我说你有问题吗?你妈客客气气地让我弟弟过来和林月盈相亲,不介意她和你谈过,是我弟大度。你家怎么做事的?你搞这一出不是打我弟、打我的脸?"

秦既明挥起球杆,一杆抽到史恩祎的膝窝,将他整个人都抽得跪下去。

史恩祎发出一声凄厉的惨叫。

秦既明握着杆把,钢制的球杆在渐渐西斜的阳光下泛着冰冷的光。秦既明用电镀处理后的碳钢球头拍着史恩祎的脸,在他脸颊上留下发红的印子。

秦既明说:"闭上你的嘴。"

活动教室中。

"我能不能发表一下我的意见?"

林月盈举手。

李雁青说:"先听我说完。"

林月盈和李雁青为了"作为无监督模型的深度生成模型的评价是否客观"进行激烈争吵的时候,她完全不知道秦既明做了什么事情。

李雁青继续说:"我承认生成对抗网络具备开创意义,也突破了要通过最大似然估计学习参数的大部分概率模型限制,但它的训练十分困难……"

林月盈啪地合上书,言辞坚定:"世上无难事,只怕有心人。"

她这一番激昂的话语令李雁青顿了顿。

李雁青摘下眼镜,近视的他在聚焦上有些吃力,为了看清林月盈的脸,他不得不眯了一下眼睛:"理工科要讲究理性,你这么感性,干脆去学文科算了。"

"我不同意你的说法。"林月盈说,"我认为理性和感性同等重要,而且,无论是理科工科还是文科商科,理性和感性都是优秀学生需要具备的特质。请不要情绪化你的发言,更不要因为辩不过我就开始恼羞成怒,李雁青同学。"

李雁青捏了捏眉心:"我没有恼羞成怒,请你端正态度,不要信口雌黄。"

教室外有人大声喊李雁青的名字,叫他一块儿出去吃饭。李雁青顿了顿,说声"知道了",转身看林月盈。

林月盈看手机上的时间:"啊,这么晚了,我也该回去了。"

争吵暂时告一段落,林月盈低头收拾着东西。李雁青站在她旁边,慢吞吞地整理着笔记本。夏天的阳光能照耀的面积很大,整个地面都是一片浓郁的光辉灿烂。

林月盈就站在斜射的阳光里,她背对着李雁青,头发简单地扎成一个马尾,低头整理的时候,后面蓬松柔软的头发在阳光下像浸润在柔柔的流金之中。

窗外是浓郁的绿,夏日的傍晚容易招惹小飞虫,有不知好歹的小虫子绕着林月盈这一片蓬松的头发飞舞。李雁青下意识想要伸手去赶,等察觉到不合时宜,他又沉默地放下手。在这片刻的犹豫和放手间,他清晰地看到林月盈的脖颈上有一个不容置疑的紫痕。

李雁青愣了愣,提醒她:"你脖子又被蚊子咬了吗?"

林月盈拿镜子看他指的地方,一眼看到那鲜明的痕迹。她心中有鬼,不好意思在同学面前贸然暴露自己的隐秘恋情,掩饰地笑:"应该是。"

人下意识的慌乱是掩盖不住的,李雁青点头,移走视线,大约是感觉如此盯着同学也实在不礼貌。异性之间,长时间注视脖颈、手或者裸露在外的脚踝,都是很暧昧的行为。李雁青缓缓回神,察觉到这点后,他抿了抿唇,低下头将桌上已经用了五分之四的笔记本和钢笔装进褪色的书包中,沉默地往外走。

李雁青的同学在门外等他很久了,他们是高中同学,一样是小城市出来的，通过日夜苦读考上心仪的大学，选择了能快速找到工作、赚钱的理工科。

谈不上什么理想不理想，对于大部分小城镇里出身贫寒的孩子来讲，赚大钱、改善家庭条件，让那些瞧不起他们、讽刺他们的穷亲戚闭嘴，就是他们的理想。

这并不比"我要当科学家"更容易实现。

至少，对于没有任何社会资源，只能选择玩命苦读的他们来说，在大城市有车有房、能安身立命就已经是人生中最难跨的一座高山。

李雁青背着双肩包，往已经没有太阳的连廊上走，这是去食堂最近的一段路。

而林月盈还站在太阳下，她应该是在给人打电话，大约是没人接，她对着手机露出困惑的神色，片刻后，又继续拨号。

她一直站在阳光里，背着一个李雁青从没有见过的新包。她有许许多多色彩缤纷但都很贴合她的双肩包，就连穿的鞋也是柔软的小羊皮。

李雁青最好的一双鞋子，鞋面勉强能将"真皮"两个字写进广告中。

同学推了推他："看什么呢？"

李雁青说："没什么。"

等走到连廊上，李雁青才问："对了，你爸上次给你那个能防蚊虫咬的药叫什么？我这几天被蚊子咬了，想弄点涂涂。"

同学说："行啊。咬你哪儿了？什么虫子咬的？"

李雁青说："身上，你看不到。"

他比画道："这么大，有点发紫，椭圆状，像淤血……"

同学笑着打断李雁青："是虫子咬的？不是人咬的？"

一阵凉凉的穿堂风呼啸而过，李雁青微怔："什么？"

他下意识地回头，只看到林月盈握着手机，飞快地往前跑。她面

443

前是浓郁的、大面积的阳光,照得前路辉煌,离他也越来越远。

李雁青不理解,问同学:"为什么说是人咬的?我什么都没做。"

停在校门口的车里。

"你还敢讲你什么都没做!!!"

林月盈眼中满是泪水,随时可以掉下来给秦既明看。

她哽咽着看秦既明颧骨上的痕迹,一块擦伤颇为明显,皮下积着一层淡淡的淤血,瞧着有些触目惊心。

林月盈伸手,小心地触着颧骨上的这一片,眼泪都要落下来了:"你这么大了,怎么还和人打架呀?"

秦既明笑着说:"一点小摩擦。"

"什么小摩擦呀,你骗不过我的,一量哥都和我说了,说你在球场和人打起来了,"林月盈说,"还是一打二。你疯啦?秦既明。"

秦既明不说话,只笑着看她。

"一量还说了什么?"秦既明问,"他还告我什么状了?"

"哪里是告状?"林月盈说,"他就是说你和人因为打球起摩擦,才打起来的……啊,不应该呀。"

秦既明是公认的脾气好,林月盈觉得是对方的错,秦既明一定是忍无可忍才会还手的。

林月盈宁可相信林风满一顿饭能吃四五盆,也不信秦既明会主动打人。

她还是心疼,伸手解开刚扣好的安全带,倾身越看越心痛:"啊,这么好看的一张脸。"

秦既明没把这些放在心上,他没讲冲动的缘由,他认为这样不堪的东西不适合被林月盈听到。她就该快快乐乐地生活,而不是被这种无谓的流言蜚语所中伤。

秦既明换了个话题,温声问她:"肚子还痛吗?"

第十七章 情侣不都这样

林月盈先摇头，又点头，还是有一点点痛的，不过这点痛，肯定没有秦既明的伤疼。

林月盈凑过去，小心地去摸秦既明颧骨上的痕迹。车就停在大学校园路边，这条路平时少有人走，林月盈的动作也大胆了些，她凑过去，唇就贴在那道伤痕旁，刚打算贴上去吻一吻时，冷不丁地听到身后传来李雁青的声音："月盈？学长？"

林月盈吓了一跳，下意识缩回触碰的手。

风吹绿荫，夕阳西下，背着陈旧双肩包的李雁青静静地站在车窗外，阴影落了他一身，他就这样垂着眼，看着车内明显超过安全距离的秦既明和林月盈。

秦既明一把拉住林月盈的手，在她尝试抽离之前，牢牢握住她，力气大得林月盈吃痛，她低低哼了一声。秦既明将她的整只手拉过来，若无其事地贴靠在他脸颊受伤的位置，看起来，就像林月盈仍旧在疼惜地触碰他。

秦既明微笑着看窗外的李雁青，温柔地问："怎么了，学弟？"

正值酷暑。

李雁青的视线落在林月盈"抚摸"秦既明的那只手上。

他是独生子，母亲天生听不见，所以不会讲话，父亲则是一场高烧导致的失聪失语。受于身体限制和家庭的贫困，父亲的文化程度仅仅停留在小学阶段，母亲连字也认不得。

在这样的状况下，父母本来就不奢求能生下健全的孩子，两个不会讲话的人在一起，未必能给孩子多好的条件，但只要能有小孩，仿佛也就完成了一项任务，多了一份责任和希望。

李雁青就是那个希望，也是那个责任。

家境贫困，又含有致病基因，父母有了健康的李雁青后便对上天感激涕零。

但独生子并不意味着会理解他们之间过度亲昵的动作。

林月盈身体已经完全倾向秦既明，她的手就贴靠在秦既明那张虽然好看但明显被人打过一拳的脸上。更别说她看向李雁青的眼神，有种被班主任抓到早恋的感觉。

李雁青读高中时加入学生会，跟老师一起在晚自习后抓操场上早恋的少男少女，而那些手牵手被抓到的小情侣的情态，和现在的林月盈一模一样。

李雁青沉静地站着。

傍晚的太阳没有光顾这一片浓密的森林，那些能暴露李雁青发白的衬衫和书包肩带的阳光已经消散，他的衣服看起来不如往常那般陈旧。他没有俯身，也没有动，只是低头从书包中翻出一件东西。

"林月盈。"李雁青说，"你的笔记本。"

他没有直接递过去，如果林月盈想要拿到这本笔记本，那么她必须下车。

但秦既明没给林月盈这个机会。

他松开抓住林月盈的手，关上所有的车窗，泰然自若地下了车。

秦既明自然而然地走到李雁青面前，微笑着接过林月盈的笔记本，说了声谢谢。

关闭的车窗隔绝了外面的声音。

秦既明接过林月盈的笔记本，低头一看就明白，这本笔记本是机械社团统一定制的。很多社团都喜欢做这样的定制品，印着 logo 的 T 恤、统一的帆布包或者这样统一的笔记本。

林月盈平时很少买这样厚实的本子，秦既明翻着看了看，确认扉页上就是林月盈的名字。她的字还是秦既明教的，几乎和秦既明的写得一模一样，只是两人力量有差距，林月盈的字比秦既明的多了几分秀美。

"谢谢。"确认之后，秦既明笑着说，"麻烦你送过来了，不然我还要陪她回来拿一趟。"

第十七章　情侣不都这样

"没什么，是我不仔细。"李雁青解释，"下午我和月盈一块儿整理实验数据，我们俩的本子很像，位置又靠在一起，我整理时粗心大意，没注意，把她的笔记本装进了我包里。"

秦既明说："月盈从小就丢三落四，老毛病了。有你这样细心的同学，我放心多了。"

李雁青说"不客气"。

站在他面前的秦既明，的确像是一个温和有礼貌的长辈，他语调温柔，提到林月盈时，声音也是满满的宠溺。

李雁青几乎要因为自己刚才的念头而羞惭了，羞惭自己不该用那样的想法去揣度他们的关系。

"你脸上的伤？"李雁青主动问，"是……"

"小事。"秦既明说，"打球时不小心撞了下，不碍事。"

秦既明捏着那本笔记本说："月盈在家里面任性惯了，脾气也娇，这个怪我，我从小就惯着她。要是平时月盈说话太直，有什么不好的地方，你也多担待。"

李雁青解释："没有，月盈很好，她在社里一直都很受欢迎，也不任性。"

"是吗？"秦既明笑，"你可别光为她说好话，我看着她长大，她什么脾气，我知道。"

"真的。"李雁青说，"上次投票，大家投给她的票也多。"

"没想到她在外面表现还挺好。"秦既明叹气，"在家里就不一样了，去年买了件新大衣，没几天就弄脏了，洗不干净了，立刻要再买一件新的。我问她，为什么不再买另一个款式的呢？两件一模一样的，不会穿腻吗？"

李雁青僵住。

他问："一模一样的两件大衣？"

"是。"秦既明含笑，"她就是这样的性格，有一点脏就不会再穿了，会选择买全新的回来。改天你来我家做客，你还会看到家里有许多两件一模一样的东西。但凡有点瑕疵，她就觉得不完美了，一定要买新的回来。"

李雁青："啊……"

他想到被墨水弄脏的那件大衣，想起那天终于搜到的、令人咋舌的价格。

他早知道两人之间有着巨大的贫富差距，但当它如此直白深刻地出现在面前的时候，李雁青仍旧会产生一种窘迫的羞耻和恼意。

那件被弄脏的大衣，李雁青完全赔不起，那个价格是他父母辛苦一年可能都赚不到的。

"月盈喜欢买两件同样的东西，可能和她小时候的一件事有关。"秦既明不动声色地说，"小学的时候，班上孩子打闹，摔坏了她的铅笔盒。那铅笔盒价格颇高，她为了安慰班上的孩子，不想让他赔，就说铅笔盒修修就好。实际上，她自己用压岁钱买了个一模一样的，就是为了不让同学有心理负担。我们月盈虽然有时候任性了些，但心肠不坏，对每个人都很好。"

李雁青重复："是，对每个人都很好。"

"对了，社里的经费紧张吗？"秦既明捏着那个笔记本，瞧了瞧，说，"这种本子容易散，款式不适合长期使用，纸张容易洇墨。这样，下个月我给公司负责这块的同事对接一下，提提建议，给你们社团捐一笔钱。"

李雁青摇头："不用。"

"不用这么客气。"秦既明说，"产品的研发和机械的进步都需要钱作为支撑，况且这种小事，也用不了多少钱。"

李雁青沉默了好久，才点头，说了句"谢谢学长"。

秦既明一手拿着笔记本，另一只手弹去落在李雁青纤瘦的肩膀上的落叶，仔细替他整理一下衣领，微笑说道："将来的学习或者工作上，有什么困难，可以直接找我。你是月盈的同学，又叫我一声学长，有什么问题，我能帮就帮。"

李雁青说"好，谢谢"。

他机械地重复着这两句话，终于品出点什么。

秦既明说回头见时，李雁青猛然抬头，叫住他。

"学长。"李雁青说，"明天月盈要考试。"

秦既明说："我知道。"

"家里点些驱蚊的东西吧，或者插个电蚊香。"李雁青说，"让她别再被蚊子咬了，明天考试还挺重要的。"

秦既明笑着说"谢谢"。

上车后，林月盈好奇地问秦既明："你们俩刚刚聊什么啦？怎么聊了这么久？"

"没什么。"秦既明顺手将笔记本递给她，"聊了聊你们社团里的经费问题。"

林月盈"哦"了一声，没有放在心上。

她还是心疼秦既明的脸，那一块痕迹在入夜后变得更加惹眼。就连家里做饭的阿姨，都煮了水煮蛋，说是拿剥了壳的水煮蛋在淤青上揉一揉，能好得快些。

林月盈听在心里，等阿姨离开后，立刻去拿放到温水中的水煮蛋给秦既明揉。秦既明不适应，板着脸躲了几次，还是躲不过，只能任凭那鸡蛋揉搓颧骨上的这一片瘀青。

他们晚上还是睡各自的房间，只是再回到这阔别已久的卧室，林月盈却觉得心境完全不同。一切都是她所熟悉的，但身份和做的事情却和以往大不相同⋯⋯

何涵没有再找过她，其实她一开始还是不死心地和林月盈打了几个电话，最终是秦既明接听的。不知道他们两人说了什么，总之，秦既明告诉林月盈，在她考试周这段时间，何涵绝不会再打扰她的学习和日常生活。

对于林月盈的这个专业来说,所有的考试往往在两周内解决。

几乎每一天,林月盈都有考试。

她仍旧住在学校宿舍里,不考试的时候泡在学校教学楼的空闲教室里——学校图书馆禁止喧哗和大声交流,而林月盈需要一个允许说话的教室,来为自己那些临时抱佛脚、基础功不是很扎实的同学补课,讲老师强调过的重点内容,甚至还会抱着自己的电脑过来,演示一些实践考核的内容给他们看。

考试终于在第二个周的周五宣告结束。

又是一个傍晚。

林月盈考完最后一场,终于可以回宿舍收拾东西。这场考试的结束也昭示着林月盈的暑假正式开始。

她这次不必再去投递简历,秦既明找她要了一份新的简历,说是给她内推公司的岗位,具体是什么岗位林月盈还不确定,但她知道一周后,她又要开启另一段实习生涯。

而在这一周中,还有他们的智能机械大赛的总决赛。

秦既明刚好这几日出差,临走前照例给林月盈留了信用卡和足够多的现金,千叮万嘱,有事情给宋一量打电话,以及别见何涵。何涵承诺过要和他们好好谈谈——不过必须是三人都在场的前提下。

林月盈一一答应。

她自己在家也只住了一天,便和队伍一起跟着学校老师参加比赛。这次抵达酒店的时间很早,一行人在酒店里吃了晚餐才散开。林月盈拿着手机打算回房间,猝不及防地被李雁青叫住。

"林月盈。"

林月盈回头,她上次和李雁青见面,还是秦既明接她回家的那天。

这么久没见,李雁青看起来更瘦了。晚上大家都没有喝酒,不知

第十七章　情侣不都这样

为何，他现在的眼神看起来像是饮过酒。

林月盈想，可能是他没有戴眼镜的缘故。

李雁青走到林月盈面前，看了她好久，才问："你为什么要骗我？"

林月盈不解："啊？"

"那件衣服。"李雁青说，"我在网上咨询了做奢侈品护理的人，他们明确地告诉我，那么大面积的墨水晕染，不可能做到崭新如初。"

林月盈愣住，没想到翻篇这么久的谎言，会被直接拆穿。

李雁青走到她的面前，他又瘦又高，甚至比林月盈高出一个头。在狭窄的走廊里，他忽然握住林月盈的肩膀。

林月盈被他吓得重重一抖："干吗？"

在她极力挣脱的瞬间，李雁青终于沉重地开口。

"学长和我说，你买了两件一模一样的大衣。"

李雁青看着林月盈，虚空中的手握了又握，抿着唇，神色尽是苍白的难堪和羞耻的懊恼。他轻声问："林月盈，你是不是觉得我特别可怜？你是在同情我吗？"

"什么呀？"林月盈没能立刻理解李雁青的意思，但她下意识后退了一步，人都有着保护自己的本能，"什么？"

林月盈后退的这一步，是因为对方的神情给她带来了不安的感觉。

李雁青重复地问："你在同情我吗？"

他这句话说得比刚才还要轻，轻到如同老人临终的叹息，出现得如此不合时宜，如此不应当、毫无缘由。

林月盈感觉李雁青的这句话问得很突兀，她没有办法完全理解他心里的情绪，更不知道究竟是什么原因才让他说出这样的话。

她刚才的确被李雁青吓到了，但她还是尝试帮李雁青冷静下来。

"那件衣服的确很贵，但是责任也的确不在你。"林月盈解释自己当初说谎的缘由，说出口之前她需要想好每一个字，因此说得很缓慢，这样可以让她整理好自己的思绪，也观察着李雁青的表情。她认可李雁青的能力，也能理解他的所作所为，但理解并不意味着无条件宽容，现在的林月盈还是要明确地表达出自己的想法，"我高中的时候上辩论课，其中有一个议题是，如果一个幼儿园的女孩子穿着价格高昂的奢侈品裙子去上学，课上不慎被班级上的同龄小朋友弄脏，那么是否支持索赔？"

李雁青不说话，他站在走廊上，手缓缓地握成拳。

"我当时是反方，不支持索赔。"林月盈说，"首先，弄脏衣服的是上幼儿园的小朋友，且已经表明是不小心的，这是一场大家都不愿看到的意外；其次，那件衣服的价格完完全全超过普通家庭所能负担的范围——不是所有人都能承担得起一件动辄上万的童装；最后，给最活泼好动且基本不具备金钱意识的小孩子穿这样的衣服，家长就该设想到会遇见这样的问题。"

李雁青说："你和我都不是三四岁的小孩。"

"是。"林月盈点头，说，"但我选择穿上那件衣服来学校的时候，就已经做好了承担后果的准备。"

李雁青说："那件衣服不是仿品。"

"和正品仿品无关。"林月盈说，"这是一场意外，首先那件衣服的价格是完全超过正常家庭能负担的，其次我也有承担后果的责任心。综上所述，我认为并不需要你为这场意外、为我的任性和虚荣买单。欺骗你……我很抱歉，是我没考虑周到，让你有了误会。请你相信我的本意，我并不想捉弄你。"

李雁青沉默。

林月盈坦坦荡荡，认真地解释："不是同情，李雁青，我没有同情你，你也不需要我的同情。你很优秀，成绩优异，聪明上进有天分，还有着超乎常人的理性。虽然我并不认为感性是缺陷，但绝对的理性也是很难得且珍贵的品质。我为什么要同情你呢？"

李雁青问："你对每一个人都是这样说的吗？"

第十七章　情侣不都这样

这句话似曾相识，林月盈想到了秦既明，他好像也问过她类似的问题，只是她面对不同的人的心态截然不同。

林月盈怔住。

李雁青问："你对每一个同学都这么好？"

林月盈点头："是的。"

"如果那天弄脏你衣服的是其他人，"李雁青问，"你也会像欺骗我一样欺骗他？"

他站在原地，林月盈没办法准确描述他的表情，他看起来像一尊古老的石像。

"如果你一定要用'欺骗'这个词的话，"林月盈说，"我可能得和你说明一下，我没有任何玩弄和侮辱你的意思。"

李雁青不语。

"就算那天弄脏我衣服的是孟回学姐，或者冯学长，再或者李子和小刘，"林月盈回答李雁青，"我的选择和那天一样，不会有任何改变。"

李雁青极轻地笑了一声。

他低头，将方才放在毛毯上的购物袋递给林月盈。

"这是你那件大衣品牌的围巾。"李雁青说，"对不起，我真的买不起你那件大衣。"

林月盈赶忙推辞，但李雁青仍旧固执地递给她。

"我的确家境不好，那件大衣是我不能想的天价。"李雁青看着她，他脸上是一种沉寂的安静，"在此之前，我完全没有意识到，原来一件衣服还能这样昂贵。"

他强行将那个购物袋塞进林月盈的手中，极轻地笑了一下，语调是假装轻松的僵硬。他努力地想要做出无所谓的态度，假装若无其事……

但很可惜，李雁青在这个方面并没有天分。

李雁青说："我没有说你花钱不对的意思，它的确很美，你眼光好，一定知道它的价值。我想，就算你说无所谓，我也要赔你一件——什么都行，对不起，我只能负担得起一条围巾。"

林月盈不知道该讲什么。

"学长说得很对。"李雁青说，"我没见过什么好东西，所以社团的经费也省着用，订制的笔记本也不够好……"

他说："也谢谢秦学长，不仅给了我们社团一大笔资金，还提醒了我，我们本来就是不同世界的人。"

第十八章
情理之中的我爱你

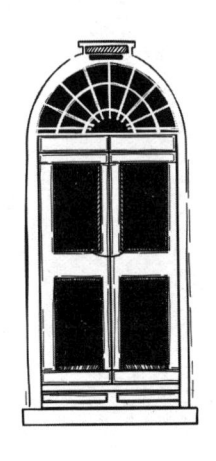

那我接下来不讲道理,讲情理
——情理之中的我爱你。

那条围巾，林月盈并不打算戴。

李雁青执意要她收下，他说这样才算是了却他的一桩心事。

东西已经买了，如果真正能让李雁青安心的话，收下似乎的确是最好的办法。

林月盈却在为另外一件事困扰。

她不明白，为什么秦既明忽然对李雁青提到这些。

在林月盈的记忆中，秦既明并不是咄咄逼人的性格，他有着最温柔正直的品行。小学的时候，林月盈的一个昂贵的铅笔盒在同学打闹时被摔坏，林月盈伤心得哭了好久。

那时候哪里有什么网购，更不要说拍照识图。铅笔盒是何涵从法国回来的时候送给她的礼物，精致又美丽。

摔坏后，秦既明耐心地教育林月盈，当她将一个美丽昂贵的物品带到存有潜在风险的环境的那一刻起，就应该做好失去它的准备。

也是秦既明告诉她，大部分人不会把昂贵的铅笔盒带到学校，因为对于很多家庭来说，赔偿一个这样的铅笔盒，也是一笔不小的支出。

林月盈没有找同学索赔，秦既明也找何涵要了购买铅笔盒的具体地址，在两个月后特意带她去了法国，成功买到了一模一样的。

林月盈具备的很多习惯，比如大部分奖金拿来捐赠给贫困山区的学生，积极参与一些义务活动，参加一些义卖，公益性募捐……

都是来自秦既明的教导。

和林月盈那好精致美丽、奢侈的购物习惯不同，秦既明是实用舒适派，他更乐于穿那些洗得干干净净的旧衣服，生活更简约，甚至可以称得上质朴。

这和李雁青无意间透露出的信息完全不同。

在李雁青的话语中，堆砌出一个林月盈所不了解的秦既明，他有点高高在上、盛气凌人，会以一副残忍的面目来揭穿他人的伤疤。

整场大赛中，林月盈几乎没有心思去听，代表他们组做主要陈述和发言的仍旧是李雁青和孟回。李雁青一改之前那种冷漠高傲的神态，不卑不亢地回答着老师提出的问题，只是个别回答中，仍旧包含锐利的攻击性。

但这无伤大雅。

林月盈所在的队伍总成绩排名第三，是一个出乎意料的成绩。但她没有心情将这个消息分享给其他人，庆功宴一结束，她立刻打车回家。

秦既明已经在家里了。他点了些餐厅的外卖，林月盈却食不下咽，心中藏着心事，吃什么都不对劲。

秦既明看出她的不对劲，放缓声音问她："是不是这次大赛取得的成绩不如预期？"

"不是。"林月盈摇头，"我在想该怎么委婉地问你。"

秦既明给她倒了杯水："委婉地问我什么？"

"委婉地问……"林月盈说，"你是不是不喜欢李雁青？"

"我为什么要喜欢他？"秦既明平静地说。

林月盈说："可是你上次夸他，说他工作勤奋。"

"认可他的工作能力和讨厌他并不冲突。作为学长，我当然欣赏他；作为潜在的情敌，我也有厌恶他的正当理由。"秦既明说，"这两者之间没有必然联系。"

第十八章　情理之中的我爱你

林月盈问:"为什么?"

秦既明双手合拢,看着今晚吃得很少、心事重重的林月盈:"因为我在吃醋。"

林月盈晃了晃神,说:"什么?"

"我在吃醋。"秦既明冷静地说,"我在吃一个男大学生的醋。林月盈,因为他喜欢你,而你没有意识到这一点。对方还打算和你有进一步的发展,甚至刻意地制造机会接近你。他在卑劣地利用你对人的善心,也在无耻地利用你对他的同情。"

秦既明走到林月盈身边,俯身,将四指深深地插入她的头发,大拇指摩挲着她的脸颊。

"我现在不让他死心,还要等到什么时候?"秦既明说,"等到他得寸进尺,等到你越来越心软?"

林月盈有片刻的凝滞,她虽然知道自己受欢迎,但不会认为每一个对她好的人都是爱她。

"还是说……"秦既明问,"等他装可怜,骗你再次留他住在家里?"

林月盈急促地呼吸:"你什么时候知道他是装可怜的?"

秦既明抚摸脸颊的手下滑,一直移到她下颌处,大拇指捏着她的下巴,微微上抬,另一只手握住她的脖子。他隔着林月盈的肌肤,亲吻她随着呼吸加促而颤抖的脖颈。

"我爱你,我想和你光明正大地在一起。"秦既明说,"在我意识到这点的时候。

"也是我快嫉妒疯了的时候。"

秦既明咬了一口嘴下的软肉:"月盈,你最聪明了。"

秦既明问:"你告诉我,这样一个碍眼的人,你想让我怎么喜欢他?"

自从了解到秦自忠的所作所为后,秦既明在短暂的时间里,曾为有这样的父亲而耻辱。

这的确是难言的耻辱。

秦爷爷一生正直，年老时也敢拍着胸口，斩钉截铁地说这辈子没做过一件坏事。他性格刚硬，宁折不弯，或许也正因为这点，错失了更上一层楼的机会。

秦爷爷却不曾为此而后悔。

如果说最后悔的一件事，便是没能保护好自己的女儿，没能挽救清光的生命。

秦自忠则是另一个极端。

林月盈说："秦既明，你之前从来没有说过这么难听的话。"

"很刺耳吗？"秦既明说，"说真话。"

林月盈说："是的。"

林月盈说："但李雁青和我没有任何关系。"

"我不能认为'没有任何关系'能概括你们的关系。"秦既明说，"月盈，我相信你现在对他没有那种感情。你对每一个人都很好，男人爱慕你，迷恋你，就连我也为你着迷，这很正常。"

林月盈叫他："秦既明！"

"先听我讲。"秦既明说，"你总是将人想得太好，他们总会以为自己得到偏爱，从而生出无畏的妄念。月盈，我的本意不是希望你因此和别人保持距离，只是希望他们能自觉地保持适当的社交距离，自觉地将关系停留在同学的阶段。"

林月盈说："所以你选择了羞辱人的方式？"

"如果如实叙述你的日常生活和习惯就能让他感觉到羞辱，那么证明你和他从头到脚没有一点相称的地方。"秦既明平静地说，"你在为了一个不相关的人和我吵架，月盈，我现在很伤心。"

他陈述自己的不悦："你为了一个认识不到一年的男人，来质问你的爱人。"

林月盈摇头："你怎么知道不是我想太少，而是你想多了？"

"想太多？"秦既明松开握住她脖颈的手，捧着她的脸仔细看她，那表情像是感叹,又像是怜爱,"你对笔记本的纸质十分挑剔,社团统一定制的新笔记本,又厚、又容易散,都是你不喜欢的,你用的次数不算多。我猜,你尝过很多次都没办法一直使用它,即使它有着重大意义。对不对?"

林月盈说:"我一直瞒不过你。"

"但李雁青和你不同,他不挑剔。我猜,他这样的性格,就算是笔记本写散了也会继续用下去。你们的笔记本大约是同一批,你的还是崭新的,他的应该已经用散了。一眼就能认出的东西,他为什么还会弄错?"秦既明说,"李雁青实习的时候,他的组长和我夸过他,他心思缜密。你认为,一个心思缜密的人,故意拿错你的笔记本,是为什么?"

林月盈不说话。

"当然,你也可以想,是因为他想接近你,想和你多聊天,这都很合理,没有半点不对,都能说通。"秦既明说,"那么,他现在宁可撒谎也要制造和你单独相处的机会,是为了什么?别告诉我他只是闲着无聊想要和你发展友谊,如果直到现在,你还是这么想,不如现在就一刀把我砍死,免得我往后几十年看着你和那么多好朋友好同学发展'友谊',看到我要气死。"

林月盈说:"现在要气死的人是我。秦既明,你为什么要提大衣?你知不知道这样会严重伤害他的自尊吗?"

"我知道。"秦既明说,"不然为什么要说?"

林月盈难以置信地"啊"了一声。

"对于高度敏感的人来说,的确有些不合适。但凡他的心胸再宽广些,就应该感激你的善良,而不是'原来她在意我'这种心思落空后的失落。"秦既明冷静地看着林月盈,"看你的表情,我能想象到他做了什么。是不是又跑来问你那件事?是不是又来讲他穷但有志气,尽管赔不起那件大衣但也不要你可怜他,不愿意你同情他?是不是还会尽自己所能补偿一件新的东西给你?"

林月盈呆住，下意识地回头看李雁青给她的购物袋。

她经常买东西，秦既明平时不会过问，顶多问她一句钱还够不够用，需不需要自己赞助。

秦既明也看到了。

他松开手，冷着脸往茶几的方向走去。

林月盈几乎能猜到他要做什么，她焦急地站起来，快跑几步，在秦既明伸手去拿那纸袋时，及时地一扑，让纸袋和人一块儿撞到了沙发上。

秦既明被她吓了一跳，立刻去扶她，检查她的额头有没有被沙发垫撞伤，仔细确认她没事之后，他看到林月盈的怀里抱着的纸袋，不免有些恼。

一件一件又一件，陈旧的、不符合她审美的钢笔，装帧糟糕的、笨拙的笔记本，林月盈从不会戴的黑色羊绒围巾。

下一次，李雁青是不是还要把自己打包装进纸箱子里送进来？他怎么不把自己的家也搬来？

秦既明方才和林月盈起争执，又涉及他极在意的情感话题，心中早就有些气血翻涌。现在看见林月盈这般护着这东西，心中的火气更甚，不知究竟是气她现在还维护着那个人，还是因为李雁青这样一而再再而三的"挑衅"。什么"蚊子"，什么"灭蚊器"，秦既明不想把这些东西讲给林月盈听。

他紧绷着脸，伸手去拽她怀里抱着的纸袋："松开。"

林月盈不给他，她大声说："秦既明你言而无信，你完全不以身作则，你——"

秦既明听不下去，纸袋子被性格倔强的林月盈藏进T恤里，他就去掀T恤；被林月盈藏在真丝裙子里，秦既明就去扒裙子。林月盈被他激怒，狠狠地一口咬在秦既明的手腕上。她牙齿好，咬得秦既明的手腕破皮流血，秦既明也不在意，任凭着她咬。

第十八章　情理之中的我爱你

他只俯身堵住林月盈的唇，不想听她讲伤心的话。

争吵能令肾上腺素激素分泌，秦既明不可能真对林月盈凶，再恼怒也留着些理智、收着力气，让着小些的林月盈；林月盈不同，她铆足了劲儿和他打，每一下都是情绪失控的宣泄。

在情绪控制这件事上，林月盈没有刻意训练过，她还是一如之前，想爱就爱，想恨就恨，直来直去。脸都发白了，她还是要嘴硬，一边哆嗦着牙齿打战，一边倔强地按着秦既明，问他："你觉得我会喜欢上他吗？"

秦既明说："别在这时候提他。"

林月盈发狠，双手压在秦既明衬衫领口处："我偏要提，你明知道我替他说话不是因为喜欢他，你还这样……你也知道我只是想照顾他的情绪。"

秦既明说："你怎么不照顾我的情绪？"

"那你当初也没照顾我的情绪。"林月盈说，"你一开始拒绝我的时候不是说我很快就能想通吗？你不是说以后再不干涉我的感情吗？后来你怎么又出尔反尔了？"

她能看到他额头沁出的汗珠，说："你就是觉得我喜欢你，你都没有正式向我表白过，还不许别人对我表白。"

后面几个字，她赌气了，说得的确有些艰难。那些说不出的情绪坚硬地哽在心口，又好似能深入肺腑涌出酸涩的眼泪来。

林月盈不知道自己在讲什么了，她只想着用最过分的话反击回去，因为秦既明在和她吵架。

林月盈在吵架这件事上向来不肯服输。

她用自己能想到的最让人生气的话反击，没有比她更了解秦既明的了，就算不带一个脏字也能让秦既明忍无可忍。他铁青着脸将她抱起，就像小时候她突然间"失踪"、刚被心焦如焚的秦既明找回来一样。

这场吵架没有胜利者，秦既明也说不出怎么，两人今日都很激动，好像压抑了许久的一把大火，呼呼啦啦地烧了起来，要把两人都在这场争吵中烧得一团混乱。

两人都铆足了劲儿要让对方先服输，秦既明用了三年的玻璃杯被摔碎，杯中的饮料洒了一地，桌子上的菜和水果也没人吃了，谁也顾不上收拾，谁也不想去理。伤得最重的还是秦既明，手腕和手背都被咬出血，脸颊上还印着林月盈的巴掌印。

最后还是秦既明先服软。

秦既明说："上次公司内推，我给了他们两份简历，一份是你，另一份是李雁青。"

林月盈迟钝地转过脸看他。

"他的确具备出色的能力。"秦既明说，"去年实习的表现也很优秀，作为学长，我没有理由不推荐他。"

林月盈不说话。

"新的实习岗位会比之前的工资高一些。"秦既明说，"名义上是你们老师推荐他进去的，他不会知道这件事。"

秦既明忽然说了一句："月盈，我的确嫉妒李雁青。"

林月盈抱着肩膀，微微倾着身体说："我不明白你为什么会嫉妒一个男大学生。"

秦既明洗了洗被咬到还在流血的双手，这双手仍旧健康有力，但布满薄茧，再如何也比不上大学生的双手，满满都是朝气蓬勃的青春。

这是不争的事实，也是无法改变的东西。

他说："我比你们大十岁，月盈。"

林月盈半坐起，把胳膊搭在膝盖上，下巴压着胳膊，歪着脸看眼前的秦既明。

她有些委屈，还有些说不出的难过。

秦既明教她行事要光明磊落，要正直，要对他人释放善意，要温

第十八章　情理之中的我爱你

和待人，礼貌宽厚……

一直都是他教的呀。

秦既明已经完全冷静下来，他照顾林月盈的同时，终于能慢慢地将他藏在深处的那些话讲给她听。

"我不是无所不能。"秦既明说，"我既不能保证十年后的我仍旧年轻，更不能确定那时候你对我的爱意是否还能如现在一样浓。"

林月盈噙着泪："你不相信我。"

"我不相信的不是你，是我自己。就算没有李雁青，也会有王雁青、赵雁青、钱雁青。"秦既明说，"我不是针对他，我是本能地厌恶每一个潜在的情敌。"

秦既明缓慢地揭开："我和你争执、冷战的期间，你和他一同参加比赛，一起吃饭，一起玩笑……"

林月盈打断他："不是的，比赛期间我吃饭的话，要么是和学姐，要么就是和所有人一起——还有我的老师。"

"是。"秦既明颔首，"在我辗转反侧思考你的爱是否真的只有'三分钟热度'的时候，在我因对你的爱而痛苦的时候，在我不知道的情况下，你邀请他留宿。我不是在指责你，我知道你留他住在家中是出于善意。但那个夜晚，我在思考，怎样才能和你在一起。"

"他接受了你的邀请，住进了我都没有住过的房间。"秦既明说，"也是那时我才意识到，原来他对我的威胁，比我起初想象的要大。或者说，你的同龄人，都在威胁着我。"

"我总在想，我应该让着你，或者说，应该对你更好一些，才能弥补我提前拥有你青春的过错。如果我现在和你同龄，或者只比你大上一岁、两岁，或者三岁、四岁，都不要紧。"秦既明说，"但我们差了十岁，月盈。"

林月盈不眨眼。

"我步入青春的发育期的时候，你还不知道男女性别有什么区分。

我看着你长大,将来你也会看着我比你先变老。多年之后,你穿着漂亮的裙子和同龄的朋友一块儿玩,回家后,看到我长了白头发、眼角有了皱纹,那时候你兴冲冲地和我分享某一个新奇的事物,而我却对它完全不了解,一片茫然。"秦既明说,"我当然可以告诉你,我会配合你的节奏,会去了解你们同龄人之间的爱好,但这时候欺骗你有什么意义?我可以去学,可以去了解,但我不能保证我能完全配合你的节奏。"

秦既明静静地看着她:"我无法在看着你的同时,毫无心理负担地告诉你,我相信我们会永远如此和谐相处。我不能向你许下我无法确定的保证。"

"这就是你不肯向我正式表白的原因吗?"林月盈说,"你都没有真正地告诉过我,你爱我,你会永远和我在一起。"

林月盈提过好多次,可是秦既明没有正式讲过这点。

她可以理解秦既明的情绪要更加内敛,可她还是会有些难过。

秦既明说:"我承诺过——只要你不放弃,我永远都是你的。"

"好隐晦。"林月盈低头,闷闷不乐,"所以我们年龄的差距,最大的问题就是你不能直白地表达你的内心吗?"

秦既明抬手,用手掌心温柔地摩挲着林月盈的脸颊,轻声叫她:"月盈。"

林月盈感觉自己快要落泪了,三分之一是因为委屈,三分之二是因为可怜秦既明。

林月盈忽然感觉秦既明好可怜,她一直不知道,原来在她眼中很合适,甚至可以算得上浪漫的年龄差距,是秦既明在意的根源。

"我也不是为了李雁青和你生气,就算没有李雁青,也有什么孙雁青、周雁青、吴雁青。"林月盈说,"我只是……只是不太明白,你之前教我的不是这样。"

秦既明放缓声音,问:"不是哪样?"

第十八章　情理之中的我爱你

"不会和一个人说你没见过好东西所以不识货,也不会说我们和你不是同一世界的人。"林月盈的脸颊贴靠在手臂上,她有些难过,"你也教我,要对待每一份善意的礼物。"

秦既明皱眉:"我什么时候和李雁青说过这些?这是我能说出的话?他这样和你说?"

林月盈几乎立刻察觉到什么,她短促地"啊"了一声,说:"可能因为我情绪激动,记错了。"

秦既明看得出她的意思,顿了顿,没有继续追问。

"刚才抢那个纸袋,也的确是我的嫉妒心发作。"秦既明说,"我当然会告诉你,要善意地对待每一个真心对你的人,但作为爱人,我不希望在你身上看到任何追求者的东西。"

林月盈迟疑地说:"我本来打算将那条围巾收好,和其他同学送我的生日礼物放在一起。"

那个颜色不适合她,而且经过刚才的争论,林月盈也忽然意识到,原来无限制地接受别人的好意,也会存在一定的误解。

很显然,她和李雁青都混淆了尺度的边界。

秦既明抚摸着林月盈湿漉漉的脸颊:"我现在意识到了,所以现在要讲对不起。月盈,对不起,我错了。"

林月盈的眼泪啪嗒一下就落了下来。

"我们不应该因为无关紧要的人而争吵,我更不应该因为嫉妒心就逼你违背你的原则。"秦既明靠近,轻声地说,"你将他送你的礼物放进你平时收纳朋友礼物的地方,证明你对他和对待其他普通朋友一样,好吗?"

林月盈问:"你会吃醋吗?"

秦既明坦言:"如果你继续使用它们的话,我一定会。"

林月盈不讲话,起身,伸出双手搂住秦既明。

她小声:"那我也要讲对不起。秦既明,我不该在没有求证的情况

467

下就和你吵架，还有……"

林月盈低声："还有，到现在都没有和你妈妈讲清楚，尤其是回国之后，我不应该再犹豫，而是直接告诉你妈妈，我不同意。"

秦既明无声地叹气。

"还有，"林月盈侧脸，把还带着体温的眼泪全蹭到秦既明的脸上，"我不觉得十岁的差距像你想象的那样可怕。"

"你可以教我很多学习和职业规划上的事情，避免我去踩你踩过的坑。"林月盈仰脸，认真地说，"我也会和你分享很多事情，那些新奇的、你可能接受不了的东西——只要你不嫌弃我幼稚。"

"别说是十岁，"林月盈说，"就算是二十岁、三十——"

秦既明叹："后面那两个假设的确不行。"

林月盈想了想，老老实实地说："我好像也不行。"

"但是，"她说，"如果是你的话，我就行。"

年龄差距究竟意味着什么？

林月盈之前从来没有想过这些，在她的记忆中，秦既明永远都是整洁、干净、英俊优雅的。这些特质足以令林月盈习惯性地忽视掉两人之间的差距。

是体力？

秦既明一直保持着锻炼的习惯，哪怕是出差也会去酒店健身房，雷打不动地坚持运动。

他的体力并不输于大部分男大学生。

是相貌？

秦爷爷家有着浓密黑发的基因，秦爷爷过世的时候，头发也不像林爷爷那样全白。他们家又是骨相优秀、极为抗老抗衰的相貌，很明显，秦既明也没有这方面的问题。

那是什么？思想？

第十八章　情理之中的我爱你

秦既明不会阻拦林月盈那些稀奇古怪的想法，反倒鼓励她去多多尝试，并竭力配合完成她的愿望。他保守但不死守，古板也不死板。在生活中，秦既明也会听取她的大部分想法和意见。

至于其他，阅历、性格……都不属于这个年龄差带来的劣势。

林月盈确信这点。

暑假的第一天，又逢周末，他们俩一整天都没有出门。

次日，秦既明才去上班。他难得地没有晨练，一如既往地按时进公司，也一如既往地和每一个同事和下属打招呼。

他给即将正式入职的林月盈选好组长和工作方向，然后把视线停留在另一份电子邮件上。

是李雁青。

有两个工作岗位都很适合他，一个清闲、轻松、不需要学太多东西，工资正常；另一个则是繁忙，每周都需要加班近 6 个小时，需要学习的东西多，工资是上一份的 1.5 倍。

秦既明回复邮件，他建议将李雁青安排到后面那个工作岗位上，并在邮件末尾提到，这是他的学弟，是一个很优秀、聪慧的人。

下班之后，秦既明载着困到睁不开眼的林月盈，去何涵家，按照约定，和她认真地谈清楚。

但秦既明没想到，今天在何涵家中做客的并不只有他们，还有秦自忠。

三人相见的时候，秦既明同林月盈牵着手，秦自忠则是摔碎了一个茶杯。

秦既明没有放开握住林月盈的手，他客气地叫了一声爸。

秦自忠坐在沙发上，脸色铁青，捂着胸口，仿佛下一秒就会因为心脏病而死去。他痛心疾首地斥责秦既明，像事先打了草稿："你还知道叫我爸？你……你和林月盈搅和在一起，你的脸皮怎么能这么厚？"

秦既明还未说话，林月盈先开了口。

"秦叔叔。"林月盈握紧秦既明的手，笑道，"我男朋友为什么脸皮厚，你不知道吗？因为他脸上糊着您不要的那张脸呀。"

秦自忠和林月盈并不相熟。

人会本能排斥那些提醒他犯错的东西。

相似的脸，相似的年龄，相似的身份。

这些特质令秦自忠对林月盈有一种复杂、难言的情绪。她站在这里，似乎一直能提醒着秦自忠，你曾经是什么烂人。

秦自忠暴躁："林月盈！"

"怎么啦？秦叔叔？"林月盈说，"我说的哪里不对吗？"

"你——"秦自忠气急，"这是对长辈说话的态度吗？谁教你这样说的？秦既明，你教她的？"

秦既明站定，说："我不认为月盈哪里说得不对。"

"秦叔叔。"林月盈说，"你还记得以前的事吗？"

这一句话令秦自忠怔住。

"应该不需要我讲太多吧？"林月盈看着因她一句话而暴跳如雷的秦自忠，她握紧秦既明的手，对方手掌心的温度能令林月盈坚定地讲出自己的想法，"您曾经做过的错事……被小辈讲出来，我觉得还是有些不够体面。"

不、够、体、面。

哪里是四个字就能概括的？

喝醉酒无故殴打寄住在家的未成年少女，这种事情发生在任何一个成年人身上都足够令人羞惭，更何况，还是秦自忠。

秦自忠为了什么而对林月盈发疯，他心里明白。

秦自忠不言语，他不知林月盈此刻再提这件事是什么意思，更不知道秦既明打算做什么——为人父母，在孩子面前最具有说服力的时候也只在孩子成年前。

第十八章　情理之中的我爱你

就像几乎所有的父母都在儿女二十五岁左右时开始焦急地催婚，倒不仅仅是为了子女大众意义上的"幸福"所考虑，还有一部分原因是他们不想再承担起养育者的责任，想要得到"自由"。

秦自忠早早地就实现了这种自由，何涵和他分居长达二十多年，抛开双方父母及其他的利益合作，秦自忠承认自己的确爱何涵——他所认为的成熟的爱，但又的确亏欠对方许多，因而即使知道对方一直在不停交往男友也只当默许。

更不要讲秦既明，秦自忠养孩子最头痛的一件事，是秦既明两岁那年，何涵不在家，秦自忠心血来潮，抱着儿子去垂钓。谁曾想天降一场大雨，就此匆匆作罢。尽管吹风的时间短暂，夜里秦既明还是发起高烧，秦自忠心不在焉地守在床边，心中暗想小孩子果然麻烦。

偏偏人在渐渐衰老时又恐惧死亡，比死亡更恐惧的一件事则是老无所依。秦自忠只有秦既明一个孩子，他也愈发惶恐，担忧自己将来衰老、无法自理时，这唯一的儿子不照顾他。

秦自忠也胆怯，年轻时冲动，天不怕地不怕，秦清光的死是灭了他一波气焰的火。人渐渐地老去，老父亲去世，妻子冷淡，儿子与他不亲近……而去年并不乐观的体检报告和身体状况，则是压垮他的最后一根稻草。

男人，尤其是同家庭成员关系不好的男人，年纪越大，越是自卑、暴躁、易怒、脆弱。

秦自忠也怕林月盈将当年的事告诉秦既明。他不是没有热恋过，知道男人为了维护自己恋人能做出什么事情。

他害怕，他怯懦。

秦自忠年纪越大，血压越不稳定。他坐在沙发上，一手捂着胸口，一手冲着林月盈和秦既明的方向摆，摇摇晃晃地，脸色也很差："……不要和我说这些。算了，算了，你们的死活都不关我的事。"

秦既明安静地看秦自忠仓皇地喝水，他不知在惧怕什么，神色惶惶。

他客气地向父亲颔首:"爸,还有其他事吗?"

秦自忠没有什么其他的事。

他已经老了,已经开始懊恼年轻时没有多花些时间同儿子联络感情。他能威胁秦既明的事情是什么?将来不给他一分钱,就当没这个儿子……

只怕秦既明很赞同他这么做。

没有任何能威胁到秦既明的把柄,也没有什么深刻的父子情谊,秦自忠甚至都不知道秦既明什么时候真的和林月盈在一起了……那些传言过后,留下一地难以拾掇的鸡毛。秦自忠伛偻着身体坐在餐桌前,沉默地吃着食不下咽的饭菜,终于等到何涵的一句问话:"没其他事了?你回去吧,我就不留你了。"

何涵并不指望秦自忠能做出什么阻拦的事情来,她只是不悦。

上次秦既明打了人兄弟俩,一个被打破头一个被打乌青了眼圈,虽然私下里和解了,何涵也觉得糟心。

最让她忧心的,还是眼前的两个人。

秦既明的脖子就这么大啦啦地露着,偏偏秦既明还松了衬衫的纽扣,只要稍稍一用心就能看到。

她又看到林月盈同秦既明坐在一起,下意识亲近的模样,何涵闭上眼睛。

碍眼的人离开后,何涵才说:"我不会祝福你们。"

她斩钉截铁地说:"我对你们的感情并不抱有任何祝福。将来你们结婚,也不要邀请我,我不会去。"

秦既明说:"妈。"

"我是你的妈。"何涵看着林月盈,良久,缓缓出口,"月盈,以后真要有什么委屈,你直接来找我——就算你和既明最后做不了夫妻,我也永远是你的何妈妈。

"但记住，我不会祝福你们。"

归程。

林月盈把头枕在秦既明肩膀上，说不伤心完全是假的，谁都希望自己的感情得到父母的祝福。但这种失落持续的时间也不是太久，当秦既明到达昔日和秦爷爷一起居住的房子时，林月盈瞬间打起精神，双手扒着车窗，惊喜地往外看："呀！！！"

秦爷爷已经过世，老房子还是留了下来。秦自忠不爱来这边，有时候秦既明会带着林月盈过来住一段时间。

车子开不进去，门口的守卫早就换了一批人，新面孔很板正，说这是规定，不能破。

秦既明没有勉强对方，将车子停在外面的停车场，自己和林月盈又步行折返回来，通过门房往里走。

这是他和林月盈生活了近十年的地方，也是林月盈的童年和整个青春期的回忆。街边的店还开着，阿姨照例卖一些小馄饨和面，她还认得他们，乐呵呵地招手，问林月盈："还是少放葱花多放虾皮，对不对？"

现在已经是深夜十点，林月盈和秦既明一人点了一碗小馄饨。林月盈晚餐吃得多，现在吃了不到五个就饱了。秦既明很少浪费粮食，和之前一样，自然地接过她的碗，低头吃她剩下的馄饨。

店里没有其他人了，阿姨热情地和他们聊天，问林月盈现在上到大几啦？将来还打算继续往上考吗？说他们感情真好，没见过这么大了还能这么亲密的，真好……

林月盈觉得馄饨都要没那么好吃了。

秦既明面色如常地回答着阿姨的问题，中间阿姨的小孙子跑过来，他还笑眯眯地和小孩聊了一阵。

吃完小馄饨，秦既明去握林月盈的手，问："你害怕人讲闲话吗？"

"不。"林月盈想了想，"我只是不想听见那些人骂你。如果真要说的话……不是害怕,是厌恶。"

秦既明终于面露笑意,说:"比如?"

"比如秦自忠今天说的那些。"林月盈说,"我不喜欢听人骂你。我是不是好护短啊秦既明?"

"是。"秦既明忍着笑,夸赞她,"是非常护短的林月盈。"

林月盈差点为这一句夸赞跳起来,她步伐轻松,一脚踩碎地上的一小片落叶。

秦既明说:"非常护短的林月盈,现在能不能告诉我,你瞒了我什么?"

啪啦。

晒干后的落叶被精准踩碎,林月盈的脚因反作用力而颤了颤,她没有回头,假装研究着路灯和月光交融的界限。

秦既明说:"你对秦自忠说,'还记得以前的事吗'是什么事?不要和我说是清光姑姑的事情,他不会有这么大的反应,更不会在你提到时忽然抬头看我。"

林月盈不出声。

"是什么?"秦既明问,"月盈,为什么不想告诉我?是担心,还是觉得……害怕?"

林月盈说:"担心和害怕有区别吗?"

"有。"秦既明说,"我很在意你的情绪。"

林月盈踩着地上路灯和植物的影子,沿着它们的阴暗面走。

"一个人消化这些情绪不舒服吧?"秦既明说,"或许我可以帮你。"

林月盈问:"怎么帮?"

秦既明说:"陪你聊聊。"

天气晴朗的夜晚,没有云彩,只有圆圆的大月亮。

林月盈在前面走,秦既明的胳膊上搭着她的外套,跟在她的后面。

林月盈回头,冲着秦既明叹气:"你总是讲大道理,我不想听你讲

第十八章　情理之中的我爱你

道理。"

秦既明笑："那我接下来不讲道理，讲情理。"

林月盈后退几步，抱住他的胳膊，仰脸："什么情理？"

秦既明说："情理之中的我爱你。"

月光很好。

好到周围的星星都羞惭地隐入夜空。

林月盈以为自己听错了，睁大眼睛看秦既明。秦既明在这个时刻却又保持了沉默，只笑着看林月盈。

林月盈松开他的手臂，往后退一步，差点跳起来，说："你怎么这么突然呀，我都没有仔细听……呜呜呜，不算不算，你要重新再说一遍。来，我说一、二、三，我们倒回去，我假装什么都不知道，刚刚什么都没发生，我现在要说'你总是讲大道理'……"

秦既明说："我爱你。"

林月盈双手捂着心口，微微地张开口，才能令狂乱的心选择顺畅的呼吸。

秦既明说："情理之中的我爱你。"

林月盈跳起来，跑过去，抱住他："秦既明！"

"你上次说，我没有向你告白。"秦既明抬手，胳膊上还搭着林月盈的外套，他说，"月盈，年龄的差距不是借口。我上次讲，我们的年龄差异或许会令我们有许多代沟，或者说日常生活的矛盾。这是我无法改变的东西，但如果一味地放任矛盾产生，就是我的错。"

他用大拇指的指腹摩挲林月盈的脸颊："我享受了你的青春和活力，也理应为清除我们之间的矛盾承担责任。"

林月盈说："所以你打算正式向我告白了吗？！"

她说得又急又快，她的心脏里装着一支摇滚乐队，今天不搞重金属，要用最狂野的乐器敲打出最温柔的曲子。

"我做的错事并不是只有这一件,月盈。"秦既明说,"一开始,我没有和你保持好距离,这是第一件错事;第二件错事,是在意识到自己对你的心意后,没能彻底将它摒除;第三件错事,是你向我告白,我在没有彻底认清自己的时刻,令你伤心,做出了许多让你难过的事。"

林月盈垮了脸,松开手,双手捂住脸:"呜呜,你现在讲的话就像是要和我分手。这就是你的告白方式吗?我的心都要跳出心脏病了。"

"所以我说,这些是理智的大道理。"秦既明说,"情理上,我不同你讲这些道理,我只知道我爱你。"

"所以,"秦既明问,"你愿意接受我对你的爱吗?"

林月盈大声说:"我非常愿意!"

秦既明笑了,俯身捧住林月盈的脸,在她的唇上轻轻贴了下。

路灯昏黄,植物葱葱郁郁,夜风款款送来清新的风。道路上有车经过,车灯照开一道明亮的路,有人骑自行车经过,好奇地看着这两人。

秦既明不是习惯在外人面前展露亲密的性格,这样的吻只有短暂几秒,而在他打算起身之时,林月盈抬起胳膊,圈住他的脖颈,用力地和他深吻。

她就要这样。

爱要久,热吻也要久。

什么眼光,什么看法,什么……

林月盈都不在意。

他们在夜幕完整地遮盖天空后才回到老房子——这个已经很久没住过人的地方。今天下午,秦既明请阿姨打扫、整理了一遍。被子晒得蓬蓬松松的,枕头也柔软,饱含太阳的气息。

丰裕的月光落在秦既明的房间,这里是步入青春期后林月盈再没有涉足过的地方。墙上张贴着林月盈的奖状——不是直接贴着，而是镶嵌在梨花木玻璃画框中。温柔的月光透过玻璃直直落在微微变色的奖状上，这是林月盈记忆中最安静，也是最神圣的卧室。意识到自己喜欢上秦既明后，她不是没有想过秦既明的青春期是如何度过的。

秦既明没有同任何人分享过自己的青春期。

他不喜将自己完整地剖开、展示给朋友看，秦爷爷教育过言多必失，又告诫秦既明在生活中要学会约束自己的念想。秦既明对自己未来的伴侣没有过什么妥帖的想象，即使是青春期，也不会有什么具体的形象。

秦既明也没有问林月盈，她那些刻意隐瞒的东西是什么。既然她明确表示了那些东西令她不舒服，且不想与他聊开……

那秦既明会换一个当事者去问。

秦既明轻轻拍着林月盈的脸颊："睡吧。"

暑假过后，两人之间的恋情还处于一种半隐秘的状态。

这是林月盈提出来的。

如果是之前的话，她肯定要大张旗鼓地告诉所有人，我——恋爱啦！

但现在的她学会了安静。

林月盈不仅仅是为了自己，她也想尽自己的力量，去保护一下秦既明。

唯一能令林月盈稍稍开心一些的事情，则是之前写过一篇就差指名道姓攻击他们的文章的人，忽然给他们打电话，去警局手写了道歉信，在公证下对他们进行道歉。那本杂志的销量其实只算中等水平，林月盈和秦既明不是什么公共人物，所以也只有一些熟悉的人能看出是写的他们。

无论如何，这次道歉过后，林月盈无意间再买到那本杂志，再读那个人写的文章,吃惊地发现对方已经改了文章风格,一改之前恨海盈天、苦大仇深的写法,转而歌颂那些不被世人所熟知的爱情。

林月盈偶尔随手翻一翻,也会为别人的爱情默默掉几滴眼泪,然后想,自己和秦既明已经好幸运好幸运了。

喔。

还有一件很重要的事情。

秦自忠不知道怎么回事,骑马时从马背上跌了下来,不偏不倚摔断了腿,去医院一看又是骨折。他年龄不小了,之前就伤到过这条腿,现在更是雪上加霜,还在医院住着。都说伤筋动骨一百天,他这次怕是要躺好久才能痊愈。

开始暑假实习前的最后一日,林月盈问:"你猜我现在在想什么呀,秦既明?"

秦既明微微仰脸,他的下巴处有一道小小的划痕,那是他去骑马的时候不慎被划了一道。

秦既明说:"在想什么时候吃饭?"

"不是。"林月盈摇头,手指抚摸着他下巴处的细小划痕,"我在想,你是什么时候开始喜欢我的呢?"

秦既明忍俊不禁。

他屈起手指,用指节处轻轻刮着林月盈的下巴,像给她温柔地挠痒痒。

"我想,"秦既明说,"那大约会是一个令你骄傲又羞怯的故事。

"我可以慢慢讲给你听。"

(正文完)

番外一
林月盈,我不能爱你

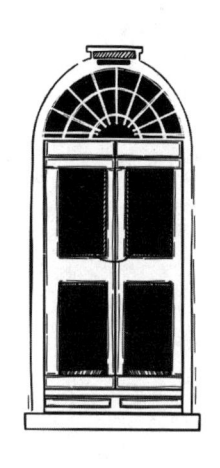

秦既明的心中藏着一只兽,让他在不知不觉中泥足深陷。

"计算的目的不在于数据,而在于洞察事物。"

当班主任提醒他需要交座右铭时,秦既明顺手将刚读完的一句话写在草稿纸上,轻轻一扯。伴随着细微的、纸张断裂的声音,这一句 Richard Wesley Hamming 说过的话,和秦既明的照片,一同被贴在学校的公示栏上。

那张照片还是刚入学时拍摄的,天气很热,是秦既明最厌倦的九月闷热天。

统一的白底蓝边、校服 T 恤,被校服的棉质布料遮盖住的手臂和腿沁出闷热的汗水,暴露在空气中的肌肤则面临着严酷太阳的审视。

秦既明厌恶这逼人的高温,以及那张被无数人坐过、叠着不同人体温的塑料椅子。

拍摄时他拿了一张宣传册垫在裂开一条缝的简易椅子上,不愿与上一个和下一个坐在这张椅子上的人有任何体温上的接触。

拍照时秦既明没有笑,只是沉静地看漆黑的摄像头,如同注视着一个能吞噬无数代码的数据黑洞。

倘若知道这张照片会被贴在学校公告栏三年,并且持续被人观看的话,秦既明想自己在拍摄时或许应该会笑一笑。

那样的话,至少能令他看起来像个正常人。

秦既明无法定义"正常"和"不正常",他只是清楚地明白自己和

481

其他人有些不同，而这些不同的特质，让他的生活充满了一些阻碍。

与人握手时的皮肤触碰，对方掌心可能存在的汗水，距离过近时旁人的呼吸，递书本时上面残余的体温……每一种都令秦既明心生不适，不得不和他人保持恰当的距离。

而这种和任何人都保持住的恰当距离，被一个不速之客打破了。

硬生生闯入的客人叫林月盈，今年刚刚五岁，哭的时候声音极大，惊天动地，堪比蒸汽火车的轰鸣。

第一次见到她的时候，还是高中的暑假。秦既明约了好友打篮球，遇上的对手实力强劲，一来一回之间比分咬得极紧，最终秦既明队仅以一分堪堪取胜。

打完球后的秦既明迫切需要一场从头到脚的清理，清理掉一身的汗，清理掉和旁人不经意的接触。

同好友宋一量告别之后，秦既明抱着篮球回家，一眼看到国槐树下的林月盈。

那时对方不过一个小不点儿，整个人哭成小花猫，正扒开糖衣，低头吃被太阳晒化了一半的糖。

黏糊糊的糖汁和残破的糖衣粘连在一起，吃起来费力又麻烦，林月盈好像不知道如何解决那些固执得与糖粘在一起的糖衣。糖汁和塑料粘连，刚吃进去她先尝到了不甜的糖衣，费力也吐不出，瞧着呆傻得可怜。

爷爷和秦既明说，这是以前属下的孙女，这个属下之前他也见过，是那个笑起来声音很大的林爷爷。

这孩子的父母离婚后，母亲把孩子放在林爷爷家里，嘴上讲出去散散心，实际上出国时就已经抱有在外注册结婚的打算，并不愿意再回国。

林爷爷的儿子不愿意养她，觉得有一个儿子已经足够，不需要再养一个女儿做"累赘"。更何况法律将她判给她的母亲，他只想遵守法律，甚至连将这孩子送去给她亲生母亲的打算都做好了。

爷爷和林爷爷当初也是过命的交情，于情于理，林爷爷临终托孤，爷爷都没有拒绝的道理。所以爷爷就把孩子接了过来，以后就放在身边养着。

秦既明不感兴趣地应了一声。

而这种不感兴趣，也随着林月盈的长大，渐渐地变了味道。

起初，多一个小孩而已，秦既明以为自己的生活不会有多大改变。

但照顾一个林月盈，比秦既明想象中要更困难——他不得不为她耗费心力，即使一开始的秦既明并不想对她投入过多关注。

譬如林月盈年纪小和人打架，打到自己的脸上也挂彩，秦既明必须为林月盈撑腰，带她去医院治疗，并严格同对方的家长沟通。

譬如林月盈的某次考试成绩不理想，秦既明必须给她开家长会，和老师聊天，了解她的学习情况和存在的问题，并督促她学习。

譬如……

这些种种的付出，让秦既明逐渐接受、并彻底容纳林月盈侵入自己的生活。

林月盈的年龄介于懂事和不懂事的界限。爷爷曾经失去过一个亲生女儿，对林月盈倾注了几乎全部的慈爱。秦既明小时候接受的教育，严厉多于亲和，而对于林月盈，即使她打碎了爷爷最爱的紫砂壶，爷爷也只是笑着说，只要月盈没事就好。

秦既明隐约捕捉到一丝讯息，他明白爷爷看林月盈的眼神，更多的是透过活泼的林月盈想念早逝的秦清光——秦既明早逝的姑姑、爷爷最心痛的小女儿。

这种替代的情感并没有对林月盈造成伤害，这个对大人的世界懵懂、一无所知的孩子，在这个古板的家庭中充当着活泼好动的"快乐果"，只是在夜间变成一个令秦既明头痛的"NPC"。

秦既明每夜都需完成"给林月盈讲故事，让她乖乖睡觉"的任务。

林月盈搬来这里的第一晚，就眼泪汪汪地抱着枕头跑去敲秦既明的房门，哭着说自己睡不着很害怕，想要和他一起睡。

心理医生提过，小孩子这种无法独自睡觉的行为，大约和她童年时被父母遗弃的经历有关。

秦既明听爷爷谈起，林月盈有过多次被抛弃的经历。

先是她的父亲，林父态度坚决，只要能传宗接代的亲生儿子，而不是一个为了救儿子才诞生的女儿。在林月盈的父母眼中，她最珍贵的地方不过是出生时的脐带血。

然后是她的母亲，用暂时出去一趟的谎言，将林月盈匆匆丢给林爷爷，再未回头。

林月盈害怕自己熟睡后再次被丢掉，被送到陌生的环境，因而迫切地需要和人建立亲密关系，需要亲近的人安抚才能正常入睡。

心理医生提到的问题也不仅仅是这些，像这种大半个童年都在更换家庭成员和住所的孩子，可能产生的心理障碍多得超乎秦既明和秦爷爷的想象。

在这种情况下，秦爷爷做了让秦既明暂时陪林月盈睡觉的决定。

小孩子没有安全感，那就给予她足够的安全感。治病先治根，等心理上的创伤解决后，这些小习惯才能改掉。

从五岁到八岁，在小孩子的性别意识完全成形之前，林月盈一直都睡在秦既明的房间里。

为此，秦既明不得不更换了房间中睡了多年的木床，换成更大一些的，能容纳一个安静睡觉的成年人和一个翻来覆去的孩子。

为了防止林月盈跌落，她的小枕头和被子都放在靠墙的位置，又为了防止她着凉，靠墙的位置放着柔软的长条抱枕。

秦既明和爷爷花了三年的时间，才令林月盈彻底与过往脱离。

五岁时，林月盈的哭泣和不安多于欢笑，会因为走路跌倒埋头哭泣许久。而八岁的林月盈，即使是在爬山时摔破了膝盖，也会忍着泪先去安慰秦既明的情绪，认真地说你不要难过，我只是有点痛，受了正常的伤，不会死的。

秦既明也用这三年的朝夕相处，彻底地将林月盈接纳到自己的生活里。

从某种程度上来讲，林月盈和秦既明有着类似的人生轨迹：他们有着不打算承担责任的父母，也有着亲和与严厉并存、疼爱后辈的爷爷。

不幸的是林月盈的爷爷身体在年轻时受了重伤，落下病根，过世得早。

秦既明并不认为自己前十几年的付出具有目的性。

秦爷爷的教育方式已经跟不上时代，他年龄大了，曾经照顾过一个秦既明，现在没有心力再去照顾一个林月盈。

小孩子的学前教育、幼儿园面试、夏令营、数学启蒙、各种各样的奥赛班、暑期游学、外语水平……这些事情，都是秦既明亲力亲为的。他耗费的心神，不逊于自己对待学业和事业，不遗余力。

从读高中到念大学，秦既明教林月盈学数学，手把手教她练字，教她如何正确仔细地洗脸，如何洗干净、洗柔顺她那一头浓密、易打结的头发。

在秦爷爷身体一天天变差的时候，秦既明和林月盈几乎同时意识到，今后他们俩要相依为命。

这是一种难言的体验。

这一天在林月盈到这个家庭的第九年时来临，她当时十四岁，还在念中学；秦既明二十四岁，在读研究生。

老人的身体不是一下子恶化的，而是起源于一场意外的跌倒。可就算用最好的治疗手段，秦爷爷的身体情况也还是每况愈下，渐渐到了无法下床的地步。秦既明几乎不怎么住学校的宿舍，每天开车回家，陪爷爷吃饭、聊天，安抚伤感脆弱的林月盈。

秦既明和秦爷爷花了多年的时间让林月盈走出童年被遗弃的阴影，也让她融入这个不会被抛弃的家庭，不幸的是，他们如今又要教会她"离别"。

告别是盛满泪水的缓慢沙漏。

林月盈自发承担起照顾秦爷爷的责任。

她那时候已经长成亭亭玉立的少女，本该和好友挽手一块儿出去玩的周末，被她用来陪伴日渐苍老的秦爷爷；她那双应当用来弹琴、读书、打球的手，在那段时间跟着护工阿姨认真学习怎么给肌肉逐渐萎缩的秦爷爷按摩；天气晴朗的周末，林月盈婉拒好友的邀约，推着秦爷爷去公园晒太阳、聊天。秦爷爷生病到过世的这段时间里，林月盈几乎把全部的精力都用来陪他，甚至还学会了如何给病人做简单的理疗，以及默默记下秦爷爷每日要吃的药和维生素。

也是那个时候，秦爷爷改了三遍遗嘱。

最后一遍的时候，一个名字，他花了长达十分钟的时间来写，每次落笔都带动着肺里微薄的氧气。

秦既明对此没有任何意见，他并不认为这样有什么不对。秦既明本身对爱并无太大需求，那些糟糕的、近乎极端的洁癖，让他也无法接受需要同床共枕的伴侣。人在不考虑成家和生子后，会多出许多精力和金钱，而这一部分富裕的东西，都被秦既明毫无保留地给予了林月盈。

不说其他，倘若有朝一日秦既明出了意外，那么他也会早早立下身后书，言明将自己的一切送与林月盈。

当然，那一日最好是在林月盈长大成人、具备自理能力之后。

秦既明不能分辨，林月盈是在哪一刻哪一分，忽然"长大成人"的。

——是林月盈刚刚学会给秦爷爷按摩的那个下午？

她穿着校服，作业还没有写，轻声细语地和秦爷爷讲话，语气轻快地提到自己刚买的一本书，手舞足蹈地讲学校里发生的有趣琐事。

太阳雀跃地落下,久未下床的秦爷爷也露出笑容,每一道皱纹都因乖巧的林月盈而绽开欣悦。

——是秦爷爷握着两人的手、第一次交叠的时刻?

他们的手被秦爷爷攥在一起,秦既明忽而意识到林月盈已经不再是小时候那个遇事只会哭泣的孩子,可她还未长成坚强的、足够独立的成年模样,今后他就是她唯一的依靠。

——还是爷爷过世的那个夜晚,林月盈在秦既明的怀抱里默默流泪的时候?

她哭了好久好久。向来爱美的她,眼睛第一次哭到红肿,甚至双眼皮都红彤彤地肿胀,眼睛酸涩到林月盈不住地伸手去揉。人在长时间的痛哭后会忍不住抽搐,她的手一直在抖,抖到秦既明不得不握住她的拳头。

秦既明穿着参加葬礼的黑西装,怀中抱着黑裙戴白花的林月盈。他们俩坐在没开灯的客厅地毯上,窗外的国槐树婆娑,偌大的房间,好似沉默孤独的深海,只有彼此依偎的温度堪堪用来取暖。同时失去家人和长辈的两个人,是彼此专属的浮木。

秦既明不能浅薄地依靠着这些破碎的画面来拼凑起"林月盈已经长大成人"的这个意识。

他只是惊诧于林月盈的变化,她懂事、知晓事理,不再是夜半里会害怕被抛弃而哭着去找他的小孩子,她已经开始学会照顾年迈的秦爷爷,学会笨拙地安慰因失去至亲而感伤的秦既明。可她也没有完全长大,她年龄尚小,会因为秦爷爷的过世而哭到昏厥,会在半夜里打电话给秦既明,哽咽着求他接自己回家。

秦既明起初并不想让林月盈暂时住在秦自忠家里,哪怕对方是他的亲生父亲。

血缘这种东西并不值钱,何涵和秦自忠都是最好的佐证。

那个时候,秦既明研究生刚毕业没多久,刚入职就肩挑大梁,的确有些分身乏术，能打理自己已属不易，无法和往常一样照顾林月盈。他只想将林月盈暂时寄养在秦自忠或者何涵那里——一个月，只需要一个月就好。一个月后，秦既明确定自己能搞定所有的问题，将她接回身边。

高傲的何涵态度淡淡，秦既明明白母亲不愿意接这个烫手山芋。林月盈是嘴巴甜、讨人喜欢，可何涵更注重自己的生活体验。林月盈在她那里短暂地居住一两周尚可，一个月时间太久，会严重影响何涵的私人生活。

秦自忠的态度也好不到哪里去，住他这边的优点是他极少回家，家中一直聘请着家政阿姨和司机，林月盈住在他那里会更安全、方便一些。

懂事的林月盈为了不让秦既明为难，主动提出搬过去暂住，又在不久后的深夜，哽咽着给他打电话诉说想念。

她的哭泣声是能剜下秦既明心口肉的薄刃。

秦既明没有丝毫停留，连夜开车将人接回身边。他已经连续一周没有充足的睡眠，但在看到林月盈的那刻，疲惫烟消云散。

林月盈说自己不小心跌伤了腿，走路微微跛脚，脸上挂着一行泪，抱住秦既明哭，喃喃地说好想他。

她的眼泪打湿了秦既明的衬衫，夜间，秦既明脱下衣服，胸口上还有凉凉的湿痕，仿佛隔着肌肤刺痛他的怜悯。

相依为命的生活并不轻松，林月盈念高中，学习最紧张的时刻，虽然不如一些高考大省的学生辛苦，但秦既明仍旧为她选了多个家庭私教，一对一地查漏补缺。秦既明当时处于研发最艰难、看不清前景的黑暗中，几次熬夜睡在公司里，还不忘给家中打电话，问林月盈有没有吃晚饭，胃口怎么样，睡眠如何。

秦既明彼时没有任何恋爱的心思。青春期最躁动的阶段已经过去，一个极度洁癖的人，触碰另一人的汗已经足够令秦既明反复清洗双手，更别说进一步亲密的触碰。

所以秦既明婉拒了江咏珊父亲的好意。

他对江咏珊的印象不多,始终停留在"月盈好友的姐姐"这一层面上。至于更多的,秦既明确定自己没有那方面的想法,于是温和地同对方说明。

就像三年前,第一次察觉到林月盈开始收到别人写的信时,秦既明拦住打算将信丢进垃圾桶的林月盈,告诉她要珍惜每一份好意。那些喜欢她的人,绝不希望自己忐忑不安、精心写就的心意,就这样被人丢进垃圾中。秦既明教林月盈给那些人回信,首先要礼貌地表达感谢,然后再回绝。

每一段感情都值得尊重。那些一笔一画写就的信,精心挑选的花朵,要和他们的爱意一样,同样完整干净地退回。

秦既明如此教导着林月盈,也的确如此严苛执行着。

唯一不能严苛执行的……大约是他们之间应有的距离。

秦既明和林月盈之间的界限,在秦爷爷去世后开始模糊不清。

林月盈对自己的成人礼格外看重,也在举行完隆重的成人仪式后休息了好久。她兴冲冲地和秦既明分享过自己的成年计划,什么"要喝各种各样的酒""要和朋友去只允许成年人进入的酒吧""要飞去日本买一本杂志或漫画"……

只要不是特别过分且确定安全可行的,秦既明都会提供经济支持和口头上的赞同。

林月盈已经成年了,她在法律层面上开始对自己负责,而生活上、行为上,她也具备了完善的、独立做决定的能力。

秦既明很放心地松开约束林月盈的手,并真心实意地为她的成年而感到高兴。

秦既明初次将"林月盈"和"异性"这个词相连接，因一次偶然——极其偶然的小概率事件。

　　在这个小概率事件出现之前，他和林月盈的生活本应是一组高度拟合的数据，一眼能望得到起端。

　　六岁的林月盈被朋友骂了一句野孩子，委屈到一个人蹲在国槐树下扯面包去喂蚂蚁。那时候秦既明还不知道林月盈有糖尿病的易感基因，知道她爱吃甜食，也纵容着她，面包也选甜的，是加了蜂蜜和黄油一块儿烘焙出来的，掰开来，里面是满满的、绵软的蜜豆和甜糯米馅儿。

　　秦既明弯下腰，看清楚林月盈那被蜜豆和甜糯米馅儿弄脏的手指，同时听到她小声地询问。

　　"我不是你的亲妹妹，以后你就不会对我好了吗？"

　　秦既明不擅长做蹲下这个姿势，他刚刚跟着秦爷爷参加了一个稍微正式的场合，衬衫领子已经松开了，但合身的西装裤仍旧约束着他的身体。秦既明只能微微屈膝，做出一个单膝半蹲的姿态，拆开湿巾，垂着头擦拭着林月盈沾着蜜豆汁的手指。

　　他不觉得那些东西污秽，素日里他最厌恶用手指碰食物这种行为，放在林月盈身上，只是她单纯的好奇心驱使做的一件小事而已。

　　秦既明擦得缓慢，也很干净，不放过指甲缝隙里可能存在的任何东西。太阳晒得他的脖颈都出了一层细密的汗水，烈日如惩戒人的酷刑，缓慢而渺小的蚂蚁努力地搬运着造物者忽然的"恩赐"，不知这甜美的食物和被碾碎的命运只在人类的一念之间。

　　湿巾擦到手掌心的时候，秦既明看到林月盈因为哭泣而红肿了一圈的眼睛。

　　"是这样的吗？"林月盈无措地仰脸，小心翼翼地问，"那你和爷爷会不爱我吗？"

　　她年龄太小了，又缺乏安全感，分不清那些话的真实性，难过的时候还是会向他求证。

秦既明微笑道:"你会因为梁阿姨和你没有血缘关系而不爱她吗?"

梁阿姨是爷爷请来照顾林月盈的专业育儿师,每周有四天会来陪伴林月盈。

林月盈摇头。

"记得我们一起养的兰花吗?"秦既明放低声音,"你会因为它和你没有血缘关系而不爱它吗?"

林月盈还是摇头,她才六岁,分不清楚,问:"那我和梁阿姨,还有兰花是一样的吗?"

"当然不一样。"秦既明说,"你是林月盈,我永远都爱你——看这脸哭的,眼睛都快睁不开了,过来擦擦脸,抱抱。"

林月盈听话,仰着脸让秦既明帮她擦干净。泪水和汗水交织,浮着一层尘土,秦既明不在意,仔细擦干后,又让她搂住自己的脖颈,轻轻地拍她单薄的背,柔声问:"今天是谁惹我们月盈不开心?"

惹林月盈不开心、骂她是野孩子的人,叫孟家忠,他就住在大院里,显著特征就是皮、拧、横。

这次骂林月盈,也是因为林月盈和他们一块儿玩跳房子游戏,林月盈赢了,他不认,反悔。小孩子之间吵起来,没有明确的善恶意识,什么话都往外说。

秦既明抱着林月盈去了孟家忠家里,见到他的父母,客气地笑,礼貌地请他们以后不要再在孩子面前讲什么亲生不亲生的话,月盈年龄小,不该听这些东西。他全程都彬彬有礼,包括孟家忠被他爹揍的时候,秦既明也含着笑,没有丝毫阻拦。

成年后的秦既明,在面对林月盈时有着许多尴尬的瞬间。

那日秦既明在健身房中训练量远超平日,过度消耗了体力,夜间看《新闻联播》时不慎在沙发上睡着,醒来时,林月盈就坐在他面前,歪着脑袋看他。

她刚洗过澡,耳侧头发还没吹干,湿漉漉的水顺着她的耳垂往下流,一滴在她下颌处蜿蜒,另一滴点在秦既明的灰色家居裤上。

秦既明立刻起身坐正,他不言语,两秒后露出自若的笑容,扯住她肩膀上快滑落的大毛巾,将她的头罩住。秦既明不听她的抗议,若无其事地问她,怎么凑这么近。

"因为我发现你下巴上有胡茬啦。"林月盈低着头,任由秦既明给她擦头发,"我是想提醒你啦秦既明,你不是说明天要去开会吗?你总是教育我要认真仔细,怎么能在仪表上犯错误……"

秦既明微笑着说"好",不动声色地调整坐姿。从那之后,秦既明默不作声地换掉所有的浅色家居裤。

林月盈只是好奇地问了一句,他之前那些浅色的睡裤,怎么都不穿了呢?

秦既明低头,给林月盈脚上被磨出的红痕仔细地涂上一层清凉消肿的药膏,淡淡地说因为那些都被穿破了。

直到这个时刻,秦既明尚未意识到问题的严重性。

他的第一次危机意识,来源于发觉林月盈去看英国的秀。

确认这个事实后,秦既明震惊地坐了许久,他在这个时刻意识到林月盈是真的长大了。

宋一量提出,宋观识喜欢林月盈,想要同林月盈见面,一起吃饭。

秦既明和宋一量是多年的好友了,他答应了宋观识的请求,也让宋一量承诺,只是见见面,如果月盈不喜欢,宋观识不能纠缠。喜欢月盈的男生多如牛毛,在秦既明眼皮子底下,还真没几个敢做坏事的。

宋一量笑眯眯地问:"如果林妹妹喜欢观识呢?"

秦既明说:"悬。"

"怎么就悬?"宋一量问,"恰好林妹妹喜欢观识这款呢?那我们岂不是亲上加亲了?"

秦既明说:"这种事情,我不做假设,只看结果。"

他并不认为林月盈会喜欢宋观识。

受文化环境的影响,宋观识和林月盈应当不会具备太多的共同话题。

后续发展也如秦既明所料,月盈对宋观识没有任何兴趣。但尚未等秦既明松一口气,他又得到出差的消息。

秦既明本身不愿错过林月盈的成长,她小时候,家长会都是秦既明去开,只是工作后,时间不再如之前那样随心所欲。秦既明从爷爷那边继承了足够他和月盈挥霍的遗产,但这不意味着他就真的可以什么都不做,坐吃山空。秦既明对机械和科技有着浓厚的兴趣,他又不是一味只埋头钻研不顾人情世故的性格,顺利地坐到如今的位置之前,也付出了不少心血和精力。

林月盈为此和他闹了小小的脾气。

秦既明不得不向她道歉,并决定乘坐晚些的飞机,只为履行承诺。

宋一量评价秦既明:"你这行为,堪比热恋期。"

秦既明说:"胡说。"

胡说八道。

他感到不悦,是这种说法,严重地冒犯了林月盈。

怎么能用这样的关系来形容他们?怎能如此类比他和自己呵护得如珠如宝的林月盈?宋一量没有这样的经历,不懂得他的心。

表面上看来,一直都是秦既明尽自己所能照顾林月盈,实际上,秦既明也不能讲自己就是这个家的主心骨。

他无法下结论。

林月盈年龄虽然小,却是上天赐予秦既明和秦爷爷的宝贝。秦爷爷的身体一直不算好,说白了就是情绪差,秦既明又不是活泼的性格,两个男性在家中天天相对,的确没什么乐趣。

林月盈不同。

熟悉之后，她活泼好动、心思单纯、热情开朗，每一点拎出来都是秦爷爷所需要的。她给这个暮气沉沉的家庭带来无限的活力，也令秦爷爷打起精神，答应遵守医嘱吃药。老人也心疼林月盈，还没长成的孩子，秦爷爷知道，只要他多活一天，就能多护着这孩子一天。

　　秦爷爷私下也同秦既明说，如果不是林月盈，他大约会少活五年。

　　秦既明也确认自己需要林月盈。

　　秦爷爷过世的那段时间，他内心悲恸，却不能在众人面前失态痛哭。秦既明血缘意识并不重，唯一和他关系密切的血亲也只有秦爷爷。爷孙俩相处二十余载，如今爷爷驾鹤西去，秦既明难言悲痛。

　　也是那时，丧事结束，众人散去，房间中只有他们二人，林月盈还在哭泣，秦既明走过去安慰她，却被她抓住手。

　　林月盈扑到秦既明怀中，搂住他的脖颈，哽咽道："秦既明，你想哭就哭吧。"

　　她是第一个看出秦既明伤心难过的人，也是第一个要秦既明不要节哀、要流泪的人。

　　秦既明最后也没有哭出声音，只是拍着林月盈的背，落了几滴泪。

　　人都需要陪伴。

　　秦既明生活里唯一的慰藉就是林月盈。他悉心地栽培她，何尝不是在发泄自己多余的精力。两人同住后的第一周，秦既明发起高烧，朦胧中也是林月盈去拿药倒水，趴在他的床边，小声问秦既明想不想吃水果，她去洗干净切好了端来。

　　秦既明没有设想过林月盈爱上他人这个可能性。

　　他明白林月盈迟早有一天会和其他人成家，会与她爱的另外一个男人携手走入婚姻。

　　可惜秦既明并没有为这一日的分离做准备，他仍旧遵循着"这个家只有他们二人"的原则。他不需要女友，林月盈现在应该也不需要男友。

一如既往,秦既明为犯懒的她梳头发,甚至快要触到她的脖颈,又在林月盈的哈欠声中冷静。

再这样放纵下去,秦既明能察觉到未来事情的走向,他要对她的未来负责。

避嫌,是秦既明选择保护林月盈的最好方式——不动声色地隔开距离,让不合时宜的杂念冷却。

但这种事情明显被林月盈误解。

秦既明能感受到她的委屈,不得已妥协,默许她的继续靠近。

林月盈却用锐利的语言无意识地伤害秦既明的心。

"秦既明,我有心上人啦。"

她舔了舔唇尖,热络的呼吸落在秦既明的耳侧,像一把划破耳膜的刀。

她知不知道自己在说什么?

她清不清楚自己在做什么?

听到这个消息后,秦既明仍旧维持着微笑,问她,是谁?

林月盈不肯说,看起来并不像说谎,却又跳着问秦既明,你会不会难过呀?

秦既明不会难过,他只想让那个未知的小崽子难过。

林月盈平时有什么心事,会第一时间和秦既明分享。秦既明确定林月盈最近没有提到什么特殊的男性,这不符合林月盈的性格,要真是自然而然地喜欢,那么秦既明早就能从她的倾诉中捕捉到蛛丝马迹。

而不是现在,她忽然对自己讲,她有心上人了。

她一定是被对方蒙蔽了。

林月盈却又转了话题,期期艾艾地问他,可不可以让男友入赘?

荒谬。

入什么赘?

495

这个并不愉快的话题草草结束。

秦既明不动声色地问了一些林月盈的好朋友,并没有套到什么有用的信息。

倒是宋一量,不仅没有给出任何有用的信息,反倒一直挑着秦既明不爱听的话讲。

什么"女大不中留",什么"你为什么这么紧张",以及"你很反常"。

"秦既明。"宋一量微微倾身,脸上挂着一抹笑说,"你知道你现在的表情像什么吗?"

这是公司会谈结束后的闲聊,都是熟悉的人,不必过于正式,秦既明脱了外套,搭在椅背上。

秦既明摘领带,问:"像什么?"

宋一量说:"看起来就像失恋了。"

秦既明一顿,继而自若地解开纽扣。

他说:"说什么鬼话?"

"哈哈。"宋一量笑出声音,语气意味深长,"还是那种你刚动心的女孩有了心上人的失恋。

"我不一定在说鬼话,但你心里一定有鬼。"

秦既明能明显感受到林月盈对他的"不对劲"。

秦既明将其归结于林月盈的好奇心。世界上还能有人比他更了解林月盈吗?

她小时候看武侠剧里大侠吃牛肉喝烈酒,也缠着秦既明,问可不可以给她割两斤牛肉来两坛子酒?

——两斤牛肉?你那点胃能装得下?

再大一点,盗墓相关的书籍火热,林月盈熬夜看书看到眼圈发黑,第二天又害怕,天还没黑,就小声问秦既明,她可不可以申请买一个黑驴蹄子挂在家里辟邪?

——黑驴蹄子不好买，驴肉火烧吃不吃？

　　曾经，林月盈和他一起去百老汇看《美女与野兽》，看完后林月盈期期艾艾地问秦既明能不能接受她爱上一头野兽？

　　——你看我像不像野兽？

　　……

　　……

　　求知欲旺盛并不是坏事，秦既明也能理解，但是理解是一回事，能不能接受林月盈对自己的求知欲，又是另一回事。

　　秦既明沉静地观察着林月盈的变化，以一种剥离情感的理智。

　　十一假期，他休假和林月盈一同去云南游玩。秦既明平时工作忙，很少有时间陪她外出游玩，这次长假，两人都格外珍惜。

　　林月盈亲手为他挑选花衬衫，在夜市上她雀跃又大声地说这个可以当情侣装。

　　为了安全着想，他们俩的房间离得很近，近到阳台之间只隔了两个栏杆。夜间坐在阳台上喝茶，秦既明提醒林月盈，不要穿着吊带裙在阳台上晃来晃去，风大，冷。

　　林月盈会在坐车时靠他更近，会在困倦时将头枕在他的肩膀上，遇到被雨水打湿的地方，提着裙子要他背她过去。那段不足两分钟的路程，秦既明背着林月盈，她的激动呼吸，不自觉变调的声音，都出卖了她。

　　秦既明已经能感受到岁月在自己和林月盈之间留下的痕迹。尽管不想承认，他的确也开始和她有代沟，也不会像她那样对万物保持着旺盛的好奇心。

　　他无法理解林月盈忽然起的心思，但又不能真正地"一口否决"，伤害林月盈的心。

　　青春期的女孩子都有着强烈的自尊心，都是好面子的。

　　当林月盈提出晚上一起睡的时候，他也答应了。

秦既明知道她想说什么。

聪明的林月盈也知道他的意思。

他以冷静的口吻劝说林月盈,却还是在关掉灯,听见她的抽泣声时闭上眼睛。

秦既明说不清楚,当自己说出"我不记得今晚的事情"那句话时,究竟是给林月盈找台阶,还是给自己留后路。当林月盈今夜发出邀约之时,他的第一反应,竟是担心林月盈从此之后和他生分。

忧心她和自己毫无距离,又忧心她和自己保持距离。

秦既明没有办法安睡,他并不担心林月盈会做出其他出格的事情,他担心的是自己的梦。

幸而那些梦今日不曾光顾。

秦自忠说的"搬出去"这种话,纯属放屁。

秦既明只当他是年纪大了老糊涂,当他看不清局面。隐约中,秦既明也知道父亲的顾虑,对方担心他走错路。

秦既明想,自己绝不会碰林月盈。

她是自己养大的宝贝。

秦既明没想到,最后竟然是林月盈自己提出搬走。

雪地里她的告白、她的泪水、她的哽咽,他不想回忆。

他们间的关系愈发倾斜,摇摇欲坠,他再如何平静,也不可能真的抚平这段时间发生的一切,不可能让青春萌动的林月盈重新回到一无所知的境地,更不可能让自己在面对林月盈的时候继续冷静。

秦既明挽留了她很多次,一直以林月盈的自立而骄傲的他,第一次希望林月盈能在这时多多依靠他一些。

不可能,她还是走了。

走之前的最后一个元旦晚会,林月盈和同学排练了一个有趣的语言类节目。秦既明那日没有时间,林月盈也表示谅解。但其实,他还是去了。

他推掉了酒场上的应酬，加班结束便开车去了林月盈的学校。

秦既明打电话给认识的老师，要了一张门票。

那张票的位置不算最好，但也不错，在前排的侧面，周围是一些年轻的老师。秦既明独自坐着，用相机录下视频，从林月盈刚开始登场就录，一直录到节目结束——她牵着同学的手向台下鞠躬。

中间隔着沉默的黑和座椅。

舞台上的林月盈光芒万丈，哪怕化了滑稽的妆，笑容仍旧闪闪发亮。

秦既明的心思合该藏在阴暗的角落，理应埋于喧闹的人群。然后他放下相机，悄然离开。

外面是呼啸的雨和风，夹杂着微微的小雪。这不是春风沉醉的夜晚，而是漫长寂寥的冬夜。路上有块瓷砖松动，落了薄雪，秦既明脚下一滑，刚站稳，就收到林月盈发来的消息。

是同学给她录制的视频。

秦既明站在车旁，苍白的雪落在他的黑色羊绒大衣上，他专注地看了两遍林月盈发来的视频，才回复她。

"很可爱。"

可以让所有人都喜爱的那种爱。

秦既明不能适应林月盈离开后的生活。

过年的时候何涵语言里的敲打，秦既明不是不明白。

他与林月盈的确是清白的，两个人都没有跨越那个底线。

年轻的好处就在这里，林月盈的心思变化快，比时尚杂志的潮流还要快。这个月追逐这个，下个月又爱上别的东西。

秦既明的心思没有这样迅速。

何涵隐约透露出些东西，秦既明了然，循着流言顺藤摸瓜拎出了孟家忠。

秦既明已经很少动手打人了，良好的教养让他收敛了许多，但也不意味着真的能放纵这些人继续造谣生事。

499

他戴上林月盈送的手套，就当握着林月盈的手一同教育伤害她的家伙。

口口相传的流言，很难得到公正公平的审判。

秦既明不想让这种东西弄脏林月盈的耳朵，所以没有讲给她听。

再者，林月盈似乎也的的确确转移了注意力，不再将视线放在秦既明的身上。

她开始用着不符合审美的旧钢笔，下班后和同龄的男同学一块儿吃面，吃调味料浓重的炸串，还对他撒谎，骗他说自己已经打车回家了。

秦既明看不出那个男同学有什么值得林月盈喜爱的地方。

李雁青长得倒算是清秀，但是身材单薄瘦弱，优点大约只在于工作能力和年轻。

秦既明在家中为林月盈精心炖滋补的汤饮，打算庆祝她的第一次实习顺利结束，她却选了和同事去吃饭，去喝冰冷、伤胃的啤酒。

果然，胃又痛了。

宋一量开车，秦既明抱着林月盈，她还是和以前一样，能吃苦但受不了胃痛，眼泪都快流下来了，呜咽着用脸去贴他的手掌心。

秦既明已经尽力地控制自己的情绪，他也饮了酒——那本来是为林月盈庆祝而准备的酒。

秦既明也恼她，恼她心思如此多变，恼她转眼间又和男同学亲密无间，恼她欺骗自己，把自己身体作成现在这个样子。

如果他不干涉，接下来还会发生什么样的事情？她知道自己有多珍贵吗？别人能像秦既明一样温柔？能像他一样珍惜她、爱护她、心疼她？

秦既明抚摸着她的脸颊，林月盈因为胃痛在他的身边小声抽泣。手掌的薄茧轻轻刮过她的脸，秦既明抚摸着她的头发，他疼惜她，又因她的谎言而微怒。

她蹭在秦既明手掌上的眼泪，她的体温，她的呼吸，还有她，都是秦既明的宝贝。

秦既明，一个极度洁癖的人，并不认为现在是种折磨。视其他人都是脏东西的秦既明，看林月盈就像看自己的心头肉。

那个瞬间，秦既明意识到。

有什么东西，在他洞察的这刻起，彻底改变了。

秦既明心中藏着一只兽，他在不知不觉中泥足深陷。

那只兽快要苏醒了。

林月盈在医院里挂水的时候，宋一量要走，秦既明站起来送朋友。

私立医院的住院部走廊十分安静，入目是满眼的白，地板上映着冷冷的灯光。

秦既明的手上还留有林月盈的体温，他正低头挽着袖子，听旁边的宋一量叹了一声，叫他的名字。

"秦既明。"

秦既明波澜不惊："做什么？"

"没什么。"宋一量站定，示意他回去，"送到这里就好，去陪林妹妹吧。"

秦既明不和他客气，正准备应声好，又听宋一量问。

"你啊。"宋一量说，"当初观识想认识林妹妹，你心里到底是什么滋味？"

宋一量看着秦既明，想从好友的神色中求证。

秦既明的手垂着，皎白的地面一片阴影黯黯，是他永远无法涉足的地盘。

他说："月盈还小。"

她今年还不到二十岁，人生还没有完全定型，和秦既明这个如今已经基本走在轨道上的人相比，她的人生还有更多、更大的可能。

秦既明不能否认，他已经感受到了自己的感情。

他能无条件接纳林月盈的一切，林月盈是他所有的反常。

回病房的路上，月光凉，窗边风冷，孤寂无人看。

秦既明想起不经意间看到林月盈抄写过的一首诗。

"*I offer you the bitterness of a man who has looked long and long at the lonely moon.*"

（我给你一个长久望月之人的悲哀。）

秦既明推开病房的门，林月盈的脸颊红润，呼吸轻微，头发浓密，就算是胃痛，她也只是暂时被云彩遮住的朝阳。

她听不懂秦既明在车上的暗示，听不懂他的警告，她很依赖秦既明。

林月盈很年轻，她还有更广阔的天地。

秦既明呢？

"*Lean streets, desperate sunsets, the moon of the jagged suburbs.*"

（瘦斜的街道，绝望的落日，荒郊的月亮。）

林月盈是初升的朝阳。

他是已经定型的烈日。

当然，以上顾虑，如今他都没有去思考的必要。

因为林月盈不爱他了。

他变成了她曾经爱过。

秦既明无法完全洞察林月盈的心，他只知内心的野兽随着时间的推移而逐渐失控。

她自小就没有边界感，而这些无边界的行为又反复折磨着秦既明的心。

秦既明确认自己爱林月盈。爱她,他才会反复纵容她,才会在明知该保持距离时却又默许她一次次过界。

但他是秦既明。

秦既明清醒地给自己列出种种不能爱她的理由,唯独找不到让他不爱的证据。

单纯的林月盈对此一无所知。

可笑吗?在林月盈兴趣减淡的时候,秦既明意识到自己爱上了她。他要清醒地被这份爱折磨成疯子。

秦既明说得没有错,他那多变、活泼、好奇心旺盛的林月盈,如今已经轻快地将视线移向那个清贫的少年——李雁青。

作为一路看着林月盈长大成人的秦既明,发现林月盈的异常并非困难之事。她一直在使用的老旧钢笔,为了维护少年敏感的自尊心而选择购买两件一模一样的外衣,和对方一块吃饭、为此向秦既明撒谎,以及……在放学后的夜晚,和李雁青并肩走路,悠闲自在地聊天。

就连开车的江咏珊,也笑眯眯地问秦既明:"月盈谈恋爱了呀?"

秦既明说:"不可能。"

"哪里不可能?是不是你管得太紧?"江咏珊说,"你看,多好的一对……"

秦既明不想听。

他今天没有随身携带手套,也不能在林月盈面前教育这不知天高地厚、却侥幸得到她另眼相看的小子。秦继明对他很有印象,李雁青,大雁的雁,就连送林月盈的钢笔上,也刻着大雁向月。

林月盈不喜欢用糟糕的心思揣度别人,但秦既明会。

他对每一个过度接触林月盈的男性都保持着一定的攻击力和敏感度。

秦既明猜测,自己和江咏珊夜晚坐一辆车的行为或许会令林月盈多想,他解释后发觉林月盈并没有给他应有的反应,她看起来满不在乎。

更不要说,她主动向秦既明坦诚,为什么会在放学后和李雁青单独相处。

林月盈不在意他的看法。

她不再爱秦既明,开始有了属于她的小秘密。年轻的女孩心思活泛,已经厌倦了追爱的戏码,开开心心地爱上其他的感情模式。她只知道撩拨,却不去想需要付出的代价。

作为看着她长大的人,他应当为她的"迷途知返"而开心;作为男性,秦既明不想宽恕她的随意撩拨,撩完便走。

他在想什么,他自己心里最清楚。

但不能做什么,他更清楚。

林月盈的每一个字都在伤害他的心,而他只是冷静地看着她,隔着他必须保持的理智。

理智地看待林月盈此刻说出的"气话",同样也是理智地审视他内心的想法。秦既明清楚、明白地知悉,他必须约束自己。

他的这个心意每次坚定的时刻,不知死活的林月盈都会故意来撩拨他。

暧昧的话语,自以为成熟的举动,她天真又笨拙的撩拨。

"你想从我这里得到什么?"

林月盈,我说过,我不能爱你。

番外二

心跳过速

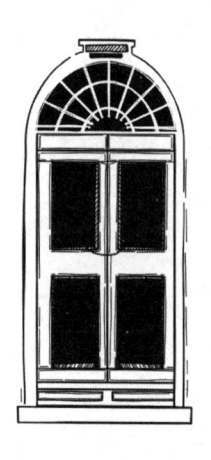

你要知道，我更爱你。

那场争吵出乎秦既明的意料，那个吻也是。

秦既明第一次吻上林月盈的唇，她的不顾一切令秦既明震撼，以至于秦既明在最后关头才能恢复理智推开她。

这不是一种普通的关系，流言会成为笼罩在她头顶不散的阴霾。

秦既明已经感受到他们开始渐行渐远，他们在缓慢地告别，林月盈对他海钓的海鲈鱼不感兴趣，何涵订的新品，林月盈也只是托前台转交给他。

就连林月盈的生日——

秦既明提前许久就开始准备送她的生日礼物。他本身不是喜好奢侈品的性格，手上佩戴的表是爷爷送的，年代久远；公文包是林月盈挑选的，一用多年；衣服都由熟悉的裁缝缝制……

他没有其他的配饰，也不懂女孩子喜欢的珠宝首饰。他去看了林月盈的衣帽间，拍摄了林月盈的首饰盒子，再去了很多珠宝品牌店，用照片询问店里的SA（高级经理）："这是她平时的喜好，请问你有推荐送给她的生日礼物吗？"

那套项链不是最贵重的，但寓意最美好。

她理应是公主，是女王。虽然戒指在婚嫁系列鼎鼎有名，但作为秦既明，也只能送给她一条能祝她展翅翱翔的冠冕羽毛项链。

秦既明花了近一周的闲暇时间为林月盈挑选礼物，又在她生日的这一天，带着祝福她的生日礼物，在门外站了两个小时。

长久的分别会令两个人变得生疏。秦既明不想看正在接受祝福的林月盈因自己的到来露出不悦的神色，也不想毁了她一年只有一次的生日。这是一个很好的日子，她理应在今日有着足够用来回忆的愉悦。

他只说："这是送你的礼物，是SA推荐的。"

林月盈知道这是婚礼珠宝，她有些吃惊，有些犹豫。

秦既明沉静地望着她。

他知道聪明的林月盈会留意到这点，但她不会说破，他们之间长久的默契让秦既明送了这个本应用在婚礼上的礼物，只是天真的林月盈还不知他的真实意图。

如果有可能，秦既明是想再给她一段时间，等他清理完发布流言的毒瘤，掌握媒体话语权，一切阻碍消失后。

秦既明会和林月盈坦白自己的心意，无论那时的她是否还爱他。

只可惜，他漏算了一点。

在秦既明打算为他们的前路斩断荆棘之时，他看到林月盈带李雁青回家过夜的录像。虽然是有理由的借住，但他意识到，他无数次地推开林月盈后，她已经开始彻底不属于他了。

秦既明在林月盈的房间中坐了一夜。

他花了四个小时的时间来清理属于侵略者的一切，并尝试寻找出那些能做实或者打消疑点的证物。

结果一无所获。

若是年轻十岁，秦既明大约会无法接受，直接打电话对峙。而现在的秦既明，多了耐心和理智，在事情完全确定之前，他必须仔细审视周围的一切。

秦既明缓缓冷静，调整思维，松了领带，转身看林月盈的卧室。

这是旧房子，之前有专业的人员清理。夜已经很深了，林月盈的床上干干净净。

找李雁青的履历并不困难，清晨破晓，秦既明在林月盈家的浴室洗了一个澡，请生活助理去他家中取一套新的衣服，并带来李雁青的所有简历。

之前李雁青入职时，公司已经对他做过背调，这一份档案也被送到秦既明手中。

李雁青的家庭并不富裕，甚至可以算得上贫困；父母是残疾人，在言语上有障碍。老师评价李雁青学习努力，勤奋上进。再看学校，从村镇小学到村镇初中，再到市一中，及如今的大学，证明李雁青智商不低且自制力强。

秦既明冷静地审视着这个贫困的少年一览无余的二十年的履历，几乎不需要秦既明出手，这天差地别的价值观和消费观念就能拆散他和林月盈。

倘若秦既明气量再大一些，甚至都不需要做什么，就能等到吃够了穷小子苦的林月盈转身回到自己温暖的怀抱。届时，已经扫清一切障碍的秦既明，只需要抱着林月盈低声安抚，不动声色地利用和她多年相处的优势，重新打开林月盈的心扉，再留下完全接纳的吻。

然而秦既明没有如此大的气量。

他的确爱她。

秦既明站在林月盈家的楼下等待，看着和林月盈谈笑风生的李雁青。

秦既明微笑着和他寒暄，不动声色地套话，冷静地分析李雁青每一句话的动机和潜在含义。

每一样都十分重要，关乎秦既明之后采取的措施和手段。

这个人在为他的月盈心动，但他们除了同学之外的确没有其他的关系。

真正摧毁秦既明理智的，还是林月盈和他的争执。秦既明和林月盈一起长大，他知道林月盈的弱点，她也知道秦既明的痛点。

秦既明如今最不能容忍的就是林月盈爱上他人。

我现在不能爱你。

秦既明没有对林月盈说谎。

我不是不爱你,也不是不能爱你。

月盈,我会爱你,我只是现在不能爱你。

可惜林月盈并未读懂这言外之意,她没有丝毫犹豫,甚至没有知会秦既明一声,就这样毅然决然地离开。

秦既明知晓真相的一刻,只能安慰自己,林月盈年纪还小,他得让着她。

林月盈不在这里,秦既明也刚好能放手做其他的事。

天空飘着蒙蒙的雨,阴沉沉的,气压沉闷,密不透风。

秦既明身着黑衬衫黑裤子,戴着一双黑手套,忽然登了何涵家的门。

他将湿淋淋的伞收起,放在门廊旁。不顾家中阿姨的阻拦,他径直上楼,推开书房的门。

秦既明坐在沙发上,看着何涵。

何涵不看他。

秦既明轻声说:"我今天来这里,原本是想和你分享我的喜悦。"

何涵问:"什么喜悦?"

秦既明说:"我发觉自己爱上月盈的喜悦。"

何涵差点给秦既明一巴掌。

"男未婚女未嫁,我们相爱顺理成章。"秦既明说,"爷爷过世后,最艰难的几个月,一直都是她陪伴着我。"

秦既明大步往外走,一步也没有回头。阿姨追出来,手里拿着雨伞,急切地叫他。

秦既明顿步,雨水浇了他一身,发梢落着水,他平和地说谢谢,又撑着伞送阿姨回到房中,踌躇几步,做出犹豫的模样,低声叮嘱阿姨,要她好好照顾着何涵的身体。

就像所有吵架后仍旧眷恋母亲的孝顺儿子,秦既明也是如此艰涩地开口。他知道善良又传统的阿姨会将这一切都转告给何涵。

秦既明在大雨中离开何涵的家,独自开车一路远行,去往爷爷长眠的陵园。

寒雨未停,道路旁满是弥散的土腥味。老人一生俭朴,过世时也嘱托,丧事不要大办。这里的墓园是爷爷一早就定下的,价格并不算昂贵,旁边是已经等了爷爷十几年的奶奶。

秦既明躬身,伸手抚摸着墓碑上刻印的字。那些字迹上镀有一层氤氲的雨水,蜿蜒向下,一路浸透,像流不干的眼泪。

被风吹雨打的碑是沉默的老人。

秦既明什么都不说,只是安静地表达自己的歉意——关于自己违约的歉意。

希望爷爷自此之后,原谅自己的所作所为,谅解他爱上林月盈的事实。

秦既明仍旧会照顾好林月盈,如珠如宝,捧在手心,含在唇间。

余生里,只要他还有一口气,就始终会照顾她,扶持她。

和何涵的谈判在第二日的黄昏。

一夜之后,何涵的言辞仍旧激烈。

何涵说不过秦既明,她气得头脑发昏,抖着一双手指着他咒骂。

"你完了。"何涵说,"秦既明,你的下半生都完了。我和你说,如果你坚持要和林月盈在一起,出了这个门,就别再喊我妈,我不是你妈,我不认得你。"

秦既明说:"如果这样能令你舒服一些,可以。"

何涵难以置信:"我要改遗嘱,让律师改。我死了之后,一分钱也不会留给你。"

秦既明起身,沉静地说:"我可以接受。"

是的,秦既明可以为此放弃属于自己的遗产。

何涵的阻止不无道理，可惜今日的秦既明已经确定自己离不开林月盈。他下定决心后，便再没有转圜的余地。

他不是优柔寡断、既要又要的男人。

赶往纽约的航班已经定下，秦既明罕见地向公司请了假。一边联系那边的朋友、寻找诱饵让林月盈跟他单独相处的同时，秦既明也和几位管理人员开了会议。

他这个总监的位置不会坐太久，再往上就是副总。秦既明给自己留了后路，公司近期打算在其他一线城市选址，建造大楼，开设新的分公司。一旦舆论影响到林月盈的正常生活，那么秦既明会选择退一步，主动提出外调任职，带着林月盈去陌生的城市，重新建构新的家庭。

这就是秦既明的退路。

纽约，秦既明成功用诱饵将林月盈引出。

何涵阐述的事实无误。

秦既明看着林月盈长大，知道她最爱什么，也知道说什么最能令她感兴趣。

他们从小到大一起收集的杂志，一起组装的模块，一起购买过的智能小机器人。

所以秦既明明知道钱老师的研究方向并不是功能性的机器人，却仍含笑发出邀约。那些描述性的语言和恰好的时间，都是给自己最亲爱的林月盈的甜蜜诱饵。

她也如秦既明所愿咬钩。

秦既明不会生硬地往上拽，他继续放钩，下诱饵。

从朋友那边得到的提前观看的资格，措辞用的是"我和我的伴侣"，让朋友理所当然地为他们推荐了适合情侣居住的酒店。然后他再付重金给酒店，包下其他所有的空房间……

秦既明用了自己最擅长的手段，给自己和林月盈创造出一个无人打扰的空间。

他已经太久没有见到她了。

唯一出乎秦既明意料的是，林月盈还是如此的真诚、热忱。在秦既明委婉表达心意之后，迎接他的是林月盈直接的、热烈的拥抱。

他的卑劣，在林月盈一览无余的坦荡热烈下显得愈发阴暗。

秦既明如何不爱她？

她如此直白地讲述着她的感想，丝毫没有责备秦既明，不问他先前为什么会拒绝，也不问他怎么忽然想通了，也不因他前后的反差趁机向他发脾气……

什么都没有，她只是承认自己爱他，热烈地爱他。

秦既明至今不能确定，林月盈对他的爱是否能坚持得足够长久。

他甚至不能确切地认定，林月盈是否能扛得住来自何涵的施压——而这只是他们坦荡接受彼此的爱意后所要面对的第一个难关。

秦既明耐心地告诉林月盈，只要你坚持我就是你的，那么何涵就是最后一道关卡。

只要林月盈能坚持，秦既明便会下定决心，彻底替她荡平障碍；倘若林月盈不坚持，秦既明也不会按照他所说的"我尊重你的意见"去做。

他的爱已然压抑不住。

秦既明相信身为成年人的林月盈能处理好这些，能完美地解决一切问题。他愿意对林月盈寄予厚望，假装不知何涵联系她这件事，不提、不说、不问，安静地看林月盈怎样做。

他愿意毫无保留地信任林月盈，继续做耐心等待她归家的秦既明。然后他等到了林月盈跟随何涵回国，和适龄男性"相亲"的通知。

秦既明让宋氏兄弟先回家，他有一些私事需要解决，比如，让贪玩的林月盈回家。

秦既明想，自己的确已经给予了林月盈最大程度的放纵。

如果这是林月盈的选择，秦既明也不会怨她。他不是会在情绪上过多指责伴侣的人，与语言相比较，秦既明更喜爱采取行动去解决问题。

他打电话给认识的医生朋友，语气温和地询问，能否为林月盈写一张病假条？林月盈头痛，不舒服，明天不想去学校，而向老师请假最好是有证明，需要拍照。

装病的学生不少，对方了然，写了病假条拍照片，发到了秦既明的微信上。

秦既明回复完道谢，放下手机，对着穿衣镜仔细系好衬衫纽扣，重新戴好领带。

他在沉静的夜中按下电梯，刚到地下停车场，阴冷的风席卷而来。秦既明面无表情，打开手机，看到宋一量发来的照片。

史恩琮，秦既明几乎要忘掉这个名字了。

大院里一起长大的孩子多，史恩琮和他的哥哥史恩祎是最不出挑的。秦既明对史恩祎的印象还稍微多一些，只记得他一张嘴说不出什么好听的话，能惹得林月盈生好久的气。

史恩琮跟随父母离开得早，秦既明和他没什么交情。

手指滑了几下，只看清史恩琮长得还算干净，别的再没什么想法，秦既明平静地放回手机，捏了捏鼻梁往前走。

秦既明从宋观识那边得到了史恩祎的电话，打过去，尚算礼貌地要求对方和史恩琮沟通，让史恩琮离开。

史恩祎正和朋友打牌，背景音乱糟糟的一团。他喝了酒，声音听起来鼻音很重，说话也口无遮拦的：“我听说过你和林月盈的事，秦既明啊，你也别那么自私，啊？看你妈这架势，你和林月盈又成不了，就让给我弟弟呗，多大点儿事？”

秦既明说：“你不愿意？”

史恩祎笑:"关键是,这也不是我愿不愿意的事啊,我弟弟也知道这事。你放心,他不嫌弃林月盈。"

秦既明说:"注意你的用词。"

史恩祎笑:"反正你懂我的意思。对不住啊,我也觉得月盈是个好女孩,我弟也不差,俩人郎才女貌的,多般配啊。"

史恩祎不同意,秦既明也没勉强,他不想将事态恶化。

直到进入书房的那刻,秦既明都保持着得体温和的微笑。对付母亲一个人,他还能维持风度。

林月盈默不作声,一改常态,微微低着头,特别乖巧。秦既明知道自己此刻在做什么,他已经违背了自己的戒律,就无所谓再多打破几条。他现在都要和林月盈谈恋爱了,还有什么事情是不敢做的?

她很好,本性就好,成长得也好。她现在不敢看秦既明也不是因为不悦,而是因为愧疚。她的这点愧疚令秦既明的罪恶感更浓重,可惜他并不打算改。

他只知道,自己爱林月盈。

无论开始如何,过程如何,他只知道自己爱她,这就够了。

秦既明本不想顶着被人打伤的脸见李雁青。

可惜对方的挑衅让他无法忽视。

拿错笔记本?多幼稚的把戏,也的确只有这些除了年龄之外毫无优势的男大学生会用。

李雁青口上说着抱歉,表情却没有任何歉意,递笔记本过来时也毫无诚意,一定要林月盈下车去拿,他看秦既明的目光毫不遮掩。

秦既明选择用最简单的方式来提醒李雁青,林月盈对你没有半分特殊,也请你收起那些不切实际的爱慕。

这是最温和的方式了。

上一个觊觎林月盈的人是史恩琮,现在还在医院补牙。

秦既明没有对李雁青下狠手的想法，实在是没这个必要。

剩下的时间，林月盈专心致志地忙她的期末考，而秦既明则是专心致志地规划他和林月盈的未来。

还有渐渐痊愈的秦自忠，他即将退休，身体也一天天地差下去。

秦自忠还是要养好身体，秦既明和林月盈的婚礼还需要他参加。

除此之外，就是何涵，不过秦既明在这上面不需要再耗费多少心神。

这样看来，他们将要认真走的这条路也没有多少阻碍了。

林月盈努力上进，想要考个好成绩、拿到奖学金，那么作为秦既明就要为林月盈创造出一个安静学习的环境。

包括拦下林月盈的父亲——林山雄。

已经悄悄散开的流言，也终于令这个没有怎么尽父亲职责的人惴惴不安。林山雄在纠结多日后才上门，不过他没有见到林月盈，等待他的只有客客气气的秦既明。

秦既明微笑着请林山雄喝茶，亲自给他泡了今年的新茶。

在等待茶叶在小茶壶中泡开的过程中，秦既明打电话给生活助理，让他去取订好的点心回来，好配新茶喝。

秦既明不忘告诉林山雄，林月盈去学校考试了，她这几日要给同学临时补重点答疑，每天傍晚才能回家。

林山雄坐立不安，捧着那茶杯，既没放下来，也不往口中送，就这么握着它，好像能熨帖内心的慌张。

俩人聊了许久，林山雄才终于切到近日的正题，小心翼翼地问秦既明有没有听到些流言？

不等秦既明开口，林山雄又低声说，要是那些话是真的，就是有点不像话。他越说越激动，就像开了一道闸门，洪水都争先恐后地从这道门中泻出。

也是秦既明的态度谦和温良，才让林山雄的腰板越来越直，甚至觉得能在他的面前摆一摆气势。

林山雄直言不讳，说想接林月盈回家去住。

秦既明耐心听他说完，没有打断，也表示理解。

恰好，生活助理将点心送来了。

秦既明向他道谢，告诉他从现在开始可以休息，给他三天假期，让他好好放松。

重新回到客厅时，林山雄还是那样端正地坐着，一动不动，手里捧着的那杯茶都凉透了。

秦既明将下面最精美的小木盒递给了林山雄。

"看来这茶的确没什么味道。"秦既明笑，"您吃些东西，也提提神。"

林山雄放下茶杯，没想太多就打开盒子，低头一看差点把东西丢出去。

他愣了半晌，还是认不出那是什么东西，也不敢拿盒子里的粗玻璃试管，只皱眉问："……这是什么？"

"是脐带的标本。"秦既明微笑，"是风满的私生子——您亲孙子的脐带，您还不知道吧？您已经当爷爷了。

"您说得没错，林风满将来再找女朋友，的确有些困难。"

何止是有些困难。

秦既明略微抬着下巴，平视林山雄。

无论如何，在血缘关系上，林山雄是林月盈的亲生父亲。这是无法更改、同时也令人遗憾的先天存在。

林月盈不是受父母的期待降生到这个世界的孩子，但她是秦爷爷和秦既明都视若珍宝的人。

对于这个虽然未尽父亲的职责、却也带林月盈到这世界上的男人，秦既明还是有几分不算真诚的感谢。

上次偶遇林风满后，秦既明旁敲侧击，从林月盈口中得知最近林风满没有再打扰她。秦既明稍稍留意了林风满反常的举动，顺藤摸瓜，便拿到了现在的东西。

本是想警告林山雄别再打扰林月盈,现在刚好派上用场。

秦既明将林山雄面前那杯已经凉透了的茶倒掉,重新给他倒了一杯热的。

在林山雄近乎崩溃地将手上的脐带标本丢在桌上后,秦既明自然地打开点心盒子的上层,露出那些和脐带标本一同送来的、刚烤好不久的点心。

林山雄脸色煞白,手欲出又止,僵硬地定在空中。精致的小甜点散发着迷人的甜香,秦既明抬手亲自将里面干净的小骨瓷碟端出,放在林山雄的面前。

"风满年龄还小,做事不懂得轻重,但现在孩子也有了,那就好好养着。"秦既明说,"您是见过大风大浪的人,我相信您会妥当地处理好这件事。"

林山雄吃不下,甜蜜的味道令他作呕。

他起身道:"我有事先回家……"

等林月盈回到家后,秦既明已经将客厅打扫得干干净净。阳台的窗大开,微风轻轻渡来空气中浓绿叶子的清香。

月盈不会发觉这一切,她不需要知道这些东西。

秦既明无意将她当作温室里的花朵,只是有些肮脏的东西的确不适合被她听到或者看到。这些对她的生活和成长毫无助益的事情,除了令她难过或惊讶外,不能给予她丝毫的好处。

秦既明已经联系到月盈的母亲——这个当年一走了之、再无音讯的女人,在收到秦既明电子邮件的次日,就按照秦既明留下的联络方式找到他,和他打了一个跨洋电话。

她早已结婚生子,对于早已抛下的东西,她也不会付出过多的感情。听秦既明做完自我介绍后,她就直截了当地问秦既明有什么目的。

秦既明平静地说，我想娶您的女儿，林月盈。

对方说好，但这件事请联络林月盈，我已经不是她的母亲，也没有照顾她成长，我没有资格对这件事做定论。

她以一种陌生人的角度疏离地看待这件事，算是彻底地"斩断前缘"。

不过在通话结束后，她又给秦既明发电子邮件，问他是否能发一张林月盈现在的照片给她。

秦既明只给了她林月盈所在学校的官网，上面有学校官方公开发布的新闻照片，其中就有林月盈的高清照片。

这些事情，秦既明也选择了保密。

过了几日，林山雄又悻悻地上门，脸色很不好地向秦既明讨要那份脐带标本。

秦既明给了他。

看着林山雄如释重负地将这东西放入随身携带的黑色公文包中，秦既明看着他问："当初为了脐带血选择生月盈的时候，您心里在想什么？"

林山雄的手在黑色公文包中，迟迟没有拿出。

秦既明平静地说："不过已经不重要了，重要的是从今往后，您要记得，你们当初给月盈的那点恩情，现在我替她还清了。

"管好您的嘴。

"都记住了吗？"

秦既明没有在这些事上浪费宝贵的时间，他和林月盈的恋情目前的确还属于保密阶段。亲近的人，不隐瞒，也瞒不住。在外人面前，秦既明不解释，也不会和林月盈举止过于亲密。

她还在读大学，不像他可以选择调往其他城市。学业为重，在此之前秦既明希望林月盈能开开心心地完成她的学习生涯。

若是她继续深造,秦既明也能等下去。

但秦既明的等待过程中,绝不允许还有李雁青的存在。

林月盈为了李雁青和他争执,她愤怒地问秦既明,为什么要如此羞辱李雁青。

秦既明的确羞辱了李雁青,但未必有林月盈想象中的那么重。

他的年龄在这里,怎么可能轻浮地当面讲李雁青的不是。但秦既明在林月盈面前毫不遮掩自己的私心,他的所作所为都是理所应当的。

这难道是什么不可理喻的事情?难道作为林月盈的爱人,他要对情敌始终和颜悦色?

秦既明还没有那么宽宏大量。

他的大度,在与林月盈表明自己心迹后,还愿意给李雁青既定的成长机会——还愿意为他写推荐信,还愿意提供给李雁青内推机会,愿意帮这个清贫但有能力的男大学生一把。

他也仅限于此。

秦既明可不会大度到明知他在挑衅自己,还会不计前嫌地在背后也温和地称呼他为"李同学"。他已经做了不少体面的事情,但在自己最珍爱的人面前"不体面",这是头一回。

李雁青为了制造单独相处的机会拿了林月盈的笔记本,他将林月盈对谁都一样的好当作是对自己的独份关照,在已猜到他们关系的时候还在继续挑衅秦既明。若不是林月盈今天和他的争吵,秦既明还真犯不着想对这样一个男大学生下手。

秦既明承认自己的确是被林月盈气到了,他们今天晚上都不够冷静,都在为一个无关紧要的人吵架。

秦既明第一次向林月盈袒露自己的本心。

他的不悦来源于林月盈对李雁青的维护,还有两个人可能存在的代沟和无法抹平的思想差异……

很多很多。

秦既明不会生林月盈的气，林月盈也坦白了自己的真实想法。

她仍旧单纯，善良，甚至还提到了何涵。

这样很好，秦既明想。

林月盈选择的工作方向，也注定她今后要潜心钻研技术。当然，她也能走秦既明的路线，调任管理层。

秦既明心知林月盈不会永远保留这份赤诚之心，她总有一天也会见识到这个世界的许多阴暗面和肮脏的部分。她总有一天也会看到秦既明丑陋不堪的一面，看到秦既明因为这份不被祝福的爱所隐藏的东西。

秦既明希望这一天能迟来一些。

他仍旧给林月盈和李雁青同时进行内推，不过如今的动机已经不仅仅是为公司选择优秀的新鲜血液。他总要做做样子，让林月盈放心，也让她看一看，秦既明的确不会为了私人恩怨而埋没人才，让她发现秦既明的确是"恩怨和公私都分明"的人。

提到李雁青且对他进行极高赞誉的那封邮件，秦既明也假装不经意地让林月盈发现。他知道，善良的林月盈在看到这封邮件后，一定会因自己"冤枉"了秦既明而感到抱歉。

秦既明最了解林月盈。

次日清晨，秦既明在林月盈尚在睡懒觉的时候起床，晨跑暂时取消，他开车去了林月盈大学旁的早餐店。

秦既明已经很久没有来过这样的早餐连锁店，他下车之后，隔着玻璃看到李雁青坐在里面。

靠窗的位置，清瘦的男大学生身体看起来有很大的发展空间。

秦既明没有直接伸手推连锁店玻璃大门的把手，他停下脚步，从口袋中取出黑色的小羊皮手套，仔细戴好，才推开门。

秦既明从阳光下跨越到李雁青视野里的阴影中。

李雁青抬头。

戴着黑色手套的秦既明走到他面前，笑着说："抱歉，我来迟了。"

李雁青说："不算迟，离约定时间还有十分钟。"

顿了顿，李雁青又说："挺好的，我知道你们这个年龄段的人早起都比较困难。年龄大了，没什么活力，都很正常。"

秦既明从口袋中取出纸巾，展开，仔细地擦拭着李雁青面前的凳子。

他赞同李雁青的说法，微笑："是啊，毕竟月盈比较缠人。这么早来见你，我也怕惊醒她。"

秦既明将擦过椅子和桌子的纸巾丢进垃圾桶，才温和地望向眼前的李雁青。

李雁青沉默地坐在秦既明的对面，问："你想吃点什么？这家的油条和炸肉饼还不错。"

秦既明礼貌地说："不用了，我早晨不吃油炸食物。等会儿去买莲子，回家给月盈煲粥喝。"

李雁青"喔"了一声。

他看着秦既明戴着黑色手套的手，原始材料经过层层工艺才做成细腻的手套，佩戴在人类的身上，隔绝着任何可能弄脏他的东西。

李雁青端了新鲜出炉的油条过来，只买了一块炸肉饼，小碟子里装着店里免费的小咸菜和玉米面粥。

秦既明安静地看着李雁青吃饭。

李雁青吃得很多，也快，似乎已经不再在意自己的形象。他咀嚼着嘴里的食物，听秦既明接下来要说的话。

秦既明说："那两万块的确是我打给你的。"

李雁青问："你想用这笔钱做什么？"

秦既明平静地说："买断你对月盈不应该存在的感情。"

李雁青大口地咬着油条，他不说话，但脖颈上的青筋格外明显。他比上一个月要瘦了许多，瘦到半旧不新的 T 恤里仅有单薄的身体。

番外二　心跳过速

"我听你的主管说，你在问他，能不能提前预支半个月的工资。"秦既明说，"严格来说，这并不符合规定。你是不轻易求人的性格，应该是遇到什么难处。别误会，我没有其他的意思，只是想帮助你。"

"打算用钱来买断感情，还说没有其他意思？"李雁青说，"学长，你有没有发现自己其实很傲慢？"

"那你呢？"秦既明微笑，"你有没有发现自己有极强的自尊心？"

李雁青不言语。

秦既明含笑看着他，姿态放松："这么辛苦的赚钱，只是想早点还清债务——月盈的那一件大衣，对不对？你知道那件衣服的真实价码，就绝不会只还一条围巾这么简单。"

一条围巾，不足那件衣服五分之一的价格。秦既明见过很多类似李雁青的人，明白他的心中在想什么。

"今天还一条围巾，明天攒够了钱，再还一顶帽子、一双手套或者一双鞋子。是不是还需要问清楚月盈的鞋子尺码、衣服尺码？"秦既明说，"学弟，你这样做，不可否认地说，没有错，但也越界了。"

李雁青没有吃那个被筷子插穿的茶叶蛋，而是沉静地看秦既明："所以呢？"

"所以，"秦既明说，"我现在给你两万块，你拿它去挑选一件东西，还给月盈，就当你还清当初的愧疚。除此之外，这两万块，你不需要还我。当然，如果你心中仍旧觉得不妥，也可以慢慢还我，两年，四年，十年，四十年，都行。"

李雁青明白秦既明的意思。

"我不着急，你也不必着急。我很看好你，你未来的薪酬会让你有朝一日不在乎这些钱，而在那一天到来之前，"秦既明说，"我要你不许再以还人情的名义和月盈接触。"

李雁青不说话，沉默地喝已经凉了的免费玉米粥。

"月盈很好，你也很好。"秦既明说，"但你们没有任何可能。"

李雁青最终还是收下了那笔钱。

两万块就能买断一个清贫小子对林月盈的觊觎,这桩买卖十分划算。

如果不是看在李雁青的确有几分才气的份上,秦既明也不会有耐心约他出来聊这些东西,更不会这样温和地解决问题。

李雁青还账的出发点,究竟是好还是坏,秦既明已经没有兴趣去了解。追求林月盈的人不止李雁青一个,若是每一个都要让秦既明花心思去思考,那他还要不要正常生活了?

李雁青的确算是个例外。他和林月盈的生长环境截然不同,而且头脑算得上聪明,还有几分能力。

秦既明要在事情发展到不可挽回的地步之前掐断所有的可能性。

李雁青被秦既明安排的职务,和林月盈即将入职的实习岗位基本没有业务重叠的部分,两个人在不同的楼层。他们两个人今后在公司见面的机会也少,大约只有在上下班的电梯厅中,才会概率很小地碰上一面。秦既明不用刻意分开两人,只要给李雁青足够多的工作和丰厚的加班费,就能令对方放弃一切其他的想法。

秦既明的注意力,仍旧在林月盈的成长之上。

这是林月盈的第二次实习,实习时间是秦既明建议的,给她留出充裕的休息时间。林月盈和李雁青的实习目的本质还不同的:李雁青需要这份工作来赚钱,实习期越长越好;而林月盈只需要从这份工作中积累宝贵的经验。

不过,秦既明和何涵、秦自忠的事情不能再继续拖下去。秦既明敏锐地察觉到林月盈那日对峙时的异样,然而他没有从其他的途径问出什么东西。

林月盈不肯说,她接受了秦既明的表白,但还是隐瞒了这一段往事。

不要紧,秦既明不强迫林月盈。

他可以换个当事人入手，比如说，现在正在医院中接受康健治疗的秦自忠。

秦既明选择在一个晴朗的中午去见父亲。秦自忠正在做例行检查，检查那条腿的愈合情况。秦既明尽了作为儿子的义务，包括和医生沟通，以及主动去另外一栋楼取医生开好的药。

"既明！"秦自忠低声，"我可以帮你介绍更漂亮的，更年轻的。

"别和林月盈掺和在一起。你们现在还年轻啊，不懂得以后怎么样……"

"小心台阶。"秦既明说，"别再跌伤那条腿。"

秦自忠脸色灰白，他在病中不方便运动，滋补的东西吃得又多，人胖了些，现在走路有些虚弱，没走一会儿就气喘吁吁的。

太阳毒辣，秦既明扶腿脚不便的秦自忠上车，看着他那条刚痊愈不久的伤腿，沉静地问父亲。

"您逃避了这么多年，不累吗？"

在秦自忠张着口望过来的时候，秦既明又露出温和的笑容。

"我和您不同。"秦既明说，"爸，我只想我们一家人都平平安安的，月盈也希望。"

送走秦自忠后，秦既明才去接和学姐孟回一起吃午饭的林月盈。

林月盈怀中拎着一个大大的购物袋，秦既明视若无睹，微笑着问她："又去逛街了？"

林月盈摇摇头，她拿着那个购物袋，犹豫了好久才说："这是朋友送的。"

秦既明想要从她手中接过，林月盈停顿两秒才递给秦既明："是李雁青送的，不许丢掉。"

秦既明顿了顿。

在林月盈不安的视线中，秦既明沉静地看了手上的购物袋一段时间,紧皱的眉头缓缓松开。他露出一丝笑:"我为什么要丢掉?"

"我怕你吃醋嘛。"林月盈认真地解释,"我没有和他私下见面,是他托孟回学姐转交给我的,还说,这也是赔当初弄脏的那件衣服,以后就两清了。"

秦既明含笑:"就这些?你就担心我会因此生气?"

林月盈点头:"对呀,因为上次我们刚为了他送的围巾吵架。"

秦既明叹气:"那时候的确是我不冷静,不理智。对不起,月盈,我向你道歉。"

林月盈眼巴巴地看着他。

秦既明将购物袋又放回林月盈的手中,微笑着说:"拿好吧,你有权利处理它。"

林月盈问:"我要是穿上它,你会不会吃醋呀?"

秦既明揉眉心,做出头痛的姿态:"糟糕,我在月盈的眼中,已经变成了随时会乱吃醋的家伙。"

林月盈笑起来,扑到他怀里,用头去顶他,说"秦既明你最好了"。

秦既明低头,吻了吻她的头发,他自然不会追究。

他不仅不会追究,晚上还会给林月盈煲好喝的老鸭汤,给她洗干净的甜葡萄。

只字不提。

秦既明不提李雁青送她的那个礼物,也不问究竟是什么,就当作是她的普通同学来处理,给足了林月盈充分的空间。

她和他的爱皆变得更深。

阅读灯的暖黄光如打进白瓷碗里的小鸡蛋黄。

不需要再问,秦既明知道林月盈将李雁青送她的那件衣服连包装一起放进了玻璃展柜里。那里面还有很多其他的礼物,譬如上次李雁青送的围巾,生日时同学送她的一些手工艺品……这些东西都安安静静地摆放在里面。

秦既明已经明白,李雁青在今天彻底翻篇,再不会成为阻挠他们感情的障碍。他再不能借着偿还的名义,一次又一次地勾起林月盈对他的欣赏和同情。

事实上,秦既明彻底跨越内心那道阻碍之后,似乎便不会再有任何的艰难险阻。流言蜚语不可平,但讲话的人能被处理。现如今两人虽然仍旧保持着"地下秘密恋情",但在无人之处,他们已经自然而然地如情侣般相处。比如现在,林月盈一定要秦既明像小时候一样给她讲睡前故事,秦既明闭着眼睛,手指轻拍林月盈的肩膀,讲方才看的书中故事。

明日是周末,秦既明耐心地讲了一个又一个故事,直到林月盈闭眼进入梦乡。

秦既明知道林月盈善解人意,但没想到,林月盈善解人意的程度,实质上远远超过秦既明的想象。

他先前从未想过要林月盈为两人的这段感情遭受委屈。

林月盈觉得这些都不是委屈。

她本来就是活泼热烈、事事都光明正大的性格,偏偏为了秦既明的名声,选择默默地保护好这段恋情,没有和任何人分享,保持不与她性格相符的缄默。

林月盈入职前,秦既明陪她去选购新衣服。平时在公司中很少有人穿正式的套装,林月盈选衣服也只从漂亮舒适的角度出发,不需要刻意的低调,只要自己喜欢。

在宋一量笑着问林月盈要不要选点低调的款式的时候,林月盈伶牙俐齿地回击了过去:"为什么呀?我长得这么漂亮,又有着这么好的身材,注定没办法低调呀。"

她夸赞自己:"我穿麻袋都好看!"

宋一量指着林月盈，扭头问秦既明："你还要把她惯到什么时候？"

秦既明说："说得非常好，我很支持你——这里是我的信用卡，请林月盈小姐笑纳。如果这点微薄的金钱能为您的衣着略加帮助，我将不胜感激。"

林月盈开开心心地接过，煞有介事："非常感谢您慷慨的资助，秦既明阁下，我对您这出色的眼光加以热烈的褒奖。"

宋一量举手："我感觉自己的身上长出了钨丝，正在发光发热。你们要不然就放过我这个大电灯泡吧？"

宋一量当然没有被放过。

购物之后，秦既明特意接了他一块儿去打羽毛球。林月盈的体力有限，打了半小时就停下来休息，换宋一量和秦既明继续打。天气很热，林月盈坐在凉亭下小口地喝着苏打水，补充刚才剧烈运动溜走的维生素。

秦既明打累了，宋一量虽然刚上场，但他是个菜鸟，打羽毛球还不如林月盈。完全碾压性质的打球没有意思，秦既明换左手和他打，俩人有来有往的，有一句没一句地聊着。

宋一量问："上次那个人向林妹妹道歉了，现在写的东西你都看了吗？"

秦既明"嗯"了一声，把空中的球稳稳地打过去："我让他写的。"

说到这里，宋一量没接住球。

在好友捡球之时，秦既明侧身，看到凉亭下喝苏打水的林月盈。似是察觉到秦既明的视线，林月盈抬起胳膊，举着那瓶子，笑着向秦既明晃了晃。

林月盈怀念自己柔软又蓬松的公主床，今天也心满意足地回自己的房间去睡。秦既明不想打扰她休息，走到阳台上给秦自忠打电话，问父亲脚伤的情况。

秦自忠的腿，还真说不上好了。

偏偏明天还有个活动，已经提前告诉了他拍摄的内容，需要骑马摆拍。秦自忠打心眼里不想去，本来想推了。

秦既明笑着问父亲："您的老领导一大把年纪了，也要配合骑马，您不骑？"

秦自忠沉默了。

"快退休了，也是。"秦既明说，"您啊，老了，身体要紧，求稳。"

秦自忠忽然说："我记得一量养了一匹马，从小就被训好了，挺温顺。"

秦既明说："那您要去问一量。"

他淡淡地说："这事交给我，您也不放心，对不对？"

秦自忠冷笑："我能有什么不放心的？我就你一个儿子，难道还会觉得儿子要害我？"

秦既明说："所以您去找一量谈，别找我。"

秦自忠说："他和你是好兄弟，你一个电话打过去不就行了？"

秦既明沉默片刻，低声："爸，您这么想，我很伤心。"

秦自忠愣了一下。

"无论如何，您都是我亲爸。血浓于水，我用爷爷的名誉发誓，我，秦既明，绝不会在一量的马身上动手脚来害您。"秦既明缓缓地说，"那匹马的确很适合您骑，当然，您也可以不选，我不勉强。"

他的语气中有浓浓的失望。

秦自忠心下一动，通话结束后在房间中踱步。他年纪大了，伤腿愈合得慢，从马背上跌下来不是什么小事，估计又要住院疗养……秦自忠还是不能完全信任自己的儿子。

他会为秦既明的失落而震动，但不会拿自己的腿开玩笑。思前想后，秦自忠给尚算熟悉的另一家马场的老板打了电话，要对方准备三匹最温顺的马，明天早晨秦自忠的助理去现场挑一匹。

"好的好的好的，我知道了，您放心，一定把事情给您安排妥当。马您随便挑……不不不，不需要租金，咱们还谈什么租金……听说您快退休了？是是是……"

马场老板笑呵呵地结束了电话，他琢磨了一阵，转身拨了个熟悉的电话。

秦既明放下手机的时候，林月盈刚好洗完澡出来。她下午打羽毛球打累了胳膊，现在撒娇卖好，要秦既明给她吹头发。

秦既明示意林月盈坐在自己的面前，拿了吹风机，不疾不徐地用温热的风去吹她湿漉漉的头发。

热水烫得林月盈的胳膊上泛起一层潮红，她半低着头，伸手去挠那一块皮肤。身上的棉睡裙还是三年前买的，算是她难得穿这么久的一件衣服。秦既明一低头，就能看到她发红的耳朵尖，以及优美洁白的脖颈。

他温和地询问林月盈："今天下午摔到的地方还疼吗？"

林月盈打羽毛球时太专注，没留意被绊了一下，跌倒摔青了膝盖。

林月盈摇头，主动把伤口给秦既明看："就是看着有些吓人，没事了。"

她从小就是活泼好动的性格，腿上也不止这一点伤痕。可和秦既明那令人头痛的疤痕体质不同，林月盈的愈合能力好，虽然从小就怕疼又怕伤的，但养上几天身上就干干净净的，连个疤都不会留下。

林月盈自己也为这点"长处"得意洋洋，笑着说自己和秦既明是"互补"。

怎么能不算互补？一个古板，一个活泼，一个如顽石坚硬，另一个似水柔软。

秦既明含笑看着林月盈腿上的痕迹，不经意地问："刚接你来这儿的那个晚上,你也是这样摔青了腿。"

林月盈愣了愣。

吹风机吹出柔软干燥的空气,紧贴着她头皮的一层湿发已经渐渐地干了。林月盈咬唇,呼吸起伏间,一颗心也缓缓地往下落。

秦既明看到林月盈的耳朵尖更红了。

"不是。"林月盈说,"那次是撞到东西了,才磕青了。"

"时间太久,我记不清了。"秦既明说,"那天太晚,你又一直哭……现在想想,还是我的不对。"

林月盈说:"不呀,你那时候能接我,我就好开心了。"

头发吹得差不多了,林月盈不喜欢把头发完全吹干,到八分的程度就停下手。

她伸手去拿精油,仔细地压了三泵,揉在掌心里,等暖热了才顺着头发缓慢地按压。

她的头发是宝贝,因为头发过于浓密,每次洗发后都要用精油仔细地敷才能保证平日的柔顺光泽。秦既明不打扰林月盈做头发护理,半蹲着握住林月盈当初的那条伤腿。

他记得清楚,一块有碗大的瘀青,一觉醒来最吓人,微微泛着淤黑。林月盈怕痛,走路都小心翼翼的。

不过现在早就好了。

秦既明手指摩挲着那一片肌肤,抬头问林月盈:"当初撞什么上了?"

林月盈迟疑了几秒说:"椅子。"

护发精油的椰子香味在空气里缓慢地扩散,秦既明回顾了多年前所有林月盈可能和父亲有交集的场景,筛选过后只留下这一种可能。

今天林月盈的反应印证了秦既明的想法。

秦既明大概猜到了。

那时候林月盈的反常并不是因为想念,而是另有原因——是被当时疲惫的秦既明忽略的重要原因。

秦既明伸出手轻轻地在林月盈的腿上刮了刮,时隔多年的触碰,只刮出她躲痒的笑声。天真的林月盈完全不知秦既明的用意,她沾满精油的手掌心温柔地托着头发,然后俯身在秦既明额头吻了一下。

次日,林月盈去公司报到。仍旧和之前一样,秦既明开车将林月盈送到公司楼下,等林月盈拎着包去报到,秦既明再去停车。

他们还是没有一起走。

实习生第一天基本上不用做什么事情,熟悉环境后就可以回去了。上午十点二十分,秦既明收到林月盈的短信,她的工位上电脑还没配备齐全,组长让她先回去,明天再来。

林月盈打算约红红一块儿吃饭。

秦既明回复林月盈的短信,说好。

这几天秦既明不是特别忙。下个月的人事变动,秦既明升职是板上钉钉的事情。中午和营销部的部长一起吃饭,对方笑着提前恭喜秦既明。秦既明礼貌客套地回了几句,对方又指着他说:"老秦啊老秦,不愧是你,这么大一好消息也不动声色的,已经到无欲无求的时候了,对吧?"

秦既明笑着说哪里哪里,他还真没到无欲无求的时候。

人天生就有对权力的渴望,秦既明也不例外。但他的情况稍稍特殊了一些,相较于其他同事来说,秦既明的渴望不见得少,不过多了一份司空见惯的镇定。

这份镇定,一直持续到十二点十分,医院里打来电话,告知秦既明秦自忠出事了。

彼时秦既明正在吃饭,清蒸的两块鱼他只吃了两口,对医院那边的人说知道了,自己马上过去。

这样说着,他还是用了二十分钟慢慢吃完饭菜,又喝了一杯茶才拿着衣服离开。

　　秦自忠还在做检查。

　　随行的人说秦自忠上马时没经验，拽了马的鬃毛，才让温顺的马受惊，连带着上面的秦自忠也被摔在地上。

　　秦自忠的腿伤刚刚好了没多久，现在又添新伤，虽然谈不上特别严重，但对于一个到了年龄的人来说，又是一场伤筋动骨。

　　等慰问的人离开，秦既明才去了秦自忠的病房。

　　他看着病床上的父亲，问："怎么回事？哪里伤到了？"

　　秦自忠老了，被秦既明这零星的关心感动到险些老泪纵横。无论如何，马是秦自忠自己找人选的，也是他骑马的方法不当……

　　当秦既明问秦自忠怎么不用宋一量的那匹好马的时候，秦自忠因自己的警惕、猜忌，羞愧到几乎说不出话了。

　　秦既明看着父亲的那条伤腿，说："我刚接月盈回家的时候，她也伤的这条腿，走路一瘸一拐的。"

　　秦自忠安静了一阵，才问："是从我这边接到你那里的时候的事？"

　　"嗯。"

　　秦自忠面色凝重："她怎么说？"

　　"还能怎么说？"秦既明摇头，"说自己毛毛糙糙的，撞到椅子上。"

　　秦自忠不放心地追问："她真这么说？"

　　"是啊，不然还能是什么？"秦既明说，"难道还能是被人打了？"

　　秦自忠不说话。为了减少对伤腿的压力，他半躺着，抬头看空白的天花板。

　　"月盈一直心肠好。"秦既明静静地说，"因为这点，她其实一直在受欺负。"

　　秦自忠说："有你护着，谁敢欺负她？"

　　秦既明说："欺负她的人很多，她那不争气的父亲，抛弃她的母亲，还有因为我爱她就刻意捏造是非贬低她的东西。"

秦自忠沉默几秒，缓缓地说："月盈的确是个好孩子。"

林月盈的确是好孩子。

何涵当初再怎么愤怒，找秦自忠谈话时，也都是说秦既明的不是，说自己儿子如何不好。她那样眼高于顶的人，没有讲一句林月盈的不好。

秦自忠说："你也知道她好，就不该这样……顺着她。林月盈年纪轻轻，少不经事，没什么生活经验，又被家里人保护得这么好，单纯、善良、天真。"

秦既明侧头看病床上的父亲。

这个渐渐衰老的老人，眼睛已经渐渐浑浊，嘴唇一开一合，他说："你是秦既明，就得控制住自己，别让事情再坏下去。你比我聪明，知道流言会杀人。"

秦既明颔首："所以，我会娶月盈。"

他静静地坐在阳光下，沉静地开口："我只要她。"

"阿嚏——"

"阿嚏——"

刚和红红泡完温泉的林月盈，打着喷嚏进了电梯。

林月盈揉了揉鼻子，心不在焉地想着到底是谁今天一直在想她，害她打了好几个喷嚏。她还没琢磨明白，一转角就看到站在门口的林山雄。

太久不见的生物学父亲有着一张苦瓜般的脸，他仓皇地往林月盈背后看了看，才小声地问："秦既明今天不在家吧？"

林月盈说："不在。你要干什么？"

林山雄说："不干什么，就是想你了，过来看看你。"

林月盈才不信，林山雄这种人无事不登三宝殿。

她留了个心眼，没有进门，就站在门口问他："说吧，到底什么事？"

林山雄看得出女儿的不欢迎。

东张西望确认秦既明的确不在这里后，林山雄终于开口："你真的要和秦既明谈恋爱？"

"是啊。"林月盈说，"不然呢？"

林山雄痛心疾首："他可是看着你长大的人啊！你为什么要喜欢他啊？"

林月盈按着眉心，缓缓思索片刻后，严肃地看着林山雄。

"既然你诚心诚意地问了，"林月盈说，"那我也只好告诉你吧。爸，因为秦既明是我第一个喜欢的男人。"

林山雄说："你只是没怎么接触过外人——"

林月盈沉着冷静地告诉父亲："我接触得够多了。"

林山雄一肚子劝慰的话语，在女儿不疾不徐的一句话中化成了水。

秦既明不在这里，林月盈低头看时间，才五点钟，距离秦既明回家还有很长的时间，现在难题就在她的面前。

林月盈能理解林山雄，但理解不代表她愿意谅解。

人心都是肉长的，林月盈没有见过自己的母亲，她不知自己再见母亲时会有怎样的心情，只知一点，她现在看林山雄，的确和看路边的陌生人没有区别。

林月盈不知道他爱吃什么，喜欢做什么，林山雄对她何尝不是。就连小学时写作文，写父爱如山，旁边的小朋友写生病的时候父亲淋雨背着她去医院看病，林月盈苦思冥想也只能写我的父亲不爱我……

那篇作文出乎意料地拿到了高分，林月盈惊讶地发现原来没有父亲也是一件大好事。

后来她看书上讲，父亲和子女之间的感情，是依托生活中的"照顾"而产生的。这点和母亲的血缘纽带不同，父亲和孩子之间的爱需要付出心血才能建立。

很遗憾，林月盈和林山雄之间并没有建立出这样的爱。

她看向自己的父亲，现在在她眼里林山雄只是一个普普通通、甚至有些过于干涉她行为的中老年男性。

他欲言又止，眼神复杂，过了好久才痛苦地皱眉，闭上眼睛。

林月盈问："您还有其他事吗？"

林山雄问："所以这就是你这么多年不找男朋友的原因？"

林月盈心想，林山雄真是疯了，现在的女大学生哪里会热衷找男朋友啊？她今年才多大，没有男朋友不是很正常的事吗？

她没解释，只是点头，坏心眼地加重了这个刻板印象。

"是啊。"林月盈平淡地说，"不然呢？难道您认为在目睹您和母亲的糟糕婚姻后，我还会对男女之间所谓的爱情抱有幻想吗？"

羞愧令这个不称职的父亲最终保持了沉默，他目光复杂地看了几眼林月盈后，蹒跚着离开。

秦既明在晚上七点四十五分到家。

在沙发上已经饿得前胸贴后背的林月盈飞快跑过去，跳到秦既明的身上，撒着娇："秦既明，我快要饿死啦，你快点去给我煮饭吃好不好呀？或者我们也不要煮饭了，出去吃怎么样呀？我好想吃乳鸽。"

秦既明把人放在书桌上，吻了吻林月盈的脸，才笑着问："想吃哪一家的？"

林月盈痛快地报了名字，她的确已经饿很久了。

善解人意的林月盈敏锐地察觉到秦既明的异常，他似乎被什么事情所困扰，回家后很少笑，抱着他的时候林月盈还嗅到了一些属于医院的气息。那种酒精混着消毒水的味道让林月盈意识到可能发生了什么。

但她什么都没有问。

如果秦既明不想讲，那她就没有问的必要。

林月盈能做的只有认真努力地吃饭，好好地陪着秦既明，给他讲好笑的事情，比如今天下午林山雄的到访。

"好可惜，你都没有看到他的表情。"林月盈形容，"那一瞬间，我觉得他都快要崩溃了……"

秦既明含着笑安静地听她讲。

"不过说起来也奇怪。"林月盈双手捧脸，认真地和秦既明分享自己的困扰，"你知道吗？之前林山雄和林风满一直在纠缠我，逢年过节就给我发短信，说大家都是一家人，年轻时候犯的错现在也该过去了，说什么还是一家人要和和美美地在一起……不过这段时间，他们都不来骚扰我啦。"

秦既明给林月盈倒柠檬水，解她吃烤肉的腻："为什么？"

"不知道。"林月盈摇头，"谁知道他们怎么想的呀。对啦秦既明，你下周有时间吗？"

"有。"秦既明说，"怎么了？"

"我想去迪士尼。"林月盈双手撑着桌子站起来，眼睛发亮，"我想去上海的迪士尼玩。"

这不是能困扰人的事情，秦既明一口答应。

别说是去上海的迪士尼了，就算是林月盈现在要去法国的迪士尼，秦既明也会立刻订机票陪她去。

今晚的林月盈格外地活泼。

回去的路上她打开车窗，指挥着秦既明关掉音响。借着渡入车窗的风，林月盈仰着头，手指贴着玻璃唱歌，从《上海滩》唱到《Dating Rules》，自由自在地跟着节奏摇晃。秦既明不是擅长唱歌的人，但他是一个合格的听众，他始终微笑着听林月盈唱歌，无论她的歌声是否在调子上。

等两个人洗漱完躺下来，秦既明才对林月盈讲了今天发生的事情。

秦自忠不小心从马上跌了下来，摔断了腿。

林月盈听到这么一句，猛地睁大了眼睛，难以置信地说："啊？"

"他前不久不是刚伤了腿吗？"林月盈说，"怎么这么不小心呀？严重吗？"

她心中是真的着急，别的不说，秦自忠毕竟是秦既明的亲爹。

秦既明摇头："不严重。"

林月盈又问怎么摔的。

秦既明说得很简单，大概意思和大部分人了解的一样：秦自忠没骑过马，上马时拽痛了马，马受惊就将秦自忠甩下来摔了；因为要拍摄照片，秦自忠也没有穿过多的衣服，所以摔得比上次更严重了些。

林月盈说："伤到腿会很痛的。"

这是一句下意识的感叹，只是单纯地从秦自忠这个上了年纪的男人的角度出发，无关两人的恩怨。

秦既明坐在林月盈的旁边，低头看着她没有一点儿疤痕的皮肤，手指压在她的膝盖上，问："这么长时间过去了，还疼吗？"

林月盈凑过来："什么啊？我的腿又没伤，而且之前的伤处已经好啦，一点疤都没有。"

秦既明说："我不是问这个。"

林月盈迷茫道："那是什么？"

秦既明的手掌心贴着她膝窝说："当初，是秦自忠踢的你，对吧？"

"月盈，你是怕我去找秦自忠吗？"

林月盈吃惊地"呀"了一声，她没想到瞒了这么多年的善意的谎言，被秦既明此刻忽然揭开。

"我不是故意的。"林月盈道歉，"我可以不在乎这些，你也知道我是被弃养的……可是你不一样，秦既明，你和你爸爸妈妈的关系还没有这么糟，还有转圜的机会。"

番外二 心跳过速

秦既明耐心听林月盈讲完，他总结："所以，那个时候的你认为，我会在你和我亲生父亲之间纠结？"

林月盈刚想说自己没有这个意思，但仔细想想，好吧，的确也有这个原因存在。

她举起手做了一个手势："一点点。"

秦既明笑了，抬手揉了揉林月盈的脑袋，轻叹一声。

"你要知道，我更爱你。"

林月盈伸手，快速捂住秦既明的嘴。

"不要再说了。"她十分诚恳，"我的心跳要缓不过来了。"

"所以说呀，我都不明白那些人在乱讲些什么嘛。"林月盈对着江宝珠深深地叹气，摊开双手。最近美国电影看多了，她下意识想要耸肩，又觉得这姿态实在不雅观，最后只悻悻然地平摊着手。

江宝珠听着好友的抱怨，咬着吸管用力一吸，凝神道："所以这就是你打孟家忠的原因？"

"嗯呢。"林月盈眨眨眼睛，"他的嘴巴坏透了。"

孟家忠在当初散播流言后就开始躲着林月盈了。前几天傍晚，林月盈做 SPA 时遇到了他，她先客气地走过去，微笑着和他及他身边的女伴打招呼，继而一巴掌狠狠地打在了孟家忠的脸上。

这一巴掌用的力气大，林月盈的手掌心都麻了好久呢。不过当时的情况，麻的可不止林月盈一个人。

江宝珠知道孟家忠不是个善茬，第一反应就是挡在林月盈的前面，要是对方敢动，她就拎着包直接抡过去防守。

还好她想象中的情况并未发生。

孟家忠只捂着一张脸，不声不响地活像个受气的小媳妇，啥也没说，就这么走了。

林月盈将孟家忠这个不反抗的举动归结于他做了亏心事自己知道

错了。

江宝珠心思复杂，犹豫了好久，还是没有将自己的猜测讲出。孟家忠是一个吃软怕硬的主，哪里是"亏心"就能令他甘心受辱的？江宝珠的堂兄隐约提到过，说去年见到过孟家忠，听说他喝酒的时候见了秦既明，之后鼻青脸肿地出来，牙齿都松动了，甚至到了要去看牙医的地步。

也就林月盈，被秦既明保护得太好，才会到现在都认定是孟家忠自己心虚。

不过这样倒也不算坏，江宝珠低头想，林月盈的原生家庭不算好，但无论是秦爷爷还是秦既明都在用心地教导她，让她一心向善。

林月盈如今最要紧的事情，就是掰着手指数什么时候才能到秦既明陪她去迪士尼的日子，她想和秦既明在远离故乡的陌生地域，手牵着手走遍大街小巷。

这一天终于到了，一大早林月盈就跳起来说："要穿情侣装。我宣布，现在你和我是小情侣！是深深坠入爱河的小情侣！"

秦既明哭笑不得，抬手表示投降："好的。那么需要我为你做什么吗，我的宝贝女朋友？"

林月盈伸出手点了点秦既明的鼻尖："第一步，你要记得你是我的。"

林月盈早早就准备好了，从帽子到鞋子，甚至包括背包，他们穿的、戴的、背的都是一模一样。

这种在初高中学生群体中流行的情侣装扮，此刻被林月盈执拗地复制。

林月盈还颇为自得。

两人是中午十一点的飞机，在小区里撞见晨练的老太太，对方眯着眼睛看了看他们二人，笑呵呵地说："你们怎么穿得一样啊？蛮好看，精神。"

秦既明上了车,示意林月盈靠近他。他穿着林月盈精心挑选的圆领卫衣,安抚地拍了拍林月盈的手,问:"怎么样,和我穿情侣装的感觉?"

　　林月盈丧气地说:"我还在期待别人问我们穿的是什么呢,我的秦既明先生。"

　　秦既明纠正:"是你的男朋友。"

　　林月盈打了个寒噤:"肉麻死了。"

　　二人之间的代沟在情侣这个身份上逐渐显露。

　　秦既明的爱情影视启蒙是什么呢?是《泰坦尼克号》,是《神雕侠侣》,是《射雕英雄传》。

　　林月盈的爱情影视启蒙是《恋恋笔记本》《怦然心动》和《真爱至上》。

　　一个活泼,一个内敛。就连手牵手去乐园这种事,秦既明也做得不够像爱人。

　　"不要包住我的拳头啊秦既明,我不是小孩。

　　"不要抓紧我手腕,会痛。

　　"嗯……情侣之间的牵手应该不是这样的吧?"林月盈若有所思地动了动手,盯着看路边经过的妈妈和孩子,"你看,你这样牵着我,和他们有什么区别?"

　　秦既明微笑着回答:"你不是我生的。"

　　林月盈赞叹:"如果我们的科技真正进化到男人也能生孩子就好了,那你就是完美的人类了,秦既明先生。"

　　秦既明谦虚道:"就算科技没有进化到那个地步,你也已经是完美的人类了,林月盈宝贝。"

　　林月盈还是第一次听秦既明叫她宝贝。

　　秦既明的性格内敛,平日对她甚至没有什么爱称,总是月盈月盈地叫她，盈盈也很少叫，一板一眼，有些严肃。

林月盈被秦既明这么一叫，心都要荡漾了，缠着秦既明眼巴巴地要他再叫一声宝贝或者宝宝。秦既明笑着看她，却无论如何不肯再叫。

林月盈只得同秦既明约法三章，最重要的一点就是秦既明不能以男朋友的身份来教育她，命令她。

秦既明眉头不皱，含笑答应。

林月盈拿出手机，给秦既明看自己收藏的攻略："看攻略，冰激凌是必吃的！"

秦既明微微皱眉。

林月盈失落地说："不要讲不允许我吃，普通的男朋友才不会约束女朋友吃个小小的冰激凌呢。"

难得他们一起出来玩，秦既明克制住自己的掌控欲，不扫她的兴。

林月盈下一个想吃的是芝士海苔烤玉米："攻略上说不吃这个相当于白来迪士尼！"

……糖分不算太多，秦既明勉强答应。

下下个是玲娜贝尔桂花椰子芋泥慕斯蛋糕："攻略上讲这个不吃会后悔三年！！！"

疼爱林月盈的秦既明选择不让她后悔。

还有小飞象海盐香草雪糕，林月盈可怜兮兮地拽秦既明的衣角，眼巴巴地说："来都来了……"

秦既明按眉心："吃。"都吃。

林月盈已经做好了攻略，秦既明不愿意让她在正式约会中失望。

秦既明选择暂且不计算林月盈一整日的糖分摄入量，拎着林月盈刚买的玩偶去排队，为林月盈买她想要吃的雪糕。

周末人流量大，排队买雪糕的人有十多个。

等待的过程的确有些无聊，秦既明打开手机，下载了林月盈刚才给他看的软件，凭借着记忆搜索关键词，想看看这个博主到底还发了什么样的攻略，好让他有个心理准备，也能让他合理规划接下来和林月盈去的地点。

博主的名字叫"我欲将心养明月"。

秦既明多看了几遍这个名字，若有所思，这篇攻略的点赞和收藏寥寥无几，评论只有三条。

按理说，这样的攻略不应当会被推送到林月盈的首页上。

秦既明点进去查看博主的主页，明显察觉到这是一个小号，只发了这一篇攻略，还有一篇大约是记载日常的，发的照片是之前林月盈看过的那场秀的内场图。

时间也对得上。

秦既明下意识地回头看了眼林月盈，不动声色地收起手机，含笑问林月盈："那篇攻略上还有什么必吃的？"

林月盈完全不知道秦既明的动作，热情地和秦既明分享，还有好多好多上海的餐厅呢，可惜都是高糖的，秦既明肯定不喜欢她吃，但她真的好想吃，因为它们看起来好香。

秦既明始终温和地听林月盈的意见。

林月盈心里面快乐开了花，暗暗想这一招果然有用。

无论她想吃什么，只要秦既明微微皱眉，她可怜巴巴地说一句"你是不是我男朋友了？"，心中有愧的秦既明便会立刻同意，绝不多阻挠。

林月盈成功地用这招"骗了"一顿消夜和一块小蛋糕。

夜间就住在乐园的酒店中，林月盈刚舒舒服服地躺下，就听见秦既明含着笑说："不吃这个，相当于白来乐园。"

林月盈终于察觉出什么："你干吗学我说话呀？"

"是攻略。"秦既明笑意未减，"是某人开小号故意写的攻略。我记得月盈下午和我说什么？不这么做会后悔三年？"

林月盈尝试搬出救命稻草："你答应过，今天不会教育我。"

543

"是。"秦既明喟叹一声,"所以,我现在以你男友的身份在爱你。"

其实这不是秦既明第一次带林月盈来迪士尼,上海迪士尼还没开业的时候,秦既明就常常带她往香港那边跑,但玩的心境却大不相同。以往他都是陪着林月盈一块儿玩,现在呢,是和女友一起约会。

林月盈吃饱喝足,秦既明转过身打断她的沉思,笑着拍林月盈的肩膀,示意她快些去床上睡觉。

他也需要休息了。

林月盈睡不着,玩了一天的身体很累,但头脑很清醒,缠着秦既明问东问西。秦既明侧躺着,伸手捏林月盈的鼻子:"还不睡?要不要我去外面请工作人员过来,让他单独给你讲故事?"

"才不要。"林月盈断然拒绝,看着天花板问秦既明,"在你小的时候,爷爷也会陪你来乐园玩吗?"

秦既明摇头:"他上了年纪,不喜欢这种地方。"

"所以,"秦既明闭着眼睛说,"现在的你应该知道,月盈,你对我来说有多重要。"

林月盈假装听不懂,手努力撑着脸颊问:"多重要呀?"

秦既明笑了一声,拉过林月盈的手放在自己的胸口:"还记得种玫瑰花的故事吗?"

林月盈想了想:"想不起来了。"

"那还是你六岁时,我给你讲的故事。"秦既明微笑道,"一个被国家抛弃的将军,在河边打算拔剑自刎时,捡到了一盆濒死的玫瑰。"

林月盈说:"想起来了!"

那是秦既明给林月盈编造的童话故事之一,林月盈猜测他的灵感大约是来源于上周为她讲的《小王子》,也或许是其他的童话故事。

拔剑自刎的将军捡起了花盆,他打算照顾这盆瘦弱的玫瑰花,于是在荒无人烟的河边建起简陋的茅草屋,开始了长久的浇水灌溉。

后来河两岸都是盛开的玫瑰花,将军也一直平和地生活到白发苍苍。

"你就是我的玫瑰。"秦既明说,"你拯救了我,月盈。"

他很少讲这么多话,今天却有点停不下来:"我承认,小时候对你的好,在很长一段时间里,我都是在弥补童年的自己,包括给你洗衣服,带你去上补习班,送你去游乐园——不得不说,如果不是你的话,到了三十多岁,我也未必能真的去游乐园玩。"

林月盈扑在他的胸口上:"原来我这么重要,秦既明!你干吗不早说?"

"难道我平时做得还不够多?"秦既明终于睁开眼,笑着轻拍林月盈的额头,"睡觉吧,月盈。"

林月盈不肯,还缠着秦既明,闹着要他讲更多的情话。秦既明保持了缄默,只笑着示意她乖乖睡觉,时间不早了。

次日,两人返程回京。林月盈下午住进酒店便要睡觉,晚餐在行政酒廊简单地吃了一些,又被附近的店勾起兴趣,要秦既明陪她去逛一逛。

俗话说,来都来了。

喜欢的品牌上了新季单品,常去的店需要预订,林月盈想看看这边有没有现货。她拉着秦既明杀进店里,遗憾地发现 SA 没有骗她,想要的品果然是全国缺货的状态。

离开时凑巧经过尚美,林月盈眼巴巴地望着秦既明。

秦既明了然,牵着林月盈的手进店里。

店里的客人不多,一进门便有 SA 热情相迎。林月盈平时买这个品牌的东西还真算不上多,现在进来也是想看看有没有漂亮的手镯或戒指。她已经有了一条秦既明送的白鹭项链,进来后理所当然地询问现在店里有没有同系列的手镯现货。

还真有。

相对于戒指而言,项链和手镯算不上热门。店里仅有的两只手镯恰好有林月盈的尺寸，她戴在手上，眼睛却又望着展柜里的戒指。

在透明的玻璃和优雅的天鹅绒衬托下，那些被精心挑选并镶嵌的每一颗钻石，都闪耀着夺目的光芒。

啊，那么漂亮、优雅的戒指。

不过肯定不适合她。

尽管没有谈过这个话题，但林月盈和秦既明都知道现在完全不是谈婚论嫁的好时机。

林月盈要继续念书学习，秦既明不会愚蠢到选择这个时候和她结婚。

林月盈再清楚不过，热恋和结婚还是不同的。她还是喜欢热热烈烈的大学生活，享受自由自在的读书时光。

林月盈收回视线，抬着手腕让秦既明看清楚："好看吗？"

"非常适合你。"秦既明点头，他对林月盈的选择只有称赞，哪怕是林月盈临时起意的消费，他也不会皱眉，没过一会儿又问她，"还有其他想要的吗？"

林月盈摇头，她没有提出试戒指，秦既明也没有讲。这个象征着定下契约却并不合时宜的饰品，最终没有戴在林月盈的手指上。

林月盈冲完了澡，看到秦既明坐在沙发上喝水，她跳着过去兴致勃勃地打开购物袋，打算试试今日的战利品。

等打开那深蓝的袋子，林月盈发现除了包装好的手镯盒子外，还多出了一个不知道装着什么的饰品盒。

林月盈差点跳起来，说："糟糕，一定是销售迷糊了，把其他客人的东西装进我的袋子里了。秦既明，我们回店里……"

秦既明一副气定神闲的模样，看着林月盈说："不打开看看吗？万一是你的东西呢？"

林月盈神情严肃："我们只买了一个手镯，这怎么可能会是我的？"

秦既明叹了口气，放下杯子，伸手亲自从袋子中取出那个小盒子。

林月盈紧张地看着他，提醒道："这个应该不是我们的。"

秦既明笑："是你的。"

林月盈有片刻的呆愣，好像意识到了什么。

秦既明继续拆上面的精致缎带。拆开绸缎的同时，秦既明说："我一直认为，向你求婚是很无耻的一件事。"

"我尽量将这个过程伪装成不经意，所以我从北京就带着了，一直把它藏在行李箱中。"秦既明言语里有藏不住的颤抖，"等待你自己发现惊喜，似乎就能减轻我作为年长者的负罪感。"

林月盈声音短促："啊！"

"刚才在店里的时候，我一直在想，糟糕，如果你现在提出要试戒指，我该怎么做，才能在令你不伤心的同时完成秘密的求婚计划。"秦既明说，"幸好你没提。"

林月盈说："如果我这么做了呢？"

秦既明笑："我可能需要饱含歉意地告诉接待我们的小姐，我需要借用她们的场地向你求婚。"

林月盈说："你都猜到了！那你是不是也猜到了我现在的反应？你刚才看我吃惊的时候，是不是巨爽啊秦既明？"

"我没猜到，你的反应出乎我的意料，林月盈比我想象中的更有原则。"秦既明单膝跪地，打开那个蓝色的小盒子，抬头看着她，"秦既明不能完全猜透林月盈的心意，所以想要提出和林月盈继续生活相伴到终生的建议。"

"你不需要现在就和我结婚，但我的确是疯狂地想要得到法律还有你本人的认可。"秦既明的声音还是那么温柔，"我想要单方面送你象征着誓言的戒指，这不是婚戒，只是一个男人向一位女士求爱的戒指。

"所以，月盈，你愿意接受我的爱吗？"

林月盈凝视他良久，随后低头双手握住他的手腕，落下浅浅一吻。

"你面前的这位女士非常非常地愿意。"

番外三

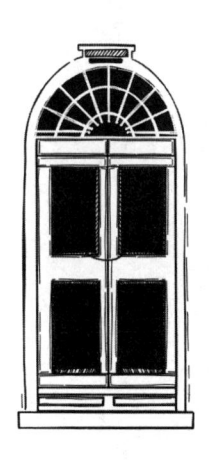

味觉记忆

作为我正宗爱情的接收者,请你讲——
谢谢月盈。
谢谢月盈,我的荣幸。

林月盈的味道和情感相关联。

譬如秦既明每次出差后都会炖的老鸭汤,冬天加萝卜,三伏放老姜,澄明微黄的鸭汤上浮着一层薄薄的油。

增肌减脂期的林月盈连那点油都喝不下,秦既明亲力亲为,耐心地帮她撇掉一层浮油,鸭皮也剥得干干净净的。

"所以,今年我的暑期实习是留在这里,但你要出差一段时间?"林月盈有些沮丧,这种沮丧让面前美味的老鸭汤都失去了魅力,"我还以为每天下班后都能看到你呢……"

"只要不加班,每周五我都能回家见你。"秦既明忍俊不禁,"我订周一早上的票,可以吗?"

"不可以。"林月盈失落地摇头,"算了,周一早上走,你赶飞机的时间也太紧张了,还是周日下午吧。我只是忽然有期待落空的感觉,但也不想你那么辛苦。"

她一汤匙一汤匙地喝老鸭汤。现在是夏天,为了驱寒,汤中的老姜切了均匀的厚片。秦既明知道她不爱吃姜片,所以等姜入味后又耐心地一片片剔掉,干干净净地给她喝。

就像林月盈长身体时吃的夜宵西红柿鸡蛋面,热油下花椒,浸泡花椒后的热油有她喜爱的微麻,但炸过的花椒粒是她最怕的清苦。秦既明便捞走过油后的花椒粒,再下热水烫皮后的西红柿和鸡蛋。

在林月盈的生活琐事上，秦既明有着事无巨细的耐心。

被包容的林月盈，也绝不会竖起一身刺来和他对着干。

"也不需要你一直来看我。"林月盈下定决心，说，"反正我实习的时间也就一个月，一个月而已啦，等实习结束后，我也可以过去陪你……"

"陪我？"秦既明失笑，"这次出差只能住酒店，难道你要陪我住半个月的酒店？"

林月盈说："反正以后我也少不了出差……就当提前适应好了。"

她说提前适应，秦既明却不赞同她吃一些不必要的苦头。尽管是住酒店，秦既明又付费购置了全新的被子和床品，枕头也换了新的，付费做单独的清洗和消毒。

林月盈皮肤敏感，他出差的城市又阴雨潮湿，气候不同，更容易过敏。

秦既明出差的第一个月，他遵守两人的约定，若无意外情况固定周五回家，乘飞机需两个半小时，高铁则是六小时，大部分情况下，抵家时已然深夜。秦既明推开房门，总能看到窝在沙发上盖着毯子的林月盈。

她的固执一如既往，纵使抵不过困意沉沉睡去，也要亮着灯等他。

秦既明叹气，思考要不要换个更宽大的沙发，好让她睡得更舒适一些。

在新沙发到来之前，秦既明不想抱她去卧室。林月盈觉浅，若被抱起一定会惊醒，不如让她好好休息。

秦既明关掉刺眼的灯，洗漱后在沙发旁的地毯上铺了一层床单，枕着林月盈的枕头，决定今夜就如此陪她休息。

说来也奇妙，明明卧室中的大床空置着，他却不想回去休息。

或许此刻与月盈的陪伴更接近爷爷过世的那段时间，秦既明心中的悲愁无处诉说，唯独林月盈会安静地陪着他。在他吃不下东西时，林月盈跑去问阿姨，午饭可不可以多做些哥哥爱吃的？

多年以来,照顾林月盈已经成为秦既明的习惯。以至于当睡意蒙胧嗅到饭菜的香气时,秦既明还有些恍惚。

他睁开眼,先看到林月盈落在他身侧的一双腿。

不是睡裙,而是干净漂亮的小连衣裙——温柔的鹅黄色,像一块芝士蛋糕。

"月盈?"秦既明皱眉坐起,讶然道,"你什么时候醒的?"

"我还是吵醒你了?"林月盈双手撑着脸,忧愁叹气,"我刚刚煮好了粥,还有热包子……"

"包子?"

"楼下买的啦,香菇鸡茸馅,胡萝卜鸡蛋馅。"林月盈伸出手指,得意洋洋地邀功,"我还炒了青菜虾仁呢。今天的纯素菜包子就剩韭菜了,我知道你爱吃青菜馅的,但我去晚了,人家都卖光了……这可是我第一次做青菜虾仁,不许说不好吃。"

"真棒!"秦既明笑着夸赞她,握住她的手指,"让我看看,手没被烫到吧?"

"差一点就被烫坏了。"林月盈伸手,看起来可怜极了,"你快吹吹。"

秦既明刚低头,林月盈忽然整个人搂住他,像蜜袋鼯会在同类身上留下气味,她紧密地抱着他。

"我好想你啊。"林月盈说,"再多让我抱一会儿呗。"

一周一见,要是遇到秦既明临时加班,便成了两周一见。世界上很少会有十全十美的事情,无法回到林月盈身边的秦既明,隔着手机屏幕看到沮丧趴在桌上的爱人,也只能问她,最近有没有喜欢的衣服和鞋子,明天要不要和宝珠出去逛逛街——刷我的卡。

"不要,"林月盈委屈巴巴地说,"比起这些,我更想你炖的老鸭汤嘛。"

"我走之前把方子给了阿姨。"秦既明说,"她炖的哪里不合你胃口?和我说,我看看是哪里出了问题。"

"不要。"手机屏幕上,林月盈从桌子的左边滚到右边,再抬头,额头有一道清晰的红痕,她说,"我只想喝你亲手炖的。"

不等秦既明说话,她猛然凑上前,嘴唇对着摄像头用力亲了几口。

"快点回来喔。"林月盈说,"下周还要加班吗?"

秦既明说:"不确定。怎么了?"

"没怎么。"林月盈直勾勾地盯着他,暗淡的光线中,她黑白分明的眼睛里映出手机折射的一点光,这点亮光让她的眼睛像一汪温柔的露水,"秦既明,好奇怪,看你这么多年了,怎么现在看还是那么好看呀。"

秦既明笑了。

"你啊,"他说,"还是和小时候一样。"

和小时候一样,嘴巴甜心肠直,有什么说什么,光靠说话就能哄得人心花怒放。

这是好事,秦既明想,一个小机灵鬼,在人际交往中总是更受欢迎。

尽管"情敌"不可避免,但截至目前,除了李雁青外,其余的男性追求者,都不曾让他产生过危机感。

现在李雁青在秦既明所在的项目组实习,和他的组长一起天南海北地出差。

宋一量笑话秦既明,说他有时候太过精神紧张,不过是个毛头小子罢了,有什么好防备的?

秦既明没同他细谈。

——有什么好防备的?

秦既明年岁渐长,终会慢慢衰老。而林月盈正是活泼的大好青春年华,每每同她走在一起,秦既明都会想到自己在享受她的青春。

他常会为这个念头而愧怍。

这个周末。

秦既明再度失约。

因为时差问题,深夜还有同英国合作方的会议,秦既明喝了咖啡,在会议开始前,终于哄好了林月盈。

她不是会借题发挥、胡乱发脾气的姑娘,下午知道这个消息虽然失落,在接受现实后也反过来安慰他,问他怎么还在公司里不去休息呢?

秦既明提到了两小时后的会议,又说:"明天和宝珠出去玩,你可以开我的那辆车,车钥匙在……"

"我知道啦。"林月盈凑上前,对着镜头"啵"了一下,"我又不是三四岁的小孩子啦,我都知道的……嗯,秦既明。"

"什么?"

"别熬太晚,不要总是喝咖啡。"林月盈说,"会容易长皱纹的。"

说者无意,听者有心。

秦既明去卫生间时,照了一下镜子,仔细看了看眼角。

——暂时还没细纹。

这次的跨国视频会议开了许久,期间为某个产品的细节争执不下,足足延长了两个小时。等一切终于敲定后,已经临近凌晨四点。

众人皆是筋疲力尽。

秦既明也不例外。

作为负责人,他请员工吃夜宵,又承诺奖金翻倍,放了明天上午的假,让大家都好好休息休息,下午的上班时间可以推迟到三点半,这次加班工资按平时的三倍给——

安排好一切,秦既明刚乘电梯下楼,旁边带李雁青的下属笑,说好像看到了李雁青的小女友。

"小女友"三个字让秦既明警铃大作。

"什么小女友?"他问,"在哪里?"

"很漂亮一姑娘,卷发,个挺高,气质挺好,打扮得像个明星。"下属说,"就在二楼茶水吧,刚刚我问李雁青吃不吃饭,他说看到朋友了……不是女朋友吗？"

听这形容，那个朋友就是月盈。

电梯停稳，秦既明没出去，又按了二楼。

他在心中细算时间，如果下午月盈临时买好机票，现在的确来得及赶到这里。

和经过的同事打招呼，秦既明疾步迈入休息的茶水间，果然听到林月盈的声音……

"什么？你组长说秦总监刚下去？啊，他不会已经回酒店了吧，糟了，我根本不知道他酒店的房间号，我本来还想给他一个惊喜呢……"

惊喜这两个字让秦既明放缓了步子。

他推开门，抬眼就看到了林月盈。

外面那么热，两个城市距离这样远，平时小公主一样的她，没有急事绝不熬夜，来之前还在规劝他不要熬夜，会长皱纹。

但他没想到她会千里迢迢搭乘深夜的航班来见自己。

无视坐在沙发上的李雁青，秦既明向她张开手臂："月盈。"

"秦既明！"

林月盈惊喜极了，蜜袋鼯一样冲来，跳到他的身上："你怎么知道我在这儿？"

刚说完，她在秦既明脸颊上细细嗅了嗅："身上怎么有烟味？你该不会开始抽烟了吧……"

"旁边的同事抽，可能离得近沾了一些味道。"秦既明将人稳稳放下，才看向李雁青，温和地问，"一起回去吗？"

李雁青瘦了很多。

现在的工作和他之前的实习工作强度不同。

虽有秦既明内推，但他也并不想倚仗这点，过度勤奋之下难免有些消瘦。

不过他本就是个优秀的人，在职期间表现得十分出色。

现下被秦既明问候,他略尴尬地点了点头,说:"……不用了,组长在下面包车,我们一块回去,谢谢您。"

林月盈说:"我本来想着给你一个惊喜,就埋伏在会议室前。结果出去好多人,都没见到你……"

秦既明笑了:"没有门卡,你怎么进来的?"

"我说我是你的女朋友呀。"林月盈理直气壮,"我还给门卫看了好多我们的合照,还说是想给你个惊喜,他们就帮我刷卡进来啦。"

秦既明叹气:"听起来我似乎应该感动,但有些人好像也有些失职。"

"啊?"林月盈呆了一下,立刻推他,"不要,我费了好大力气呢,你千万不要因为这样为难人家……"

"你把我描述得就像一个糟糕的坏蛋。"秦既明笑,握住她的手,"好了,回去,我们休息。"

离开前,林月盈还自然地向秦既明提到李雁青,说他帮了自己好大的忙呢。如果不是李雁青,她就没办法给他惊喜,只好打电话给秦既明了……

秦既明再度向李雁青表达感谢,后者只是摇头,眼神清明,缓慢地说:"不用谢。"

林月盈笑着和他说:"再见啦,学长。"

李雁青微笑:"再见。"

这种自然的告别让秦既明心中的沙粒感减轻许多。

没错。

沙粒。

他清楚地感受到,李雁青是一粒令他不适的沙。

情侣之间总会有磨合期,即使是从小就认识的秦既明和林月盈,在正式恋爱后也少不了冲突和争执。

就像林月盈的第一副隐形眼镜,是请秦既明帮她戴的。

她的眼球敏感，偶尔掉进去睫毛也要快速处理。面对这种软韧的小圆碗，她对着镜子犹豫好久，最终向秦既明表达了请求。

秦既明切完水果，洗了两遍手，甚至往手指上喷了护理液，才捏起那片小小的隐形眼镜。

林月盈睁大眼睛，竭力控制自己的眼皮，神经放松，不要动，不要收紧，去包容地接纳异物……

此类的彼此包容，反复地出现在他们的磨合期。

不仅是隐形眼镜。

还有李雁青，工作和生活的平衡……

他们都会包容。

秦既明没有吃夜宵，他在这边有公司派的司机和专车，但今天加班的时间太晚，他让司机先打车回酒店休息，不用陪在这里等加班结束。

他启动着车，林月盈也灵活地坐上副驾驶。她神采奕奕，看不出疲惫的样子。

"想吃什么？"秦既明问，"饿不饿？"

林月盈歪着脑袋，想了半天，掷地有声。

"烤鹌鹑。"她说，"秦既明，我想吃烤鹌鹑。"

在魔都，凌晨还营业的餐厅并不难找，但凌晨还售卖烤鹌鹑的并不多。林月盈说出这句话就后悔了，赶紧补充一句："其实包子之类的也行。"

但秦既明仍旧展现出可靠的一面，精准无误地寻到了一家凌晨还在营业并且提供烤鹌鹑的餐厅。

餐厅并不大，天花板和地板都是木制的，小炉上鹌鹑烤得双面流油，老板还煮了两份窝着溏心蛋的面，做了爽口解腻的水果蔬菜沙拉。

林月盈一口气吃了两只。

秦既明熬夜后吃不下烤的东西，只能吃青菜。

看林月盈吃得不管不顾,他笑着拿纸巾给她擦脸颊上的油。

"真好吃,但和最好吃的那个还是不一样。"林月盈却在这个时候发出感叹,"为什么到处都找不到那种烤鹌鹑呢?"

秦既明扬眉:"最好吃的烤鹌鹑是哪一家?"

林月盈放下筷子,忧愁地说道:"就是当初你帮我请假、带我一起吃过的那家烤鹌鹑。"

那是好久之前的事情了,她在学校读书读到头痛,秦既明抽出时间来陪她,替她请了晚自习的假,在学校旁陪她吃了烤鹌鹑。

说起来也不是很复杂的做法——开膛破肚的鹌鹑在木炭上粗糙地烤熟,没有刷油也没有调味,只蘸上一种腌过的仙人掌果实做的酱。

但就是这么简单的做法,好吃得让她念念不忘!

不过自从那家店关门后,林月盈试了好多家,都再没找到那种美味。

"不要用大道理告诉我,是因为记忆把它美化了……"林月盈说,"两年前我还去吃过,好吃!"

她又苦恼:"怎么就没有会做正宗烤鹌鹑的人呢?"

"我不讲大道理。"秦既明笑,"会不会它本身并不正宗,只是因为你第一次吃它,才会下意识将这种味道定义为正宗?"

林月盈双手合拢,抵在下巴上,认真地看他:"是吗?"

秦既明:"我猜大概是。"

"如果是这样的话。"林月盈若有所思,"那人和人之前的感情也是如此吗?会认为第一次的友情更正宗?类似于曾经沧海难为水,除却巫山不是云?"

秦既明略微思考:"也可以。"

"那么,"林月盈目不转睛地看着他,"那我们的感情,是正宗的关照之情,还是正宗的爱情呢?"

秦既明正喝水,呛了一下。

"秦既明！"林月盈双手按桌，站起来郑重地说，"作为我正宗爱情的接收者，请你讲——谢谢月盈。"

秦既明含笑："胡闹。"

放下杯子，他说："谢谢月盈，我的荣幸。"

番外四
致爱人

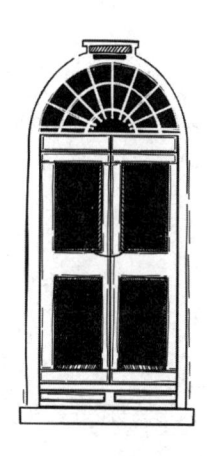

如果你不肯开启这段感情,
它将会被永远埋在暗处。
但现在的我想说,我爱你。

致我的爱人月盈：

当我写下这封信的时候，你正窝在沙发上酣睡。

我在想，是否因我平时对你的关心不够，才让你养成这样的习惯，晚上睡觉必须要人陪着。转念一想，或许的确是我的错，但错误并不在此，而是在于我一些逐渐陈旧的观念。

譬如今天，我在客厅回复邮件，你躺在我身侧的沙发上休息，并不是因为所谓的"缺乏安全感"，而是因为你喜欢我，仅此而已。

现在写下"你喜欢我"这四个字，我便已觉脸热。羞惭和愧疚要将我埋没，而我却仍卑劣地为你的爱而得意。

我必须承认，我和你之间存在着一定的思维差距，或者说，代沟。

譬如，你更乐意向朋友们介绍，我是你的男朋友；而我有时，会在心中将你称作"爱人"。

你是否会认为这个称呼过于老气横秋？抱歉，我无法想象出更合适的词语。

女朋友？不，这个词语似乎并不够厚重到承载你我的感情；妻子？我们还未结婚，我也不想太早地用婚姻来绑定你，约束你，贪婪地占据你。

唯独剩下"爱人"。

挚爱之人。

现在你一定又偷偷地笑我了。

好吧，无论你笑我老气、迂腐，或者无聊、陈旧……我都欣然接受。你说得很对，有时我的思维过于板正，不如你更活跃、开朗——

所以，或许我也可以想，你也会爱着我的这些缺点？

不知不觉，又写了这样冗长的一封信。

我总是不忍停笔。

还记得吗？一次暑假里，你和朋友玩到凌晨两点才回家，担心惊醒了我，连拖鞋都没穿，光着脚轻手轻脚地进门。

我在房间等你，问你脚冷不冷。

你那惊喜的表情让我都羞愧了，因为你竟然问我，真的不生气吗？

原来那个时候的你害怕我会教训你。

好吧，现在来说，那时我的确有些生气，或者说，沮丧。

是在那一刻忽然意识到我和你存在代沟的沮丧。

你在此之前一直将我当作一个可以约束你的人，实质上，后来的我却想和你建立起恋爱关系；无论从哪个角度来看，我似乎辜负了你起初的信任。

我爱你。

如果你不肯开启这段感情，它将会被永远埋在暗处。

但现在的我想说，我爱你。

你并未意识到自己对我来说有多么珍贵，月盈。

我想给你写无数封情书，可惜我不是伟大的诗人，也无优美的辞藻，无法用流畅的语言做我对你爱的注脚。

上周你想要情书，我却也只能写出这拙劣不堪的文字。

现在你已经沉睡，发出可爱的呼吸声。

我想借花献佛，化用 Byron① 的诗，来为这封信添一段尾。

You walk in beauty, like the night of cloudless climes and starry skies.
（你在美中徜徉，仿佛夜晚皎洁无云，繁星漫天。）

感谢你出现在我的生命中。

永远独属于你的爱人

秦既明

——全文完——

---

① 乔治·戈登·拜伦（George Gordon Byron，1788—1824）：英国 19 世纪初期伟大的浪漫主义诗人。其代表作品有《恰尔德·哈洛尔德游记》《唐璜》《她走在美丽的光彩里》《我见过你哭》《给一位哭泣的贵妇人》等。

图书在版编目（CIP）数据

我欲将心养明月：全二册 / 多梨著. -- 南京：江苏凤凰文艺出版社，2025. 2. -- ISBN 978-7-5594-9049-0

Ⅰ . I247.5

中国国家版本馆 CIP 数据核字第 2024BZ3530 号

我欲将心养明月：全二册

多梨 著

责任编辑	项雷达
特约编辑	胡湘宁　刘心怡
责任印制	杨　丹
出版发行	江苏凤凰文艺出版社
	南京市中央路 165 号，邮编：210009
网　　址	http://www.jswenyi.com
印　　刷	天津鑫旭阳印刷有限公司
开　　本	880 毫米 × 1230 毫米　1/32
印　　张	18
字　　数	450 千字
版　　次	2025 年 2 月第 1 版
印　　次	2025 年 2 月第 1 次印刷
书　　号	ISBN 978-7-5594-9049-0
定　　价	69.80 元（全二册）

江苏凤凰文艺版图书凡印刷、装订错误，可向出版社调换，联系电话 025-83280257